ज्ञान गरिमा के

65 वर्ष

भारतीय ज्ञानपीठ



णाणं पयासयं

वीर नि.सं. 2470

ई.सन् 1944

भारतीय ज्ञानपीठ

# दर्द आया था दबे पाँव

(रंगमंच से जुड़े रोचक प्रसंग)

# दर्द आया था दबे पाँव

जे.एन. कौशल

सम्पादन
किरण भटनागर

भारतीय ज्ञानपीठ

**लोकोदय ग्रन्थमाला : ग्रन्थांक 775**

*ग्रन्थमाला सम्पादक*
रवीन्द्र कालिया
*सह-सम्पादक*
गुलाबचन्द्र जैन

पहला संस्करण : 2005
दूसरा संस्करण : 2008

**ISBN 978-81-263-1614-4**

प्रकाशक :
भारतीय ज्ञानपीठ
18, इन्स्टीट्यूशनल एरिया, लोदी रोड
नयी दिल्ली-110 003

मुद्रक : विकास कम्प्यूटर ऐण्ड प्रिण्टर्स, दिल्ली-110 032

आवरण-चित्र : सतीश चन्द्रा
आवरण-सज्जा: अशोक भौमिक

**दूसरा संस्करण : 2008**
**मूल्य : 200 रुपये**



DARD AAYA THA DABE PAON
(Reminiscences)
by J.N. Kaushal
Edited by Kiran Bhatnagar

Published by
Bharatiya Jnanpith
18, Institutional Area, Lodi Road
New Delhi-110 003
e-mail : jnanpith@satyam.net.in, sales@jnanpith.net
website : www.jnanpith.net

**Second Edition : 2008**
**Price : Rs. 200**

आदरणीय श्री इब्राहिम अल्काज़ी
को
उस विश्वास के लिए
जो उनका मुझमें है

कहते हैं अलविदा अब इस जहान को,
जाकर ख़ुदा के घर से, फिर आया न जाएगा।
यह सच है मौत हम को मिटा देगी देह्र से,
लेकिन हमारा नाम मिटाया न जाएगा।

(नाटक : बेगम और बागी , रूपान्तर जे. एन. कौशल
मूल नाटक : द क्वीन ऐण्ड द रेबेल्ज़, लेखक : ऊगो बेत्ती)

# प्रवेशक

सन् 1964 की बात है जब मैं शायद 12-13 वर्ष की बच्ची रही होऊँगी कौशल जी के निर्देशन में हमारे घर पर रिहर्सल हुआ करते थे। तब से उनका नाम रंगमंच के साथ मेरे मानस-पटल पर अंकित हो गया था। 1968 में जब मैं कलाकार के साक्षात्कार के लिए गीत एवं नाटक प्रभाग पहुँची तो उन्हें प्रभाग में मैनेजर के पद पर आसीन पाया, वह सलेक्शन कमेटी के सदस्य भी थे। उन्होंने मुझसे कहा, "थियेटर करना है तो राष्ट्रीय नाट्य विद्यालय में दाखिला लो।" यह मेरी उनसे दूसरी मुलाकात थी। मैंने उनके निर्देशानुसार राष्ट्रीय नाट्य विद्यालय से स्नातक शिक्षा प्राप्त की। इसके बाद 1991 में उनसे फिर मुलाकात हुई जब मुझे उनके साथ राष्ट्रीय नाट्य विद्यालय में ही काम करने का सौभाग्य प्राप्त हुआ। वह इन दिनों विद्यालय में सहायक प्राध्यापक थे और साथ ही रंगप्रदर्शनी के को-ऑर्डिनेटर भी। उनसे मेरी आखिरी मुलाकात 12 अप्रैल, 2004 को हुई। इस बीच 12 वर्ष कैसे बीत गये, पता ही नहीं चला परन्तु इन वर्षों में उनसे कितना सीखा, कितना पाया, आँकना मुश्किल है। वो तो पूर्ण कलश की तरह हर समय बहते ही चले जाते थे, कभी न खत्म होनेवाला ज्ञान-भण्डार। जाने-अनजाने में कितने ही किस्से, घटनाएँ, नाटक, नाटककार, अभिनेता, अन्य रंगकर्मी इत्यादि के सुनाते रहे। आज अफसोस होता है मैंने कभी उनकी सुनायी बातों को रिकॉर्ड क्यों नहीं किया। किस्से-कहानियों की तरह सुनती रही। शायद उनके सामने मैं हमेशा 1964 वाली बच्ची ही बनी रही।

कौशल जी ने सबसे ज्यादा संस्मरण, लेख, स्मृतियाँ इन 12 वर्षों में लिखीं। अक्सर जब वो मुझे ये किस्से की तरह सुनाते तो मैं कहती आप लिखिए वरना...इत्तफाक से इन्हीं वर्षों राष्ट्रीय नाट्य विद्यालय ने प्रकाशन शुरू किया। कौशल जी को लिखने का एक और कारण मिला, वो रंग प्रसंग के लिए नियमित रूप से लिखने लगे। वो लिखते और पहला ड्राफ्ट मुझे सुनाते या पहला प्रिण्ट लिफाफे में

बन्द करके दे देते, जब तक मैं सुन या पढ़ नहीं लेती, फाइनल प्रिण्ट नहीं जाता। उनका सबसे आखिरी लेख 'पच्चीस साल बाद' कुरियर से शान्ति निकेतन पहुँचा। मैं वहाँ कार्यशाला के लिए गयी हुई थी जो रंग प्रसंग अंक–14, अप्रैल–जून 2004 में छपा।

उनके लेखों के आरम्भ और अन्त अति रोचक होते थे। बिल्कुल रंगमंच की तरह। जैसा हबीब जी से सुना है एण्ट्री स्ट्राँग होनी चाहिए। कौशल जी का आरम्भ बड़ा ड्रेमेटिक होता था। वो हमेशा पहले ओपनिंग और क्लोज़िंग पैरा लिखते थे।

मैं शान्ति निकेतन की कार्यशाला से लौटी थी। मुझे मेरे ऑफिस की टेबल पर एक लिफाफा मिला, जिस पर मेरा नाम लिखा था और भेजने वाले के हस्ताक्षर थे—कौशल। अपने रुटीन में सामान के साथ लिफाफा मेरे घर पहुँच गया। 10 दिन ऑफिस व घर से अनुपस्थित रहने के कारण हुई अति–व्यस्तता से मैं देख नहीं पायी कि उसमें क्या है। कुछ समय बाद ही मुझे दुबारा कार्यशाला के समापन समारोह के लिए जाना था। मैं खुद भी अस्वस्थ थी। लिफाफा यूँ ही रखा रहा। दिल्ली वापस 11 अप्रैल को आयी, 12 अप्रैल को कौशल जी से मिलना तय हुआ। तबीयत ठीक न होने के कारण एक महीने से वे ऑफिस नहीं आ रहे थे। राष्ट्रीय नाट्य विद्यालय कैम्पस में दाखिल होते ही निगाह कौशल जी की कार पर ठहर गयी, वे आ चुके थे। उनके कमरे में गयी तो वह किसी से बात कर रहे थे। मैं खड़ी रही। आने–जाने वालों का ताँता–सा लगा रहा, मुझे उनसे बात करने का समय नहीं मिला। समय की पाबन्दी देखते हुए वो कमरे से बाहर आये, मैं उनके साथ थी। उन्हें पता था, मैं ज्यादा समय नहीं रुक पाऊँगी, मुझे जल्दी लौटना था। कमरे से बाहर आने तक भी कोई–न–कोई मिलता रहा। वो बात करते, मेरी कार तक आये, मैं लौट आयी। बस ये ही मेरी उनसे आखिरी मुलाकात थी जिसमें कोई बात नहीं हुई थी।

14 अप्रैल को कौशल जी अखिल भारतीय आयुर्विज्ञान संस्थान में एडमिट हो गये। जब उन्हें समय मिलता, वो फोन करते। ऑपरेशन 19 अप्रैल को होना तय हुआ। इन्हीं 5 दिनों में मैंने लिफाफा खोला, देखा उसमें कौशल जी के लेख व संस्मरण की फोटोकॉपी थी। ये तो सब छप चुके थे। इसी दौरान मैंने उनसे फोन पर पूछ ही लिया, "मुझे समझ में नहीं आया आपके लेखों के फोटोकॉपी आपने क्यूँ भिजवाये हैं। ये तो सब छप चुके हैं।" कौशल जी ने कहा, "मैं चाहता हूँ मेरी किताब भारतीय ज्ञानपीठ से छपे, ये उसी के लिए हैं।"

कौशल जी की यही हार्दिक व अन्तिम इच्छा थी।

कौशल जी ने अपने एक संस्मरण में कारन्त जी की चर्चा करते हुए लिखा है "दर्द दबे पाँव ही आया होगा" क्योंकि इतना सब–कुछ होने पर भी कारन्त जी ने कभी नहीं कहा था, "विधाता मत खेलो ये खेल"। लेकिन उदयपुर में पथरायी आँखों से शून्य में देखते हुए पता नहीं राष्ट्रीय नाट्य विद्यालय में शम्भू मित्र चेयर का क्या

हुआ? जैसे वाक्य उनके बार-बार दोहराने से लग रहा था कि मन में कहीं कोई चुभन अटकी हुई है, जिससे दर्द की टीस आह या हाय में नहीं, शब्दों में निकल रही है। शेक्सपियर के प्रसिद्ध पात्र जूलियस सीज़र की तरह कारन्त जी के जीवन में भी एक ब्रूट्स, उनका अन्तरंग विश्वासपात्र, कोई अपना-सा, आया था जिसकी हर बात, हर इशारा वह मानते रहे और वह उनको उनके माध्यम से दूसरों को दर्द देता रहा। अगर उन्हें दर्द के आने का पता भी चल जाता तो भी वह जूलियस सीज़र की तरह उसे अपने से कभी नहीं कहते—'ऐ ट्यू ब्रेटे (ब्रूट्स तुम भी)।'

पर जो दर्द दबे पाँव कौशल जी तक आया था और जिसकी टीस उनके दिल में आखिर तक बनी रही, क्या वो कह पाये...। ऑपरेशन थियेटर में जाने से पहले कौशल जी ने कहा, ''दिल्ली मैंने तुझे माफ किया'' जैसे दिल्ली शहर न होकर एक शख्सियत हो गयी हो।

शायद उन्हें पूर्वाभास हो गया था...अगर वो वापस न लौटे तो?

दिल खोलने के बाद राज़ आम हो जाएँगे और वह यह सह न पाएँगे। (उनकी ओपन हार्ट सर्जरी थी, जिसके बाद वह हमें हमेशा के लिए छोड़कर चले गये)

जनवरी, 2005

—किरण भटनागर

सहयोग के लिए आभार :
सुनीता पॉल एवं जयदेव तनेजा

# क्रम

## संस्मरण : व्यक्ति विशेष



## स्मृति के झरोखे से

## कुछ सन्दर्भ ये भी

# संस्मरण : व्यक्ति विशेष

# साबरमती के बहाने
## (ब.व. कारन्त)

''कैसी बनी यह धुन?''
''धुन तो अच्छी है, लेकिन सिच्युएशन के साथ कुछ जमती नहीं।''

स्वर बदले, वाद्यों में परिवर्तन हुआ। गायक-वृन्द ने पूर्वाभ्यास किया और फिर एक धुन रिकॉर्ड की गयी।

''यह कैसी है?'' अपेक्षा का स्वर।

''उससे अच्छी है। स्थिति के अनुकूल भी है। फिर भी कुछ कम ही पड़ रही है। काम चल जाएगा।''

नयी स्वर-लिपि, नया वाद्यवृन्द आयोजन, पूर्वाभ्यास, रिकॉर्डिंग और फिर वही प्रश्न।

''अब कैसी बनी?''

''बनी क्या, आपने तो गंगा किनारे का माँझी गीत उठाकर लगा दिया। स्थिति मछुआरे की नहीं है। न ही गंगा पार यात्रियों को ले जाने की। यह एक नदी की है जो धीमी गति से शान्त वातावरण वाले आश्रम के चरणों में बह रही है। और वह उस आश्रम और उसके निवासियों की कथा सुनानेवाली है। संगीत की धुन ऐसी हो जो उसकी गति, उसके वातावरण और उसकी भूमिका की परिचायक बन सके। कार्यक्रम में जब भी यह धुन बजे, दर्शकों को पता चल जाए कि नदी कुछ कहनेवाली है। इस धुन में तो कुछ भी ऐसा आभास नहीं मिलता।''

''लंच ब्रेक।'' ब. व. कारन्त जोर से बोले, ''अब ढाई बजे मिलेंगे।''

चेन्नई के किसी फिल्म रिकॉर्डिंग स्टूडियो में मैं दूसरी बार आया था। पहली बार 1976 में 'गीत और नाटक प्रभाग' की ओर से सुब्रह्मण्यम भारती पर 'ध्वनि और प्रकाश' कार्यक्रम प्रस्तुत करने आये थे। जिसमें अलग-अलग बहुमंच बनाकर कलाकारों के साथ कार्यक्रम प्रस्तुत किया जाता है। उसमें भी पूरा नाटक टेप पर रिकॉर्ड किया गया होता है और दृश्य-परिवर्तन पलक झपकते ही हो जाता है। उसमें तीन कलाकार एक ही पात्र की वेश-भूषा पहने, एक ही समय में, तीन स्थानों पर खड़े होते हैं और लाइट आने पर लगता है कि एक ही अभिनेता झट

से उतनी दूर पहुँच गया है।

प्रदर्शन रात को होते थे और दिन खाली। तीन-चार मित्र मिलकर सुबह या दोपहर किसी दक्षिण भाषा की फिल्म देखने चले जाते। एक दिन ग्रामोफोन रिकॉर्ड की दुकान पर एक लौंग-प्ले रिकॉर्ड देखा जिस पर कारन्तजी का चित्र बना था। पूछने पर पता चला कि मध्यकालीन कवि पुरन्दर दास की रचनाओं पर आधारित नाटक *सत्तवर नेरालू* के नाट्य-गीतों का एल.पी. है और कन्नड़ मंच पर नाटक तो सफल है ही, एल. पी. भी खूब बिक रहा है।

यह हमारे लिए एक सुखद समाचार था कि दक्षिण भारत में नाट्य-गीतों के एल. पी. बिकते हैं। हम तो मराठी नाट्य-संगीत के रिकॉर्डों से ही परिचित थे। बाजार में थोड़ा आगे जाकर एक सिनेमाघर में कारन्तजी की फिल्म *चोमुन डुडी* का पोस्टर दिखाई पड़ा, जिसे उस वर्ष की सर्वश्रेष्ठ फिल्म का राष्ट्रीय पुरस्कार मिला था और उसके मुख्य पात्र चोम्मा का अभिनय करनेवाले 'वासुदेव राव' अभिनय का पुरस्कार प्राप्त कर चुके थे। वह फिल्म कई सप्ताह से सुबह नौ बजे के शो में चल रही थी। किसी ने यह भी बताया कि कारन्तजी पास के किसी स्टूडियो में किसी दूसरी फिल्म की रिकॉर्डिंग कर रहे हैं। फिल्म तो अब अगले दिन ही देख पाते। सोचा, कारन्तजी से मिलते चलें। क्या पता वह आज-भर के लिए ही यहाँ काम पर रुके हों? और हुआ भी वही। वह उसी शाम बंगलौर जानेवाले थे। दिल्लीवाले मित्रों से मिलकर बहुत प्रसन्न हुए। और हमने फिल्म का संगीत, संवाद आदि रिकॉर्ड करने का स्टूडियो पहली बार देखा था जो पर्दा और प्रोजेक्टर समेत एक सिनेमा हाल ही था; परन्तु दर्शकों की कुर्सियों के स्थान पर माइक्रोफोन की तारें, तरह-तरह के वाद्य बिखरे पड़े थे और रिकॉर्डिंग टेप भी आम रिकॉर्डर जैसा न होकर 35 मिलीमीटर फिल्म जैसा ही था।

आज चार वर्ष बाद चेन्नई के दूसरे बड़े स्टूडियो में हम संगीत रिकॉर्डिंग के लिए दिल्ली से आये थे। परन्तु रिकॉर्डिंग फिल्म की नहीं थी। 'सों-एट-लुमियेर' शो की थी जिसकी क्वालिटी फिल्म जैसी ही दरकार थी।

यूँ तो कारन्तजी को क्वालिटी की सुविधाएँ कभी भी उपलब्ध नहीं थीं। जिन दिनों वह *ऋष्य शृंग* का संगीत तैयार कर रहे थे तो बंगलौर से 50 किलोमीटर दूर गाँव में गिरीश कर्नाड के साथ दिन-भर *गोधूलि* की शूटिंग करते। रात बंगलौर आकर अपने ग्रुप 'बेनका' के शौकिया संगीतकारों के साथ संगीत-रचना करते क्योंकि निर्माता के पास पैसा नहीं था और चेन्नई से एक बाँसुरीवादक आया भी तो वह अगले ही दिन भाग गया। रिकॉर्डिंग की सुविधाएँ बस काम-चलाऊ थीं। फिर भी, उन्हें फिल्म के लिए सर्वश्रेष्ठ फिल्म-संगीत का राष्ट्रपति पुरस्कार प्राप्त हुआ। स्थितियाँ बेहतर न होते हुए भी *घटश्राद्ध, काडु, खारिज* और *हँसे गीते* को भी राष्ट्रीय सम्मान मिले। मृणाल सेन की फिल्मों में संगीतकार तो सुलझे

हुए मिले परन्तु रिकॉर्डिंग वहाँ भी साउण्ड-प्रूफ स्टूडियो में नहीं हो पाती थी। सुविधावंचित कारन्त का मानना था कि साउण्ड ट्रैक का पूरी फिल्म की तरह एक सिनेरियो होना चाहिए, जिसमें संवाद, खामोशी, इधर-उधर की आवाजें, वातावरण की झाएँ-झाएँ और गीत-संगीत सभी योजनाबद्ध हों। उन्हें सत्यजित रे की फिल्म *नायक* में चलती रेलगाड़ी की भिन्न-भिन्न ध्वनियों में एक लयकारी का अहसास हुआ था। वह मानते थे कि रात के सन्नाटे में दूर गाँव में मोटर का जाना, या किसी रेल इंजन का छुक-छुक करना—सभी साउण्ड ट्रैक का हिस्सा हैं। और यह तय करना है कि इस क्रम में कहाँ और कब तक वाद्य अथवा अन्य संगीत रहेगा। और देखा जाए तो सचमुच यह 15-20 प्रतिशत से अधिक नहीं होगा।

असुविधाओं में काम करनेवाले कारन्त को बड़ा आर्केस्ट्रा मिल भी जाए तो वह कम-से-कम साजों से काम चला लेते हैं। अपनी फिल्म *चोमुन डुडी* में मुख्य साज डुडी ही है जो पात्र की खुशी, गम, तृष्णा, वितृष्णा, जुनून—सभी कुछ दर्शाता है। उसमें झींगुरों की अलग-अलग आवाजें, समय और अन्तराल दिखाती हैं। मृणाल सेन की फिल्म *परुषराम* में मकान बनाने के औजारों की ध्वनियाँ प्रयोग में लायी गयी हैं। मृणाल सेन की ही फिल्म *एक दिन प्रतिदिन* में एक खस्ता हाल बहुमंजिली इमारत में रहनेवालों की मनोदशा दिखाने के लिए एक पुराने बिगड़े हुए चर्च के आर्गन के संगीत का प्रयोग किया गया था। *हँसे गीते* में मुख्य पात्र के गायन के साथ मानव-वृन्द का प्रयोग किया गया था। कारन्तजी को लगा था कि वह पात्र जब गाता है तो अकेला गाता है और जब वह चुप हो जाता है तो पूरे ब्रह्माण्ड में संगीत फूट पड़ता है।

पण्डित ओंकारनाथ ठाकुर से शास्त्रीय संगीत की शिक्षा प्राप्त करनेवाले कारन्त अपनी संगीत-रचना प्रक्रिया में शास्त्रीयता से ही जुड़े नहीं रहना चाहते। वह हवा की साँय-साँय, मेढकों की टर्र-टर्र, झींगुरों की झाँय-झाँय, साइकिलों की घण्टियाँ, मोरचंग की कँपकँपाहट, बाँसुरी की टेर, सितार की झंकार आदि के साथ-साथ हिन्दुस्तानी तथा कर्नाटक शैली का संगीत, आनुष्ठानिक, आदिवासी और धार्मिक संगीत के साथ-साथ कव्वाली, भजन, नात, ग़ज़ल, टप्पा, दादरा, नाट्य-संगीत, लोक-नाट्य-संगीत के अतिरिक्त अब तक बने सारे फिल्मी-संगीत को भी अपनी धरोहर मानते हैं। कारन्तजी की संगीत-संरचना में बँधी-बँधायी रचना कम, प्रयोगधर्मिता अधिक रहती है।

कारन्तजी द्वारा निर्देशित बहुप्रशंसित नाटक *गोकुल निर्गमन* में कृष्ण जब सबसे विदा लेकर गोकुल छोड़कर जाते हुए अपनी बाँसुरी एक वृक्ष के तने पर छोड़ जाते हैं तब बाँस की वह पोरी बाँसुरी बनकर गोकुल निवासियों के मन में उठनेवाली हूक की तरह गूँज उठती थी। ऐसी व्याख्या कारन्त ही कर सकते हैं। नहीं तो कृष्ण के हाथ में बाँसुरी हो और पूरे नाट्य-प्रदर्शन में उसकी धुन सुनाई

न पड़े। ऐसा कभी हो सकता है?

आज जिस कार्यक्रम की रिकॉर्डिंग आरम्भ हो रही थी, वैसा कार्यक्रम कारन्तजी ने पहले कभी नहीं किया था। उन्होंने तो क्या, सिर्फ एक व्यक्ति को छोड़कर, किसी भी भारतवासी ने नहीं किया था। कार्यक्रम था 'सों-एट-लुमियेर' (ध्वनि और प्रकाश कार्यक्रम) जो श्रीनगर में डल झील के किनारे एक बाग में, दिल्ली के लाल किले में और अहमदाबाद में गाँधीजी के साबरमती आश्रम में ही चलता था और इन तीनों कार्यक्रमों के निर्देशक थे सुप्रसिद्ध फिल्म निर्देशक—चेतन आनन्द।

साबरमती का कार्यक्रम गाँधीवादियों को पसन्द नहीं आया था और बन्द कर दिया गया था। मोरारजी देसाई के प्रधानमन्त्री बनने के काल में इसे दोबारा नये सिरे से बनाने की योजना बनी और रा. ना. वि. के तत्कालीन निदेशक ब. व. कारन्त को इसका भार सौंपा गया।

कारन्तजी ने आज तक जो किया था, यह कार्यक्रम उससे बहुत अलग था। अब तक तो मंच पर कलाकार और दूसरे ताम-झाम रहते थे या उनका अभाव रहता था। या फिर टी. वी. और सिनेमा में बिम्ब (विजुअल) के रूप में मौजूद रहता था। यहाँ तो वह सब कुछ नहीं था। न ही 'गीत तथा नाटक प्रभाग' के प्रकाश कार्यक्रमों की तरह मनवांछित मंच और कलाकार थे। यहाँ तो बस साबरमती आश्रम की कोठरियाँ और बरामदे, या आस-पास के पेड़-पौधे और वह भी उतना ही जितना दर्शक दीर्घा से दिखाई पड़े।

यहाँ कारन्तजी को केवल संगीत ही नहीं देना था, निर्माण और निर्देशन भी कराना था। ध्वनि-मुद्रण में रेडियो-नाटकों जैसी कुछ रिकॉर्डिंग तो तैयार करनी ही थी, उसके लिए एक नयी ग्रामर भी तैयार करनी थी। प्रकाश-परिकल्पना और संयोजन तापस सेन करनेवाले थे। उनकी कल्पना की उड़ान का दारोमदार भी मुद्रित-ध्वनि पर ही टिका हुआ था। वह भी आलेख पढ़ने से लेकर रिकॉर्डिंग, एडिटिंग आदि में मौजूद रहते थे। उन्हें ही सीमित पटल पर प्रकाश द्वारा कार्यक्रम को सजीव बनाना था।

मूल आलेख गुजराती के वयोवृद्ध नाटककार प्रो. सी. सी. मेहता का था। अँग्रेजी अनुवाद गिरीश कर्नाड का तथा हिन्दी अनुवाद कवि भवानी प्रसाद मिश्र का था। इस विधा में एक नया अंश जोड़ा गया जिसे 'साउण्ड सिनेरियो' का नाम दिया गया। वह काम मुझे सौंपा गया था।

'साउण्ड सिनेरियो' दृश्य-परिचय मात्र नहीं था। उसका गीत, संगीत, वातावरण, यहाँ तक कि दृश्य के मुताबिक मौसम का अहसास तक कैसे उत्पन्न किया जाए? और यह ध्वनि दृश्य एकतरफा नहीं थे। स्टीरियो साउण्ड की मदद से दो-तीन दृश्य एक ही समय में देखे-सुने जा सकते थे।

मूल आलेख साबरमती के इस आश्रम की स्थापना, गाँधीजी के वहाँ आगमन तथा आश्रम की दिनचर्या पर आधारित है। उसमें गाँधाजी के जीवन की विगत घटनाओं की चर्चा भी है। घटनाओं की भूमिका, परिचय, विश्लेषण तथा मंचन सभी है। गाँधीजी को दक्षिण अफ्रीका में गाड़ी से निकाल फेंकना, पठान से साक्षात्कार, आश्रम में भजनावली कार्यक्रम जिसमें सर्वधर्म प्रार्थना होती है और विचार-गोष्ठी आदि भी।

कार्यक्रम में दो सूत्रधार रखे गये। साबरमती नदी—जो वहाँ के व्यापक परिदृश्य से परिचित है और आश्रम का बूढ़ा नीम का पेड़—जो वहाँ की हर घटना का साक्षी है।

आलेख में तो संवाद मात्र थे। 'साउण्ड सिनेरियो' के लिए सामग्री जुटानी पड़ी। कौन-सी स्थिति के लिए कौन-सा गीत उचित रहेगा। डाँडी-मार्च के लिए टैगोर का 'एकला चलो रे' चुना गया। एक और दृश्य के लिए टैगोर का ही 'भुवन मोहिनी' चुना। मिस स्लेद/मीरा बेन के लिए मीरा का उपयुक्त भजन और फिर देश-भर के बहुभाषी आजादी के तराने तथा उनकी मूल और प्रामाणिक धुनें।

इतना ही नहीं, देश-भर के मूर्धन्य गायक-गायिकाओं से वह गीत गवाये गये। समूह गीतों के लिए प्रदेश विशेष की जानी-मानी वृन्दगान मण्डलियों को बुलवाया गया। गीत, संगीत की रिकॉर्डिंग चेन्नई, दिल्ली, मुम्बई में हुई जबकि नाट्यांश प्रायः मुम्बई में ही रिकॉर्ड किये गये। टैगोर के दोनों गीत गाने के लिए रवीन्द्र-संगीत के प्रवीण गायक उग्रसेन को कोलकाता से चेन्नई बुलवाया गया। मीरा का भजन शोभा गुर्टू से गवाया गया जबकि आजादी के तराने, रामायण की चौपाइयाँ तथा तलावत-ए-कुरान बशीर अहमद की आवाज में थीं।

संगीत की भाषा में हर मुख्य पात्र अथवा घटना के लिए एक सांकेतिक वाद्य या कोई धुन चुनी गयी। जैसे गाँधीजी के लिए 'एक तारा', अहिंसा, सत्याग्रह, आश्रम कुटीर, नीम का पेड़ आदि से भी एक संगीतात्मक परिचय तय किया गया। वातावरण, दृश्य, स्थान आदि की कितनी भी छवियाँ क्यों न हों, पात्र-विचार अथवा घटना-विशेष अपनी स्वरलहरी से पहचान बना लेती थी।

आज की रिकॉर्डिंग साबरमती का सांकेतिक अथवा 'थीम' संगीत तैयार करने की प्रक्रिया थी जिसमें पहली तीन धुनें 'साउण्ड सिनेरियो' के मुताबिक ठीक नहीं जँच रही थीं और लंच ब्रेक हो गया था। लंच ब्रेक में बहुत चर्चा, परिचर्चा हुई और इस बार जो धुन बनी, वह सुनकर लगा कि हम साबरमती आश्रम के किनारे खड़े धीमी गति से बहती नदी को एकटक देख रहे हों, जो किसी भी पल बोल पड़ेगी, 'मैं साबरमती हूँ।'

रिकॉर्डिंग का सिलसिला महीनों चलता रहा। प्रामाणिकता की तलाश, सही आवाजें और इस बीच टेक्नीकल टीम के साथ कारन्तजी, तापस दा और मेरा आश्रम

जाकर वहाँ के वातावरण को आत्मसात करना। वह जगह लालकिले जैसी भव्यता का नमूना नहीं है। इसलिए गम्भीरता से सोचने और तय करने की बात यह थी कि कम जगह में, कौन-सा दृश्य कहाँ उभरेगा? प्रकाश-योजना के लिए कितनी सम्भावनाएँ हैं? कहीं तो पूरा दृश्य एक ही लाइट में होगा। कहीं रंग बदलकर उसी पटल पर दृश्य-परिवर्तन होगा। कारन्तजी नयी-नयी ध्वनियों की खोज में लगे थे कि कैसे कक्ष के अन्दर चलनेवाली गोष्ठी की आवाज ठीक से सुनाई भी दे और अन्दर की आवाज भी लगे। मैं उसी समय वातावरण की ध्वनियों के बारे में सोचता था। फिर सब ध्वनियों की सूची बनती। तूफानी रात, घोड़ागाड़ी, रेलगाड़ी प्लेटफॉर्म पर। तेज हवा तो कितनी तेज? बारिश मूसलाधार, बादल की गरज, बिजली की चमक। फिर पूर्ण शान्ति। आश्रम की प्रार्थना सभा आदि का माहौल। और भी जाने क्या-क्या? गीत, संगीत, नाट्यांश तथा हर प्रकार के साउण्ड इफैक्ट्स आदि की आठ-दस घण्टे की रिकॉर्डिंग तैयार थी। अब अगला कदम साउण्ड ट्रैक सम्पादन का था, जिसमें सारे कार्यक्रम को पचास मिनट में समेटना था, क्योंकि तकनीकी तथा अन्य कारणों से समय सीमा पचास मिनट ही होती है। मुम्बई में केवल एक ही स्टूडियो था 'वेस्टन आउटडोर' जहाँ यह सुविधा उपलब्ध थी। पचास मिनट का कार्यक्रम तैयार करने के लिए कम-से-कम चालीस घण्टे स्टूडियो का समय दरकार था। जिससे मल्टी ट्रैक मिक्सिंग तथा सम्पादन हो सके। हर गीत-संगीत को सुनना, चयन करना और सही इफैक्ट के लिए रिकॉर्ड करना।

सम्पादन के समय नयी-नयी सूचनाएँ अथवा इफैक्ट डालने का विचार आ जाता जिससे कार्यक्रम का प्रभाव बढ़ सके। फाइनल टेप टुकड़ों में तैयार नहीं होता। कार्यक्रम गाँधीजी के आश्रम में एक तूफानी रात, घोड़ागाड़ी में सवार आधी रात को पहुँचने तक रिकॉर्ड हो चुका था और कोई पाँच मिनट आगे बढ़ गया था। कारन्तजी ने कहा कि गाँधीजी के आने का दृश्य फिर से रिकॉर्ड किया जाए। तकनीशियनों ने कहा कि इसमें तो आठ-दस घण्टे का काम बढ़ जाएगा, जबकि एक घण्टे का किराया पाँच हजार रुपये है। कारन्तजी ने कहा, ''कोई बात नहीं।''

दृश्य था, तूफानी रात, बारिश, जोर की हवा, दूर से एक घोड़ागाड़ी आकर रुकती है। उद्घोषक कहता है, ''उस तूफानी रात, घोड़ागाड़ी से एक व्यक्ति उतरा जो देश की राजनीति में एक तूफान ले आया। उसका नाम था, 'मोहनदास करमचन्द गाँधी'।'' और तूफान की आवाज तेज हो जाती है।

कारन्तजी ने सारा दृश्य वैसा ही रखा परन्तु, उद्घोषक के संवाद, ''उसका नाम था...'' के बाद बाँसुरी की एक छोटी-सी मधुर धुन बढ़ा दी। लगा जैसे जादू हो गया हो। उस धुन ने आगे बोले जानेवाले नाम 'मोहनदास करमचन्द गाँधी' को जैसे दैवी रूप प्रदान कर दिया हो। यह बात कारन्तजी जैसे व्यक्ति को ही सूझ सकती थी और उसे हर मूल्य पर पूरा भी वही कर सकते थे।

कार्यक्रम गुजराती, हिन्दी तथा अँग्रेजी में बना था। तीनों भाषाओं के चोटी के कलाकारों ने इसमें अपना भरपूर योगदान दिया। समय-सीमा तीनों भाषाओं के लिए एक ही थी। गुजराती की लय थोड़ी लम्बी हो जाती थी और वहाँ सम्पादन में कठिनाई होती थी। तापस दा तीन कुटिया, पेड़ों में रोशनी और छाया से अपना जादू जगाने में सफल रहे। कोई-कोई दृश्य तो एक मिनट-भर का होता था। कारन्तजी ने भी साउण्ड इफैक्ट्स में कहीं प्रतीकात्मकता का प्रयोग किया जैसे—दक्षिण अफ्रीका में गाँधीजी को गाड़ी से गिराना और फिर पठान से लड़ाई। वहाँ उन्होंने शारीरिक मारपीट की बजाय चैंडा ड्रम का प्रयोग किया। रिकॉर्डिंग के समय सभी गीत पूरे-पूरे रिकॉर्ड किये गये थे। परन्तु कार्यक्रम में किसी की दो पंक्तियाँ ही प्रयोग में आयीं, किसी का एक अन्तरा। किसी गीत को तो बीच में से ही ले लिया गया। वही हाल संवादों का था। कहीं-कहीं तो एक पंक्ति से ही पूरे दृश्य की बात कहनी पड़ी या दो बार नारा लगाकर जुलूस स्थापित कर दिया गया।

यह कार्यक्रम हम सबके लिए एक प्रशिक्षण-प्रक्रिया की तरह था जिससे हर किसी ने एक नयी सृजनात्मक-शैली के नये व्याकरण से साक्षात्कार किया था। 1980 से आरम्भ होनेवाला यह कार्यक्रम अब भी लगातार साबरमती आश्रम में चल रहा है।

*साबरमती* के बाद कारन्तजी *ग्वालियर के किले में,* हैदराबाद में *गोलकुण्डा,* दिल्ली में *पुराना किला,* आगरा में *लाल-किला,* पूना में *शनिवारवाड़ा* तथा उदयपुर में *महाराणा प्रताप स्मारक* पर इस तरह के कार्यक्रम प्रस्तुत कर चुके हैं।

*गोलकुण्डा* को छोड़कर जहाँ उन्होंने केवल संगीत दिया है, बाकी सभी कार्यक्रमों में वह पूरी प्रक्रिया से जुड़े रहे हैं। तापस दा भी गोलकुण्डा तथा उदयपुर से नहीं जुड़ पाये। मैं भी गोलकुण्डा को छोड़ लगभग सभी कार्यक्रमों में 'साउण्ड सिनेरियो' से जुड़ा रहा हूँ। दिल्ली के पुराना किला में भीष्म साहनीजी के मूल आलेख को मैंने प्रस्तुति-आलेख में ढाला है और आगरा का तो मूल और प्रस्तुति-आलेख भी मेरा ही है। पूना और उदयपुर में सलाहकार से अधिक मेरा कोई योगदान नहीं रहा।

परन्तु कारन्तजी को चैन नहीं है। वह हर आलेख में कुछ-न-कुछ अनूठा जोड़ते हैं। ग्वालियर में तानसेन के लिए ध्रुपद गायकी की तलाश, मीरा का उचित परन्तु कम प्रचलित पद, भारत के बारे में बाबर की ग़ज़ल, अकबर की तालीम देनेवाले शिक्षकों के नाम, सुलतान रज़िया के बारे में जानकारी, दिल्ली के कोटला मैदान में पाली लिपि की लाट तुग़लक-काल में कितनी किश्तियों पर लदकर जमुना के रास्ते अम्बाला से दिल्ली आयी, आगरा में अदबो-आदाब के तौर-तरीके, नये गीतों की रचना, नाट्यांशों का निर्देशन/और तो और दिल्ली कार्यक्रम की सूत्रधार 'यमुना' की स्तुति में संस्कृत का एक श्लोक भी वह कहीं से ढूँढ़ लाये। कारन्तजी

को कलाकारों से भी भरपूर सहयोग मिला है। ग्वालियर किले के सूत्रधार गोपाचल पर्वत की भूमिका में अमिताभ बच्चन हैं। वही अमिताभ 'गोलकुण्डा' में एक टूरिस्ट गाइड के रूप में सूत्रधार की भूमिका निभा रहे हैं। पुराना किला में जया बच्चन ने यमुना की भूमिका निभायी जबकि आगरा में नसीरुद्दीन शाह एक अवामी शायर के रूप में दास्तानगो बने हैं।

गायकों में भीमसेन जोशी (ग्वालियर, पुणे), कुमार गन्धर्व, शोभा गुर्टू (साबरमती), पं. जसराज (ग्वालियर), कविता कृष्णमूर्ति (गोलकुण्डा), बाल मुरली कृष्ण (गोलकुण्डा), जगजीत सिंह (गोलकुण्डा, दिल्ली), शुभा मुद्गल (दिल्ली) ने अपना भरपूर सहयोग दिया है। नाट्यांशों में शायद ही कोई बड़ा कलाकार होगा जिसने कम-से-कम एक संवाद न बोला हो। पुराना किला में तो ओमपुरी ने इक्केवाला बनकर पूरे शाहजहानाबाद की सैर करा दी।

अगला कार्यक्रम जहाँ भी होगा, हमेशा की तरह कारन्तजी प्रस्तुति-स्थल, दर्शक-दीर्घा आदि देखने बार-बार जाएँगे और आलेख को ध्यान में रखकर सोचेंगे कि कौन-सा दृश्य कहाँ प्रस्तुत किया जाएगा। कैसे एक झरोखा पूरी हवेली जैसा दिखाई पड़ेगा। कौन-से अँधेरे कोने में दौड़ते घोड़ों की टापें सुनाई पड़ेंगी, कौन-सी दीवार के कंगूरों पर दीवाली जैसा प्रकाश होगा या कौन-सी दीवार के पीछे हँसी या चीख सुनाई पड़ेगी? कौन-सी मेहराब के पीछे बादशाह की ताजपोशी का जश्न होगा? किस कोने में द्रौपदी चीर हरण का दृश्य होगा और कहाँ से कृष्ण उसकी रक्षा करने आएँगे? राणा प्रताप किस जगह पर अपने प्यारे चेतक से विदा लेंगे और शाहजहाँ कहाँ से ताजमहल को निहारेंगे?

मैं सोच रहा हूँ एक दिन वह मुझे भी उस स्थान पर ले जाएँगे जहाँ 'साउण्ड सिनेरियो' के लिए मैं वातावरण में आवाजें तलाश करता फिरूँगा या यह तय करूँगा कि किस पात्र को कैसा गीत दिया जाएगा? आलेख किसी का भी हो, प्रस्तुति-आलेख की नोक-पलक मैं ही सँवारूँगा और कारन्तजी किसी नये श्लोक या किसी गुप्त गीत को ढूँढ़ निकालेंगे।

किसी रिकॉर्डिंग स्टूडियो में नये कार्यक्रम का पहला टेक रिकॉर्ड हो रहा होगा और कारन्त जी पूछेंगे—

"कैसी बनी यह धुन?"

मैं कहूँगा, "लाजवाब! पहला ही टेक ओ. के. है।"

# मुझ जैसा दिखने वाला लेखक
## (विजय तेंडुलकर)

''मैं सोच ही रहा था कि यह मेरे जैसा दिखने वाला दूसरा कौन आ गया यहाँ?'' विजय तेण्डुलकर दिल्ली के इण्डिया इण्टरनेशनल सेण्टर के पोर्च में कार से उतरते हुए बोले। मैं असम से आये कुछ नाट्यकर्मियों से मिलकर सेण्टर से बाहर आ ही रहा था कि अन्दर आती कार में श्रीराम सेण्टर की श्रीमती पन्ना भरतराम के साथ उनकी झलक दिखाई पड़ी और मैं पोर्च की ओर पलट गया।

''मैं भी यही सोचकर वापस पलटा हूँ।''—मैंने उनसे हाथ मिलाते हुए कहा। वह किसी कमेटी की मीटिंग के सिलसिले में दिल्ली आये थे और सेण्टर से सीधे एयरपोर्ट जाने वाले थे। कुछ क्षणों बाद एक बार फिर हाथ मिले। वह अपने कमरे की ओर बढ़ गये और मैं बाहर की ओर।

विजय तेण्डुलकर से मेरी भेंट नाटक से सम्बन्धित समारोहों में ही हुई है। गप्प-गोष्ठी या एकान्त रुबरू के अवसर बहुत कम आये हैं परन्तु उनसे पहचान बहुत गहरी है। कारण यह कि मैंने उनके लगभग सभी नाटक मराठी, हिन्दी तथा भारत की कई अन्य भाषाओं में मंचित होते देखे हैं। अधिकतर दिल्ली में, कुछ दिल्ली से बाहर। कुछ नाटकों की तो अनेक प्रस्तुतियाँ देखने का अवसर मिला है। पं. सत्यदेव दुबे की 'खामोश! अदालत जारी है' पर आधारित फिल्म देखी। दुबे तथा राष्ट्रीय नाट्य विद्यालय के प्रथम वर्ष के स्नातक और उन दिनों फिल्म इन्स्टीट्यूट, पुणे में अभिनय के प्राध्यापक गुलशन कपूर के बीच होती सारगर्भित चर्चा सुनी है, जिसके अन्त में पं. दुबे ने कहा था कि ''भई! तुम मुझे पहले क्यों नहीं मिले? पहले मिलते तो मेरी फिल्म की बात ही अलग होती!''

यूँ तो इस नाटक की जिस पहली मंच प्रस्तुति देखने का अवसर मिला था, वह थी ओम शिवपुरी के निर्देशन में दिल्ली की रंग संस्था 'दिशान्तर' की, जिसमें सुधा शिवपुरी का मिस बेणारे का अभिनय अब भी याद है। मिस्टर और मिसिज़ कारनिक के रोल में ब. व. कारन्त तथा प्रेमा कारन्त की नोक-झोंक, (जिसमें वह निजी जीवन का कितना कुछ नाटक का हिस्सा बना देते थे) 'स्नैप शॉट' की

तरह याद आती हैं। उसके बाद तो दिनेश ठाकुर द्वारा निर्देशित 'अंक' की प्रस्तुति तथा राजेन्द्र गुप्ता द्वारा रा. ना. वि. के छात्रों के साथ की गयी प्रस्तुति (जिसमें रत्ना पाठक शाह ने बेणारे की भूमिका निभायी थी) के अतिरिक्त कई नामी और नौसिखिए निर्देशकों की प्रस्तुतियाँ देखने का अवसर मिला है।

रा. ना. वि. की प्रस्तुति ओपन एयर में हुई थी और दृश्यबन्ध था रॉबिन दास का। मंच पर हाल, कमरा तो बना था परन्तु दृश्यविधान दर्शक दीर्घा में भी चला आया था। इतना ही नहीं, कुछ पात्र भी दर्शक दीर्घा में चले आते थे जिससे प्रस्तुति में सब-कुछ अच्छा होते हुए भी नाटक के मूल आधार 'अकिंचित कैद तथा घुटन' की अनुभूति एकदम अनुपस्थित थी।

यह भी एकदम सुखद संयोग ही है कि 'खामोश' की ही एक अन्य प्रस्तुति उनसे मेरी पहली भेंट का कारण बनी थी। वह थी अमाल अल्लाना के निर्देशन में उनके अपने ग्रुप 'स्टूडियो वन' की 1979 की प्रस्तुति जो तब तक की मेरी देखी हुई सभी प्रस्तुतियों से भिन्न थी। उस प्रस्तुति में न केवल निसार अल्लाना का दृश्यबन्ध लीक से हटकर था, अमाल द्वारा नाट्य आलेख में किये गये बदलाव तथा बेणारे के लम्बे स्वगत कथन में अन्य पात्रों के नाट्यांशों का 'इण्टरपोलेशन' बहुत ड्रामेटिक था। मैंने अँग्रेज़ी नाट्य पत्रिका 'इनैक्ट' में छपे अपने रिव्यू में उसकी बहुत विस्तृत चर्चा की थी। विजय तेण्डुलकर ने वह टिप्पणी पढ़ी थी और उसके बारे में कुछ और 'आँखों देखी' सुनने के लिए मुझे बुला भेजा था। 1979 में लिखी गयी टिप्पणी कुछ इस तरह थी : ''तेण्डुलकर के नाटक 'खामोश! अदालत जारी है' में मिस बेणारे को, प्रायः सप्ताहान्त महानगर के आस-पास के छोटे-बड़े कस्बों में नाट्य प्रदर्शन करने वाली शौकिया नाटक मण्डली की एक स्वच्छन्द, खुशमिजाज सदस्य के रूप में प्रस्तुत किया जाता है। नाटक मण्डली किसी की अकिंचित भूल के कारण एक हाल कमरे में बन्द हो जाती है, जिसमें उनका नाटक होने वाला है। मण्डली के लोग उस व्यक्ति के लौटकर आने तक समय काटने के लिए एक नकली मुकदमा चलाने का निर्णय लेते हैं और मिस बेणारे को कठघरे में ला खड़ा करते हैं। उस पर दोषारोपण का ताना-बाना बुनकर एक कहानी बनायी जाती है जिसका उद्देश्य मण्डली के एक अन्य सदस्य प्रो. दामले से बेणारे के प्रणय सम्बन्ध तथा अपने होने वाले बच्चे की भ्रूण-हत्या करने की कोशिश सिद्ध करना है। नाटक के अन्तिम क्षणों में एक लम्बे स्वगत कथन में बेणारे अपने अविवाहित माँ बनने के अधिकार की प्रतिरक्षा करती है और जब बाहर के कुछ लोग भूल से लगी कुण्डी खोलकर अन्दर आते हैं तो सब कुछ सामान्य हो जाता है जैसे बीते घण्टे-भर में कुछ भी न हुआ हो!

''जब यह नाटक लिखा गया था, उन दिनों अविवाहित माँ होना एक स्कैण्डल का मुद्दा रहा होगा परन्तु महानगरों में अब तो यह एक आम-सी, शायद

गर्व की, बात होती जा रही है। अब इस नाटक में नये सन्दर्भ, नये आयाम खोजने की आवश्यकता है और अमाल अल्लाना ने अपने ग्रुप 'स्टूडियो' की प्रस्तुति में यही किया है। उसने नाटक मण्डली के सदस्यों को एक पुरुष प्रभुसत्ता के नशे में मदहोश, क्रूर, दुर्भावनालिप्त झुण्ड के रूप में प्रस्तुत किया है जो सीधी-सादी, मस्तमौला बेणारे को मटियामेट करने पर तुला हुआ है। इस झुण्ड के सभी सदस्य जीवन में कभी-न-कभी बेणारे के सम्पर्क में रहे हैं और किसी-न-किसी कारण उसके खिलाफ उन क्षणों की खुन्दक मन में लिये हुए हैं। वह सभी बेणारे पर मिथ्या लांछन लगाने तथा अफवाहें फैलाने में एक सैडिस्टिक मजा लेते हैं। यह नकली मुकदमा हर व्यक्ति को उससे प्राप्त होने वाले 'पाउण्ड आफ फ्लैश' से अपना हिस्सा लेने तथा उससे अपना हिसाब चुकता करने का अवसर प्रदान करता है। वे सब व्यक्तिगत रूप में शिकारी कुत्ते की तरह अपने शिकार पर झपटने के लिए तैयार हैं, परन्तु इस ख़स्ता हाल कमरे में आकर वे एक झुण्ड बन गये हैं। नाटक में ऐसे क्षण भी आते हैं जब बेणारे एक कोने में घिरा हुआ महसूस करती है और पूरा ग्रुप उसकी मानसिक पीड़ा का परपीड़क आनन्द लेता है।

"अमाल के लिए दामले-बेणारे प्रसंग एक परिकथा नहीं है। वह आरम्भ में ही दामले की चर्चा कर बेणारे की प्रतिक्रियाओं से दोनों के सम्बन्ध होने के संकेत देती हैं। बेणारे बात करते-करते अटक जाती हैं या दामले की चर्चा सुनने के लिए बात को तूल दे देती हैं। अमाल बेणारे को कनखियों से देखने, दूसरे सदस्यों की क्रूर मुस्कराहटों या फुसफुसाती गालियों से दामले-बेणारे की कथा की प्रामाणिकता स्थापित कर देती हैं।

"नाटक मण्डली उसी सहजता तथा सन्तोष के साथ हाल कमरे में आती है जो छोटे-बड़े कस्बों में सप्ताहान्त नाटक करने वाली मण्डलियों की खासियत होती है। वह उपलब्ध स्थान के एक कोने में देवपूजा का आयोजन करते हैं तो दूसरी ओर पिकनिक पार्टी जैसा मूड भी बनाये रखते हैं। अमाल नकली मुकदमे के दृश्य में ऐसी मण्डलियों में होने वाले मदिरापान के आम चलन को नाटक का एक बिज़नेस बनाती है। इससे कुछ पात्रों में एक जोश और अक्खड़पन भर जाता है और बेणारे पर आरोप लगाते समय वह सब कुछ कह जाते हैं जो सम्भवतः सामान्य स्थितियों में न कह पाते। शराब पीने की क्रिया एक ओर उनके आक्षेप को बल देती है, दूसरी ओर सामाजिक आचरण पर टिप्पणी भी करती है। नकली न्यायाधीश की भूमिका करने वाले काशीकर का सर पर जज की विग पहने, हाथ में शराब का गिलास लिये न्यायपालक की कुर्सी पर बैठना न्यायप्रणाली पर एक तीखी टिप्पणी है।

"निसार अल्लाना के दृश्यविधान के फैलाव के कारण श्रीराम सेण्टर का पूरा तलघर, हाल कमरा बन गया था जिसमें नाटक के पात्र ही नहीं, नाटक देखने

वाले दर्शक भी समा जाते हैं। दीवारों पर चारों ओर छोटे-बड़े, शीशे लटके हैं। दो-तीन कोनों में पारसी थियेटर के पर्दे टँगे हैं। गणेशजी की प्रतिमा, कुछ छोटे-बड़े तख्त तथा अन्य मंच सामग्री बिखरी पड़ी है। एक नाटक मण्डली जिसका अभी तक विधिवत स्वागत भी नहीं हुआ, उसका अपना कार्यव्यापार लगातार चारों ओर होता रहता है। प्रस्तुतिकरण का समय पास आते ही कुछ कलाकार मेक-अप आदि के काम में जुट जाते हैं। नकली मुकदमे की कार्यवाही नकली मुकदमे की तरह ही चलायी जाती है। जज की कुर्सी एक ही स्थान पर पड़ी न रहकर थोड़ी-थोड़ी देर में दूसरे स्थान पर ले जायी जाती है। कितने ही पात्र बारी-बारी जज की कुर्सी पर विराजमान होते हैं। इतना ही नहीं, अपने लम्बे स्वगत कथन में एक बार बेणारे भी इस कुर्सी पर आकर बैठती हैं।

''मंच के कार्यव्यापार में कलाकारों तथा पात्रों के आवेग आपस में गडमड हो जाते हैं। जब बेणारे तथा किसी और पात्र में कोई तनावपूर्ण दृश्य चल रहा होता है तो कुछ कलाकार, जिनका उस दृश्य से कोई वास्ता भी नहीं, अचानक बीच में आकर कोई खेल-सा खेलने लगते हैं जिससे कलाकारों के सामान्य जीवन की नाटकीय स्थितियों के साथ-साथ नकली मुकदमे का नाटक समान्तर स्थिति की तरह चलने लगता है। नाटक का सम्पूर्ण कार्यव्यापार बड़ी सहजता, सुनिश्चितता, यथार्थता से प्रस्तुत किया गया है। पूजा-अर्चना का ढंग धर्म के प्रति लापरवाही दर्शाता है। वह एक अनुष्ठान मात्र है जिसमें श्रद्धा-निष्ठा का कोई दख़ल नहीं है। माइक्रोफोन और लाउडस्पीकर का मंच सामग्री के रूप में बहुत प्रभावशाली ढंग से उपयोग किया गया है। बेणारे पर आक्षेप की जो बातें डंके की चोट पर कही जानी हैं वह लाउडस्पीकर पर गूँजती हुई आवाज में सुनाई पड़ती हैं और कम महत्त्व की बातों या बेणारे के बचाव के बयानों के समय एम्प्लीफायर खराब हो जाता है।

''लम्बे स्वगत कथन को टुकड़े-टुकड़े कर, पूरे तीसरे अंक पर फैला दिया गया है। स्वगत कथन के संवाद-अंश मुकदमे में उस पर लगाये जा रहे इल्ज़ामों से पहले या बाद में ही आते हैं जिससे उनका आपस में एक तात्कालिक सम्बन्ध स्थापित हो जाता है और पूरे नाट्य प्रसंग को नये आयाम मिलते जाते हैं। प्रस्तुति में संगीत भी एक मुखर पात्र जैसा बन गया है। ख़ामोश क्षणों में स्वरमण्डल की झंकार का बहुत प्रभावशाली प्रयोग किया गया है। उसी प्रकार बेणारे का नर्सरी राईम्ज़ तथा जिंगल का प्रयोग भी बहुत अनूठा था।

''इरपिन्दर पुरी की बेणारे एक फ़ाख़्ता जैसी है जो खुले आसमान में पंख फैलाये तैर रही है। उसका चेहरा बहुत लचीला है जो सूक्ष्म भाव को बहुत विस्तार से दर्शाता है। उसकी बेणारे बहुत संवेदनशील, प्रतिरक्षात्मक, सहमी हुई, चोट खायी हुई, झपट पड़ने को आतुर नर-गिद्धों से घिरी हुई और आवश्यकतानुसार

चुलबुली, नखरीली भी है। वह यौन-पीड़ित अभिनेताओं के झुण्ड में अपनी देखभाल का गुर जानती है। इरपिन्दर की आवाज़ बहुआयामी तथा व्यक्तित्व बहुत आकर्षक तथा प्रभावशाली है।

''सामन्त (प्रमोद माउथो) गाँव का गँवार नहीं है। वह ट्रांज़िस्टर लटकाये घूमता है और संकेत मिलते ही अपने हाथ में लिये हुए उपन्यास से संवाद पढ़कर बेणारे के विरुद्ध गवाही देता है। अज़ीज़ कुरेशी का पोंगशे अहंकारी, ढुलमुल, अस्थिरचित्त तथा भीरु है। सुशान्त का काशीकर शायद पहली बार एक व्यंग्यचित्र के रूप में प्रस्तुत नहीं किया गया। अनुपम खेर का सुखात्मे स्थिति अनुसार चालाक, कृपालु, क्रूर कुछ भी हो सकता है। वह बेणारे की पीड़ा में विद्वेषपूर्ण मजा लेता है। मण्डली में इस नकली मुकदमे के लिए सबसे व्यग्र व्यक्ति सुखात्मे ही है क्योंकि उसके लिए यह नकली नहीं, असली मुकदमा ही है। अनुपम खेर ने एक और बहुत 'पौलिश्ड परफ़ार्मेंस' दी है।''

'घासीराम कोतवाल' की भी न जाने कितनी प्रस्तुतियाँ देख चुका हूँ। सबसे पहले 1973 में राजेन्द्रनाथ द्वारा अपनी रंग संस्था 'अभियान' के लिए निर्देशित प्रस्तुति देखने का अवसर मिला था। राजेन्द्रनाथ ने तेण्डुलकर के लगभग सभी नाटक अपनी संस्था 'अभियान' तथा अन्य संस्थाओं के लिए किये हैं, 1971 में 'पंछी ऐसे आते हैं' कर चुके थे। घासीराम की भूमिका में थे—रामगोपाल बजाज और नाना की भूमिका में शंकर सुहेल। शंकर लगभग 24 शो करने के बाद ग्रुप से अलग हो गये थे और नाना की भूमिका निभायी थी ओमपुरी ने। थियेटर अकादमी, पुणे की प्रस्तुति भी तीन-चार बार देखने का अवसर मिला। रा. ना. वि. के छात्रों के साथ बी. एम. शाह की प्रस्तुति, रंगमण्डल भोपाल की प्रस्तुति तथा अन्य कई और प्रस्तुतियाँ भी देखीं। उन सभी में नाना ही प्रमुख पात्र के रूप में उभरकर आता है। शंकर सुहेल का नाना लचर भी था और शातिर भी, मोहन अगाशे कामुक तथा अय्याशीपसन्द अधिक था। घासीराम हर प्रस्तुति में नम्बर दो पर ही रहा। हर प्रस्तुति में उसे पारसी नाटक मण्डली के चीखने-चिल्लाने वाले पात्र के रूप में ही प्रस्तुत किया गया था।

इससे जुड़ी एक और दिलचस्प घटना याद आ रही है। जिन दिनों ब. व. कारन्त रा. ना. वि. के निदेशक थे, उन्होंने मुझे मॉडर्न इण्डियन ड्रामा का पेपर सेट करने के लिए कहा। मैंने अन्य प्रश्नों के साथ एक प्रश्न यह भी रखा था—''घासीराम एक ऐसा पात्र है, उसे जो भी अभिनेता करेगा, वह उसे चीखने-चिल्लाने वाले एक आयामी पात्र के रूप में ही करेगा। इस उक्ति के साथ अपनी तर्कसंगत सहमति अथवा असहमति व्यक्त करें ?'' सभी छात्रों ने अपनी-अपनी समझ के अनुसार उसका उत्तर दिया। एक छात्र ने लिखा था : ''जिसने भी यह पेपर सेट किया है, या तो उसे नाटक की समझ ही नहीं, या उसका दिमाग़ चल गया है।'' उसके बाद उसने

उस पात्र का बहुत अच्छा विश्लेषण किया था और मैंने भी उसे भरपूर नम्बर दिये थे।

प्रस्तुति के स्तर पर अगर किसी के नाटक 'घासीराम कोतवाल' को घासीराम का बनाया था, वह था रा. ना. वि. रंगमण्डल की राजेन्द्रनाथ द्वारा निर्देशित हाल की ही प्रस्तुति में घासीराम की भूमिका करने वाला रवि कौशल। उसने घासीराम को एक चालाक, चतुर व्यक्ति के रूप में प्रस्तुत किया था जो सोच के स्तर पर हर बात में नाना से एक कदम आगे ही रहता है। इस प्रस्तुति में रामगोपाल बजाज ने लगभग 25 वर्ष बाद नाना का पात्र निभाया था।

सई परांजपे के निर्देशन में 'सखाराम बाइण्डर' में अरुण जोगलेकर, सुषमा सेठ, सुधा चोपड़ा तथा कीमती आनन्द ने अविस्मरणीय अभिनय किया था। श्यामानन्द जालान के निर्देशन में पदातिक, कोलकाता की प्रस्तुति में कुलभूषण खरबन्दा तथा चेतना जालान ने भी जीवन्त अभिनय किया है। राजेन्द्रनाथ ने तो शायद दिल्ली में तेण्डुलकर के नाटक करने का एकाधिकार प्राप्त किया हुआ था क्योंकि उनके लगभग सभी नाटक 'अभियान' ने उन्हीं के निर्देशन में प्रस्तुत किये हैं। 1978 में पहली बार खेले गये 'जात ही पूछो साधु की' की उनकी प्रस्तुति ने 125 से अधिक मंचन करके हिन्दी के शौकिया रंगमंच में एक इतिहास रचा है।

विजय तेण्डुलकर के चर्चित नाटकों की पहली प्रस्तुतियाँ हिन्दी में ही देखने को मिलीं। मराठी तथा अन्य भाषाओं की प्रस्तुतियाँ देख पाना तभी सम्भव हुआ जब वह दिल्ली आयीं या जब मुझे दूसरे केन्द्रों में जाने का अवसर प्राप्त हुआ। मूल मराठी प्रस्तुतियों की तुलना में हिन्दी प्रस्तुतियों में एक सादगी, सफाई, पॉलिश दिखाई पड़ती थी। अभिनय का स्तर तो ख़ैर अभिनेताओं की निजी क्षमता पर निर्भर करता है, फिर भी वह चर्चित प्रस्तुतियों में उच्चकोटि का ही रहा है। दिल्ली रंगमंच पर तो शायद एस. एम. ज़हीर और सुभाष गुप्ता ही ऐसे अभिनेता हैं जिन्होंने तेण्डुलकर के अधिकतम नाटकों में अभिनय किया है, क्योंकि 'अभियान' ने उनके लगभग सभी नाटक किये हैं और ज़हीर-गुप्ता ने लगभग सभी नाटकों में अभिनय के जौहर दिखाये हैं। इतना ही नहीं, 1978 में 'जात ही पूछो साधु की' की प्रथम प्रस्तुति के लगातार 125 से भी अधिक मंचन करने के वर्षों बाद 1996 की पुनः प्रस्तुति में ज़हीर के महीपत और गुप्ता के बबना के अभिनय में वही जवानी का जोश, चुलबुलापन और अभिनय का जादू मौजूद था। नाटक 'सफ़र' में ज़हीर साहब को एक ही स्थान पर स्थिर साइकल पर जीवन-यात्रा करते तो देखा ही था, रा. ना. वि. के छात्रों के साथ विश्वविख्यात पपिटियर दादी पुदुमजी की 'सफ़र' की प्रस्तुति में मानव आकार से भी बड़े पुतली-पात्रों के कारण न केवल नाटक को नयी व्याख्या मिली, एक दिलचस्प दृश्यांकन भी हुआ।

तेण्डुलकरजी से पहली भेंट में मेरी 'खामोश' की टिप्पणी पर आधारित बहुत विस्तृत चर्चा हुई। उस दिन और उसके बाद भी जब कभी आमना-सामना हुआ, वह मुझे बहुत सहज और 'हैसल फ्री' व्यक्ति लगे। उसी दिन उनकी कहानी पर आधारित और जब्बार पटेल द्वारा निर्देशित फिल्म 'उम्बर्ठा' (जो हिन्दी में 'सुबह' के नाम से रिलीज़ हुई थी) की चर्चा करते हुए मैंने कहा था कि फिल्म में तो दो कहानियाँ हैं। एक नायिका के पारिवारिक जीवन से सम्बन्धित है जिसमें वह परिवार से चली जाती है और फिल्म के अन्त में लौट आती है। दूसरी परिवार से दूरी के दिनों में एक महिला आश्रम की मुखिया के रूप में बिताये गये उसके जीवन की गाथा है जिसका उसके पहले के जीवन से कुछ लेना-देना नहीं।

उन दोनों कहानियों को 'टू-इन-वन' के तौर पर दिखाया गया है। उन्होंने गोलमोल बात करने की बजाय बहुत सहजता से स्वीकार किया कि मराठी दर्शक लम्बे नाटक और लम्बी फिल्में देखने के आदी हैं। उनको दृष्टि में रखकर ही ऐसा किया गया है।

तेण्डुलकर के कई नाटक अँग्रेजी और अन्य भाषाओं में अनूदित हैं। उनका मंचन तो हुआ ही है, पुस्तकाकार में छपे भी हैं। अंग्रेजी अनुवाद 'सीगल' और 'आक्सफ़ोर्ड' ने छापे हैं। पिछले दिनों कन्नड़ के विख्यात नाटककार तथा रा. ना. वि. के तत्कालीन अध्यक्ष डॉ. चन्द्रशेखर कम्बार नाट्य विद्यालय के प्रकाशन कार्यक्रम के अन्तर्गत भारतीय भाषाओं के अँग्रेजी में अनूदित नाटकों के संकलन पर काम कर रहे थे। मैं उन्हें सम्पादकीय कार्यव्यापार में सहायता कर रहा था। वह 'घासीराम कोतवाल' अथवा 'सखाराम बाइण्डर' उसमें शामिल करना चाहते थे, परन्तु प्रकाशक उसकी अनुमति नहीं दे रहे थे। अब यह तो हो नहीं सकता था कि आधुनिक भारतीय नाटकों का संकलन छपे और उसमें तेण्डुलकर का नाटक न हो! इस सिलसिले में उससे फोन पर कई बार बात करने का अवसर मिला। हम किसी अन्य नाटक के अंग्रेज़ी अनुवाद की तलाश में थे जो अभी तक छपा न हो या किसी नाटक विशेष का अनुवाद कराया जाए। नजर 'गिद्धाड़े' पर आकर टिकी थी। उन्हीं दिनों नाटककार जी. पी. देशपाण्डे साहित्य अकादमी के लिए वैसे ही संकलन का सम्पादन कर रहे थे। उन्होंने बताया था कि वह इस नाटक को संकलन में छापना चाहते हैं परन्तु उनकी अनुमति प्राप्त नहीं हुई। उन्होंने यह भी बताया कि संकलन से सम्बन्धित अपना लेख अभी-अभी समाप्त किया है और उसमें एक पैराग्राफ़ यह बताने के लिए लिखा है कि इस संकलन में तेण्डुलकर का कोई भी नाटक क्यों नहीं है! इस बीच हमें प्रकाशक से 'घासीराम' का अनुवाद छापने की अनुमति मिल गयी थी।

दिसम्बर 1999 के अन्तिम दिनों में जब तेण्डुलकर राष्ट्रपति भवन में संगीत नाटक अकादमी के रत्न सदस्य (फैलो) की उपाधि लेने आये तो मैंने पूछा था

कि जी. पी. देशपाण्डे द्वारा सम्पादित संकलन के लिए 'गिद्धाड़े' नाटक देने से इनकार क्यों किया था? उन्होंने उसी सहजता से बताया कि कोई विशेष कारण नहीं था। वर्ष-भर पहले उनका एक पत्र आया था। तब मुझे लगा था कि यह नाटक उस लायक नहीं है तो मैंने शायद कोई उत्तर नहीं दिया होगा। मैंने पूछा कि अगर वह अभी भी उसे शामिल करना चाहें तो? उनका सहज उत्तर था कि 'शौक से करें!' मैंने यह शुभ समाचार तत्काल जी. पी. देशपाण्डे को दे दिया था।

उसी शाम अकादमी द्वारा अवार्ड प्राप्त करने वालों के सम्मान में आयोजित भोज में दोनों नाटककार रूबरू हुए और वह नाटक संकलन में छप भी गया। इधर मैं सोच रहा हूँ कि तेण्डुलकर, शायद इस लेख में दादी पुदुमजी द्वारा 'सफ़र' की अनोखी प्रस्तुति के बारे में पढ़कर मुझे एक बार फिर 'आँखों देखी' सुनाने के लिए बुला भेजें!

# यायावर शाह का जाना
## (बी.एम.शाह)

'तुम बी. एम. शाह नहीं हो?' इन्दुदा ने पूछा था। उनके लहजे में अविश्वास, हैरानी झलक रही थी। 'नहीं इन्दुदा, मैं तो जे. एन. कौशल हूँ।' मुझे समझ नहीं आ रहा था कि राष्ट्रीय नाट्य विद्यालय में हमारे मेकअप के टीचर इन्दुभूषण घोष सीरियस थे या मजाक कर रहे थे। हुआ यूँ था कि रा. ना. वि. के प्रथम सत्र की परीक्षा में मुझे मेकअप में 'सी प्लस' ग्रेड मिला था और बी. एम. शाह को 'बी प्लस'। मुझे कम ग्रेड मिलने पर कोई आपत्ति न थी। जिज्ञासा यह जानने की थी कि मैंने मेकअप की कोई क्लास मिस नहीं की थी और कई बार तो दो-दो पात्रों के मेकअप का अभ्यास करता था और इन्दुदा भी पूरी तरह समझाते थे और बी. एम. शाह प्रायः यह क्लास बंक कर जाते थे। फिर मुझे शाह से कम नम्बर क्यों मिले? इस अन्तर का कारण पूछने पर ही वह बोले थे, 'तुम बी. एम. शाह नहीं हो?' मतलब यह कि वह इतने दिनों से मुझे ही शाह समझ रहे थे।

वास्तव में इस भ्रम में पड़ने वाले वह अकेले नहीं थे। नाट्यजगत में हम दोनों को हमेशा साथ-साथ देखने वाले अक्सर नामों में गड़बड़ कर जाते थे। जुलाई सोलह, 1960। दिल्ली की कैलाश कॉलोनी में एक भव्य कोठी का बरामदा। गेट में अन्दर जाते ही एक ख भे से टेक लगाये एक टिपिकल पहाड़ी चेहरे-मोहरे वाला, पैण्ट-शर्ट पहने हाथ में छाता लिये दुबला-पतला युवक। जैसे भारतीय वेशभूषा में चार्ली चैपलिन का कोई पात्र हो, या कोई ट्रैम्प, यायावर या बंजारा हो। वह चित्र मेरे स्मृति-पटल पर आज भी अंकित है। उसके हाथ में लिफ़ाफ़ा था और मेरे हाथ में भी। दोनों समझ गये कि हम नये छात्र हैं।

"मैं जे. एन. कौशल हूँ, दिल्ली से।" मैंने हाथ बढ़ाते हुए कहा।

"मैं बी. एम. शाह", उसने गर्मजोशी से मेरा हाथ पकड़ लिया। उन दिनों 'हाउ डू यू डू' 'नाईस टू सी यू' कहने का चलन अभी नहीं आया था। हाथ के स्पर्श में आत्मीयता थी, दृढ़ता थी, विश्वास था। हम प्रायः क्लास में साथ

रहते, साथ-साँथ थियेटर या फिल्म देखने जाते। विद्यालय का होस्टल न होने के कारण छात्रगण कैलाश कॉलोनी में ही किराये के मकान में रहते। मैं रोज़ नयी दिल्ली रेलवे स्टेशन के पास स्थित पहाड़गंज से 10 किलोमीटर दूर बस से आता-जाता था। प्रायः हम फिल्म रात के शो में कनॉट प्लेस, पहाड़गंज के आसपास ही देखते और शाह रात को हमारे घर ही रह जाता। घर भी क्या, स्टेशन के पास ही इमारती लकड़ी की दुकान के बाहर, जहाँ मेरे पिताजी काम करते थे, सड़क के किनारे चारपाई बिछाकर सो जाते। मुझे तो रात-भर धड़धड़ाते ट्रकों, बसों के शोर में सोने की आदत थी, परन्तु नैनीताल के शान्त वातावरण का अभ्यस्त शाह प्रायः रतजगा ही करता।

स्वभाव की सहजता, किसी भी स्थिति में कैसे भी रह लेने की क्षमता, हर बड़े छोटे के साथ एक जैसा बर्ताव, ऐसे ही गुण थे, जिसके कारण वह इतना लोकप्रिय था। हिन्दी प्रदेशों का कोई भी मुख्य नाट्य-केन्द्र ऐसा नहीं होगा, जहाँ शाह ने नाट्य-कार्यशाला तथा नाट्य-मंचन न किया हो। और तो और, मद्रास, बंगलौर आदि में भी वर्कशाप की थीं। नाट्य-कर्म में सुविधा-असुविधा को कभी महत्त्व नहीं दिया।

'होनहार बिरवान के होत चिकने पात' को चरितार्थ करने वाले शाह ने स्कूल-कॉलेज के दिनों में ही अपने लेखन, अभिनय-क्षमता तथा निर्देशन की धाक जमा रखी थी। शाह के कई एकांकी प्रायः स्कूल-कॉलेज स्तर की प्रतियोगिताओं में खेले जाते और पुरस्कृत होते रहते। उनमें से एक 'पोस्टग्रेजुएट' था जो बाद में 'त्रिशंकु' का मूल आधार बना।

शाह का पहला पूर्णांक नाटक 'अलगोज़ा' था, जिसमें कुमाऊँ की वादियों की सुन्दरता भी थी और मानव मन की क्रूरता भी। दूसरा नाटक 'त्रिशंकु' था, जिसने हिन्दी ही नहीं, भारतीय रंगकर्म में नये आयाम स्थापित किये थे। 'शह-ये मात' शाह के फ़ौज से रिटायर्ड किसी निकट सम्बन्धी के आचार-व्यवहार से प्रेरित था। बाहरी ढाँचा भारतीय, परन्तु कथ्य में विदेशी सोच, जैसे बैकेट के 'वेटिंग फ़ॉर गोदो' या हैराल्ड प्रिण्टर का 'दि केयरटेकर' या एनुई, सार्त्र, कामू, आएनेस्को आदि से प्रभावित। इस नाटक की भाषा कमाल की थी। मोहन राकेश का कहना था कि जिस भाषा की तलाश में मैं हूँ, शाह इस नाटक में उसके आसपास पहुँच गया है।

'युद्धमन' युद्ध क्षेत्र तथा उससे परे के जन-जीवन का चित्रण-विश्लेषण था। इस नाटक के लिए शाह ने बहुत रिसर्च की थी। प्रथम और द्वितीय युद्धों का विवरण, युद्ध की पृष्ठभूमि पर लिखे नाटक और उपन्यास। फिल्में भी देखीं। बौद्धिक धरातल पर तो नाटक परत-दर-परत लग रहा था, परन्तु प्रस्तुति के स्तर पर उतनी तकनीकी सुविधाएँ उपलब्ध नहीं थीं, जिनकी एक अच्छे प्रदर्शन के लिए आवश्यकता थी।

शाह के हर नाटक की प्रस्तुति के साथ कोई-न-कोई घटना, दुर्घटना जुड़ी हुई थी। 'अलगोज़ा' के मंचन से पूर्व तीन बार भूकम्प आने के कारण पूर्वाभ्यास अथवा प्रदर्शन स्थगित करना पड़ा। 'शह-ये मात' के प्रदर्शन में ओम शिवपुरी और बी. एम. शाह दोनों ही संवाद भूल गये और एक-दूसरे को दोषी बताने लगे। 'युद्धमन' में तो युद्ध के दृश्यों में कई अभिनेताओं को चोटें लगी थीं।

यूँ तो 'त्रिशंकु' के सौ के आसपास प्रदर्शन हुए होंगे और कितनी ही प्रस्तुति सम्बन्धी घटनाएँ, उनमें से एक घटना से मैं भी जुड़ा हुआ था। 1979 में संगीत नाटक अकादमी पुरस्कार घोषणा के बाद 1980 में सम्मान अर्पण समारोह के उपलक्ष्य में 'त्रिशंकु' का मंचन तय हुआ। शाह ने उसमें 'थियेटर' की मुख्य भूमिका निभाने का निर्णय किया। उसके एक दृश्य में 'थियेटर' की दर्शकों के साथ बैठे 'ड्रामाक्रिटिक' से झड़प होती है। शाह ने मुझे क्रिटिक की भूमिका करने को कहा। रा. ना. वि. में प्रशिक्षण पाने के बावजूद मैं अभिनय से दूर भागता था। परन्तु उसके यह कहने पर कि यह मेरी बहुत महत्त्वपूर्ण प्रस्तुति है, मैं मान गया। मैंने यह साफ-साफ बता दिया था कि एक ही प्रस्तुति में काम करूँगा, पहले से घोषित अन्य प्रस्तुतियों में नहीं।

रवीन्द्र भवन में राष्ट्रीय नाट्य विद्यालय के मुक्ताकाशी रंगमंच मेघदूत में प्रदर्शन आरम्भ हुआ। समारोह प्रस्तुति होने के कारण दिल्ली के गण्यमान्य व्यक्ति दर्शकों में मौजूद थे। सब जानते थे कि मैं रंग-पत्रिका 'इनैक्ट' से जुड़ा हुआ हूँ और सक्रिय रंग-समीक्षक हूँ। अपने संवाद मैंने ब्रोशर में छुपा रखे थे और बीच-बीच में देख लेता था। सीन आया। दोनों की झड़प आरम्भ हुई। मज़ा यह कि लोगों को लग रहा था, यह झड़प कौशल और शाह के बीच हो रही है। एक आध को ही यह पता था कि यह नाटक का हिस्सा है। एक दो मित्रों ने तो मुझे पकड़कर शान्त करने की कोशिश भी की। मैं उनसे हाथ छुड़ाकर शाह को कोसता हुआ बाहर निकल गया। बाहर अकादमी के कुछ मित्रों ने भी कहा, 'अरे तुम तो शाह के इतने पक्के दोस्त हो, आखिर हुआ क्या है?' मैंने कहा, 'तुम इसे नाटक कहते हो? अगर इस नाटक पर शाह को अकादमी पुरस्कार दिया है तो तुम्हें शर्म आनी चाहिए।' बहुत देर बाद लोग समझ पाये कि यह झड़प कौशल और शाह की नहीं, क्रिटिक और थियेटर की थी। मेरी दर्शकों को हतप्रभ कर देने वाले अभिनय की प्रथम और अन्तिम प्रस्तुति थी। पूर्व घोषित अन्य प्रदर्शनों में से वह दृश्य निकाल ही दिया गया था, क्योंकि काठ की हाँड़ी एक ही बार चूल्हे पर चढ़ती है।

परन्तु शाह तो एक सिद्धहस्त अभिनेता था। उसने रा. ना. वि. में आने के दूसरे ही महीने मेरे द्वारा निर्देशित भगवतीचरण वर्मा के एकांकी 'दो कलाकार' में अपने अभिनय का चमत्कार दिखाया। उसमें ब. व. कारन्त कवि और एम. डी. कोटियन चित्रकार की भूमिका में थे और शाह मालिक मकान की, जिसे छः महीने से किराया

नहीं मिला। मुझे लगा था, खंभे के साथ टेक लगाये खड़ा चैपलिन का पात्र जी उठा हो। हाँ, वेश जरूर बदल गया था। शाह के रूप में छुपा चैपलिन का पात्र कई नाटकों में रूप बदलकर मंच पर उतरा। कभी 'केयरटेकर' का ट्रैम्प तो कभी गोर्की के 'लोअर डैप्थ' का बूढ़ा तो कभी 'गोदो' का ब्लादिमीर या फिर आई. एस. जौहर के 'पद्मश्री' का फिल्म प्रोड्यूसर जिसमें ब. व. कारन्त फिल्म के हीरो बने थे और जिसे 1962 में रा. ना. वि. से निकलते ही अखिल भारतीय नाट्य प्रतियोगिता में प्रस्तुति का प्रथम पुरस्कार मिला था और शाह को सर्वश्रेष्ठ अभिनय का।

शाह की बड़ी तमन्ना थी कि वे शेक्सपियर के हेमलेट और एडमण्ड रोस्टाण्ड के पात्र सीरैनो की भूमिका करें (सीरैनो वही पात्र है जो रा. ना. वि. रंगमण्डल में मेरे रूपान्तरण 'आफ़ताब फ़ैजाबादी' के नाम से हुआ था और पिछले वर्ष नसीरुद्दीन शाह ने लन्दन के एक थियेटर में खेला था) परन्तु शाह की इस इच्छापूर्ति का अवसर कभी नहीं आया।

मौलियर, गोलदोनी के युग की कामेदिया-देल-आर्टे को तो शाह ने जैसे घोट-घोट कर पी लिया था। 'दो किश्तियों का सवार', 'सराय की मालकिन', 'कंजूस' आदि में भी जिस अभिनेता ने शाह के साथ काम कर लिया, उसको हास्य-अभिनय में 'टाइमिंग' की समस्या कभी नहीं हुई। 'वेटिंग फ़ॉर गोदो' में क्लाउन (जोकर) की त्रासदी का जो चित्रण शाह के अभिनय और प्रस्तुति में था, वह कहीं और देखने को नहीं मिला।

शाह ने अनेक नाटकों का अनुवाद/रूपान्तरण किया। कृष्णा सोबती के उपन्यास 'मित्रो मरजानी' तो उपन्यासों के नाट्य-मंचन में एक मील पत्थर जैसी प्रस्तुति थी। शाह की प्रस्तुतियाँ अभिनेताओं के लिए प्रशिक्षण का माध्यम बन जाती थीं। पारसी रंग-शैली के पुनरुत्थान में भी शाह का बहुत बड़ा योगदान रहा है। शाह ने राधेश्याम कथावाचक के 'वीर अभिमन्यु', 'मशरिकीहूर' के अतिरिक्त आग़ा हश्र कश्मीरी के सभी चर्चित नाटकों का मंचन किया है।

प्रसिद्ध फिल्म 'मधुमती' में नैनीताल की शूटिंग में स्वर्गीय बिमल राय के साथ काम करने वाले शाह की पहली फिल्म कनाडा की किसी कम्पनी की डॉक्यूमेण्ट्री थी। नाम था, 'इण्डिया, दि न्यू विण्ड्स'। उसके बाद तो चिल्ड्रन फिल्म सोसाइटी की कई फिल्मों के साथ-साथ 'मैं आज़ाद हूँ', 'यह वह मंज़िल तो नहीं', 'करामाती कोट' और मणिरत्नम की आने वाली फिल्म के अतिरिक्त अनेक टी.वी. सीरियलों तथा टेली फिल्मों में काम किया।

यायावर शाह में साधुवृत्ति का निर्लिप्त भाव भी बहुत प्रबल था। यायावरी के दिनों में छोटे-छोटे क़स्बों में रंग-कार्यशालाओं से प्राप्त होने वाली नगण्य फीस से

दोगुना खर्च कलाकारों के चाय-पानी पर कर देता। रा. ना. वि. के निदेशक की पदवी पाकर भी मित्रों को अपनी जेब से चाय पिलाता। और तो और, हमेशा अकेले रहते और होटलों में खाना खाते शाह को मैंने अबुहसन के ख़लीफ़ा की तरह कभी अकेले खाना खाते नहीं देखा था। जब कभी हम शाम को साथ होते तो खाना तो मैं घर जाकर ही खाता, रौशन की कुल्फ़ी जरूर साथ देने के लिए खा लेता था।

1982 में लन्दन में हो रहे 'फ़ैस्टिवल आफ़ इण्डिया' में रा. ना. वि. रंगमण्डल के साथ जाने की बजाय यह कहकर टिकट लौटा दिया कि दिल्ली में विद्यालय के काम का हर्जा होगा। बड़ी मुश्किल से लन्दन तो गया परन्तु पोलैण्ड और पूर्वी जर्मनी जाने से पहले वापस आ गया। ऐसे ही 1989 में डॉक्टर चन्द्रशेखर कम्बार, दया प्रकाश सिन्हा, जे. पी. दास, रेवतीसरन शर्मा और मेरे साथ मास्को और सेण्ट पीटर्सबर्ग यह कहकर जाने से मना कर दिया कि मुझे शंकर सुहेल की टेली फिल्म में काम करना है। कनाडा अपनी बहनों के पास जाने और वहाँ के नाटक विभागों में व्याख्यानमाला के न जाने कितने कार्यक्रम बने और स्थगित हुए। कारण, किसी कस्बे में रंग-कार्यशाला है, या कहीं नाटक की प्रस्तुति। उस जिप्सी के लिए संसार भ्रमण से अधिक महत्त्वपूर्ण रंगकर्म था।

पिछले कुछ वर्षों में एक अजीब तरह की अनिश्चितता और असुरक्षा का भाव शाह की बातचीत में झलकने लगा था। लखनऊ में भारतेन्दु नाट्य अकादमी के निदेशक बनने का निमन्त्रण पहले भी दो बार मिला था, परन्तु शाह ने साफ-साफ मना कर दिया था। इस बार भी जाने से पहले बहुत अनमना-सा लग रहा था। मैं इस दुविधा का कारण समझ नहीं पाया, न ही जीवन के इस चरण में आकर राजनीति में जाने की बाध्यता और औचित्य को। शायद जीवन के एकाकीपन के बोझ से छुटकारा पाने का प्रयत्न रहा हो या कुछ अभिन्न मित्रों का प्रबल आग्रह।

दूसरे मित्रों की तरह अपने तौर पर तो मैं इसका कारण जानने का प्रयत्न कभी न करता। हाँ, 5 जून, 1998 को तड़के अगर यमराज, शाह को ढूँढ़ते हुए मुझे पूछता, 'क्या तुम बी. एम. शाह हो?' मैं बिना झिझक कह देता, 'हाँ!' परन्तु वह तो यमराज था, इन्दुदा नहीं, जो ऐसी भूल करते।

# बहुरूपी-बहुआयामी मनोहर
## (मनोहर सिंह)

''मुझे इस फील्ड में लाने के गुनहगार जे. एन. कौशल हैं।'' मनोहर सिंह की आवाज और बोलने के अन्दाज में 'तुग़लक' का रौब भी था तो 'रसगन्धर्व' के हवलदार की हँसी की खनखनाखट भी। 'लुक बैक इन एंगर' के जिम्मी पोर्टर का गुस्सा तो शायद नहीं था, उसके डाई ह्यूमर की झलक जरूर थी और 'थ्री पैनी ओपेरा' के मैकी चाकूबाज़ का मस्तमौलापन भी और चेहरे पर शरारत भरी मुस्कुराहट—एक ही वाक्य में इतने इमोशन! एक ही वाक्य में इतने पात्रों के तेजी से बदलते चित्र!! एक ही वाक्य में एक समग्र रंग प्रस्तुति!!!

नाट्य पत्रिका 'नटरंग' ने दो वरिष्ठ रंगकर्मियों की रंग-यात्रा का ब्योरा लेने और मूल्यांकन करने के लिए, जो अभिनय के क्षेत्र में अपनी अद्‌भुत क्षमता से सबको अपना फ़ैन बना चुके थे, दिल्ली में एक कार्यक्रम का आयोजन किया था। वह दो रंगकर्मी थे—मनोहर सिंह और उत्तरा बावकर। मैं दोनों से ही उनके राष्ट्रीय नाट्य विद्यालय आने से पहले ही मिल चुका था। उत्तरा अल्काज़ी साहब द्वारा निर्देशित कालिदास की संस्कृत प्रस्तुति 'अभिज्ञान शाकुन्तलम्' में प्रियंवदा की भूमिका कर रही थीं और मैं रिकार्डिड संगीत का संचालन कर रहा था। और मनोहर शिमला के अपने अन्तरंग मित्र सुशील तँवर से, जो उन दिनों गीत और नाटक प्रभाग में मेरे सहकर्मी थे, से मिलने प्रायः आते-जाते रहते थे और उनसे मेरी भी बातचीत होती रहती थी।

सन् 1968 में जब हम मिले तो मैंने पूछा कि तीन साल की छुट्टी मिल जाएगी? वह बोले, ''किसलिए?'' मैंने कहा कि राष्ट्रीय नाट्य विद्यालय में प्रवेश के लिए। तो वह बोले कि ''कोशिश करूँगा।'' वह बहुत आश्वस्त नहीं थे क्योंकि मनोहर पहले भी दो बार रा. ना. वि. में आने को तैयार थे परन्तु हिमाचल प्रदेश के संस्कृति विभाग के आला अफसर, जहाँ वह ड्रामा इन्स्पेक्टर के रूप में कार्यरत थे, उन्हें छोड़ना नहीं चाहते थे। एक तरह से वह रा. ना. वि. में अपने दाखिले की बात भूल ही चुके थे। मैंने कहा था कि ''कोशिश करने में क्या हर्ज़ है?

हो सकता है कि तुम्हारी लगन उन्हें समझ आ जाए और इस बार अफसर मान ही जाएँ।'' वह बोले, ''आप फार्म मँगवा लीजिए लेकिन मुझे कोई उम्मीद नहीं है।'' हमने रा. ना. वि. से फॉर्म मँगवाया, उनका फोटो खिंचवाया और फॉर्म भरकर भिजवा दिया। उनका साक्षात्कार हुआ और वह सिलैक्ट कर लिये गये। उसके बाद तो मनोहर सिंह भारतीय रंगमंच के एक इतिहास पुरुष बन गये।

मनोहर सिंह के साथ मिलना-जुलना तो होता था लेकिन गप-गोष्ठी यदा-कदा ही होती थी जिसमें गप कम और गोष्ठी अधिक होती। हम प्रायः नाट्य प्रस्तुतियों के मूल्यांकन आदि की बातें ही करते। वह एक व्यक्ति के तौर पर बहुत सहज और सरल थे। वह सबसे घुलमिल तो नहीं जाते थे लेकिन शिष्टाचार का पूरा ध्यान रखते। उनके हाव-भाव, पहनावे और आम व्यवहार में एक अरिस्टोक्रेसी की झलक मिलती थी, एक शाहाना अन्दाज़ जिससे देखनेवालों को लगता था कि वह 'स्नौब' हैं और उनसे मिलने से कतराते थे, परन्तु उनसे मिलते ही उनकी शंकाएँ दूर हो जातीं। वह अपने साथ काम करनेवाले नये कलाकारों के लिए रोल मॉडल बन गये थे। वे लोग उनकी रिहर्सलें एक क्लास के तौर पर देखते। मनोहर एक अभिनेता के साथ-साथ एक टीचर की भूमिका भी सँभाल लेते।

कहते हैं कि कलाकारों को सँभालना, मेढक तोलने जैसा होता है। दो को तराजू में डालते हैं तो तीसरा डालने से पहले ही पहला फुदककर बाहर चला जाता है। लेकिन मनोहर उनको काबू करने का गुर जानते थे। वह व्यक्तित्व परख के आधार पर साम, दाम, दण्ड, भेद में से उचित प्रक्रिया का प्रयोग करते। पता नहीं, रंगमण्डल के कितने मूडी कलाकार बात-बात पर त्यागपत्र दे देते और मनोहर पहले उन्हें समझाते, पुचकारते। अगर वह न मानते तो त्यागपत्र ले लेते और कहते कि एक सप्ताह बाद इस पर एक्शन लेंगे। परन्तु उसकी नौबत ही नहीं आती क्योंकि कलाकारों की बड़ी से बड़ी शिकायत भी शिकायत नहीं, 'रात गयी और बात गयी' ही होती।

मैंने मनोहर सिंह से 'मैन मैनेजमेण्ट' के बहुत-से गुर सीखे थे। उनमें कमाल की खूबी थी कि चाहे कितनी भी कठिन स्थिति क्यों न हो, वह बहुत शान्त चित्त रहते और अपने सहकर्मियों की दुविधाओं और आपदाओं के निवारण की प्रक्रिया में बराबर की शिरकत करते।

एक बार राष्ट्रीय नाट्य विद्यालय रंगमण्डल हरियाणा के कई शहरों में नाट्य-प्रस्तुति के लिए गया था। जैसाकि होता ही है, इस दौरे पर भी हर शहर में पहले दिन बहुत काम होता था। खासतौर पर बैक स्टेज काम करनेवालों को बहुत मुश्किल होती थी। एक शो खत्म होता, कलाकार तो मेकअप उतारकर चले जाते परन्तु बैक स्टेज वाले सैट, लाइट उतारते, कास्ट्यूम आदि सँभालते, ट्रक लोड करवाते और दूसरी जगह जा नये मंच पर, नयी स्थितियों में सब-कुछ फिर से सैटअप करते।

एक ही स्थान पर पहले प्रदर्शन के बाद उनकी स्थिति वैसी ही रहती। कलाकार तो चले जाते खाने, सोने और तकनीशियन लोग प्रस्तुत हो चुके नाटक की सामग्री समेटते और दूसरे नाटक की मंच-व्यवस्था में जुट जाते। उनको कई बार रात-भर काम करना पड़ता और जब दूसरे लोग सुबह बैड टी पी रहे होते तो वे लोग अपने रहने के स्थान पर पहुँच पाते।

एक स्टेशन पर ऐसा ही हुआ था। रात-भर काम करने के बाद सुबह जब वे लोग अपने डेरे पहुँचे तो कलाकार लोग नाश्ता कर रहे थे। ग्रुप लीडर ने इनसे कहा कि जाओ, तुम लोग भी कैण्टीन में जाकर नाश्ता कर लो। ये लोग बिना नहाये-धोये वहाँ चले गये। रात-भर काम करते-करते उनके पहनावे की जो हालत थी, उससे वे मजदूर-से दिख रहे थे। कैण्टीनवाले उन्हें पहचानते नहीं थे। उन्होंने यह कहकर भगा दिया कि आप लोगों के लिए कोई नाश्ता-वाश्ता नहीं है। उससे तो एक हंगामा शुरू हो गया। कलाकारों में से कोई उनकी सहायता के लिए आगे नहीं आया। तकनीशियनों को बहुत बुरा लगा। उनकी कलाकारों से तू-तू, मैं-मैं हो गयी। काफी झगड़ा हुआ। उन्होंने एक प्रकार से हड़ताल-सी कर दी और मंच-सज्जा का काम छोड़ दिया। वह उस दिन की प्रस्तुति के लिए कुछ भी करने के लिए तैयार नहीं थे। रंगमण्डल प्रमुख मनोहर सिंह को जब पता चला तो उन्होंने सब कलाकारों और तकनीशियनों की एक मीटिंग की और खूब डाँट लगायी। उसके बाद उनसे कहा कि अब मैं एक-एक को अलग से अपने कमरे में बुलाकर खूब खबर लूँगा। उन्होंने सब को बारी-बारी बुलाया और खूब फटकारा। हर व्यक्ति डरता हुआ उनके कमरे में जाता और मुँह लटकाये बाहर आता। कुछ लोगों की तो अन्दर जाने से पहले ही आधी जान सूख जाती। कोई नहीं जानता था कि मनोहर भाई किसको क्या कह रहे हैं। सब बाहर आकर चुप्पी साधे इधर-उधर हो जाते।

कुछ घण्टों बाद आपस में बात करते हुए एक ने दूसरे को बताया कि मुझे मनोहर भाई ने सौ रुपये दिये हैं। दूसरे ने कहा कि मुझे भी दिये हैं। धीरे-धीरे कानाफूसी से बात सारे रंगमण्डल में फैल गयी। तब पता चला कि उन्होंने सभी को डाँट पिलाने के साथ सौ रुपये भी दिये हैं ताकि वह अपनी पसन्द का नाश्ता कर सकें। मनोहर अच्छी तरह जानते थे कि वहाँ खाने-पीने का प्रबन्ध ठीक नहीं है। उन्होंने अनुशासन बनाये रखने के लिए डाँटा-फटकारा भी और एक ग्रुप लीडर के नाते उनके हितों का ध्यान भी रखा।

रा. ना. वि. के कर्मचारी रमेश अथवाल रंगमण्डल में नये आये थे। वह दो-तीन सहकर्मियों के साथ मंच-प्रबन्धन के साथ-साथ प्रकाश-प्रबन्धन भी करते थे। एक बार दिल्ली के प्यारेलाल भवन में नाटक खेले जा रहे थे। मंच पर कुछ गड़बड़ दिखाई पड़ने पर बिना जाने कि यह किसने किया है, मनोहर ने रमेश अथवाल

को खूब डाँट पिलायी। अथवाल रंगमण्डल में हाल ही में आये थे और डेली वेज पर काम कर रहे थे। उनको यह बात बहुत बुरी लगी कि यह तो किसी और का किया धरा है और डाँट उन्हें पड़ रही है। उनके साथ मंच-सज्जा और वस्त्र-सज्जा देखनेवाले दो और व्यक्ति भी थे जिनको लगता था कि मनोहर उन्हें बेमतलब डाँटते रहते हैं। अगले दिन वह आये और अपना काम करने की बजाय अपना त्यागपत्र दे दिया और दस-दस रुपये के टिकट लेकर दर्शक बन बाहर बैठ गये। सहकर्मियों ने बहुतेरा कहा कि भई चलो, अपना काम करो। वह पलटकर कह देते कि हम तो आज दर्शक हैं। नाटक देखने आये हैं, काम करने नहीं। यह देखो टिकट!

मनोहर नाटक आरम्भ होने से आधा घण्टा पहले आये। उन्होंने देखा कि मंच पर कोई तैयारी ही नहीं हुई तो कारण की पूछताछ करने लगे। पता चलने पर वह बाहर आये और रमेश से कारण पूछा तो रमेश ने कहा कि ''हम काम नहीं करेंगे। हमने एन. एस. डी. से त्यागपत्र दे दिया है और आज बस दर्शकमात्र हैं। यह देखो हमारे टिकट।'' मनोहर बहुत प्यार से बोले, ''बहुत अच्छा किया जो तुम लोगों ने त्यागपत्र दे दिया। मैं भी यहाँ के लोगों से तंग आ गया हूँ और कई बार छोड़कर भाग जाने का मन होता है। यहाँ कोई डिसिप्लिन ही नहीं रहा। मैं भी यहाँ के शो खत्म होने के बाद ऐसा ही करनेवाला हूँ।'' फिर वह बोले, ''तुमने एन. एस. डी. छोड़ा है न! बड़े भाई को तो नहीं छोड़ा?''

रमेश बोले कि भाई को थोड़े ही छोड़ा है। मनोहर बोले, ''भाई की बात तो नहीं टालोगे न?'' रमेश बोले, ''आप ही तो मुझे यहाँ लाये हो, मुझे हर चीज के बारे में समझाते, सिखाते हो। आपकी बात कैसे टाल सकता हूँ!'' मनोहर बोले, ''तो चलो। आज तुम एन. एस. डी. के लिए नहीं, बड़े भाई के लिए काम करो।'' रमेश अथवाल और साथी एकदम तत्परता से अपने-अपने काम में जुट गये।

सन् 1984-85 में मनोहर मुम्बई चले गये थे। कुछ दिनों तक उत्तरा बावकर और सुरेखा सीकरी रंगमण्डल का कार्यभार सँभालती रहीं। जुलाई, 1986 में मैं रंगमण्डल प्रमुख के पद पर आया। मनोहर तो बरसों रंगमण्डल प्रमुख थे, उनके जाने के बाद कलाकारों को जो भी सुविधाएँ लेनी होतीं, वह कहते कि मनोहर भाई के समय तो ऐसा होता था। अधिकतर मामले खाने-पीने के होते। मैं भी बिना पड़ताल किये उनकी बात मान जाता। कुछ दिनों बाद मैंने महसूस किया कि ऐसी सुविधाएँ तो कहीं भी नहीं होतीं, फिर भला मनोहर ऐसा क्यों करते थे? एक बार मनोहर मुम्बई से आये तो मैंने कहा, ''भई, तुम रंगमण्डल में क्या अण्ट-शण्ट आदतें डाल गये हो?'' वह हैरान से मुझे देखने लगे। पूरी बात सुनने के बाद बोले कि ''मैंने तो ऐसा कभी भी नहीं किया। कौन कहता था कि मैंने यह सब किया?'' मैंने नाम बताये

तो मनोहर ने सबको बुलाया और खूब डाँट पिलायी।

मनोहर कभी गलत आदमी का चुनाव नहीं करते थे, न ही अपने किसी चहेते की सिफारिश। मुझे याद है, जब 1985 में शिमला में एन. एस. डी. की कार्यशाला के लिए हम इण्टरव्यू करनेवाले थे तो हमने मनोहर सिंह को, जो किसी और कारण से शिमला में थे, छात्रों की चयन-प्रक्रिया से जोड़ लिया था। उसमें लगभग पचास-पचपन कैण्डिडेट थे जिसमें से तीस ही लेने थे। चयन-प्रक्रिया समाप्त हो गयी और मनोहर चले गये। हम सोच रहे थे, छात्राएँ प्राय: रंगकर्म के लिए आसानी से नहीं आतीं, इसलिए साक्षात्कार के लिए आनेवाली सभी छात्राओं का चयन कर लें, परन्तु मनोहर कहने लगे कि मेरिट पर ही चुनाव करो। सब अच्छी हों, तभी लो। उनके कहने पर हमें दो छात्राओं को ड्रॉप करना पड़ा। बहुत बाद में हमें पता चला कि उनमें से एक मनोहर की सगी भानजी थी। उन्होंने हमें नहीं बताया था। वह जानते थे कि अगर हमें पता होता तो हम उसका चयन अवश्य कर लेते और वह नहीं चाहते थे कि लोग यह कहें कि मनोहर ने दूसरों को छोड़कर अपनी भानजी को पास करा लिया।

मनोहर सिंह में एक अच्छे अभिनेता के सारे गुण मौजूद थे। यही कारण था कि वह एन. एस. डी. में दूसरे, तीसरे वर्ष में ही मेजर रोल करने लगे थे। आज़ादी के बाद के हिन्दी में हो रहे नागरी रंग परिदृश्य की बात करें तो ओम शिवपुरी के बाद मनोहर ही ऐसे अभिनेता हैं जिनके नाम की धाक जम गयी थी और जिनका नाम सुनते ही लोग नाटक देखने चले आते। 'तुग़लक' में श्रेष्ठ अभिनय के बाद तो तुग़लक़ का नाम मनोहर सिंह का पर्यायवाची बन गया था। मनोहर इस चरित्र को इस तरह निभाते थे जैसे वह सुल्तान तुग़लक ही हों। विश्व नाट्य इतिहास में पहली बार हुआ होगा कि एक ही पात्र, जैसे तुग़लक, जिसे मनोहर सिंह अल्काज़ी के निर्देशन में कितनी ही बार कर चुके थे, उस पात्र को 1982 में लन्दन में होनेवाले फ़ेस्टिवल ऑफ़ इण्डिया में होनेवाली प्रस्तुति के लिए प्रसन्ना के निर्देशन में तैयार किया।

ऐसा माना जा रहा था कि मनोहर सिंह तुग़लक के किरदार में एकदम रच बस गये हैं इसलिए वह नया क्या करेंगे। वह तो वैसा ही चरित्र निभाएँगे जैसे वह करते आ रहे थे। लेकिन निर्देशक की नयी व्याख्या के कारण यह तुग़लक बिल्कुल ही अलग था। प्रसन्ना की प्रस्तुति फ़ेस्टिवल कमेटी को पसन्द नहीं आयी। अल्काज़ी साहब को एक बार फिर यह नाटक प्रस्तुत करने के लिए बुलाया गया। इस बार उनकी व्याख्या भी पहले की प्रस्तुतियों से कुछ अलग थी। मनोहर सिंह ने भी इस नयी व्याख्या के साथ एक बिल्कुल अलग भूमिका प्रस्तुत करके कुशल अभिनय का एक और प्रमाण दिया। अल्काज़ी साहब का पहला तुग़लक सनकी सुलतान था जबकि प्रसन्ना ने उसे पागल सुल्तान बना दिया था। मनोहर सिंह की अभिनय क्षमता का कमाल

था कि यह उस पात्र का दोहराव नहीं, तीसरा रूप ही था।

मनोहर हर पात्र के मुताबिक अपने आप को उस साँचे में ढाल लेते। उन्होंने कितने ही कालजयी नाटकों में मुख्य भूमिकाएँ निभायी हैं। *हिम्मतमाई* (मदर करेज) और *बेगम बर्वे* जैसे स्त्री पात्र करके अभिनय की ऊँचाइयाँ नापी हैं। वह अपने हर किरदार में डूब ही जाते। *बेगम बर्वे* की एक प्रस्तुति के बाद जब लोग उनको बधाई देने ग्रीनरूम में गये तो वह ऐसी आवाज में बात कर रहे थे जैसे वह अभी भी *बेगम बर्वे* ही हों। मैंने हाथ मिलाते हुए कहा कि "भई, अब तुम बेगम बर्वे नहीं, मनोहर हो। अब तो मनोहर की तरह बात करो!"

मैंने बहुरूपी-बहुआयामी मनोहर के, 'मंच पर' और 'मंच परे' सैकड़ों रूप देखे हैं, जो यदा-कदा उनकी चर्चा होते ही आँखों के सामने तैरने लगते हैं—लेकिन मणि मधुकर के नाटक *रसगन्धर्व* में उनकी लँगड़े सन्तरी की छोटी-सी भूमिका मेरे स्मृतिपटल पर एक अमिट छाप छोड़ गयी है।

# एक विलक्षण प्रतिभा
## (बादल सरकार)

सन् 1969 छोटी दीवाली का दिन भारतीय रंगकर्म का एक महत्त्वपूर्ण दिन बन गया था। हर शाम की तरह उस शाम भी वही सब कुछ था, जैसे कनॉट प्लेस के कॉफी हाउस की गहमा-गहमी। रंगमंच, आकाशवाणी तथा दूरदर्शन में काम करनेवाले कलाकारों का जमघट। दिन-भर के किस्से-कहानियाँ। मेज के आसपास रखी चार कुर्सियाँ थोड़ी देर में छह, फिर आठ, और फिर दस हो गयीं। एक और मेज बीच में लानी पड़ी। सब अपनी-अपनी पसन्द का ऑर्डर दे रहे थे, या दे चुके थे। तभी आकाशवाणी के नाट्य-एकांश के प्रोड्यूसर दीना भाई आये और दायरे में बैठे सब लोगों से पूछा, 'तुम चाय पियोगे? तुम पियोगे? तुम पियोगे?' इससे पहले कि कोई उत्तर दे, दीना भाई ने बैरे से कहा, 'दो चाय लाओ।' एक साथी बोला, 'दीना भाई मैं भी पियूँगा'। दीना भाई बोले, 'इसीलिए तो दो लाने को कहा है।' दीना भाई की हाजिर-जवाबी सुनकर सब ठहाका लगाकर हँसने लगे। तभी किसी ने कहा कि आज दिल्ली का एक बंगाली क्लब बांग्ला भाषा के नये नाटक का मंचन कर रहा है। नाटक का नाम है, 'एवम् इन्द्रजीत,' और लेखक हैं, बादल सरकार।

अधिकतर लोग बांग्ला नाटक देखने को उत्सुक नहीं थे; क्योंकि वह जल्दी से जल्दी घर जाना चाहते थे ताकि खाने-पीने से निपटकर आराम से लक्ष्मी-पूजन के अनुष्ठान के तौर पर ताश के पत्तों का खेल आरम्भ कर सकें। दो (प्रवासी) दिल्लीवासी बंगालियों के साथ ठेठ पंजाबी राजिन्दर पाल थे, जो लक्ष्मी-पूजन छोड़कर बांग्ला नाटक देखने गये और एक अद्‌भुत अनुभव प्राप्त करके लौटे थे। इतना ही नहीं, उन्हें समकालीन रंगकर्म के एक हीरे को पहचानने का सुअवसर प्राप्त हुआ था। नाटक इतना अच्छा था कि लगभग एक महीने बाद ही शम्भु मित्र की संस्था 'बहुरूपी' में अभिनय तथा प्रकाश-परिकल्पना कर चुके सितांशु मुखर्जी ने हिन्दी अनुवाद कर दिया था और कुछ समय बाद ही दिल्ली की रंग-संस्था 'यात्रिक' ने उसका मंचन भी कर दिया था और अंग्रेजी में छपने वाली

नाट्य-पत्रिका 'इनैक्ट' के सम्पादक राजिन्दर पाल के सौजन्य से बादल बाबू न केवल भारत में, बल्कि विदेशों में भी एक विलक्षण प्रतिभा के रूप में पहचाने जाने लगे थे।

मैंने बांग्ला प्रस्तुति तो देखी ही नहीं थी, 'यात्रिक' की प्रस्तुति देखने का अवसर अवश्य मिला था। परन्तु इस नाटक का जादू श्यामानन्द जालान की कोलकाता की रंग-संस्था 'अनामिका' की प्रस्तुति में दिखाई पड़ा। नाटक आरम्भ होने से पहले प्रेक्षागृह में सीटों की अदलाबदली के कारण कुछ प्रेक्षकों में विवाद-सा छिड़ गया था और बात मारपीट तक आ गयी थी। अन्य दर्शक घबराकर चिल्लाने लगे कि इनको बाहर निकालो। कोई बोला कि पुलिस को फोन करो। कुछ लोग तो उठकर बाहर जाने लगे। तभी अचानक मंच का पर्दा उठा और एक अभिनेता आकर झगड़नेवालों को शान्त रहने की प्रार्थना करने लगा। उसने उनमें से चार लोगों को मंच पर आने को कहा और उनका नाम-पता पूछने लगा। तब लोगों को पता चला कि हाल में होने वाला हंगामा भी नाटक का ही एक हिस्सा था। फिर क्या था, सब लोग खुशी से तालियाँ बजाने लगे। नाटक के अन्त में तो स्टैण्डिंग ओवेशन हो रही थी। उस शाम बादल सरकार मोहन राकेश, गिरीश कर्नाड तथा विजय तेन्दुलकर जैसे राष्ट्रीय स्तर के नाटककारों की श्रेणी में आ खड़े हुए थे।

उसके बाद बादल बाबू के लगभग हर नाटक के एक नहीं, अनेक प्रदर्शन देखने का अवसर मिला। उनकी अपनी रंग-संस्था 'शताब्दी' की प्रस्तुतियों में नाटककार, निर्देशक तथा अभिनेता बादल बाबू को देखने का अवसर भी मिला। सबसे पहले 'सगीना महतो' की प्रस्तुति देखने का अवसर प्राप्त हुआ। उसके बाद भोमा, स्पार्टाकस, मिछिल (जुलूस) आदि नाटकों की उनकी प्रस्तुतियाँ दिल्ली और कोलकाता में देखने को मिलीं। उनके विचार पढ़ने-सुनने का अवसर मिला। उन्होंने कितने ही विदेशी फिल्मों तथा नाटकों के रूपान्तर कर डाले। उन्होंने मौलिक नाट्य-लेखन से पहले ही 'मंकी बिज़नेस' तथा 'स्केप गोट' फिल्मों पर आधारित हास्य-नाटक 'सॉल्यूशन एक्स' तथा अपराध-नाटक 'समवृत्त' रचे। उनका नाटक 'राम श्याम जदु' भी 'माई थ्री एंजिल्स' पर आधारित है। इतना ही नहीं, तीसवीं शताब्दी का एक महत्त्वपूर्ण सम्भाषण भी 'कंडैम्ड ऑफ़ अलटोना' का अनुवाद-मात्र लगता है।

उन्होंने मध्यवर्ग की समस्याओं, मानसिकताओं और उसके अन्तर्विरोधों का जीवन्त चित्रण करनेवाले नाटकों को डिसओन करनेवाली बात को ही डिसओन किया है। भाषा, संवाद और कथ्य के बजाय मनोशारीरिक अभिव्यक्ति पर बल देते हुए गम्भीर मंचीय रंगकर्म को खत्म कर देने की चर्चा का भी खण्डन किया है। उन्होंने अपनी प्रस्तुतियों के प्रचार के लिए विज्ञापन कभी नहीं दिये और उनके प्रदर्शनों को देखने के लिए टिकट लेना भी अनिवार्य नहीं है। प्रस्तुति के बाद जो जितना

चाहे, सहयोग-राशि दे सकता है।

उन्होंने अपने आपको ग्रोतोवस्की का अनुयायी मानने से इनकार किया है, परन्तु उनके कई अनुयायियों द्वारा उनकी रंग-भाषा को समझे बिना किए गये नाटक असफल ही रहे हैं। एक प्रकार से माना जाए कि बहुआयामी बादल सरकार के नाटक तो बहुत सफल रहे, परन्तु उनकी रंगभाषा उन्हीं की प्रस्तुतियों तक ही सीमित रही। हाँ, उनके रंगकर्म की कार्बन-कॉपी अभी भी कहीं न कहीं दिखाई पड़ ही जाती है।

जैसा कि जयदेव तनेजा ने अपनी पुस्तक 'रंग-साक्षात्कार' में लिखा है, 'यह सचमुच एक दिलचस्प तथ्य है कि सभी प्रकार के विज्ञापन और प्रचार से दूर रहने के बावजूद केन्द्रीय संगीत नाटक अकादमी द्वारा पुरस्कृत हो चुके बादल बाबू को 1997 में अकादमी का फैलो भी बनाया गया है। भारत सरकार ने इन्हें पद्मश्री और मध्य प्रदेश सरकार ने कालिदास-सम्मान से अलंकृत किया है। और कौन जाने, वह अपने पाठकों, दर्शकों से न जाने कितने हज़ारों, लाखों श्रद्धा और सम्मान के पुष्प-गुच्छ प्राप्त कर चुके होंगे।'

# साथ जिये कुछ पल
## (शम्भु मिश्र)

वह दृश्य आज भी मेरे स्मृति-पटल पर अंकित है। पाँचवें दशक में भारत सरकार का गीत और नाटक प्रभाग, दिल्ली के तालकटोरा बाग़ के मुक्ताकाशी रंगमंच पर ग्रीष्मकालीन अखिल भारतीय, बहुभाषी नाट्य समारोह का आयोजन करता था। इस समारोह में बांग्ला, मराठी, गुजराती, तमिल आदि की सुप्रसिद्ध नाट्य मण्डलियाँ हर वर्ष भाग लेती थीं। इसी समारोह में मैंने रांगणेकर, मामा वरेरकर, टी. के. एस. ब्रादर्ज़, पृथ्वीराज कपूर, उत्पल दत्त आदि के नाटक देखे थे। भारतीय भाषाओं का ज्ञान तो नहीं था परन्तु नाट्य भाषा समझने का इस समारोह से सुन्दर अवसर और कहाँ प्राप्त हो सकता था?

यहीं पहली बार मैंने शम्भु दा को मंच पर देखा था। नाटक था रवीन्द्रनाथ ठाकुर का *चार अध्याय*। बांग्ला भाषा का ज़रा भी ज्ञान नहीं, मंच पर कोई तड़क-भड़क वाले दृश्यबन्ध नहीं, कोई नृत्य-संगीत की गहमा-गहमी नहीं। फिर भी उस नाटक का वह दृश्य भूले नहीं भूलता।

वर्ष 1956। विशाल मंच के बीच एक कुर्सी पर शम्भु दा बैठे हैं और पास ही नीचे तृप्ति मित्र बैठी हैं। केवल दो स्पॉट लाइट उन पर हैं। ओपन एयर थियेटर के आसपास के पेड़ों की सरसराती हवा दृश्य के एकाकी पल को गहरा रही है। 'चार अध्याय' के ये दोनों पात्र अपने कर्तव्य और प्रेम की दुविधाओं का तन्मयता से विश्लेषण कर रहे हैं। दर्शकगण दम साधे बैठे हैं। मुझे भी जैसे उनकी हर बात समझ आ रही थी। यह उनकी आवाज का जादू था जो भाषा की सीमा लाँघकर उन पात्रों से हमारा साक्षात्कार करा रहा था, क्योंकि अभिनय के नाम से तो वह कुछ कर ही नहीं रहे थे। वह तो बस बैठे थे।

मुझे याद नहीं वह दृश्य पाँच मिनट का था या पचास का। परन्तु उन पात्रों के साथ जिया एक-एक पल आज भी याद है। शम्भु दा की आवाज आज भी कानों में गूँजती है।

वर्ष 1960-61 : राष्ट्रीय नाट्य विद्यालय के दोनों वर्षों के छात्रों को शम्भु

दा के चार नाटक देखने का अवसर मिला था। नाटक थे—रवीन्द्र ठाकुर के 'रक्त कर्बी' तथा 'विसर्जन', इब्सन का 'पुतुल खेला' और 'दशचक्र'। शम्भु दा रा. ना. वि. में लेक्चर के लिए आये थे। हमारे एक सीनियर छात्र ने पूछा था कि आपने 'पुतुल खेला' में घर का जो सैट लगाया था, उसकी दीवारें 8-9 फुट ऊँची ही क्यों थीं? पूरे बारह फुट में फ्लैट क्यों नहीं थे? (मैं उस समय दूसरे बैच के प्रथम वर्ष का छात्र था) शम्भु दा ने पूछा कि उनके लेक्चर के समय छात्र उनके अतिरिक्त और क्या देख रहे थे। किसी ने ब्लैक बोर्ड कहा, तो किसी ने पानी का गिलास, किसी ने उनके पास बैठे नेमिजी का नाम लिया, तो किसी को दीवार पर लगी एक आध कील दिखी। तब शम्भु दा ने कहा कि उनके पीछे की दीवार पर एक रौशनदान भी है। लगभग बारह फुट की ऊँचाई पर...वह किसी ने नहीं देखा। मतलब यह कि दर्शकों की दृष्टि अभिनेता की ऊँचाई से तीन-चार फुट ऊपर ही देखती है, उसके ऊपर नहीं, तो फिर 14 फुट के फ्लैट किसलिए?

शम्भु दा के दिल्ली आने वाले लगभग सभी नाटक देखने के अतिरिक्त गाहे-ब-गाहे लेक्चर, गोष्ठी, सेमिनार आदि में उनसे भेंट हो जाती थी। संकोची स्वभाव, कम बोलते थे। शब्दों का चयन बहुत सूझबूझ से करते। विस्तृत व्याख्या की बजाय सूत्रों में बात समझाते। एक बार कहा कि भावाभिव्यक्ति में जब एनिमल इंसटिंक्ट की तीव्रता आती है तभी अभिनय का चरम उत्कर्ष होता है। सत्य से साक्षात्कार होने पर अपनी आँखें फोड़ने वाले राजा ईडिपस की मर्मस्पर्शी चीख में उसी पाशविक वृत्ति की झलक मिलती थी।

मंच पर पात्र-चित्रण कर रहे हों या सेमिनार में भाषण, आपस की बातचीत हो या निर्देशकीय कार्यकलाप, उनकी आवाज का जादू सर चढ़कर बोलता था। यही कारण है कि जब मैंने शम्भु दा पर दूरदर्शन के लिए बनने वाले वृत्तचित्र का स्क्रीन प्ले लिखा तो पहला दृश्य था : 'सुनसान मंच पर एक कुर्सी, दो स्पॉट लाइट का घेरा, शम्भु दा कुर्सी पर और तृप्ति थी नीचे। कैमरा ऊपर बालकनी में, धीरे-धीरे जूम-इन करता है और शम्भु दा के क्लोज-अप पर फ्रीज करता है।'

यह वृत्तचित्र बना तो सही, परन्तु शम्भु दा अस्वस्थता के कारण यह शॉट दे न पाये।

# हुतात्मा को नमन

## (भीष्म साहनी)

भीष्म साहनी के बारे में कुछ भी लिखने की चेष्टा करता हूँ तो न जाने क्यों एक मेण्टल ब्लॉक-सा हो जाता है। समझ नहीं आता कहाँ से आरम्भ करूँ। लगभग चार दशक के परिचय के दौरान उनको अनगिनत भूमिकाओं में देखा है। रंगकर्म से जुड़े कई प्रोजेक्टों में सहभागी रहा हूँ। हर समय साथ तो नहीं रहा, परन्तु दूर-दूर से देखते रहने के कारण उनके बारे में कुछ न कुछ जानता तो हूँ। एक अनदेखा तार-सा जुड़ा हुआ था, जो उनके बारे में सूचना देता रहता था। लग रहा था कि वह तार कहीं टूट-सा गया है।

यह तो मैं जानता हूँ कि भीष्म साहनी का जन्म रावलपिण्डी (पाकिस्तान) में 8 अगस्त, सन् 1915 को हुआ था। हिन्दी और संस्कृत की शिक्षा घर पर ही हुई और उर्दू, अँग्रेजी की स्कूल में। कम उम्र में लेखन कार्य में जुट गये और उनकी पहली कहानी *नीली आँखें* हंस पत्रिका में प्रकाशित हुई थी। और *नीलू, नीलिमा, नीलोफर* नाम का उनका उपन्यास सम्भवत: उनकी अन्तिम कृति है। पता नहीं उनकी अन्तिम कृति के टाइटल में नील शब्द का प्रयोग अनजाने में हुआ था, या किसी गहरी ग्रन्थि की प्रेरणा थी, जिसके कारण वह उसी नाम से अपनी लेखन-प्रक्रिया से साइन ऑफ करना चाहते थे? सन् 1947 से इप्टा और पत्रकारिता से जुड़े रहे। घर के व्यवसाय से कुछ समय तक जुड़े रहने के बाद अध्यापन कार्य से जुड़ गये। अम्बाला और अमृतसर के बाद सन् 1950 में तत्कालीन दिल्ली, अब जाकिर हुसैन कालिज, में अँग्रेजी साहित्य के प्राध्यापक नियुक्त हुए। सन् 1957 से 1963 तक लगभग सात साल तक विदेशी भाषा प्रकाशन गृह, मास्को में बतौर अनुवादक कार्य करते रहे। लगभग 24 रूसी पुस्तकों का हिन्दी अनुवाद किया। रूस में लम्बे प्रवास के बाद भी उनका वहाँ आना-जाना लगा रहता था। यही कारण था कि जब सन् 1989 में भारतीय नाट्य संघ के एक डेलीगेशन के सदस्य के तौर पर रूस जाने का अवसर आया तो उन्होंने जाने से

मना कर दिया; क्योंकि वह महीना-भर पहले ही वहाँ होकर आये थे। वह डेलीगेशन के साथ तो नहीं गये, परन्तु अनुपस्थिति में भी उस डेलीगेशन के सदस्य बने रहे। बादल सरकार, भीष्म साहनी, दयाप्रकाश सिन्हा, रेवतीसरण शर्मा, जे. पी. दास, चन्द्रशेखर कम्बार, बी. एम. शाह जैसे नाटककारों और भारतीय नाट्य संघ के वाइस चेयरमैन होने के नाते मुझे वहाँ जाने का निमन्त्रण मिला था। बादल बाबू और बी. एम. शाह भी किन्हीं निजी कारणों से वहाँ नहीं जा पाये। परन्तु हम जहाँ भी जाते, किसी से भी मिलते, भीष्म जी की चर्चा जरूर होती और उनका कोई न कोई प्रसंग सुनने को मिलता। एक दिन तो हम हैरान हो गये। हम मास्को आर्ट थियेटर में मोलियर के नाटक 'तारतूफ' की प्रस्तुति देखने गये थे। नाटक आरम्भ होने में कुछ समय बाकी था। हम लोग वहाँ लगी एक प्रदर्शनी देखने लगे। अचानक क्या देखते हैं कि हू-ब-हू भीष्मजी जैसा एक व्यक्ति भी वहाँ मौजूद है। उनका ओवरकोट, उनके खड़े होने की भाव-भंगिमा, उनके बाल बिलकुल वैसे ही। वह नहीं थे, परन्तु लगता था कि वह कहीं-न-कहीं दर्शक दीर्घा में भी हमारे साथ बैठे हैं।

मेण्टल ब्लॉक जैसे खुलने लगा था। लायब्रेरी जाकर समाचारपत्रों तथा पत्रिकाओं का अवलोकन करने लगा। अमिता मलिक, अँग्रेजी दैनिक पायोनियर के अपने टेलीविजन स्तम्भ में उनको श्रद्धांजलि देने का कारण यह बताती हैं कि भीष्म जी की कृति *तमस* पर आधारित गोविन्द निहलानी रचित टी. वी. धारावाहिक भारतीय टी. वी. इतिहास में सदा एक क्लासिक मानी जाएगी। भीष्म जी की उस कालजयी कृति के लेखक तो थे ही, उसमें उन्होंने एक प्रमुख पात्र की भूमिका में अपने अभिनय-पराक्रम का प्रमाण भी दिया था। मेरे लिए गोविन्द निहलानी जब कभी भी दिल्ली आते, वह उस समय दिल्ली में होनेवाली नाट्य-प्रस्तुतियाँ जरूर देखते। उन दिनों वह शशि कपूर की फिल्म कम्पनी के लिए एयरफोर्स की पृष्ठभूमि पर आधारित एक चलचित्र बना रहे थे और उसकी शूटिंग के लिए वह पठानकोट जा रहे थे। जैसा प्राय: होता था, वह समय से पहले श्रीराम सेण्टर आ जाते और मिसेज आचार्य की बुकशॉप से साहित्य से जुड़ी पुस्तकों के बारे में जानकारी प्राप्त करते और खरीद लेते। इस बार मैंने उन्हें रांगेय राघव के उपन्यास *कब तक पुकारूँ* तथा भीष्म जी के उपन्यास *तमस* के बारे में बताया था। वह दोनों उपन्यास लेकर चले गये थे। लगभग चार-पाँच महीने बाद फिर दिल्ली आने पर उन्होंने बताया कि *कब तक पुकारूँ* के कॉपीराईट तो किसी और ने पहले से ही ले रखे हैं, इसलिए मैं अब *तमस* पर काम करने की सोच रहा हूँ।

एक समाचारपत्र में अन्य चाहनेवालों के उद्‌गार दिखाई पड़ते हैं। राजेन्द्र

यादव उन्हें एक सजग सांस्कृतिक कर्मी के रूप में याद कर रहे हैं तो अशोक वाजपेयी उनके पारदर्शी व्यक्तित्व की चर्चा कर रहे हैं। कृष्णा सोबती बता रही हैं कि उन्होंने अपनी शर्तों पर कद ऊँचा किया। विष्णु प्रभाकर की दृष्टि में वह हिन्दी साहित्य के अजातशत्रु हैं, और महीप सिंह बता रहे हैं कि अविस्मरणीय हैं उनकी कहानियाँ। सुप्रसिद्ध अभिनेत्री और निर्देशक अपर्णा सेन कहती हैं, ''जब मैं मिस्टर एण्ड मिसेज अय्यर की पटकथा पर काम कर रही थी तो उस मुस्लिम चरित्र के लिए भीष्मजी का चेहरा ही रह-रहकर मेरे सामने आ रहा था। स्क्रिप्ट में अपने चरित्र को पढ़कर उन्होंने कहा कि इसमें उनके लायक करने का कुछ नहीं है। मैंने उनसे कहा, भीष्मजी, अगर आपने मेरी फिल्म नहीं की तो मेरा दिल टूट जाएगा। फिल्म के उस दृश्य में जहाँ पूछा जाता है कि यहाँ मुसलमान कौन है? और भीष्म जी उस व्यक्ति की ओर मुड़ते हैं, तो फिल्म में उस वक्त उनके चेहरे के भावों को देखकर आज भी मेरे रोंगटे खड़े हो जाते हैं। इस चरित्र के लिए उनसे बेहतर कलाकार कोई हो नहीं सकता था।'' फिल्म क्षेत्र से जुड़े सईद मिर्जा कहते हैं कि उनका चेहरा लगातार दबते चले जा रहे आम हिन्दुस्तानी का प्रतिनिधि था। 'मोहन जोशी हाजिर हो' में मोहन जोशी के किरदार के लिए भीष्मजी को छोड़ दूसरा नाम मेरे दिमाग में भी नहीं आया। फिल्म का गठन डॉक्यूमेण्ट्री, कथा और तमाशा तीनों को समेटकर किया गया था। वह चरित्र भीष्मजी के लिए ही बना था। जबकि भीष्मजी *इप्टा* के सदस्य तो थे, परन्तु अपने बड़े भाई बलराज साहनी की तरह सक्रिय अभिनेता नहीं थे। उन्होंने कुछ गिने-चुने नाटकों और चलचित्रों में ही काम किया था।

सोलह वर्ष की अल्प आयु—सम्भवतः 1931 से साहित्य रचना से जुड़े भीष्म साहनी ने अपना पहला नाटक *हानूश* लगभग 46 वर्ष बाद लिखा था, जो दिल्ली की रंग-संस्था अभियान द्वारा राजेन्द्रनाथ के निर्देशन में 10 मार्च, 1977 को पहली बार प्रस्तुत किया गया था। एम. के. रैना ने *कबिरा खड़ा बाजार में* (1981) और *माधवी* सर्वप्रथम अपने नाट्य दल प्रयोग के तत्वावधान में प्रस्तुत किये और *मुआवजे* राष्ट्रीय नाट्य विद्यालय रंगमण्डल द्वारा प्रस्तुत किया। भीष्म जी ने *मेरा रंग दे बसन्ती चोला* देश की स्वतन्त्रता के 50 वर्ष के उपलक्ष्य में संस्कृति मन्त्रालय द्वारा विशेष आग्रह पर लिखा था, परन्तु उसका मंचन नहीं हो पाया। एक विदेशी इतिहास-कथा पर आधारित *हानूश,* भारतीय इतिहास के पन्नों से *कबिरा खड़ा बाजार में,* पौराणिक कथा पर आधारित *माधवी* हमारे वर्तमान को ही चित्रित करते हैं। *मेरा रंग दे बसन्ती चोला* स्वतन्त्रता सेनानी भगत सिंह और उसके साथियों की कथा है तो *मुआवजे* पुलिस, पॉलिटिक्स तथा अपराध की

तिकड़ी की खिल्ली उड़ाता है। उनकी अन्तिम नाट्य-रचना *आलमगीर* मुगल इतिहास के अन्तिम चरण के दो पात्रों, दाराशिकोह और औरंगज़ेब, पर आधारित है। सन् 1996 में रचित इस नाटक की पाण्डुलिपि उन्होंने मुझे पढ़ने को दी थी और मेरे कुछ सुझावों के अनुसार उसमें कुछ फेरबदल भी किया था। यह नाटक भी अभी तक मंचित नहीं हुआ है। दिल्ली के पुराना किला में चलने वाले *अमर दिल्ली* नाम से लाइट एण्ड साउण्ड कार्यक्रम, जिसका संगीत और निर्देशन ब. व. कारन्त का और प्रकाश परिकल्पना तापस सेन की थी, का मूल आलेख भीष्म जी का था और ऐसे कई कार्यक्रमों का प्रस्तुति-आलेख तैयार करने का मेरा अनुभव होने के कारण इस कार्यक्रम का प्रस्तुति-आलेख मुझसे ही तैयार कराया गया था, जिससे मुझे उनसे जुड़ने का एक और अवसर मिल गया था।

नज़र पुरुषोत्तम अग्रवाल के 20 जुलाई, 2003 के जनसत्ता में प्रकाशित कॉलम मुखामुखम पर आ टिकती है। मैं उस कॉलम में प्रकाशित *जिज्ञासु मनुष्य का छोटा-सा धर्म* के कुछ अंश प्रस्तुत करना चाहूँगा :

‘‘इसी पन्द्रह जुलाई की शाम भीष्म जी को याद करने के लिए प्रगतिशील लेखक संघ के आयोजन में जुटे उनके मित्र, प्रशंसक और पाठक। सभी वक्ताओं के पास भीष्मजी की कुछ यादें थीं। सभी के पास उनके लेखन पर कुछ-न-कुछ कहने को था। उनकी जगत प्रसिद्ध विनम्रता, उनकी विचारधारात्मक प्रतिबद्धता, उनके लेखन और जीवन दोनों की भी पारदर्शिता का कोई-न-कोई संस्मरण, कोई-न-कोई उदाहरण सभी के पास था।

‘‘मैं स्वयं भीष्मजी को निकट से जानने का कोई दावा नहीं कर सकता। हालाँकि उनका बड़प्पन हर मुलाकात में यह भाव मन में जरूर पैदा करता था मानो मैं भी उनके मित्रों में से ही एक हूँ। सन् 1982 में प्रगतिशील लेखक संघ के राष्ट्रीय सम्मेलन के लिए जयपुर जा रहे थे। अपना सामान भीष्मजी ने स्वयं ही उठाया—सर्दी की रात, भारी बिस्तरबन्द। लेकिन हममें से किसी को उन्होंने मौका नहीं दिया कि उनका सामान उठाने में मदद कर सकें। अपने जाने-पहचाने विनम्र और दृढ़ अन्दाज में उनका कहा वाक्य आज तक ज्यों-का-त्यों याद है—‘‘अपना बोझ तो आप ही उठाना चाहिए, साथी।’’

‘‘जो व्यक्ति अपना बोझ आप उठाने का मूलमन्त्र जानता है, वह अपने आग्रहों और अनुभवों के बोझ को छोटे-से, निजी धर्म में बदलने की हिकमत भी सीख जाता है। इस हिकमत को नाम भी वह अपने छोटे-से, निजी कोश में से खोजकर दे देता है—रचना, प्रेम, उसूल या अपना सच। उसी सच की कोमल, करुण दीप्ति अपनी विनम्रता के ही सहारे बड़े-बड़े झंझावातों में भी टिकी रहती

है। अपनी थरथराहट से दूसरों के मनों पर अमिट रेखाएँ उकेरती हुई। इस दीप्ति की थरथराहट की, उसकी ऊष्मा को महसूसने के लिए भीष्मजी का मित्र-परिचय होना आवश्यक नहीं, उनका पाठक होना काफी है। लेकिन आप उन्हें उनके लेखन के अलावा भी जानते रहे हों तो एक और रोमांचक सत्य को आप अपने आसपास गूँजता सुन सकेंगे। वह यह, कि अनेक लेखकों, कलाकारों को याद करते हुए कहना पड़ता है, ''भाई, आदमी जैसा भी रहा हो, लेखक या कलाकार बहुत बड़ा था।''

परन्तु भीष्मजी जितने बड़े भी लेखक हों, उससे बड़े आदमी थे, और जितने बड़े आदमी थे उससे बड़े लेखक थे। उस हुतात्मा को नमन!

# दास्तान-ए-सफ़र : शीला भाटिया
(शीला भाटिया)

"क्या बोलूँ?"

"अपने बचपन के बारे में कुछ बताइए।"

"बचपन का तो मुझे कुछ भी याद नहीं।"

"जन्म कब और कहाँ हुआ था?"

"पैदाइश तो सियालकोट की है। कब हुई थी, याद नहीं।"

"सियालकोट का घर, स्कूल, कुछ तो याद होगा?"

"अभी तो मैं बिलकुल ब्लैंक हूँ। बाद में याद आ जाए तो पता नहीं।"

"तो चलिए, लाहौर चलते हैं। वहाँ के कॉलिज की पढ़ाई, टीचर्ज़ ट्रेनिंग, थियेटर से वाबस्तगी, पहला गीत लिखने का या इप्टा में शामिल होने का वाक़िया। कहीं से भी शुरू कीजिए।"

शीलाजी अभी भी ब्लैंक थीं।

कुछ दिन पहले शीला भाटिया जी से फोन पर बात हो चुकी थी। मैंने बताया था कि राष्ट्रीय नाट्य विद्यालय ने सम्मानित रंगकर्मियों पर 'मोनोग्राफ़' निकालने का प्रोजेक्ट शुरू किया है और मुझे आपका 'मोनोग्राफ़' तैयार करने का भार सौंपा है। आपका एक लम्बा इण्टरव्यू करना है। बोलीं कि जब जी चाहे, चले आओ। मैंने बताया कि यह किसी समाचारपत्र के लिए हज़ार-पन्द्रह सौ शब्दों के आर्टिकल के लिए नहीं, एक किताब के लिए है। एक दिन का काम नहीं है, कई दिन लग जाएँगे। बोलीं, पहले एक दिन तो आओ और तफ़सील से बताओ कि क्या करना है।

तफ़सीली मुलाक़ात के लगभग दस दिन बाद उनके 7, शाहजहाँ रोड के फ्लैट के बाहर लॉन में दो कुर्सियाँ धूप में लगायी गयीं। मैंने पॉकेट टेप-रिकार्डर

चलाकर टेस्ट किया, सही दूरी पर टिकाया और कहा कि बोलिये। अपनी कुर्सी एडजस्ट करते हुए उन्होंने कहा, ''क्या बोलूँ?''

शीलाजी रा. ना. वि. में एक्टिंग टीचर के रूप में याद हैं। एक डिग्नीफाइड पर्सनैलिटी। रौबदार चेहरा, आवाज में एक अपनापन, डाँटतीं तो उसमें भी एक लोच, एक लचक, एक स्विंग होता। बड़ी सिलसिलेवार पढ़ाई का अन्दाज। पूरी तरह से तैयार होकर आतीं। एक क्लास में जो पढ़ाना होता, वह पढ़ाकर ही जातीं। स्टानिस्लाव्स्की की 'एन एक्टर प्रीपेयर्ज़' उनकी आधार-पुस्तक थी। उन्होंने प्रथम वर्ष के छात्रों के साथ जगदीश चन्द्र माथुर का नाटक 'खँडहर' किया था। हमारी क्लास के साथ धर्मवीर भारती का नाटक 'संगमरमर पर एक रात'। वह प्रस्तुति के हर पहलू पर बहुत ध्यान देती थीं। मुझे याद है, जब वह कामू के नाटक 'क्रास पर्पज़' के सत्यदेव दुबे द्वारा किये गये रूपान्तरण 'सपने' का निर्देशन कर रही थीं तो वह रिहर्सल के दौरान बैक स्टेज काम करने वालों से फर्नीचर के बगैर पहले सीन का फर्नीचर बाहर ले जाने और अगले सीन का फर्नीचर लाने की रिहर्सल करातीं ताकि नाटक की पेशकश के वक्त कोई गड़बड़ न हो जाए।

सन् 1960 में रा. ना. वि. में दाखिला लेने से पहले दिल्ली आर्ट थियेटर के नाटकों 'काल ऑफ़ दी वैली', 'रूखे खेत' और 'दादा दामोदर' के पोस्टरों की याद है। 'हीर राँझा' के लिए थियेटर के बाहर टिकट लेने वालों की लम्बी कतारें भी याद हैं। टिकट के लिए पैसे न होने की वजह से गेट क्रैश करके नाटक देखना भी याद है। रा. ना. वि. से डिप्लोमा करने के बाद उनके साथ कई नाटकों में बैक स्टेज में काम करने का मौका मिला है और 1999 में खेले गये नाटक 'मैं और वह' तक के उनके सभी नाटकों को देखने का भी मौका मिला।

शीलाजी की पेशकश की खासियत थी अच्छा गीत-संगीत, अच्छी आवाजें, अच्छी पोशाकें, अच्छे सैट और प्रापर्टीज़, सुन्दर चेहरे, मन को छूने वाले, पैग़ाम के तौर पर कुछ न कुछ कहने वाले आलेख। कुल मिलाकर 'फ़ील गुड' दिलाने वाली प्रस्तुतियाँ। शीलाजी अपने सरोकार ऐसी खूबी से अपनी पेशकश का हिस्सा बनातीं कि वह गीत-संगीत में खो जाने की बजाय देखने वालों के ज़ेहन में छाप छोड़ जाते और बरसों तक याद रहते।

उनकी रिहर्सलें 'पूर्वाभ्यास' न होकर बाकायदा क्लास की शक्ल अख़्तियार कर लेतीं। उन्होंने न जाने कितने गायक-अभिनेता तैयार किये हैं जो ऑपेरा गायकी के जाने-माने नाम बने हैं। वह जानती थीं कि ऑपेरा की पेशकश लम्बे अर्से तक शौकिया कलाकारों के बूते पर नहीं चल सकती। वह ऑपेरा की तालीम के लिए इन्स्टीट्यूट शुरू करना चाहती थीं। उनकी प्रस्तुतियों को जी खोलकर

सराहने वाले सरकार और इण्डस्ट्री के सर-बराहों ने हर तरह की मदद के वादे भी किये लेकिन ये वादे वफ़ा न हुए। शीलाजी जब तक, जहाँ तक हो सका, ऑपेरा लिखतीं, धुनें बनातीं, सिखातीं, पेश करती रहीं। वह रुकी नहीं। अपने लिए नयी राहें तलाश कर लीं। बस, उन्होंने जो ऑपेरा का बीज रोपा था, उसकी कोंपलें तो फूटीं, जड़ नहीं पकड़ पायीं।

सियालकोट से अपनी ज़िन्दगी का सफ़र शुरू करने वाली शीला भाटिया 'राह-ए-सफ़र' बहुत-सी पगडण्डियों, नदी-नालों, पहाड़ी रास्तों, शाहराहों से गुज़रती हुईं सात समुन्दर पार भी हो आयी हैं जहाँ के ऑपेरा को देखे-सुने बिना अपने ऑपेरा, हिन्दुस्तानी ऑपेरा की शुरुआत के बरसों बाद गयीं और बहुत-कुछ एक जैसा होने के बावजूद अपनी पहचान बनाने में कामयाब रहीं। राह-ए-सफ़र कई मोड़ और कई पड़ाव आये, लेकिन रंगकर्म से उनकी वाबस्तगी बरकरार रही।

वह अपनी प्रस्तुतियों की क्वालिटी बनाये रखने के लिए किसी भी हद तक जा सकती थीं। 'इनैक्ट' थियेटर जर्नल के सम्पादक स्वर्गीय राजेन्द्र पाल जब संगीत नाटक अकादमी के वाइस चेयरमैन बने तो उन्होंने शीलाजी से 1988 में अगले वर्ष होने वाले नेहरू शताब्दी नाट्य समारोह में 'हीर राँझा' पुनः प्रस्तुत करने का आग्रह किया। शीलाजी ने दिल्ली, चण्डीगढ़, अमृतसर, शिमला, मुम्बई आदि में अपनी 'हीर' को बहुत तलाश किया, परन्तु वह न मिली। उन्होंने किसी कम योग्य कलाकार के साथ नाटक प्रस्तुत करने की बजाय अकादमी से मिले 40,000 रुपये की अग्रिम राशि लौटा दी।

16 जुलाई, 1960 को रा. ना. वि. में एक छात्र के रूप में उनके रू-ब-रू होने से लेकर जनवरी, 2000 तक के अर्से में 'राह-ए-सफ़र' उनको कभी पास से और कभी दूर से कई रूपों में देखने, रंगकर्म की मुहिम में साथ चलने, उनके काम की चर्चा और मूल्यांकन करने का मौका मिला है।

टेप चल रही है और वह खामोश हैं।

"तुम कुछ पूछो न! उससे मुझे बातें याद भी आने लगेंगी।"

"ठीक है। लेकिन कोई बात बताते-बताते कुछ और भी याद आ जाए तो रुकिए मत, बोल दीजिए और फिर अपनी बात जारी रखिए।"

कई दिन तक टेप-रिकॉर्डर चलता रहा। कैसेट बदलते रहे। मैं सवाल नहीं करता था। उनको समय, स्थान तथा घटनाओं की याद-भर दिलाता था और वह शब्दों से दृश्य उकेरने लगतीं। कभी-कभी वह नोस्टैलजिक हो जातीं। ख़ामोश-

सी। लगता, जैसे वह एलबम में लगी तस्वीरों पर रुककर गुज़रे हुए लम्हों को फिर से जी रही हों।

'राह-ए-सफ़र' के आलेख में मैंने अपना कुछ नहीं रखा। उनके शब्दों को ही समेटा ताकि आप लोग उनकी शब्दों से तसवीरें उकेरने की कला से वाकिफ़ हो सकें।

'कुछ नज़्में कुछ गीत जो गाये और सुनाये गये' में उनकी महत्त्वपूर्ण रचनाओं का चयन है और 'बयान उनके' में चुनिन्दा नाटकों के अँग्रेज़ी में लिखे गये 'डायरेक्टरर्ज़ नोट्स' का मेरा अनुवाद है। 'रू-ब-रू' में उनके सैकड़ों इण्टरव्यूज़ में से कुछ महत्त्वपूर्ण अंशों का संकलन है। उनमें से कुछ अँग्रेज़ी से अनूदित हैं और कुछ मूल हिन्दी अख़बारों में छपे हैं।

# कुछ छायाएँ, कुछ स्मृतियाँ

- सन् 1960—राष्ट्रीय नाट्य विद्यालय में हमारा दूसरा बैच और प्रथम वर्ष। अक्तूबर/नवम्बर में एक नयी प्राध्यापिका हमें अभिनय तथा मंच प्रस्तुति प्रक्रिया सिखाने के लिए आती हैं। नाम है, शान्ता गाँधी। बहुत उत्साही महिला हैं। छ:माही परीक्षा में हर स्नातक को प्रस्तुति प्रक्रिया, मतलब नाट्य चयन, कलाकारों का चयन, नाट्य पाठ, पूर्वाभ्यास तथा प्रथम प्रस्तुति की प्रक्रिया दिखानी है। वह भी केवल 15 मिनट में! यह कैसे सम्भव होगा, समझाने के लिए स्वयं 55 मिनट लेती हैं। परीक्षा के लिए यह प्रक्रिया लागू नहीं की जाती।
- वह 1958 में यूनेस्को के सौजन्य से स्थापित एशियन थियेटर इन्स्टीट्यूट (जो अगले वर्ष राष्ट्रीय नाट्य विद्यालय तथा एशियन थियेटर इंस्टीट्यूट बन गया) की स्नातक थीं। तत्पश्चात वह यूनेस्को फैलोशिप पर यूरोप और अमरीका में रंगकर्म द्वारा शिक्षा प्रदान करने, तथा रंग प्रस्तुति का अध्ययन करने चली गयीं।
- कुछ समय बाद वह हमें क्लासिकल इण्डियन थियेटर पढ़ाने लगती हैं। वह तो ज्ञान का भण्डार हैं। जब पढ़ाने लगती हैं तो पता नहीं कहाँ से कहाँ चली जाती हैं! विषयान्तर चाहे हो जाएँ, चर्चित विषय महत्त्वपूर्ण और ज्ञानवर्धक होते हैं। एक बार हम छात्र हैरोल्ड पिण्टर के नाटक *दि डम्ब वेटर* देखकर आते हैं। हमारे पल्ले कुछ नहीं पड़ता। शान्ता जी हमें नाटक के बारे में समझाती हैं, और यह भी बताती हैं कि पाँचवें और छठे दशक में लिखे गये थियेटर ऑफ दि ऐबसर्ड नाटकों को समझने के लिए दूसरे विश्व युद्ध की परिस्थितियों तथा प्रभावों का अध्ययन बहुत आवश्यक है।

शान्ता जी छात्रों के साथ संस्कृत प्रहसन *भगवदज्जुकियम* का मंचन करती हैं और नाट्यधर्मी तथा लोकधर्मी नाट्य पद्धतियों की विस्तार से

व्याख्या करती हैं।

वह *मध्यम व्यायोग, उरुभंगम्, विक्रमोर्वशीयम्* तथा *स्वप्नवासवदत्ता* आदि का अलग-अलग संस्थाओं के तत्वावधान में मंचन करती हैं। इन प्रस्तुतियों में वह नाट्यशास्त्र की भिन्न-भिन्न पद्धतियों का प्रयोग तथा परीक्षण करती हैं। वह 1974 में अमरीका के हवाई द्वीप में संस्कृत नाटकों पर होने वाली प्रथम इण्टरनेशनल कान्फ्रेन्स में *स्वप्नवासवदत्ता* वहीं के कलाकारों द्वारा अँग्रेज़ी में प्रस्तुत करती हैं।

- शान्ता जी 1960 से 1970 तक रा. ना. वि. में अध्यापन कार्य करती रहती हैं।

  सन् 1962 में कैलाश कालोनी की बड़ी-सी कोठी में चल रहा रा. ना. वि. पहली बार जगदीश चन्द्र माथुर की नाट्य रचना *शारदीया* का मंचन विद्यालय के छोटे-से मंच की अपेक्षा फाइन आर्ट्स थियेटर सभागार के बड़े मंच पर करने की योजना बनाता है। नाटक में ब. व. कारन्त, ओम शिवपुरी, सई परांजपे जैसे छात्र-कलाकार भाग ले रहे हैं। किसी कारणवश प्रस्तुति कैंसल कर दी जाती है। हम सब हैरान-परेशान हैं। स्पष्ट वक्ता शान्ता गाँधी बोल उठती हैं, 'यह तो गर्भपात होने जैसा है।'
- हम जानते थे वह बहुत कम खाना खाती हैं। हम यह नहीं जानते थे कि वह मेहमानों के साथ भी ऐसा ही सलूक करती हैं। एक दिन ब. व. कारन्त, बी. एम. शाह तथा मुझे अपने घर खाने पर बुलाया। हमारे सामने छोटी-छोटी दो-दो पूरियाँ और चम्मच-भर आलू भाजी रखते हुए कहा, 'खाओ, खाओ। पेट भरकर खाओ।' मैं और कारन्त जी तो मुस्कराकर रह गये। शाह जी बोल पड़े : 'शान्ता जी, आधी पूरी और मिल जाएगी?' वह आधी पूरी देते हुए बोलीं, 'क्यों नहीं, लो, खाओ, खाओ। पेट भरकर खाओ!'
- एक दिन हम शान्ता जी की एलबम देख रहे होते हैं। एक चित्र में वह, पण्डित नेहरू, और इन्दिरा गाँधी, बच्चों के एक नाटक में भाग लेने वाले राजीव, संजय और उनके साथियों का मेकअप कर रहे हैं। शान्ता जी कई वर्ष तक लन्दन में अपनी पढ़ाई के दिनों में इन्दिरा (नेहरू) गाँधी के साथ रही थीं।

  उनके प्रधानमन्त्री बन जाने पर एक बार उनके साथ प्रधानमन्त्री निवास जाने का अवसर मिलता है। आमना-सामना होते ही वह उन्हें इन्दु कहकर बुलाती हैं, और वह उन्हें शान्ता।
- उन्होंने उदयशंकर के अल्मोड़ा में स्थित कल्चरल सेण्टर में गुरु शंकरण नम्बूदरी से नृत्य का प्रशिक्षण प्राप्त किया था।

- पचास के दशक के एक और छायाचित्र में उन दिनों की एक अनोखी घटना। उनकी बहन दीना (गाँधी) पाठक बिरजिस आदि पहने घुड़सवारी कर रही हैं। उन दिनों वह इप्टा के केन्द्रीय सांस्कृतिक दल की सदस्या थीं। उन्होंने इप्टा के कई नाटकों तथा *भूखा है बंगाल* जैसे नृत्य नाटकों में भाग लेते हुए भारत भ्रमण किया था।
- शान्ता जी गुजरात की भवई शैली में *जसमा ओडन* नाटक की रचना करती हैं तथा दिल्ली में पहले गुजराती (1962) और फिर हिन्दी (1968) (अनुवाद : शान्ता गाँधी तथा श्याम परमार) में उसका मंचन करती हैं। गुजराती प्रस्तुति रा. ना. वि. की नहीं है परन्तु मुख्य भूमिका हमारी बैच मेट ज्योति व्यास निभाती हैं। रा. ना. वि. की हिन्दी प्रस्तुति में मीना वलात्वलकर/शोभना भूटानी, जसमा का पात्र निभाती हैं। उस प्रस्तुति में एम. के. रैना, सोनटक्के कमलाकर, अमाल अल्काज़ी, उत्तरा बावकर, प्रेमा कारन्त आदि अन्य भूमिकाएँ निभाते हैं। बाद में कितने ही वर्षों तक उत्तरा बावकर जसमा की भूमिका निभाती हैं।

  *जसमा ओडन* की प्रस्तुति भारतीय रंगकर्म के परिदृश्य में मील का पत्थर तो बन ही जाती है, वह अपनी लोक तथा पारम्परिक कलाओं की ओर लौटने वाले स्वतन्त्र भारत के रंगकर्म का नींव का पत्थर भी बन जाती हैं। हबीब तनवीर की नयी नौटंकी के नाम से *मिट्टी की गाड़ी* (1959) की प्रस्तुति तथा *जसमा ओडन* की प्रस्तुति भारतीय नाट्य लेखन तथा रंग प्रदर्शन का परिदृश्य ही बदल देती हैं।
- सन् 1968 में जयशंकर प्रसाद के मंचन योग्य न माने जाने वाले नाटकों का जिंक्स (अशुभ) तोड़ने के लिए उनके नाटक *स्कन्दगुप्त* का शान्ता जी निर्देशन करती हैं, तथा आने वाले प्रयोगधर्मी निर्देशकों के लिए एक रास्ता खोल देती हैं। इस प्रस्तुति में इब्राहिम अल्काज़ी दृश्यबन्ध की परिकल्पना करते हैं और गोवर्धन पंचाल वस्त्रविन्यास की, संगीत निर्देशन शन्नो खुराना का है।
- सन् 1970 से 1977 तक राष्ट्रीय बाल भवन तथा बाल संग्रहालय की निदेशक बन जाती हैं। उन्हीं दिनों वह नौटंकी शैली में *अमर सिंह राठौर* तथा भवाई शैली में *मिथिया अभिमान* का निर्देशन करती हैं। उन्होंने लगभग 20 बाल नाटक लिख-खेलकर बाल रंगकर्म के लिए आधारभूत काम किया था। उन्होंने वयस्कों द्वारा बच्चों के लिए रंग नाटक प्रस्तुत करने के लिए बाल भवन में रंगमण्डल की स्थापना की थी। कई वर्षों तक उत्तरा बावकर, श्रीलता स्वामीनाथन, सविता बजाज जैसे रा. ना. वि. के स्नातक

उस रंगमण्डल से जुड़े रहे। मैं भी 1976–77 में गीत और नाटक प्रभाग से दो साल की स्टडी लीव लेकर सक्रिय रूप से बाल रंगकर्म से जुड़ा रहा था। वहीं मैंने एक जर्मन बाल नाटक का *छुक छुक गाड़ी* और *भैया तालम ताल* के नाम से अनुवाद किया था।

- एशियन थियेटर इन्स्टीट्यूट की स्नातक, रा. ना. वि. की प्राध्यापक शान्ता गाँधी 1980 में रा. ना. वि. की अध्यक्षा के रूप में आती हैं। वह सक्रिय रूप से विद्यालय की गतिविधियों से जुड़ जाती हैं, तथा 1982 में रा. ना. वि. रंगमण्डल के साथ *जसमा* तथा *तुग़लक* की प्रस्तुतियाँ लेकर लन्दन में हो रहे फैस्टिवल ऑफ़ इण्डिया में भाग लेने, तथा पोलैण्ड और जर्मनी की सांस्कृतिक यात्रा पर जाती हैं।
- मुम्बई में वह *आवेही* नाम की संस्था स्थापित करती हैं, जो संस्कृत साहित्य तथा एज्युकेशन रिसोर्स सेण्टर के तौर पर काम कर रही है, वहाँ वह अपने रंग ज्ञान का भरपूर प्रयोग करती हैं। बच्चों को संस्कृत श्लोकों का शुद्ध उच्चारण सिखाना उनका मुख्य उद्देश्य है।
- एलबम में और भी कई चित्र हैं। उनमें हैं, सन् 1973 में सोवियत लैण्ड अवार्डज़ कमेटी द्वारा दिया जानेवाला सर्टिफिकेट ऑफ़ मैरेट लेती हुई शान्ता गाँधी। अगले पृष्ठ पर वह 1984 में राष्ट्रपति से पद्मश्री सम्मान ग्रहण कर रही हैं। उससे अगले पृष्ठ पर 3.4.2002 को असम में केन्द्रीय संगीत नाटक अकादमी अवार्ड मिलने का चित्र नहीं, सूचना है क्योंकि वह अस्वस्थता के कारण मुम्बई से गुवाहाटी अवार्ड लेने नहीं जा सकी थीं।
- अगला चित्र नासिक (महाराष्ट्र) में जन्मी एक 'इम्पिश' चेहरे वाली महिला का है जिसकी आँखों में ज्ञान और शरारत की चमक है और होठों पर एक मधुर मुस्कान। शीर्षक है : 'शान्ता कालीदास गाँधी 20.12.1917–6.5.2002'.

# एक दुर्लभ बन्धु
## (पंचानन पाठक)

चौबीस दिसम्बर, 2001। सुबह की सैर से छः बजे घर लौटा तो फोन की घण्टी बज रही थी। ''मैं राम मनोहर लोहिया अस्पताल के इमरजेंसी वार्ड में हूँ। नौ बजे डॉक्टर आएँगे तो सी.सी.यू. में शिफ्ट करेंगे या नर्सिंग होम में।''

आवाज लोक संगीत और नाट्य संगीत के विशेषज्ञ, प्राध्यापक, गीतकार, संगीतकार, अभिनेता, निर्देशक, रूपान्तरकार, अनुवादक, कितने ही पुरस्कारों से सम्मानित, दिल्ली नाट्य संघ तथा उर्दू अकादमी सम्मान के अतिरिक्त वर्ल्ड डेवलपमेण्ट पार्लियामेण्ट द्वारा डॉक्टरेट ऑफ़ म्यूजिक की उपाधि पाकर भी अपने नाम के आगे डॉक्टर न लिखने वाले पंचानन पाठक की थी।

दिल के मरीज पंचानन पाठक को खाने में परहेज बरतने की हिदायत थी परन्तु उन्हें चटपटा मसालेदार मांसाहारी भोजन करने का बहुत शौक था। कहीं से खाना खाने का न्योता मिलता तो पहले ही कह देते कि चिकन मटन मिलेगा तो खाना खाने आऊँगा, नहीं तो नहीं। दिल की बीमारी के कारण चिकन मटन खाने पर रोक थी। परन्तु वह कहाँ परवाह करते! अभी दो-तीन महीने पहले भी उन्हें अस्पताल में भर्ती कराया गया था और खाने-पीने में बहुत सावधानी बरतने की सख्त हिदायत दी गयी थी। फिर भी वह कभी-कभी किसी बहाने से घर से निकल जाते और अपने मुहल्ले के ढाबे से मनचाहा भोजन खाकर चले आते। साग पत्तर सब्जी आदि को तो वह घास फूस कहते जो वह नहीं खा सकते थे। फलों में भी उन्हें कोई मोह नहीं था। केला आदि खाने को कहते तो कह देते कि यह तो बन्दर खाते हैं। बीमारी के समय शाकाहारी भोजन मिलने पर वह यही कहा करते थे कि अस्पताल में खाना बहुत खराब मिलता है। इससे अच्छा तो जेल में मिलता था। उनके फिर से अस्पताल पहुँच जाने में उनकी भोजन की लालसा भी एक कारण हो सकता था।

पाठक जी के खाने के प्रति 'आब्सैशन' का कारण यह था कि बचपन में उनके पिता पं. राधेश्याम पाठक, स्वतन्त्रता सेनानी के रूप में प्रायः जेल में ही

रहते थे। हर बार जब भी वह पकड़े जाते, पुलिस वाले घर का सारा साज-सामान उठाकर सड़क पर फेंक देते। सगे-सम्बन्धी पण्डित राधेश्याम पाठक के देश-प्रेम से प्रसन्न नहीं थे फिर भी उन्हें अपने बच्चों को अलग-अलग रिश्तेदारों के पास ही छोड़ना पड़ता था। पंचानन अपनी बड़ी बुआ के पास रहते। वह तीन बरस के थे जब उनको पहली बार बुआ के घर जाकर रहना पड़ा। घर के सभी बड़े-छोटे पराँठे-सब्जी चटखारे ले-लेकर खाते और पाठक जी को सूखी रोटी दी जाती। वह भी छत पर जाने वाली सीढ़ियों पर बैठकर खानी पड़ती। जब कभी वह कुछ और खाने को माँगते तो बुआ चिल्लाकर बोलतीं कि तुम्हारा बाप कोठा भरकर अनाज छोड़ गया है क्या?

[2]

पंचानन पाठक के पिता पं. राधेश्याम पाठक पं. नेहरू के बाल सखा थे और उनके दायें हाथ माने जाते थे। इन्दिरा गाँधी भी उनको बाबूजी ही कहा करती थीं। पंचानन का नेहरू परिवार में आना-जाना लगा ही रहता था। पण्डित नेहरू पंचानन को पंचू कहकर बुलाते थे और इन्दिरा गाँधी भैया। वह छुटपन में इन्दिरा जी की वानर सेना के सक्रिय सदस्य थे। पण्डित जी उनका ब्याह अपनी बहन विजयलक्ष्मी पण्डित की पुत्री नयनतारा से करना चाहते थे, परन्तु वह उनकी राजनीतिक विचारधारा से प्रसन्न नहीं थे। उन्होंने एक बार पाठक जी से कहा कि तुम कम्युनिस्ट पार्टी छोड़ दो नयनतारा से तुम्हारा ब्याह करा देंगे। पाठक जी ने झट से उत्तर दिया कि मैंने तो आपको कभी कांग्रेस छोड़ने को नहीं कहा!

हेमवतीनन्दन बहुगुणा और यंग टर्क चन्द्रशेखर से पाठक जी के बहुत आत्मीय सम्बन्ध थे। चन्द्रशेखर जब अपनी भारत-भर की पद-यात्रा से वापस दिल्ली आये थे तो वह दिल्ली चिड़ियाघर के सामने काका नगर के पास से गुजर रहे थे। सड़क पर दोनों ओर भीड़ जमा थी। पाठक जी भी उस भीड़ में खड़े थे। चन्द्रशेखर ने उन्हें दूर से ही पहचान लिया और सीधे उनकी तरफ आये और उनके गले लग गये। बहुगुणा तो उनके साथ ही इलाहाबाद विश्वविद्यालय में पढ़ते थे। वह कई बार राजनीतिक गतिविधियों के चलते साथ-साथ जेल भी गये थे। वह प्राय: छोटी-छोटी बात पर जेल में भूख हड़ताल पर बैठ जाते। एक बार भूख हड़ताल के समय उन्होंने एक सिपाही को पैसे देकर कराची हलवा मँगवाया और टॉयलेट में पानी की टंकी के पीछे छुपाकर रख दिया। वह बहाने से टॉयलेट जाते और मिठाई का छोटा-सा टुकड़ा चबाकर बाहर आ जाते। जेल डॉक्टर हैरान था कि और सब तो दिन-प्रतिदिन कमजोर होते जा रहे थे परन्तु पाठक जी पर कोई असर ही नहीं हो रहा? जेल

का खाना चटपटा बनाने के लिए वह सिपाही से कच्चे आम मँगवाकर उसकी चटनी बनवाते। जेल में उनका गाना-बजाना चलता रहता। उनका प्रिय गीत था, 'अब तो जेलों में तसले बजाये जाएँगे। लाल मुँह वाले बन्दर भगाये जाएँगे।' इस गीत का प्रयोग उन्होंने अहमदाबाद में साबरमती आश्रम में चल रहे ध्वनि और प्रकाश कार्यक्रम के अतिरिक्त कितने ही 'स्वतन्त्रता के गीत' आदि कार्यक्रमों में किया था।

पण्डित नेहरू के जन्मदिन और होली के अवसर पर प्रायः प्रधानमन्त्री निवास पर जाया करते थे। श्रीमती गाँधी के प्रधानमन्त्री वाले कार्यकाल में उनसे समारोहों में तो भेंट हो जाती थी, परन्तु कोठी पर एक आध बार ही गये थे। हाँ जब इमरजेंसी के बाद वह सत्ता से हट गयी थीं तब उनके जन्मदिन पर उनसे मिलने गये थे। उनके प्रधानमन्त्री कार्यकाल में जब बाबूजी दिल्ली के राम मनोहर लोहिया अस्पताल में भर्ती थे तो बीस-पच्चीस दिन की अवधि में श्रीमती गाँधी सात बार उनको देखने के लिए आयीं। पहली बार आयीं तो वह जब एक कुर्सी की हत्थी पर बैठने लगीं तो मंजू बोलीं, 'अरे अरे, उस पर मत बैठें। टूटी हुई है।' थोड़ी देर बाद जब वह उनको बाहर छोड़कर वापस आयीं, तब तक कमरे का सारा फर्नीचर बदल दिया गया था।

अपने पिता और परिवार के कारण नेहरू परिवार ही नहीं और भी बहुत से राजनीतिक दिग्गजों से उनका रिश्ता था। परन्तु वह कभी भी न तो किसी की सिफारिश लेकर और न ही अपने लिए कुछ माँगने किसी के पास जाते। इन्दिराजी जाते-जाते कह गयी थीं कि भैया (पंचानन) से कहना इलाज आदि का सारा खर्चा हम देंगे। वह दो बार तो निश्चित कार्यक्रम के अनुसार आयीं, और पाँच बार बिना सूचना दिये। उस समय सुरक्षा का तामझाम ना के बराबर होता था। जब पंचानन गीत और नाटक प्रभाग में थे तो मंजू जब भी प्रधानमन्त्री निवास जातीं, पाठक जी बाहर गाड़ी में ही बैठे रहते। नेहरू परिवार से तो फिर भी वह जुड़े रहे। परन्तु प्रधानमन्त्री चन्द्रशेखर से तो एक आध बार ही मिले थे। केन्द्रीय मन्त्रिमण्डल के सदस्य बहुगुणा से तो सार्वजनिक स्थानों पर हँसी-ठिठोली करते रहते, परन्तु माँगते कुछ नहीं।

गीत और नाटक प्रभाग में कार्य करते समय वह प्रभाग के निदेशक के पद के लिए ही साक्षात्कार देने संघ लोक सेवा आयोग गये और सबसे योग्य व्यक्ति के तौर पर पहचाने गये। परन्तु जहाँ कई लोगों की प्रधानमन्त्री कार्यालय अथवा राष्ट्रपति भवन से पैरवी की जा रही थी, पाठक जी ने किसी को अपने बारे में कुछ नहीं कहा था। बाद में चयन समिति के एक सदस्य ने कहा भी कि आप यदि एक फोन करा देते तो आपका चयन हो जाता। फलस्वरूप उस चयन समिति को यह लिखना पड़ा कि कोई भी इस पद के योग्य नहीं है।

## [ 3 ]

पंचानन पाठक एम. ए., एल-एल. बी. तो हो गये थे परन्तु वकालत का काला कोट अदालत में नहीं, रंगमंच पर ही पहना था। संगीत में एम. म्यूज़िक, बी. टी. म्यूज़िक के साथ-साथ तबला में सीनियर डिप्लोमा और पखावज़ में जूनियर डिप्लोमा प्राप्त किया था। वह आकाशवाणी के इलाहाबाद केन्द्र पर वर्षों तक संगीत सुपरवाइज़र थे जहाँ वह लोक तथा सुगम संगीत की परिकल्पना, तैयारी तथा प्रसारण का कार्यभार सँभालते थे। बाद में वह गवर्नमेण्ट कॉलिज फ़ार फ़िज़िकल एज्यूकेशन में असिस्टेण्ट मास्टर के पद पर आसीन हुए, जहाँ वह भावी अध्यापकों को अपने भावी छात्रों के साथ तथा उनके द्वारा सांस्कृतिक कार्यक्रमों, जैसे नाटक, नृत्य नाटिकाएँ, लोक संगीत, समूह गान आदि का प्रशिक्षण तो देते ही थे, साथ ही कैलिस्थैनिक्स, पी. टी. आदि के कार्यक्रमों की तैयारी तथा प्रस्तुतिकरण का प्रशिक्षण भी देते थे।

रा. ना. वि. के स्थापना वर्ष 1959 के जुलाई महीने में वह राष्ट्रीय नाट्य विद्यालय में आये जहाँ वह एक नहीं, चार-चार विषयों के प्राध्यापक थे। विषय थे संगीत, वायस, स्पीच और मूवमेण्ट। वह वायस में गले की एनाटोमी, साँस की प्रक्रिया तथा ध्वनि उत्पन्न करने की विधाओं (रैज़ोनेटर) की जानकारी देते। स्पीच में वह वाक्य विन्यास, उच्चारण, नाटकीय प्रभाव आदि उत्पन्न करने की प्रक्रिया सिखाते। मूवमेण्ट में शारीरिक क्रियाएँ कराते तथा संगीत में मूलभूत ज्ञान के अतिरिक्त नाट्य संगीत की परिकल्पना तथा संरचना का प्रशिक्षण देते। उस समय वह इन विषयों के लिए अकेले प्राध्यापक थे। वह जनवरी 1968 तक इन चार विषयों का प्रशिक्षण देते रहे। उल्लेखनीय है कि उनके रा. ना. वि. से विदाई के बाद इन विषयों के लिए चार प्राध्यापकों की सेवाएँ लेनी पड़ीं।

उनका अगला पड़ाव था सूचना एवं प्रसारण मन्त्रालय का गीत और नाटक प्रभाग जहाँ वह पहले डिपुटी डायरेक्टर (जनवरी, 1968) बने और बाद में ज्वाइण्ट डायरेक्टर के पद पर आसीन रहे। गीत, संगीत, नाटकों एवं नृत्य नाटिकाओं का लेखन, परिकल्पना तथा संरचना करते रहे। इस प्रक्रिया में न जाने कितने कलाकारों का परोक्ष रूप से प्रशिक्षण करते रहे। वह 30 अप्रैल 1986 को सेवा निवृत्त हुए। परन्तु प्रशिक्षक पंचानन का प्रशिक्षण अभियान चलता रहा। वह सन् 1978 से 1989 तक श्रीराम सेण्टर फ़ॉर आर्ट ऐण्ड कल्चर, दिल्ली के पार्ट टाइम प्रशिक्षण कार्यक्रम में अभिनय प्रशिक्षण के अतिरिक्त संचालन भी करते रहे। उन्होंने अपने निवास स्थान पर ड्रामा एज्यूकेशन सोसाइटी की स्थापना की और एक-दो रंग संस्थाओं द्वारा रंग प्रस्तुति तथा प्रशिक्षण का कार्य करते रहे। इतना ही नहीं, पिछले कुछ वर्षों से वह फिर से रा. ना. वि. में संगीत तथा स्पीच

की क्लासें लेने आते रहे थे। वह नाटक के प्रशिक्षार्थियों से तो कभी कुछ नहीं लेते थे। घर पर आकर संगीत सीखने वालों से भी कुछ नहीं लेते थे।

वह 'पंचानन पाठक और पार्टी तथा लोक संस्कृति' के माध्यम से हिन्दी अंचल के लोकगीतों का प्रचार-प्रसार करते रहे। उन्होंने भारतीय तथा विदेशी नाटक, नृत्य नाटक, पैण्टोमाईम आदि का निर्देशन तो किया ही, उनमें अभिनय भी किया। संगीत निर्देशक के रूप में नाटकों, नृत्य नाटकों, समूहगान तथा बैले आदि की संगीत संरचना भी की, जिनमें प्रमुख हैं इब्राहिम अल्काज़ी द्वारा निर्देशित मोहन राकेश की कृति *आषाढ़ का एक दिन* (1962), धर्मवीर भारती की कालजयी रचना *अन्धा युग* (1963) के अतिरिक्त सूरदास की रचनाओं तथा जीवन वृत्त पर आधारित *दिव्य दृष्टि,* कन्याकुमारी के रॉक मैमोरियल पर स्वामी विवेकानन्द के स्मारक की स्थापना के अवसर पर उनके जीवन तथा आख्यानों पर आधारित *अक्षय आलोक,* भीष्म साहनी कृत *कबिरा खड़ा बाज़ार* में आदि के अतिरिक्त भिन्न-भिन्न प्रकार की अनगिनत मंच प्रस्तुतियाँ, अल्काज़ी साहब की *अन्धा युग* की प्रस्तुति के अतिरिक्त एम. के. रैना की इसी नाटक की दो अलग-अलग प्रस्तुतियों (1977 तथा 1986) में हर बार संगीत परिकल्पना करने का श्रेय उन्हें प्राप्त है। 1966 में ओम शिवपुरी द्वारा निर्देशित मोहन राकेश के नाटक *लहरों के राजहंस* तथा 1967 में रा. ना. वि. की मुंशी प्रेमचन्द की कृति *होरी* आदि के अतिरिक्त गत पैंतीस वर्षों में दिल्ली के नाट्यदल 'अभियान' के लगभग सभी नाटकों में संगीत दिया। 'बूँद-बूँद' सहित बीस टी. वी. धारावाहिकों में भी संगीत दिया।

दूरदर्शन पर धारावाहिकों के चलन का आरम्भ पाठक जी द्वारा भगवती चरण वर्मा के उपन्यास 'भूले बिसरे चित्र' का 17 एपिसोड में रूपान्तरण तथा निर्देशन करने से हुआ था। उन दिनों हर कार्यक्रम का प्रसारण 'लाईव' ही होता था। उन्होंने 'बूँद और समुद्र' उपन्यास का टी. वी. रूपान्तरण भी किया था। 'पंछी', 'ज़मीन' तथा 'सद्भावना' आदि धारावाहिकों के अतिरिक्त शंकर शेष के नाटक 'पोस्टर' पर बनी फिल्म तथा रमेश शर्मा द्वारा निर्देशित 'न्यू दिल्ली टाइम्स' में अभिनय भी किया।

कितने ही नाटकों, बैले, पुतली नाटकों के लेखन के अतिरिक्त कितने ही बांग्ला तथा विश्व साहित्य के नाटकों का अनुवाद किया। ध्वनि और प्रकाश कार्यक्रम का आलेख भी तैयार किया। प्रेमचन्द की कहानी 'कफ़न' तथा रवीन्द्रनाथ ठाकुर की रचनाओं 'मुक्ति मार्ग' तथा 'क्षुधित पाषाण' का नाट्य रूपान्तर प्रस्तुत किया। 'राम कथा' गीति नाट्य तथा बच्चों के लिए गीतों की पुस्तकों का प्रकाशन किया। कॉलिज में थे तो वहाँ की मैगज़ीन का सम्पादन करते

थे। रंगपत्रिका *इनैक्ट* में संगीत तथा वायस ऐण्ड स्पीच पर लगातार लिखते रहे। रंग पुस्तकों की समीक्षा लिखी। कारन्त जी के साथ मिलकर उच्चारण सुधारने की कितनी ही एक्सरसाइज़ें तैयार की थीं।

[4]

पंचानन पाठक इलाहाबाद के टीचर्स ट्रेनिंग कॉलिज में प्राध्यापक थे और कानपुर निवासी मंजूषा चैटर्जी वहाँ की छात्रा। मंजूषा जितनी खेल-कूद (दौड़ना और बैडमिण्टन) में पारंगत थीं उतनी ही सांस्कृतिक गतिविधियों में सक्रिय। उनका मिलन 'लव ऐट फर्स्ट साईट' नहीं था। मंजूषा को तो सपने में भी ख्याल नहीं आया था कि ऐसा कुछ होने वाला है। उनके कहने के अनुसार पंचानन अपने काम से मतलब रखते थे और कभी शो ऑफ नहीं करते थे। जब मंजू अपना कोर्स समाप्त करके वापस कानपुर चली गयीं तो उन्हें एक समाचार यह मिला कि वह फर्स्ट क्लास फर्स्ट आयी हैं और दूसरा यह कि पंचानन पाठक ने मंजूषा से शादी करने का प्रस्ताव रखा है। पहला समाचार प्रसन्न करने वाला था तो दूसरा चकित करने वाला। मंजूषा के पिता नहीं थे। वह अपनी ननिहाल में माँ के साथ रहती थीं। माँ हैरान थीं कि ऐसी चिट्ठी लिखने का साहस कौन कर सकता है? बात यह थी कि पंचानन ने अपने मुँह से तो यह बात कभी कही ही नहीं थी और न इस प्रकार का कोई संकेत ही दिया था। उनके गुरु महेश नारायण सक्सेना ने ही उनसे कहा था—मन है तो पत्र लिख के पूछ लो। माँ ने तो बात मंजूषा पर छोड़ दी। कहा कि तुम करना चाहती हो तो बता दो। माता-मामी आदि को यूँ तो कोई आपत्ति नहीं थी। बस यही शिकायत थी कि वह बंगाली नहीं हैं।

गोरखपुर में रहनेवाले मंजूषा के बड़े जीजा जी महेश जी से पूर्व परिचित थे। वह इलाहाबाद आकर महेश जी से मिले और पूछा कि तुम पंचानन पाठक को जानते हो? उसी समय पाठक जी उनके पास आकर साइकिल से उतरे। दोनों में बातचीत हुई और जीजा जी ने कानपुर पत्र लिखा कि 'मंजूषा बी. ए.'। बी. ए. का अर्थ पढ़ाई की डिग्री भी था, और यह भी कि उसका (बांग्ला शब्दावली में) बी.ए. अर्थात ब्याह कर दो। लड़का बहुत अच्छा है। ब्राह्मण परिवार से है। हमें कोई आपत्ति नहीं है। परन्तु एक ही कमी है कि वह बंगाली नहीं है। चिट्ठी से परिवार में हलचल मच गयी। पाठक जी के परिवार में भी काफी हंगामा था। पाठक जी के पिता पर जोर डालकर मंजूषा परिवार को पत्र लिखकर बताया गया कि हम बहुत उच्च परिवार के हैं और हमें यह रिश्ता मंजूर नहीं। मंजूषा की नानी ने उत्तर भिजवाया कि हमारी मंजूषा भी किसी कम परिवार की नहीं है।

वह जज साहिब की नातिन है। आप पण्डित नेहरू के दायें हाथ हैं, तो क्या हुआ! मंजूषा परिवार की जान-पहचान पं. मदन मोहन मालवीय की पत्नी दुर्गा मालवीय से थी। उन्होंने कहा कि कोई बात नहीं। हम राधे को बता देंगे और शादी करा देंगे।

5 नवम्बर, 1954 को कानपुर में काँग्रेस के दफ्तर तिलक भवन में पाँच बजे विवाह सम्पन्न हुआ। पाठक परिवार से कोई भी उसमें शामिल नहीं हुआ।

शादी के बाद दहेज का सामान गहने, कपड़े आदि निकाले गये। पाठक जी ने कुछ भी लेकर जाने से मना कर दिया। उन्होंने कहा कि जो पहना है, वह और एक जोड़ा कपड़ा बदलने के लिए ही ले जाएँगे। माँ ने पाँव पकड़ लिये, कहा कि तुम एक भिखारी की लड़की नहीं ब्याह कर ले जा रहे। परन्तु पाठक जी नहीं माने। उन्होंने कहा कि हम सूत का एक धागा भी नहीं लेकर जाएँगे। घर में जो कुछ आएगा वह हमारी मेहनत की कमाई से ही आएगा। आप अपनी छोटी बेटी माया के ब्याह के लिए यह सब सँजोकर रखिए।

विवाह के अगले दिन नवदम्पती इलाहाबाद पहुँचे। वहाँ महेश जी ने इनके स्वागत का पूरा प्रबन्ध किया हुआ था। रेलवे स्टेशन पर ही भीड़ जमा थी। पाठक जी कम्युनिस्ट पार्टी के सदस्य तो थे परन्तु राजनीतिक गतिविधियों की अपेक्षा सांस्कृतिक गतिविधियों में अधिक सक्रिय थे। अपना घर तो वह बहुत पहले छोड़ चुके थे। एक परिचित परिवार के पास मंजूषा को छोड़कर पाठक जी नाटक की रिहर्सल में चले गये। रात के डेढ़ बज गये थे और वह वापस नहीं आये थे। यूँ तो मिलने वाले तो बहुत आये, वह लोग जो रिहर्सल में नहीं थे अथवा मेजबान परिवार के सदस्य थे। उस परिवार की बुजुर्ग महिला आने वालों को बता देती थीं कि यह पंचानन की बहू हैं। वह बधाई देते और अपने-अपने काम में जुट जाते। कोई खाना खा रहा है तो कोई कुछ और कर रहा है। मंजूषा को जोर की भूख लगी थी। परन्तु खाने के बारे में उनसे किसी ने पूछा ही नहीं। कोई बोला कि यह तो बंगाली लड़की है। किसी ने यह भी कहा कि आपको कोई बंगाली लड़का नहीं मिला? वह हैरान थीं कि कैसे दोस्त हैं जो ऐसी बातें कर रहे हैं? वह उधर रिहर्सल में व्यस्त। यह किसी को जानती-पहचानती नहीं थीं। पाठक जी रात डेढ़ बजे आये और न खाने का पूछा न कोई और बात। उनकी भूख से जान निकली जा रही थी और पंचानन को शो की चिन्ता थी। अगली सुबह ही उन्हें चाय का एक कप नसीब हुआ।

बाद में पाठक जी के पिता ने ही जिला अधिकारी से कहकर सिविल अस्पताल के पास स्टैनली रोड पर उन्हें मकान दिलवाया। कविवर सुमित्रानन्दन पन्त उनके पड़ोसी थे। वहाँ जाने के पहले ही दिन मंजूषा ने देखा कि पड़ोस के मकान में कोई बुजुर्ग छाता उठाये झुलसती धूप में एक नौकर से लॉन में कुछ काम करा

रहे हैं। मंजूषा ने अपने नौकर से नीबू का शरबत उनके लिए भिजवाया। शाम को पंचानन के आने पर उन्होंने उनकी पत्नी की बहुत सराहना की। उसके बाद तो पन्त जी का घर पाठक जी के घर का एक्सटेंशन-सा बन गया था। पाठक जी के जितने भी फोन आते, उन्हीं के नम्बर पर आते। बिटिया कावेरी जब चलने लगी थी तो मौका पाते ही उनके घर भाग जाती। जब वह 1959 में दिल्ली आने वाले थे तो पन्तजी ने कहा था कि "मंजू, जी करता है तुम्हें पिटारी में बन्द करके अपने घर में ही रख लूँ। तुम लोगों के जाने से तो यहाँ सब सूना हो जाएगा!"

पाठक जी इलाहाबाद में कॉलिज में ही काम करते थे। जब बिटिया पैदा होने वाली थी तो उनका तबादला रामपुर हो गया। उनके पिता ने उनके स्वभाव को जानते हुए समझाया था कि वहाँ तू, तुम आदि का सम्बोधन प्रयोग में मत लाना। वहाँ सब बड़े-छोटे आप-आप करके ही बात करते हैं। जरा ध्यान रखना। वहाँ बहुत दिन रहना नहीं हुआ। वह जल्दी ही वापस इलाहाबाद आ गये। वह मंजूषा को किसी काम से नहीं रोकते थे। कोई उनसे नाटक में काम करने की बात करता तो वह कहतीं पाठकजी से पूछो। उनसे पूछते तो वह कहते मंजू से ही पूछो। जो उनका मन होगा वह करेंगी। वह मेरी प्रापर्टी नहीं है। जब उन्होंने पूछा कि आपने ऐसा क्यों कहा तो बोले—भई, मुझे क्या पता तुम क्या चाहती हो। वह जानती तो थीं नहीं कि कौन कैसा काम कर रहा है। वह इनकार कर देतीं। बाद में उन्होंने नाटकों में काम करना आरम्भ किया। प्रेमचन्द के *गोदान* में झुनिया की भूमिका निभायी थी। वह तो एक झगड़ालू बहू का पार्ट था। वह चाहती थीं कि अम्मा और बाबूजी न आएँ तो अच्छा है क्योंकि घर में तो उनकी एक सुशील बहू की छवि थी। वह लोग आये और नाटक देखने के बाद खूब तारीफ की।

'पंचानन पाठक और पार्टी' उस समय का एक प्रसिद्ध लोक संगीत का ग्रुप था। उसमें पाठक जी के साथ मंजूषा, उनके भाई और बहन थे। वह रेडियो पर लगातार कार्यक्रम प्रस्तुत करते थे। मंजूषा एकल रूप में भी रेडियो के पैनल पर थीं। दिल्ली आने पर उनको कई बार रेडियो वालों ने ऑडीशन देने का अनुरोध किया। उन्होंने यह कहकर मना कर दिया कि जब वह एक केन्द्र पर ऑडीशन पास कर चुकी हैं तो दोबारा क्यों?

शादी से पहले पाठक जी कुछ वर्षों तक इलाहाबाद केन्द्र में संगीत संचालक रहे परन्तु कम्युनिस्ट पार्टी के सदस्य होने के कारण नौकरी से निकाल दिये गये। उसके बाद ही वह कॉलिज में आये थे।

## [ 5 ]

मार्क्सवादी पार्टी का सदस्य होना एक अभिशाप की तरह हमेशा उनका पीछा करता रहा। गीत और नाटक प्रभाग के कार्यकाल में उनके एक सहयोगी ने सरकार से शिकायत कर दी थी कि पाठक जी कम्युनिस्ट पार्टी के सदस्य रहे हैं और उनको आर्म्ड फ़ोरसिज़ एण्टरटेनमेण्ट विंग जैसा संवेदनशील विभाग सौंप रखा है। और यह भी कि उन्होंने अपने जेल जाने के तथ्य को छुपाकर संघ लोक सेवा आयोग को भी धोखा दिया है। धोखा देने की बात तो झूठ थी क्योंकि पाठक जी ने अपने जेल जाने का पूरा ब्योरा आवेदन पत्र में दिया हुआ था। परन्तु उस सहकर्मी की शिकायत का असर जरूर उन पर पड़ा।

गीत और नाटक प्रभाग द्वारा राष्ट्रपति भवन, संसद भवन अथवा अन्य स्थानों पर जहाँ राष्ट्रपति, प्रधानमन्त्री, संसद सदस्य आदि आते थे वहाँ सांस्कृतिक कार्यक्रम प्रस्तुत किया जाता था, जिनमें देश-विदेश के उच्चकोटि के कलाकार भाग लिया करते थे। पाठक जी ही इन अतिविशिष्ट कार्यक्रमों का संयोजन-आयोजन करते थे। एक बार 27 मई को तीनमूर्ति भवन में पण्डित नेहरू की बरसी पर हर वर्ष होने वाले समारोह का आयोजन पाठक जी के जिम्मे था। उस दिन प्रभाग के कलाकारों द्वारा देशभक्ति के गीतों का कार्यक्रम प्रस्तुत होना था। कार्यक्रम शाम साढ़े छह बजे आरम्भ होना था, परन्तु तैयारियाँ सुबह से चल रही थीं। उस कार्यक्रम में राष्ट्रपति, उपराष्ट्रपति, प्रधानमन्त्री आदि के साथ अन्य गण्यमान्य व्यक्ति आने वाले थे। शाम चार बजे के करीब श्रीमती इन्दिरा गाँधी अपने पोते राहुल को गोद में उठाये प्रबन्ध देखने चली आयीं। पाठक जी ने उनके हाथ से बच्चे को ले लिया, और दस मिनट तक वह पाठक जी के साथ घर-परिवार की बातें और सुरक्षा का निरीक्षण करती रहीं। उस समय उनकी अपनी सिक्योरिटी के गिने-चुने लोगों और आयोजन से जुड़े कुछ कलाकारों के अतिरिक्त और कोई नहीं था। परन्तु जब शाम को पूरी सिक्योरिटी आ गयी तो पूरा नक्शा ही बदल गया। सिक्योरिटी के लोग पाठक जी को मंच की ओर जाने ही नहीं दे रहे थे। परन्तु मुझे बिलकुल नहीं रोक रहे थे। पाठक जी की चिर-परिचित, प्रधानमन्त्री की संस्कृति सचिव उषा भगत को बताया तो वह भी बात टाल गयीं। समझ नहीं आ रहा था कि ऐसा क्यों हो रहा है!

इसका पता तब चला जब एक बार पाठक जी संसद भवन किसी काम से गये तो वहाँ के वाच एण्ड वार्ड स्टाफ का एक सदस्य जो मंचीय नाटकों और टी. वी. कार्यक्रमों में पाठक जी के साथ काम करता था, उन्हें संसद भवन के स्वागत कक्ष में मिल गया और जहाँ भी वह जाते, वह साथ हो लेता। पाठक जी ने पूछा भी कि भई क्या बात है, तुम मेरे साथ ही चिपके फिर रहे हो? अपनी

नौकरी नहीं बजानी है क्या? उसने जवाब दिया कि सर इतनी देर से नौकरी ही तो बजा रहा हूँ। उसी ने बताया कि आपको छः महीने के लिए 'निगरानी' में रखा गया है। यह आदेश चीफ़ ऑफ़ आर्मी स्टाफ़ के हस्ताक्षर से जारी हुआ। जब आप स्वागत कक्ष में आये थे तो हमको पहले से ही आपके आने की सूचना थी। आपका पास एकदम बन सकता था परन्तु इसी आदेश के कारण आपको पास मिलने में थोड़ी देर हुई। मैं आपका परिचित हूँ, इसीलिए मुझे आपके साथ लगाया था ताकि आपको यह न लगे कि कोई आपकी निगरानी कर रहा है। उन्हीं दिनों जब गीत और नाटक प्रभाग के दो दल सेना क्षेत्र में जवानों के मनोरंजन के लिए बॉर्डर पर गये थे तो जाते ही दल के इंचार्ज से पूछा जाता था कि आप में से पंचानन पाठक कौन है! उनको बताना पड़ता था कि वह तो दिल्ली में ही रहते हैं। दल के साथ बॉर्डर पर नहीं आते।

गौरवर्ण, सुन्दर, बलिष्ठ शरीर, बड़ी-बड़ी आँखें, बचपन से ही कसरत और पहलवानी करते आ रहे थे। अब भी एक यूनानी देवता की मूर्ति जैसे दिखते थे। कभी-कभी घुटनों में दर्द हो जाने के कारण चलना-फिरना कठिन होता जा रहा था इसलिए धीरे-धीरे चलने लगे थे। सीढ़ियाँ भी चढ़ते तो धीरे-धीरे, बीच-बीच में दम लेकर। कहते कि जवानी में अखाड़े में बहुत धोबी पटके मारे हैं। राजनीतिक रैलियों में और बाद में जेल के अन्दर पुलिस वालों की बहुत लाठियाँ खायी हैं। जवानी की भूलों की सजा बुढ़ापे में ही तो भुगतनी पड़ती है! पार्टी के सदस्य होते हुए भी राजनीतिक गतिविधियों में कम और सांस्कृतिक कार्यक्रमों में अधिक व्यस्त रहते। पार्टी कार्यकर्ता भी जब कभी धरने-जुलूस आदि में मारपीट की आशंका होती, तभी पंचानन को बुलाते। यूँ भी वह पहलवान होते हुए भी झगड़ालू स्वभाव के नहीं थे। मारपीट की अपेक्षा वह प्रायः धमकाने से काम चला लेते। वह अनुशासनप्रिय तो थे और अधिकारी अथवा बड़ों की बात स्वीकार कर लेते परन्तु किसी बात पर असहमति होने पर अपना पक्ष अवश्य बयान कर देते। एक बार अल्काज़ी साहब से किसी बात पर बहस होने लगी तो अपनी मोटी-मोटी आँखें तरेरते हुए बोल उठे कि मैं आपको इस खिड़की से बाहर भी फेंक सकता हूँ। अल्काज़ी साहब ने भी उन्हें अच्छी तरह जान लेने के कारण उनके आउट बर्स्ट को अन्यथा नहीं लिया था। और जब पाठक जी रा. ना. वि. छोड़कर गीत और नाटक प्रभाग जाने वाले थे तो उन्होंने पाठक जी की भूरि-भूरि प्रशंसा करते हुए सेवा प्रमाणपत्र दिया था। पाठक जी प्रायः इसकी चर्चा किया करते थे। और उनकी ऐसी बातें हम सुनने वालों के आचरण को भी कहीं-न-कहीं प्रभावित करती थीं।

प्रायः ऐसा होता था कि कोई-न-कोई उनको उत्पल दत्त समझकर बात

करने लगता था। एक बार हम ट्रेन में गुवाहटी की रंग *कार्यशाला* में जा रहे थे तो एक सहयात्री पाठक जी के पास आया और बांग्ला में बोला, "दादा आपने हमें पहचाना नहीं?" पाठक जी बांग्ला समझ तो लेते थे परन्तु लिखना-बोलना कामचलाऊ ही था। उन्होंने कहा, "न तो!" उस व्यक्ति को विश्वास नहीं हो रहा था। लगा कि दादा ठट्ठा कर रहे हैं। वह फिर बोला, "दादा मैं तो आपके साथ तीन महीने आपके थियेटर में काम कर चुका हूँ?" पाठक जी ने श्रीराम सेण्टर में मेमोरियल लेक्चर देने आये उत्पल दत्त को यह बताया तो अपने विशिष्ट अन्दाज़ में हँसकर बोले, "फिर तो आप मेरे जुड़वाँ भाई की भूमिका भली-भाँति कर सकते हो! हाँ, तुम्हें चेहरे का रंग थोड़ा काला करना पड़ेगा।"

पाठक जी इलाहाबाद में सक्रिय होने के कारण इप्टा के 'सेण्ट्रल स्क्वैड' (केन्द्रीय सांस्कृतिक दल) के नियमित सदस्य तो नहीं थे, परन्तु अखिल भारतीय आयोजनों में भाग लेने के कारण पं. रविशंकर, उनके भाई सचिन शंकर, गीतकार शैलेन्द्र और प्रेम धवन के अतिरिक्त बलराज साहनी, ख़्वाज़ा अहमद अब्बास, ए. के. हंगल, शान्ता तथा दीना गाँधी (पाठक), शान्तिवर्धन, गुलवर्धन आदि भी पाठक की आत्मीय परिधि थे। नेमिचन्द्र जैन ने उनकी प्रतिभा तथा सक्रियता के कारण ही उन्हें रा. ना. वि. आने का निमन्त्रण दिया था। मंजूषा भी दिल्ली के सेण्ट कोलम्बस विद्यालय में अध्यापन कार्य करने लगी थीं। वह अध्यापन कम और व्यक्तित्व-निर्माण का कार्य अधिक करती थीं। वह खेल-खेल में बच्चों को संस्कार सिखाती थीं। अपने संगीत तथा नाट्यकला के ज्ञान का भरपूर सदुपयोग करती थीं। बी. एम. शाह भी बरसों तक उस विद्यालय में अध्यापन कार्य करते रहे थे। दोनों की उपस्थिति के कारण उस विद्यालय में बाल रंगकर्म बहुत सक्रिय था। शायद अनजाने में उन्होंने ही 'थियेटर इन एज्यूकेशन' की नींव रखी थी। पाठक जी प्रायः केन्द्रीय बाल भवन, दिल्ली में आयोजित केन्द्रीय विद्यालयों अथवा नगर निगम तथा अन्य सरकारी स्कूलों के अध्यापकों के लिए प्रशिक्षण शिविरों में अपना ज्ञान बाँटते। वहाँ मथुरा अंचल की नौटंकी के प्रसिद्ध गायक अभिनेता रामदयाल शर्मा, जो बाल रंगकर्म से भी जुड़े हुए थे, पाठक जी के प्रिय बन्धु जैसे हो गये थे।

लोक संगीत के भण्डार पाठक जी आवश्यकतानुसार अपने संगीत भण्डार को और समृद्ध करने के लिए बिना झिझक किसी के भी पास चले जाते। बरसों तक इलाहाबाद में साथ काम करने वाले मोहन उप्रेती उनके कुमाऊँ संगीत के सन्दर्भ कोष थे। एक दिन, बरसों बाद, पाठक जी को बाल भवन परिसर आते देख रामदयाल शर्मा हैरान हो गये। पाठक जी ने उनके पास जाते ही कहा, "मैं तुम्हारे पास चोरी करने आया हूँ।" रामदयाल बोले, "बड़े शौक से कीजिए। आपके लिए तो द्वार हमेशा खुले हुए हैं।" उन दिनों पाठक जी रा. ना. वि. रंगमण्डल के साथ बी. एम.

शाह द्वारा निर्देशित नाग बोडस के नाटक *थैंकू बाबा लोचन दास* की संगीत रचना-प्रक्रिया में व्यस्त थे। नाटक, नौटंकी में भाग लेने वाले कलाकारों से जुड़ा हुआ था। पाठक जी बोले, "मैं अक्सर तुम्हारी धुनें चोरी करके प्रयोग में लाता हूँ।" रामदयाल बोले, "स्वागत है। आप तो मेरी धुनें चोरी करते हैं। मैं तो आपके ज्ञान कोष पर डाका डालता हूँ। हमारा बहुत कुछ तो आप ही की देन है।" पाठक जी बोले, "ठीक है, ठीक है। अब बातें न बनाओ, जल्दी से नौटंकी की कुछ धुनें सुनाओ।"

पिछली बार जब पाठक जी बीमार पड़े थे तो वह क्षुब्ध अधिक लग रहे थे, बीमार कम। वह बहुत डिसओरिएण्टेड लग रहे थे। नर्सिंग होम का कमरा उनको किसी होटल का लग रहा था। नर्सिंग स्टाफ होटल के बैरे। डॉक्टर से भी उलझ गये थे। एक बार तो मुँह पर लगा ऑक्सीजन मास्क उतारकर बाहर बरामदे में जाकर खड़े हो गये और कहने लगे मैं यहाँ नहीं रहूँगा। रात के दस बजे मोबाइल फोन से बेटी से कहा कि आकर मुझे ले जाओ नहीं तो मैं टैक्सी लेकर स्वयं आ जाऊँगा। मंजूषा उनको सँभाल नहीं पा रही थीं। उन्होंने कमरे से बाहर आकर मुझे फोन पर यह किस्सा बताया। मैंने उनसे फोन पर ही पूछा कि आप कहाँ हैं, तो बोले मैं डॉक्टर टौंक के ढाबे के बाहर खड़ा हूँ और रानी (बेटी कावेरी) से कहा है कि मुझे आकर ले जाए। मैंने कहा, "आपने यह क्या कर दिया? आपको पता नहीं कुछ उग्रवादियों ने अस्पताल के आसपास हमला कर दिया है। चारों तरफ पुलिस का पहरा है। और आपने रानी को आने का आदेश दे दिया है और खुद बाहर बरामदे में खड़े हैं! आप जल्दी से अन्दर जाइए और रानी को आने से मना कर दीजिए।"

पाठक जी की इस मनोदशा से मंजूषा बहुत त्रस्त थीं। वह जब भी बीमार पड़ते, उन पर भी एक डिप्रेशन का दौरा-सा पड़ जाता। वह हर समय आशंका से घिरी रहतीं। वह कहतीं कि देहावसान तो सभी का होना 'तै' है। मैं चाहती हूँ कि मैं उनसे पहले शरीर त्याग दूँ और ऊपर जाकर उनकी प्रतीक्षा करूँ। मैं कहता कि एक ओर तो आप सब कुछ 'तै है' की बात करती हैं और दूसरी ओर असम्भव घटित होने की कामना भी करती हैं। वह कहतीं कि बात तो तुम सही कह रहे हो। परन्तु अगर वह पहले चले गये तो मैं बहुत दिन जी नहीं पाऊँगी। आज भी वह कुछ ऐसी ही बातें कर रही थीं।

अगली सुबह वह बिलकुल होशोहवास में थे। रात की बातों की हल्की-सी भी याद नहीं थी। दिन में डॉक्टर ने बताया था कि उनके दिल का एक वाल्व खराब हो गया है जिस कारण दिमाग को खून की पूरी आपूर्ति नहीं हो रही है। इसी कारण वह ऐसा व्यवहार कर रहे थे। पर, दो महीने बाद आज सुबह फोन पर उनकी

आवाज से लग ही नहीं रहा था कि वह बीमार हैं। लगता था कि अस्पताल में अपनी नहीं, मंजूषा या किसी और के होने की सूचना दे रहे हों।

दिन के ग्यारह बजे थे। इस बार फोन रानी का था। वह बता रही थीं कि पाठक जी को सी. सी. यू. (कारडियक केयर यूनिट) में रखा है। बहुत प्रसन्नचित्त हैं। बता रहे थे कि जब थोड़ी देर के लिए आँख लग गयी थी तो अचानक बहुत तेज रोशनी दिखाई पड़ी थी। दूर-दूर तक उजाला ही उजाला। हर चीज सफेद। शान्त वातावरण। संगीत की स्वर लहरी की हल्की-हल्की गूँज।

दो घण्टे बाद पाठक जी का शिष्य ध्रुव अवस्थी फोन पर था। वह कह रहा था, ''दादा नहीं रहे। अभी थोड़ी देर पहले मैसिव हार्ट अटैक हुआ था।'' मुझे लगा जैसे कह रहा हो, ''रंगजगत के महानायक, नाट्य गुरु पंचानन पाठक के 'जीवन चरित' का पटाक्षेप हो गया है। उनके दर्शक और प्रशंसक खड़े होकर करतल ध्वनि से उनका 'स्टैण्डिग ओवेशन' से अभिनन्दन कर रहे हैं।'' यही तो हुआ था न!

मंजूषा पाठक भी अपनी बात की धनी निकलीं। पाठक जी के प्रस्थान के बाद उन्हें जैसे जीवन से बैर हो गया था। न कुछ खाने का मन, न कुछ पहनने की इच्छा। बहुत बीमार पड़ गयीं तो ठीक से दवा भी नहीं लेती थीं और 14 मई, 2002 की सन्ध्या वह अपने महानायक से मिलने जीवन मंच से प्रस्थान कर गयीं।

# व्यक्तित्व, अनुभव और ध्येय

## (इब्राहिम अल्काज़ी)

टेलीफोन की घण्टी बज रही थी। मन में आशंका थी—पता नहीं अल्काज़ी साहिब बात करेंगे भी कि नहीं।

"आर्ट हैरीटेज" कोई उधर से बोला।

"मैं कौशल बोल रहा हूँ। अल्काज़ी साहब हैं?"

"ज़रा रुकिए"...और एक लम्बा अन्तराल।

पिछले चार वर्ष में उनसे यदा-कदा ही भेंट हुई थी। बातचीत बिल्कुल नहीं। 'राष्ट्रीय नाट्य विद्यालय' छोड़ने के बाद उन्होंने जैसे नाट्य जगत से संन्यास ले लिया हो। कोई नाटक देखने न आते। कोई पुराना परिचित मिलता भी तो कह देते "भई—नाटक की बात मत करना", एक अजीब-सी कड़वाहट उन पर छा गयी थी। कितने ही लोग, कितने ही सच्चे-झूठे किस्से उनके बारे में। इस बीच मैं भी उनसे नहीं मिला था। एक बार सामना हुआ था जब वे नेशनल फिल्म अवार्ड की ज्यूरी के चेयरमैन थे। पुरस्कार-वितरण-समारोह पर मैं मंच-व्यवस्था में था। मंच पर मैंने उनसे कहा—"अब तो आप को भी फिल्म-निर्माण करना चाहिए।" वे बोले—"क्यों?" मैंने कहा, "इसलिए कि आप तो फिल्म ज्यूरी के चेयरमैन हो गये हैं और सक्रिय हैं।"

अल्काज़ी साहब ने हँसकर बात टाल दी। तदुपरान्त उनसे भेंट हुई पर बात नहीं हुई।

एक बार पहले जब उन्होंने एन. एस. डी. से त्यागपत्र दिया था तो बड़े जोर की चर्चा थी कि वे 'अन्धायुग' पर आधारित अन्तर्राष्ट्रीय कलाकारों के साथ, जिनमें मार्लिन ब्राण्डो का नाम भी था, एक फिल्म बना रहे हैं।

आज का टेलीफोन भी नाटक के सम्बन्ध में ही था। डॉ. सत्येन्द्र तनेजा, जयशंकर प्रसाद पर कार्य कर रहे हैं। इस सिलसिले में वे अल्काज़ी साहब से बात करना चाहते थे परन्तु जो कुछ उनके बारे में सुन रखा था, सीधा जाने की हिम्मत नहीं कर पा रहे थे। मैंने उनकी मुलाकात का प्रबन्ध करने का वादा किया

था और इसी कारण था यह फोन...

...अन्तराल। मैं सोच रहा था शायद मेरा नाम सुनते ही कह दिया होगा—'मना कर दो मैं व्यस्त हूँ' नहीं तो कहा होगा 'कौन कौशल? मैं नहीं जानता।' लेकिन तभी आवाज़ आयी—''हैलो कौशल, हाउ आर यू?''

एक मिनट और अगर वह फोन पर न आते तो मैं फोन काट देता। आवाज सुनकर लगा साँस पलट आयी हो।

''ठीक हूँ सर।'' मैंने कहा, ''सर मैं आपसे मिलना चाहता हूँ।''

''कम औवर नाउ, अभी आ जाओ।''

''सॉरी सर, अभी तो नहीं आ सकता, कल किसी समय?''

''ठीक है, कल तीन बजे।''

''थैंक यू सर।''

तीन बजे मैं त्रिवेणी कला संगम के बेसमेण्ट में जा पहुँचा, जहाँ अल्काज़ी आर्ट हैरीटेज के नाम से एक स्थायी कला प्रदर्शनी-कक्ष चला रहे हैं। पहले भी कई बार मैं कला प्रदर्शनियाँ देखने यहाँ आ चुका था। कक्ष की फ्लोर-मैटिंग दीवारों पर मटमैला सफेद रंग, चित्रों को टाँगने का ढंग, सभी में एक सुरुचि का आभास, जो उनके नाट्य-प्रदर्शनों में लक्षित होता था, यहाँ पर भी विद्यमान था।

अल्काज़ी किन्हीं दो व्यक्तियों से बात कर रहे थे। थोड़ी देर बाद मेरी ओर आते हुए बोले, ''सॉरी कौशल, आई कैप्ट यू वेटिंग।''

''कोई बात नहीं साहब,'' मैंने कहा। ''मैं क्षमा चाहता हूँ जो आपको कष्ट देने चला आया। मैं आपका अधिक समय नहीं लूँगा। मैं अपने मित्र की ओर से आया हूँ।''

''बैठो तो सही'' वे बोले, ''बहुत जल्दी में हो क्या?''

''नहीं, जल्दी तो नहीं है। आप बहुत बिज़ी हैं।''

''डोण्ट वरी अबाउट दैट'' और कुर्सी खींचकर बैठ गये। लगभग चार वर्ष बाद मिल रहा था। उनको याद था कि चाय नहीं पीता हूँ। चपरासी को एक चाय और एक ठण्डा लाने का आदेश देकर बोले, ''अब कहो?''

मैंने उन्हें बताया कि डॉ. तनेजा आपसे मिलना चाहते थे परन्तु न जाने कैसे लोगों ने अफवाह उड़ा दी है कि अल्काज़ी साहब नाटक के विषय में बात भी नहीं करना चाहते।

''मुझे पता नहीं साहब, आपने ऐसा कहा या नहीं, मैंने डॉ. तनेजा से जरूर कहा कि ऐसा कैसे हो सकता है? एक व्यक्ति जिसने अपना सर्वस्व मंच को अर्पित कर दिया हो और जिसने नाटक-मंचन तथा नाट्य-प्रशिक्षण को नये आयाम दिये हों, वह भला एकदम विरक्त कैसे हो सकता है। मैं नहीं मानता। यह झूठ है।''

''तुम ठीक कहते हो। मैं नाटक से अलग कभी हुआ ही नहीं था। यह दूसरी बात है मैं अब प्लास्टिक आर्ट, विशेषकर चित्रकला में अधिक रुचि ले रहा हूँ। आर्ट गैलरी जो चला रहा हूँ।''

मुझे याद आया वह दिन जब हम दोनों एक नाटक के लिए संगीत तथा ध्वनि प्रभाव रिकार्ड कर रहे थे तो अल्काज़ी साहब ने कहा था—

''जानते हो कौशल, एक समय ऐसा भी आया था जब मुझे चित्रकला अथवा रंगमंच में से एक का चुनाव करना पड़ा था। जीत रंगमंच की हुई थी परन्तु कई बार मुझे लगता था मैंने कुछ गलत तो नहीं किया।''

चित्रकार अल्काज़ी, रंगकर्मी अल्काज़ी पर अपना प्रभाव दिखा ही जाता था। अपने चित्रों की एकल प्रदर्शनी के अतिरिक्त मंच-सज्जा, प्रकाश-योजना तथा वेशभूषा में रंगों का प्रयोग और अभिनेताओं (पात्रों) का सम्मोहन तथा स्थानापन्न छवि-चित्र से ही तो लगते थे। 'अन्धायुग' में कोटला फिरोज़शाह की पथरीली प्राचीर पर बड़ा-सा टूटा हुआ रथ का पहिया, उस पर धुँधली-सी गुलाबी रंग की प्रकाश रेखा एक भव्य चित्र ही तो लगती थी। या फिर, रवीन्द्र भवन के मुक्ताकाशी मंच पर सफेद दीवारों के आगे मँडराती काले वस्त्रों में 'यरेमा' एक अद्‌भुत चित्र ही तो होती थी।

''अब देखो, कला के क्षेत्र में भी कुछ व्यवस्थित कार्य ही नहीं हो रहा। केवल प्रदर्शनी लगाना, दो-चार चित्रों का बिक जाना ही तो काफी नहीं। अकादमियों की कुछ तो सीमाएँ हैं, कुछ वह करना नहीं चाहते। अब एक चित्रकार का पोर्टफोलियो छाप देना ही काफी नहीं है।''

''प्रदर्शनियों पर खर्चा तो बहुत होता होगा?''

''हाँ, खर्चा तो होता ही है। सभी चित्रों को एक स्थान पर इकट्‌ठा करना। कई तो म्यूज़ियम में हैं। कुछ प्राइवेट संग्रहालयों में। उनको लाना, ले जाना, पैकिंग, इंश्योरेन्स आदि का खर्चा।''

क्या अल्काज़ी सचमुच थियेटर से कट गये? मैं सोच ही रहा था तो वे बोले, ''थियेटर में भी वही एक व्यवस्था लाना चाह रहा था। हम लोगों को अपनी परम्पराओं से जुड़ना है। पश्चिम से तकनीक सीखकर कहानी अपनी मिट्टी की ही कहनी है...'' 'आषाढ़ का एक दिन', 'अन्धायुग' पहली बार अल्काज़ी साहब ने ही तो मंचित किये थे।

''मैंने एशियाई नाट्य जगत में भारत की अपनी पहचान की कितनी ही योजनाएँ बनायी थीं। नेशनल स्कूल में काबुकी नाटक की सफल प्रस्तुति से जापान में हमारी नाट्य परम्परा के प्रति जिज्ञासा उत्पन्न हुई थी और भी कई एशियाई देशों में आदान-प्रदान की योजनाएँ थीं।''

''अब जयशंकर प्रसाद को ही लो। वह एक समय विशेष में सामने आये। उनकी कृतियाँ, उनकी भाषा उस समय के अनुकूल ही थी। बॉक्सैट वाले मंच पर उन्हें प्रस्तुत करना शायद कठिन होता परन्तु रंगमंच अब तो इस स्थिति में है कि वह उनके बीसियों दृश्यों वाले नाटकों का मंचन कर सके। आवश्यकता है निष्ठावान तथा कल्पनाशील निर्देशकों की।''

सोचा पूछूँ—आप रंगमंच से दूर क्यों चले गये पर उनकी बात काटने की हिम्मत नहीं हुई। वह तो जैसे अपने अतीत का कोई छोर पकड़ने का प्रयत्न कर रहे थे।

''...जानते हो, कभी-कभी बड़ा अनोखा तथा सुखद अनुभव होता है। अभी कुछ दिन पहले गोआ में एक साहब मिले और एकदम पहचान लिया। बोले, 'आप मुझे नहीं पहचानते परन्तु मैंने आपके सभी नाटक देखे हैं।' मैंने कहा मैं तो गोआ कभी नाटक करने आया ही नहीं तो वह बोले, 'जब आप बम्बई में नाटक करते थे तो मैं स्टीमर से नाटक देखने आता था और देखकर वापस चला जाता था।' लगभग बीस वर्ष हो गये थे। फिर भी उनके व्यवहार में वही गरिमा जैसे अभी मेरा प्रदर्शन देखकर मंच पर आये हों।''

दिल्ली में अल्काज़ी साहब ने केवल एक बार ही अभिनय किया। नाटक था मॉलियर का 'तारत्यूफ'। वह एक अविस्मरणीय अनुभव था। अभिनय कला का एक कीर्तिमान। मैंने उन्हें बताया था कि मैंने 'तारत्यूफ' का रूपान्तर किया है 'बाबा गोपीनाथ' जो 'यात्रिक' की ओर से दीपक केजरीवाल प्रस्तुत कर रहा है। अँग्रेजी 'तारत्यूफ' भी 'यात्रिक' की ओर से ही हुआ था।

''याद है उसमें एक लड़की नौकरानी का रोल करती थी।''

याद क्यों न होता मुझे। मैं उस नाटक का स्टेज मैनेजर था। अल्काज़ी साहब जो ढोंगी साधु तारत्यूफ का रोल करते थे। एक दृश्य में नौकरानी को उसकी नग्नता ढाँपने को कहते-कहते उसके 'वक्षस्थल' को छूने का प्रयत्न करते थे और अपना रूमाल उसके ब्लाउज में उड़ेस देते थे। चौथा या पाँचवाँ प्रदर्शन था, वह लड़की (इन्द्रा जोशी थी शायद) आयी और अल्काज़ी से कहा कि आज वह रूमाल वाला ऐक्शन न करें क्योंकि उस दिन उसके होने वाले सास-ससुर आने थे। अल्काज़ी साहब को बहुत बुरा लगा, जैसे वह कोई गन्दा काम करते रहे हों। उन्होंने कहा नाटक वैसा ही होगा जैसा होता आया है और अगर उस लड़की के सास-ससुर इतने ही संकीर्ण विचार के हैं तो अच्छा है, वहाँ उसकी शादी न हो। इस विवाद पर उस दिन नाटक आधा घण्टा देर से आरम्भ हुआ और लड़की की सगाई टूट गयी थी।

''वह लड़की अभी कुछ दिन पहले आयी थी उसकी शादी कहीं दूसरी जगह हो गयी। दो बच्चे हैं और पति के साथ पेरिस में रहती है। कह रही थी

कितनी बुद्धू थी वह उस समय। अच्छा ही हुआ उस परिवार में वह नहीं गयी। कौन जाने वे कैसा व्यवहार करते?''

अल्काज़ी साहब रंगमंच से कटे नहीं हैं, सिर्फ अपने 'सैकेण्ड लव' चित्रकारी की ओर झुक गये। अभी साल-भर पहले उन्होंने राजस्थान विश्वविद्यालय के लिए एक मुक्ताकाशी रंगमंच का डिज़ाइन तैयार किया था। उसके निर्माण में भी सक्रिय रूप से रुचि लेते रहे हैं। आजकल तो नाटक-प्रदर्शनों में भी दीख जाते हैं और सरकार की समितियों में नाट्य विशेषज्ञ के रूप में सदस्य हैं।

प्रश्न तो बहुत थे मन में। उनको स्कूल छोड़ते समय कैसा लग रहा था? क्या बात थी जो अपने 'फ़र्स्ट लव' को भुला बैठे थे? इतनी कड़वाहट क्यों? क्या अब वह फिर से नाटक निर्देशित करेंगे? कौन-सा नाटक करना चाहेंगे? परन्तु मैं उनके धाराप्रवाह को तोड़ना नहीं चाहता था। ये प्रश्न तो फिर भी पूछे जा सकते थे। एक बात निश्चित थी, वह रंगमंच को भुला नहीं पाये हैं।

काफी समय हो गया था। लगभग पौने दो घण्टे। ''अच्छा सर, मैं डॉ. तनेजा से कहूँगा वह आपको फोन करके समय ले लेंगे।''

''ऐनी टाइम। जब चाहें आ सकते हैं।''

मुझे चार बजे 'चेरुथा' नाम के चलचित्र का प्रिव्यू देखने जाना था और अब पाँच रहे थे। मैं सोच रहा था अल्काज़ी साहब ऐसे ही समय निकालते रहे तो मैं एक क्या बीस प्रिव्यू छोड़ सकता हूँ।

# धीरे से बोलता हूँ, चुपके से सुनता हूँ
(रतन थियम)

बारह जुलाई, सन् 2001। रात के दस बज चुके हैं। दिल्ली में जनरल परवेज़ मुशर्रफ़ के आने का हंगामा है। वह आगरा शिखर वार्ता के लिए आ रहे हैं। हर टी. वी. चैनल पर उन्हीं की चर्चा हो रही है। मैं अपना मनपसन्द कार्यक्रम देखने की अपेक्षा चैनल बदल-बदलकर समाचार देख रहा हूँ। कोई कह रहा है कि वह अमुक होटल में ठहरेंगे, कोई दूसरे का नाम ले रहा है। एक चैनल पर तो होटल के प्रस्तावित अथवा सम्भावित कक्ष के दृश्य भी दिखाये जा रहे हैं। कोई अमर प्रेम के प्रतीक ताजमहल की छाया में जनरल राष्ट्रपति के हृदय-परिवर्तन की बात कह रहा है, तो दूसरा उनकी बॉडी लैंग्वेज का विश्लेषण कर रहा है। चारों तरफ एक आशा छायी हुई है। शायद आतंकवाद के दिन चुक जाएँ! उस उत्तेजना-भरे वातावरण में फोन की घण्टी बजती है।

"कौशल जी नमस्कार" आवाज आती है।

"कब आये भई?" मैं पूछता हूँ।

"अभी थोड़ी देर पहले ही। आज डायरेक्ट फ़्लाइट थी न!"

"तबीयत तो ठीक है?"

"बहुत गड़बड़ हो रही है।"

"आवाज से ही लग रहा है।"

"स्पाण्डेलाइट्स है न। बहुत दर्द हो रहा है। आप कैसे हैं?"

"मैं ठीक हूँ, कैसे आना हुआ? कोई मीटिंग, कोई सिलेक्शन कमेटी?"

"हाँ, मीटिंग है लेकिन परसों। आप से कल मुलाकात हो सकती है?"

"क्यों नहीं, कब आना होगा?"

"कल सुबह मिल सकते हैं?"

"हाँ, हाँ, क्यों नहीं। मैं ग्यारह बजे तक आता हूँ।"

"थोड़ा जल्दी आ जाइए। एक बहुत जरूरी काम है।"

"बहुत जरूरी है तो मैं अभी आ जाता हूँ।"

"इतना जरूरी भी नहीं है। एक पत्र लिखना है। बस थोड़ा पहले आ सकें तो अच्छा होगा।"

"कुछ संकेत दो तो पत्र का ड्राफ्ट बना लाऊँगा।"

"वह तो मैं तैयार करके लाया हूँ। आप से ज़रा सलाह-मशविरा करना है।"

एक पल की खामोशी और फिर आवाज आती है। "पत्र राष्ट्रपति को भेजना है। मैं अपना पद्मश्री का सम्मान लौटाना चाहता हूँ।" आवाज में पीड़ा और क्षोभ का आभास मिलता है। पीड़ा शायद स्पाण्डेलाइट्स की है। परन्तु क्षोभ? आवाज रतन थियम की है।

रतन थियम न जाने कितनी सरकारी, अर्धसरकारी, गैर-सरकारी तथा स्वैच्छिक संस्थाओं के सदस्य तथा सलाहकार हैं। कितनी ही चयन समितियों के सदस्य हैं। भारत भ्रमण तो होता ही है, विदेशों में भी अपने नाटकों की प्रस्तुतियों से पूर्व उनकी व्यवस्था देखने अथवा अन्य समागमों के परिकल्पक, निर्देशक या अन्य विदेशी संस्थाओं के सलाहकार के रूप में विदेश आना-जाना लगा रहता है, जिसके लिए दिल्ली आना ही होता है। वह दिल्ली आने पर प्रायः अपने आने की सूचना दिया करते हैं और हमारे वार्तालाप का प्रारूप भी लगभग यही होता है। परन्तु उनके आज के अन्तिम कथन ने मुझे चौंका दिया है। उनके शब्दों की अनुगूँज में टी. वी. पर चलनेवाले मुशर्रफ पुराण की आवाज भी जैसे ओझल हो गयी है। मुझे लग रहा है जैसे वह कोई साइलेण्ट फिल्म चल रही है।

बीस जनवरी, 1948 को जन्मे रतन थियम अपने जीवनवृत्त में, उचित ही, अपने आपको निर्देशक, डिज़ाइनर (अभिकल्पक), कम्पोज़र (संगीत रचनाकार), कोरियोग्राफर (नृत्य-सर्जक, निर्देशक), रा. ना. वि. (नाट्यकला) के स्नातक घोषित करते हैं। पर, यह बहुत कम लोग जानते हैं कि पाँच पूर्णकालिक तथा एक एकांकी नाटकों के रचयिता रतन थियम के दो कविता और एक कहानी-संग्रह भी प्रकाशित हो चुके हैं। इनके अतिरिक्त वह चार उपन्यासों की रचना भी कर चुके हैं। उनकी अभिनय प्रतिभा की खबर भी बहुत कम लोगों को है।

हालाँकि मैं सन् 1971 में गीत और नाटक प्रभाग के कलाकारों के एक दल के साथ मणिपुर गया था और कई अनुष्ठानों में भाग भी लिया था (जिसका विस्तृत विवरण 'रंग प्रसंग'-2 में *जहाँ धरती को छू कर अभिवादन करते हैं* शीर्षक से छपे अपने संस्मरण में दे चुका हूँ।) पर, रतन से पहली भेंट दिल्ली में ही हुई थी। गीत और नाटक प्रभाग में मेरे साथ काम करनेवाले मणिपुरी कलाकारों ने, और दिल्ली में नृत्य निर्देशन (कोरियाग्राफ़ी) सीखने आये और बाद में यहीं

बस जाने वाले सोनार चन्द ने बताया था कि मणिपुर से एक बहुत प्रतिभाशाली युवक नेशनल स्कूल ऑफ़ ड्रामा में थियेटर की ट्रेनिंग के लिए आया है। उस समय रतन थियम से सरसरी-सी भेंट हुई थी। यह जानते हुए कि अल्काज़ी साहब छात्रों की चयन-प्रक्रिया में प्रतिभा को प्राथमिकता देते हैं, और किसी भी प्रकार की सिफारिश नहीं मानते, मैंने साक्षात्कार के दिन उनसे इतना ही कहा था कि मणिपुर से एक युवक साक्षात्कार के लिए रा. ना. वि. आ रहा है उसे जरा ध्यान से परख लें। मैं नहीं जानता कि साक्षात्कार में क्या हुआ, और अल्काज़ी साहब ने मेरे कथन को कितनी गम्भीरता से लिया था। पर, उसी शाम अल्काजी साहब का (अप्रत्याशित) फोन आया। वह कह रहे थे, 'थैंक यू कौशल फ़ार इण्टरोड्यूसिंग सच ए ब्रिलिएण्ट ब्वॉय। ही हैज़ ग्रेट पोटेंशियल।'

सन् 1974 में रतन ने अपना प्रशिक्षण समाप्त किया और अगले दो वर्ष रा. ना. वि. रंग मंडल से जुड़े रहे। इस दौरान हमारा खास इण्टरऐक्शन कभी नहीं हुआ। बस कभी-कभी नाट्य प्रदर्शन के बाद कुछ पल भेंट हो जाती। हमारे सम्बन्धों की नींव 1979 में गुवाहाटी में होनेवाली रा. ना. वि. की दस सप्ताह की नाट्य कार्यशाला के दौरान पड़ी। मैं कैम्प डायरेक्टर था और वह अतिथि प्रशिक्षक-निर्देशक की भूमिका में वहाँ आये थे। उस कार्यशाला में असम, मणिपुर, त्रिपुरा और नागालैण्ड के लगभग चालीस छात्र थे। उसमें सीमा विश्वास, प्रांजल और पूर्णिमा सैकिया के साथ-साथ कोरस रेपर्टरी थियेटर के कुछ सदस्य भी थे। रतन ने मणिपुरी नाटक *शारेन चाम्बा* का निर्देशन किया था, दुलाल राय और मैंने असम की प्रसिद्ध नाट्य कृति *गावं बोड़ा* का। गुवाहाटी में प्रदर्शनों के बाद मणिपुरी नाटक इम्फाल ले जाया गया और असमी नाटक असम के दो और नगरों में खेला गया। तत्पश्चात दोनों नाटक दिल्ली में खेले गये।

कार्यशाला के नाटक की प्रस्तुति मेरे इम्फाल के दूसरे दौरे का कारण बनी और कोरस की कर्मस्थली पर जाने का पहला अवसर। उसके बाद जब कभी मणिपुर जाने का अवसर मिलता (जो अक्सर मिलता) मैं कोरस कैम्पस (परिसर) अवश्य जाता। वहाँ कलाकार रंगकर्म से जुड़े काम तो करते ही, ईंट-दर-ईंट परिसर निर्माण के साथ-साथ एक जीवन पद्धति का निर्माण भी कर रहे होते। यदि कहा जाए कि कोरस रेपर्टरी एक नाट्यदल नहीं, एक जीवन पद्धति है तो यह अतिशयोक्ति नहीं होगी। रतन से जब कभी मुलाकात होती, घण्टों बातें होती रहतीं। बातें उनके रंगकर्म की भी और उनके बीते दिनों की भी। उनके काम करने की पद्धति देखने का अवसर भी मिलता, और सभी कला-विधाओं पर उनकी पकड़ को सराहने का भी। *चक्रव्यूह* के सृजन में लगभग नौ बरस लगे। एक अन्य अवसर पर *उत्तर प्रियदर्शी* के मंचन प्रक्रिया से पहले बीसियों किताबों से उस सन्दर्भ में सामग्री एकत्रित करने की सूचना से ही नहीं, उसके विस्तृत विश्लेषण से भी

परिचित हुआ। हमारी इस भेंट के तीन-चार वर्ष बाद 1996 में *उत्तर प्रियदर्शी* का 'वर्ल्ड प्रीमियर' बैंकाक में हुआ था। जब भी कोरस परिसर में जाना होता, उसके क्षेत्रफल और भवन-निर्माण में बढ़ोतरी दिखाई पड़ती। मैं एक व्यक्ति की निष्ठा और प्रतिबद्धता के फलस्वरूप उसका स्वप्न साकार होता देखता। 8 अप्रैल, 2001 को कोरस रेपर्टरी थियेटर के परिसर (कैम्पस) में जब मणिपुर के राज्यपाल ने 'दि श्राइन' (पूजा स्थल) रंगमण्डप का उद्घाटन किया तो लगा कि रतन के स्वप्न को एक परिपूर्णता मिल गयी है।

एक वर्ष पहले, 19 से 26 मार्च 2000। मैं उसी परिसर में संगीत नाटक अकादमी की ओर से रतन की देख-रेख में आयोजित नाट्य कार्यशाला में भाग लेने गया था। सुबह की क्लास के बाद मैं और रतन लगभग दस से शाम के चार-पाँच बजे तक हर विषय पर बातें करते रहे। पुराने दिनों का लेखाजोखा, अगले वर्ष 'दि श्राइन' नाट्यमण्डप के उद्घाटन की तैयारी की चर्चा। 'कान्फ्रेंस आफ़ दि बर्ड्ज़' की व्याख्या और प्रस्तुति की बातें। रंगशिविरों में रंगकर्मियों के प्रशिक्षण की योजनाएँ। बेटे, बेटियों की पढ़ाई-लिखाई की योजनाएँ और समस्याएँ। अत्यन्त अन्तरंग किस्म के संस्मरण। रतन को हर रंग, हर रूप में देखा है। उसके मन-मस्तिष्क में झाँकने का प्रयत्न किया है। यूँ सार्वजनिक सम्मान लौटाने का निर्णय लेनेवाला व्यक्ति कौन है? क्या कारण है ऐसा कदम उठाने का? ऐसा करते समय उसकी मनोदशा कैसी है? कल सुबह भेंट होने पर ही पता चलेगा।

रतन की माता बिलासिनी देवी और पिता गुरु तरुण कुमार सिंह मणिपुर के प्रसिद्ध नर्तक युगल थे। वह प्रायः नृत्य के कार्यक्रमों के लिए टूर पर ही रहते। रतन की प्राथमिक शिक्षा असम, मणिपुर और बंगाल में हुई थी। वहाँ के बहुत से अच्छे स्कूलों में दाखिला मिला परन्तु अच्छी तरह पढ़ नहीं पाये। वह इम्फाल आ गये। इस बीच माता-पिता नवद्वीप चले गये थे। उन दिनों वह कोलकाता उदय शंकर इण्डिया कलचरल सेण्टर में मणिपुरी नृत्य प्रशिक्षण का कार्य करते थे। वह देविका रानी और हिमांशु, रतन राय की फिल्म कम्पनी से भी जुड़े रहे थे। कक्षा सात से दस की पढ़ाई के दिन कठिनाई भरे थे। कोई देखभाल, रोक-टोक करनेवाला नहीं था। माता-पिता बाहर ही रहते थे। बिना किसी बन्धन में बँधे रतन की हालत एक बिन माँझी की नाव जैसी थी। एक खानाबदोश सरीखी। कोई चिन्ता, कोई झंझट नहीं, बस मस्ती ही मस्ती। कोई निश्चित दिनचर्या नहीं। सिनेमा हाल उनके लिए धर्मशाला जैसे थे। उनके आसपास मँडराने वाले गुण्डे बदमाश और जेबकतरे उनके संगी-साथी। और काम था मौज-मस्ती, दादागिरी, लड़ाई-झगड़ा, मार-पिटाई। वह सुबह नौ बजे वाली फिल्म देखते। होटल में नाश्ता और कुछ उधार-

वुधार लेते। उस मुहल्ले के दुकानदार उनसे डरते भी थे और पसन्द भी करते थे। कुछ था उनमें जिस कारण दुकानदार लोग उनसे नफ़रत नहीं करते थे। फिल्में हिन्दी, अँग्रेज़ी तथा बांग्ला समझने में बहुत सहायक बनीं। गाने का शौक भी था। सबसे दोस्ती थी। पुलिसवालों से भी। उन्हें दोस्त बनाना ही होता था, क्योंकि वह भी तो अपना हफ़्ता वसूलते थे। उन्हें उन सँकरी अँधेरी गलियों को हर रंग में देखने का अवसर मिला था। उन्हें लगता था जैसे वह बांग्ला के प्रसिद्ध उपन्यासकार शंकर का ही कोई पात्र हों।

उन्हीं दिनों रतन ने अपना एक बाईस्कोप भी बनाया, जिसमें थ्रीडी फिल्मों का प्रदर्शन करते। अमरीकी काऊब्वाय चलचित्रों के शौकीन थे। उन्हीं फिल्मों के आधार पर स्कैच बनाकर एक स्ट्रिप बनायी। अपने ही घर में एक सिनेमा हाल बनाया। वह एक शो के लिए एक आना (चार पैसे) चार्ज करते। जिसके पास पैसे नहीं होते थे, उनसे शीशे के गोल-गोल कंचे लेकर भी फिल्म देखने देते। वह खुद ही स्ट्रिप पर स्कैच बनाकर उनमें रंग भरते और मोमबत्ती के प्रकाश से उन्हें प्रोजैक्ट करते। उनकी अगली नौकरी थी लाउडस्पीकर के एक्सपर्ट की। उनको माइक्रोफ़ोन ऑपरेटर की पदवी मिली थी जो बहुत महत्त्वपूर्ण और रौबदाब वाली मानी जाती थी। वह एक ड्राई बैटरी वाले की दुकान थी जो लाउडस्पीकर भी रखता था और रतन उसके मैनेजर। लगभग एक वर्ष तक वहाँ काम किया। एक दिन दुकान के मालिक के कुछ मित्र आ गये। उसने रतन को चाय लाने के लिए कहा। रतन ने चाय लाने से इनकार तो किया ही, उसी क्षण नौकरी भी छोड़ दी। उन्हीं दिनों बिहार के एक पहलवान इम्फाल आये थे और वहाँ पान की दुकान खोली थी। सारी गैंग दिन भर उसकी दुकान के आसपास मँडराती रहती। एक दिन उसने कहा था, 'बाबू, तुम तो इनमें से नहीं लगते। इनसे बिलकुल अलग हो।' बात सही थी क्योंकि उस समय के उनके अधिकतर मित्र एक बार नहीं, कई बार जेलयात्रा कर चुके थे। वह तो जैसे उन लोगों का दूसरा घर ही था जहाँ आना-जाना लगा ही रहता था। लेकिन रतन कभी जेल नहीं गये। एक दिन एक जेबकतरे ने बताया कि एक नागा लड़के ने उसकी घड़ी चुरा ली है। रतन ठहरे रक्षक। वह अक्सर उनकी हिफ़ाजत के लिए पुलिस के सिपाहियों को भी पीट देते। जेबकतरा रतन को उस तांग्खुल नागा लड़के के पास ले गया। रतन ने उससे घड़ी छीनी, जमकर पिटाई की और वहाँ से भाग लिये। बाद में पता चला कि लड़का तो निर्दोष था। वह तो एक गरीब परिवार से था, पढ़ाई के लिए आया था और इम्फाल में उसका पहला दिन था। जेबकतरे ने झूठ बोला था। रतन को अपनी भूल का एहसास हो गया था। अपने व्यवहार पर बहुत ग्लानि हो रही थी।

रतन ने अगले छह महीने में जीवन के इस दौर को अपने वजूद से ऐसे

उतार फेंका जैसे साँप अपने बदन की केंचुली से बाहर निकल जाता है। उन्होंने इम्फाल छोड़ने का पक्का मन बना लिया था। कुछ बहुत करीबी मित्रों के अतिरिक्त किसी को भी उनके इम्फाल छोड़ जाने की सूचना नहीं थी। उन्होंने दसवीं की परीक्षा दी और असम की ओर पलायन कर गये। वहाँ सड़क किनारे के फेरीवाले या यह कह लें कि सेल्समैन बन गये। वह पटरी पर खेल-तमाशा दिखानेवाले जादूगर की तरह अपना टेबल सजाते, हिन्दी, अँग्रेज़ी तथा बांग्ला भाषा में बोलते और वाशिंग पाउडर बेचते। वह टिपटॉप कपड़े पहनते और ऊपर टाई लगाना न भूलते और वहाँ इतनी जान-पहचान होते हुए भी हमेशा किसी होटल में ही ठहरते।

पिता तब भी नवद्वीप में रह रहे थे। वह 1962 में अपने पिता के पास लौट गये।

वह पिता नवद्वीप में वर्षों तक नृत्य प्रक्षिशक का काम करते रहे। इम्फाल लौटने पर वह जवाहर लाल नेहरू मणिपुरी डांस अकादमी से जुड़ गये। पिता ने अपने बड़े भाई को डॉक्टर बनाया और एक धनी परिवार में उसकी शादी की। वह जो भी अपने संगीत और नृत्य से अर्जित करते, सब उसे दे देते। उन्हें जो भी पुस्तक प्रकाशन के लिए अनुदान अथवा रायल्टी मिलती, वह भी उसे भेज देते। भाई वह सारी राशि अपने नाम से जमा करता रहता। पिता जब वापस मणिपुर लौटे तो उसने उनकी जरा भी देखभाल नहीं की।

रतन को नवद्वीप के प्रवास के दौरान साहित्य पढ़ने का प्रचुर अवसर मिला। पिता जब कभी कोलकाता जाते, वह घर की आवश्यकताओं की पूर्ति के साज-सामान के साथ ढेर सारी उच्च कोटि की साहित्यिक कृतियाँ उठा लाते। वहीं उन्होंने ताराशंकर बन्द्योपाध्याय का उपन्यास *गण देवता* पढ़ा। उसके पात्रों को समझा और उपन्यास के वातावरण को अपने वातावरण के परिप्रेक्ष्य में देखने का प्रयत्न किया। वहाँ और भी साहित्यिक कृतियाँ पढ़ीं। जैसे शंकर का *चौरंगी* और अन्य उपन्यास। कोलकाता आने पर उन उपन्यासों और शहर की वास्तविकता को देखने का अवसर मिला। स्वामी रामकृष्ण परमहंस के वेलूर मठ और ऐसे ही अन्य स्थल देखे। खास अदा से पहनी जानेवाली शान्तिपुरी धोती पहनी। राजभोग, रसगुल्ले, समोसे आदि का स्वाद चखा। दो बार चौथी श्रेणी में रतन ने बांग्ला भाषा का अध्ययन किया। उनके अध्यापक जदुमास्टर बहुत विचित्र व्यक्ति थे। उनका मुक्ताकाशी स्कूल एक झील के किनारे था। वातावरण जैसे शरतचन्द्र का उपन्यास जीवित हो गया हो। हाथ में छड़ी, चेन वाली जेबी घड़ी, और नसवार सूँघते हुए जदुमास्टर। उन्हीं दिनों बाउल गानेवालों के दर्शन से साक्षात्कार हुआ और कीर्तन पदावली से इण्टर-एक्शन। उनके अनुष्ठानों में तन्मयता से भाग लिया। खूब आनन्द उठाया। उनके माहौल में घुल-मिल गये।

हर तरह से उनकी सहायता की। फिर भी निर्लिप्तता बनी रही। वह उनसे अलग से ही रहे।

मणिपुरी में लिखी रतन की पहली कहानी 'लोन्ना हाईगे तुमिन्नाड' (धीरे से बोलता हूँ, चुपके से सुनता हूँ।) 1965 में छपी थी। उन्हें एक युवा प्रतिभा के रूप में देखा जाने लगा था। वह एक मैगज़ीन के सह-सम्पादक बन गये। वहाँ काम करते हुए उन्होंने भाषा का तेवर और टेम्पर समझा। पत्रिका का दफ्तर एक घड़ी साज़ की दुकान के कोने में रखा मेज भर था। पत्रिका का नाम था 'लासानी'—एक उर्दू शब्द जिसका अर्थ था अद्वितीय। वह उर्दू भी अच्छी तरह समझने लगे थे। जिस प्रेस में 'लासानी' छपता था उस प्रेस के मैनेजर अभी हाल ही में मणिपुर के एक मन्त्री पद पर आसीन थे। उस समय की सारी युवा टोली रतन की फैन बन गयी थी। रतन की कुछ कविताएँ थीं जिनका उनके मित्र, हर कॉलिज के छात्र संघ के चुनाव में पाठ किया करते। सन् 1970 में श्याम शर्मा ने कल्चरल फोरम की नींव रखी। वह संस्था बहुत सक्रिय थी। मणिपुर के सभी बुद्धिजीवी उस संस्था से जुड़े हुए थे। कल्चरल फोरम ने 'रितु' शीर्षक की एक पत्रिका का प्रकाशन आरम्भ किया। रतन उसके सहायक सम्पादक बन गये। उस समय उनकी पगार थी पचास रुपये मात्र। उन दिनों फोरम ने लघु (एकांकी) नाटकों की प्रतियोगिता शुरू की। रतन पत्रिका के लिए उन प्रस्तुतियों की समीक्षा किया करते। वह कई विदेशी नाटक पढ़ चुके थे और उनसे उनका सहज तारतम्य बनता था। ब्रेष्ट, यूनेस्को आदि के नाटक खेले जाते थे। वह उनकी प्रस्तुतियों की समीक्षा किया करते। उन्हीं दिनों श्रीबिरेन का नाटक *हलक्पा* (वापसी, जो मैंने मणिपुर के प्रथम प्रवास के दौरान देखा था) हुआ। उसे देखकर रतन को एहसास हुआ कि उनकी समीक्षाएँ बोदी, बेमतलब होती हैं। उनमें कोई गहराई नहीं होती। उन्होंने समीक्षाएँ लिखना बन्द कर दिया था।

रतन का जन्म और बाल्यकाल मेक-अप रूम में ग्रीस पेण्ट की बू सूँघते हुए ही बीता था। उनको इस बू से चिढ़-सी हो गयी थी। मन बना लिया था कि अभिनय नहीं करूँगा। परन्तु भाग्य में कुछ और ही लिखा था। रतन के कुछ मित्रों ने मणिपुर की तीस के दशक में स्थापित रंग संस्था मणिपुर ड्रामाटिक यूनियन के निर्देशक तौमबी सिंह को एक नाटक का निर्देशन करने का निमन्त्रण दिया। इस कार्य के लिए 60 रुपये की राशि प्रस्तावित की गयी। नाटक था *नवाब नन्दिनी* जो उसी नाम के एक उपन्यास का नाट्य रूपान्तरण था। नाट्य निर्देशक ने उन्हें संवाद लिखना सिखाया था। वह एक पार्ट टाइम डायरेक्टर था जो मूलत: लेखक था, निर्देशक बन गया था। रतन ने उसका सहायक निर्देशक बनना स्वीकार कर लिया। *नवाब नन्दिनी* में दो नायक थे। एक दिन कलाकारों में झगड़ा हो गया और एक कलाकार भाग गया। यह घटना नाटक के प्रदर्शन से एक रात पहले

घटी थी। फैसला यह किया गया कि उस अभिनेता के सारे दृश्य काट दिये जाएँ। ऐसा किया भी गया परन्तु बात नहीं बन रही थी। रतन को आग्रह करके दूसरे नायक की भूमिका करने के लिए मजबूर किया गया। सारे दृश्य फिर से नाटक में जोड़े गये और नाटक का मंचन हुआ। उसके बाद तो अभिनय करने के प्रस्तावों की वर्षा-सी होने लगी। एक अभिनेता के रूप में उनकी माँग बढ़ गयी। उन्हें कॉल शो और प्रायोजित प्रदर्शनों में आमन्त्रित किया जाने लगा। उनकी मित्र मण्डली उनकी खूब खिल्ली उड़ाती और उनकी सफलता का भरपूर मज़ा लेती। रतन ने रा. ना. वि. छात्रकाल तथा रंग मण्डल में बिताये एक वर्ष में अनेकों नाटकों में तरह-तरह की भूमिकाएँ निभाते हुए अपनी अभिनय क्षमता का परिचय दिया। वह हर शब्द का सही उच्चारण करने के लिए बड़ी मेहनत करते। उन्हें उर्दू के सैकड़ों शेर याद थे और पढ़ने का अन्दाज बहुत नाटकीय और प्रभावशाली। वह हर पात्र की तैयारी के लिए उससे सम्बन्धित सभी सामग्री तथा जानकारी प्राप्त करने का प्रयत्न करते। दिल्ली प्रवास के दौरान खेले गये महत्त्वपूर्ण नाटकों का ब्यौरा इस प्रकार है।

डॉक्टर लक्ष्मी नारायण लाल कृत *सूर्यमुख* (1971), बलवन्त गार्गी की रचना *रज़िया सुल्तान* (1972), जार्ज ब्यूख़नर कृत *दाँतों की मौत* और गिरीश कर्नाड का *तुग़लक* (1973), अल्काज़ी साहब के निर्देशन में तथा सुरेन्द्र वर्मा का *सूर्य की अन्तिम किरण से सूर्य की पहली किरण तक* (1974), राम गोपाल बजाज के निर्देशन में। रतन ने 1975 में अपना एकल अभिनय आरम्भ किया था बलराज पण्डित द्वारा अनूदित, सत्य बन्द्योपाध्याय के नाटक *मेरे होकर* से, जिसका निर्देशन भी रतन ने स्वयं किया था। देवेन्द्र राज अंकुर द्वारा निर्देशित निर्मल वर्मा के *तीन एकान्त* की प्रथम प्रस्तुति में रतन *एक टुकड़ा धूप* में सबा ज़ैदी के साथ मंच पर थे। *डेढ़ इंच ऊपर* में राजेश विवेक तथा विजय मोहन्ती और *वीक एण्ड* में सुरेखा सीकरी थे। उन्हीं दिनों रतन ने कविताओं और चित्रकला पर आधारित एक कार्यक्रम प्रस्तुत किया जिसमें विश्वविख्यात कवियों की रचनाओं का नाट्यपाठ किया गया था।

रतन तेईस-चौबीस वर्ष के थे जब वह दिल्ली आये। तब तक वह एक लोकप्रिय कवि के रूप में स्थापित हो चुके थे। उन दिनों वह गुवाहाटी जाकर स्नातकोत्तर डिग्री और बाद में पी-एच. डी. करने का मन बनाये हुए थे। दिल्ली आने के लिए भी रतन की साहित्यिक प्रतिभा काम आयी थी। मणिपुर सरकार साहित्य प्रकाशन के लिए अनुदान दिया करती थी। रतन ने 'श्रीमती इचेबेमा' नाम का एक उपन्यास लिखा था। उसके प्रकाशन के लिए आवेदन किया और 2500 रुपये अनुदान स्वरूप मिले। रतन को दिल्ली आने के लिए किसी और से कुछ माँगना नहीं पड़ा।

रा. ना. वि. के स्नातक प्रायः दिल्ली ही टिक जाते थे। परन्तु रतन भारत की राजधानी की चकाचौंध तथा यहाँ की छुटपुट उपलब्धियों से भ्रमित नहीं हुए थे। वह मणिपुर लौट गये थे। मणिपुर लौटने पर उन्हें वहाँ स्वीकार नहीं किया जा रहा था। वह रा. ना. वि. से आधुनिक रंग कलाओं का प्रशिक्षण प्राप्त करके अपनी संस्कृति तथा पारम्परिक कलाओं को नयी दृष्टि से परखने व प्रस्तुत करने के इरादे से अपने प्रदेश लौटे थे। उन्होंने 1976 में कोरस रिपर्टरी की स्थापना की थी। आरम्भ में सुरेन्द्र वर्मा का *सूर्य की अन्तिम किरण,* मोलियर का *बीवियों का मदरसा,* विद्याधर पुण्डलीक का *चक्र,* शरद जोशी का *अन्धों का हाथी,* बादल सरकार का *जुलूस,* मोहन राकेश का *आषाढ़ का एक दिन* तथा *लहरों के राजहंस* मणिपुरी अनुवाद में मंचित किये। अमृत बाजार तथा आनन्द बाजार पत्रिका वालों ने लोककलाओं को आधार बनाकर कुछ नया करने की उनकी इच्छापूर्ति के लिए सहायता की बात कही। उन्होंने दूसरी विधाओं-धाराओं के प्रभाव पर अपने द्वार बन्द नहीं किये थे। उनकी कलात्मक एप्रोच में मोलियर से लेकर बादल सरकार तक सभी के लिए स्थान था। रा. ना. वि. से डिप्लोमा प्राप्त करने के बाद का जीवन आसान नहीं था। जो काम मिलता, करने लगते। कभी सड़क किनारे बैठकर चित्र बनाते, कभी विज्ञापन बोर्ड लिखते। कहीं-कहीं रंग कार्यशालाओं का आयोजन भी किया। 1974 में उन्होंने विद्यालय में सामरिक कलाओं (मार्शल आर्ट्स) के प्रशिक्षक का काम भी किया। सिनेमा से भी इण्टर-एक्शन हुआ। रामानन्द सागर ने उन्हें अपना असिस्टेण्ट बनाने का प्रस्ताव रखा तथा अभिनय का मौका मिलने की बात कही। परन्तु रतन को जिस विधा की तलाश थी, वह फिल्मी माहौल से नदारद थी। वह कुछ सप्ताह में मुम्बई आवास के बाद वापस चले आये।

रा. ना. वि. से डिप्लोमा लेकर अवसर पाते ही रतन केरल तथा कर्नाटक की यात्रा पर चले गये। वहाँ जीवन के हर रंग को आत्मसात करने का प्रयत्न किया। रात-रात भर जागकर यक्षगान की प्रस्तुतियाँ देखीं। समुद्र किनारे बैठकर सूखी मछली के सपने देखे। केरल के गुरुवायूर मन्दिर की आरती देखी। कावलम समुद्रतट पर बैठ चप्पू चलाते माँझियों और मछली पकड़ने वाले मछुआरों के जाल समेटते समय के गीत सुने। मछुआरों की छाया आकृतियों के पीछे अस्त होते सूरज की लालिमा को आँखों में समेटा। गुजरात में भी इसी अन्दाज में भ्रमण किया। जसमा ओडन के क्षेत्र की यात्रा भी की।

उनका दूसरा प्रिय स्थान था लखनऊ। लखनऊ की संस्कृति, अदबोआदाब ने उनको मोह लिया था। सँकरी गलियों में चलते-चलते, कम ऊँचाई के दरवाजों से निकलकर जब रतन इमारत के अन्दर जाते तो वहाँ एक विशाल हवेली देखकर चकित रह जाते। वह उर्दू शायरी पढ़ते-पढ़ते इमोशनल हो जाते। अक्सर जामा मस्जिद भी जाते। जब फोर्ड फाउण्डेशन ने उन्हें प्रस्तुति के लिए अनुदान देने का

प्रस्ताव रखा तो उन्होंने उसके बदले दक्षिण पूर्व के देशों के भ्रमण के लिए यात्रा अनुदान देने का आग्रह किया। वह पहले व्यक्ति थे जिसके लिए फाउण्डेशन ने अपने नियमों में ढील दी थी।

भारत के नक्शे पर सुदूर उत्तर-पूर्व में टिका हुआ एक बिन्दु-सा नगर इम्फाल। वहाँ पहुँचना एवरेस्ट पर्वत पर चढ़ाई जैसा दुरूह। हवाई सेवा पर भरोसा नहीं कर सकते। टेलीफोन एक स्टेटस सिम्बल जैसा गिने-चुने लोगों को उपलब्ध। राज्यपाल के दफ्तर तथा कुछ सरकारी महकमों के बाद रतन थियम फैक्स लगवाने वाले पहले व्यक्ति। तार सप्ताह बाद मिलता है और चिट्ठियों का तो कोई अता-पता ही नहीं। कोई इन्फ्रास्ट्रक्चर नहीं। फिर भी एक व्यक्ति निष्ठापूर्वक अपने सपने साकार करने का जतन करता रहता है। नर्तकों के परिवार का सदस्य। फाइन आर्ट्स का छात्र। पढ़ाई के दौरान परीक्षा की फीस जमा करने के लिए साइकल बेची। जीवन एक संघर्ष। सड़क पर बोर्ड लिखने से लेकर किताबों के कवर तक बना डाले। रतन का दृढ़ निश्चय था कि वह चलन्त धाराओं (टरैण्डंज़) का अनुसरण नहीं करेंगे। वह अपनी राहें खुद बनाना चाहते थे। वह कोई ऐसी रंग भाषा का सृजन करना चाहते थे जिसके द्वारा वह अपने मन की कह, कर सकें। जैसे एक बार उनके मन में एक दृश्य की परिकल्पना थी। एक विशाल रेगिस्तान में रेत के टीले, पीली रोशनी में झिलमिलाते हुए। एक व्यक्ति उस मरुस्थल को पार करने का प्रयत्न करता है। वह थककर चूक हो जाता है फिर भी उस यात्रा का भरपूर आनन्द लेता है। ऐसे ही न जाने कितने दृश्य वह मंच पर साकार करना चाहते थे।

कोरस रेपर्टरी कुछ कलाकारों का समूह मात्र नहीं है जो एक नाटक करने के लिए इकट्ठे होते हैं। इस समूह को समाज से जुड़ना होता है। उससे रिलेट करना होता है। कोरस परिसर में काम करनेवालों के लिए यह एक व्यवसाय नहीं है या रोज़ी-रोटी कमाने का माध्यम। यह उस समाज की जीवनचर्या का एक समन्वित अनुभव है जिसमें हम रहते हैं और रंगकर्म उस दिनचर्या का एक अति आवश्यक तथा महत्त्वपूर्ण ऐक्टिविटी बन जाता है। यह एक समन्वित कार्य का अनुभव होता है। रिहर्सलों की अपनी एक समयसारणी होती है और बहुत कड़ा रुटीन है। तत्पश्चात रेपर्टरी का हर सदस्य स्वेच्छा से सोशल अथवा शारीरिक श्रमदान करता है। रेपर्टरी का निर्देशक समयसारणी की रूपरेखा बनाता है। हर सदस्य अपनी इच्छा क्षमता के अनुसार कार्य का चुनाव करता है और अपनी सुविधा अनुसार समय निकालकर उसे पूरा करता है। हर कार्य के लिए रेपर्टरी का मूल मन्त्र है—उत्कृष्ट क्वालिटी तथा आत्मनिर्भरता। पूरे परिसर का निर्माण कलाकारों

के श्रम से निर्मित हुआ है। हर ईंट और गारा उनके हाथों से चिना गया है। वह अच्छे मंच कलाकार ही नहीं, उच्च कोटि के कारीगर भी हैं। उन्हें पहले ही बता दिया गया था कि रेपर्टरी मक्खन की व्यवस्था चाहे न कर सके, रोटी हमेशा मिलेगी। यह नाट्य दल बाज़ार की माँग पूरी करने और दर्शकों का मन बहलाने के लिए खिड़की तोड़ नाटकों के मंचन करने के लिए नहीं बना। यह नगर-नगर घूमकर, लोगों की वाह-वाह पर बार-बार नाटक दोहराने वाला व्यावसायिक नाट्य दल नहीं है। परन्तु एक अर्थपूर्ण नाट्य अनुभव है। रेपर्टरी की यात्रा सहज नहीं थी। रास्ता बहुत ऊबड़-खाबड़ था। बहुत से उतार-चढ़ाव आये राह में। निराशा के अनगिनत क्षण। परन्तु सन्त्रास की स्थिति कभी नहीं आयी। इस विधा से जुड़ने की ग्लानि अथवा क्षोभ के क्षण कभी नहीं आये।

रेपर्टरी जीने की कला और प्रकृति है। यह नाटक से जुड़ी विभिन्न कलाओं का समन्वित रूप मात्र नहीं, जीने की कला है। यह प्रकृति से जुड़ना है, उसमें घुलमिल जाना है। यह अपनी इच्छा अनुसार अपनी पसन्द के फूलों के बीजों को अपने हाथों तैयार की गयी क्यारी में रोपना, उगते हुए पत्तों, खिलते फूलों की देखभाल करने और जब वह पूरी तरह खिल जाएँ तो उनके सान्निध्य में उनकी सुगन्ध का आनन्द लेते हुए समय बिताना है। यूँ तो फूल उगाने की पूरी प्रक्रिया जीवनचर्या बन गयी है। उसके बावजूद वर्ष में दो दिन परिसर तथा आसपास पेड़ लगाने का काम भी नियमित रूप से किया जाता है। रंग प्रस्तुति के सारे उपकरण कलाकार ही तैयार करते हैं चाहे वह कास्ट्यूम हों या प्रापर्टी या फिर सर पर पहननेवाले पगड़ी मुकुट आदि। यदि मुख्य पात्र करनेवाला अभिनेता लाइट अथवा डिमर की सफाई करता दिखाई पड़े तो यह आश्चर्य की बात नहीं है। यह तो वहाँ की जीवन-शैली है। परिसर बिलकुल एक श्राईन जैसा लगता है। बाहर से आनेवाले आगन्तुक को फूलों की क्यारियों के गलियारे से चलते हुए सामने दिखाई पड़नेवाली भव्य सीढ़ियों की ओर बढ़ना पड़ता है जो लगती हैं जैसी चीन की राजधानी बेइजिंग के थियाइनामेन चौक पर स्थित 'फारबिडन सिटी' की हों। और छत जैसे सिडनी हार्बर पर बना विश्व प्रसिद्ध ओपेरा हाउस। परन्तु एक महत्त्वपूर्ण अन्तर है। यह उस जैसा दिखता तो है परन्तु जहाँ इसकी छत के कोण सीधे सपाट न होकर गगनमुखी हैं जैसे फ़िनिक्स पक्षी की तरह ऊपर आकाश की ओर उड़ान भर रहे हों। यह एक श्राईन (पूजा स्थल) ही नहीं है। रेपर्टरी के छितरे, बिखरे इतिहास का प्रतीक भी है जो कई बार फ़िनिक्स पक्षी की तरह ध्वस्त होकर नये जोश, निष्ठा, नवअर्जित डिटरमिनेशन, शक्ति के साथ उठकर नवजीवन की उड़ान भरता रहा है। इसने बिना किसी अनुदान अथवा सहायता के सर्वाइव किया है।

रेपर्टरी द्वारा खरीदा गया पहला वाद्ययन्त्र था, ढोलक। अब तो कोरस के

पास ऐसे-ऐसे वाद्ययन्त्र हैं जो बहुत कम लोगों के पास होंगे। उनके पास नये पुराने हर तरह के गाँग हैं। प्रकाश, आलोक के लिए नवीनतम बड़ी संख्या में उपकरण हैं जिनमें कम्प्यूटर से चलनेवाले डिमर आदि भी हैं। कोरस में अंशकालिक कलाकार आते हैं परन्तु वह मण्डली की कार्य-प्रणाली को समझ ही नहीं पाते। उन्हें वहाँ के सिस्टम को बेध पाना बहुत कठिन प्रतीत होता है। वह वहाँ के कार्य की प्रकृति ही नहीं समझ पाते। वह कभी नहीं जान पाते कि कोरस के कलाकारों का काम पूर्वाभ्यास के साथ समाप्त नहीं हो जाता। वह समय तो उनके आराम (रिलैक्स करने) का है। असली काम तो बाकी समय में होता है जो वास्तव में उन्हें रिलैक्स करता है।

रतन एक दिन नाट्य-चर्चा के समय बताते हैं : 'जब नाटक करने की सोची तो पहले यह तय करना आवश्यक लगा कि मेरे रंगकर्म की पहचान क्या होगी। सोचता था कि मैं पश्चिमी खाका क्यों अपनाऊँ? वह तो हमारे जन-मानस से जुड़ता ही नहीं है। उन तक पहुँचना ही नहीं है। मैंने सोचा कि प्रस्तुति का स्टाइल बदलना चाहिए। लोगों को सहजता से पहुँचने के लिए, उनसे एक संवाद स्थापित करने के लिए भारतीय लोक तथा शास्त्रीय ढाँचा अपनाया जाए तथा उसे उत्तम सौन्दर्यशास्त्र के गुणों से सजाया जाए। मैंने पहले तीन अंकीय पश्चिमी ढाँचा ही अपनाया। मोहन राकेश ने *आषाढ़ का एक दिन* में उसे बहुत खूबी से प्रस्तुत किया था। आरम्भिक नाटक तो जनता जनार्दन को रिझाने वाले ही थे। सोचता था, कालिदास का एकालाप कैसा हो? और भी न जाने क्या क्या।'

'सत्य तो यह है कि मैं नाटक नहीं लिखता, प्रस्तुति आलेख लिखता हूँ।'

'साथ-साथ प्रस्तुति आलेख के प्रयोग भी चलते रहे। उन प्रयोगों का चरम उत्कर्ष था *चक्रव्यूह* जिसमें कहानी कहने का शास्त्रीय, लोक तथा पश्चिमी ढाँचों का सम्मिश्रण था। लड़ाई आवश्यक नहीं है कि द्वन्द्व के रूप में ही मंच पर प्रस्तुत की जाए। महत्त्व लड़ाई की दृश्य प्रस्तुति करने का नहीं है। महत्त्वपूर्ण यह है कि उसका प्रभाव क्या पड़ा।'

'कलाकार को एक ही बार में अपना कमाल नहीं दिखा देना चाहिए। उसे थोड़ा-थोड़ा करते हुए उसकी मात्रा दुगुनी, चौगुनी करनी चाहिए। *चक्रव्यूह* के दृश्य रियलिस्टिक भी हैं और स्टाइलाइज़्ड भी। 1976 से 1984 तक एक लम्बा अरसा होता है। नाटक-रचना में लगभग 9 वर्ष लग गये। बहुत चिन्तत-मनन हुआ। जानना चाहा कि पूर्व रंग, प्रस्तावना क्या हैं? वह क्यों नाटक का अंग हैं? उनको कब और कहाँ रखा जाता है? नाट्यशास्त्र कैसे रंग प्रस्तुति में चला आता है? यह सब जानने के बाद ही *चक्रव्यूह* तक आना उचित है।'

'धर्मवीर भारती का *अन्धा युग* एक आधुनिक क्लासिक है, परन्तु उसकी प्रस्तावना? वह तो उपनिषद से उद्धृत शब्द हैं। भारती ने केवल उन्हें ही उद्धरण

के रूप में प्रयोग क्यों किया, जबकि सभी नाटककार अपनी प्रस्तावना खुद लिखते हैं? भारती ने कई तरह से शास्त्रीय ढाँचे का प्रयोग किया है। उन्होंने घटनाओं, दृश्यों को अलग-अलग, टुकड़ों-टुकड़ों में प्रस्तुत किया है। वह अन्धों की कथा कहते हैं अन्धों के माध्यम से। कितने ही महत्त्वपूर्ण क्षण हैं नाटक में जिनकी कितनी ही व्याख्याएँ हो सकती हैं। कृष्ण के चरणों का प्रसंग। अश्वत्थामा, इडिपस जैसा अरस्तू का त्रासदिक नायक लगता है। वह घमण्डी है। उसमें अपोलो तथा डायोनीसियस का द्वैत है। यह उसकी द्वैत त्रासदी है।'

'एक समय आया कि निर्देशक शिक्षक पर हावी हो गया। वह जीवन का महत्त्वपूर्ण प्रस्थान बिन्दु था।'

'रंग परिदृश्य कितनी तेज़ी से बदलता है। रंगकर्म तो अवतरित होते ही अतीत हो जाता है। तुरन्त मृत्यु। फ़िनिक्स पक्षी की तरह राख से उठकर नयी ऊँचाइयाँ छूने, नये आयाम स्थापित करने की तृष्णा बनी रहती है। वह ही सृजन के लिए उकसाती है।'

'*अन्धा युग* कई दलों के साथ करते-करते पुनर्व्याख्या का वर्चस्व सामने आया। लगा कि यदि नाटककार हिरोशिमा, नागासाकी का सन्दर्भ इंगित करके आधुनिक हो सकता है तो निर्देशक क्यों नहीं? नाटक का दृश्यांकन भी तो आधुनिक हो सकता है। अन्धों की कथा वर्णन करनेवाले अन्धे काला चश्मा तो पहन ही सकते हैं!'

रतन नाटकों के पात्रों की सामान्य ब्लौकिंग (मंच पर उनका गतिचालन) नहीं करते। वह मानते हैं कि नाटक की व्याख्या ही अपने आप गतिचालन निर्धारित करती है। ब्लौकिंग इतनी महत्त्वपूर्ण नहीं है। महत्त्वपूर्ण है दर्शकों को प्रस्तुति से जोड़कर उन्हें बाँधे रखना। महत्त्वपूर्ण है प्रस्तुति का दर्शकों पर पड़ने, कभी न भूलने वाला प्रभाव।

विश्व एटलस का नक्शा फैला लें और इम्फाल को केन्द्र बनाकर दुनिया भर की राजधानियों तक एयरलाइन कम्पनियों के रूट मैप की तरह लकीरें खींचें तो लगेगा जैसे दुनिया भर में एक जाल-सा बिछ गया हो। यह कोरस तथा रतन के विश्व भ्रमण का परिदृश्य है। उन्होंने विश्व के सब बड़े नगरों में अपने ही नाटकों का उत्सव प्रस्तुत किया है तो विश्व स्तर के लगभग सभी नाट्योत्सवों में भाग भी लिया है। 1987 में *चक्रव्यूह* को एडिनबरा थियेटर फैस्टिवल में लगभग 1500 नाट्य प्रस्तुतियों में से 'फ़रिंज फ़र्स्ट' सम्मान के लिए चुना गया था। पाँच वर्ष पूर्व 1982 में हबीब तनवीर को *चरणदास चोर* के लिए यह पुरस्कार मिला था और वर्ष 2000 में रा. ना. वि. के स्नातक रायस्टन एबल को *ओथैलो इन ब्लेक एण्ड व्हाइट* के लिए यह पुरस्कार मिला। वह ऐवियौं (फ्रांस) में होनेवाले नाट्य समारोह में भी भाग ले चुके हैं। पीटर ब्रुक लगभग बीस वर्ष पूर्व रतन से मिलने

इम्फाल गये थे। विश्व भर के नाट्योत्सवों के निदेशक कोरस परिसर के आतिथ्य का आनन्द उठा चुके हैं। किसी भी विदेशी टूर से पहले रतन वहाँ जाकर सारी व्यवस्था का लेखा-जोखा लेकर, अपनी आवश्यकताओं की सूची आयोजकों को थमाकर आते हैं। वह रंग निर्देशक तो हैं ही, विदेशों में होनेवाले कितने ही भारत सांस्कृतिक समारोहों के निर्देशक रहे हैं। जर्मनी के भारत में होनेवाले उत्सव से भी जुड़े रहे थे। रतन एक डिज़ाइनर हैं और अपने दृश्यबन्ध की परिकल्पना के स्कैच पहले से ही तैयार कर लेते हैं। इतना ही नहीं, उन्हें यह भी पता रहता है कि कौन-सी चीज फ़ाइबर ग्लास में बनेगी और कौन-सी थर्मोकोल से और क्या चीज लकड़ी के फ्रेम पर मढ़े कपड़े पर बने डिज़ाइन से ही काम चल सकता है। 1999 में 'डेज़ ऑफ़ दिल्ली इन मास्को' के उत्सव निर्देशक रतन थियम थे। वहाँ प्रस्तुत पाँच दिवसीय सांस्कृतिक समारोह में शास्त्रीय, पारम्परिक तथा लोक-नृत्यों के साथ मार्शल आर्ट के नमूने प्रस्तुत करने का कार्यक्रम था। रतन ने हर कार्यक्रम के लिए एक अलग पार्श्व-दृश्य की परिकल्पना की थी। जैसे भरत नाट्यम् के लिए नटराज की एक प्रतिमा, ओडिसी नृत्य के लिए भगवान जगन्नाथ की मूर्ति, कत्थक के लिए एक मुग़ल शैली की महराब, मणिपुर के थांगता तथा नुपा पाला, ड्रम डांस आदि के लिए कुछ न कुछ। उद्घाटन के दिन सभी दलों की अल्पकालिक (आठ-दस मिनट) की प्रस्तुतियों के लिए दिल्ली के राष्ट्रपति भवन के पार्श्व में सरदार पटेल मार्ग पर स्थापित 'मार्च ऑफ़ दि नेशन' (ग्यारह मूर्ति) जिसमें महात्मा गाँधी और उनका अनुसरण करते भारतवासियों का जुलूस दर्शाया गया है, उस प्रतिमा की फ़ाइबर ग्लास में प्रतिमूर्ति बनायी। अठारह फुट लम्बी इस प्रतिमा पर मानव माप के स्टैच्यू लगाये गये थे। उद्घाटन समारोह के अन्त में उस मूर्ति को चलाकर फुटलाइट्स के पास लाया गया और उसके पीछे-पीछे चल रहे थे समारोह में भाग लेनेवाले लगभग सत्तर कलाकार जैसे 'मार्च ऑफ़ दि नेशन' मंच पर जीवन्त हो गया हो।

पार्श्व की परिकल्पना की वस्तुओं के निर्माण करनेवालों का कहना था कि यह सब बनाना बहुत कठिन है। अगर बन भी जाएँ तो उन्हें मास्को तक ले जाना असम्भव है। क्यों न उन सबकी स्लाइड बना ली जाएँ और वह सस्ती भी पड़ेंगी और ले जाना भी आसान होगा। रतन इस बात के लिए बिलकुल सहमत नहीं थे। उन्होंने हर समस्या का हल सोच रखा था। सारा सामान बना भी और मास्को भी पहुँचा और हर प्रस्तुति को एक नया आयाम दिया।

रतन अपनी प्रस्तुतियों के ही नहीं, अन्य प्रस्तुतियों के भी, जिनसे वह किसी भी रूप में जुड़े हुए होते थे, उनके पार्श्व की परिकल्पना भी करते थे। एक बार जर्मनी के किसी शहर में उन्हें फैस्टिवल ऑफ़ इण्डिया की प्रस्तुति का आयोजन करना था। वहाँ मंच एक खुले चौक में बनाया गया था जिसके चारों ओर बीस-

तीस मंज़िली इमारतें थीं। उनके बीच बने मंच में तो कलाकार बहुत बौने दिखाई पड़ते और इतने विस्तारित परिदृश्य में खो जाते। वहाँ के व्यवस्था करनेवालों से बात की तो उनको इस बात का एहसास तो हुआ परन्तु उनके पास कोई विकल्प नहीं था। रतन ने उनसे सोलह से बीस फुट ऊँचे रंगमंच पर लगनेवाले फ्लैट बनवाने को कहा और उनको प्रस्तुति-स्थल पर इस तरह से लगाया जिससे दर्शकों की निगाहें कलाकारों और उनको घेरे हुए मंच विधान से ऊपर न जाएँ। रतन की यह तरकीब बहुत सटीक सिद्ध हुई और प्रस्तुति फ़्लाप शो बनने से बच गयी।

रतन एक बहुत अच्छे रसोइये हैं। वह लगभग हर रोज चावल, दाल, सब्ज़ी तो खानसामा से बनवाते हैं परन्तु एक दो डिश वह खुद बनाते हैं। उसमें चटपटे मसाले नहीं होते इसलिए उस डिश का नैचुरल स्वाद बरकरार रहता है। अक्सर मेरा रात्रि भोज के लिए उनके घर जाना होता था। वह कई बार मिनटों में किसी ऐसी चीज की डिश बनाकर लाते कि खानेवाले उँगलियाँ चाटते रह जाते। मुझे याद है उन्होंने एक शाम पहली मंज़िल की बालकनी में खड़े-खड़े नीम के पेड़ की कुछ पत्तियाँ तोड़ीं और तेल में तलकर स्नैक के तौर पर ले आये। उन पर बस हलका-सा नमक डाला था और आज पन्द्रह-सोलह वर्ष बाद भी उसकी याद आते ही उसका स्वाद ताज़ा हो आता है। रतन एक बार कह रहे थे कि आप इम्फाल आएँ तो वर्ष के पूरे 365 दिन, हर दिन (बिना दोहराए) एक नयी पूर्ण शाकाहारी डिश खिला सकता हूँ। उसी वक्त न जाने कितने ही तो हमारे जाने-पहचाने पेड़-पौधों, फूल पत्तों, जड़ों, तनों, डालियों के नाम गिना दिये जो भोजन का अंग बन सकते हैं। नीम की पत्तियों का स्वाद तो वह पहले ही चखा चुके थे। अभी लिखते-लिखते विचार आया है कि यदि रतन अपनी शाकाहारी रैसिपी की पुस्तक छाप दें तो अवश्य ही बैस्ट सेलर हो जाएगी। पटरी हो या पाँच सितारा होटल, उनके लिए सब बराबर हैं। अच्छे होटलों में रहने की सुविधा अब पर्याप्त मात्रा में उपलब्ध भी है परन्तु वह उनकी आदत नहीं बनी। वह सुविधा मात्र है। उन्हें वह दिन भी याद हैं जब उनकी पत्नी अस्पताल में थी और उन्होंने बरामदे में अख़बार नीचे बिछाकर और ऊपर ओढ़कर रातें गुजारी हैं। शायद उस समय हालत यही थी 'रहने को घर नहीं है, सारा जहान हमारा'। वह आज भी अपने थियेटर के पिछले भाग में बनी छोटी-सी कुटिया में समय गुजारने में आनन्द लेते हैं—निर्लिप्त भाव से। बढ़िया तथा स्वादिष्ट खाना बनाना ही नहीं जानते, वह कहाँ-कहाँ मिल सकता है, वह भी जानते हैं। वह बढ़िया से बढ़िया खाना ऑर्डर करते हैं और शैफ़ को बुलाकर उन्हीं के बनाये खाने में कुछ आम-सी चीज डालने को कहकर उसी खाने का स्वाद चौगुना कर लेते हैं।

रतन के साथ कई सुखद अचम्भे भी हुए हैं। शुभ लगन भी। उन्हें नाटक के क्षेत्र में योगदान के लिए राष्ट्रपति भवन के अशोक हाल में आयोजित समारोह में केन्द्रीय

संगीत नाटक अकादमी का सम्मान मिला तो उनके पिताश्री गुरु तरुण कुमार सिंह को भी उसी दिन, उसी मंच पर मणिपुरी नृत्य के लिए सम्मानित किया गया। उसके कुछ महीने बाद ही वह एक बार फिर भारत के राष्ट्रपति वेंकटरमण के कर कमलों से उसी अशोक हाल में पद्मश्री का राष्ट्रीय सम्मान प्राप्त कर रहे थे। रतन शायद किसी भी प्रशिक्षण संस्था के पहले संचालक रहे होंगे जिसने अपने प्रशिक्षण की समाप्ति की उपाधि स्वयं निदेशक के रूप में हस्ताक्षर करके, अन्य सहपाठियों के साथ कतार में खड़े होकर दीक्षान्त समारोह के मान्य अतिथि के हाथों से स्वीकार की हो। यह उनके रा. ना. वि. के कार्यकाल में हुआ था जब एक विशेष समारोह में पिछले 12 वर्षों के स्नातकों को डिप्लोमा प्रदान किये गये थे। उस समारोह के मुख्य अतिथि थे इब्राहिम अल्काज़ी।

रतन दिखने में बहुत एकान्तप्रिय या अकड़ूखान दिखते हैं परन्तु वह ऐसे हैं नहीं। प्रायः जो लोग उन्हें नहीं जानते वह उनसे बात करने से भी झिझकते हैं परन्तु जो उनसे बात करने की हिम्मत करते हैं वह उन्हें बहुत विनम्र व्यक्ति के रूप में पाते हैं। यह उनके लिए एक सुखद अनुभव होता है। हाँ, उनका अनुशासन बहुत कड़ा है। वह कोरस के कलाकारों के साथ ही नहीं, अन्य कलाकारों के साथ भी जब कभी काम करते हैं तो पूर्वाभ्यास का कार्यक्रम तथा प्रस्तुति की रूपरेखा अपने ढंग से ही निर्धारित करते हैं। उन्होंने 1999 मास्को में हुए डेज़ ऑफ़ दिल्ली इन मास्को के उद्घाटन समारोह में प्रस्तुत किये जाने वाले कार्यक्रम का सीक्वैंस तय किया तथा उसका पूर्वाभ्यास करना आरम्भ किया। दिल्ली की एक विख्यात भरतनाट्यम करने वाली नर्तकी जानते हुए भी एक दिन भी पूर्वाभ्यास के लिए नहीं आयी। उनके दो शिष्य ही प्रतिदिन आते रहे। रतन ने मास्को समारोह में शास्त्रीय नृत्य सन्ध्या के कार्यक्रम में तो उन्हें नृत्य प्रस्तुत करने दिया परन्तु पूर्वाभ्यास में भाग लेने के कारण उद्घाटन समारोह में उनका कार्यक्रम दो शिष्यों द्वारा ही प्रस्तुत किया गया।

वह अपने काम में किसी की दखलअन्दाज़ी बर्दाश्त नहीं करते। कोई उन पर हावी होने का प्रयत्न करे तो वह हानि की चिन्ता किये बग़ैर सब कुछ छोड़छाड़ कर चल देते हैं। ऐसा उन्होंने 1987 में मास्को में होने वाले भारत समारोह में किया था। वह उद्घाटन समारोह, जिसके वह परिकल्पक थे, करवाकर दिल्ली लौट आये और एक सप्ताह बाद वापस मास्को होते हुए सेण्ट पीट्स्बर्ग गये जहाँ उन्हें समारोह के दूसरे चरण के उद्घाटन समारोह का आयोजन करना था। कारण! समारोह से जुड़े कुछ लोगों की उनकी परिकल्पना में दखलअन्दाजी करने की कोशिश। रा. ना. वि. में निदेशकीय कार्यकाल में जब पोलिटिकल कनैक्शन रखने वाले छात्र के बहुत कम हाज़िरी होने के कारण निलम्बित किया था तो उनके विरुद्ध छात्रों के प्रायोजित धरने के दिनों में संस्कृति मन्त्री ने बुलाया था तो रतन

ने उनको बता दिया था कि उन्हें अनुशासन लागू करना आता है और विद्यालय चलाना भी। वह जानते हैं कि वह क्या कर रहे हैं। उस समय वह अपनी जेब में अपना त्यागपत्र साथ लेकर गये थे। यदि उन पर राजनीतिक दबाव डाला जाता तो वह मन्त्री जी को ही त्यागपत्र सौंप कर चले आते। अनुशासन लागू करने का विरोध करने वाले तत्त्वों ने ऐसे हालात पैदा कर दिये थे कि 1987 में विद्यालय आये अनुशासनप्रिय रतन को 1988 में रा. ना. वि. छोड़कर जाना पड़ा। स्कूल छोड़ने के कुछ वर्ष बाद रतन ने द्वितीय वर्ष के छात्रों के साथ *थम्बालनो* नाटक किया था। वह दिल्ली आये परन्तु रा. ना. वि. परिसर में एक बार भी नहीं आये। वह जब भी दिल्ली आते, मुझे फोन करके विद्यालय के बाहर मिलने को कहते और वहीं से हम बाहर चले जाते। सन् 1994 में मैं जब दोबारा रंगमण्डल प्रमुख बना तो वह रवीन्द्र भवन परिसर में मेरे पास आ जाते परन्तु बहावलपुर हाउस नहीं जाते।

तेरह जुलाई, 2001। सुबह समय पर रतन के होटल पहुँच जाता हूँ। स्पाण्डेलाइट्स का दर्द बहुत कष्ट दे रहा है। दायें हाथ की उँगलियाँ हिल भी नहीं रहीं। रतन मणिपुर की चर्चा करते हैं जहाँ कई वर्षों से उग्रवादी दनदना रहे हैं। नाना उग्रवादियों से सीज़फायर के क्षेत्र में बढ़ोतरी के कारण हालात और भी खराब हो गये हैं। केन्द्र सरकार उसका समाधान करने की बजाय फ़ौजी राज लागू करके वहाँ के जन-जीवन को अस्त-व्यस्त कर रही है। सुदूरपूर्व को सहायता देने, सुधार करने, आर्थिक और सामाजिक दशा परिवर्तन के वादे तो हर वर्ष किये जाते हैं परन्तु उन पर अमल नहीं होता। नागा युद्धविराम की क्षेत्र सीमा बढ़ाकर हालात और भी खराब कर दिये गये हैं। दो महीने से नगर में कर्फ़्यू लगा हुआ है। रोज़ दिहाड़ी करके आजीविका कमाने वाले लोगों के घरों में अकाल की-सी स्थिति पैदा हो गयी है। शान्तिपूर्वक चल रहे आन्दोलनकारियों पर फायरिंग करके बेगुनाह युवा मार दिये गये हैं। केन्द्र सरकार तमिलनाडु में चाय के कप में उठे ज़रा से राजनीतिक तूफ़ान का समाधान करने के लिए बड़े-बड़े मन्त्रियों को वहाँ भेज देती है और मणिपुर में जो हो रहा है उसकी चर्चा भी नहीं कर रही। वहाँ जो हो रहा है उससे शताब्दियों से चले आ रहे सौहार्द के रिश्ते लुप्तप्राय हो रहे हैं। मणिपुर का अस्तित्व तो खतरे में है ही, नागा और मणिपुरी आने वाली पीढ़ियों के लिए मित्रता के पुल जलाकर खाइयाँ खोदी जा रही हैं जिसमें सभ्यता और सौहार्द को दफ़नाया जाएगा। ऐसी स्थिति में मन-कर्म-वचन से कलाकार एक संवेदनशील व्यक्ति का दिल खून के आँसू ही तो बहाएगा!

रतन पत्र का मसौदा मेरी ओर बढ़ाते हुए कहते हैं, 'यह मेरे दिल के रिसते खून की मजबूरी है'। पत्र महामहिम राष्ट्रपति जी को सम्बोधित है लिखा है :

'यद्यपि वर्षों से मैं इस क्षेत्र के रंगकर्मी के तौर पर अपने काम में मस्त-

व्यस्त डूबा हुआ मणिपुर में चल रही राजनीतिक गतिविधियों तथा जनजीवन की बिगड़ती दशा को करीब से देखता रहा हूँ, मैंने ऐसा कभी महसूस नहीं किया जैसा अब कर रहा हूँ। एक शान्तिप्रिय व्यक्ति होने के कारण मैंने अपना कर्म और जीवन विश्व शान्ति के निमित्त कर रखा है। मेरा मूल रंगकर्म युद्ध और हिंसा के विरुद्ध ही रहा है। *अन्धा युग, हिरोशिमा, उरुभंगम, कर्णभारम, चक्रव्यूह, उत्तर प्रियदर्शी* आदि नाटक जिन्हें विश्व-भर में सराहा गया है, मेरे शान्ति के सन्देश के चन्द उदाहरण हैं। वास्तव में मेरी प्रस्तुतियाँ अमन का सन्देश फैलाने वाली भारतीय नाट्य शैलियों युक्त नाट्य प्रस्तुतियाँ एक प्रकार से मील-पत्थर बन चुकी हैं। जब मैं मणिपुर में आज की स्थिति देखता हूँ तो मेरा दिल ख़ून के आँसू बहाता है।

जब से केन्द्र सरकार ने मणिपुर को नागा युद्ध विराम के दायरे में लेने की घोषणा की है, बेचैनी, हंगामे, चोट और मौत का माहौल छा गया है। इस कदम ने मणिपुर के लोगों की भावनाओं को आघात तो पहुँचाया ही है, घाटी और पहाड़ों में शताब्दियों से मिलजुलकर रह रहे लोगों को बहुत नुकसान पहुँचाया है। श्री शिनाए के साथ आए केन्द्र के गृह राज्यमन्त्री माननीय आई. डी. स्वामी जब इम्फाल आये थे तो उनके साथ अपनी भेंट में हम लोगों ने सीमा क्षेत्र के दायरे को रद्द करने का आग्रह किया था।

लगातार कर्फ़्यू के कारण मणिपुर के कोने-कोने में रहने वाले दिहाड़ी करके आजीविका के साधन जुटाने वाले लोगों को बहुत क्षति पहुँची है। हमारे काम पर भी बहुत बुरा प्रभाव पड़ा है। लगता है हम लोग अधर में लटके त्रिशंकु हो गये हैं।

बरसों से केन्द्र की सरकारों द्वारा उपेक्षा के कारण मणिपुर के लोगों की बहुत हानि हो चुकी है। इस स्थिति का बहुत बड़ा कारण है अर्ध-सैनिक बलों की मौजूदगी। अब जबकि 14 मासूम जानें चली गयी हैं और समूचा मणिपुर आग की लपटों से घिरा हुआ है, केन्द्र का नेतृत्व मूक दर्शक बना हुआ है। उसके मुकाबले में जब किसी अन्य स्थान पर मामूली-सी राजनीतिक हलचल होती है तो उसे जीवनमरण की समस्या मानकर तुरन्त काबू करने का उपक्रम किया जाता है। सोमवार जून 18, 2001 को मणिपुर के भावविभोर, चकित, व्यथित मणिपुर निवासियों ने जो युद्ध विराम के विरोध में घातक प्रदर्शन किये थे, वह तो उनकी स्वाभाविक प्रतिक्रिया थी। परन्तु सौभाग्य से उसने जातीय दंगों का रूप नहीं लिया। इस बात के लिए इतनी विकट स्थिति में भी ठण्डा मस्तिष्क रखने वालों को श्रेय जाता है। आशा है कि शान्ति के समय में भी ऐसी समझ सभी को सही दिशा-निर्देश देगी और सभी जातियों के बीच के शताब्दियों पुराने रिश्ते और भी दृढ़ होंगे।

यह खेद की बात है कि जनता के प्रतिनिधि, जिन्हें इस स्थिति को सँभालना था, वह अपनी कुर्सी, सत्ता और धन उपार्जन में मस्त थे और उन्होंने हालात इतने बिगड़ने दिये जिससे सीमा विवाद के कारण मणिपुर की शान्ति भंग हुई। इस सन्दर्भ में यह आवश्यक है कि केन्द्र सरकार दूरन्देशी, तटस्थता के साथ न केवल क्षेत्रीय सीमा भंग करने तथा मणिपुर निवासियों के हितों की क्षति करनेवाली घोषणा वापस ले, वह ऐसा करने की गणतान्त्रिक इच्छाशक्ति का प्रदर्शन भी करे।

वादी में पिछले एक महीने से जन-जीवन सामान्य नहीं है। केन्द्र की कोई कोशिश नजर नहीं आ रही। हालात दिनों-दिन बिगड़ते जा रहे हैं और सहायता का कोई हाथ आगे नहीं बढ़ रहा। मुझे जो नागरिक सम्मान दिया गया था मैं उसकी अवमानना नहीं कर रहा। यह मेरे 'ब्लीडिंग हार्ट' की बाध्यता है। यह एक बहुत कष्टदायक निर्णय है। मैं प्रतिवाद स्वरूप अपना नागरिक सम्मान त्याग रहा हूँ।'

'लेकिन क्यों? तुम ही क्यों? और भी क्यों नहीं जो जनसेवक होने का दावा करते हैं?'

'मणिपुर के जन-सेवकों तथा मेरे सरीखे कलाकारों ने यह घोषणा की थी कि यदि अमुक तिथि तक कोई हल नहीं निकला तो हम त्यागपत्र दे देंगे। वह तिथि तो कब की निकल गयी और मणिपुर की हालत बिगड़ती ही जा रही है। तथाकथित जनसेवक दिल्ली में बैठे गुलछर्रे उड़ा रहे हैं और बेचारे मणिपुरवासियों की दशा का गम भूलने के लिए जाम पे जाम चढ़ा रहे हैं।'

'इसलिए तो कहता हूँ कि आप ही क्यों? वह क्यों नहीं?'

'इसलिए कि मैं जनसेवक न सही, जन-प्रतिनिधि तो हूँ जिसके कारण 'पद्मश्री' का नागरिक सम्मान मिला था। मैं अपना वादा ग्लास में घोलकर नहीं पी सकता। इसीलिए।'

पत्र आज ही राष्ट्रपति भवन पहुँचाना है क्योंकि कल तो जनरल मुशर्रफ़ के कारण वहाँ तक पहुँचना भी कठिन होगा। हम राष्ट्रपति भवन सम्पर्क करते हैं। वहाँ के अधिकारी जल्दी से पत्र भिजवाने को कहते हैं। रतन उस पर हस्ताक्षर करने से पहले किसी और पेपर पर लिखने का अभ्यास करते हैं। कलम पकड़ने में असुविधा हो रही है। वह हाथ की कम्पन को काबू करते हुए हस्ताक्षर करते हैं, पत्र को फोल्ड करके लिफ़ाफ़े में डालते हैं और पत्रवाहक को थमा देते हैं। हाथ में दर्द थोड़ा बढ़ गया लगता है परन्तु चेहरे पर राहत भी झलक रही है। मैं कल सोच रहा था कि कौन है यह व्यक्ति? आज पहचान पा रहा हूँ यह एक प्रतिबद्ध और निष्ठावान कलाकार है। क्या हुआ जो उसने एक सम्मान त्याग दिया। उसके इस कदम से न जाने उसके चाहने वालों ने कितने ही अलंकरण इस व्यक्ति से जोड़ दिये होंगे!

# दर्द आया था दबे पाँव

## (ब.व. कारन्त)

कारन्त जी की आँखें बार-बार पथरा-सी जाती थीं। लगता था जैसे जीवनशक्ति (लाइफ़ फ़ोर्स) क्षीण होती जा रही हो। वह बात करते-करते गुमसुम से कहीं खो जाते और मुझे कहना पड़ता : आप टी. वी. देख रहे हैं या कुछ सोच रहे हैं? वह चौंक से जाते और कहते, 'हाँ, हाँ मैं तुम्हारी बात सुन रहा हूँ। क्या कह रहे थे तुम?' मुझे लगने लगा था कि कारन्त जी का शरीर सुन्न पड़ने लगा है और गति में एक प्रकार की शिथिलता आ रही है और फिर कैंसर हो या ऑपरेशन की चीर-फाड़ या कोई और आघात, उन सबसे इम्यून हो गया है। लेकिन उनका मन-मस्तिष्क उतना ही सजीव और अलर्ट है जैसा पहले था। उनकी छटपटाहट और बार-बार विक्षिप्त से हो जाने से लग रहा था जैसे मन-मस्तिष्क में किसी प्रकार की हलचल-सी मची हुई है। कोई अतृप्त भावना, कोई अपूर्णता, कुछ अधूरा छूट जाने की ग्लानि, किसी आत्मीय व्यक्ति द्वारा कोई वचन देने और महीनों तक पूरा न करने की असहनीय पीड़ा की अनुभूति। कोई तो कारण था उनकी छटपटाहट और डिसओरियेण्ट होने का! आखिर क्यों वह बार-बार बड़बड़ा रहे थे कि 'पता नहीं राष्ट्रीय नाट्य विद्यालय में शम्भू मित्र चेयर की स्थापना हुई कि नहीं?' और 'अकादमी ने गुवाहटी प्रवास के दौरान मेरा इण्टरव्यू क्यों नहीं किया? सारी तैयारी तो हो ही चुकी थी!'

हम उदयपुर के एक होटल में साथ-साथ रह रहे थे। केन्द्रीय संगीत नाटक अकादमी ने उनके साथ एक समवार्ता कार्यक्रम का आयोजन वहाँ किया था। इस कार्यक्रम में किसी विख्यात रंगकर्मी को चार दिन के लिए अमुक स्थान पर रखा जाता है और उस क्षेत्र के युवा रंगकर्मियों को बुलाया जाता है। उस कार्यक्रम में प्रश्नोत्तरी की प्रक्रिया प्रमुख रहती है। उस व्यकित विशेष के रंगकर्म के सम्बन्ध में किसी भी प्रकार की जानकारी प्राप्त की जा सकती है। कारन्त जी भी अपने जीवन, रंगकर्म, रचना-प्रक्रिया, संगीत शिक्षा तथा संगीत प्रयोग की बारीकियाँ समझाते। किस प्रकार भोगौलिक स्थिति संगीत के आरोह-अवरोह में झलकती

है। कैसे पहाड़ी संगीत में एक धीमापन रहता है और जैसे-जैसे हम नीचे तलहटी और मैदानों की तरफ उतरते हैं तो नदी की तरह संगीत में भी एक तेजी, एक रवानगी, द्रुत लय आ जाती है। उन्होंने अपने संगीत के बारे में और भी कितनी बातें बतायीं। कार्यक्रम के मुताबिक कर्नाटक के एक नाट्य दल ने उनके द्वारा निर्देशित नाटक *गोकुल निर्गमण* का प्रदर्शन भी किया। दो स्थानीय नाटक—एक तो लाइक हुसैन द्वारा उसी अंचल के आदिवासियों के साथ किया गया नाटक था। दूसरा जयपुर के कुछ रंगकर्मियों द्वारा तैयार किया गया था।

कारन्त जी लगभग दो वर्ष से प्रोस्टरेट कैंसर से तो जूझ ही रहे थे, कोई छः महीने पहले पथरी निकालने के लिए ऑपरेशन भी हुआ था। वह बहुत कमजोर हो गये थे। फिर भी वह न सिर्फ तीन-तीन घण्टे के सुबह और दोपहर के सेशन में हिस्सा लेते, वह शाम को होने वाला नाटक भी देखते और अगले दिन उस पर विस्तार से चर्चा भी करते। सन् 2002 में कारन्त दो बार गुवाहाटी गये थे। पहली बार जनवरी में। वहाँ एक प्रस्तुतिपरक रंग कार्यशाला का आयोजन था जिसमें उन्हें शेक्सपियर के नाटक *किंग लियर* के हिन्दी रूपान्तरण *पगला राजा* और *तीन बेटियाँ* का निर्देशन करना था। परन्तु अस्वस्थता के कारण उनके एक सहायक रा. ना. वि. के पूर्व स्नातक को वह काम सँभालना पड़ा। दूसरी बार अप्रैल में जाना हुआ। इस बार वह केन्द्रीय संगीत नाटक अकादमी की रतन सदस्यता (फैलो) का सम्मान ग्रहण करने गये थे। सम्मान समारोह के पश्चात उन्हें अकादमी द्वारा सम्मानित कलाकारों के समारोह में अपने नाटक *गोकुल निर्गमण* के आयोजन के लिए आठ-दस दिन वहाँ रुकना पड़ा। मैं उनके स्वास्थ्य की जानकारी के लिए यदा-कदा टेलीफोन कर लिया करता था। एक दिन उन्होंने बताया कि अकादमी बहुत दिनों से उनका एक लम्बा साक्षात्कार करना चाहती थी इसलिए उन्होंने इस अवसर का लाभ उठाते हुए वहीं पर उनका साक्षात्कार करने का निश्चय किया है। साक्षात्कार लेने वाले हैं नाट्य संगीत के लिए अकादमी द्वारा पुरस्कृत कमल तिवारी। अगले दिन मैंने पूछा कि साक्षात्कार कैसा रहा तो वह बोले तैयारी तो सारी हो गयी थी परन्तु साक्षात्कार हुआ ही नहीं! पता नहीं क्यों? उदयपुर प्रवास के दौरान वह वाक्य और यह भी कि 'पता नहीं राष्ट्रीय नाट्य विद्यालय में *शम्भु मित्र चेयर* की स्थापना हुई कि नहीं?' बार-बार दोहरा रहे थे।

इसका उत्तर तब मिला जब मैंने रा. ना. वि. द्वारा आयोजित कारन्त जी की स्मृति सभा में उस व्यक्ति को देखा जो जीवनपर्यन्त कारन्त जी को मानसिक पीड़ाओं से कचोटता रहा और वह भोले भण्डारी उसे हर बार क्षमादान देते रहे। वह एक दुःखी आत्मा का ऐसा दम्भ प्रदर्शन कर रहा था जैसे वह कारन्त जी का इकलौता शुभचिन्तक और उत्तराधिकारी हो जिसे असीम क्षति हुई हो। मुझे

यह भी समझ आ गया कि कारन्त जी ने शारीरिक पीड़ा के साथ-साथ कौन-सी मानसिक पीड़ा झेलते हुए संसार छोड़ा था।

[2]

कारन्त जी जब कभी किसी गोष्ठी अथवा अन्य कार्यक्रम में राष्ट्रीय नाट्य विद्यालय में अपने छात्र काल की चर्चा करते तो वह रा. ना. वि. में तीन तिलंगे होने की बात की याद जरूर करते थे। वह तीन तिलंगे थे ब. व. कारन्त, बी. एम. शाह और जे. एन. कौशल--1959 में स्थापित राष्ट्रीय नाट्य विद्यालय के दूसरे बैच (1960) के स्नातक। जुलाई, 1960 के तीसरे सप्ताह के पहले दिन दिल्ली की कैलाश कॉलोनी के एक बँगले के पोर्च में एक ख बे के साथ हाथ में छाता लिये चार्ली चैप्लिन के ट्रैम्प की मुद्रा में खड़े बी. एम. शाह की छवि तो आज भी याद है लेकिन कारन्त जी की कोई खास नहीं। 'तीन तिलंगे' पश्चिमी साहित्य के अमीरों को लूटकर गरीबों में बाँटने वाले प्रसिद्ध पात्र, तलवारधारी 'थ्री मस्किटियर्ज़' (हमारे सुलताना डाकू या डाकू बहराम) नहीं थे। हम बहुत सीरियस स्टूडेण्ट थे। कारन्त जी और शाह तो अध्यापन कार्य छोड़कर और मैं एक लोअर डिविज़न क्लर्क की नौकरी छोड़कर रा. ना. वि. आये थे। हम सप्ताह-भर अपने तौर पर एक या दो पुस्तकें पढ़ते और शनिवार दोपहर के बाद एक साथ उन पुस्तकों की चर्चा करते और बताते कि किस पुस्तक के कौन-से चैप्टर इम्पोर्टेण्ट हैं। इस प्रकार दो या तीन और किताबें कम समय में पढ़ लेते। कारन्त जी और शाह में बहुत चर्चा, विमर्श होता रहता। कई बार लगता कि वह अभी हाथापाई पर उतर आएँगे। लेकिन ऐसी नौबत कभी नहीं आयी। इस साप्ताहिक गोष्ठी में मैं अधिकतर एक मूक दर्शक-भर होता। कारन्त जी अपने 'तीन तिलंगों' की घोषणा में यह कहने से कभी नहीं चूकते कि वह और शाह तो ख़ूब चर्चा-परिचर्चा करते और मैं नन्दी बैल की तरह बैठा गरदन हिलाता रहता! एक बार यह भी बताया था कि उन दिनों वह मुझे आई. सी. (मतलब—इन्फ़र्मेशन सेण्टर) भी कहते थे। कारण यह कि दिल्ली में नाटकों, प्रदर्शनियों तथा अच्छी फिल्मों की बराबर जानकारी तो देता ही था, रंगकर्म से सम्बन्धित और भी सूचनाएँ बिना पूछे बताता रहता।

उन दिनों नाट्य प्रशिक्षण का पाठ्यक्रम *इवाल्व* हो रहा था। पाठ्यक्रम के हर विषय को लेकर हमारे साथ कई तरह के प्रयोग किये जा रहे थे। हम अनजाने में बहुत कुछ सीख रहे थे। उसी एक्सपेरिमेण्ट का हिस्सा था, हर छात्र को एक एकांकी नाटक का निर्देशन करना। हमारे बैच का पहला नाटक था कृशन चन्दर का *बाहर का आदमी*। निर्देशक था हमारा सहपाठी नागपुर का मोरुदादा कोठिवान।

कारन्त जी और ज्योति व्यास एक भिखारी दम्पती बने थे, जो पूरे नाटक में घर के बाहर बैठे रहते हैं। दूसरा नाटक था रामकुमार वर्मा का *दो कलाकार* जिसका निर्देशक मैं था। नाटक एक ही घर में साथ रहने वाले कवि और चित्रकार के बारे में था, जो हर वक़्त कड़के रहते हैं और कितने ही लोगों का उधार चुकाना है और उसके लिए तिकड़म करते रहते हैं। कवि की भूमिका में कारन्त जी थे और चित्रकार की भूमिका कोठीवान ने निभायी थी। मकान मालिक की भूमिका में बी. एम. शाह थे जो महीनों दोनों से किराया वसूलने के लिए चक्कर लगाते रहते हैं। वीरेश मधुकर की आई. एस. जौहर के नाटक *पद्मश्री* की प्रस्तुति में कारन्त जी ने एक फिल्म स्टार का अभिनय किया था जो दिलीप कुमार की पैरोडी थी। कारन्त जी ने लगभग सभी छात्र प्रस्तुतियों में भाग लिया था और हर पात्र में सहज और प्रभावशाली अभिनय होता था। छात्रकाल में उनकी महत्त्वपूर्ण भूमिका शान्ता गाँधी द्वारा निर्देशित जगदीश चन्द्र माथुर की नाट्य कृति *शारदीय* के मुख्य पात्र शरजे राव की थी। उसमें वर्षों से नाट्य कला के अभ्यस्त कारन्त की सभी कलाओं की एक्सलेंस देखने का अवसर मिला था। तहखाने के कारावास में बन्दी बना शरजे राव का चाँदनी रात में खड्डी पर बैठे ताना-बाना बुनते हुए कबीर वाणी गाना, अब भी याद आता है।

रा. ना. वि. में उस समय दो वर्ष का पाठ्यक्रम लागू था। केवल तीन छात्रों को प्रोडक्शन में स्पेशलाइज़ करने के लिए तीसरा वर्ष मिलता था। सन् 1961 में पास होने वाले बैच के छात्रों में से केरल के पी. माधवन नायर, बिहार के प्यारेमोहन सहाय और दिल्ली के गुलशन कपूर को और 1962 में पास होने वालों में कर्नाटक के कारन्त ज़ी, नैनीताल के शाह और गुजरात की ज्योति व्यास को यह अवसर मिला था। वह तीनों एक वर्ष तक अपने-अपने रिसर्च प्रोजेक्ट्स पर काम भी करते रहे और अल्काज़ी साहब द्वारा प्रस्तुत किये गये नाटकों की प्रस्तुति प्रक्रिया से पूरी तरह जुड़े रहे। पंचानन हमारे वायस, स्पीच, मूवमेण्ट और संगीत के टीचर थे। कारन्त जी प्रायः संगीत की रिकार्डिंग में इसराज के अलावा कोई-न-कोई साज़ जरूर बजाते थे। सन् 1962 में हुई अल्काज़ी साहब द्वारा निर्देशित *आषाढ़ का एक दिन* की प्रस्तुति में कारन्त जी ने इसराज की बहुत अच्छी धुन बजायी थी। उस रिकार्डिंग के बाद उसी दिन वह वाद्य विद्यालय की छत से गिरकर टूट गया था। फिर उन्होंने इसराज कभी नहीं बजाया। मुझे तो तीसरा वर्ष नहीं मिला। परन्तु सितम्बर 1962 में ही मैं रा. ना. वि. में एक लोअर डिविज़न क्लर्क के रूप में आ गया और चार वर्ष तक रा. ना. वि. से जुड़ा रहा। शाह दिल्ली के सेण्ट कोलम्बस और कारन्त सरदार पटेल स्कूल में पढ़ाने लगे और वही रंगकार्य (विशेषतः) बाल रंगमंच से जुड़ गये।

प्रेमा कारन्त भी दिल्ली आ गयी थीं और 1965 में रा. ना. वि. में उन्होंने

दाखिला लिया और 1968 ई. में उत्तरा बावकर, सुरेखा सीकरी, अमाल अल्लाना, सविता बजाज और श्रीलता स्वामीनाथन जैसी बैच मेट्स के साथ स्नातक की उपाधि प्राप्त की। कारन्त जी दिल्ली की रंग संस्था *कन्नडा भारती* के कलाकारों के साथ गिरीश कर्नाड के कन्नड़ नाटक *तुग़लक* का मंचन कर चुके थे और उसका उर्दू अनुवाद कर रहे थे। अनुवाद बहुत अच्छा हुआ था। उनको लखनऊ की अकादमी की तरफ से पुरस्कार भी मिला था परन्तु किसी को विश्वास नहीं हो रहा था कि हिन्दी प्रचारक कारन्त इतनी बढ़िया उर्दू कैसे लिख सकते हैं? वह समझते थे कि यह मेरा अनुवाद होगा। अगर नहीं तो मेरा दख़ल जरूर होगा। अनुवाद उनका होने की बात पूरा सच है और मेरा दख़ल होने की बात आधा सच। कारन्त भी कभी-कभी कहा करते थे कि अनुवाद में कौशल ने बहुत मदद की थी। सच तो यह है कि रा. ना. वि. रंगमण्डल के साथ ओम शिवपुरी के निर्देशन में नाटक के मंचन की तैयारियाँ हो चुकी थीं और कारन्त किसी कारण से अनुवाद शुरू ही नहीं कर पाये थे। वह डिक्शनरी की सहायता से पाँच-छह पन्ने का अनुवाद करके लाते, उनके स्टैंसल काटे जाते और छापकर अभिनेताओं को बाँट दिये जाते। स्टैंसल के नीचे का मोटा कागज मुझे दे दिया जाता। मैं लाल स्याही से उसमें भाषा सुधार करता और अगले दिन वह पन्ने ले जाते और नये पन्ने दे जाते। यह सिलसिला पहले ऐक्ट तक ही चला। उसके बाद कारन्त जी ने मुझे एक भी पन्ना भाषा सुधार के लिए नहीं दिया। मुझे इस बात पर रत्ती-भर हैरानी नहीं हुई थी। मैं जानता था कि हर किसी की वुकैब्युलरी के प्रयोग में आने वाले शब्द गिनती के ही होते हैं। पहले अंक में जो शब्द प्रयोग हो चुके थे, लगभग वही शब्द दूसरे अंक में भी थे। कारन्त मेरे भाषा सुधार के पन्नों के शब्द शब्दकोश में जमा करते जाते। इस तरह हर रोज भाषा सुधार के शब्द कम होते चले गये और दूसरे अंक में मुझे सुधार करने की जरूरत ही नहीं पड़ी!

कारन्त जी ने कितने ही कन्नड़ नाटकों का हिन्दी अनुवाद किया। आद्यरंगाचार्य के नाटक *केलू जनमेजय* का *सुनो जनमेजय* के नाम का हिन्दी अनुवाद मोहन महर्षि के निर्देशन में तुग़लक से एक वर्ष पहले, 1965 ई. में ही रा. ना. वि. रंगमण्डल द्वारा खेला जा चुका था। आद्या जी के दो और नाटक *कभी चित कभी पट* कारन्त के निर्देशन में और *स्वर्ग के तीन द्वार* बी. एम. शाह के निर्देशन में रंग संस्था *दिशान्तर* ने किये थे।

सन् 1972 में दिशान्तर के लिए गिरीश कर्नाड के *हयवदन* (अनुवाद, निर्देशन और संगीत-रचना—ब.व. कारन्त) की प्रस्तुति एक मील पत्थर बन गयी थी। कारन्त कुछ प्रस्तुतियों में अभिनय भी करते। विजय तेन्दुलकर के नाटक *ख़ामोश अदालत जारी है* में प्रेमा और ब. व. कारन्त के मिस्टर और मिसिज़ काशीकर की भूमिका की अब भी चर्चा की जाती है। उन्होंने दिल्ली में परितोष गार्गी के पंजाबी नाटक

*वगदे पाणी,* शन्नो खुराना के कवि बालस्वरूप राही रचित ऑपेरा चित्रलेखा और रेवती सरन शर्मा के *न दीन न ईमान* का निर्देशन भी किया। इनमें प्रेमा कारन्त भी किसी-न-किसी रूप में साथ होती थीं। रेवती जी के नाटक के पहले प्रदर्शन के बाद कारन्त जी ने कहा कि वह इसके अन्त में सहमत/सन्तुष्ट नहीं हैं। वह अलग ढंग से सोचते हैं। रेवती जी ने कहा कि ठीक है, कल की प्रस्तुति में अपने ढंग से नाटक का अन्त दिखा दो!

कारन्त जी पठन-पाठन और रंगकर्म के साथ फिल्मों से भी जुड़ गये। सबसे पहले उन्होंने बच्चों की फिल्म *चोर चोर छुप छुप जा* जिसमें नसीरुद्दीन शाह और ओमपुरी थे। *चोमना डुडी* के लिए स्वर्ण कमल सम्मान पाया, गिरीश कर्नाड के साथ मिलकर *गोधूलि* (हिन्दी) बनायी थी और *तबल्ली* के लिए राष्ट्रीय सम्मान के साथ-साथ दो फिल्मों के संगीत के लिए भी सम्मानित किये गये। उनके संगीत-नाटक *सत्तरवर नेरालू* का एच. एम. वी. ने लांग प्लेइंग रिकार्ड जारी किया। परन्तु वह बहुत समय तक रंगकर्म से दूर नहीं रह पाये और 1977 में रा. ना. वि. के निदेशक के रूप में दिल्ली चले आये। यहाँ आकर वह यदा-कदा फिल्मों में संगीत तो देते रहे परन्तु निर्माण-क्रिया से दूर ही रहे।

## [3]

कारन्त जी के रा. ना. वि. के निदेशक के रूप में लौटने पर विद्यालय में एक प्रकार की उथल-पुथल-सी मच गयी थी। उन्हीं दिनों ई. अल्काज़ी अपने खिलाफ ऐजीटेशन होने के कारण विद्यालय छोड़ गये थे। विद्यालय संगीत नाटक अकादमी की छाया से निकलकर और एशियन थियेटर इन्स्टीट्यूट का दुमछल्ला हटाकर नेशनल स्कूल ऑफ़ ड्रामा के नाम से संस्कृति मन्त्रालय, भारत सरकार का स्वायत्त संगठन बन गया था। डॉक्टर लक्ष्मीमल सिंघवी रा. ना. वि. सोसायटी के अध्यक्ष बने और अल्काज़ी साहब के कार्यकाल में अकादमी से मिलने वाली अनुदान की सीमित राशि, डॉ. सिंघवी के कार्यकाल में सरकारी अनुदान राशि लगभग चार गुना हो गयी थी। नया पाठ्यक्रम लागू किया जा रहा था जिसमें पश्चिम के स्थान पर भारतीय लोक और पारम्परिक कलाओं को प्रमुखता दी जाने लगी थी। सन् 1978 में एक्सटेंशन प्रोग्राम (विस्तार कार्यक्रम) शुरू हुआ जिससे देश-भर में नाट्य प्रशिक्षण आरम्भ हुआ। इसके महत्त्व को देखते हुए विस्तार कार्यक्रम के लिए एक प्रोफेसर का पद स्थापित किया गया। उसी समय बाल रंगमंच कार्यक्रम का श्रीगणेश भी हुआ। उस समय यह चर्चा भी बहुत ज़ोरों पर थी कि अल्काज़ी अब तक जो कर रहे थे, वह सब गलत था और विद्यालय का सारा क्रियाकलाप ही बदला जा

रहा था। कारन्त जी के आते ही उनके द्वारा निर्देशित, विद्यालय परिसर के खुले मैदान में *अन्धेर नगरी* की एक संगीत युक्त प्रस्तुति न केवल एक मील-पत्थर बन गयी, वह विद्यालय की भावी प्रशिक्षण प्रक्रिया का सूचक भी बनी।

कारन्त जी के कार्यभार सँभालने से पहले बहुत से प्राध्यापक भर्ती किये गये थे। कारन्त उस चयन समिति के सदस्य थे। कई लेक्चर और एसोसियेट प्रोफेसर चुने गए परन्तु बी. एम. शाह का चुनाव नहीं हुआ था। लोग शाह का चुनाव न होने पर बहुत हैरान थे। उसमें भाई-भतीजावाद की झलक मिल रही थी। परन्तु यह तो चयन समिति का फैसला था! कुछ समय बाद भर्ती प्रक्रिया के अन्तर्गत प्रोफेसर (विस्तार) की पोस्ट विज्ञापित की गयी। विज्ञापन से लग रहा था कि यह पद एक व्यक्ति विशेष के लिए है। भर्ती के कई नियमों के साथ यह नियम भी था कि रा. ना. वि. के वही छात्र इस पद के लिए अप्लाई कर सकते हैं जिन्होंने प्रोडक्शन या स्टेजक्राफ़्ट में स्पेशलाइज़ किया हो। उसमें यह भी लिखा था कि प्रत्याशी ने प्रदर्शनियाँ आदि भी डिज़ाइन की हों। इस कारण एक्टिंग में स्पेशलाइज़ करने वाले अप्लाई ही नहीं कर सके। परन्तु शाह ने तो प्रोडक्शन में ही स्पेशलाइज़ किया था इसलिए वह उम्मीदवार तो थे ही!

इण्टरव्यू की सुबह मैंने कारन्त जी को फोन किया और पूछा कि आज जो इण्टरव्यू है, उसमें बंसी कौल का चयन होने वाला है क्या? कारन्त जी बोले, वह तो चयन कमेटी के ऊपर है। मैंने कहा कि मैंने शाह की सिफारिश के लिए फोन नहीं किया है क्योंकि मैं ही नहीं और भी बहुत से लोग जानते हैं कि चयन बंसी का ही होगा। मैं तो यह बताने के लिए फोन कर रहा हूँ कि रा. ना. वि. में एक पोस्ट एक्टिंग और प्रोडक्शन प्रोफेसर की भी है। उस पद के लिए शाह का चयन किया जा सकता है। तीन दिन बाद कारन्त फोन पर कह रहे थे। "कौशल तुम सचमुच व्यक्ति का नहीं, संस्था का ध्यान रखते हो। तुमने मुझे ही नहीं, संस्था को एक एम्बैरसमेण्ट से बचा लिया है। कमेटी ने दूसरी पोस्ट के लिए शाह का नाम अप्रूव कर दिया है। एक बार फिर तुम्हारा धन्यवाद।" बंसी साल-भर ही प्रोफेसर एक्सटेंशन रहा। बरसों बाद 1997 ई. में देवेन्द्र राज अंकुर ने यह पोस्ट सँभाली।

शाह प्रोफेसर नियुक्त नहीं हुए क्योंकि यह कमेटी एक ही पोस्ट के लिए बनी और यूँ भी दूसरी पोस्ट एडवरटाइज़ भी नहीं हुई थी। बाद में पोस्ट एडवरटाइज़ हुई भी परन्तु शाह का चयन फिर नहीं हुआ। हुआ यह कि रामगोपाल बजाज सहित आदि कई रा. ना. वि. स्नातकों ने अप्लाई तो किया परन्तु कुछ लोग तो साक्षात्कार के लिए आये नहीं और बजाज समेत कुछ और ने यह लिखकर दे दिया कि हमारा चयन हमारे बायोडाटा के आधार पर कर लिया जाए। गीत और नाटक प्रभाग के तत्कालीन निदेशक वीरेन्द्र नारायण की अध्यक्षता वाली कमेटी ने शाह का साक्षात्कार तो लिया परन्तु किसी भी और के

न आने से कम्पीटीशन न होने के कारण किसी का भी चयन नहीं किया गया।

रा. ना. वि. से स्नातक की उपाधि प्राप्त करने के बाद दिल्ली के सेण्ट कोलम्बस स्कूल में अँग्रेज़ी माध्यम से संस्कृत पढ़ाने से आरम्भ करने के बाद अपना स्नातकोत्तर विषय भूगोल पढ़ाने वाले बी. एम. शाह एक बार फिर प्रोफेसर बनते-बनते रह गये। शाह गीत और नाटक प्रभाग में मेरे दफ्तर आये और पंजाब यूनिवर्सिटी की एक चिट्ठी दिखायी जिसमें लिखा था कि आपको पंजाब यूनिवर्सिटी के डिपार्टमेण्ट ऑफ़ इण्डियन थियेटर में प्रोफेसर नियुक्त करने का निर्णय किया गया है। कृपया अपनी स्वीकृति शनिवार तक भेज दें। शाह को यह नैनीताल से बड़े भाई द्वारा री-डायरेक्ट किया गया पत्र उसी शनिवार सुबह ही मिला था। उसे समझ नहीं आ रहा था कि क्या किया जाए। मैंने कहा कि टेलीग्राम से 'ऑफ़र एक्सेप्टेड, लेटर फ़ालोज़' तो भेज देते हैं लेकिन मुझे नहीं लगता कि इससे कोई लाभ होगा क्योंकि अभी बारह बज गये हैं। बहुत जल्दी भी हुआ तो यह टेलीग्राम शाम तक ही चण्डीगढ़ पहुँचेगा। तब तक यूनिवर्सिटी के दफ्तर बन्द हो चुके होंगे। टेलीग्राम के बाद हमने एक लेटर भी पोस्ट कर दिया है। मैंने शाह से पूछा कि नैनीताल का पता क्यों दिया, दिल्ली का लोकल पता क्यों नहीं दिया? उसने बताया कि लोकल पता तो मैंने कारन्त का ही दिया है! मैंने कहा, तो जाते-जाते एन. एस. डी. से होते जाओ और पता लगाओ वहाँ कोई पत्र आया था कि नहीं। उसी शाम शाह का फोन आया कि मैं कारन्त से मिला था। उसके पास कोई पत्र नहीं आया। अगले दिन चण्डीगढ़ के अखबारों में खबर छपी की मोहन महर्षि ने पंजाब यूनिवर्सिटी के डिपार्टमेण्ट ऑफ़ इण्डियन थियेटर में प्रोफेसर के रूप में कार्यभार सँभाल लिया है।

लेकिन शाह रा. ना. वि. में प्रोफेसर एक्टिंग और प्रोडक्शन के पद पर आ ही गये। प्रोफेसर चयन के नियमों में इस बात का प्रावधान था कि किसी गण्यमान्य व्यक्ति को बिना आवेदन किये तथा बिना साक्षात्कार किये इस पद पर नियुक्त किया जा सकता है। शाह का इसी नियम के अन्तर्गत चयन हुआ। आमन्त्रित अध्यापक के रूप में वह न केवल प्रोफ़ेसर बने, बाद में निदेशक के पद पर भी आसीन हुए। पता चला था कि विज्ञापित पोस्ट के लिए सामूहिक रूप से अप्लाई करना और साक्षात्कार के लिए न आना, शाह की नियुक्ति रोकने की एक चाल थी। लेकिन *शाह हैड दी लास्ट लॉफ़!!!*

एक दिन कारन्त जी के घर में हम तीन तिलंगे मिल बैठे थे। कोई काम नहीं था इसलिए कारन्त जी पर कोई 'पाबन्दी' लागू नहीं थी। बैठक चाहे कुछ मिनट की होती या कुछ घण्टे की, मुझे अपने छोटे दो और शाह को तीन मैण्डेटरी पेग ही पीने थे। बातचीत में कारन्त अचानक बोले, ''मुझे एक कन्फ़ैशन करना है।''

''कैसा कन्फ़ैशन! हम कोई चर्च के पादरी हैं, जिनके सामने कन्फ़ैशन किया जाता है,'' शाह बोले।

''मैं तुम्हारा गुनहगार हूँ, इसलिए तुम्हारे सामने कन्फ़ैशन करना चाहता हूँ।'' कारन्त ने घूँट भरते हुए कहा। ''याद है तुम एक शाम स्कूल आये थे और पूछा था कि मेरा कोई लेटर आया था? तुम पंजाब यूनिवर्सिटी चण्डीगढ़ से लेटर एक्सपैक्ट कर रहे थे। मैंने कह दिया था कि नहीं आया। लेकिन उस वक्त लेटर मेरी दराज़ में पड़ा था। वह तो कई दिन पहले आ गया था। मैंने ही तुम्हें नहीं दिया था।''

''वह तो समझ आ गया लेकिन यह समझ नहीं आया था कि वाइस चांसलर ने इण्टरव्यू तो मेरा लिया था। फिर मोहन कहाँ से आ टपका?'' शाह ने पूछा।

कारन्त जी ने बताया कि पंजाब यूनिवर्सिटी के वाइस चांसलर को डिपार्टमेण्ट ऑफ़ इण्डियन थियेटर के लिए प्रोफेसर का चुनाव करना था। कारन्त जी ने नेमिचन्द्र जैन, डॉ. सुरेश अवस्थी के साथ सलाह-मशविरा करके बी. एम. शाह के नाम का प्रस्ताव किया था। और वी. सी. ने शाह से बातचीत की। शाह ने दो डिमाण्ड रखी थीं। एक तो यह कि जो सैलरी स्केल लागू होगा वह उसके मैक्सिमम पर आएँगे। दूसरे यह कि उन्हें कैम्पस पर ही सरकारी आवास दिया जाए। वी. सी. ने दोनों बातें स्वीकार कर ली थीं, और शाह की नियुक्ति का ऑर्डर ही आना रह गया था। उन्हीं दिनों मोहन महर्षि मारीशस से वापस लौट रहे थे। कारन्त जी को यह बताया गया कि महर्षि आकर कारन्त जी से निदेशक का पद छीन लेंगे, इसलिए बेहतर यह होगा कि शाह जी की जगह महर्षि को चण्डीगढ़ भेज दिया जाए। एक बार फिर कमेटी बैठी। वी. सी. का कहना था कि वह शाह को बता भी चुके हैं कि उनका चयन हो चुका है इसलिए वह महर्षि के नाम पर राज़ी नहीं थे। उन्हें यह सुझाव दिया गया कि आप दोनों को लेटर भेज दें और चाहें तो एक बार फिर इण्टरव्यू कर लें। वह उसके लिए तैयार नहीं थे। तब यह तय हुआ कि शाह को एक टाइम बाउण्ड लेटर डाल दें। वह समय पर न आ पाएँ तो महर्षि को बुला लिया जाए। यही कारण था कि कारन्त जी के पास लेटर आने पर भी कह दिया गया था कि नहीं आया। ''मुझे इतना दहला दिया गया था कि मोहन आते ही मेरी छुट्टी कर देगा। मुझे समझ ही नहीं आ रहा था कि मैं क्या करूँ। जैसा मुझे बताया गया, मैं वैसा ही करता गया। मुझे यह याद ही नहीं रहा कि मैं तो पहले ही कह चुका हूँ, मुझे जीवन-भर एक ही जगह टिके नहीं रहना है! रा. ना. वि. से चार-पाँच साल बाद जाना तो तय ही था। मोहन उससे साल-भर पहले मुझे भगाने में सफल हो जाता तो क्या फ़र्क पड़ता! पता नहीं मैं उन लोगों के झाँसे में कैसे आ गया। हो सके तो मुझे माफ़ कर दो।''

[4]

हमेशा चप्पल पहनने वाले कारन्त बाटा या बालूजा के नये जूते पहने निदेशक के कार्यालय में ऐसे चहलकदमी कर रहे थे जैसे कोई मोर पंख फैलाये नाच रहा हो। रा. ना. वि. कार्यकाल में वह शायद पहली बार विदेश जा रहे थे। वह आस्ट्रेलिया में नेशनल इन्स्टीट्यूट ऑफ़ ड्रामैटिक आर्ट्स में एक भारतीय नाटक करने वाले थे। उसके बाद तो वह कई बार विदेश गये। शाकाहारी कारन्त के लिए अण्डा खाना तो दूर, उसके नाम से भी एलर्जी हो जाती थी। मुम्बई में एक वैजीटेरियन रेस्टोरैण्ट में कसाटा आइसक्रीम के ऊपर लगे केक की परत चख़ने से ही पूरे बदन पर दाने निकल आये थे। विदेश में वह अपने खानपान का प्रबन्ध कैसे करते? पहले सफ़र के बाद उन्होंने अपना सिस्टम बना लिया था। वह जहाँ भी जाते, दाल, चावल और उसे उबालने के बरतन दिल्ली से ले जाते। उसमें स्थानीय सब्ज़ियाँ डालकर अपना खाना तैयार कर लेते।

कारन्त जी ने सच ही कहा था कि हम अपने परिचितों, परिजनों के बदलते चेहरे नहीं देखते। उनका रूप कैसा भी हो गया हो, हमें तो वही दिखाई पड़ता है जो हमने बरसों पहले देखा था। हम दिल्ली से नैनीताल में होने वाली कार्यशाला में भाग लेने के लिए बाइ रोड जा रहे थे। हमारे साथ रा. ना. वि. के रजिस्ट्रार अलख नारायण राय भी जा रहे थे। राय साहब ने कारन्त जी से पूछा, ‘‘आपको कौशल में कोई चेंज दिखाई पड़ रहा है?’’ उन्होंने नज़र भरकर देखा और बोले, ‘‘नहीं तो! मुझे तो कोई चेंज दिखाई नहीं पड़ रहा। आप बताओ।’’ ‘‘इनके नये दाँत लगे हैं।’’ राय साहब बोले। ‘‘ऐसे छोटे-मोटे चेंज दिखाई ही नहीं पड़ते। हमारी नज़र आज के चेहरे पर पड़े लेकिन तस्वीर वही दिखाई पड़ती है जो हमने पहले-पहल देखी थी।’’ कारन्त जी ने खुलासा किया। ‘‘हमें तो पता ही नहीं चलता कि अपने बाल सफेद हो गये हैं। कोई याद दिलाता है तो हम चौंककर आईना देखने लगते हैं।’’

[5]

‘‘तब तक कारन्त कितने पेग पी चुके थे?’’ गिरीश कर्नाड ने पूछा था। मैंने बता दिया था कि दो-तीन तो पी चुके थे। हम रा. ना. वि. निदेशक कारन्त के निवास स्थान पर थे। मैं अहमदाबाद के साबरमती आश्रम में गाँधी जी पर होने वाले लाइट और साउण्ड कार्यक्रम का साउण्ड सिनारियो तैयार कर रहा था। मूल आलेख था गुजराती के मूर्धन्य नाटककार चन्द्रवदन सी. मेहता का, जिसका अँग्रेज़ी अनुवाद गिरीश कर्नाड और हिन्दी अनुवाद कवि भवानी प्रसाद मिश्र करने वाले थे। मैं

साबरमती आश्रम देख आया था और आलेख के वर्किंग ट्रांसलेशन को लेकर अपना काम कर रहा था। गिरीश दो दिन बाद आये थे और तब तक मैं कुछ काम कर चुका था। गिरीश ने मेरा सिनारियो पढ़ा और कुछ सुझाव दिये। मैंने कहा कि मैं जो कुछ लिख रहा था, कारन्त जी को सुना देता था और वह तो कह रहे थे, 'वैरी गुड वैरी गुड'! तभी गिरीश ने पूछा था कि कितने पेग पी चुके थे? मेरा जवाब सुनकर ही गिरीश ने कहा था कि जब काम करना हो तो दो से ज्यादा पेग मत पीने देना क्योंकि दो पेग के बाद वह हर बात को 'वेरी गुड वेरी गुड' कहने लगते हैं। तब से मैं काम खत्म होने तक उनको दूसरा पेग लेने ही नहीं देता था। कारन्त जी ने भी मुझसे एक दिन कहा था कि मैं रात को जो भी कहूँ या प्रौमिज़ करूँ, उसे अगली सुबह कन्फर्म जरूर कर लेना। हो सकता है मैं कभी किसी रात आधा हिन्दुस्तान तुम्हारे नाम कर दूँ और तुम उसे सच मान बैठो!

कारन्त यूँ तो दिन-भर के काम समाप्त होने के बाद ही रात का खाना खाने से पहले पीते, वह धीरे-धीरे दो या तीन पेग पर सबर करने वाले 'सोशल ड्रिंकर' न रहकर पियक्कड़ की श्रेणी में आते जा रहे थे, क्योंकि तब तक दिन निपटा चुके होते और निर्विघ्न मस्ती करते रहते और चैन से जाकर सो जाते। वह हंगामा नहीं करते थे। *भोपाल विभा घटना* के बाद तो वह दिन दहाड़े पीने लगे थे। वह प्राय: हर समय नशे में ही धुत रहते। वह अपने शोल्डर बैग में छोटी-सी बोतल रखते, किसी बहाने से बाहर (अधिकतर टॉयलेट में) जाते और दो घूँट नीट पीकर आ जाते। वह कहीं भी किसी भी वक्त उसी हालत में मिलते। शम्भु मित्र को कालिदास सम्मान मिलने के समय अशोक वाजपेयी तथा कारन्त जी ने उनका एक इण्टरव्यू लिया था जिसे शम्भु दा की जानकारी के बिना वीडियो रिकॉर्ड भी किया था। उसमें भी कारन्त नशे में धुत्त ही दिखाई पड़ रहे थे। अशोक जी कोई सवाल करते तो कारन्त उसे लड़खड़ाती जुबान में दोहराते। यूँ तो शम्भू दा बहुत संयम बरत रहे थे। एक-दो बार उनके चेहरे पर खीज भी दिखाई पड़ रही थी। इतना ही नहीं, कारन्त जी अपने कालिदास सम्मान ग्रहण समारोह में सभी गण्यमान्य व्यक्तियों के साथ मंच पर भी उसी हालत में मौजूद थे।

एक दिन सई परांजपे रा. ना. वि. के परिसर में मिलीं और कुशल-क्षेम पूछने के बाद बोलीं, ''भई, कुछ दिन पहले कारन्त मिले थे। तुम्हारी बहुत तारीफ कर रहे थे।'' यह सुनकर मुझे थोड़ी-सी हैरानी हुई क्योंकि मैंने तो ऐसा काम किया था जिसके लिए कारन्त जी क्या, कोई भी होता तो मुझे जी भर कर कोस रहा होता। मैंने पूछा, ''गालियाँ दे रहे थे या तारीफ कर रहे थे?'' उसने बताया, ''गालियाँ क्यों देने लगे? वह सचमुच बहुत तारीफ कर रहे थे।'' ''ऑर यू जोकिंग?'' ''नो, इट इज एक फैक्ट'' ''आर यू श्योर वह गाली नहीं दे रहे

थे?" "नहीं भई! वह कह रहे थे कि कौशल ने मुझे बचा लिया। आई एम थैंकफुल टु हिम।"

जुलाई 1994। मैं 1986-1988 ई. में रंगमण्डल प्रमुख का कार्यभार सँभालने के बाद एक बार फिर रंगमण्डल में आ गया था। इस बीच प्रोफेसर रामगोपाल बजाज कार्यकारी प्रमुख के रूप में रंगमण्डल का काम भी देख रहे थे। रा. ना. वि. सोसाइटी के तत्कालीन चेयरमैन श्री पी. सी. जोशी को रंगमण्डल की किसी बैठक में बजाज का बर्ताव अच्छा नहीं लगा था इसलिए मुझे वापस रंगमण्डल आना पड़ा। उन दिनों कारन्त जी फ्रांस में *ऐवियौन थियेटर फेस्टिवल* देखकर दिल्ली लौटे थे। वह रा. ना. वि. रंगमण्डल के साथ अभिज्ञान शाकुन्तल (राजा लक्ष्मन सिंह का हिन्दी अनुवाद) *सांगीत शाकुन्तल* के नाम से करने वाले थे। 16 जुलाई को छुट्टियों के बाद खुलने वाले रंगमण्डल के पास छह हफ्ते थे नाटक तैयार करके प्रस्तुत करने के लिए क्योंकि पहली सितम्बर से किसी दूसरे नाटक की रिहर्सल शुरू होने वाली थी। कारन्त जी ने रिहर्सलें शुरू कर दीं। वह नाटक की अद्‌भुत व्याख्या कर रहे थे। साथ-ही-साथ बिलकुल अलग तरह की संगीत रचना भी कर रहे थे। हमने उनकी सभी रिहर्सलों की वीडियो रिकार्डिंग का प्रबन्ध कर दिया था। पहले तीन दिन काम ठीक-ठाक चला। चौथे दिन कारन्त जी सुबह ही पीकर आ गये। मेरे कमरे में आकर कहने लगे कि पेरिस में किसी ने शैम्पन गिफ्ट की थी। एक-दो दिन में ख़त्म हो जाएगी। लेकिन दिन-ब-दिन पीने की मिकदार बढ़ने लगी। वह रिहर्सल में गीत की धुन बनाते-बनाते हारमोनियम पर ही लुढ़क जाते। मैंने एक दिन कहा कि कलाकार आपको कुछ नहीं कह रहे। मुझे भी कुछ नहीं कह रहे। लेकिन रंगमण्डल प्रमुख होने के कारण उनकी आँखों में शिकायत जरूर नजर आ रही है। अगले दो दिन ठीक-ठाक निकले और फिर वही सिलसिला शुरू हो गया। उनकी तबीयत भी बिगड़ने लगी। उनको पहले भोपाल और फिर बंगलोर जाना पड़ा जिस कारण वह 15-20 दिन कोई काम नहीं कर पाये। आठ दिन बाद नाटक का प्रीमियर तय था परन्तु अभी चार दृश्यों पर ही काम हुआ था। मैंने एक रिपोर्ट तैयार की और यह लिखा कि कारन्त जी का स्वास्थ्य ठीक नहीं है और समय कम है इसलिए प्रस्तावित है कि अभी सांगीत शाकुन्तल की प्रस्तुति पोस्टपोन कर दी जाए और कारन्त जी के स्वस्थ होने पर फिर से तैयारी शुरू की जाए। उस समय तत्कालीन निदेशक कीर्ति जैन विदेश गयी हुई थीं और बजाज निदेशक का काम देख रहे थे। बजाज ने नोट पढ़ा और कहा, "काश ऐसा नोट पाँच साल पहले आ गया होता!" "तो तुमने लिखा क्यों नहीं?" मैं बोला, "उन दिनों तुम ही तो रंगमण्डल प्रमुख थे!"

लगभग छह महीने बाद मुझे पता चला कि दिल्ली से वापस बंगलोर जाते

ही गिरीश कर्नाड कारन्त जी को चेन्नई स्थित टी. टी. के. डी. एडिक्शन सेण्टर में भर्ती करा आये थे। वहाँ लगभग तीन महीने रहने के बाद कारन्त जी को शराब के नाम से ही एलर्जी होने लगी थी। सन् 2000 में मैं एक नाट्योत्सव के लिए बंगलौर गया था और उनके घर पर ही ठहरा था। सुबह जब हम घूमने जाते, कारन्त जी एक गाइड की तरह अपने अड़ोस-पड़ोस के दारू के अड्डे ऐसे दिखाते जैसे वह कोई ऐतिहासिक स्थल हों।

सई ठीक ही कह रही थीं, कारन्त जी मुझे गालियाँ नहीं दे रहे थे। वह तो किसी को भी गाली नहीं देते थे। वह शुभ कार्य तो उनके चहेते करते थे जिनके लिए हर किसी को (मन में हो या मुँह से) गाली देना सेकेण्ड नेचर बन चुका था और जिनके लिए कारन्त जी *टेलर मेड* या कहें कि पकी-पकायी नौकरी का प्रबन्ध करते या जो उनसे हर प्रकार की सहायता लेते और आभार ज्ञापन के स्थान पर उन्हीं को गालियाँ देते। कारन्त जी शायद गाँधी जी की इस उक्ति पर विश्वास करते थे कि 'मुझे कोई गाली देता है तो कुछ देता ही है न, कुछ लेता तो नहीं!'

जीवन-भर उतार-चढ़ाव देखने वाले कारन्त जी का सत्तर पार करने के बाद एक प्रकार की इनसिक्योरिटी का एहसास सताने लगा था। वह अकसर कहते कि अब मैं ज्यादा बाहर आ-जा नहीं पाऊँगा। घर कैसे चलेगा? कारन्त जिन्दगी-भर काम करते रहे। बचपन से निकलने के बाद कड़की का दौर शायद ही कभी आया हो। पिछले बीस-पच्चीस सालों में तो वह हवाई कम्पनियों के रेगुलर फ़्लायर बन गये थे। वह शायद पहले और इकलौते भारतीय हैं जो दो बार हाईजैक होने वाले हवाई जहाज़ों में यात्रा कर रहे थे। दोनों बार फ़्लाइट उदयपुर से दिल्ली जा रही थी। इस बार उदयपुर से लौटते समय मैं भी उनके साथ हवाई सफ़र कर रहा था। अचानक मुझे ख्याल आया, इस बार फिर कहीं हाईजैक तो नहीं होने वाला? ऐसा हो जाए तो यह हैट्रिक हो जाएगा। गिनीज़ बुक ऑफ़ वर्ल्ड रिकार्डज़ में नाम आ जाएगा। परन्तु सफ़र तो एण्टी क्लाइमैक्स हो गया। इस बार हाईजैक हुआ ही नहीं! बंगलौर में तो यह एक ज़ोक था कि जब किसी फ़्लाइट का कमाण्डर जहाज़ में आता तो इंजन स्टार्ट करने से पहले पूछता, "कारन्त जी आ गये क्या?"

हवाई यात्रा की यह सुविधाएँ उन्हें भोपाल केस के दिनों में भी उपलब्ध थीं क्योंकि उनके शुभचिन्तकों को न केवल केस के झूठा होने का पक्का विश्वास था, वह उनके क्रियेटिव माइण्ड को एक जूठे केस की भूल-भुलैया में भटकने नहीं देना चाहते थे। वह उसे ऐक्टिव रखना चाहते थे इसलिए कारन्त जी को अपना काम करते रहने के लिए हर प्रकार की सहायता कर रहे थे। वह तो अब भी बहुत व्यस्त रहते थे और कोई आर्थिक समस्या भी नहीं थी। उन्हीं दिनों में उन्होंने सक्रिय रंगकर्म के साथ-साथ ग्वालियर किला और दिल्ली के पुराना किला के लाइट ऐण्ड

साउण्ड शो के साथ फिल्मों और टी. वी. सीरियलों में संगीत दिया। वह कई कार्यक्रमों के सम्बन्ध में विदेश भी गये। राष्ट्रीय स्तर की जिन कमेटियों के वह माननीय सदस्य थे, उनकी मीटिंगों में भाग लेते रहे। जीवन-भर अपने भाइयों की हर तरह की सहायता करने वाले कारन्त ने पिछले दस वर्षों में ही अपना मकान बनाना शुरू किया और उसके बेसमेण्ट में जीवन-भर इकट्ठे किये वाद्यों तथा किताबों का एक छोटा-सा म्यूज़ियम बनाया। उनकी बीमारी का काफी खर्च कर्नाटक सरकार ने उठाया था। गुवाहाटी और उदयपुर के कार्यक्रमों में भी उन्हें अच्छी खासी राशि मिली थी। फिर यह आर्थिक असुरक्षा की भावना क्यों?

कारन्त जी तो 'एक्सीडेण्टली' भोपाल चक्रवात में फँस गये थे। भारत भवन, भोपाल की स्थापना और उसकी कार्य-प्रणाली से नाराज़ लोग तो बहुत दिन से वहाँ कोई 'सैन्सेशनल' घटना घटने की प्रतीक्षा कर रहे थे, जिसकी आड़ में वह भारत भवन की ईंट-से-ईंट बजा सकें। वह तो कारन्त जी का दुर्भाग्य था कि उस घटना के केन्द्र में वह आ गये थे। यह हमें घटना के तीसरे दिन दिल्ली आये गिरीश कर्नाड ने बताया था। उस शाम मैं और गिरीश, ए. जे. जसपाल के साथ बैठे थे, जो बरसों से भारतीय प्रदर्शनकारी कलाएँ देश-विदेश में प्रस्तुत कर रहे थे और जो इण्डियन टूरिज़्म डेवलपमेण्ट कार्पोरेशन के लिए लाइट एण्ड साउण्ड कार्यक्रम का आयोजन करते थे। जब इस घटना की ख़बर आयी तो गिरीश इन्दौर से निकलने वाले प्रमुख हिन्दी दैनिक के सम्पादक के कमरे में थे। यह खबर सुनकर वहाँ यह चर्चा थी कि चलो कुछ तो घटा, जिससे भारत भवन की धज्जियाँ उड़ाई जा सकें। अगले दिन गिरीश कुछ मित्रों की सहायता से हवालात में जाकर कारन्त जी से मिले भी। हमारी बैठक में यह भी तय हुआ कि अदालती कार्यवाही के लिए धन जुटाने के लिए 20 मित्रों से सम्पर्क किया जाए और दस-दस हज़ार रुपये देने का आग्रह किया जाए। मुझे पता नहीं धन जुटाया गया था कि नहीं लेकिन इतना याद है कि फिल्मकार मृणाल सेन ने, जिनकी कितनी ही फिल्मों के लिए कारन्त संगीत रचना कर चुके थे, ने कुछ राशि यह कह भेजी थी कि यह मेरी अगली फिल्म में म्यूज़िक देने का एडवांस है। दो दिनों में कारन्त जी के बारे में इतनी कहानियाँ अखबारों में छपी थीं कि प्रेमा कारन्त ने गिरीश जी के हाथ अखबारों में देने के लिए *लेटर टू दि एडिटर* भी भेजा था जिसमें उन्होंने लिखा था कि कारन्त जी के बारे में जो भी लिखा, कहा जा रहा है, वह सब झूठ है और उन्हें कारन्त जी पर पूरा विश्वास है। वह ख़त कई अखबारों में खबर या पत्र की सूरत में छपा भी था।

विभा मिश्रा ने तो अपने पहले बयान में ही कारन्त जी को बरी कर दिया था लेकिन कानूनी दाँव-पेंच के चलते कारन्त जी को कई महीने जेल में रहना पड़ा। पहले कुछ दिन कारन्त जी को बहुत परेशानी हुई। कुछ दिनों बाद तो वह

जेल के जीवन को एक नये तजुर्बे के तौर पर लेने लगे। वहाँ एक तरह से उनकी फ़ैन क्लब-सी बन गयी थी। कोई उनकी मालिश करता तो कोई उनके नहाने के लिए पानी भर कर लाता। उनमें से दो तीन तो 'लाइफ़र' (उमर कैदी) थे। एक तो न जाने कितनी जानें ले चुका था। वह कारन्त जी से बहुत प्रभावित था और उनकी सेवा का कोई मौका नहीं छोड़ता था। एक बार अखबार में यह खबर भी छपी थी कि भोपाल में एक ताँगे में सफ़र करते हुए दो आदमियों में विभा और कारन्त जी को लेकर बहस होने लगी और शर्त लगा ली कि जिसकी बात सच होगी, वह दूसरे का कान काट लेगा। शर्त जीतकर दूसरे का कान काटने वाला विभा का पक्ष ले रहा था और हारनेवाला कारन्त जी का। सुना तो यह भी है कि एक बार अल्काज़ी साहब दिल्ली के सफ़दरजंग अस्पताल में विभा को देखने गये थे तो उसने अपने उस हालत में भी अपनी सैंस ऑफ़ ह्यूमर के नमूने के तौर पर अल्काज़ी साहब को भी यह किस्सा सुनाया और हँसते-हँसते यह भी बताया था कि कान काट खाने वाला उसकी साइड ले रहा था।

[6]

कारन्त जी के जीवन में इस तरह की न जाने और कितनी कभी खुशी कमी ग़म वाली छोटी-बड़ी नाटकीय घटनाएँ होती रहीं। जैसे कारन्त जी पर जयदेव तनेजा द्वारा लिखी गयी पुस्तक के लोकार्पण आयोजन के दिन हुआ। तत्कालीन रा. ना. वि. निदेशक बजाज ने मंच पर आते ही गण्यमान्य व्यक्तियों को, जिनमें मोहन महर्षि, नेमिचन्द्र जैन, कारन्त जी और डॉक्टर नामवर सिंह आदि को बुलाने के बाद कहा कि अब मैं भाई सतेन्द्र तनेजा से अनुरोध करता हूँ कि वह मंच पर आएँ। यह सुनकर सब लोग चौंक गये क्योंकि पुस्तक तो जयदेव तनेजा की कृति थी। कुछ लोगों ने भूल की ओर इशारा भी किया। बजाज उसके बाद यह कहकर कि अब मैं मोहन से अनुरोध करता हूँ कि आगे की कार्यवाही वह सँभालें, खुद दर्शकों में आकर बैठ गये। मोहन बोले भी कि भई मुझे तो पता ही नहीं क्या करना है और कैसे करना है, बजाज दोबारा मंच पर नहीं आये। लोकार्पण के बाद जब मोहनजी ने बजाज को धन्यवाद ज्ञापन और समापन के लिए बुलाया तो वह मंच पर आये और यह कहकर कि आज की सभा में समापन का कोई प्रावधान नहीं था और फिर धन्यवाद-वन्यवाद क्या होता है कहकर बाहर चले गये। ऐसा ही कुछ भारत रंग महोत्सव, 2001 के अन्तिम दिन कारन्त जी के साथ खुली बातचीत के अवसर पर हुआ। उसमें मची अफ़रातफ़री तो सभी ने देखी थी।

लगभग दो बरस पहले एक दिन कारन्त जी बोले, ''एक बरस बीत गया।

अब तो मैं तुम्हें बता सकता हूँ। एक दिन बजाज कह रहे थे कि स्कूल शम्भु मित्र के नाम से एक चेयर स्थापित कर रहा है और उसके पहले हक़दार तो आप ही हैं। उसके बाद आज तक उन्होंने फिर कोई बात ही नहीं की!''

लगभग तीन बरस बाद 29 सितम्बर, 2002। हबीब तनवीर के पहली अक्तूबर को अस्सीवें वर्ष में प्रवेश करने के उपलक्ष्य में *अस्सी में हबीब* के नाम से होने वाले तीन दिवसीय कार्यक्रम का पहला दिन। कार्यक्रम के आरम्भ में हबीब साहब का स्वागत करते हुए रा. ना. वि. निदेशक देवेन्द्र राज अंकुर ने बताया कि विद्यालय ने शम्भु मित्र के नाम से एक चेयर स्थापित की है और उसके लिए हबीब तनवीर जी को मनोनीत किया गया है। इस सुखद समाचार का तालियों से स्वागत किया गया। अक्तूबर 2002 का पहला दिन। शाम के लगभग आठ बजे, हबीब साहब का कार्यक्रम समाप्त हो चला था और सब लोग खड़े होकर हबीब साहब को स्टैण्डिंग ओवेशन दे रहे थे। उसी समय अंकुर जी, जो मोबाइल बजने पर कुछ मिनट पहले ही बाहर गये थे, मंच पर लौटे और बताया, ''अभी-अभी खबर मिली है कि कारन्त जी नहीं रहे।''

दर्द दबे पाँव ही आया होगा, क्योंकि इतना सब-कुछ होने पर भी कारन्त जी ने कभी नहीं कहा था, 'विधाता मत खेलो यह खेल।' लेकिन उदयपुर में पथरायी आँखों से शून्य में देखते हुए, 'पता नहीं रा. ना. वि. में शम्भु मित्र चेयर का क्या हुआ?' जैसे वाक्य उनके बार-बार दोहराने से लग रहा था कि मन में कहीं कोई चुभन अटकी हुई है, जिससे दर्द की टीस आह या हाय में नहीं, शब्द में निकल रही है। शेक्सपियर के प्रसिद्ध पात्र जूलियस सीज़र की तरह कारन्त जी के जीवन में भी एक ब्रूट्स, उनका अन्तरंग विश्वासपात्र, कोई अपना-सा, आया था जिसकी हर बात, हर इशारा वह मानते रहे और वह उनको उनके माध्यम से दूसरों को दर्द देता रहा। अगर उन्हें दर्द के आने का पता चल भी जाता तो भी वह जूलियस सीज़र की तरह उस *अपने से* को कभी नहीं कहते। *ऐ ट्यू ब्रेटे (ब्रूट्स तुम भी!)*

कारन्त जीते जी इस पीठ पर आसीन होने के सुख से वंचित रह गये तो क्या हुआ, रा. ना. वि. में उन्हीं के नाम से एक पीठ स्थापित करने का निर्णय हो चुका है।

# स्मृति के झरोखे से

# मुन्नी बेटी बिटिया गुड़िया लाडो लाड़ली

"मेरे लिए एक नाटक का अनुवाद कर दोगे?"

"जरूर करूँगा।"

"ब्रिटिश नाटककार एडवर्ड बौंड का नाटक *दि सेव्ड (The saved)* है। छह दिन में चाहिए।"

"छह दिन? असम्भव। छह दिन तो क्या, छह महीने में भी अनुवाद करना कठिन है। इतने कम समय में तो तुम्हारे पापा के लिए भी कोई अनुवाद नहीं किया। मुझे कम-से-कम छह महीने तो चाहिए ही और यूँ भी मैंने यह नाटक पढ़ा भी नहीं है।"

"नाटक तो मैं अभी दे देती हूँ। पढ़ लो। परन्तु मुझे छह दिन में ही अनुवाद दरकार है। सातवें दिन डिपार्टमेण्ट खुल रहा है और मुझे इस नाटक का मंचन करना है!"

"छह दिन में तो बिलकुल नहीं हो सकता।"

"तुम नाटक तो पढ़ लो। बाकी बातें कल करेंगे।" प्रख्यात रंग-निर्देशक और राष्ट्रीय नाट्य विद्यालय के भूतपूर्व डायरेक्टर इब्राहीम अल्काज़ी की पुत्री अमाल अल्लाना ने नाटक की अँग्रेज़ी प्रति पकड़ाते हुए कहा। वह उन दिनों पंजाब विश्वविद्यालय, चण्डीगढ़ के भारतीय रंगमंच विभाग की अध्यक्ष थीं।

मैं तब तक विश्व नाट्य साहित्य की दस-बारह कालजयी रचनाओं का (अँग्रेज़ी अनुवादों के माध्यम से) हिन्दुस्तानी अनुवाद कर चुका था; जैसे यूनानी नाटककार सोफ़ोक्लीज़ का *राजा ईडिपस,* यूरीपिडीज़ का *ट्रॉय की औरतें,* जर्मन नाटककार जार्ज ब्यूख़नर का *दाँतों की मौत,* सार्त्र का *मैन विदाउट शैडोज़,* इब्सन का *एन एनीमी ऑफ़ द पीपुल,* पिरान्देलो का *सिक्स कैरेक्टर्ज़ इन सर्च ऑफ़ एन ऑथर,* विलियम सारोयाँ का द *केव ड्वैलर्ज़,* ब्रेष्ट का *मदर करेज* आदि। इन सभी नाटकों का अनुवाद अल्काज़ी के आग्रह पर हुआ था और ये राष्ट्रीय नाट्य विद्यालय द्वारा मंचित हो चुके थे। इन सभी अनुवादों में प्रत्येक पर लगभग छह महीने का समय लगा था।

*मदर करेज* का अनुवाद एक जर्मन नाट्य निर्देशक कार्ल वेबर के लिए कराया गया था जो सांस्कृतिक आदान-प्रदान के तहत राष्ट्रीय नाट्य विद्यालय (रा. ना. वि.) में आने वाले थे। आने से महीना-भर पहले उन्होंने लिखा कि वह *मदर करेज* के स्थान पर *थ्री पेनी ऑपेरा* करना चाहते हैं। अल्काज़ी साहब के पूछने पर मैंने साफ़-साफ़ मना कर दिया कि मैं इतने कम समय में अनुवाद नहीं कर सकता।

अल्काज़ी साहब ज़ोर देते तो शायद अनुवाद कर भी देता, परन्तु वह कुछ इस तरह का होता, जैसे एक अनुवादक ने ''ह्वाट इज़ योर क्रिस्टियन नेम?'' का अनुवाद किया था कि ''तुम्हारा ईसाई नाम क्या है?'' वह जानता ही नहीं था कि 'क्रिस्टियन' या 'क्रिश्चियन' नाम जन्म का नाम अथवा उपनाम या जाति-विशेष नाम होता है, जैसे हिन्दू नामों में वर्मा, शर्मा आदि। एक दूसरे अनुवादक महाशय ने टेनेसी विलियम के नाटक *द ग्लास मेनाजरी* के आरम्भिक संवादों का अनुवाद कुछ इस प्रकार किया—अंग्रेज़ी संवाद था : ''गुड ईवनिंग लेडीज़ ऐण्ड जैण्टलमेन। आय एम टॉम। आय एम ए मैजीशियन ऐण्ड थिंग्ज़ आर अप माय स्लीव।''

अनुवाद था : ''नमस्कार देवियो और सज्जनो, मैं टॉम हूँ। मैं एक जादूगर हूँ और चीजें मेरी आस्तीन पर चढ़ी हैं।'' वह समझा ही नहीं कि 'अप माय स्लीव' एक मुहावरा है, जिसका अर्थ है कि मैं अपने कार्य में दक्ष हूँ और अपना कर्तव्य भली-भाँति जानता हूँ—मेरे पास कई चमत्कार हैं।

अनुवाद में शाब्दिक अर्थ के मुकाबले भावार्थ अधिक प्रभावशाली होता है, परन्तु इतना फेर-बदल नहीं किया जाए कि मूल रचना को 'ढूँढ़ते ही रह जाएँ'। मूल रचना समझ न आने पर कई अनुवादक सरलीकरण करने लगते हैं। रांगेय राघव के शेक्सपियर के अनुवाद प्रायः मूल से मेल नहीं खाते। अमृत राय के *हैमलेट* के अनुवाद में संवाद या तो छोटे हो गये हैं या छूट भी गये हैं।

ऐसा ही एक किस्सा सज्जाद ज़हीर द्वारा साहित्य अकादमी के लिए *ऑथेलो* के उर्दू अनुवाद का है। उनका अनुवाद किताबत के लिए जा चुका था, फिर भी प्रसिद्ध लेखिका तथा रंगकर्मी शमा ज़ैदी ने उसकी प्रति मुझे देखने के लिए दी। उससे पहले मैं अकादमी द्वारा प्रकाशित *किंग लिअर* के अनुवाद का अभिनेय भाषा में रूपान्तर कर चुका था। बन्ने भाई के अनुवाद में मूल रचना कहीं-कहीं छूट गयी थी।

मुझे लगा कि बन्ने भाई (सज्जाद ज़हीर) के अनुवाद में कुछ छूट गया लगता है, क्योंकि कुछ दृश्य अधूरे-से लग रहे थे। मूल से मिलाया गया तो मेरी बात की पुष्टि भी हो गयी। बन्ने भाई ने कहा कि हमने तो पूरी पुस्तक का अनुवाद किया है। पुस्तक देखी तो वह 'संक्षिप्त छात्र संस्करण' था।

अनुवाद कई प्रकार का होता है; जैसे भावानुवाद, शब्दानुवाद, रूपान्तर,

भाषान्तर आदि। अनुवाद में ये स्थितियाँ किसी-न-किसी मात्रा में अवश्य विद्यमान रहती हैं। भावानुवाद हो तो भी शब्द का अर्थ तो होगा ही। कोई उक्ति, कोई कथन, कोई तथ्य, कोई स्थान, कोई समय, कोई वातावरण हो, उसका वर्णन एक प्रकार से रूपान्तरण ही होगा। अनुवाद कभी शत-प्रतिशत नहीं होता।

अनुवाद एक रचनात्मक कार्य है या साधारण कार्य? अनूदित रचना मूल रचना से कितनी भिन्न होती है? वह उससे कमतर होती है या बेहतर? नाटक का अनुवाद प्रभावशाली होता है या रूपान्तर? ऐसे कितने ही प्रश्नों से मुझे अकसर जूझना पड़ता था। यूँ भी अनुवाद का मूल्यांकन करते हुए कोई उठकर कह देता है कि अनुवाद मूल भावना को पकड़ नहीं पाया, या फिर यह कि मूल कथानक की बारीकियाँ बिल्कुल व्यक्त नहीं कर सका। ऐसा बहुत कम होता है कि कोई अनुवाद बहुत सशक्त माना जाए और उसे मूल रचना के समकक्ष स्थान दिया जाए। मैं तो मानकर ही चलता हूँ कि कितना भी अच्छा लिख लूँ, अनुवाद पर उँगली उठायी ही जाएगी।

किसी भी नाटक का अनुवाद करने से पहले मैं उसे दो-तीन बार पढ़ता हूँ। फिर उस लेखक की अन्य रचनाएँ पढ़ता हूँ। लेखक अथवा रचनाओं पर अन्य सामग्री जैसे जीवनी, मूल्यांकन, आलोचनात्मक तथा विश्लेषणात्मक लेख आदि का अध्ययन करता हूँ। तत्पश्चात् नाटक की ओर लौटता हूँ और अनुवाद कार्य आरम्भ करता हूँ।

पहले ड्राफ्ट में मैं जल्दी-जल्दी संवाद तथा नाट्य निर्देशों का अनुवाद करता जाता हूँ। शब्द-विशेष के जितने भी पर्याय उपलब्ध हों, वाक्य के जितने सम्भावित विन्यास हों, लिखता जाता हूँ। जिन शब्दों का तुरन्त अर्थ न सूझे, उन्हें मूल रूप में लिखता जाता हूँ। बाद में उन शब्दों की छोटी-सी डिक्शनरी तैयार करता हूँ, जिसमें सन्दर्भ के अनुसार संवाद के भिन्न-भिन्न अर्थ पाण्डुलिपि के हाशिये पर लिखता जाता हूँ। जिन शब्दों, घटनाओं, व्यक्तियों आदि की पार्श्व-भूमि समझने, जानने की आवश्यकता होती है, उन्हें सन्दर्भ-ग्रन्थों में खोजता हूँ।

यह सब 'स्पेड वर्क' करने के बाद दूसरे ड्राफ्ट का कार्य आरम्भ होता है। अब हर वाक्य / संवाद को शब्दार्थ, भावार्थ की दृष्टि से तो सँवारता ही हूँ, साथ ही अभिनेता की सहूलियत का भी ध्यान रखता हूँ। प्रयत्न करता हूँ कि भाषा प्रवाह भी बना रहे और उच्चारण की सहजता भी। अभिनेता को बोलने में कठिनाई न हो और नाटक का कथ्य, मूल भाव आदि दर्शकों तक यथासम्भव ठीक-ठीक पहुँचे।

सन्दर्भ ग्रन्थों को देखने, पढ़ने का परामर्श अल्काज़ी साहब का ही था। यूनानी नाटककार सोफ़ोक्लीज़ के नाटक *ईडीपस रैक्स* (राजा ईडीपस) में एक स्थान पर यूनानी देवमाला की तीन देवियों की 'त्रिमूर्ति' सम्बोधन से चर्चा होती है। अनुवाद में मैंने 'तीन देवियाँ' लिखना ही पर्याप्त समझा, क्योंकि उनके नाम लिखने की आवश्यकता ही नहीं थी। अल्काज़ी साहब ने पूछा, ''जानते हो, ये तीन देवियाँ

कौन हैं?'' मैंने कहा, ''जी नहीं।'' वह बोले, ''जाओ, इनसाइक्लोपीडिया में पढ़कर आओ।'' मैंने कहा कि नाटक में उनके नाम नहीं लिये गये। वह बोले, ''नाटक में तो उस जादूगरनी का प्रश्न भी नहीं बताया गया, जिसका उत्तर न देने के कारण कितने ही नगरवासी मारे गये थे और जिसका उत्तर देकर 'ईडीपस' ने नगर को आतंक-मुक्त किया था और नगरवासियों ने उसे अपना राजा बना लिया था, जबकि पूरे नाटक में उस प्रश्न-उत्तर की चर्चा होती रहती है। जब तक तुम आतंकित करने वाले प्रश्न को नहीं जानोगे, तुम आतंक का दृश्यांकन कैसे करोगे?''

बात तो पते की थी। अनुवाद कर चुकने के बावजूद मुझे उस विकट प्रश्न का अता-पता भी नहीं था। प्रश्न था, ''ऐसा कौन-सा जीव है जो प्रातः चार पाँवों पर चलता है, दोपहर में दो पाँव पर और सन्ध्या समय तीन पाँव पर?'' उत्तर था 'मानव'। आतंक का स्रोत समझने के बाद मेरी शब्दावली में भी परिवर्तन आया।

तब से मेरा प्रयत्न रहता है कि किसी भी नाटक में, किसी भी नाम, स्थान, घटना की मात्र चर्चा भी हो तो उसके बारे में यथासम्भव जानकारी प्राप्त करूँ। जैसे ब्रेष्ट के नाटक *मदर करेज* में कौन-से युद्ध की कथा है, जिसका नाम नाटक में नहीं है? खोजने पर पता चला कि योरोप में लगभग सौ वर्ष तक चलने वाले 'वार ऑफ़ रोज़ेज़' की कथा है, जिसकी चपेट में कई देश आये थे।

यूँ तो युद्ध कोई भी हो, परिस्थितियाँ तथा घटनाएँ एक जैसी ही होती हैं, फिर भी यह जानकारी समय तथा स्थान विशेष का आभास देने में काफी सहायक हुई।

शब्दों, घटनाओं, स्थानों के सन्दर्भ की जानकारी से अनुवाद में भले ही अधिक सहायता न मिले, रूपान्तरण में ऐसी जानकारी बहुत लाभदायक रहती है, जैसा कि अमरीकी नाटककार ऑर्थर मिलर के नाटक *डेथ ऑफ़ ए सेल्ज़मैन* के सम्बन्ध में प्रमाणित हुआ।

उन दिनों भानु भारती 'श्रीराम सेण्टर' के निदेशक थे। उन्होंने मुझे इस नाटक का रूपान्तरण करने को कहा। ''पागल हो गये हो क्या?'' मेरा तुरन्त उत्तर था, ''यह पूर्णतया अमरीकी जीवन में रचा-बसा नाटक है। इसका भारतीयकरण कैसे हो सकता है?'' भानु बोले, ''मुझे यही नाटक करना है और इसका अनुवाद नहीं, रूपान्तरण आपको ही करना है।'' नाटक फिर से पढ़ा। अमरीकी इतिहास के उस दौर के बारे में पढ़ा जो 'ग्रेट डिप्रेशन' के नाम से जाना जाता है। अमरीकी लोग नयी दुनिया, नये सपनों की तलाश में अलास्का की ओर पलायन कर रहे थे। युवा पीढ़ी के अपने सपने थे, माता-पिता के सपने, सन्तान की सफलताओं के सपने— जो परिस्थितियों के कारण पूरे नहीं हो सकते थे। फिर भी वह पीढ़ी यथार्थ से साक्षात्कार करने से कतरा रही थी।

भारतीयकरण के लिए समानान्तर परिस्थिति की आवश्यकता थी। लगभग वैसी ही स्थिति देश के बँटवारे के समय की थी। पाकिस्तान बनने के कारण वहाँ से आये विस्थापितों की व्यथा-कथा में ऐसे कई तत्त्व विद्यमान थे, जैसे 'ग्रेट डिप्रेशन' के समय (1930 के आसपास) में थे। हमने मिलर के सेल्ज़मैन को लाहौर से आये रामदास कपूर के रूप में प्रस्तुत किया। रामदास कपूर एक शरणार्थी है जो दिल्ली के पुराने राजेन्द्र नगर में बस गया है और 'होज़ियरी' तथा 'निटवेयर' का सेल्ज़मैन है। एक उभरते हुए पंजाबी परिवार को पेश करने के लिए भारत के भूगोल, ध्वनियों, गन्धों तथा खाने-पीने की आदतों का सहारा लेने के कारण अमरीकी नाटक भारतीय परिस्थितियों में प्रासंगिक और सामयिक हो गया।

स्पेन की धरती पर जन्मे फेदेरिको गार्सिया लोर्का के नाटक स्थान-विशेष के न होकर सार्वभौमिक परिस्थितियों, मानवीय भावनाओं-संवेदनाओं का चित्रण करते हैं। लोर्का की कृति *येर्मा* बाँझपन के कारण कोख हरी न होने की पीड़ा और वेदना की व्यथा-कथा है जो रंग, नस्ल, देश, प्रान्त की सीमाएँ लाँघकर संसार की अनेक भाषाओं, बोलियों में रूपान्तरित हो चुकी है। शीला भाटिया ने उसे पेशावर के आसपास पोठूहारी बोली वाली 'यासमीन' बनाया तो नीलम मान सिंह की प्रस्तुति में वह पंजाब की जट्टी है। बी. एम. शाह ने उसे कुमाऊँ की पहाड़ियों में बसाया है तो दुलाल राय ने उसे असम की ब्रह्मपुत्र वादी में जा खोजा।

लोर्का की ही नायिका बर्नार्डा, जो स्पेन के कट्टरपन्थी समाज का प्रतीक बनी, अपनी पाँच बेटियों और अस्सी वर्षीय माँ के साथ जीवन बिता रही है। वह रघुवीर सहाय के हाथों *बिर्जिस कदर का कुनबा* के रूप में अवतरित होती है तो गोविन्द निहलानी की फिल्म में वह राजस्थान की पृष्ठभूमि में *रुक्मावली की हवेली* में प्रकट होती है।

संकीर्ण दृष्टि, कठोर आचार-विचार से जकड़ी अपनी बेटियों की समस्याओं से जूझती बर्नार्डा से मेरा साक्षात्कार तब हुआ, जब अल्काज़ी साहब ने 'रा. ना. वि. रंगमण्डल' के लिए नाटक का नया रूपान्तरण करने के लिए कहा। बर्नार्डा के घर-आँगन में पति की मृत्यु के पश्चात् कभी किसी मर्द का साया भी नहीं पड़ा। वह अपनी बड़ी बेटी के विवाह की तैयारी में लगी है। तभी पता चलता है कि होने वाले दामाद को मँझली; और सबसे छोटी बेटी एक युवक से प्यार करती है और उस युवक का रुझान छोटी की तरफ है। अल्काज़ी साहब ने मूल नाटक के कुछ अंश उसे मुस्लिम परिवार का नाटक बनाने के लिए फिर से लिखे।

रूपान्तरण से पूर्व कुछ बातें तय करनी थीं, जैसे मुस्लिम परिवार कहाँ रहता है? इलाक़ा देहात का हो, जहाँ के किसान गबरू जवान हों और घर में घुटन का वातावरण हो। हमने इस परिवार को रामपुर, बरेली और तराई के इलाके में

दिखाने का निर्णय किया, जहाँ एक ओर तो मुस्लिम परिवेश छाया हुआ है, दूसरी ओर कृषि के क्षेत्र में पाकिस्तान से आये हुए सिख किसानों का बाहुल्य है। साथ ही, धमनियों में रक्त को गरमाने वाले ढोल के संगीत तथा भाँगड़ा नृत्य का चलन है।

फिर यह तय करना था कि उस मुस्लिम परिवार की लड़कियाँ कितनी पढ़ी-लिखी हैं। उस घर में *ख़ातून-ए-मशरिक* पत्रिका आती है या फिल्मी पत्रिका शमा? उन्होंने ग़ालिब, ज़ौक़, फ़िराक़, फ़ैज़ पढ़ा है या नहीं? अँग्रेज़ी में तो हर पात्र दूसरे को 'यू' कहकर सम्बोधित करता है, परन्तु हिन्दुस्तानी में 'आप', 'तुम', 'तू' कहा जा सकता है। घर की छोटी बेटी बड़ी बहन को 'तू' कहेगी या 'आप'? 'आपा' कहेगी या नाम लेगी? माँ की सबसे प्यारी बेटी कौन है? माँ उसे कैसे बुलाएगी? क्योंकि सम्बोधन मात्र से माँ-बेटी के सम्बन्ध की तीव्रता को आँका जा सकता है। शब्द हैं—मुन्नी, बेटी, बिटिया, गुड़िया, लाडो, लाड़ली। माँ के आम अँग्रेजी सम्बोधन 'मदर' के स्थान पर माँ, अम्मा, अम्मी, अम्मीजान, अम्मी हुजूर, आदि सम्बोधन रिश्ते की गहराई या दूरी दर्शा सकते हैं।

पाँच बहनों वाले, चारदीवारी में बन्द परिवार में बड़ी बहन के विवाह की गहमा-गहमी का वातावरण दिखाने के लिए संवादों के स्थान पर प्रसिद्ध शायरों के शेर प्रयोग करके एक ओर शिक्षा के स्तर का परिचय मिला, दूसरी ओर चुहलबाज़ी का दृश्य सजीव हो गया। दृश्य कुछ इस प्रकार है : कुदसिया बेगम (बर्नार्डा) के घर का दूसरा हिस्सा। लड़कियाँ बैठी सिलाई-कढ़ाई कर रही हैं।

मासूमा : आग़ाज़ हुआ है उल्फ़त का, अब देखिए क्या-क्या होता है।
मुमताज : या सारी उमर की राहत है, या सारी उमर का रोना है।
मासूमा : कोई किस तरह राज़े उल्फ़त छुपाए
निगाहें मिलीं और क़दम डगमगाये
मुमताज : मक़तबे इश्क़ का मोमिन है निराला दस्तूर
उसको छुट्टी न मिली, जिसको सबक़ याद हुआ।
मासूमा : तेरे इश्क़ की बन गयी है कहानी
कही जा रही है, सुनी जा रही है।
ज़ैनब बुआ : अम्मा ने सुन ली तो जुबान कटवा देंगी।
मुमताज : फिर वही रात है वीराना-ए-दिल है, मैं हूँ...
फ़ातिमा : यह रही तीसरी चद्दर।
मुमताज : यह जमीला के लिए है।
मासूमा : फ़ातिमा आपा, मैं इस पर नूरुद्दीन मियाँ का नाम काढ़ दूँ?
फ़ातिमा : (सख़्ती से) नहीं।

मुमताज : नाम काढ़ने की क्या जरूरत है। दिल के आईने में है तस्वीरे यार/जब ज़रा गर्दन झुकायी, देख ली।

इतालवी नाटककार ऊगो बेत्ती के नाटक *द क्वीन एण्ड द रेबेल्ज़* के रूपान्तरण *बेगम और बाग़ी* में भी शायरी के प्रयोग से बहुत सहायता मिली। *बेगम और बाग़ी* एक रानी के विरुद्ध विद्रोह की एक इतालवी इतिहास-कथा है। भारतीय इतिहास के पन्ने पलटे गये तो वाजिद अली शाह के राज्य-काल में अवध की स्थिति मूल नाटक जैसी हो लगी है। एक छोटी-सी रियासत के देशभक्तों को लगता है कि वहाँ की बेगम अँग्रेज़ों से मिली हुई है। यह सत्य नहीं है, फिर भी जान बजाने के लिए वह हज पर जाने वालों की एक टोली के सदस्य के रूप में भागने का प्रयत्न करती है। उस टोली में एक नाचने वाली है जो रंग-रूप से बेगम जैसी लगती है। वह पहले तो इस खेल का आनन्द लेती है, परन्तु जब पता चलता है कि टोली में शामिल डरी-सहमी किसान औरत जो अपने बच्चे की सुरक्षा के लिए अधिक चिन्तित है, वही बेगम है, तो वह उनकी जान बचाने के लिए बेगम के रूप में स्वयं विद्रोहियों की गोली का शिकार हो जाती है।

वाजिद अली शाह के ज़माने में नाचने-गाने वालियाँ अदबो-तहज़ीब की उस्तानियाँ मानी जाती थीं। शेरो-शायरी उनका स्वभाव। नाटक में बेगम का ढोंग करनेवाली आईशा के संवादों में कुछ शेर शामिल करने से स्थान, समय, चरित्र आदि भारतीय परिवेश के बन गये।

हज-यात्रियों को घेरने वाले बाग़ियों की टोली में नाचने वाली आईशा का पुराना प्रेमी भी है। वह एकान्त में उसे अपनी व्यथा सुनाते हुए कहती है : ''यहाँ तक आना आसान नहीं था। मैं तो कहती हूँ : ऐ गर्दिशे अय्याम तेरा शुक्रिया/हमने हर पहलू से दुनिया देख ली।''

जब उसका प्रेमी सबके सामने उसे स्वीकार करने से इनकार करता है तो वह कहती है : वह तक़ल्लुफ़ से पेश आने लगे हैं/ मुहब्बत अब हम से कम हो गयी है।

इस प्रकार नाटक के अन्त में एक ख़ानदानी बेगम के अन्दाज़ में ही वह अपने ढोंग का निर्वाह करती हुई कहती है, ''पहाड़ों पर कैसा सुकून है! आसमान पर सितारे अभी भी चमक रहे हैं। इसमें शक नहीं है यह शहंशाहों की जगह है। हमें यहाँ से शाही अन्दाज़ से ही जाना चाहिए।

कहते हैं अलविदा अब इस जहान को
जाकर खुदा के घर से, फिर आया न जाएगा!

यह सच है मौत हम को मिटा देगी देह्र से
लेकिन हमारा नाम मिटाया न जाएगा।''

मैंने कुछ ऐसे नाटकों का रूपान्तरण भी किया है, जिनमें पात्रों के नाम-भर बदलने पड़े और वह भारतीय परिवेश के बन गये। जैसे मोलियर का *तार्त्यूफ़* आसानी से ढोंगी साधु *गोपीनाथ* बन गया। ऐसे ही गार्ड पीश का *ए ह्वाइट शीप इन द फ़ेमिली,* जिसमें परिवार के सभी सदस्य चोर, डाकू, जाली नोट छापने, तिजोरी तोड़ने आदि के पुश्तैनी धन्धे में लगे हैं, उस परिवार का लड़का पुलिस कमिश्नर की बेटी के प्रेम-पाश में फँस जाता है तथा परिवार का अस्तित्व ख़तरे में पड़ जाता है। बाद में पता चलता है कि वह लड़की तो माहिर तिजोरी-तोड़ है। *नहले पे दहला* रूप में नाम बदलने से ही वह मूल भारतीय नाटक लगने लगता है।

इब्सन का *एन एनिमी ऑफ़ द पीपुल* कितनी ही भारतीय भाषाओं और प्रदेश-विशेष में रूपान्तरित हो चुका है। मेरा रूपान्तरण *जन शत्रु* देहरादून की सहस्रधारा गन्धक के चश्मों की कथा बनकर हिन्दी प्रदेश का नाटक लगता है। फ्रांसीसी नाटककार एडमण्ड रोस्ताँद का जाँबाज़ सिपाही, शायर, अभिनेता, *प्रेमी सीरैनो* आसानी से *आफ़ताब फ़ैजाबादी* के रूप में मेरठ के नौचन्दी मेले का ही एक पात्र बन जाता है।

कभी-कभी एक शब्द, पात्र का बोलने का लहजा विदेशी नाटक को भारतीय धरातल से जोड़ देता है; जैसे *एक सपने की मौत* में *डेथ ऑफ़ ए सेल्ज़मैन* की लिण्डा, लाहौर से आयी सावित्री के रूप में पंजाबी लहजे में हिन्दी संवाद बोलती, 'बाबूजी' के स्थान पर 'बाऊजी' कहती, एकदम दिल्ली में आयी पंजाबी शरणार्थी महिला के रूप में स्थापित हो जाती है और नाटक को एक विश्वसनीय धरती देती है।

इसी प्रकार कभी-कभी नाटक के अनुवाद में भारतीय मुहावरे का प्रयोग एक अनूदित विदेशी नाटक को भारतीय मानसिकता के निकट ले आता है। जैसे यूनानी नाटक *ट्रॉय की औरतें* में, जब चारों ओर लूटपाट, मारकाट और विध्वंस का दृश्य है, वहाँ नाटक की मुख्य पात्र हैक्यूबा का अपने पोते की मृत्यु पर मूल संवाद है, ''अब कोई आशा नहीं रही।'' इसके स्थान पर, ''जब तक साँस है, तब तक साथ रहनेवाली आस भी अब नहीं रही,'' न केवल मुख्य पात्र की हताशा तथा पीड़ा का सटीक चित्रण करता है, बल्कि उसे भारतीय दर्शक/पाठक के पास भी ले आता है।

अच्छे रूपान्तरण के लिए घटनाओं, स्थान, पात्रों आदि का पार्श्व-दृश्यांकन आवश्यक है, चाहे उसका परोक्ष रूप से नाटक में प्रयोग हो या न हो।

*डेथ ऑफ़ ए सेल्ज़मैन* के विली लोमन के दो-मंज़िला अपार्टमेण्ट के पार्श्व में न्यूयार्क की गगनचुम्बी इमारतें हैं। पाकिस्तान से आये विस्थापितों को दिल्ली के राजेन्द्र नगर में क्वार्टर अलॉट किये गये थे, जिनके पार्श्व में लगभग वैसे ही

भवनों का निर्माण हुआ था। रूपान्तरण करते समय यह पार्श्व दृश्य हर समय संकल्पना में था। उसी प्रकार *एक सपने की मौत* के सेल्ज़मैन जम्मू-कश्मीर के इलाक़े में कार्यरत है। बेटे मुम्बई-पूना में हैं। मूल नाटक में भाई अलास्का जाता है, रूपान्तरण में कीनिया जाता है, जहाँ बहुत-से विस्थापित परिवार गये थे। इसी तरह *जन शत्रु* में देहरादून परिदृश्य में रहता है। उसी नाटक में डॉक्टर का मित्र पात्र लद्दाख में कई वर्ष बिताकर आता है, जहाँ की बंजर, संगलाख़ धरती उसके जीवन के एकाकीपन का प्रतीक बन जाती है।

अमाल अल्लाना के लिए छह दिन में मैंने अनुवाद तो कर दिया, पर वह मेरी सबसे खराब कृति है! कारण यह कि नाटक समझने का अवसर ही नहीं मिला। मैं तो क्या, अमाल की लन्दन से आयी अँग्रेज़ मित्र भी हिप्पी पात्रों की क्रूरता को, उनकी बोलचाल की भाषा की आंचलिकता (स्लैंग) को नहीं समझ पायी, क्योंकि वह अभिजात वर्ग की प्रतिनिधि थी, जबकि नाटक के पात्र 'गटर' संस्कृति के प्रतीक। मैं नाटक से जुड़ ही नहीं पाया था, अनुवाद अच्छा कैसे हो पाता?

# हर दिन एक नया प्रयोग

'पृथ्वी यह डाँट-डपट बन्द करो और काजू खिलाओ'। मराठी के प्रसिद्ध नाटककार मामा वरेरकर ने पृथ्वीराज कपूर को पुकारकर कहा जो ऑटोग्राफ़ लेने वालों की भीड़ में एक उतावले युवक को डाँट रहे थे। भारत के प्रथम राष्ट्रपति डॉक्टर राजेन्द्र प्रसाद अभी-अभी देश-भर के संगीत, नृत्य, नाटक आदि के मूर्धन्य कलाकारों को संगीत नाटक अकादमी पुरस्कार प्रदान कर दिल्ली स्थित विज्ञान भवन के समारोह कक्ष से बाहर गये थे और ऑटोग्राफ़ लेने वालों ने हुड़दंग मचा रखा था।

'मेरे पास काजू कहाँ, मैं तो चने चबाता हूँ'। पृथ्वीराज ने ऑटोग्राफ़ साइन करते हुए कहा। 'मैं सब जानता हूँ। दिखाने के लिए चने चबाते हो, बीड़ी पीते हो परन्तु दूसरी जेब में काजू और गोल्ड फ़्लैक रखते हो, मामा वरेरकर ने पास आते हुए कहा। 'लाओ निकालो काजू।' पृथ्वीराज ने बायीं जेब में हाथ डाला और काजू निकल आये। हाल में जोर का ठहाका गूँज गया। पृथ्वीराज मुस्करा रहे थे। किसी ने भी ध्यान नहीं दिया था कि जब एक फ़ोटोग्राफ़र का फ़्लैश बल्ब चमका था तो उतनी ही देर के लिए डाँट लगाते पृथ्वीराज के चेहरे पर मुस्कान आयी थी जबकि डाँट की तीव्रता में कमी नहीं हुई थी। भीड़ घटने के बाद एक बार फिर फ़्लैश चमकी। दो दिन बाद मैं उस समय के राज्यसभा सदस्य पृथ्वीराज कपूर के कान्स्टीट्यूशन क्लब वाले निवास पर एक छायाचित्र लेकर उपस्थित था। उस चित्र में एक ओर पृथ्वीराज थे, दूसरी ओर विख्यात फिल्म तथा टी. वी. निर्देशक लेख टण्डन के पिता श्री फ़कीर चन्द टण्डन थे और बीच में मैं। उस चित्र पर पृथ्वीराज ने हिन्दी में लिखा था, 'दुआएँ, प्यार—पृथ्वी' और तिथि थी 22/8/62।

उन दिनों राष्ट्रीय नाट्य विद्यालय का अपना छात्रावास नहीं था और विद्यालय भी कैलाश कॉलोनी की एक किराये की कोठी में था। सभी छात्र बाहर अपने रहने की व्यवस्था आप करते थे। हमारी सहपाठी ज्योति व्यास साउथ एवेन्यू के एम.पी. फ्लैट्स में मामा वरेरकर के साथ रहती थी। उस कारण प्रायः

उनसे भेंट हो जाती थी। नाम तो उनका भार्गव राम विट्ठल वरेरकर था परन्तु प्रसिद्ध मामा वरेरकर के नाम से थे। नाम बदलने का कारण तो पता नहीं परन्तु यह पता चल गया था कि मराठी रंगमंच पर संगीत प्रधान नाटकों के वर्चस्व को चुनौती देने वालों में वह अग्रणी थे। उनके नाटक पौराणिक, सामाजिक, ऐतिहासिक पृष्ठभूमि पर ही होते थे परन्तु उनमें समसामयिक दृष्टिकोण बहुत प्रमुख और मुखर होता था। लगभग तीस पूर्णकालिक नाटक मराठी में छप चुके थे और लगातार मंचित हो रहे थे। 'कोरी करामात', 'भूमि कन्या सीता' तथा 'अपूर्ण बंगाल' हिन्दी अनुवाद में भी छप चुके थे। मुझे 'कोरी करामात' का प्रदर्शन देखने का अवसर मिला था। उस समय का मंच-विधान पारसी तथा आधुनिकता के बीच चल रहा था। शराबबन्दी पर लिखा प्रहसन दोनों पक्षों का विश्लेषण करता था। 'अपूर्ण बंगाल' देश के विभाजन के समय बंगाल की स्थिति का मार्मिक चित्रण था।

मामा वरेरकर अपनी वरिष्ठता की छवि को ओढ़े नहीं रहते थे। वह हमसे उसी सहजता से बात करते जैसे राष्ट्रपति या प्रधानमन्त्री से। वह पौराणिक आख्यानों को आज की नजर से देखते और व्याख्या करते। साथ ही उनकी भ्रमात्मक आधुनिक व्याख्या का मजाक उड़ाते। मामा वरेरकर में 'अविश्वास के निलम्बन' की अपार क्षमता थी। वह बच्चों की तरह काल्पनिक को यथार्थ समझ लेते। इस बात का प्रमाण था उत्पल दत्त के बांग्ला नाटक 'अंगार' का प्रदर्शन। वह नाटक कोयले की खदान में फँसे मजदूरों की कथा है। अन्तिम दृश्य में मजदूर खदान की आग बुझाने के लिए छोड़े गये पानी में डूब कर मर जाते हैं। मंच पर खदान के दृश्य में धीरे-धीरे पानी आना आरम्भ करता है और फिर पाँव से घुटने, कमर, सीने तक आकर सिर से ऊपर निकल जाता है। तापस सेन की प्रकाश व्यवस्था के चमत्कारों से उत्कृष्ट बन बैठे उस प्रदर्शन में लगता था कि मंच पर पर्दे के स्थान पर शीशे की दीवार बनी है जो पानी को दर्शकों की तरफ नहीं आने दे रही। नाटक समाप्त होने पर मामा वरेरकर मंच पर गये और शीशे की दीवार खोजने लगे। उनको विश्वास ही नहीं हो रहा था कि यह दृश्यबन्ध तथा प्रकाश योजना का जादू था।

ऐसे ही एक मराठी नाटक के प्रदर्शन में किसी ज़मींदार की हवेली का दृश्य जिसकी दीवारों पर दिवंगत ज़मींदार और उसकी पत्नी के बड़े-बड़े चित्र थे। नाटक के बीच दो-तीन बार वह चित्र जीवन्त हो जाते थे और पात्र संवाद बोलते थे। थोड़ी देर बाद फिर से स्थिर चित्र बन जाते थे। दर्शकों में उपस्थित पृथ्वीराज कपूर, मामा वरेरकर की तरह चमत्कार पर विश्वास न करके एक जिज्ञासु रंगकर्मी के तौर पर पीछे जाकर उस तकनीक की खोज में लग गये, जिसके कारण स्थिर चित्र जीवन्त हो जाते

और फिर दीवार पर लटके चित्र बन जाते। तकनीक बहुत आसान थी। जालीदार परदे पर चित्रित दृश्य सामने लाइट पड़ने से दीवार जैसा लगता है परन्तु आगे की बजाय पीछे लाइट पड़ने से पीछे का दृश्य दिखाई पड़ता है। उन दृश्यों में कलाकार लगभग चित्रों वाली वेशभूषा में पीछे खड़े होकर संवाद बोलते थे। पीछे की लाइट बुझने पर फिर चित्र बन जाते। बस आवश्यक यह था कि मंच धरातल से ऊँचे चित्रों के बराबर ही वह खड़े दिखें। उसके लिए स्पेशल मचान पीछे बनाये गये थे। मेरे लिए दोनों दृश्य इतने अचम्भे का कारण नहीं थे जितना दो महान विभूतियों का बाल सुलभ तथा जिज्ञासु व्यवहार।

अभिनय का चमत्कार तो कई मूर्धन्य अभिनेताओं की कला में देखने का अवसर मिला परन्तु दर्शकों को अपनी इच्छानुसार हँसाने तथा उनसे तालियाँ बजवाने का गुण 'पु. ल.' यानी 'पी. एल.' देशपाण्डे के पास ही देखने को मिला। पी. एल. दिल्ली के सप्रू हाउस में अपना 'एकल अभिनय' का प्रदर्शन कर रहे थे। मैं हाल के एक कोने में बैठा था, जहाँ से विंग में खड़ा व्यक्ति भी दिखाई पड़ता था। मैं देख रहा था पी. एल. कुछ बोलते और लोग हँसने लगते। अगले संवाद पर जोर का ठहाका लगता। तीसरे संवाद पर लोग हँसी से लोट-पोट होने लगते। पी. एल. विंग में जाते और चाय के कप से चुस्की लेते। बाहर आकर बात जारी रखते और लगातार हँसते चले जाते। पी. एल. ने दो-ढाई घण्टे के 'एकल अभिनय' में अपने विश्राम के ऐसे कई अवसर जुटा रखे थे। वह दर्शकों में हँसी का संचार ऐसे करते, जैसे गाड़ी स्टार्ट कर रहे हों और पहले गेयर से दूसरे में, फिर तीसरे में जा रहे हों और गति नियन्त्रित कर रहे हों। वह जब चाहते दर्शक चुप बैठ जाते। पी. एल. देशपाण्डे अपने प्रदर्शन की गति दर्शक वृन्द के हिसाब से बढ़ाते-घटाते रहते। हर दिन प्रस्तुति में एक नयापन होता। मैं नहीं जानता कि उन्हें कभी बिलकुल रस दर्शक मिले थे या नहीं। यदि मिले भी होंगे तो उन्होंने सहज ही सबको अपने परिहास रंग में रँग दिया होगा।

पु. ल. ने कई पूर्णकालिक नाटक भी लिखे थे, जिनमें 'अमालदार', 'तुज़े आहे तुजापाशी', 'सुन्दर थी होणार' के साथ-साथ उनका 'माई फ़ेयर लेडी' का मराठी रूपान्तर 'ती फुला राणी' बहुत प्रसिद्ध हुए। पी. एल. ने और भी अनेक नाटकों का अनुवाद/रूपान्तरण किया है। एक बार जब सई परांजपे ने गोगोल के नाटक 'गवर्नमेण्ट इंस्पेक्टर' का हिन्दी रूपान्तरण मंचित किया था तो किसी ने थियेटर मैगज़ीन 'इनैक्ट' में पत्र लिखा था कि यह पु. ल. देशपाण्डे के रूपान्तरण का अनुवाद है और यह कि उनसे अनुमति नहीं ली गयी। उसके उत्तर में पी. एल. ने 'इनैक्ट' में लिखा था कि विश्व नाटक धरोहर सबकी साँझी है और हर कोई उसे अपने-अपने ढंग से अपना सकता है। क्या हुआ जो सई परांजपे ने उनकी अनुमति नहीं ली, क्योंकि उन्होंने कौन-सी श्रीमान गोगोल की अनुमति ली थी। यूँ तो लगता है कि

मराठी नाट्य जगत में मूल लेखकों से अनुमति लेने का चलन ही नहीं है। कई बार देखा गया है कि नाटककार रूपान्तर को मूल रचना के रूप में प्रकाशित करता है। प्राय: अँग्रेज़ी के सफल नाटक अथवा फिल्म के स्क्रीन-प्ले को मूल मराठी रचना के रूप में प्रस्तुत किया जाता है। इस प्रक्रिया से शायद ही कोई अछूता बचा हो। विजय तेन्दुलकर कृत 'पंछी ऐसे आते हैं' अँग्रेज़ी नाटक 'दि रेन मैन' पर आधारित है। सतीश आलेकर का नाटक 'उस मोड़ पर' एक जर्मन नाटक का रूपान्तरण है परन्तु मूल रचना की कहीं चर्चा नहीं होती है।

सबसे दिलचस्प घटना थी शम्भु मित्र द्वारा निर्देशित इब्सन के 'ऐन एनिमी ऑफ़ द पीपुल' की मराठी प्रस्तुति। मराठी रूपान्तरण, शम्भु दा के बांग्ला रूपान्तरण 'दशचक्र' का अनुवाद मात्र था। परन्तु जब खेला गया तो मराठी अनुवादक मूल रचनाकार बन गये और कहीं भी न तो शम्भु दा की चर्चा थी, न ही इब्सन की और फ्रांसीसी नाटक 'मण्डे नैक्स्ट' पर आधारित 'पापा संग कुणाँचे', हिन्दी में 'कौन माता, कौन पिता हमारे' और पंजाबी में 'चढ़ी जवानी बूढ़े नूँ' एक ऐतिहासिक दौर बन गया और फिल्मीकरण भी हुआ। इस सबका श्रेय मराठी महानुभाव ने लिया।

मराठी नाट्य प्रदर्शनों में प्राय: एक उच्च स्तर का अभिनय देखने को मिलता था परन्तु एक अभिनेता के तीन दिनों में तीन अलग-अलग भूमिकाओं में अभिनय का कमाल दिखाकर एक यादगारी प्रभाव छोड़ा था। अभिनेता थे डॉक्टर श्रीराम लागू और नाटक थे, 'पापा संग कुणाचे', 'हिमालयाची साँवली' तथा 'कांचेचा चन्द्र'। फ्रांसीसी नाटक के मराठी रूपान्तर 'पापा संग कुणाचे' में डॉक्टर लागू एक अधेड़ उम्र के व्यक्ति की भूमिका निभाते थे जो एक युवती पर आसक्त होकर बौखलाहट का व्यवहार करते हैं। 'हिमालयाची साँवली' डॉक्टर कर्वे के जीवन पर आधारित था और प्रसिद्ध अभिनेत्री हंसा वाडकर की जीवनी पर आधारित नाटक 'कांचेचा चन्द्र' में उसके भाई की भूमिका थी जो हर तरह से अपनी बहन का शोषण करता है। डॉक्टर लागू ने तीनों पात्रों को इतनी बारीक़ी से प्रस्तुत किया था कि लगता ही नहीं था कि यह वही अभिनेता है। एक में दिलफेंक बूढ़ा, दूसरे में एक समाज-सुधारक और तीसरे में एक पत्थर-दिल खलनायक। तीनों सधी हुई भूमिकाएँ, परन्तु डॉक्टर उनके उत्कृष्ट अभिनय का प्रमाण थी। नाटक के आरम्भ में ही वह वृद्धावस्था में हैं। लगभग साठ वर्ष के और अन्त में अस्सी से ऊपर। जवान से बूढ़ा बनना तो आसान है, परन्तु बुढ़ापे में बढ़ती उम्र के साथ बदलाव दिखाना डॉक्टर लागू जैसे अभिनेता का कमाल था। वह केवल हाथ या सिर के कम्पन तक सीमित नहीं था, उसमें कम होती नजर, सुनने की शक्ति तथा साँस के उतार-चढ़ाव आदि का अनूठा चित्रण था।

भक्ति बर्वे ने 'पापा संग कुणाचे' में डॉक्टर लागू की बेटी की भूमिका निभायी थी। दूसरे दोनों नाटकों में उनकी भूमिका तो मुझे याद नहीं परन्तु बेटी के रूप में बहुत

सजीव अभिनय था एक चुलबुली छात्रा जो अपने पिता को सुधारने के लिए तरह-तरह के कौतुक करती है। भक्ति बर्वे की 'ती फुलाराणी' के अभिनय की बहुत चर्चा सुनी थी। देखने का अवसर तब मिला जब लगभग तीन सौ प्रदर्शन हो चुके थे। पुणे में प्रेक्षागृह खचाखच भरा हुआ था और भक्ति बर्वे किसी भी रूप में 'माई फ़ेयर लेडी' की ऑड्रे हैपबर्न से कम नहीं लग रही थी। भक्ति बर्वे को विजया मेहता की 'नागमण्डल' की प्रस्तुति में बूढ़ी विधवा के रूप में देखने का अवसर मिला। अभिनय में वही उत्कृष्टता विद्यमान थी।

मराठी संगीत-नाटक संगीत के बहाने से नाटक होता है। 'संगीत सौभद', 'संशय कल्लोल', 'मान अपमान', 'मत्स्यगन्धा' आदि नाटकों में प्रमुख पात्र मूलतः गायक होते थे। जब उनके दृश्य आते थे तो नाटक, 'संगीत सन्ध्या' में परिवर्तित हो जाता था। मुख्य पात्र प्रायः गाते हुए ही मंच पर आते और आधे-पौने घण्टे तक गाते ही रहते। फर्क बस यह होता कि संगीत सन्ध्या में बैठकर गाते हैं। नाटक में वह कास्टयूम पहने खड़े होकर गाते। राम मराठे जैसे प्रसिद्ध गायक अभिनय कर रहे होते तो कई दर्शक बार-बार नाटक देखने आते। परन्तु वह लगभग उसी समय आते जब उनके प्रिय गायक की एण्ट्री होती और वह प्रायः मनवांछित गीत या दृश्य सुनकर चले जाते। सुनकर इसलिए कि अभिनय के नाम पर गायक-पात्र बस इधर-उधर टहल-भर लेते।

पहले दो-तीन प्रदर्शनों में मुझे कुछ अजीब-सा लगा। फिर मैं गायन दृश्य के समय प्रायः बाहर चला जाता था। दूसरे गौण पात्र भी गाते परन्तु बड़े गायक कलाकारों की तरह गलेबाज़ी का प्रदर्शन कम करते। इस टिप्पणी से मेरा मतलब उनकी गायन क्षमता पर उँगली उठाना नहीं, परन्तु उस गायन शैली का पूरी तरह से आनन्द प्राप्त न कर पाने की अपनी अक्षमता स्वीकारना है क्योंकि आज भी संगीत-नाटक होते हैं और प्रेक्षागृह खचाखच भरे होते हैं।

विजय तेन्दुलकर एक बार बता रहे थे कि उन्होंने अपना नाटक 'अंजी' बहुमुखी प्रतिभावान पु. ल. देशपाण्डे के लिए लिखा था। उस नाटक में सूत्रधार गले में हारमोनियम लटकाये गीत भी गाता है और अभिनय भी करता है। उसी प्रकार संगीत प्रधान न सही, गीत प्रधान नाटक तो बहुत लिखे गये, जैसे 'घासीराम कोतवाल', 'महानिर्वाण' आदि। जहाँ पी. एल. जैसे प्रबुद्ध कलाकार नहीं होते थे (हो भी नहीं सकते, क्योंकि पी. एल. एक ही हैं) वहाँ 'अंजी' में गाता-बजाता कोई और है और अभिनय कोई और करता है।

मराठी संगीत नाटक की परम्परा के कारण दूसरे नाटक भी ढाई-तीन घण्टे से कम नहीं हो सकते। परिणाम यह हुआ कि जितना समय गायक अभिनेता एक गीत गाने में ले लेता, उस समय को संवादों से पूरा करना पड़ता है। शायद यही कारण

है कि मराठी नाटक बहुत 'वर्बोस' होते हैं। नाटक तो नाटक, फिल्म भी ढाई घण्टे से कम नहीं हो सकती। जब मैंने जब्बार पटेल, विजय तेन्दुलकर से कहा कि आपकी फ़िल्म 'उमर्बगा' (हिन्दी में 'सुबह') टू-इन-वन है, मतलब कि दो कहानियाँ जोड़ी गयी हैं। तो उन्होंने माना कि यह सब 'समय' का चक्र है। सिनेमा प्रेमी मूलतः नाटक देखने वाले ही हैं। इसलिए 'उमर्बगा' ही नहीं और फिल्में भी प्रायः टू-इन-वन बन कर रह जाती हैं और देखा जाए तो हिन्दुस्तानी फिल्में आज भी पारसी थियेटर या मराठी गीत-संगीत प्रधान नाटक ही तो सैल्युलाइड पर दिखाये जाते हैं।

इतने वर्षों तक मराठी प्रस्तुतियाँ देखने और बाद में उन्हीं नाटकों के हिन्दी अनुवाद मंचित होते देखकर मेरा यह मानना है कि हिन्दी प्रस्तुतियाँ मराठी प्रस्तुतियों के मुक़ाबले में अधिक चुस्त, सुचारु डिज़ाइन वाली तथा सक्षम अभिनय का प्रदर्शन होती हैं। 'घासीराम कोतवाल' की विश्व प्रसिद्ध मराठी प्रस्तुति हो या विजया मेहता तथा नीलू फुले जैसे मँजे हुए कलाकारों की प्रस्तुति 'सन्ध्या छाया' या 'राऊ साहब'—उनमें उत्कृष्ट अभिनय तो होता है परन्तु सैट के नाम पर मंच सज्जा में कुछ ठसपन दिखता है, सफाई नहीं। प्रकाश योजना भी प्रायः कामचलाऊ ही होती है। परन्तु प्रकाश योजना तथा मंच-व्यवस्था करने वालों की कार्यक्षमता देखकर मैं भी चकित रह गया था। जहाँ दिल्ली में हम मंच-निर्माण में दस से बीस घण्टे लगा देते हैं, वहाँ वह दो-तीन घण्टे में बहुदृश्य विधान वाले सैट लगा देते हैं और तो और वह रिवालविंग (घूमनेवाला) स्टेज भी बड़ी फुर्ती से लगा देते हैं। इतना ही नहीं, चार-पाँच घण्टे के अन्तराल में वह वही सैट किसी दूसरे थियेटर में दिन के दूसरे या तीसरे प्रदर्शन के लिए लगा रहे होते हैं।

महाराष्ट्र में प्रदर्शन को 'प्रस्तुति' नहीं, 'प्रयोग' कहते हैं जो नाट्य प्रदर्शन के स्वरूप को ध्यान में रखते हुए बहुत ही उचित शब्द है क्योंकि नाटक तो हर प्रदर्शन में बदलता रहता है। हर दिन एक नया प्रयोग होता है। मराठी थियेटर की एक और हृदयस्पर्शी परम्परा है। कोई भी कलाकार, वह कितना भी बड़ा क्यों न हो, जब मेकअप कराने बैठता है तो वह मेकअप मैन के पाँव छूता है, क्योंकि वह उसे दूसरा रूप, दूसरा व्यक्तित्व दे रहा होता है उस समय। वह एक सृष्टि-निर्माता होता है। भगवान शिव का सृजनकारी रूप।

अपने जीवन काल में ही 'लिविंग लैजैण्ड' बनने वाले मराठी अभिनेता, गायक, रंगकर्मी बाल गन्धर्व की तरह ही गुजरात में जयशंकर 'सुन्दरी' भी एक 'लिविंग लैजैण्ड' थे। दोनों ही स्त्री पात्र की भूमिकाएँ निभाते थे और दोनों स्त्री वेश के फ़ैशन मॉडल थे। दोनों ही गायन और अभिनय में दक्ष रहे थे। परन्तु राष्ट्रीय रंग-चेतना में जो स्थान बाल गन्धर्व को दिया जाता है वह 'सुन्दरी' को नहीं। कारण

शायद मराठी और गुजराती समाज की नाट्यकर्मियों के प्रति प्रतिबद्धता के अन्तर का है। एक समय पर व्यावसायिक नाट्य मण्डलियाँ तथा नाट्यकर्मी समाज का मनोरंजन करने तथा उनके लिए 'रोल मॉडल' चाहे बने हों, परन्तु जिस प्रकार बाल गन्धर्व को सहेजकर रखा गया है, उतना शायद जयशंकर 'सुन्दरी' को नहीं। सन् 1952 से आरम्भ होने वाले संगीत नाटक अकादमी अवार्ड पहले वर्ष तो संगीतकारों तक सीमित थे। 1955 में यह अवार्ड पाने वाले पहले रंगकर्मी थे नारायण राव राजहंस 'बाल गन्धर्व'। यह अवार्ड अभिनय के लिए था। 1956 में निर्देशन के लिए पृथ्वीराज कपूर को और 1957 में जयशंकर भोजक 'सुन्दरी' को यह सम्मान मिला था। राष्ट्रीय नाट्य विद्यालय में प्रायः इन दोनों विभूतियों की चर्चा होती रहती थी क्योंकि हमारे अध्यापक स्वर्गीय गोवर्धन पांचाल गुजरात के थे और शान्ता गाँधी बम्बई से। यूँ भी भारतीय रंगमंच के सन्दर्भ में इनकी चर्चा अनिवार्य थी।

मुझे बाल गन्धर्व को मिलने-देखने का अवसर तो नहीं मिला, परन्तु 'सुन्दरी' के दर्शन करने का सौभाग्य अवश्य प्राप्त हुआ, जब वह किसी कार्य से दिल्ली आये और राष्ट्रीय नाट्य विद्यालय पधारे। यह सन् 1961-62 की बात है। उस समय उनकी आयु पचहत्तर वर्ष की रही होगी। नौ वर्ष की आयु में कलकत्ता की ठनठनिया नाटक मण्डली के उर्दू नाटकों में सखियों की भूमिका करने वाले और 1901 में बम्बई गुजराती नाटक मण्डली के साथ अपने पहले नाटक 'सौभाग्य सुन्दरी' में सुन्दरी की भूमिका करके सदा के लिए सुन्दरी की उपाधि पाने वाले जयशंकर भोजक सुन्दरी हमारे सामने थे। उन्होंने 1932 तक के अपने रंग जीवन में लगभग पैंतीस स्त्री पात्रों को मंच पर साकार किया। हमारे सामने खादी के कुर्ते, बास्कट और गाँधी टोपी पहने, घनी सफेद मूँछें और आँखों पर काला चश्मा लगाये 'सुन्दरी' के मुख पर एक तेज था, एक आभा थी और व्यक्तित्व में एक जादू जो देखने वाले को श्रद्धा से सर झुकाने को प्रेरित करता था।

अभी हाल ही में जयशंकर 'सुन्दरी' की आत्मकथा 'थोड़े आँसू थोड़े फूल' पर आधारित गीतांजलिश्री तथा दिनेश खन्ना द्वारा जितेन्द्र शास्त्री, हरीश खन्ना, प्रतिभा शर्मा, जगत सिंह रावत के सहयोग से निर्मित और अनुराधा कपूर द्वारा निर्देशित मंच प्रयोग 'सुन्दरी...एन एक्टर प्रीपेयर्ज़' देखकर ऐसा लगा कि उस महान व्यक्तित्व का जो कुछ आँख से ओझल था, वह चित्रवत आँखों के सामने आ गया था।

गुजराती के प्रबुद्ध नाटककार और उस समय बड़ौदा विश्वविद्यालय के नाटक प्रभाग के अध्यक्ष प्रोफेसर चन्द्रवदन चिमनलाल मेहता की खास बात यह थी कि वह बुश्शर्ट पर भी टाई लगाया करते थे। लगभग वैसी टाई जैसी आजकल की महिला एक्ज़ीक्यूटिव या एअर होस्टेज लगाती हैं। राष्ट्रीय नाट्य विद्यालय में दाखिले के मेरे

साक्षात्कार के समय वह चयन समिति के सदस्य थे। शम्भुदा भी थे जिन्हें मैं पहचानता था। प्रोफेसर मेहता सी. सी. के नाम से प्रसिद्ध थे जैसे पु. ल. देशपाण्डे पी. एल. के नाम से। मैं उनकी बुश्शर्ट पर लगी टाई देखता हुआ एक दो प्रश्नों का उत्तर देने में अचकचा गया था। परन्तु उन्होंने ध्यान नहीं दिया। 'आग गाड़ी' और 'हो होलिका' उनके बहुचर्चित नाटक थे और हिन्दी अनुवाद में उपलब्ध भी थे। हिन्दी में मंचन का श्रेय 'हो होलिका' को ही मिला था। सी. सी. प्रायः नाट्य समारोहों, सेमिनारों के लिए दिल्ली आते रहते। वह बहुत अच्छे वक्ता थे और उनकी बात बहुत ध्यान से सुनी जाती। लगभग 25 प्रकाशित नाटकों के रचनाकार सी. सी. की दृष्टि प्रदेश अथवा भाषा तक सीमित नहीं थी। वह अन्तर्राष्ट्रीय नाट्य मंचों पर भी अपनी छाप छोड़ते। कम-से-कम बुश्शर्ट पर पहली टाई उनके व्यक्तित्व को यादगार बना देती है। उनसे लम्बी भेंट तो कभी नहीं हुई, परन्तु गुजराती रंगमंच पर उनका प्रभाव अब भी दिखाई पड़ता है। उनके कार्यकलाप का सहभागी बनने का अवसर तब प्राप्त हुआ, जब तत्कालीन प्रधानमन्त्री मोरारजी देसाई ने साबरमती आश्रम का फ़िल्मी अन्दाज़ का चेतन आनन्द द्वारा तैयार किया गया ध्वनि और प्रकाश कार्यक्रम बन्द करा दिया तो नया आलेख तैयार किया प्रो. सी. सी. मेहता ने, हिन्दी अनुवाद भवानी प्रसाद मिश्र का था, अँग्रेज़ी, गिरीश कर्नाड का, ध्वनि दृश्य-विधान (साउण्ड सिनारियो)मेरा, प्रकाश योजना तापस सेन की और संगीत तथा निर्देशन ब. व. कारन्त का।

सन् 1968 में संगीत नाटक अकादमी का नाट्य-अभिनय पुरस्कार प्राप्त करने वाले जसवन्त डी. ठक्कर से बड़ौदा में होने वाले भारतीय नाट्य संघ के वार्षिक उत्सव के समय जनवरी, 1966 में भेंट हुई थी। उनको पहले मंच पर कई नाटकों में अभिनय करते देख चुका था और लगता था कि बहुत 'रिज़र्व' क़िस्म के व्यक्ति होंगे परन्तु वह तो बहुत ही मस्तमौला निकले। तीन दिन के कार्यक्रम में उन्होंने अपने खुले व्यवहार से सबका मन मोह लिया था। उस समय मार्कंड भट्ट आदि के अलावा भारत भर के रंगकर्मी उपस्थित थे। बम्बई नाट्य संघ तथा इण्डियन नेशनल थियेटर के कई रंगकर्मी वहाँ मौजूद थे परन्तु जसवन्त ठक्कर जैसे सब पर छा से गये थे। उस आयोजन की महत्त्वपूर्ण बात जो मुझे याद है, वह जनवरी के महीने में बड़ौदा का मौसम। हम दिल्लीवासियों को अक्तूबर-मार्च जैसा सुहाना मौसम लग रहा था, बम्बई वालों को लग रहा था, जैसे वह शिमला या श्रीनगर पहुँच गये हों। उस आयोजन में कोई दूसरा व्यक्ति जिसने प्रभावित किया था, वह थे भवाई के प्रसिद्ध कलाकार चिमनभाई पटेल। उनका 'जसमा ओडन' भवाई का उल्लेखनीय प्रदर्शन था। जसमा की भूमिका में उनका अभिनय, नृत्य क्षमता तथा गायन बहुत प्रभावशाली थे। वर्षों बाद जब हम शान्ता गाँधी की गुजराती तथा हिन्दी प्रस्तुति देख चुके थे

जिसमें ज्योति व्यास (गुजराती), मीना वलावलकर और उत्तरा बावकर (हिन्दी) में जसमा कर चुकी थीं, चिमन भाई पटेल एक बार फिर मूल भवाई प्रस्तुति लेकर आये थे परन्तु तब तक बढ़ती आयु तथा बदलते परिवेश के कारण मूल का प्रभाव कुछ कम हो गया था। तब वह प्रस्तुति एक आर्ट फ़ॉर्म की 'स्टडी' भर रह गयी थी।

मधु राय का गुजराती नाटक 'किसी फूल का नाम लो' नाट्य लेखन की महत्त्वपूर्ण घटना थी। यह नाटक हिन्दी के अतिरिक्त कई भारतीय भाषाओं में खेला गया। केतन मेहता ने इस पर एक टेलीफ़िल्म भी बनायी थी। मधु राय तो विदेश जाकर बस गये। गुजरात में हँसमुख बाराडी और शीतांशु यशश्चन्द्र जैसे नाटककारों को छोड़कर लगता है नाटककार कमर्शियल लेखन में व्यस्त हैं, क्योंकि 'जसमा ओडन', 'मैना गुर्जरी' तथा 'किसी एक फूल का नाम लो' के बाद कोई नया नाटक प्रदर्शन, प्रस्तुति, चर्चा आदि का विषय नहीं बना है।

# अभिनय का जादू

## [1]

''यू आर किलिंग युअर ओन प्ले!'' राष्ट्रीय नाट्य विद्यालय के तत्कालीन निदेशक इब्राहिम अल्काज़ी चिल्लाकर कहते हैं। ''फिर से बोलो, और ज़ोर से।''

वह पलटकर रवीन्द्र भवन स्थित रंगमण्डल के स्टूडियो थियेटर की दर्शक दीर्घा के बीचोंबीच जाकर बैठ जाते हैं और कोरस के संवाद पुनः बोलने को कहते हैं। संवाद इस बार भी ठीक से नहीं बोला जाता। वह उठकर पास आते हैं, और गुस्सा दबाते हुए, आवाज भींचकर कहते हैं, ''माई डियर कौशल, तुम यह क्यों नहीं समझते कि जो पंक्ति तुम्हें बोलने को दी गयी है वह उस संवाद का क्लाइमैक्स है।'' फिर वह ज़ोर से चिल्लाकर कहते हैं, ''उसे पूरा जोर लगा कर बोलो।'' मैं यूनानी मुखौटे में मुँह छुपाये सोच रहा हूँ, अल्काज़ी साहब यह क्यों नहीं समझते कि मैं अच्छा अभिनेता नहीं हूँ। अच्छा क्या, अभिनेता ही नहीं हूँ।

सोफ़ोक्लीज़ कृत ग्रीक त्रासदी *ईडिपस रैक्स* का प्रथम प्रदर्शन 29 फ़रवरी 1964 में होने वाला था। ओम शिवपुरी राजा ईडिपस की भूमिका में थे और सुधा शर्मा (शिवपुरी) मलिका जोकास्टा की भूमिका में। मोहन महर्षि, कमलाकर सोनतक्के, रामगोपाल बजाज, वीरेन्द्र शर्मा, अरुण जोगलेकर, जफ़र अहमद, कृष्ण द्विवेदी, बी. एल. चोपड़ा, देव कुमार नाथ आदि कोरस के सदस्य थे। अल्काज़ी साहब कई दिनों से दस सदस्यों के कोरस के साथ पूर्वाभ्यास करा रहे थे। जैसा कि हर रंगमण्डली में प्रायः होता है, दो-तीन दिन पहले कोई न कोई सदस्य बीमार पड़ जाता है या कहीं चला जाता है। उस समय या तो प्राम्पटिंग करने वाले सदस्य या फिर मण्डली में हाशिये पर पड़ा हुआ, छुट-पुट काम करने वाले सदस्य को वह पात्र करने का कहा जाता है। रा. ना. वि. में भी एक छात्र प्रस्तुति से दो दिन पहले बीमार पड़ गया था।

क्योंकि उन दिनों सब छात्रों को अपने संवाद कण्ठस्थ करने का रिवाज़ शुरू हो गया था इसलिए प्राम्पटर तो कोई था ही नहीं। ऑफिस में कुछ लोग थे तो सही परन्तु वह अभिनेता नहीं थे। मैं भी दो वर्ष पहले रा. ना. वि. से डिप्लोमा प्राप्त करने के बाद बाहर थियेटर में कोई काम न होने के कारण वहीं पर लोअर डिवीज़न क्लर्क के पद पर आसीन था। यह बात अलग है कि मैं हाशिये पर पड़ा हुआ सरकारी वेतन भोगी नहीं था। मैं प्रशिक्षण तथा प्रस्तुति से जुड़े हुए छुट-पुट काम ही करता था। अल्काज़ी साहब के आने से पूर्व ही मैं डिप्लोमा प्राप्त कर चुका था इसलिए उन्हें मेरी अभिनय-क्षमता का कुछ पता नहीं था। परन्तु इस महान ग्रीक त्रासदी का नौसिखिया (किसी भी बड़े नाटक का यह मेरा पहला ही अनुवाद था) अनुवादक जरूर था। अल्काज़ी साहब ने मुझे कोरस का दसवाँ सदस्य बना दिया।

मैं कद में छोटा तो था ही, आवाज भी मिनमिनी-सी थी। कोरस के सदस्य गनी क्लौथ के यूनानी डिज़ाइन के चोग़े पहनते थे और मुँह पर मुखौटे लगाते थे जिनमें सिर्फ आँखों के पास छेद होते थे जिससे इधर-उधर देख सकें। मुँह के पास का हिस्सा तो बिलकुल बन्द था जिसके कारण किसी की भी आवाज साफ सुनाई नहीं पड़ती थी। और मैं तो माशा अल्ला अभिनेता था ही नहीं! दो दिन के पूर्वाभ्यास में न जाने अल्काज़ी साहब ने कितने ही शब्दों और भाषाओं में खीजकर, कितनी ही बार कहा होगा कि तुम अपने ही नाटक का बेड़ा गर्क कर रहे हो। लेकिन मुझे अभिनेता बनाने की उनकी हर कोशिश नाकाम रही।

मज़े की बात यह है कि आज भी जब दस सदस्यों वाले कोरस का चित्र किसी पुस्तक या पत्रिका में दिखाई पड़ता है तो मैं मित्रों से कहता हूँ कि पहचानो मैं इसमें कहाँ खड़ा हूँ? जब वह नहीं पहचान पाते, (अब भला पहचानेंगे कैसे? सबने तो मुखौटे जो पहन रखे हैं!) तो मैं बीच में खड़े सबसे लम्बे व्यक्ति (मोहन महर्षि) की ओर इशारा करके कहता हूँ कि वह मैं हूँ। और वे मान भी जाते हैं!

अल्काज़ी साहब जब मुम्बई में थे तो लगातार नाटकों में अभिनय किया करते थे। दिल्ली आर्ट थियेटर द्वारा प्रायोजित प्रदर्शनों में मुझे उनकी स्ट्रिम्बर्ग कृत *मिस जूली* की प्रस्तुति देखने का अवसर मिला था। रा. ना. वि. के निदेशक बनने के बाद तो सोलह-सत्रह वर्षों में उन्होंने दिल्ली में केवल दो नाटकों में ही अभिनय किया है। पहला था मोलियर कृत *तारतूफ़* जो यात्रिक रंग संस्था ने प्रस्तुत किया था। दूसरा जार्ज बुख़नर कृत जर्मन नाटक *दाँतों की मौत* का मेरा अनुवाद था, जिसमें वह एक बाजार के दृश्य में एक बूढ़े की भूमिका करते थे जो मंच पर सात-आठ मिनट ही रहता था। उनका पात्र चित्रण इतना प्रभावशाली था कि मंच पर 25-30 कलाकारों की भीड़ और बाजार की गहमागहमी में वह बूढ़ा आदमी ही याद रह जाता था।

जिन्होंने वह नाटक देखा है या उसमें काम किया है, उन्हें आज भी वह जीवन्त दृश्य याद है। मैं यात्रिक वाली प्रस्तुति का मंच प्रबन्धक था इसलिए मुझे उनकी अभिनय प्रक्रिया को बहुत करीब से देखने-समझने का अवसर मिला था।

अल्काज़ी साहब छात्रों के साथ सीन वर्क रहे होते या किसी नाटक का निर्देशन, वह हर पात्र का इतना सजीव चित्रण करते कि कलाकार उसका चालीस पचास प्रतिशत काम दिखाकर ही वाहवाही लूट लेते। वह हर पात्र की चाल-ढाल, मुख-भंगिमा, रूप तथा वस्त्र सज्जा का विस्तृत खुलासा करते। उस पात्र की बैकग्राउण्ड, मन:स्थिति तथा सोशल स्टेटस के बारे में विस्तार से बताते। इन सब बातों का शारीरिक भाव-भंगिमाओं तथा अभिनय की बारीकियों पर क्या प्रभाव पड़ता है, यह सब बताकर वह पात्राभिनय से जोड़ते। इतना ही नहीं, रतन थियम के अनुसार एक बार वह जब फ्रांस की क्रान्ति पर आधारित जॉर्ज बुख़नर कृत *दाँतों की मौत* में रौब्सपियर का अभिनय कर रहे थे तो अल्काज़ी साहब ने रौब्सपियर के चित्र, उस नाटक की फ्रांसीसी में हुई प्रस्तुति में उस पात्र के भाषण की रिकार्डिंग आदि तो मुहैया कराये ही थे, उसके साथ ही वहाँ के संग्रहालय में उपलब्ध रौब्सपियर के हस्तलिखित दस्तावेज़ और उसके हस्ताक्षर की प्रतिलिपि भी मँगवाकर दी थी।

मुझे तो यह सब स्रोत साम्रग्री देने का न तो समय ही था, न ही कोई आवश्यकता, क्योंकि वह कितना ही प्रयत्न करते, मेरे अभिनय में कोई चमक आने वाली नहीं थी।

[2]

''गुलशन?''

''जी, शीला जी!''

''तुम्हें क्या हो गया है भई?''

''कुछ भी तो नहीं, बिलकुल ठीक हूँ।''

''मंच पर तो तुम ठीक-ठाक नहीं थे। वह पात्र क्या ऐसे प्रस्तुत करते हैं जैसे तुमने किया है?''

''हाँ! मंच पर आज कुछ गड़बड़ हो गयी थी। बात दरअसल यह हुई कि...''

रा. ना. वि. के प्रथम बैच के छात्र गुलशन कपूर हर नाट्य प्रस्तुति के बाद शीला भाटिया को मंच पर हुई 'गड़बड़ी' के लिए कोई ऐसी तर्कसंगत व्याख्या सुना देते जिससे वह सन्तुष्ट हो जातीं। वह यह कभी नहीं पायी थीं कि गुलशन कपूर अपनी भारी भरकम आवाज, आकर्षक डीलडौल और वाक्चातुर्य के बावजूद एक मामूली अभिनेता और बहुत नर्वस किस्म के व्यक्ति हैं। वह कभी अच्छा

अभिनय कर ही नहीं सकते!

पाँच वर्ष बाद—एक और दृश्य।

शान्ता गाँधी द्वारा महाकवि भास के नाटक *मध्यम व्यायोग* की प्रस्तुति का।

वीरेन्द्र शर्मा, ब्राह्मण की भूमिका करने वाले रामगोपाल बजाज के ज्येष्ठ पुत्र और जी. कुमार वर्मा, मध्यमा पुत्र की और बी. एल. चोपड़ा मध्यमा पाण्डव भीम की भूमिका में विंग में खड़े हैं। मंच पर हिडिम्बा बनी वीणा दर 'मध्यमा', 'मध्यमा' पुकार रही है। उसे ब्राह्मण के मध्यम पुत्र को सामने आते ही खा जाना है। मंच पर बहुत करुण दृश्य उपस्थित होना है। मंच पर आने वाले पात्रों को बहुत गम्भीर मुद्रा में आना है जिसके लिए प्रशिक्षण शैली के अनुसार पहले से ही वह मूड बनाना आवश्यक है। परन्तु चोपड़ा और शर्मा विंग में खड़े-खड़े, उन दिनों किशोर कुमार का करुण रस में भीगा बहुत प्रसिद्ध गीत 'कोई लौटा दे मेरे बीते हुए दिन' बड़े मज़े से ठुमक-ठुमककर नाच-गा रहे हैं और मंच पर प्रवेश करते ही दृश्य के मूड में आ जाते हैं।

अगले दिन शीला जी उनके सजीव अभिनय की सराहना करती हैं और उन्हें मंच प्रवेश से पहले की भावना से परिपूर्ण स्थिति का विस्तृत ब्योरा देने को कहती हैं। चोपड़ा और शर्मा एक लम्बी कहानी सुना देते हैं कि किस तरह उन्होंने अपने आपको उन परिस्थितियों में रखकर अपना मूड बनाया और अपने आपको आतंकित महसूस किया और 'एन ऐक्टर प्रिपेयर्ज़' के पाठ के अनुसार डरते-डरते मंच पर आये। वह बहुत खुश हो जाती हैं और अभिनय में इमोशन मैमोरी के महत्त्व की बात करती हैं। इस दृश्य के विवरण को इमोशन मैमोरी के चरित्र चित्रण में प्रयोग में लाने की प्रक्रिया का एक बढ़िया उदाहरण बताती हैं। वह नहीं जानतीं कि तथ्य कुछ और ही हैं।

शीला भाटिया रा. ना. वि. की 1959 में स्थापना से ही अभिनय की प्राध्यापक थीं। स्तानिस्लावस्की की 'एन ऐक्टर प्रिपेयर्ज़' उनकी आधार पुस्तिका थी। वह क्लास में पूरी तरह तैयार होकर आतीं तथा जो पढ़ाना है, वह पढ़ाकर ही नहीं, पूरी तरह समझाकर ही जातीं। वह पुस्तक में दिए गये हर अभ्यास को पूरी निष्ठा से करातीं। अभिनय की बारीकियों की चर्चा करतीं। खुद अच्छी अभिनेत्री होने के कारण, हर अभिनय परिस्थिति का बहुत प्रभावशाली प्रदर्शन करतीं। परन्तु वह वाक् चतुर छात्रों से एकदम प्रभावित हो जातीं और उनकी दृष्टि वहीं अटककर रह जाती। गुलशन कपूर के साथ हर नाट्य प्रस्तुति के बाद ऊपर दिया गया संवाद जरूर होता। वह अपने 'फर्स्ट इम्प्रेशन' से बाहर कभी नहीं निकल पाती थीं।

ऐसा ही कुछ हमारी (रा. ना. वि. का दूसरा बैच) क्लास में भी होता था। ब. व. कारन्त, बी. एम. शाह की तरह विरेश मधुकर और राम कपूर मेरे सहपाठी

थे। रा. ना. वि. में आने से पहले मधुकर मेरठ और दिल्ली के रंगकर्म से जुड़े हुए थे, विशेष रूप से इप्टा तथा हिन्दुस्तानी थियेटर की गतिविधियों से। इस तरह वह शीला जी के पूर्व परिचित थे। जब कभी किसी नाटक की प्रस्तुति के लिए पात्र चयन से पहले नाट्य पाठ होता तो मधुकर बहुत प्रभावशाली अन्दाज़ से अपने संवाद पढ़ते। उनके विपरीत राम कपूर के प्रथम पाठ से ऐसा लगता कि जैसे उन्हें आलेख भी पढ़ना नहीं आता। अब मधुकर हर पात्र तो कर नहीं सकते थे। राम कपूर को कोई न कोई पात्र तो मिलता ही था। जब लगातार पूर्वाभ्यास के बाद प्रस्तुति तक पहुँचते तो पता चलता कि मधुकर ने प्रथम पाठ में ही जो 55 प्रतिशत प्रदर्शन किया था वह वहीं अटके हुए हैं जबकि प्रथम पाठ में 15 प्रतिशत प्रदर्शन करने वाले राम कपूर 75 प्रतिशत पर पहुँच जाते। वह पूर्वाभ्यास के दौरान अपने पात्र की बहुआयामी बुनावट को परत-दर-परत समझते हुए धीरे-धीरे चरमोत्कर्ष तक ले जाते। वही प्रक्रिया कारन्त जी और शाह अपनाते। वह हर पात्र की बुनावट का विस्तार से विश्लेषण करते, बार-बार अभ्यास करते और प्रदर्शन आरम्भ होने के बाद भी हर प्रदर्शन के साथ उसे माँझकर प्रभावशाली बनाने का प्रयत्न करते रहते। अपने प्रथम प्रदर्शन के प्रतिशत पर अटक जाने वाले मधुकर बस जो एक बार कर देते, बस वही करते रहते।

मुझे अभिनय करने का शौक कभी भी नहीं था। परन्तु समझने और करवाने का था। मैं छोटे-छोटे नाटक लिखता और उन्हें अपनी मित्र मण्डली के साथ प्रस्तुत करता। पढ़ता, देखता खूब था, इसलिए पात्रों में विस्तार की सीमाएँ और कलाकारों की अभिनय क्षमता खूब समझता था। खुद मंच पर आता भी तो बहुत मजबूरी की हालत में। वहाँ भी छोटे-छोटे किरदार ही करता था। मुझे याद है, कि किसी नाटक में एक पेण्टर की भूमिका करने वाले पात्र के छोटे भाई का रोल करना पड़ा था। पहले प्रदर्शन में जब मैं मंच पर गया तो टाँगें थर-थर काँपने लगी थीं और मैंने एक कुर्सी का सहारा लेकर, बिना कोई भी 'मूव' लिये, सारे संवाद बोल डाले।

रा. ना. वि. में अभिनय भी एक सब्जैक्ट था तो मुझे भी अभिनय करना, पढ़ना पड़ता। हमारे प्रशिक्षण के दौरान 12 एकांकी नाटक प्रस्तुत किये गये थे। उनमें से सात-आठ में तो मैंने अभिनय किया ही था। उनमें धर्मवीर भारती लिखित *नीली झील,* ललित मोहन थपल्याल की रचना *अछरियों का तालाब* तथा बनफूल कृत *नया पुराना* में मुझे अपना अभिनय करना याद है। भगवती चरण वर्मा कृत नाटक *दो कलाकार* मेरे निर्देशन में खेला गया था। उसमें कारन्त जी ने कवि, कोठीवान ने चित्रकार तथा बी. एम. शाह ने मालिक मकान का अभिनय किया था। मेरा अभिनय नाटक में हो या क्लास एक्सरसाइज़ में, प्रैक्टिकल में मुझे 25-30 प्रतिशत नम्बर ही मिलते जबकि पास होने के लिए कम से कम 50 प्रतिशत होना आवश्यक था।

परन्तु थ्योरी में 75 प्रतिशत से कम कभी नहीं मिले, क्योंकि मेरा गला या शरीर, अभिनय की बारीकियों को प्रस्तुत करने में चाहे सक्षम न हों, मेरा विश्लेषण बहुत सटीक होता था। इसलिए मैं फ़ेल कभी नहीं हुआ। हाँ, शीला जी जरूर अपने पहले 'इम्प्रेशन' के आधार पर, हर दीक्षा फल में यही लिखती रहीं कि आवाज का दायरा सीमित है, शरीर में फ़लैक्सिबिलिटी नहीं है आदि। मुझे आज तक यह समझ नहीं आया कि जब पहली छमाही में पता चल गया था कि मुझमें यह कमियाँ हैं तो उनके सुधार का प्रयत्न क्यों नहीं किया गया? क्यों मुझे शारीरिक, साँस तथा आवाज सुधारने के अभ्यास नहीं सुझाये गये? अगर मुझे सब बताया गया होता तो शायद मणिपुर के प्रसिद्ध अभिनेता बीरमंगल सिंह की तरह कुछ तो अन्तर पड़ता!

बीरमंगल सिंह ने एक बार मणिपुर में उनसे किये गये साक्षात्कार में बताया था कि बचपन में वह बहुत हकलाते थे और आवाज में भी कुछ साँस दोष था। वह प्राय: दूर जंगल में चले जाते और खूब जोर-जोर से चिल्लाते, तरह-तरह की आवाज़ें निकालते, मनघड़न्त संवाद बोलते। साँस बढ़ाने के लिए खूब दौड़ लगाते। इस अभ्यास से वह न केवल अपने हकलाने से छुटकारा पा गये, उसकी साँस की बीमारी भी ठीक हो गयी और उनकी आवाज बहुत प्रभावशाली हो गयी। भारत भ्रमण पर आयी विदेशी नाटक कम्पनियों के कलाकारों को भी मैंने अक्सर साँस और गले का अभ्यास करते देखा था। वह मेकअप आदि करने से पहले ऐसे अभ्यास जरूर करते। विश्वभर के अभिनेता-अभिनेत्रियाँ प्रदर्शन से पहले वारमिंग अप की यह परिपाटी निभाते ही हैं।

शम्भू मित्र नाट्य प्रदर्शन से पहले मंच पार्श्व पर पूरी खामोशी चाहते थे। अल्काज़ी साहब की प्रस्तुतियों में भी पिन ड्राप साइलेंस होता था। परन्तु वह दोनों ही नाटक आरम्भ से लगभग बीस मिनट पहले पात्र की रूप-सज्जा तथा वेशभूषा आदि की पायदान पार करके मंच पर आ जाते और धीरे-धीरे, जैसे मन में मन्त्र पढ़ रहे हों, अपने संवाद दोहराते रहते। अल्काज़ी साहब तो नाटक के प्रारम्भ में ही नहीं, मध्यान्तर में भी अपने अगले दृश्य का पूर्वाभ्यास करते। मंच पर घटित होने वाले सारे क्रियाकलाप दोहराते।

[3]

पृथ्वीराज कपूर की पूरी रंग-प्रक्रिया देखने का अवसर तो प्राप्त नहीं हुआ, परन्तु 1959 में पृथ्वी थियेटर के दिल्ली में दस दिन तक चलने वाले प्रदर्शनों में उनके थियेटर के साथ मंच पर होने वाले छोटे-मोटे काम करने का अवसर जरूर प्राप्त

हुआ। प्रदर्शन से पहले उनकी लगभग 80 लोगों की मण्डली चुपचाप अपना-अपना काम करती मिलती। उन दिनों शम्मी कपूर, सुबीराज कपूर और शशि कपूर थियेटर में काम करते थे। पृथ्वीराज कपूर बहुत 'रिलैक्स्ड' मूड में होते। उन जैसे रिलैक्स्ड दूसरे अभिनेता शायद उत्पल दत्त थे। वह अपने नाटक के एक से अधिक प्रदर्शनों में हर दिन नया पात्र प्रस्तुत करते। वह एक क्षण मंच पार्श्व से किसी को गुस्से से डाँट रहे होते और दूसरे ही क्षण हँसी का फव्वारा छोड़ते हुए मंच पर प्रवेश कर जाते। दूसरे नाटक में इसके विपरीत स्थिति होती। वह मंच पर किसी से हँसी-ठिठोली कर रहे होते और मंच पर जाते ही करुणा की जीती-जागती तस्वीर बन जाते। उनके अभिनय में कमाल की सहजता थी।

उस दिन तत्कालीन शिक्षा मन्त्री हुमायूँ कबीर पृथ्वी थियेटर के प्रसिद्ध नाटक *पठान* की प्रस्तुति देखने आने वाले थे। पृथ्वीराज कपूर थियेटर के बाहर उनका स्वागत करने के लिए तैयार खड़े थे। पूरा हाल खचाखच भरा हुआ था। दूसरी घण्टी बज चुकी थी। थोड़ी देर बाद हुमायूँ कबीर आये। पृथ्वीराज उन्हें प्रेक्षागृह में उनकी सीट पर बिठाकर बाहर की तरफ मुड़े ही थे कि तीसरी घण्टी की आवाज सुनाई पड़ी। कुछ ही क्षणों में पर्दा उठने वाला था। मैं एक दिन पहले होनेवाला प्रदर्शन देख ही चुका था। मैं जानता था कि पर्दा उठते ही पृथ्वीराज एक हट्टे-कट्टे पठान के वेश में मंच पर प्रवेश करते हैं। उस दिन तो वह अपना सफेद कुर्ता और चूड़ीदार पाजामा पहने बाहर ही खड़े थे। मैं सोच रहा था कि वह भला एक ही क्षण में पूरे थियेटर की परिक्रमा करते हुए कब मेकअप रूम में जाएँगे, कब इतना तामझाम वाला वेश बनाएँगे, कब पठानी सूट पहनेंगे और कब मंच पर आएँगे? पर्दा ठीक समय पर उठ गया। उतनी देर में पृथ्वीराज प्रेक्षागृह के पिछवाड़े भी नहीं पहुँचे होंगे। मंच पर प्रात:कालीन झुटपुटा-सा अँधेरा, कहीं-कहीं इक्का-दुक्का जुगनूँ चमक रहे हैं। दूसरे ही क्षण मंच पार्श्व से पृथ्वीराज जी की आवाज सुनाई पड़ती है। पता नहीं वह मंच पर से दो मिनट तक बोलते रहते हैं या पाँच मिनट तक, देखने वालों को एक पल भी मंच खाली होने का अहसास नहीं होता। यह उनकी आवाज का जादू था जो गायब होते हुए भी व्यक्ति (या पात्र!) के प्रस्तुत होने का एहसास जगाता है। ऐसा ही कुछ शम्भू मित्र की प्रस्तुति *रक्तकरबी* में होता है जिसमें मुख्य पात्र पूरे नाटक में महल के दरवाजे से बाहर नहीं आता। वह अन्दर से ही अपने संवाद बोलता है। यह उनकी आवाज का ही कमाल था जो उनके पात्र को मंच पर सजीव चित्रित करता रहता है। *चार अध्याय* में भी उनकी आवाज का जादू ही तो था जिसमें मुझ जैसे बांग्ला न जानने वाले को ऐसा लगा था जैसे सब संवाद समझ आ गये हों। यह पता भी नहीं चला था कि वह पाँच मिनट बोले थे या पन्द्रह मिनट। वह तो

हिले-डुले भी नहीं थे। कुर्सी पर बैठे रहे तृप्ति मित्र उनके कदमों में।

क्या आवाज का जादू सम्पूर्ण अभिनय का पर्याय हो सकता है? पृथ्वीराज कपूर, शम्भू मित्र के उदाहरणों से तो ऐसा ही प्रतीत होता है। चाहे ऐसा अभिनय कुछ मंचीय क्षणों तक ही सीमित रहा हो, वह क्षण जो एक समग्र प्रस्तुति का छोटा-सा भाग मात्र थे। कर्नाटक की पारम्परिक नाट्य शैली *ताल मद्दले* में भी तो आवाज और शब्दों का जादू ही है? उसमें भी चार व्यक्ति एक कवि गोष्ठी की तरह गाव तकिये लगा एक-एक माइक्रोफोन सामने रखकर बैठ जाते हैं और अपने वाक्चातुर्य का परिचय देते हैं। वह तो प्रशिक्षित अभिनेता भी नहीं होते। न ही शायद कभी 'वायस और स्पीच' का अभ्यास करते हैं। वह तो टीचर, डॉक्टर, वकील, आर्किटैक्ट, इंजीनियर—कुछ भी होते हैं। वह अपनी जगह से हिलते भी नहीं। हमेशा एक ही पात्र का अभिनय भी नहीं करते। हर नयी प्रस्तुति में वह नया पात्र ही प्रस्तुत करते हैं। उनका शब्द-जाल भी हर दिन बदल जाता है। फिर जादू किसका है? गत मार्च 19-26 तक मैं रतन थियम के इम्फाल, मणिपुर स्थित कोरस रेपर्टरी थियेटर के कैम्पस में उनके निर्देशन में केन्द्रीय संगीत नाटक अकादमी द्वारा आयोजित रंग कार्यशाला में भाग ले रहा था। उत्तर भारत में (इस बार 19 मार्च, 2000) को होली गुलाल खेलने के अगले दिन मणिपुर में जगह-जगह विधिवत होलिका-दहन का कार्यक्रम होता है और उसके अगले दिन चार दिन रंग और गुलाल त्यौहार मनाया जाता है। उन्हीं दिनों छात्रों को शास्त्रीय तथा पारम्परिक मंच कलाओं से परिचय कराने के कार्यक्रम के अन्तर्गत एक 'कथा वाचन' का कार्यक्रम कोरस कैम्पस में आयोजित किया जाता है। मणिपुर के दो शीर्षस्थ कथाकार का कार्यक्रम प्रस्तुत करते हैं। कथा का सन्दर्भ रामायण का 'सुन्दर काण्ड' है और अध्याय हनुमान तथा इन्द्रजीत युद्ध का।

कोरस कैम्पस में नवनिर्मित पूर्वाभ्यास कक्ष में (एल शेप में)दो चटाइयाँ बिछायी जाती हैं जिन पर सफेद रंग की चादरें बिछी हैं और दो गावतकिये रखे हैं। दो फीट की दूरी पर मूर्ति और पूजा सामग्री पड़ी है। कथाकार सफेद धोती पहने, नंगे बदन, एक सफेद चुन्नी ओढ़े हैं। वह पूजा-अर्चना का अनुष्ठान पूरा करते हैं। दर्शकगण को साष्टांग प्रणाम करते हैं और दर्शक भी नतमस्तक होकर अभिवादन करते हैं। कथा का कार्यक्रम डेढ़ घण्टे का तय हुआ है। एक घण्टे तक एक ही कथाकार कथा सुनाएँगे और बाकी के आधे घण्टे में दूसरे कथाकार शामिल हो जाएँगे जो हनुमान तथा इन्द्रजीत का द्वन्द्व वर्णन करेंगे। एक व्यक्ति आदर भाव प्रकट करते हुए आता है और कथाकार पर एक और चुन्नी ओढ़ाता है जैसे वह किसी पात्र का प्रतीक हो। कथा आरम्भ होती है। ठीक एक घण्टे बाद दूसरे कथाकार कथाक्रम में विघ्न डाले बिना चुपचाप पूरा अनुष्ठान दोहराते हैं। उसी तरह एक व्यक्ति आकर

उन पर भी पात्र प्रतीक चुन्नी ओढ़ाता है और दोनों कथाकारों का संवाद आरम्भ होता है। यह संवाद आधे घण्टे की बजाय डेढ़ घण्टे तक चलता रहता है। मतलब यह कि प्रदर्शन डेढ़ घण्टे की बजाय ढाई घण्टे तक चलता है। कथाकार अनेक पात्रों का अभिनय कर रहे हैं परन्तु उनकी शारीरिक भाव-भंगिमा में पात्रानुसार कोई तब्दीली नहीं होती। वह कभी-कभी गावतकिये को इधर से उधर सरकाकर करवट भर बदलते हैं। उनका सम्पूर्ण अभिनय शब्दोच्चारण पर निर्भर है। वह उसी में हर पात्र को सजीव बना देते हैं। भाषा का लेश मात्र ज्ञान न होने पर भी मैं कथा समाप्ति तक बँधा बैठा रहता हूँ। शब्द और आवाज के जादू से एक बार फिर साक्षात्कार होता है।

*पठान* की प्रस्तुति के मध्यान्तर में पृथ्वीराज कपूर किसी से पिघली हुई बर्फ़ का ठण्डा पानी माँगते हैं। मैं पूछता हूँ, 'पापा जी, इससे गला खराब नहीं होगा?' वह एक गिलास गटागट पीकर और लाने को कहते हुए मेरी तरफ पलटकर कहते हैं, 'कुछ नहीं होगा पुत्तर, यह गला अब ढीठ हो गया है।'

किसी भी अच्छे अभिनेता का काम देखकर लोग अक्सर कहते हैं कि वह तो पैदाइशी अभिनेता है। अभिनय तो उसकी घुट्टी में है। कोई कहता है, अभिनय सिखाया नहीं जाता, वह तो खुदा दाद चीज है। परन्तु उन सब बातों के साथ परिश्रम तो उन्हें भी करना पड़ता है। व्यक्ति चाहे हीरे जैसा ही क्यों न हो, उसमें चमक तो तभी आएगी जब उसे तराशा जाएगा! उनको संवाद तो याद करने ही पड़ेंगे। पूर्वाभ्यास तो करना ही होगा। तैयारी के लिए और कुछ न भी करना पड़े, तो भी पात्र के बारे में कुछ तो खोज-खबर लेनी ही पड़ेगी। कोई खाका तो बनाना पड़ेगा जिसमें वह रंग भर सकता हो। यह तो जानना ही पड़ेगा कि नाटककार तथा निर्देशक उस पात्र के बारे में क्या सोचते हैं। और फिर नज़ला, जुकाम, बुखार हो सकता है! उसका इलाज तो करना ही पड़ेगा। अपने शरीर को चुस्त-दुरुस्त रखने के लिए रियाज़ तो करना ही पड़ेगा। अपनी मानसिक शक्ति को बढ़ाने के लिए आँख, कान खोलकर देखना-सुनना तो पड़ेगा। पढ़ना-गुनना तो पड़ेगा। ढाँचा तो ऊपर वाले ने दे दिया, उसकी साज-सजावट के लिए फूल पत्तियाँ तो जुटानी पड़ेंगी। तभी तो 10 प्रतिशत से आरम्भ करने वाला राम कपूर 75 प्रतिशत तक पहुँच पाएगा। नहीं तो वह भगवान की कृपा के बूते पर आरम्भ में ही 50 प्रतिशत प्राप्त तो कर लेगा परन्तु अन्त तक वहीं अटका होगा।

पारसी थियेटर कम्पनियों में तो हर सुबह सभी कलाकारों को, चाहे वह मास्टर निसार या मास्टर रूपी जैसे दिग्गज ही क्यों न हों, कई घण्टे रियाज़ करना आवश्यक था। पृथ्वी थियेटर में भी यही रुटीन रहता था। मैंने कितने ही जन्मजात अभिनेताओं को अपने अभिनय में निखार लाने के लिए कठिन परिश्रम करते देखा है। *ट्राय*

*की औरतें* नाटक में काम करने वाली सुधा (शर्मा) शिवपुरी बूढ़ी दाय की बूढ़ी मलिका का पात्र प्रभावी ढंग से निभाने के लिए गर्मियों की छुट्टियों में घर न जाकर पूरा एक महीना अल्काज़ी साहब की देख-रेख में पूर्वाभ्यास करती रहीं। उत्तरा बावकर, सीमा विश्वास अपने पात्रों की तैयारी में जानतोड़ मेहनत करती हैं। मूल ढाँचे की छोटी-छोटी भाव-भंगिमाओं से सजाती-सँवारती हैं और अपने उत्कृष्ट अभिनय के लिए खूब वाहवाही लूटती हैं। फिर भी बीसियों प्रदर्शन हो जाने के बाद भी लगातार अपने पात्र के संवाद तथा भाव-भंगिमाओं को समय मिलते ही दोहराने लगती हैं। *बैण्डिट क्वीन* की सफलता के बाद भी रा. ना. वि. रंगमण्डल से जुड़ी सीमा विश्वास छुट्टी पर गुवाहाटी जाती हैं जहाँ से उन्हें कलकत्ता में हो रहे *कर्मावाली* तथा अन्य प्रदर्शनों में भाग लेना है। वह एक नाटक की प्रति साथ ले जाना भूल जाती हैं। वह वहाँ से फोन करके कोरियर द्वारा वह प्रति वहाँ मँगवाती हैं जबकि उनके स्थान पर कोई और होता तो शायद इस बात की रत्ती-भर परवाह न करता और प्रदर्शन से थोड़ी देर पहले पहुँचकर ही जो भी बन पड़ता, उसी से सन्तुष्ट हो जाता।

अँग्रेजी की कहावत है 'सीईंग इज़ बिलीविंग।' यानि कि प्रत्यक्ष ही प्रमाण है। हम किसी के भी अभिनय के बारे में कुछ भी कहते रहें, जिस रूप में एक दर्शक एक अभिनेता की प्रस्तुति देखेगा और उसका आकलन करेगा, उसका सत्य वही होगा। अब हम कितना भी कह लें कि भानु भारती द्वारा निर्देशित, मणि मधुकर के नाटक *रस गन्धर्व* में मनोहर सिंह का एक विकलांग सन्तरी का अभिनय कुछ माने में उनके *तुग़लक* के चरित्र-चित्रण से भी अच्छा था, या फिर उसी नाटक में पहले कैदी के रूप में सुरेखा सीकरी या चौथे कैदी के रूप में ज्योति देशपाण्डे ने बीड़ी के कश लगाते हुए, दबंग गालियाँ देते हुए सड़क छाप लड़कों का जितना प्रभावी अभिनय किया था उतना दूसरे दो कैदी बने बलराज पण्डित और राजन सभरवाल नहीं कर पाये थे तो यह एक वक्तव्य मात्र होगा। या फिर जब मनोहर सिंह अल्काज़ी साहब के निर्देशन में *तुग़लक* के अनेक प्रदर्शन करने के बाद, प्रसन्ना के निर्देशन में *तुग़लक* की नयी व्याख्या अभिनीत करते हैं और तीन-चार महीने के अन्तराल के बाद फिर अल्काज़ी साहब के निर्देशन में उसी पात्र को उनकी नयी व्याख्या के मुताबिक प्रस्तुत करते हैं तो वह एक ही पात्र की दो निर्देशकों द्वारा की गयी व्याख्या को किस प्रकार अभिव्यक्त करते हैं तो इसका विश्लेषण या तो मनोहर सिंह खुद कर सकते हैं या वह जागरूक दर्शक जिसने उनकी लगभग सभी प्रस्तुतियाँ देखी हों! अव्वल तो ऐसा दर्शक होगा ही नहीं (कौन बार-बार नाटक देखने आता है!) अगर होगा भी तो कौन जाने वह इतनी गहराई से सोच भी पाएगा? अगर सोच भी ले तो उसका बयान कर पाएगा?

मैं उत्तरा बावकर को अनुराधा कपूर द्वारा निर्देशित गीतांजलिश्री के नाटक *उमराव* के पूर्वाभ्यास में एक ही रूप में हर दिन कुछ-न-कुछ बढ़ोतरी करते देखता हूँ। वह अनुराधा कपूर की व्याख्या को ध्यान से सुनती हैं और उसे पूरा करने का प्रयत्न करती हैं। अपनी बात भी उनसे मशविरा करके ही पात्र अभिनय का अंग बनाती हैं। रा. ना. वि. रंगमण्डल के साथ अल्काज़ी साहब द्वारा निर्देशित लौर्का के नाटक *हाउस ऑफ़ बर्नार्डा आलबा* के मेरे रूपान्तरण दिन के अँधेरे में सीमा विश्वास को पाँच बहनों में मँझली बहन की भूमिका का पूर्वाभ्यास करते हुए देखता हूँ। स्थिति यह है कि जिस लड़के से बड़ी बहन की शादी हुई है, उसी से सबसे छोटी और मँझली प्यार करती हैं। मँझली इतनी कुण्ठाग्रस्त है कि उसे लगता है, उसका तन बदन जल रहा है। वह आपे से बाहर होकर चीखने-चिल्लाने लगती हैं और फर्श पर लोट-पोट हो जाती है। वह उस दृश्य का क्लाइमैक्स है। सीमा को तीन-चार मिनट तक ऐसा करना है। वह बार-बार अभ्यास कर रही है परन्तु दो-ढाई मिनट में ही धीमी पड़ जाती है क्योंकि वह दो-चार एक्शंज़ को ही दोहरा रही है। लगभग 70 वर्षीय अल्काज़ी उठकर पहले तो सीमा को उसके अभिनय की सीमा बताते हैं फिर उसके पात्र का अभिनय करने लगते हैं। उनका अभिनय इतना 'इंटेंस' है कि मुझे डर लगने लगता है, कहीं उनका कुछ हो न जाए। उनके मुँह से झाग-सी निकलने लगी है। सोचता हूँ कि जल्दी से पानी का एक गिलास लाकर रख दूँ परन्तु वहाँ से हिल भी नहीं सकता क्योंकि वह कहीं डिस्टर्ब न हो जाएँ। मैं सचमुच बहुत आतंकित महसूस करता हूँ। संवाद समाप्त होने पर अल्काज़ी साहब आराम से उठते हैं। इतना लोट-पोट करने से न तो उनकी साँस ही चढ़ी है, न ही चेहरे पर कोई थकान की झलक है। वह सीमा को बताते हैं, 'यू शुड स्केयर युअर ऑडियेंस' मतलब यह कि तुमको अपने दर्शकों को आतंकित कर देना चाहिए। (जैसे वह मुझे आतंकित कर ही चुके थे।)

पं. सत्यदेव दुबे का अभिनय प्रशिक्षण का अपना ही अन्दाज है। वह शुद्ध उच्चारण पर बहुत बल देते हैं। वह कलाकारों को एक लम्बा संवाद देते हैं और उसे बार-बार दोहराने को कहते हैं। वह कहते हैं कि उसी संवाद को कभी हँसते हुए, कभी रोते हुए, कभी डरते हुए, कभी डराते हुए, कभी प्यार से तो कभी नफरत से, कभी विरह भावना से तो कभी शृंगार रस विभोर होकर बोलो। लगातार भावाभिव्यक्ति बदल-बदलकर रटते रहो जिससे वह आपके लिए इतना सहज हो जाए कि जब चाहो किसी भी भावाभिव्यक्ति का प्रदर्शन कर सको। वह आपके 'सिस्टम' में ऐसे रच-बस जाए जैसे गाड़ी चलाते हुए गियर बदलना। आपको एहसास भी न हो पाये कि कब आप पहले गियर से दूसरे, दूसरे से तीसरे और फिर चौथे में पहुँच गये।

हर इमोशन आपकी उँगलियों पर हो। उसके बाद तो बस शब्द ही तो बदलने रह जाते हैं।

दिल्ली रंगमंच, टी. वी. तथा सिनेमा की (अभी हाल ही में कमल हसन की फिल्म 'हे राम' में शाहरुख खान की माँ का रोल किया है) जानी-मानी अभिनेत्री मोहनी माथुर इस कला में पारंगत हैं। उन्हें कहो कि रोने का दृश्य करना है तो छम-छम आँसू टपकाने लगेंगी। अगले ही क्षण हँसी की माँग करो तो बिना गियर बदले हँसी से लोप-पोट हो जाएँगी। लगता है कि वह हर प्रकार की इमोशन की ढेर सारी रेज़गारी जेब में लेकर चलती हैं। जब जी चाहा चवन्नी, अठन्नी निकाल लीं।

यूँ तो सिनेमा में उत्कृष्ट अभिनय के सैकड़ों उदाहरण हैं, मुझे उसी नाम के नावल पर आधारित अँग्रेजी फिल्म *दि प्रिंस ऑफ प्लेयर्ज* में रिचर्ड बर्टन का अन्तिम दृश्य कभी नहीं भूलता। मैं रंग प्रशिक्षण-प्रक्रिया में अपने छात्रों के साथ वह दृश्य जरूर साँझा करता हूँ।

कहानी 18वीं शताब्दी के इंग्लैण्ड में एक थियेटर कम्पनी की है। कम्पनी के मालिक, मुख्य अभिनेता की नित्यचर्या है, मेकअप करते समय शराब पीकर धुत्त हो जाना। नाटक के आरम्भ में मंच पर जाकर जोर से चिल्लाकर शोर मचाने वाले दर्शकों को चुप कराना और कहना, 'माई नेम इज़ बूथ, आई एम गोइंग टू गिव यू बैस्ट ऑफ़ माई पर्फारमैंस।' बाहर जाना और फिर पात्र के रूप में मंच पर प्रवेश करना। उसके दो बेटे हैं। बड़ा लगभग दस साल का और छोटा आठ का। वह हर समय अभिनेताओं, पात्रों की नकल करता रहता है और छोटा चुपचाप देखता रहता है। वह इसी माहौल में जगह-जगह जाकर नाटक प्रस्तुत करते हैं। दस-पन्द्रह वर्ष बीत जाते हैं। बड़ा भाई एक अभिनेता के रूप में अपनी पहचान बना चुका है परन्तु छोटा अभी भी चुप्पी साधे हुए है। एक दिन उसके पिता मेकअप करते-करते वहीं ढेर हो जाते हैं। कम्पनी वाले उनको सँभालते हैं। परन्तु शो तो होना ही है। तब पहली बार छोटा बेटा मेकअप लगाता है, पिता की ही तरह शराब पीता है, मंच पर जाता है, चिल्लाकर लोगों को चुप कराता है, अपना परिचय देता है और पहली बार किसी पात्र का अभिनय करता है। वह कम्पनी सँभाल लेता है। रोमियो, हैमलेट आदि मुख्य पात्र प्रस्तुत करता है। खूब ख्याति प्राप्त करता है। ब्याह करता है। पत्नी को बच्चा होने वाला है, वह जहाँ भी शो होता है, जरूर जाकर देखती है। वह अभिनेता की दृष्टि से, दायें मंच से सटे हुए बॉक्स में आकर बैठती है। नाटक समाप्ति पर वह बायें से देखता हुआ दर्शकों का अभिवादन करता हुआ जब दायें कोने के बॉक्स में बीवी को देखता है, तभी दर्शक भी उस जानी-पहचानी प्रख्यात अभिनेत्री को देखकर तालियाँ बजाते हैं। अलग-अलग नाटक के अन्त में यह दृश्य कई बार दिखाया

जाता है। लन्दन में *हैमलेट* के प्रदर्शन चल रहे हैं। वह मेकअप कर रहा है। समाचार आता है—उसकी बीवी को बच्चा होने वाला है, इसलिए अस्पताल ले गये हैं। थोड़ी देर में एक और समाचार मिलता है कि उसके भाई ने अमेरिका के तत्कालीन राष्ट्रपति इब्राहिम लिंकन की हत्या कर दी है। इधर लन्दन में सभी लोग लिंकन के हत्यारे के छोटे भाई के खून के प्यासे हो रहे हैं। एक उग्र भीड़ 'किल दि बूथ। किल दि बूथ' के नारे लगाती, लाठी-पत्थर उठाये हुए प्रेक्षागृह में घुसी चली आती है। इसकी परवाह न करते हुए वह नाटक आरम्भ करने को कहता है। पर्दा उठते ही मंच पर ईंट पत्थर की बौछार पड़ने लगती है। कलाकार भागकर बाहर आ जाते हैं, पर्दा गिराया जाता है। बाहर शोर जारी है।

हालाँकि नाटक में ऐसा कोई दृश्य नहीं, फिर भी वह मंच के बीचोंबीच एक कुर्सी रखवाता है। शहज़ादा हैमलेट की पोशाक पहने मंच पर जा बैठता है और पर्दा उठाने का इशारा करता है। पर्दा खुलते ही उस पर चारों ओर से अण्डे, टमाटर, पत्थर पड़ने लगते हैं। सिर से ख़ून बहने लगता है। लेकिन वह बिना आँख झपकाये एकटक सामने शून्य में देखता रहता है। दर्शकों का आवेश कुछ कम होता है और धीरे-धीरे शान्ति छा जाती है। वह अब भी एकटक शून्य में देखे जा रहा है। कुछ क्षणों की खामोशी, कैमरा उसके और दर्शकों के चेहरे दिखाता है। तभी एक आदमी ताली बजाता है, फिर दूसरा, फिर दो और, धीरे-धीरे सारा हाल तालियों की गड़गड़ाहट से गूँजने लगता है। वह अब भी हिलता नहीं। उसकी आँखें दर्शकों के अभिवादन को स्वीकारने की प्रक्रिया पूरी कर रही हैं। वह आखिरी बॉक्स पर आकर रुक जाती है। बॉक्स खाली है, क्योंकि थोड़ी देर पहले ही बच्चे को जन्म देते पत्नी की मृत्यु का समाचार मिल चुका है। खाली बॉक्स का दृश्य फ्रीज़ हो जाता है। फिल्म खत्म हो जाती है। इस तीन-चार मिनट के सीन में रिचर्ड बर्टन बिना कुछ बोले, बिना कुछ किये उत्कृष्ट अभिनय का एक अमिट उदाहरण छोड़ जाते हैं।

ऐसे कितने ही दृश्य हैं, उच्च कोटि के अभिनय के कितने ही स्वरूप। अभिनय सीखने, अभ्यास करने के कितने ही तरीके। यह कहना बहुत कठिन है कि अभिनय का अमुक ढंग ही प्रभावशाली है। रा. ना. वि. रंगमण्डल की कितनी ही प्रस्तुतियों में डबल कास्ट पद्धति के अन्तर्गत उत्तरा बावकर और सुरेखा सीकरी ने कितने ही पात्रों को मंच पर अपने-अपने ढंग से खेला है। वह एक-दूसरे का अनुकरण नहीं करती थीं, वह तो एक ही पात्र के कई आयामों का परिचय देती थीं। उनमें कोई ईर्ष्या-स्पर्धा नहीं होती थी बल्कि एक सृजनात्मक होड़ होती थी। इसका सुफल दर्शकवृन्द को मिलता था। उत्तरा बावकर तो उस पात्र का बाकायदा ढाँचा बनाकर, उसके हाव-भाव अच्छी तरह स्टडी करके लगातार अभ्यास के बाद उसमें एक

सहजता लाती थीं। सुरेखा उसी पात्र को पूर्णतया 'इन्ट्यूटिव' (सहज बोधनीय) ढंग से अप्रोच करतीं और एक सहज, सरल प्रदर्शन करतीं। इससे इतनी बात जरूर समझ में आती है कि, चाहे जो भी प्रक्रिया अपनायी गयी हो, पूरी तरह से तैयार किया हुआ, परन्तु प्रस्तुत करते समय सहज दिखने वाला अभिनय मन को जरूर छू जाता है।

आवाज तथा शब्द का बहुत बड़ा योगदान तो है परन्तु अभिनय पर उनका वर्चस्व नहीं है। जन्मजात अभिनेता को भी मार्गदर्शन की आवश्यकता है नहीं तो बीर मंगल सिंह की तरह 'कोशिश करो और सीखो' की प्रक्रिया में बहुत समय बर्बाद होता है। हर अभिनेता को गायक और नर्तक की तरह लगातार 'रियाज़' करते रहना चाहिए। कुछ दिन वॉइस और स्पीच तथा योग अभ्यास करना पर्याप्त नहीं। यह तो जीवन-भर का नित-नियम बन जाना चाहिए। और सबसे महत्त्वपूर्ण बात तो यह है कि सफलता प्राप्ति के लिए 'कठिन परिश्रम का कोई पर्याय' नहीं।

शीला जी ने मेरे हर परीक्षाफल में चाहे बार-बार वही कुछ लिख दिया हो जो उन्होंने पहली छमाही परीक्षा में लिखा था, उस परीक्षाफल ने मेरे रंगकर्म की दिशा निर्धारित कर दी थी। मुझे अभिनेता नहीं बनना था। परन्तु उसके बारे में जानने का प्रयत्न जारी रखना था। इसलिए जब शीला जी पूरे प्रशिक्षण के दौरान 'एन ऐक्टर प्रिपेयर्ज़' ही पढ़ाती रहीं, कारन्त जी शाह और मैंने छः माह बाद ही स्तानिस्लावस्की की अगली पुस्तकें 'क्रीएटिंग ए रोल' तथा 'बिल्डिंग ए कैरेक्टर' के अतिरिक्त और भी कितनी ही अभिनय सम्बन्धी पुस्तकें खोज निकाली थीं। वैसे प्रशिक्षण के अन्तिम दौर में शीला जी को मुझमें 'लाइट' नज़र आने लगी थी। मैं जानता था कि ऐसा कोई चमत्कार होने वाला नहीं। उनकी टिप्पणी में अगर रत्ती-भर भी सच होता तो अल्काज़ी साहब को चिल्लाकर यह नहीं कहना पड़ता कि 'यू आर किलिंग युअर ओन प्ले'।

# धरती को छू कर अभिवादन

दिल्ली से साठ घण्टे की रेल-यात्रा, फिर नागालैण्ड के रेल स्टेशन दीमापुर में रात-भर के विश्राम और अगले दिन नागालैण्ड के पहाड़ी मार्ग और मणिपुर की वादी में दस घण्टे के बस के सफ़र के बाद फ़रवरी 1970 में जब मैं दिल्ली से लगभग 1500 किलोमीटर दूर इम्फाल पहुँचा तो पहली ही शाम एक रहस्योद्घाटन हुआ। मैं इस रहस्य को कई वर्षों से समझना चाह रहा था।

मुझे 1954 में पहले अखिल भारतीय नाट्य समारोह में मणिपुर की प्रस्तुति 'होरांग लेइसांग साफ़ानी' की एक झलक देखने का अवसर मिला था। उसके बाद प्रायः हर वर्ष भारत सरकार के गीत तथा नाटक प्रभाग द्वारा आयोजित अखिल भारतीय नाट्य समारोहों में दूसरे प्रमुख नाट्य केन्द्रों की प्रस्तुतियों के साथ-साथ मणिपुर के किसी-न-किसी नाट्य दल की प्रस्तुति देखने का अवसर भी मिलता था। प्रथम समारोह में मणिपुर की प्रस्तुति को लोक तथा पारम्परिक नाटक वर्ग में प्रथम पुरस्कार मिला था। बाद में होने वाली प्रस्तुतियों का स्तर भी उसी कोटि का होता था।

रहस्य की बात यह थी कि मणिपुरी कलाकार एक के बाद एक उच्च कोटि का प्रदर्शन कैसे कर पाते थे? उनकी भाव-भंगिमा में लास्य नृत्य भी उतना ही सहज लगता था, जितना मार्शल आर्ट्स, तलवारबाज़ी, कलाबाज़ी आदि। उनका गतिचालन पूर्णतः लयबद्ध होता। सामाजिक नाटकों का चरित्र-चित्रण भी अभिनय दक्षता का परिचायक होता।

बस अड्डे से होटल की ओर जाते हुए रास्ते में देखा कि हर मोड़ पर हर मुहल्ले में खुली जगह पर हर आयु के स्त्री-पुरुष एक दायरा बनाकर नृत्य कर रहे थे। कहीं-कहीं लाउडस्पीकर पर रिकार्ड बज रहे थे और कहीं-कहीं ब्याह-शादियों वाले बैण्ड। पंता चला कि होली से एक माह पहले ही नर-नारी लगभग हर दिन 'थाबलचोम्बी' नृत्य में सामूहिक रूप में भाग लेते। जितनी होली पास आती जाती, उतना ही दायरा बढ़ता जाता और रात-रात-भर नृत्य चलता रहता। बचपन से ही इस सामूहिक नृत्य में भाग लेने वाले कलाकारों में वह सब गुण

होना स्वाभाविक ही था।

पहले मणिपुरी रंगकर्मी जिनसे मेरा परिचय हुआ, वह थे नीलमणि सिंह, राष्ट्रीय नाट्य विद्यालय में हमारे सहपाठी। वह 'स', 'ल', 'ड' आदि ठीक से बोल नहीं पाते थे। 'स' को वह प्रायः 'श' ही बोलते। लिंग भेद तो कर ही नहीं पाते थे। स्त्री को पुरुष और पुरुष को स्त्री वह अक्सर बना दिया करते। किसी भी प्रदर्शन से पहले हम सहपाठियों की एक-दूसरे को 'बैस्ट ऑफ़ लक' कहने की परिपाटी थी, जो आज भी जारी है। प्रायः पहला व्यक्ति 'बैस्ट ऑफ़ लक' कहता और दूसरा 'सेम टू यू' कहता। नीलमणि सिंह 'स' 'श' के घपले के कारण 'शेम टू यू' कहते। ब. व. कारन्त, बी. एम. शाह, एच. वी. शर्मा, मधुकर, ज्योति व्यास आदि सभी सहपाठी नीलमणि सिंह से पहले ही 'बैस्ट ऑफ़ लक' कहने का प्रयत्न करते और उनके उत्तर का आनन्द लेते। नीलमणि अपना उच्चारण-दोष सुधारने के लिए बहुत परिश्रम करते परन्तु उनके अशुद्ध उच्चारण से क्लास में हास्य की फुलझड़ियाँ प्रायः छूटती रहतीं। एक बार एक मजदूर की भूमिका में उनका संवाद था, 'मुझे मेरी रोज़ी चाहिए'। वह 'ज़' न बोल पाने के कारण रोजी बोलते। प्रदर्शन के दिन तो वह चिल्लाकर बोले, 'मुझे मेरी राजी चाहिए।' इस पर सहपाठियों तथा दर्शक दीर्घा में बैठे विद्यालय के सहकर्मियों का जोर का ठहाका गूँजा। कारण था, राजी भाम्बरी हमारी सहपाठी का नाम था।

उच्चारण दोष की समस्या दूसरे प्रदेशों से आये प्रायः सभी छात्रों की होती है परन्तु अभिनय में दक्षता प्राप्त करने की चेष्टा में लगे छात्र सही उच्चारण के लिए बहुत परिश्रम करते हैं। रतन थियम अपने छात्रकाल में ही अच्छी हिन्दी-उर्दू बोलने लगे थे। सीमा विश्वास, मन्दाकिनी गोस्वामी, सुब्रत दत्ता, हरविन्दर कौर आदि ग़ैर-हिन्दी प्रदेशों के छात्र आज भी कठिन शब्दों के सही उच्चारण का अभ्यास करते दिखाई पड़ते हैं।

इम्फाल में मैं केन्द्रीय संगीत नाटक अकादमी द्वारा संचालित जवाहर लाल नेहरू मणिपुरी डान्स अकादमी के प्रिन्सिपल राजकुमार प्रियगोपाल साना का अतिथि था। प्रियगोपाल, रवीन्द्रनाथ ठाकुर के समय में कुछ वर्षों तक शान्ति निकेतन में मणिपुरी नृत्य के शिक्षक थे। वह उदयशंकर से पहले ही इंग्लैण्ड, अमरीका, जापान आदि में प्रदर्शन तथा अध्यापन के कार्य में लगे रहे थे। मणिपुर के कलाकार तथा कलाप्रेमी उनका बहुत आदर-सत्कार करते। लोग उन्हें प्रायः 'ओझा' अर्थात गुरुजी कहकर सम्बोधित करते।

अपने मणिपुर प्रवास के दूसरे या तीसरे दिन मैं उनके साथ नृत्य अकादमी जा रहा था। लगभग आधा-पौन किलोमीटर ही दूर थी अकादमी। राह चलते क्या देखता हूँ कि जो कोई भी परिचित सामने से आ रहा होता, वह पास आकर,

धरती छूकर अभिवादन करता। कोई रिक्शा अथवा साइकिल सवार होता तो वह वाहन से उतर कर उसी प्रकार से अभिवादन करता। हैरानी इस बात की थी कि प्रियगोपालजी भी उस प्रकार धरती छूकर अभिवादन स्वीकार करते। उस दिन तो हम पैदल ही जा रहे थे परन्तु बाद में देखा कि वह अगर अपनी साइकिल अथवा रिक्शा पर सवार होते तो वह भी नीचे उतरते। मेरे पूछने पर बताया कि समाज में कोई कितना ही ऊँचे अथवा छोटे पद पर हो, धरती के जीव होने के नाते सब बराबर हैं।

इस प्रक्रिया से हर समय एक आदर तथा विनम्रता का एहसास बना रहता है। तत्पश्चात मैं दिल्ली, कलकत्ता, गुवाहाटी, नैनीताल, लखनऊ आदि में रतन थियम, कन्हाईलाल, लोकेन्द्र अराम्बाम आदि के कलाकारों तथा उन्हें दिन की पहली भेंट में धरती छूकर अभिवादन करते देखता हूँ तो चकित खड़े अपने साथियों को इस क्रिया का महत्त्व बता दिया करता हूँ। यही कारण है कि मणिपुरी कलाकार प्रदर्शन के पश्चात नतमस्तक होकर दर्शकों का अभिवादन करते हैं।

मणिपुर में होली के समय सामूहिक नृत्य के साथ-साथ अन्य सांस्कृतिक कार्यक्रम भी होते रहते हैं। हर मुहल्ले के लोग अपनी श्रद्धा और सुविधानुसार भिन्न-भिन्न अनुष्ठान कराते हैं जैसे रासलीला, सुभंग लीला। लगभग हर मुहल्ले में मन्दिर के साथ-साथ एक मण्डप भी होता है, जहाँ यज्ञ आदि अनुष्ठानों के साथ-साथ सांस्कृतिक कार्यक्रम प्रस्तुत किये जाते हैं। इम्फाल ही नहीं, मणिपुर के हर गाँव में दो-तीन ऐसे मण्डप अवश्य होते हैं।

हमारे पड़ोस में भी ऐसा ही एक नट मण्डप था। उस मध्य भाग को, जिसे 'रंगस्थल' कहते हैं, फूल-पत्तियों तथा काग़ज़ की झालरों से सजाया गया था। ऐसे मण्डपों के निर्माण में लम्बाई-चौड़ाई, साज-सजावट, प्रदर्शन-स्थल तथा दर्शक दीर्घा आदि के पारम्परिक नियम निर्धारित हैं। रासलीला का हर प्रदर्शन 'नट संकीर्तन' से आरम्भ होकर 'नाट्य पद' से समाप्त होता है।

वैष्णव परम्परा के अनुयायी मणिपुर में 'नट संकीर्तन' एक महायज्ञ माना जाता है और मेरे जीवन के अस्मिरणीय अनुभवों में 'नट संकीर्तन' का प्रथम अवलोकन भी है।

बीस फुट, चालीस फुट के आयताकार 'रंगस्थल' में एक ओर दस-बारह पोंग (मृदंग) वादक खड़े हैं। बाकी तीन ओर लगभग तीस कलाकर मंजीरे लिये हुए हैं। सभी सफेद धोती तथा पगड़ी और गले में फूलों की माला पहने हैं। पोंग वादन के साथ मंजीरों के जुगलबन्दी। नर्तक मंजीरा वादन के साथ-साथ भाव-भंगिमा का प्रदर्शन करते हुए। पोंग वादक लयकारी के साथ-साथ कलाबाज़ी के करतब दिखाते हुए। बिलकुल शून्य मौन से आरम्भ करके धीरे-धीरे, अलग-अलग

वादन पद्धति के अनुसार ध्वनि की चरम सीमा तक जाती कई आवृत्तियाँ। दर्शक दम साधे, मौन से ध्वनि की क्षीण उत्पत्ति सुनते हुए, जैसे पानी की लहरें हिलोरें ले रही हों। धीरे-धीरे ध्वनि की मात्रा बढ़ते हुए, जैसे दूर कहीं बादल गड़गड़ा रहे हों, जैसे समुद्र की लहरें हवा की तीव्रता के सहारे उछाल भरने को शोर करती मचल रही हों और फिर जैसे बादल बिलकुल सर पर गरजने लगें, लहरें बीस फुट ऊँची उछाल भरकर तट से आ टकराएँ और पलट जाएँ। कोई भारी-भरकम हवाई जहाज छतों को छूता हुआ एक कम्पन-सा पैदा करता हुआ निकल जाए। अलग-अलग तीव्रता तथा अलग-अलग लयकारी के कई नमूने, कई अनुभव। कितनी ही हाई-फ़ाई डिजिटल, स्टीरियोफ़ोनिक रिकार्डिंग क्यों न कर लें, वैसा इफैक्ट पैदा कर पाना असम्भव है।

उन्हीं दिनों मणिपुर की विश्वप्रसिद्ध पारम्परिक नृत्य शैली 'लाईहाराउबा' का विशेष अनुष्ठान था। इम्फाल के मध्य भाग में स्थित एक पौराणिक मन्दिर के तालाब के किनारे पूजा-अर्चना से इस महोत्सव का आरम्भ होता है। इस स्थान का 'लाईहाराउबा' के उद्‌भव के साथ सम्बन्ध है।

अनुष्ठान से पूर्व नृत्य अकादमी परिसर से लगभग पाँच सौ कलाकारों की एक शोभायात्रा, नृत्य-वादन करती हुई पूजा-स्थली पहुँची। लगभग दो घण्टे तक पूजा के पश्चात नृत्य करती शोभायात्रा वापस लौटी। मणिपुरवासियों की कला के प्रति श्रद्धा का नमूना थी यह शोभायात्रा। लगभग दो किलोमीटर लम्बे रास्ते पर भीड़ ऐसे जुटी थी, जैसे दशहरे के अवसर पर रामलीला का जुलूस देखने के लिए जुटती है।

पाँच दिवसीय कार्यक्रम में नृत्य के उद्‌भव, विकास, प्रशिक्षण तथा बदले परिवेश की चुनौतियों पर परिचर्चाएँ हुईं, जिसमें भारतीय नृत्य-मर्मज्ञों के साथ कई विदेशी विशेषज्ञों ने भी भाग लिया। नृत्य-प्रदर्शन तथा नृत्य-विश्लेषण के इस अनूठे पर्व में भाग लेने का यह अवसर बहुत लाभदायक रहा।

अँग्रेज़ी नाट्य पत्रिका 'एनैक्ट' के मणिपुरी रंगमंच के विशेष संस्करण के सिलसिले में मुझे 1978 में फिर इम्फाल जाने का अवसर मिला। इस बीच रतन थियम (1971-74) तथा सानारव्या इबोतोम्बी (1973-76) रा. ना. वि. में अपना प्रशिक्षण समाप्त कर चुके थे। अपने पिछले प्रवास के दिनों में 'थम्बालनो' का प्रदर्शन देख ही चुका था, जिसकी झलक 1954 में देखी थी। मैं यह भी जान चुका था कि इम्फाल में तीन नाट्यघर और तीन नाट्य-मण्डलियाँ हैं जो पिछले पचास वर्षों से लगातार प्रदर्शन कर रही हैं। इम्फाल से थोड़ी दूर नाम्बोल गाँव में एक मंच है, जहाँ से हर सप्ताहान्त प्रदर्शन होते आ रहे हैं। कई नाट्य-कर्मियों से परिचय भी हो चुका था। उन्हीं में थे प्रो. ई. नीलकान्त सिंह जो 'एनैक्ट' के अतिरिक्त अन्य पत्र-पत्रिकाओं में लगातार लिख रहे थे। हमने उन्हीं से इस अंक का अतिथि

सम्पादक बनने का अनुरोध किया था।

इबेतोम्बी अपने सारे कार्यक्रम रद्द करके 6 दिन तक मुझे रंगकर्मियों से मिलाने, नाटक दिखाने, रंगमण्डप का इतिहास बताने में लगे रहे। मुझे याद है, दुनिया-भर के इण्टरव्यू रिकार्ड कर लिये थे, परन्तु उनका इण्टरव्यू करने का समय ही नहीं मिल पाया था। वह मैंने अन्तिम दिन रिक्शा में बैठे घर से बस अड्डे तक के सफ़र में किया था।

मणिपुर ड्रामेटिक यूनियन की स्थापना 1931 में पाँच नाट्य-प्रेमियों ने की थी। उनमें से केवल अस्सी वर्षीय एन. शामसुन्दर सिंह जीवित थे जो संस्था के प्रारम्भिक दौर के बारे में बातचीत के लिए विशेष रूप से मुझसे मिलने आये थे। दूसरी पुरानी संस्था है—'रूप महल', जिसकी स्थापना दूसरे विश्वयुद्ध के चलते 1943 में हुई थी। इस संस्था को भारत के पहले राष्ट्रपति डॉ. राजेन्द्र प्रसाद तथा पहले प्रधानमन्त्री पं. जवाहर लाल नेहरू को अपने थियेटर में नाटक दिखाने का गौरव प्राप्त हुआ था। इस ग्रुप को कभी भी धन की समस्या नहीं हुई, क्योंकि यह सप्ताह के पाँच दिन फिल्में चलाते और शनिवार को एक और रविवार को दो नाट्य-प्रदर्शन करते। वह 7 जुलाई 1948 से अपनी बिल्डिंग में कार्यरत थे।

ये दोनों संस्थाएँ पौराणिक, धार्मिक, लोक-कथाओं तथा ऐतिहासिक पात्रों पर आधारित नाटक प्रस्तुत करतीं। उनमें शिल्प तथा लोक मनोरंजन का मिश्रण होता। एम. डी. यू. का 'थम्बालनो' तथा 'रूपमहल' का 'वीर टिकेन्द्रजीत' बहुत प्रसिद्ध नाटक है जो वर्षों से खेले जा रहे हैं। 'थम्बालनो' तो अभी हाल ही में रतन थियम ने रा. ना. वि. के द्वितीय वर्ष के छात्रों के साथ किया था जो एक महीने की वर्कशॉप के लिए इम्फाल गये थे।

आरियन थियेटर गत पचास वर्षों से दूसरी दो संस्थाओं की सहेली जैसी रही है। अपना थियेटर होने के बावजूद यह अव्यावसायिक संस्थान था। वह प्रायः नये लेखकों, निर्देशकों तथा रंग-मण्डलियों को प्रस्तुत करते। उनका काम पारम्परिक कम और अवाँगार्द अधिक था। वह प्रयोगधर्मिता को अधिक महत्त्व देते। उन्होंने 1971 में श्री बिरेन (खोनचैट) तथा कन्हाईलाल (इखोलाम्बी) की प्रथम नाट्य रचनाएँ प्रस्तुत कीं। इस बार इसी थियेटर में श्री बिरेन का 'हैल्कपा' देखने का अवसर मिला। इस काव्य-नाटक का अँग्रेजी अनुवाद बाद में 'इनैक्ट' में छपा था। उस समय तक आरियन थियेटर 110 नाटक प्रस्तुत कर चुका था, जिसमें लगभग 90 नाटक मूल मणिपुरी के थे।

मैं मणिपुरी थियेटर के दादा गुरु जी.सी. तोंगबरा से मिलने को बहुत उत्सुक था। तोंगबरा गत पचास वर्षों से नाट्य-लेखन तथा मंचन के कार्य से जुड़े हुए थे। उनके लगभग 50 पूर्णकालिक तथा सौ से अधिक एकांकी खेले जा चुके थे।

मैं ही तब तक इलाहाबाद, शिमला तथा अन्य स्थानों पर होने वाली नाट्य-प्रतियोगिताओं में उनके दस-बारह एकांकी देख चुका था। मणिपुर से आने वाले लगभग सभी दल उन्हीं के नाटक करते और प्रस्तुति, अभिनय, निर्देशन आदि के पुरस्कार जीतकर ले जाते। युवावस्था में लिखे उनके कई नाटक अँग्रेज सरकार द्वारा प्रतिबन्धित हुए थे। उन्होंने अभी हाल ही में फिल्म निर्देशन शुरू किया था। मैं उनकी नवीनतम फिल्म देखकर ही उनसे मिलने गया था।

सुरुचिपूर्ण घर, सादा-सा व्यक्ति, अपनी 'लार्जर दैन लाइफ़' छवि से बेपरवाह, कोई दम्भ, कोई दुराव नहीं। एब्सर्ड थियेटर से नाखुश, रा. ना. वि. की शिक्षा का स्वागत। कहा कि रतन प्रतिभाशाली युवक है परन्तु उसे दिखावा कम करना चाहिए और अपने नाटकों को दर्शकों से जोड़ना चाहिए।

गत वर्ष जब उनके देहान्त का समाचार सुना तो उन्नीस वर्ष पूर्व की मुलाकात आँखों के सामने घूम गयी। अँग्रेजी राज का विरोध करने वाले तोंगबरा से जब पूछा था कि क्या उन्होंने इमरजेंसी के विरुद्ध कोई नाटक लिखा था? तो उन्होंने सहज भाव से कहा, 'नहीं।' मैं डर गया था। चलते समय मैंने बताया कि आपकी फिल्म देखी है तो मुस्करा-भर दिये। जब बताया कि अच्छी नहीं लगी, तो बोले, 'असिस्टेण्ट डायरेक्टर तथा प्रोड्यूसर ने सब गड़बड़ कर दी।' जब कहा कि आपकी तो बदनामी हो रही है, आपने नाम वापस क्यों नहीं ले लिया, तो सहज मुस्कान से बोले, 'ग्लैमर का मोह नहीं छोड़ पाया।'

गत वर्षों में रतन थियम, कन्हाईलाल, अराम्बाम लोकेन्द्र, कामिनी सिंह आदि का काम दिल्ली, कोलकाता, मुम्बई आदि कई स्थानों पर देखने का अवसर मिलता रहा है। इस बीच रतन तो रा. ना. वि. के निदेशक भी बने और विदेशों में 'चक्रव्यूह' आदि नाटकों के प्रदर्शनों से भारतीय रंगमंच का नाम ऊँचा किया। मणिपुर के अन्य कई छात्र भी वहाँ कार्य करने लगे।

लगभग दो वर्ष पहले मुझे इम्फाल जाकर रा. ना. वि. के स्नातकों द्वारा विद्यालय के विस्तार कार्यक्रम के अन्तर्गत चलाये गये एक वर्षीय अभिनय प्रशिक्षण कार्यक्रम को देखने का अवसर मिला। देखा कि नाट्य प्रेम में कमी नहीं आयी है और गतिविधियाँ बहुआयामी हो गयी हैं। प्रस्तुति स्वरूप तो मणिपुरी कलाओं पर ही आधारित है परन्तु आज के ज्वलन्त प्रश्न भी नाटक का आधार बनते हैं तथा दर्शकों से जुड़ते हैं। मणिपुर के कोने-कोने से आये युवकों का उत्साह देखने लायक था जो एक वर्ष तक अपने खर्चे पर इम्फाल में रहने आये थे। एक युवक की तो पूरे गाँव वालों ने मिलकर न केवल सहायता की बल्कि उसकी अनुपस्थिति में उसके बूढ़े माता-पिता की भी जिम्मेदारी उठायी। उनकी इच्छा थी कि उनके गाँव की नाटक मण्डली की प्रस्तुतियों का स्तर ऊँचा हो सके। पहले इबोमोम्बी मणिपुर के

सीमावर्ती क्षेत्रों में आदिवासियों के साथ काम करते थे। अब के. जोगिन्द्रो सिंह ने यह काम सँभाल लिया था। एल. किश्वरजीत सिंह अपने ग्रुप के साथ पुलिस आतंक पर एक नाटक कर रहे थे। एक वर्ष के प्रशिक्षण कार्यक्रम का दायित्वभी इन्हीं का था।

अभी हाल ही में 'नटरंग प्रतिष्ठान' के तत्वावधान में युवा निर्देशकों से संवाद के कार्यक्रम में अनामिका हक्सर ने बताया था कि जब वह प्रशिक्षण के लिए रूस गयी थीं तो उन्हें अपने सहपाठी आलू की खेती करते हुए मिले थे, क्योंकि वहाँ मिट्टी से जुड़ना कला-साधना का आवश्यक अंग माना जाता है। अगर वह इम्फाल में रतन थियम के कोरस रेपट्री के कैम्पस में गयी होतीं तो वहाँ भी ऐसा ही अनुभव होता। शान्ति निकेतन की तरह विशाल न सही, कुछ एकड़ में फैले परिसर में मछली पालन, खेती-बाड़ी आदि का काम दिनचर्या का आवश्यक अंग है। प्रात: 6 से बारह बजे तक कला-साधना के पश्चात दो घण्टे तक सब लोग इस कार्य में जुट जाते हैं। महिला कलाकार सूत कातने, खड्डी पर कपड़ा बुनने, रँगने, वस्त्र तैयार करने का काम स्वयं करती हैं। मंच सामग्री, मुखौटे आदि का निर्माण, लाइट्स की मरम्मत व सफाई आदि भी खुद ही करते हैं। यही कारण है कि अपने हाथ से बनाये, सँवारे उपकरणों से कलाकारों का लगाव उनके प्रदर्शनों को और भी अर्थवान बना देता है, क्योंकि वह 'निर्जीव' होते हुए भी उनकी अपनी रचना होते हैं।

हमारे सहपाठी एम. नीलमणि सिंह को एक वर्ष बाद ही वापस इम्फाल लौटना पड़ा, क्योंकि उन दिनों फेल होने वाले छात्रों को दोबारा परीक्षा देने या क्लास दोहराने का अवसर नहीं मिलता था। नीलमणि ही नहीं, केरल के एस. आर. के. पिल्लै तथा राजी भाम्बरी (बम्बई के सिनेमा स्टार जगदेव भाम्बरी की पत्नी) को भी जाना पड़ा। पिल्लै गीत तथा नाटक प्रभाग में असिस्टेण्ट तथा डिप्टी डायरेक्टर के रूप में मंच कलाओं से जुड़े रहे और रा. ना. वि. का डिप्लोमा प्राप्त करने का सपना उनके पुत्र अभिलाष पिल्लै (1991-94) ने पूरा किया। पता नहीं नीलमणि फिर दिल्ली आये या नहीं, मुझे इतनी बार इम्फाल जाने पर भी उनसे भेंट नहीं हुई, जबकि कारन्तजी को दो-तीन बार इम्फाल जाने पर वह मिल गए। रा. ना. वि. छोड़कर वह रंगमंच से दूर चले गये और बिजनेस करने लगे। उनका बेटा फिल्म अभिनेता जरूर बन गया है।

## 'अंकिया नाट' का अवलोकन

राष्ट्रीय नाट्य विद्यालय में भारतीय रंगमंच के बारे में अध्ययन करते समय असम

के पारम्परिक नाट्य रूप 'अंकिया नाट' के बारे में पढ़ने-सुनने का अवसर मिला। कहा जाता है 'अंकिया नाट' और केरल का 'कोडियट्टम' मूल संस्कृत नाट्य-परम्परा के जीवन्त उदाहरण हैं। इन नाट्य-रूपों को देखने की बहुत इच्छा थी। इस बीच 1962 में देव कुमार नाथ और 1963 में दुलाल राय रा. ना. वि. में आये। उनसे 'अंकिया नाट' के बारे में कुछ जानकारी तो मिली परन्तु प्रदर्शन देखने का अवसर 1977 में मिला, जब मैं श्री पंचानन पाठक के साथ गुवाहाटी में असम के संस्कृति विभाग के तत्वावधान में आयोजित एक थियेटर वर्कशॉप के लिए वहाँ गया।

यों तो मणिपुर, नागालैण्ड, मिजोरम आदि की यात्रा पर आते-जाते गुवाहाटी में गाड़ी बदलते समय कई बार दुलाल राय से स्टेशन पर मुलाकात हो जाती या समय अधिक रहने पर कोई असमिया फ़िल्म आदि देख लेता। देवकुमार नाथ आकाशवाणी में तथा दुलाल राय संस्कृति विभाग के नाट्यदल के प्रमुख थे। वह अपने सरकारी कार्यक्रमों के साथ-साथ सार्थक रंग-गतिविधियों से सक्रिय रूप से जुड़े हुए थे।

वास्तव में दुलाल की लगभग सभी प्रस्तुतियाँ दिल्ली में देखने का अवसर प्राप्त हो जाता था। वह प्राय: असम के दिल्ली में होने वाले समारोहों में नाट्य-प्रस्तुतियाँ शामिल कराने में सफल रहता था। दिल्ली में होनेवाली अखिल भारतीय बहुभाषी नाट्य प्रतियोगिताओं में उसके नाटक प्रस्तुति, निर्देशन, अभिनय आदि के पुरस्कार ले जाते। दुलाल द्वारा किया गया लोर्का का नाटक 'हाउस ऑफ़ बर्नार्डा आलबा' के असमिया रूपान्तरण 'फ़ातिमा बीबीर घर' में न केवल दुलाल की परिकल्पना तथा निर्देशन का कमाल देखने को मिला, रूनू देवी, पूर्णिमा पाठक, निवेदिता तथा चेतना आदि का उत्कृष्ट अभिनय भी देखने को मिला। दिल्ली में दुलाल का दूसरा नाटक बर्नार्ड शॉ के 'पैगमिलियन' का असमिया रूपान्तरण था, जिसमें इलाइजा डू लिटिल फूल बेचने वाली के स्थान पर मछली बेचने वाली थी। फ़ाइन आर्ट थियेटर के मंच पर जिस प्रकार गुवाहाटी के किसी बाजार का दृश्य उपस्थित किया गया, उस एक दृश्य ने ही दर्शकों को अभिभूत कर दिया था। दिल्ली में होने वाला दुलाल का नवीनतम नाटक अल्बर्ट कैम्यू के 'कालिगुला' का असमिया भाषा में अनुवाद था, जिसे दो-तीन वर्ष पूर्व रा. ना. वि. परिसर में मंचित किया गया था।

गुवाहाटी का रवीन्द्र भवन अन्य प्रदेशों की राजधानियों से बेहतर हालत में था, क्योंकि संस्कृति विभाग का दफ्तर भी यहीं था और लगातार कार्यक्रम होते रहते थे। उपकरणों क ी कमी अवश्य थी, फि र भी अच्छी हालत थी। दो सप्ताह की वर्कशॉप में पूर्वाह्न में पाठकजी, माईम मूवमेण्ट, वॉयस और स्पीच की क्लास लेते। दोपहर बाद आमन्त्रित वक्ताओं के भाषण होते और शाम को छोटी-छोटी

अभ्यासिकाएँ होतीं। कलकत्ता से तापससेन (प्रकाश योजना), कुमार (अभिनय), रुद्रप्रसाद सेनगुप्त (निर्देशन) ने लेक्चर डिमांस्ट्रेशन दिये। गुवाहा रंगकर्मी इनकी मंच प्रस्तुतियाँ देख ही चुके थे, इसलिए व्याख्यान सन्दर्भ सहित थे।

असम के कई नगरों से बीस छात्रों के अतिरिक्त रूनू देवी, पूर्णिमा पाठक, चेतना दास तथा निवेदिता आदि भी थीं, जिन्हें मैं दिल्ली में देख चुका था। असम के गण्यमान्य नाट्यकार, निर्देशक, प्रवक्ता इस वर्कशॉप में आये। श्री शंकर देव ने सोलहवीं शताब्दी में 'अंकिया नाट' को स्वरूप दिया परन्तु ज्योति प्रसाद अग्रवाल को आधुनिक असमिया नाटक का जन्मदाता माना जाता है। 17 जून, 1903 में जन्मे ज्योति प्रसाद अग्रवाल 17 जनवरी 1951 तक के अपने 48 वर्ष के जीवन काल में असम के सांस्कृतिक परिदृश्य में अपने क्रान्तिकारी कार्य के कारण गहरा प्रभाव छोड़ गये। असमिया भाषा की पहली फिल्म के निर्माता भी वही थे।

इस वर्कशॉप की सफलता से प्रेरित होकर रा. ना. वि. के विस्तार कार्यक्रम के अन्तर्गत मार्च, 1979 में मैं दस सप्ताह की गहन प्रशिक्षण कार्यशाला का कैम्प डायरेक्टर बनकर फिर गुवाहाटी गया। कारन्तजी उन दिनों रा. ना. वि. के निदेशक थे और वर्कशाप से कुछ दिन पहले गुवाहाटी गये थे। वह इस वर्कशॉप की सफलता के बारे में आश्वस्त नहीं थे, क्योंकि उन्हें बहुत निगेटिव रिस्पांस मिला था। मुझे कहा गया था कि वहाँ स्थानीय आयोजक (संस्कृति विभाग) जरा भी आनाकानी करें तो मैं एक पत्रकार सम्मेलन बुलाकर सारी बातों का खुलासा करके वापस चला आऊँ।

रा. ना. वि. का बांग्लादेशी स्नातक जमील अहमद तथा स्नातक पंकज सक्सेना और आजकल विद्यालय के फ़ोटोग्राफ़र एस. थ्यागराजन उस समय लिपिक थे, वे वहाँ पहले ही पहुँच चुके थे। संस्कृति विभाग में दुलाल के अतिरिक्त गीत तथा नाटक प्रभाग में डिप्टी डायरेक्टर और आजकल यह संस्कृति विभाग में विशेष कार्याधिकारी कृष्णमूर्ति हजारिका की सहायता से वर्कशॉप की अड़चनें दूर करके समय पर ही कार्य आरम्भ कर लिया। अनिश्चितता के वातावरण में आवेदन आदि के लिए अख़बारों में सूचना समय पर न छपने की कमी को देव कुमार नाथ तथा गुवाहाटी आकाशवाणी केन्द्र के निदेशक वीरेन फूकन की सहायता से दूर किया। दिन में छः-सात बार साक्षात्कार तथा चयन आदि की सूचना प्रसारित करते रहे।

हमें कहा गया था कि इस समय वर्कशॉप में कोई नहीं आना चाहेगा, परन्तु अस्सी के करीब रंगकर्मी आये। सभी इतने प्रतिभाशाली कि चयन करना कठिन। फिर भी तीस लोग चुने गये। शायद कोई न भी आये, यह सोचकर गीत और नाटक प्रभाग के गुवाहाटी तथा इम्फाल से कलाकारों को बुलाने का प्रबन्ध भी कर रखा था। लोग मिल गये तो गुवाहाटी के कलाकार तो नहीं बुलाये परन्तु इम्फाल केन्द्र

थियम के ग्रुप के चार कलाकार जरूर आये। कहाँ तो कहा
र चार छात्र भी न मिलें, अब चार कम पचास वर्कशॉप में

ताह में प्रशिक्षण तथा दो नाटकों के गुवाहटी, इम्फाल तथा दिल्ली की योजना के साथ छात्रों के लिए पारम्परिक लोकशैलियों के प्रदर्शन जना भी थी। उसी योजना के अन्तर्गत 'रामविजय' अंकिया भावना (नाट) प्रदर्शन हुआ। अंकिया भावना संस्कृत नाटक की तरह ही पूर्वरंग आदि से आरम्भ होता है। वस्त्र-सज्जा, मंच-सज्जा हमारी ओर की रामलीला जैसी ही तड़क-भड़क वाली थी। गीत-संगीत असमिया। पूछने पर पता चला कि अंकिया नाट के लिए लगभग सौ वर्षों से कास्ट्यूम तथा पर्दे आदि मथुरा से ही बनकर आते थे। संस्कृत नाट्य परम्परा से निकटता कहीं नज़र नहीं आती थी। दुलाल ने बताया कि अंकिया भावना (नाट) पहले जैसी नहीं रही। उसकी बजाय 'ओझा पल्ली' अपने पारम्परिक रूप को अभी भी सँभाले हुए है। 'ओझा पल्ली' बहुत कुछ मणिपुर के संकीर्तन से मिलता-जुलता अनुभव था। इसको हमने वर्कशॉप की असमिया प्रस्तुति 'गाँव बोढ़ा' में प्रयोग करने का प्रयत्न किया।

गुवाहाटी प्रवास की महत्त्वपूर्ण घटना थी जामूगोढ़ो गाँव में 'बारह शहरिया भावना' का प्रदर्शन। यह गाँव तेजपुर से 50 किलोमीटर आगे है, जहाँ हर पाँच वर्ष बाद 'बारह शहरिया भावना' का प्रदर्शन होता था। कारन्तजी से इस अवसर पर आने की बात पहले ही तय हो चुकी थी। मुझे लगा कि इस अवसर पर कमला देवी चट्टोपाध्याय, जो उन दिनों संगीत नाटक अकादमी की अध्यक्ष थीं, को भी यहाँ आना चाहिए। यह कार्यक्रम सात अप्रैल को होना था। पता चला कि कमलादेवीजी दिल्ली में नहीं, भुवनेश्वर में हैं। वहाँ से वह कलकत्ता आएँगी और पाँच तारीख़ को अगरतला में होंगी। भुवनेश्वर में तो उनसे बात नहीं हो पायी, परन्तु कलकत्ता राजभवन में दो-तीन बार फोन करने पर उनसे बात हो पायी। वह 5 अप्रैल को आने के लिए तैयार तो हो गयीं, अगर आठ तारीख को गुवाहाटी से कलकत्ता की फ़्लाइट की टिकट उन्हें मिल जाए। मैंने कहा कि हम पहले से ही बुक करवा देंगे। वह फिर बोलीं कि अगरतला से फिर दरयाफ़्त करूँगी। टिकट बुक हुई तो आऊँगी, नहीं तो नहीं। मुझे वहाँ के राजभवन का नम्बर भी लिखा दिया।

पाँच तारीख को कारन्तजी ग्यारह बजे के करीब कलकत्ता से आये। अगरतला से कमलादेवीजी का जहाज एक बजे आने वाला था। हमने हवाई अड्डे पर ही रुकने का निर्णय लिया। उनके लिए कार सीधी जहाज के पास ले जाने की इजाजत ले रखी थी। हम उन्हें लेने जहाज पर चढ़ गये। मुझे देखते ही बोलीं, 'आठ की बुकिंग हो गयी? न हुई हो तो बता दो, मैं इसी फ़्लाईट से कलकत्ता चली

जाऊँगी।' हज़ारिका साहब के विश्वास दिलाने पर कि बुकिंग हो गयी है, वह हवाई जहाज से नीचे उतरीं।

मैं हैरान था कि वी. वी. आई. पी. होने के बावजूद वह बुकिंग के लिए इतनी चिन्तित क्यों थीं। सर्किट हाउस पहुँचते-पहुँचते ढाई बज गये थे। उनसे खाने के बारे में पूछा तो कहा कि जो कुछ भी मिल जाए। हज़ारिका साहब गये और दस मिनट बाद आकर बोले कि बाहर से मँगवाना पड़ेगा, यहाँ तो घण्टा-भर लग जाएगा। कमलादेवीजी ने मुझे पास में रखी बॉस्केट उठा लाने को कहा और उसमें से पैक्ड लंच निकालकर प्लेट में परोसती हुई बोलीं, 'मैं अगरतला से लंच पैक करवाकर चली थी। मुझे ऐसे सर्किट हाउसों का बहुत अनुभव है। मैं ऐसे ही नहीं, बार-बार टिकट बुक करवाने को कह रही थी। इन छोटे एयरपोर्टों पर फँस जाना मामूली-सी बात है और मुझे नौ तारीख को बम्बई में एक जरूरी मीटिंग अटैण्ड करनी है।'

जामुगोढ़ो में हर पाँच वर्ष बाद होने वाले अंकिया भावना के समारोह के लिए खुले खेतों में, छतों पर डाली जाने वाली घास का एक विशाल मण्डप बनाया जाता है, जो ऊपर से देखने पर कमल के फूल की फैली हुई पत्तियों जैसा लगता है। मण्डप के बीचोंबीच एक देवस्थान है। दायरे की स्पर्श रेखा समान बाँस की छोटी-छोटी-सी बाढ़ से बनाये गये कुछ खण्ड यहाँ एक ही समय में 16-20 नाटक मण्डलियाँ अंकिया भावना प्रस्तुत करती हैं। प्रदर्शन रात को लगभग आठ बजे आरम्भ होता है तथा सुबह होने तक चलता है।

उस दिन 19 नाटक मण्डलियाँ भाग ले रही थीं। कुछ प्रशिक्षणार्थी मण्डप के रेखांकन में जुट गये तथा अन्य प्रत्येक मण्डली के पास जाकर नाटक, लेखक, पात्र-परिचय, अभिनेता, वेशभूषा, रूप-सज्जा आदि के बारे में जानकारी एकत्रित करने लगे।

गायन-वादन के समय लगभग 400 कलाकार ढोल, मृदंग, झाँझ तथा मंजीरे बजा रहे थे। लग रहा था मणिपुर में संकीर्तन का अनुभव बीस गुणा हो गया हो। एक ही समय में उन्नीस सूत्रधार अपनी-अपनी कथावस्तु का परिचय दे रहे थे। हम घूम-घूमकर देखते रहे। दस बजे के आसपास मूल नाटक आरम्भ हुए। सचमुच एक अनूठा अनुभव था।

गुवाहाटी वर्कशॉप से प्रांजल सैकिया तथा लाला हज़ारिका (1978-81), पूर्णिमा पाठक सैकिया (1979-82), करुणा डेका (1980-83), सीमा विश्वास (1981-84) रा. ना. वि. में प्रशिक्षण प्राप्त करने आये। मुझे तो याद नहीं परन्तु पंकज सक्सेना हाल ही में एक दिन कह रहे थे कि अगर मैं गुवाहाटी वर्कशॉप में न होता तो सीमा विश्वास 'बैण्डिट क्वीन' न होतीं। उसने बताया कि चयन

समिति ने, जिसमें संस्कृति विभाग के निदेशक के अतिरिक्त चार अन्य वरिष्ठ रंगकर्मी थे, सीमा को नहीं चुना था। मेरे कहने पर चुना गया कि वह गुवाहाटी से 90 किलोमीटर दूर नलबाड़ी जैसी छोटी जगह से आकर प्रशिक्षण प्राप्त करने को आतुर हैं जबकि गुवाहाटी की कई महिलाएँ चुनी जाने पर भी अपनी कठिनाइयों का बयान कर रही हैं। उसे ले लेना चाहिए।

जिन दिनों दुलाल राय और देवकुमार नाथ रा. ना. वि. में प्रशिक्षण प्राप्त कर रहे थे, उन्हीं दिनों असम के कामरूप जिले में, जहाँ जात्रा नाट्य-परम्परा प्रचलित थी, एक नयी मंच विधा की बुनियाद रखी जा रही थी। पाठशाला, कामरूप के अच्युत लाहकार पहियों तथा रेल की पटरी पर चलने वाली तीन स्टेजों पर नाट्य प्रदर्शन की परिपाटी का श्रीगणेश कर रहे थे। दर्शकों के सामने एक ही स्टेज का दृश्य सामने आता तथा दूसरी स्टेजों पर आने वाले दृश्यों का निर्माण कार्य चलता रहता। नाटक प्राय: पौराणिक अथवा सामाजिक कथाओं पर आधारित होते।

गुवाहाटी में एक मोबाइल थियेटर की प्रस्तुति देखने का अवसर मिला। रवीन्द्र भवन से पाँच किलोमीटर की दूरी पर दीसपुर के एक बड़े मैदान में मंच तथा मण्डप तैयार किया गया था। अब तीन स्टेजों की बजाय एक ही 50-60 फुट चौड़े मंच को दो भागों में बाँटकर दो दृश्य एक साथ प्रस्तुत करने का चलन आरम्भ हो चुका था। एक दृश्य चल रहा होता तो दूसरे भाग पर पर्दा खींचकर दूसरा दृश्य तैयार किया जाता। अब तो स्लाइड प्रोजेक्शन तथा वीडियो प्रोजेक्शन भी हो रहा था। नाटक फिल्मी मसाला वाला ही था और पाँच हजार के करीब सरकस की तरह बैठने की व्यवस्था वाले मण्डप में बैठे लोग खूब आनन्द ले रहे थे।

मोबाइल थियेटर सिनेमा के जाने-माने कलाकारों के साथ-साथ अन्य 200 के करीब लोगों का काफ़िला लेकर चलते हैं, मंच तथा मण्डप उपकरणों के 'सेट' आदि भी। अपनी बसें और ट्रक। बड़े-बड़े जेनरेटर। एक जगह पर प्रदर्शन चल रहा होता है तो दूसरी जगह पर तैयारी। वहाँ कलाकार पहुँचते हैं तो पहली स्टेज के लोग तामझाम उठाकर तीसरी जगह चले जाते हैं। चार-पाँच बड़े नगरों को छोड़ दें, जहाँ 8-10 प्रदर्शन होते हैं, किसी भी स्थान पर दो या तीन से अधिक प्रदर्शन नहीं होते। कलाकार एक बार दौरे पर निकलते हैं तो पाँच-छ: महीने तक हर रात मंच पर रहना पड़ता है।

रा. ना. वि. के स्नातक किसी-न-किसी रूप में (प्राय: मुख्य अभिनेता के रूप में) मोबाइल थियेटर से जुड़े रहे हैं। प्रांजल सैकिया, बहारूल, अनूप हज़ारिका, मृदुल बरुआ आदि। परन्तु यह सम्बन्ध दो-तीन साल से अधिक नहीं रहता, क्योंकि वहाँ पैसा तो खूब मिलता है, परन्तु सन्तोष नहीं।

रूनू देवी, पूर्णिमा सैकिया, चेतना दास, निवेदिता आदि मंच के साथ-साथ

असमिया फिल्मों में भी अभिनय करती रही थीं। जब मैंने इन्हें पहली बार दिल्ली के मंच पर देखा था तो वह पाँच-छः फ़िल्मों में कार्य कर चुकी थीं। परन्तु उन्होंने कभी भी इसकी चर्चा नहीं की थी, न ही सिनेमा स्टार की तड़क-भड़क थी। पहली वर्कशॉप में तो रूनू देवी एक बार क्लास के लिए देर से आयीं और चुपचाप मेरी डाँट सुनती रहीं। मुझे बाद में दुलाल से पता चला कि उसने इस वर्कशॉप के लिए अपना शूटिंग-शेड्यूल बदलवा दिया था परन्तु आज प्रातः सूर्योदय के शॉट देने जरूरी थे।

कुछ दिनों बाद मिज़ोरम जाते समय आठ-दस घण्टे गुवाहाटी में रुकने का अवसर मिला। आकाशवाणी भवन में असमिया नाटककार, जिनके नाटक 'आहार' का अँग्रेज़ी अनुवाद हम 'इनैक्ट' के असम विशेषांक में छाप रहे थे, को इण्टरव्यू करके मैं जल्दी निकलने को कह रहा था तो वह बोले कि 'ट्रेन तो शाम को सात बजे है। अभी जल्दी क्यों मचा रहे हैं।' मैंने बताया कि 'हमेशा की तरह समय है इसलिए तीन बजे एक असमिया फिल्म देखने जा रहा हूँ। मेरे कुछ और साथी तो वहाँ पहुँच भी गये होंगे।' फिल्म का नाम पूछने पर मैंने बताया कि 'नाम तो पता नहीं परन्तु सिनेमा हाल स्टेशन के सामने ही है।' वह बोले, 'हाँ, वहाँ 'सन्ध्या-राग' चल रही है।' मैंने पूछा कि कैसी है, तो बोले, 'अच्छी है। काफी अच्छी है। मैंने भी उसमें एक छोटा-सा रोल किया है।'

फिल्म देखी तो सचमुच बहुत अच्छी थी। उस वर्ष की असमिया भाषा के राष्ट्रीय पुरस्कार से सम्मानित फिल्म। यह वही फिल्म थी, जिसकी शूटिंग रूनू देवी ने वर्कशॉप के कारण स्थगित करवायी थी। वह इस फिल्म की नायिका थी और पूर्णिमा सह-नायिका। सरप्राइज यह था कि अरुण शर्मा छोटे से रोल में नहीं थे, बल्कि मुख्य पात्र थे।

तभी मुझे लगा कि उत्तर-पूर्व के कलाकार दिल्ली-बम्बई जैसे महानगरों के कलाकारों की तरह अकड़ू नहीं हैं। न ही वह हवाई किलों में रहते हैं। जी.सी. तोंबरा हों या अरुण शर्मा, वह विनम्र हैं और अभिवादन करते समय धरती छूकर उससे जुड़े होने का एहसास जगाये रखते हैं।

# इनके लिए भी कुछ गुलदस्ते

मंच पर तो चमत्कार को नमस्कार होता है। *आषाढ़ का एक दिन* के प्रथम अंक में गवाक्ष के नीचे एक मिट्टी का बड़ा-सा मटका तीसरे अंक में एक मटमैले, खण्डित मटके में बदल जाता है। दृश्य परिकल्पक की तीखी नजर के लिए वाह निकलती है। *अन्धा युग* के प्रदर्शन में 'वह नरभक्षी गिद्ध इधर ही आ रहे हैं' का संवाद आते ही मंच पर अन्धकार-सा छा जाता है और पर फड़फड़ाते गिद्धों की परछाइयाँ मंच पर नाच उठती हैं। बंगाली नाटक *अंगार में* कोयले की खान के अन्तिम दृश्य में चार-पाँच खान मजदूर पानी में डूबते हुए दिखाई पड़ते हैं। एक दूसरे बंगाली नाटक में लगता है जैसे एक रेलगाड़ी धड़धड़ाती हुई दर्शकों के सिर पर से निकल जाती है। कई दृश्य वास्तविकता की 'प्रतिलिपि' लगते हैं तो दूसरे फन्तासी के उत्कृष्ट नमूने। इतना ही नहीं, वेशभूषा, रूप-सज्जा, मंच उपकरणों में अपना ही एक आकर्षण, उनकी कला की उत्कृष्टता की एक झलक हमारी प्रशंसा का पात्र बनती है। परन्तु यह सब चमत्कार करने वाले स्मारिका में मंच पार्श्व वाले पृष्ठ पर टँगे रहते हैं। वह पृष्ठ जो शायद ही कोई ध्यान से देखता है।

रंग प्रसंग : 6 के अन्तिम पृष्ठ पर छपी सातवें अंक की पूर्व सूचना में ठीक ही लिखा है : 'हम मंच पर जो नाट्य-प्रस्तुति देखते हैं उसके पीछे न जाने कितने लोगों का हाथ रहता है, पर हम उन सबको नहीं देख पाते क्योंकि वे रहते हैं मंच के पीछे, मंच पार्श्व (बैक स्टेज) में—और इनमें से बहुतेरे तो ऐसे होते हैं जो सदा गुमनामी के अँधेरे में रहते हैं।' कई प्रसंग याद आ रहे हैं। पृथ्वी थियेटर के पठान और दीवार का सेट, शम्भु मित्र के रक्तकरबी, विसर्जन, पुतुलखेला का सेट या फिर शम्भु दा और तृप्ति मित्र का चार अध्याय में एक ही कुर्सी पर दो लाइटों के घेरे में बैठे अपनी आवाज़ का जादू जगाने का दृश्य। एम. एस. सथ्यू द्वारा हिन्दुस्तानी थियेटर के लिए संस्कृत नाटक मुद्राराक्षस के दृश्य-बन्ध के लिए सारे विंग और फ्लैटों को उल्टा खड़ा करके उन पर अखबार चिपकाना। या फिर उसी नाटक की हबीब तनवीर की अँग्रेज़ी प्रस्तुति दि सिगनैट

रिंग में अल्काज़ी साहब मंच परिकल्पना में सारे विंग काले कपड़ों की बजाय आफ व्हाइट मारकीन कपड़ा चढ़वाते हैं। या फिर हबीब साहब नयी नौटंकी के नाम से मिट्टी की गाड़ी की प्रस्तुति में सारे विंग और पीछे का पर्दा चिक बनाने वाले सरकण्डों से बनाते हैं...

अल्काज़ी साहब नाटक प्रस्तुतियों को थियेटर से बाहर ले आते हैं। *आषाढ़ का एक दिन* कैलाश कालोनी के बँगले के पिछवाड़े ओपन एयर में प्रस्तुत करते हैं। *अन्धा युग* कोटला फ़ीरोज़शाह की दीवार के आगे 100 फुट लम्बे मंच पर प्रस्तुत करते हैं। बाद में पुराना किला में *अन्धा युग* के साथ-साथ *तुग़लक* और *सुलतान रज़िया* विशेष रूप से निर्मित मंच पर प्रस्तुत करते हैं। रवीन्द्र भवन परिसर में छात्रों द्वारा निर्मित *मेघदूत* मुक्ताकाशी मंच पर मुंशी प्रेमचन्द की कृति *गोदान* के दृश्यबन्ध में गेहूँ लहलहाते खेत तैयार कराते हैं।

भव्यता की यह कड़ी *मेघदूत* मंच पर होने वाले अनेक नाटकों में दिखाई पड़ती है। निसार अल्लाना के *महाभोज* का दृश्यबन्ध कितने ही दो मंज़िले स्थल लिये हुए है। अल्काज़ी साहब रवीन्द्र भवन के तिमंजिले पर बने छोटे-से स्टूडियो थियेटर में *कंजूस* का दुमंज़िला सैट लगवाते हैं।

दूसरी ओर श्री राम सेण्टर बेसमेण्ट में बिना किसी दृश्यबन्ध के *सम्भव* नाटक मण्डली सफ़ेद कुर्ता-पाजामा पहले दस कलाकारों के साथ *महाभोज* का बहुत प्रभावशाली प्रदर्शन करती है और इसी के साथ दृश्यबन्ध में एक नये चलन का श्रीगणेश भी करती हैं।

पर, यह सारी भव्यता अथवा उसके अभाव से जादू जगाने वाला पार्श्व रंगकर्मी कहीं चर्चा में नहीं आता।

यूँ देखा जाए तो हर रंगकर्मी थोड़ा-बहुत पार्श्वकर्मी भी होता है। मंच परे वाला हर व्यक्ति चाहे मंच पर कभी न आए, मंच पर आने वाला लगभग हर व्यक्ति मंच परे की गतिविधियों में जरूर भागीदार होता है। मतलब यह कि पार्श्वकर्म से जुड़कर नामवर रंगकर्मी भी गुमनामी की भीड़ का हिस्सा बन जाता है।

मुझे याद है प्रसिद्ध मंच, टी. वी. सिनेमा के अभिनेत्री सुषमा सेठ जब विदेश से अभिनय का प्रशिक्षण लेकर आयी थीं तो वह नाटकों में अपनी वेशभूषा खुद प्रेस करतीं और अन्य मंच उपकरणों की सिलाई, मरम्मत का काम खुद करतीं। अल्काज़ी साहब अपना मेकअप खुद ही करते और अन्य पात्रों के मेकअप, वस्त्र-सज्जा आदि को दुरुस्त करने में कलाकारों की सहायता करते। लगभग हर निर्देशक इस प्रक्रिया से तो गुजरता ही है।

मुझे शौकिया रंगकर्मियों की याद है जो दिनभर जीविका के लिए जानमारी करके शाम को नाट्य कर्म में जुट जाते हैं। वह काम पूर्वाभ्यास तक सीमित नहीं

रहता। वह मंच-निर्माण, वस्त्र-विन्यास, मंच-उपकरणों की यथासम्भव तैयारी में लग जाते हैं। वह प्रचार-प्रसार के लिए पोस्टर लिखते हैं और समय आने पर दीवारों पर चिपकाने निकलते हैं। ऐसे रंगकर्मी आधी रात के बाद ही घर पहुँचते हैं। इस कर्म से बड़े-बड़े नामवर लोग जुड़े रहे हैं जैसे 'दिशान्तर' के दिनों में ओम शिवपुरी, मोहन महर्षि, बी. एम. शाह, ब. व. कारन्त, एच. वी. शर्मा। 'अभियान' के कुलभूषण खरबन्दा, श्याम अरोड़ा, टी. पी. जैन आदि और तो और नाटककार लक्ष्मीनारायण लाल भी कभी-कभी अपने नाटक के पोस्टर लगाने के अभियान में शामिल हो जाते। हर कलाकार अभिनय के अतिरिक्त जो भी सम्भव हो सके पार्श्वकर्म में साथ देता है। महिला कलाकार वस्त्र-विन्यास तथा मंच-उपकरणों की सिलाई, बुनाई, रंग पुताई तो करती ही हैं, समय आने पर लाइट टाँगनेवाले साथी की सीढ़ी थामे खड़ी हो जाती हैं या छोटा-मोटा सामान इधर से उधर उठा ले जाने में मदद करती हैं। वह सुधा शिवपुरी भी होतीं, मीना विलियम्स (जैकब) भी, सुषमा सेठ, उत्तरा बावकर, सुरेखा सीकरी, अनिला सिंह, डॉली अहलूवालिया जैसी अन्य सैकड़ों कलाकार क्योंकि व्यक्ति कोई भी हो, नाम कुछ भी हो, संस्थान कहीं भी, हर नाटक दल की कार्य प्रणाली आज भी ऐसी ही है। रा. ना. वि. में समग्र नाट्य प्रशिक्षण के कारण यहाँ के स्नातकों का अभिनय, निर्देशन आदि के अतिरिक्त पार्श्वकर्म में भी अपनी छाप छोड़ना कोई हैरानी की बात नहीं। हैरानी इस बात की है कि पार्श्वकर्म का ठप्पा लगते ही लोगों को ध्यान ही नहीं रहता कि 1971 में रा. ना. वि. की स्नातक बननेवाली किरण भटनागर मंच कलाओं में विशेषज्ञता प्राप्त करनेवाली पहली महिला छात्रा थीं। लोग यह तो जानते हैं कि डॉली अहलूवालिया सिद्धहस्त अभिनेत्री हैं, और सबा ज़ैदी एक सफल टी. वी. प्रोड्यूसर और वह वस्त्र परिकल्पना भी करती हैं। परन्तु कितने लोग जानते हैं कि रंग प्रस्तुतियों में अपनी परिकल्पना की छाप छोड़नेवाली डॉली अहलूवालिया फिल्म *बैण्डिट क्वीन* के लिए तथा सबा ज़ैदी श्याम बेनेगल की फिल्म *त्रिकाल* उत्कृष्ट वस्त्र-सज्जा के लिए फिल्म का राष्ट्रीय पुरस्कार प्राप्त कर चुकी हैं।

पार्श्वकर्म परिकल्पना का बहुत-सा काम तो आजकल निर्देशकों ने अपने जिम्मे ले रखा है। वह निर्देशन के अतिरिक्त कुछ करें न करें और बाकी सारा काम सुधी परिकल्पकों को सौंप दें, वह अपने नाम के आगे 'परिकल्पना तथा निर्देशन' लिखना नहीं भूलते।

बहुत कम परिकल्पक ऐसे हैं जो उनकी कल्पना को साकार करनेवाले पार्श्व कर्मियों को उनके कामकाज का पूरा श्रेय देते हों। मंच-सज्जा के लिए तो प्रायः काग़ज़ पर टेढ़ीमेढ़ी ड्राइंग बनाकर बता दिया जाता है। मुख्य कारीगर

अपनी समझ से मंच पर उपलब्ध स्थान के अनुसार मैटीरियल जुटाता है तथा दृश्य निर्माण करता है। बैरी जॉन, निसार अल्लाना, बंसी कौल तथा दो-चार और परिकल्पक पूरी नपी-तुली मुकम्मल निर्माण की ड्राइंग उपलब्ध कराते हैं। वही दशा मंच उपकरणों (प्रापर्टीज़) की होती है। बस नाम गिना दिये जाते हैं, वांछित डिज़ाइन का ठोस नमूना शायद ही कभी मिले, इसलिए कारीगर का बहुत समय सही नमूना तलाशने में बेकार हो जाता है।

वस्त्र-विन्यास में हालत कुछ बेहतर है। परिकल्पक न केवल ड्राइंग उपलब्ध कराते हैं, वह रंग, कपड़े की बुनावट, खादी है या सिल्क या गर्म ब्लेज़र, यह तय करते हैं। कारीगर को उससे मिलते-जुलते कपड़े की कतरनें इकट्ठी करनी पड़ती हैं। कई परिकल्पक खुद मार्किट में जाकर कपड़े के चुनाव में सहायता करते हैं।

प्रशिक्षित रंगकर्मी अपना मेकअप खुद ही करते हैं। कैरेक्टर मेकअप के लिए ही विशेषज्ञ की आवश्यकता पड़ती है और अधिकतर आपस में मिलजुलकर काम हो जाता है।

लाइट डिज़ाइन में भी परिकल्पक हर दृश्य के मुताबिक लाइट की पोजीशन, कलर आदि पहले से ही तय कर लेते हैं, क्योंकि उन्हें अभ्यास के लिए एक-आध दिन ही मिलता है। प्रायः लाइट लगाना, पूर्वाभ्यास तथा प्रदर्शन एक ही दिन में करना पड़ता है। इसलिए 'आन द स्पाट' प्रयोग करने का बहुत कम अवसर प्राप्त होता है। दूसरे कितनी लाइट उपलब्ध हैं, इसका भी परिकल्पना पर प्रभाव पड़ता है।

गुमनाम पार्श्वकर्मियों का दल अपने काम में जुट जाता है। मास्टर कारपेण्टर बाजार से लकड़ी लाता है और अपनी टोली के साथ मंच सामग्री तैयार करने में जुट जाता है। आपको *जूलियस सीज़र* का महल चाहिए या *खामोश अदालत जारी है* का स्कूल का बन्द कमरा या फिर *वेटिंग फ़ार गोदो* का या किसी और नाटक का खाली मंच जिस पर एक सूखा पेड़ पड़ा है या लकड़ी का एक बक्सा। हर दृश्यबन्ध की तैयारी की प्रक्रिया एक-सी होती है। कभी-कभी मंच उपकरणों में सजावट के लिए पेपियर मैशे (काग़ज़ की लुगदी) या फ़ाइबर ग्लास आदि का प्रयोग होता है। उसके कारीगर अलग होते हैं।

उसी तरह वस्त्र विन्यास प्रभारी को सूई-धागे, बटन, लेस आदि से लेकर आवश्यकतानुसार हर प्रकार का कपड़ा आदि खरीदना पड़ता है। यह खरीद-फरोख्त का सिलसिला नाटक के प्रदर्शन तक चलता ही रहता है। पूर्वाभ्यास में कॉस्ट्यूम ट्रॉयल होता है, और निर्देशक परिकल्पक सम्पूर्ण नाटक के परिप्रेक्ष्य में फेरबदल भी करता है। कपड़ों के रंग बदल जाते हैं। घेर बदल जाते हैं। उसके साथ ही आरम्भ होता है देख-रेख का काम। वेशभूषा प्रभारी तथा सहायक प्रदर्शन के बाद

सब सामान समेटते हैं। अगले दिन सुबह ही आकर उन्हें निकालते हैं। प्रेस करवाते हैं। बटन टाँका ठीक करते हैं और कलाकारों के आने से पहले हैंगरों पर टाँगकर प्रस्तुति के लिए तैयार रखते हैं। उन्हें हर कलाकार सुषमा सेठ जैसा नहीं मिलता। कई ऐसे होते हैं जो कास्ट्यूम कहीं भी उतारकर फेंक जाते हैं या भूल जाते हैं। पार्श्वकर्मी उन को नाराज़ किये बग़ैर अपना देखभाल का काम जारी रखते हैं।

मेकअप प्रभारी भी कलाकारों के आने से पहले सारा सामान सजाकर रखता है परन्तु नाटक के अन्त में रूई कहीं बिखरी पड़ी मिलती है, मेकअप उतारने की क्रीम, कहीं दाढ़ी मूँछ, कहीं और ही मिलती हैं। कलाकार जब प्रशंसकों से वाहवाही वसूल कर रहे होते हैं तो मेकअप प्रभारी सारा सामान समेट रहा होता है क्योंकि वह अगले दिन फिर उसे सजाता है।

लाइट लगानेवालों को समय के अभाव के कारण बहुत मेहनत करनी पड़ती है। बिजली का काम करनेवालों के पास प्राय: बेसिक सुविधाएँ भी नहीं होतीं। न तो रबर के जूते, न दस्ताने और फिर हर मंच पर लाइट टाँगने के अलग-अलग ढंग, कहीं सीढ़ी नहीं है तो बन्दर की तरह पाइप पर चढ़ना पड़ता है, और लाइट टाँगने का जुगाड़ बनाना पड़ता है। जिस प्रेक्षागृह में सुविधाएँ हैं भी वहाँ डिज़ाइन के मुताबिक, कलाकारों के साथ कई-कई बार एक-एक लाइट को एडजस्ट करना पड़ता है। मतलब यह कि उतनी ही बार सीढ़ी से या ख बे से ऊपर चढ़ना-उतरना पड़ता है। कई बार तो चलते नाटक में लाइट हिल जाती है तो उसे ठीक करने जाना पड़ता है।

प्रदर्शन में लाइट चलाते समय पूरे नाटक पर कन्सण्ट्रेट करना पड़ता है। लाइट को बदलने के लिए दृश्य आने से पहले ही तैयार रहना पड़ता है, क्योंकि सैकण्ड भर देर से जलने या बुझने से दृश्य का सारा प्रभाव समाप्त हो जाता है और प्रदर्शन समाप्त होते ही जो लाइट ऊपर टँगी नहीं होतीं या स्पेशल इफैक्ट वाली होती हैं, उनकी देखभाल का काम आरम्भ हो जाता है, और अगला दिन लगभग पिछले दिन जैसा ही होता है। कलाकारों के आने से पहले ही लाइट, कलर एडजस्ट करना।

मंच सामग्री प्रभारी की ड्रिल भी ऐसी ही होती है। मंच पर पहले से रखी जानेवाली सामग्री लाकर रखना, दृश्य बदल में उन्हें हटाना और दूसरी सामग्री लगाना (यह काम प्राय: अँधेरे में होता है या कम रोशनी में) कलाकारों द्वारा प्रयोग में लायी जानेवाली सामग्री उनके हवाले करना और बाद में समेटना। मंच सामग्री की तैयारी भी काफी टेढ़ी खीर होती है विशेष रूप से नाटक यदि ऐतिहासिक अथवा पौराणिक हो।

पार्श्वकर्मियों का चमत्कार देखना हो तो आन्ध्र की 'सुरभि' जैसी कम्पनी या

महाराष्ट्र के व्यावसायिक मंच निर्माण करनेवालों को काम करते देखें। 'सुरभि' वाले मंच, मंच परे का स्थान, दर्शक दीर्घा आदि की अस्थायी रचना भी इतनी कुशलता और कम समय में इतनी मजबूती से करते हैं कि उनके मंच पर कलाकारों का धरती चीरकर बाहर आना अथवा ऊपर आसमान की ओर उड़ जाना, बड़े-बड़े तालों का अपने आप खुल जाना, आग उगलते हुए बाणों का टकराना अथवा धरती में तीर मारने से पानी का फव्वारा छूटना इतनी सफाई से तैयार करते हैं कि हैरानी होती है। यही नहीं पूरी मण्डली दो-तीन दिन तक बीस-बीस घण्टे लगातार काम करते सारा खेल जमाते हैं और प्रस्तुति के बाद चन्द घण्टों में ही सब सामान सुरक्षित उतारकर पैक कर लेते हैं—अपने अगले पड़ाव पर जाकर फिर से डेरा जमाने के लिए। नाट्य मंचन तथा पार्श्व-प्रक्रिया में पूरी मण्डली, बच्चे, बूढ़े और जवान, स्त्री, पुरुष यथाशक्ति अपना योगदान देते हैं।

असम का मोबाइल (भ्रम्ययान) थियेटर हो, जो सर्कस जैसा तामझाम लेकर चलते हैं या ओड़िसा का 'प्रहलाद नाटक', 'बंगाल की यात्रा' कर्नाटक की यक्षगान मण्डलियाँ बिलकुल एक नपी-तुली मशीन की तरह काम करती हैं। उधर मुम्बई तथा महाराष्ट्र के व्यावसायिक पार्श्वकर्मी, मशीन की तरह काम करते हुए एक ही दिन में दो या तीन अलग-अलग नाट्य मण्डपों (प्रेक्षागृहों) में जहाँ मंच निर्माण तथा प्रस्तुति के लिए लगभग चार घण्टे का समय ही मिलता है, न केवल भारी-भरकम सैट, हैवी फर्नीचर, लाइट उपकरण आधे-पौने घण्टे में लगा देते हैं, वहीं मंच पर रिवालविंग स्टेज का निर्माण भी कर देते हैं। इतना ही नहीं, पहली प्रस्तुति का सामान समेटनेवाले पार्श्वकर्मी, दूसरी प्रस्तुति का सेट आदि लगाने में पूरी सहायता करते हैं। यह सौहार्द हर शो से पहले हर प्रेक्षागृह में देखने को मिलता है। इतना ही नहीं, यह पार्श्वकर्मी ट्रक में सामान लादने और उतारने में भी सिद्धहस्त होते हैं जिससे सारी सामग्री बिना टूट-फूट के अपनी मंजिल तक पहुँच पाए और रंग प्रस्तुतियों का सिलसिला चलता रहे।

यहाँ मैं देश के दो प्रमुख रंगमण्डलों की समग्र रंग प्रक्रिया से जुड़े होने की बात करना चाहूँगा। पहला रंगमण्डल है इम्फाल (मणिपुर) में रतन थियम द्वारा संचालित 'कोरस रेपर्टरी थियेटर' और दूसरा है रा. ना. वि. रंगमण्डल।

कोरस रेपर्टरी का घर 'कोरस कैम्पस' नगर से दूर बिलकुल शान्ति निकेतन जैसा परिसर लगता है। पिछले लगभग चौबीस वर्षों में उगाये गये पेड़, छोटी-सी झील, फूलों की क्यारियाँ और जितनी भी इमारतें बनी हैं, वह उस बंजर जमीन पर समस्त रंगकर्मियों की देन है। आर्किटैक्ट डिज़ाइन रतन का कारपेण्टरी, मिस्त्रीगिरी, ईंट मसाले की तैयारी आदि में कोई कारीगर गाइड करने चाहे आये

हों, काम रंगमण्डल सदस्यों का ही है। कोरस के जितने नाटक हुए हैं लगभग सभी के वस्त्र वहीं करघों पर बुने गये हैं। *उत्तर प्रियदर्शी* के हाथों से लेकर मुखौटे आदि वहीं तैयार किये गये। प्रयत्न यह भी होता है कि जिस कलाकार को कोई विशेष उपकरण प्रयोग करना है उसे वह अपने ही हाथों से बनाए, रंग रोगन करे जिससे उस उपकरण से उसका एक रिश्ता बना जाए।

कोरस कैम्पस का दिन सुबह पाँच बजे आरम्भ होता है। सात बजे तक दौड़ समेत योगाभ्यास, व्यायाम आदि। एक घण्टा नाश्ते के बाद आठ से ग्यारह पूर्वाभ्यास उसके बाद दो घण्टे नये निर्माण, करघे, खेतीबाड़ी, मछली-पालन, किचन के लिए लकड़ी काटना, मंच उपकरणों की साफ-सफाई, किचन में रसोई की मदद आदि। दोपहर तीन से छः बजे तक फिर से पूर्वाभ्यास अथवा स्पेशल वर्कशाप, लेक्चर आदि। प्रदर्शनों के दिनों में तो रातें भी कैम्पस पर ही बीतती हैं और उसके लिए वहाँ पर्याप्त प्रबन्ध भी है।

कोरस कैम्पस केवल शौकिया या व्यावसायिक नाट्य कर्म ही नहीं है, वह उनके लिए एक जीवन शैली भी बन गया है। उनके लिए मंच और नेपथ्य की सीमाएँ कब की समाप्त हो चुकी हैं। इसलिए यदि कर्टेन काल के बाद *चक्रव्यूह* का अभिमन्यु और *उत्तर प्रियदर्शी* का अशोक (संगीत नाटक अकादमी अवार्ड से सम्मानित राजकुमार भोगेन) एक स्टार की तरह इतराने की बजाय पास की सीढ़ी पर चढ़कर लाइट खोलने लगे तो हैरान मत होइए।

हर सुविधा और संसाधन आसानी से उपलब्ध होने के बावजूद रा. ना. वि. रंगमण्डल के सदस्यों को उसी निष्ठा और परिश्रम से कार्य करना पड़ता है जितना किसी भी समग्र रंगकर्म से जुड़े हुए दल को करना पड़ता है। उदाहरण के लिए, कलकत्ता, बरहामपुर, बर्दवान तथा पटना के टूर की कुछ झलकियाँ प्रस्तुत करना चाहूँगा।

31 दिसम्बर, 1994। श्रीराम सेण्टर में *राज दर्पण* का प्रदर्शन समाप्त होने को है। बाहर एक ट्रक खड़ा है जिसमें कुछ सामान पड़ा है। नाटक समाप्त होने पर तमाम लाइट्स, सैट का सामान, कास्ट्यूम, मंच उपकरण पैक किये जाएँगे। बक्सों को फर्स्ट फ्लोर पर बने मंच से सीढ़ियों तथा एक भारी सामान वाली लिफ्ट से नीचे उतारा जाता है। मास्टर कारपेण्टर अब्दुल भाई ट्रक पर पहले लाइट के बक्से, फिर प्लेटफॉर्म, फिर कास्ट्यूम के बक्से आदि लदवाते हैं। ट्रक में दो और नाटकों का सामान भी जाता है जो पहले से पैक है परन्तु *राज दर्पण* का प्रदर्शन अभी समाप्त हुआ होने के कारण केवल चालीस प्रतिशत सामग्री पैक हो पायी है। बाकी साठ प्रतिशत को जिसमें बड़े-बड़े पुराने डिज़ाइन के सोफ़े तथा अन्य ऐतिहासिक सामग्री है, उसे खुले ही ट्रक पर ऐसे लगाना है जिससे टूट-फूट न हो।

महिला सदस्यों को छोड़कर हर कलाकार और पार्श्वकर्मी न्यू इयर ईव कहीं सेलिब्रेट करने की बजाय सर्दी में ठिठुरते हुए ढंग से सामान ट्रक में लगाने के लिए बार-बार सामान उतार, चढ़ा रहे हैं। पहली जनवरी 1995 के तीन बज चुके हैं और ट्रक पार्श्वकर्मी बच्चन सिंह की अगुवाई में बंगाल की ओर अग्रसर होने को तैयार है और बाकी का पूरा दल नववर्ष की शुभ कामनाएँ देता हुआ बाकी के चन्द घण्टे नींद का मज़ा लेने के लिए अपने-अपने ठिकानों की ओर चल पड़ता है। कुछ लोग तो विद्यालय के परिसर में ही रात बिताकर दिन निकलने पर घर जाएँगे।

बच्चन सिंह और दोस्त मुहम्मद जो गत कई वर्षों से रंगमण्डल के ट्रक लेकर भारत भ्रमण कर चुके हैं वे कलाकारों द्वारा कलकत्ता तक रेल और आगे बस का सफ़र करके चार जनवरी 1995 को बहरामपुर (मुर्शिदाबाद) पहुँचने से भी कुछ पहले ही पहुँच जाते हैं, और तीनों नाटकों का सामान करीने से लगवा चुके हैं। उस दिन प्रदर्शन नहीं है फिर भी पार्श्वकर्मी कपड़े प्रेस कराने अथवा सफ़र की टूट-फूट की मरम्मत करते हैं। पार्श्वकर्म से जुड़े कलाकार अपना-अपना काम सँभालते हैं तो दूसरे कलाकार मंच पर अपने-अपने चरित्रों का पूर्वाभ्यास करते हैं।

अगली सुबह सभी लोग नाश्ता करके मण्डप में पहुँच जाते हैं। लाइट, सैट, कॉस्ट्यूम, मेकअप सजाने के साथ-साथ एक पूरा 'रन थ्रू' होता है। दोपहर बाद टेकनिकल रिहर्सल और शाम के प्रदर्शन की तैयारी आरम्भ होती है।

प्रदर्शन समाप्ति के बाद चीजों की साज-सँभाल और फिर रात का खाना। पार्श्वकर्मी फिर मण्डप में पलटते हैं और अगले दिन होनेवाले नाटक की लाइट, सैट, मंच सामग्री आदि सजाकर ही वापस लौटते हैं। अगली सुबह पिछले दिन जैसा ही कार्यक्रम चलता है। वैसा ही तीसरा दिन और शाम को तीसरा नाटक।

चौथी सुबह फिर सामान ट्रक में लादा जाता है। दिन है इसलिए महिलाएँ भी हाथ बँटा रही हैं। ट्रक कलकत्ता की ओर चल देता है। कलाकार बस में पीछा करते हैं। कला मन्दिर में प्रदर्शन है। वहाँ की समस्या यह है कि इस सड़क पर रात ग्यारह बजे से सुबह पाँच बजे तक ही ट्रक आ पाते हैं। हमारा सामान ऐसा है जिसे चढ़ाने-उतारने में मजदूरों पर भरोसा नहीं किया जा सकता। रात को ग्यारह बजे कलकत्ता पहुँचे कलाकार सुबह चार बजे ही कला मन्दिर पहुँच जाते हैं और पाँच बजे से पहली खाली ट्रक वहाँ से विदा करते हैं। यह बताने की आवश्यकता नहीं कि तीन प्रदर्शनों के बाद फिर 31 दिसम्बर वाली रात दोहरायी जाती है। फर्क सिर्फ इतना है कि कलकत्ता में सर्दी नहीं है। रंगमण्डल के सारे सदस्य रात एक बजे बच्चन सिंह और दोस्त मुहम्मद को विदा करके श्यामानन्द जालान के घर डिनर के लिए पहुँचते हैं।

यह बात तो पहले ही बता चुका हूँ कि प्रदर्शनों में हर कलाकार किसी न किसी नेपथ्य कर्म से जुड़ा ही रहता है। रा. ना. वि. रंगमण्डल जिसमें मंचकर्म और नेपथ्य कर्म में कोई अन्तर नहीं (हमारे सभी नेपथ्यकर्मी भी किसी न किसी नाटक में मंच पर आते ही रहते हैं) वह भी मानते हैं कि 'शो मस्ट गो आन'।

पार्श्वकर्मियों की एक अच्छी बात यह है कि उनमें ईर्ष्या, स्पर्धा, प्रोफ़ेशनल जैसी चीज़ें नाममात्र को भी नहीं होतीं। वह हर समय हर किसी की सहायता के लिए तत्पर रहते हैं।

जहाँ तक पार्श्व कर्म की उपेक्षा की बात है, वह इस बात से सिद्ध होती है कि सन् 1952 में आरम्भ होनेवाले आज तक 140 रंगकर्मियों को मिलनेवाले संगीत नाटक अकादमी अवार्डज़ में केवल दस पार्श्वकर्मियों को दिये गये हैं। वे हैं तापस सेन (लाइटिंग—1974), व्ही. राममूर्ति (लाइटिंग—1977), अशोक श्रीवास्तव (मेकअप—1981), गोवर्धन पांचाल (दृश्य परिकल्पना—1985), खालेद चौधरी (दृश्य परिकल्पना—1986), डी. जी. गोडसे (दृश्य परिकल्पना—1988), जी. एन. दासगुप्त (लाइटिंग—1989), रौशन अल्काज़ी (वस्त्र-विन्यास—1990), एम. एस. सथ्यू (मंच कलाएँ—1993), कनिष्क सेन (लाइटिंग—1994)।

मार्डर्न स्टेज सर्विस के संस्थापक चमनलाल जी की याद में स्थापित मैमोरियल सोसाइटी ने नेपथ्य कर्मियों का सम्मान करने की योजना आरम्भ की है। सन् 1995 से शुरू इस समारोह में मुम्बई के डैरिक जाफ़री (लाइटिंग) तथा रा. ना. वि. के गुरुजी तरसेम लाल (दृश्यबन्ध निर्माण) के लिए सम्मानित किया गया। 1996 में जी.एन. दासगुप्त (लाइटिंग) तथा बंसी कौल (मंच परिकल्पना), 1997 में व्ही. राममूर्ति (लाइटिंग) एम. एस. सथ्यू (मंच कलाएँ) तथा इन्दरलाल दास (लाइफ़ टाइम अचीवमेण्ट) के लिए। 1998 में गौतम जोशी (लाइटिंग), शमा ज़ैदी (वस्त्र सज्जा) तथा तापस सेन (लाइफ़ टाइम अचीवमेण्ट) के लिए। 1999 में पीर गुलाम (लाइटिंग), एस. अंजी बाबू (मेकअप) तथा अलीक पदम्सी (लाइफ टाइम अचीवमेण्ट) के लिए। नयी सदी में खालेद चौधरी (मंच कलाएँ) रौशन अल्काज़ी (वस्त्र-सज्जा) तथा ई. अल्काज़ी (लाइफ़ टाइम अचीवमेण्ट) के लिए सम्मानित किये जा चुके हैं। अगले वर्ष से मास्टर क्राफ़्ट्समैन (कारपेण्टर, टेलर, मुखौटा बनानेवाला अथवा अन्य मंच उपकरण) निर्माण करने वाले कारीगर को सम्मानित किया जाएगा।

यूँ तो ई. अल्काज़ी रा. ना. वि. रंगमण्डल के साथ *रक्त कल्याण, जूलियस सीज़र* तथा *दिन के अँधेरे में* की प्रस्तुतियों में मास्टर क्राफ़्ट्समैन को सम्मानित करने की प्रथा का श्रीगणेश कर चुके थे। सम्मानित व्यक्ति थे तरसेम लाल गुरुजी (मंच निर्माण), प्यारे लाल (चमड़े के मंच उपकरण बनानेवाले) तथा चिरंजीत भाटिया

(मास्टर टेलर और कटर)। यह तीनों व्यक्ति 25–30 वर्षों से रा. ना. वि. की प्रस्तुतियों में अपनी कला का चमत्कार दिखाते आ रहे हैं उन्हें पहली बार दर्शकों की तालियों का सम्मान मिला।

नाटक समाप्त होने के बाद प्रेक्षागृह से बाहर आते ही दर्शक और साथी रंगकर्मी उन्हें बधाई दे रहे थे। वह भी मुस्कराकर अभिवादन स्वीकार कर रहे थे, परन्तु उनके चेहरों पर एक ही भाव था कि चलो एक और प्रदर्शन समाप्त हुआ और घर लौटने की प्रतिदिन वाली तेज़ चलने की मुद्रा थी। पलभर बाद गुरुजी अपनी मोपेड, चिरंजीत भाटिया बस पर और प्यारे लाल अपनी साइकिल पर हर पार्श्वकर्मी की तरह मन में कुछ गुनगुनाते चले जा रहे थे। अन्तर बस इतना था, आज उनके हाथों में फूलों के गुलदस्ते थे।

# अभिनेताओं के बीच राजनेता

पहली और दूसरी घण्टी बज चुकी थी। नाटक आरम्भ होने का समय हो चला था। दर्शकवृन्द संसद भवन के पास स्थित फाइन आर्ट्स थियेटर में आ चुके थे। परन्तु प्रधानमन्त्री पण्डित जवाहर लाल नेहरू अभी नहीं आये थे। वह कुछ देर में ही आनेवाले थे क्योंकि वह उस समय लाल किला के दीवान-ए-आम में थे, जहाँ उन दिनों विदेशी अतिथियों का नागरिक अभिनन्दन किया जाना था। इस बात की सूचना कोई घण्टा भर पहले ही मिली थी। अल्काज़ी साहब प्रेक्षागृह के फ़ॉयर में ही खड़े थे जहाँ राष्ट्रीय नाट्य विद्यालय वसी खान द्वारा अनूदित ज्याँ अनव्ही का नाटक *एण्टिगोनि* प्रस्तुत करने जा रहा था। समय होते ही तीसरी घण्टी बजी और पर्दा उठ गया। अल्काज़ी साहब प्रधानमन्त्री नेहरू की प्रतीक्षा में प्रेक्षागृह के फ़ॉयर में ही खड़े थे।

राष्ट्रीय नाट्य विद्यालय की रंग प्रस्तुतियों तथा अन्य कार्यक्रमों में न केवल समय की पाबन्दी का विशेष ध्यान रखा जाता था, उन प्रस्तुतियों को देखने आये हर व्यक्ति को, चाहे वह देश के राष्ट्रपति हों, प्रधानमन्त्री हों अथवा कोई और गण्यमान्य व्यक्ति उन्हें एक दर्शक ही माना जाता। रंग प्रस्तुति समाप्त होने के बाद कभी भी विशिष्ट दर्शक को, कलाकारों को आशीर्वाद आदि देने के लिए मंच पर आमन्त्रित नहीं किया जाता था। इतना ही नहीं, रंग प्रस्तुति समाप्त होने पर आजकल की तरह मंच पर एक-एक का नाम पुकारकर बुलाना तो दूर, कर्टन कॉल भी नहीं होता था। यूँ भी अल्काज़ी साहब प्रदर्शन से पूर्व चल रही तैयारियों के कारण, अकसर विशिष्ट व्यक्ति की अगवाई के लिए खुद खड़े होने की बजाय विद्यालय के किसी प्राध्यापक अथवा अभिनेता को वह काम सौंप देते। मैंने कई बार शीला भाटिया और ओम शिवपुरी को नाट्य प्रस्तुति देखने आये तत्कालीन उप-राष्ट्रपति डॉक्टर ज़ाकिर हुसैन अथवा श्रीमती इन्दिरा गाँधी आदि को, जो प्राय: हर प्रस्तुति देखने आते थे, उनका स्वागत करते हुए देखा था। मैं अकसर अपने छात्रों और नये जानकारों को रा. ना. वि. के गौरव की बात करते हुए इस बात की चर्चा अवश्य करता हूँ कि रा. ना. वि. में सिफारिश से किसी

को दाखिला नहीं मिला चाहे राष्ट्रपति भवन की सिफारिश हो या प्रधानमन्त्री निवास की। और यह भी कि रा. ना. वि. की रंग प्रस्तुतियों के छायाचित्रों के एलबम में विद्यालय आये राष्ट्रपति, प्रधानमन्त्री तथा अन्य गण्यमान्य व्यक्तियों के आने पर स्वागत तथा प्रेक्षागृह में बैठने के चित्र तो मिल जाएँगे परन्तु समाप्ति के बाद मंच पर कलाकारों के बीच खड़े होने के चित्र कभी नहीं मिलेंगे।

पण्डित नेहरू कोई दस मिनट बाद आये। अल्काज़ी साहब ने आगे बढ़कर उनका स्वागत किया और कहा सर, छः सौ व्यक्ति नाटक आरम्भ होने की प्रतीक्षा में बैठे थे इसलिए नाटक समय पर ही शुरू कर दिया था। पण्डित जी ने, जो कुछ महीने पहले, कोटला फ़िरोज़शाह में 100 फुट लम्बी स्टेज पर *अन्धा युग* की प्रस्तुति देख चुके थे, मुस्कुराते हुए कहा, 'इट इज़ ऑलराइट' और प्रेक्षागृह में चले गये।

पण्डित नेहरू कभी सुरक्षा की चिन्ता नहीं करते थे। वह अकसर गीत-संगीत, नृत्य, नाटक आदि कार्यक्रमों में चले आते थे। वह कलाकारों से खूब घुल-मिल जाते। दिल्ली की रंग संस्था श्री आर्ट्स क्लब 13 नवम्बर, 1954 को रमेश मेहता द्वारा लिखित तथा निर्देशित नाटक *हमारा गाँव* तीनमूर्ति भवन, प्रधानमन्त्री निवास में प्रस्तुत कर चुकी थी। उसी संस्था ने, बच्चों के लिए बड़ों द्वारा खेले गये तीन नाटकों ( *मूर्ख बिल्लियाँ, एक था बूढ़ा* और *अँधेरा उजाला* ) का समारोह किया था। पण्डित नेहरू 11 मई, 1961 को उसके उद्‌घाटन के लिए बारहखभा रोड पर स्थित सप्रू हाउस सभागार में आये थे। पण्डित जी प्रसिद्ध फिल्म निर्माता निर्देशक केदार शर्मा की चिल्ड्रन फिल्म सोसाइटी के लिए निर्मित फिल्म *जलदीप* के उद्‌घाटन के लिए भी सप्रू हाउस आये थे। दोनों कार्यक्रमों में उनके आसपास रहने का अवसर मिला था। उनके चेहरे पर एक विलक्षण तेज दिखाई पड़ता था जिस पर नजर नहीं टिकती थी। वह सप्रू हाउस में सब तरह के सांस्कृतिक कार्यक्रमों में चले आते। एक बार वह एक विदेशी फिल्म देखने आये थे। हाल के अन्दर कुछ खाने-पीने का प्रबन्ध नहीं था। पण्डित जी मध्यान्तर में कुछ लोगों के साथ फ़ॉयर की कैण्टीन में चाय पीने लगे। चलते समय पैसा देने का ध्यान आया तब पता चला कि उनकी जेब में तो कोई पैसा ही नहीं है।

नाटक देखने आये प्रधानमन्त्री नेहरू मध्यान्तर में चाय तो पिया ही करते थे। उनके खाने के लिए काजू बादाम भी लाये जाते। फ़ाइन आर्ट्स थियेटर में होनेवाले कार्यक्रमों में दो बार मुझे उनकी सेवा करने का अवसर मिला था। पहला अवसर था जब वह जनवरी, 1963 के दूसरे सप्ताह में भारतीय ऑपेरा की जनक और रा. ना. वि. में अभिनय की टीचर शीला भाटिया का ओपेरा *पृथ्वीराज चौहान* देखने आये। उनके साथ इन्दिरा जी भी थीं। राजीव और संजय गाँधी की प्राध्यापिका, इन्दिरा जी की चिर संगिनी और प्रधानमन्त्री इन्दिरा गाँधी की संस्कृति सचिव, उषा

भगत, जो प्राय: उनके साथ दर्शक दीर्घा में होतीं, इस बार मंच पर थीं। वह एक सुधी गायिका थीं और इस प्रस्तुति में एक महत्त्वपूर्ण भूमिका निभा रही थीं। मैं उस प्रस्तुति का स्टेज मैनेजर था। प्रधानमन्त्री जब भी फ़ाइन आर्ट्स थियेटर या सप्रू हाउस में कार्यक्रम देखने आते तो प्रधामन्त्री निवास से बैरा की वर्दी पहने पुलिस का कोई उच्च अधिकारी आता था, जो पास ही स्थित चैम्सफोर्ड क्लब से उनके लिए चाय आदि तैयार कराकर लाता और मध्यान्तर में प्रेक्षागृह में बैठे प्रधानमन्त्री को सर्व करता। अकसर उसके साथ एक और व्यक्ति भी होता जो काजू आदि की प्लेट लेकर जाता। उस दिन दूसरा आदमी नहीं आया था और मुझे पण्डित नेहरू के सम्मुख जाने का मौका मिला। दूसरा मौका लगभग एक माह बाद मिला जब वह हरिवंश राय बच्चन द्वारा अनूदित शेक्सपियर के नाटक *ओथैलो* की लिटिल थियेटर ग्रुप की प्रस्तुति देखने आये। उस प्रदर्शन में वर्षों से फिल्मों में खलनायक की भूमिका करनेवाले गोगा कपूर ओथैलो बने थे, अमिताभ बच्चन कैसियो और तेजी बच्चन डैस्डिमोना की सहेली बनी थीं। संजय गाँधी और राजीव गाँधी इस प्रस्तुति में फ्रण्ट ऑफ़ हाउस मैनेजमेण्ट के सदस्य होने के नाते दर्शकों को उनकी सीटों पर बिठाने का काम कर रहे थे।

रंगमंच से जुड़े होने के कारण पण्डित नेहरू के आस-पास रहने के बहुत अवसर मिले थे। सबसे पहले तो 14 नवम्बर, 1953 के दिन नेशनल स्टेडियम में उनके जन्म दिन के उपलक्ष में हो रही बच्चों की रैली में उनके साथ खुली जीप में बैठकर स्टेडियम का चक्कर लगाने का मौका मिला था। फिर 1961 में जब मैं रा. ना. वि. के द्वितीय वर्ष में था और मास्को से आये बालॅशाय बैले की नेशनल स्टेडियम में ही हो रही प्रस्तुति के मंच प्रबन्ध की टीम में था तो बहुत देर उनके साथ रहने का मौका मिला। रा. ना. वि. से प्रशिक्षण प्राप्त करने के बाद बी. एम. शाह, ब. व. कारन्त, एस. गोपाली, छवि विश्वास, बी. के. गिरी और शंकर सुहेल प्रधानमन्त्री निवास पर जाकर उनसे मिले थे। उसके बाद ही 1964 में रा. ना. वि. रंगमण्डल के लिए चार कलाकारों की नियुक्ति का आदेश मिला था।

मई, 1964 के तीसरे सप्ताह पण्डित नेहरू को फ़ाइन आर्ट्स थियेटर के फ़ॉयर से हाथ पकड़कर उन्हें अन्दर ले जाने का अवसर मिला था। वह कोलकाता की रंग संस्था चिल्ड्रन लिटिल थियेटर के बच्चों की प्रस्तुति देखने आये थे जो बाद में कई देशों के दौरे पर जानेवाली थी। उस दिन मैं भी दर्शक की भूमिका में था। उस दिन उनको चाय आदि सर्व नहीं की गयी थी। वह काफी बीमार और कमजोर लग रहे थे। मैंने वह प्रस्तुति पिछली कतार में बिलकुल उनके पीछे बैठकर देखी थी। अगले ही दिन वह देहरादून चले गये और हालत बिगड़ने के कारण दो-तीन दिन में ही दिल्ली लौट आये और 27 मई, 1964 को उनका देहावसान हो गया था।

वह बाल प्रस्तुति, दर्शक की भूमिका में रंगकर्म से जुड़ने, बच्चों से प्यार करने वाले पण्डित जवाहर लाल नेहरू के जीवन की अन्तिम प्रस्तुति बनकर रह गयी थी।

[2]

कलाधर्मी होना सत्ता के गलियारों में जाने का एक पासपोर्ट जैसा हो जाता है। सत्ताधारी भी कलाधर्मियों की संगत में गुजारे समय का भरपूर आनन्द लेते हैं। वह गीत, संगीत, नृत्य, नाटक, कला प्रदर्शनी, पुरस्कार वितरण, पुस्तक लोकार्पण आदि कार्यक्रमों में सहर्ष भाग लेते हैं। कलाधर्मी राष्ट्रपति भवन, प्रधानमन्त्री निवास, राजभवन आदि में कई आयोजनों में भाग लेने के लिए आमन्त्रित किये जाते हैं। अगर वह लोकनर्तक हों या बच्चों की टोली तो वह उनकी पगड़ी ओढ़नी पहनकर उनके साथ नाचने भी लगते हैं। कुछ कलाकार तो सीधे उपनाम से बुलाये जाते हैं। कुछ सत्ताधारी ऐसा इसलिए करते हैं कि वह पोलिटीकली करैक्ट होता है। कुछ के लिए वह औपचारिकता मात्र होती है। कुछ सचमुच कला पारखी और कला-प्रेमी होते हैं। जैसे पण्डित नेहरू, जैसे इन्दिरा गाँधी जो कला प्रदर्शनियों में उद्घाटन के लिए कम, कला-अवलोकन के लिए ज्यादा आती थीं। वह रा. ना. वि. की नाट्य प्रस्तुतियाँ शायद ही कभी मिस करतीं। जैसे लाल कृष्ण अडवाणी जो आज भी रा. ना. वि. की नाट्य प्रस्तुतियाँ देखने आ जाते हैं और प्रेक्षागृह में कूलिंग सिस्टम फेल हो जाने पर शाम को दूसरे शो में आने की बजाय हाथ के ब्रोशर का पंखा बनाकर *इन्द्रसभा* की दोपहर वाली पूरी प्रस्तुति देखकर जाते हैं।

डॉक्टर ज़ाकिर हुसैन भी ऐसा ही करते थे। एक बार एम. एस. सथ्यु की हिन्दुस्तानी थियेटर द्वारा मंचित प्रस्तुति पंचकुइयाँ रोड पर एक निर्माणाधीन सभागार में हो रही थी, जिसमें न तो अभी कुर्सियाँ लगी थीं न ही पंखे। अचानक बिजली चली गयी। तत्कालीन उप-राष्ट्रपति डॉक्टर ज़ाकिर हुसैन बाहर बरामदे में आकर बैठ गये और ब्रोशर का पंखा बनाकर बिजली आने की प्रतीक्षा करने लगे। वह भी रा. ना. वि. में होनेवाले कार्यक्रमों में अकसर आते रहते। सन् 1967 में राष्ट्रपति पद पर आसीन डॉक्टर ज़ाकिर हुसैन जब रा. ना. वि. के दीक्षान्त समारोह की अध्यक्षता के लिए रवीन्द्र भवन आये तो रा. ना. वि. के छात्रों द्वारा निर्मित मेघदूत ओपन एयर थियेटर का शुभारम्भ उन्हीं के हाथों से हुआ था।

दोपहर का समय। हम राष्ट्रपति भवन के अशोक हाल में उसी शाम वहाँ

होनेवाले सांस्कृतिक कार्यक्रम के लिए प्रकाश-व्यवस्था करने आये हुए थे। उन दिनों मैं भारत सरकार के सूचना एवं प्रसारण मन्त्रालय के गीत और नाटक प्रभाग का एक सदस्य था। अन्य कामों के अतिरिक्त विदेश से आये राष्ट्रपति अथवा प्रधानमन्त्री के साथ आये अन्य गण्यमान्य व्यक्तियों के सम्मान में राष्ट्रपति भवन में आयोजित बैंक्विट (रात्रिभोज) के बाद होनेवाले सांस्कृतिक कार्यक्रम का आयोजन और संचालन करना होता था। वहाँ के अशोक हाल में लाइट आदि टाँगने का काम दिन में ही किया जाता था क्योंकि शाम सात बजे के करीब उसी हाल में आमन्त्रित गण्यमान्य व्यक्ति जमा होते और घण्टे भर बाद साथ ही के बैंक्विट हाल की ओर प्रस्थान करते।

उसी समय राष्ट्रपति के एक ए.डी.सी. तेजी से आये और कहा कि राष्ट्रपति पधार रहे हैं। हम सब काम छोड़कर एक तरफ खड़े हो गये। राष्ट्रपति पालम एयरपोर्ट पर किसी आगन्तुक राष्ट्रपति का स्वागत कर लौटे थे। ऐसे स्वागत समारोह अब राष्ट्रपति भवन के प्रांगण में होते हैं। राष्ट्रपति आये और अपने क्वारटर्ज़ की ओर जाने लगे। हमने अभिनन्दन किया। वह थोड़ा-सा आगे जाकर पलटे और पूछा कि हमने खाना खाया है कि नहीं। मैंने बताया कि अभी बस काम खत्म हुआ ही चाहता है। उसके बाद हम खाना खाने जाएँगे ही। उन्होंने अपने ए. डी. सी. को हमारे लिए खाने का प्रबन्ध करने का आदेश दिया और अपने क्वारटर्ज़ की तरफ़ बढ़ गये। वह डॉक्टर ज़ाकिर हुसैन ही थे। प्रधानमन्त्री निवास तीन मूर्ति भवन में तो शायद देश की आजादी के साथ ही सांस्कृतिक कार्यक्रम प्रस्तुत किये जाने लगे थे। मुझसे पहले प्रभाग में आये मेरे वरिष्ठ सहकर्मी बताया करते थे कि पण्डित नेहरू और इन्दिरा गाँधी कार्यक्रम आयोजन के लिए आये लोगों का बहुत ध्यान रखते थे।

अवार्ड पद्मश्री आदि के हों या खेलों के, या सेना के शौर्य सम्मान या संगीत नाटक अकादेमी के अवार्ड। गीत-संगीत, नृत्य, नाटक की प्रस्तुति हों या फिल्म आदि दिखाई जाएँ—इन सबमें भाग लेने वाले सभी लोग राष्ट्रपति के अतिथि हो जाते हैं। उन सबके लिए जलपान का प्रबन्ध किया जाता है। राष्ट्रपति उन सबके साथ, विशेष रूप से कलाकारों के साथ, कुछ समय अवश्य बिताते हैं। दूसरे देशों से आनेवाले राष्ट्रपतियों तथा प्रधानमन्त्रियों आदि के स्वागत में रात्रिभोज का आयोजन राष्ट्रपति भवन में ही किया जाता है। अन्तर केवल इतना है कि आगन्तुक यदि राष्ट्रपति हो तो भारत के राष्ट्रपति, उपराष्ट्रपति तथा प्रधानमन्त्री उनका स्वागत करते हैं। यदि अतिथि प्रधानमन्त्री हों तो यह प्रोटोकोल प्रधानमन्त्री तथा अन्य गण्यमान्य व्यक्ति निभाते हैं। परन्तु, रात्रि भोज राष्ट्रपति भवन में ही होता है। उन दिनों रात्रि भोज के बाद अशोक हाल में सांस्कृतिक कार्यक्रम का आयोजन किया जाता था, जिसमें देश के नामवर गायक, संगीतकार, नर्तक आदि भाग लेते थे। यह कार्यक्रम लगभग

40-45 मिनट का होता। सभी अतिथियों के विदा होने पर जब कलाकार मेकअप आदि उतार रहे होते, उस समय राष्ट्रपति उनके साथ कुछ समय जरूर बिताते। कार्यक्रम के लिए कलाकारों को राष्ट्रपति भवन के सिनेमा हाल में बिठाया जाता था। जब मेहमान बैंक्विट हाल में चले जाते, तभी अशोक हाल को एक प्रेक्षागृह में बदल दिया जाता। मंच और दर्शक दीर्घा तैयार की जाती। उसी समय कलाकार सिनेमा हाल से आकर बिलियर्ड रूम में कार्यक्रम की तैयारी करते। दिन में ही अपना काम निपटा चुकने के कारण मैं भी अकसर कलाकारों के साथ ही उस कक्ष में आता। आधे-पौन घण्टे की अवधि में अशोक हाल इतना बदल गया होता कि अतिथि जब बैंक्विट से बाहर आते तो समझ ही नहीं पाते थे कि वह उसी कक्ष में लौटे हैं या कहीं और।

मैं एक ही बार कलाकारों से पहले अतिथियों के आने के समय अशोक हाल में चला आया था। उन दिनों ईरान के शाह पहलवी और उनकी मलिका फारहा मुख्य अतिथि थे। यूँ तो वी. आई. पी. अतिथि मंच से दस बारह फुट ही दूर होते, मैं, इन्दिरा जी और मलिका को और भी पास से देखना चाहता था ताकि मैं यह निर्णय कर सकूँ कि दोनों में अधिक सुन्दर कौन है। प्रधानमन्त्री इन्दिरा गाँधी भीड़ से घिरी हुई थीं। मैं उनके करीब जाने का प्रयत्न कर रहा था। तभी मुझे उनकी संस्कृति सचिव उषा भगत दिखाई पड़ीं जो इन्दिरा जी के पास ही खड़ी थीं। मैं उनसे बातें करने के बहाने उनके पास जा खड़ा हुआ और मनवांछित इच्छा पूरी कर पाया। उस दिन मुझे यह एहसास भी हुआ कि जो काम लाखों-करोड़ों के मालिक नहीं कर पाते, मेरे जैसा एक आम-सा कलाधर्मी जिसके पास उस रात घर जाने के लिए टैक्सी के पैसे भी नहीं होते, (कार्यक्रम की समाप्ति के बाद मैं राष्ट्रपति भवन के एक अधिकारी से बातें कर रहा था, जो मेरे जैसा मणिपुरी शाल से बना फैंसी कुर्ता सिलवाना चाहता था और मेरे साथी मुझे छोड़कर चल दिये थे) अपनी यह निराली (weired) इच्छा पूरी कर पाया।

अल्काज़ी साहब ने टी. एस. इलियट की कविता *दि वेस्ट लैण्ड* का पाठ रिकार्ड किया था, जो हैनरी मूर की ड्राइंग तथा शिल्पकृतियों की स्लाइडों के प्रोजैक्शन के साथ प्रस्तुत किया जाना था। उपराष्ट्रपति डॉक्टर ज़ाकिर हुसैन तथा तत्कालीन सूचना और प्रसारण मन्त्री इन्दिरा गाँधी रवीन्द्र भवन के स्टूडियो थियेटर में यह कार्यक्रम देखने आये थे। इन्दिरा जी को यह लग रहा था कि यह रिकार्डिंग टी. एस. इलियट की आवाज में है परन्तु उषा भगत जानती थीं कि यह अल्काज़ी साहब की आवाज है। कार्यक्रम से प्रभावित इन्दिरा जी ने तत्कालीन राष्ट्रपति डॉ. राधाकृष्णन को इसकी सूचना दी और 42 मिनट की यह प्रस्तुति राष्ट्रपति भवन के सिनेमा हाल में दिखाई गयी। टी. एस. ईलियट की प्रस्तुति के लिए हम केवल

तीन लोग थे। अल्काज़ी साहब जो स्लाइड प्रोजैक्ट करते थे, मैं टेप रिकार्डर चलाता था और हमारे प्राध्यापक देव महापात्र साथ थे। तीन ही लोग, इसलिए जलपान का कोई विशेष आयोजन नहीं किया जा रहा था। महामहिम राष्ट्रपति महोदय ने अल्काज़ी साहब को अपने कक्ष में बुलाकर उनका सत्कार किया।

[3]

समाज कल्याण और सांस्कृतिक कार्यों से जुड़ी पण्डित नेहरू की पुत्री, लाल बहादुर शास्त्री के मन्त्रिमण्डल में सूचना और प्रसारण मन्त्री और बाद में देश की प्रधानमन्त्री इन्दिरा गाँधी संगीत, नृत्य और नाटकों के कार्यक्रमों में तो लगातार आती रहती थीं, वह कला प्रदर्शनियों में भी दिखाई पड़ती रहती थीं। कई बार तो वह एक ही दिन में दो या तीन कार्यक्रमों में शामिल हो जातीं।

सन् 1973 में रा. ना. वि. स्नातकों की संस्था *दिशान्तर* ने अपने छः नाटकों का सप्ताहान्त नाट्य समारोह का आयोजन किया था। समारोह में *हयवदन, ख़ामोश अदालत जारी है, आधे अधूरे, सुनो जनमेजय, शह-यह-मात* आदि प्रस्तुत किये जा रहे थे। तत्कालीन प्रधानमन्त्री इन्दिरा गाँधी हर शनिवार नाटक देखने आ जातीं। नाटकों का मंचन मण्डी हाउस के पास स्थित त्रिवेणी कला संगम के ओपन एयर सभागार में होता था जहाँ इन्दिरा जी अकसर कला प्रदर्शनियाँ देखने चली आती थीं। इतना ही नहीं, उन्होंने एक शनिवार ब. व. कारन्त द्वारा निर्देशित *हयवदन* की प्रस्तुति देखी। उसके कुछ सप्ताह बाद मुम्बई के थियेटर यूनिट द्वारा पण्डित सत्यदेव दुबे के निर्देशन में प्रस्तुत उसी नाटक की प्रस्तुति भी देखी।

एक सप्ताहान्त त्रिवेणी में दिशान्तर की प्रस्तुति *आधे अधूरे* और मेघदूत में रा. ना. वि. रंगमण्डल का बलवन्त गार्गी रचित *सुल्तान रजिया* मंचित होनेवाला था। दोनों ही जगह पर सुरक्षा प्रबन्ध थे। सुरक्षा के झंझटों से बचने के लिए मैंने सोच लिया था कि जब इन्दिरा जी किसी एक नाटक में चली जाएँगी, तभी मैं दूसरे में चला जाऊँगा। सूचना यह थी कि वह शायद शनिवार को त्रिवेणी में *आधे अधूरे* देखें और अगले दिन मेघदूत में *सुल्तान रजिया*। दोनों मुक्ताकाशी सभागारों में लगभग सौ मीटर का ही अन्तर है। दोनों में ही सीढ़ीनुमा कतारों में गद्दों पर बैठने की व्यवस्था। त्रिवेणी में लगभग 120 और मेघदूत में 180 लोग बैठ सकते हैं। त्रिवेणी में तीसरी कतार के मध्य में गद्दे उठाकर चार ईज़ी चेयर रख दी गयी थीं और चौथी कतार में उनके पीछे पड़नेवाले गद्दे उठा दिये गये थे क्योंकि उन पर बैठनेवालों को ठीक से दिखाई नहीं पड़ता। ऐसा ही प्रबन्ध मेघदूत में भी था। मैं त्रिवेणी में ही टिकट काउण्टर पर रा. ना. वि. रंगमण्डल से जुड़े ए. सी. गाँधी की सहायता कर रहा था। छः बजे के

आसपास सूचना मिली कि प्रधानमन्त्री नहीं आ रही हैं। पल भर में सारे सुरक्षाकर्मी जो आसपास के भवनों की छतों पर भी थे, चले गये। पुलिस की वायरलेस वैन भी ड्राइवर के चाय पीने चले जाने के कारण वहीं खड़ी रह गयी थी। हमने भी कुर्सियाँ उठाकर वहाँ गद्दे लगा दिये और 6.20 पर दर्शकों को अन्दर बैठाना आरम्भ कर दिया। लगभग पाँच मिनट बाद सूचना मिली कि इन्दिरा जी त्रिवेणी आ रही हैं। तीन मिनट बाद वह पहुँच भी गयीं। ओम शिवपुरी तो मंच पर थे इसलिए मोहन राकेश जो इस संस्था से जुड़े हुए थे, उन्होंने इन्दिरा जी का स्वागत किया और साथ ही वहाँ से कुर्सियाँ उठाने का कारण बता दिया। इन्दिरा जी ने उसका ज़रा भी बुरा नहीं माना और पूरा नाटक गद्दे पर बैठकर देखा। अगले दिन मेघदूत में *सुल्तान रज़िया* के मंचन के समय कुर्सियाँ उठाने की आवश्यकता नहीं पड़ी।

मैं रविवार के दिन मण्डी हाउस पर स्थित कई कला दीर्घाओं में प्रदर्शनियाँ देखने चला आता था। एक बार त्रिवेणी गैलरी में नेपाल के तत्कालीन महाराजा के जन्मदिन के उपलक्ष में एक कला प्रदर्शनी का आयोजन था। वहाँ पुलिस का भारी बन्दोबस्त था। मैंने सोचा कि मैं पहले रवीन्द्र भवन में चल रही जापानी कला प्रदर्शनी देख लेता हूँ। जब लौटूँगा तब तक प्रधानमन्त्री त्रिवेणी में प्रदर्शनी का उद्घाटन करके जा चुकी होंगी। जापानी प्रदर्शनी द्वितलीय दीर्घा के दोनों तलों में फैली हुई थी। ग्यारह बजे रहे थे और दीर्घा में तीन-चार दर्शनार्थी ही मौजूद थे। पाँच मिनट बाद रवीन्द्र भवन में मोटर साइकिलों की आवाज़ सुनाई पड़ी, जो किसी वी. वी. आई. पी. के आगमन की सूचक थी। इन्दिरा जी तो त्रिवेणी जानेवाली थीं। तो भला कला पारखी वी. वी. आई. पी. और कौन हो सकता था। मैं ऊपर के तल में दायें से बायें चित्र देख रहा था। थोड़ी देर बाद देखा तो इन्दिरा जी और उषा भगत दूसरी ओर से आ रही थीं। एक सुरक्षाकर्मी तेजी से मेरे पास आया और धीरे-से कहा कि रुकिए नहीं, आराम से प्रदर्शनी देखते रहें। मैं रुका नहीं परन्तु एक स्थान पर, जब हमारा आमना-सामना हुआ तो मैंने नमस्कार किया, जिसे उन्होंने हल्का-सा सिल हिलाकर स्वीकार भी किया। वह औपचारिक उद्घाटन के पहले समय निकालकर यह प्रदर्शनी देखने चली आयी थीं।

संगीत नाटक अकादेमी, साहित्य अकादेमी, तथा ललित कला अकादेमी को समेटे हुए रवीन्द्र भवन का शिलान्यास सन् 1959 में राष्ट्रपति डॉ. राजेन्द्र प्रसाद ने किया था। कला दीर्घा का उद्घाटन 1961 में उन्हीं के करकमलों से हुआ था। प्रधानमन्त्री नेहरू भी उस समारोह में मौजूद थे। औपचारिक उद्घाटन के बाद राष्ट्रपति और प्रधानमन्त्री जाने लगे तो अन्य अतिथिगण दीर्घा देखने अन्दर चले गये। थोड़ी देर बाद देखा तो पण्डित नेहरू वापस चले आ रहे थे। सुरक्षाकर्मियों ने भीड़

को किसी तरह सँभाला और प्रधानमन्त्री पहले तल में घूमकर दूसरे तल की ओर बढ़ चले तो भीड़ को नीचे ही रोक लिया गया। नीचे आने पर प्रधामन्त्री के लिए भीड़ में ही रास्ता बनाना पड़ा। प्रेस इन्फरमेशन ब्यूरो के फोटोग्राफर पण्डित कुन्दनलाल ऊपरी तल पर खड़े होकर भीड़ में जाते हुए प्रधानमन्त्री के, जिनकी सिर्फ टोपी ही दिखाई पड़ रही थी, लगातार चित्र पर चित्र खींच रहे थे। मैंने पूछा कि आप ऐसा क्यों कर रहे थे तो उन्होंने बताया कि न्यूज़ फ़ोटोग्राफर को हर पल सचेत रहना पड़ता है। कौन जाने कौन-से पल कुछ अद्‌भुत घट जाए!

पण्डित कुन्दन लाल जिन्होंने पण्डित नेहरू के कुछ यादगार चित्र खींचे थे, उन्हीं के एक छायाचित्र ने पण्डित नेहरू की मृत्यु के बाद खालीपन को जैसे फ्रीज कर दिया था। चित्र में एक व्यक्ति कैमरे की तरफ पीठ किये बैठा था जिसके आगे अर्द्ध चन्द्राकार में कुर्सियाँ पड़ी थीं। वह व्यक्ति पण्डित नेहरू ही थे और उनके सामने पड़ी हुई सभी कुर्सियाँ खाली थीं। यह चित्र लगभग बीस फुट चौड़े और सोलह फुट ऊँचे होर्डिंग पर रवीन्द्र भवन की कला दीर्घा के बाहर ही लगा हुआ था। कला दीर्घाओं में आने-जाने वाली श्रीमती इन्दिरा गाँधी उस चित्र के पास खड़ी क्षितिज तक के खालीपन को देख रही थीं। वह आज मात्र अपने पिता के छायाचित्र ही देख पा रही थीं।

नवम्बर, 1983 दिल्ली में हो रहे एक सांस्कृतिक कार्यक्रम में एक ही समय एक ही मंच पर तीन-तीन प्रधानमन्त्री? उन दिनों राष्ट्रपति भवन में सांस्कृतिक कार्यक्रमों का आयोजन संगीत नाटक अकादमी को सौंपा गया था। ब्रिटेन के प्रधानमन्त्री श्री मैक मिलन पहले ही भारत के दौरे पर थे और एक दिन बाद लौटने वाले थे। उसी समय कनाडा के प्रधानमन्त्री श्री ट्रडो सीधे दिल्ली न आकर आगरा में उतारे गये। अगले दिन ब्रिटेन के प्रधानमन्त्री की विदाई और कनाडा के प्रधानमन्त्री का स्वागत। दोनों देशों के अतिथियों की संख्या बढ़ जाने के कारण इस बार सांस्कृतिक कार्यक्रम का आयोजन राष्ट्रपति भवन के स्थान पर फाइन आर्ट्स थियेटर में किया जा रहा था। कार्यक्रम का समय भी 40-45 मिनट से बढ़ाकर घण्टे भर का कर दिया गया था। कार्यक्रम शास्त्रीय तथा लोक नृत्यों की प्रस्तुति का था। विविधता के लिए कई संस्थाओं के कलाकार अपनी-अपनी आइटम प्रस्तुत करने वाले थे। मैं गीत तथा नाटक प्रभाग के कलाकारों की अगवाई कर रहा था। वह नागा नृत्य, मणिपुरी पोंग चोलम और रासलीला प्रस्तुत करनेवाले थे। अकादेमी के तत्कालीन सचिव केशव कोठारी ने मुझे देखते ही मंच संचालन का काम सौंप दिया।

प्रोटोकोल की समस्या थी कि दो प्रधानमन्त्री मुख्य अतिथि हों तो कार्यक्रम समाप्ति पर कलाकारों का अभिनन्दन कौन करे? गहन सोच-विचार के बाद तय पाया कि कार्यक्रम के अन्त में कलाकार मंच पर आएँ ही नहीं और पर्दा गिरने के बाद

कोई भी फूलों की टोकरी मंच पर लाकर रख दे। इसका अर्थ यह निकला कि कोई भी विशिष्ट व्यक्ति कार्यक्रम के बाद मंच पर नहीं आएगा। यह तय हुआ तो यह भी तय हो गया कि जब अन्त में मंच पर जाना ही नहीं है तो जिन कलाकारों का आइटम समाप्त हो जाए और यदि वह जाना चाहें तो उसी समय चले जाएँ। इससे यह भी तय हो गया कि मीडिया के लोग भी चाहें तो अन्त तक न रुकें। और वैसा ही हुआ। कार्यक्रम आरम्भ से पहले तीन प्रधानमन्त्रियों के फोटो आदि खींचने के बाद मीडिया के लोग चले गये। कई कलाकार भी प्रस्तुति के तुरन्त बाद चले गये। मणिपुरी रास कार्यक्रम की अन्तिम प्रस्तुति थी। पर्दा गिरा। तालियाँ बजीं। मैं पर्दे के पीछे से पर्दे के आगे होनेवाली गतिविधियाँ देख रहा था। एक व्यक्ति आया और उसने फूलों की टोकरी रखी। दर्शकों ने तालियाँ बजायीं! कलाकार इधर-उधर बिखर गये। उसी समय देखता हूँ कि इन्दिरा जी दोनों अतिथि प्रधानमन्त्रियों के साथ मंच पर आ रही हैं। मैंने जल्दी से पर्दा उठवाया। मंच तो लगभग खाली ही था। मैं भागकर मणिपुरी कलाकारों को मंच पर लाने का प्रयत्न करने लगा। कई कलाकार जिन्होंने मेकअप आदि उतारा नहीं था मंच पर आये और तीनों प्रधानमन्त्रियों का अभिवादन किया। इन्दिरा जी स्वयं विंग में जाकर कलाकारों को पकड़-पकड़कर मंच पर ला रही थीं और बता रही थीं कि यह किस प्रदेश के हैं और उनकी वेशभूषा का परिचय देने लगीं। उस समय कोई सुरक्षाकर्मी मंच पर नहीं था और न ही कोई मीडिया का आदमी जो इस अद्‌भुत घटना को कैमरे में कैद कर पाता।

[4]

सत्ता के गलियारों में बहुत सुखद अनुभव हुए तो कभी-कभी करो या मरो जैसी स्थितियाँ भी आयीं। बात 1968 की है जब एक कार्यक्रम में देश के राष्ट्रपति आनेवाले थे और मेरे सामने अपने कलाकारों का सम्मान बचाने की स्थिति आ गयी थी। मुझे सूचना और प्रसारण मन्त्रालय के गीत और नाटक प्रभाग में एक ट्रुप मैनेजर की पदवी पाये अभी पाँच-छः महीने ही हुए थे और मुझे कुतुबमीनार के पास महरौली में स्थित जहाज़ महल में हर वर्ष होनेवाले *फूलवालों की सैर* के समारोह में प्रभाग के कलाकारों तथा अन्य संस्थाओं के साथ सांस्कृतिक कार्यक्रम का आयोजन करना था। *फूलवालों की सैर* होली की तरह एक सौहार्द का त्यौहार है, जिसमें हिन्दू-मुस्लिम मिलकर ख्वाज़ा की दरगाह और योगमाया के मन्दिर में फूलों की चद्दर चढ़ाकर पूजा-अर्चना करते हैं। इस समारोह में अक्सर राष्ट्रपति या प्रधानमन्त्री मुख्य अतिथि होते हैं। वह होते, तो उपराज्यपाल, मेयर आदि के साथ

और भी गण्यमान्य व्यक्ति आ जाते। कार्यक्रम शाम सात बजे आरम्भ होता। मुख्य अतिथि तो एक डेढ़ घण्टे तक सांस्कृतिक कार्यक्रम देखते और चले जाते परन्तु कार्यक्रम देर रात तक चलता रहता। उस दिन राष्ट्रपति वी. वी. गिरि मुख्य अतिथि थे। मैं अपने कलाकारों के साथ दोपहर दो बजे वहाँ पहुँच गया था और लगभग खँडहर हो चुकी इमारत में दो-तीन छोटे से कमरों में लाइट उपकरणों के संचालन का स्थान और मेकअप रूम जैसा प्रबन्ध कर लिया था। शाम पाँच बजे के करीब कथक के महाराज कृष्ण कुमार अपने कलाकारों के साथ वहाँ आये। उनके साथ गीत नाटक प्रभाग में मेरे साथ काम करनेवाले इरफान अस्करी भी थे जो कथक शैली में प्रस्तुत होनेवाली नृत्य नाटिका *अनारकली* में उद्घोषणा करने वाले थे। उन्होंने मुझे कहा कि प्रभाग की प्रस्तुति तो बहुत देर में होनेवाली है और नृत्य नाटिका पहले, इसलिए अपने कुछ कलाकार दे दो जो अकबर के दरबार में दरबारी तथा प्रतिहारी की भूमिका निभा सकें। कास्ट्यूम हमारे पास हैं, हम दे देंगे। मुझे भी लगा कि हम इतनी मदद तो कर ही सकते हैं इसलिए अपने कलाकारों को उनकी सहायता करने के लिए कह दिया। थोड़ी देर बाद हमारी एक वरिष्ठ कलाकार आयीं और बोलीं कि आप उनकी सहायता क्यों कर रहे हैं? वहाँ कल की छोकरी अनारकली बन रही है और मेरी जैसी पुरानी कलाकार को पंखा झलने के लिए कह रहे हैं! मैं उसे समझाने की कोशिश कर रहा था कि रोल छोटा-बड़ा नहीं होता, और हमें तो हर कलाकार की मदद करनी चाहिए। वह अपनी बात मनवाने पर तुली हुई थी। तभी किसी ने आकर बताया कि हमारी कुछ लड़कियाँ रो रही हैं। कारण पूछने पर पता चला कि कथक गुरु वहाँ आये और कहा कि कौन हैं यह छोकरियाँ। इनका तामझाम उठाकर फेंक दो और यह कमरे हमारे हवाले कर दो। हमारे कलाकारों में चार-पाँच लड़कियाँ केरल की थीं जो अभी हाल ही में आयी थीं और वह हिन्दी नहीं समझती थीं। उन्हें कुछ भी समझ नहीं आया लेकिन जब उनके आदमियों ने आकर सामान आदि इधर-उधर करना शुरू किया तो वह रोने लगीं। मुझे समझ में नहीं आ रहा था कि मैं क्या करूँ। मैं तो राष्ट्रपति भवन से आये सुरक्षाकर्मियों के कहने पर राष्ट्रपति के मंच पर जाने की सुविधा के लिए सीढ़ियों का निर्माण करा रहा था और अपने कलाकारों को दूसरों की सहायता करने के लिए कह रहा था। उधर एक नाममात्र गुरु हमारे कलाकारों का अपमान कर रहा था। मुझे तो प्रभाग में आये अभी साल भी नहीं हुआ था लेकिन इरफान अस्करी वर्षों से प्रभाग में एक अभिनेता के पद पर थे और मेरे साथ ही मैनेजर बने। उन्होंने भी कोई सहायता नहीं की और वहाँ से ग़ायब ही हो गये।

रविवार का दिन था। गीत और नाटक प्रभाग के तत्कालीन निदेशक कर्नल

हेमचन्द्र गुप्ते दिल्ली में नहीं थे और डिप्टी डायरेक्टर पंचानन पाठक से तत्काल सम्पर्क कठिन था क्योंकि महरौली में एकमात्र टेलीफोन तीन किलोमीटर दूर था, जिसके लिए कोई सवारी उपलब्ध नहीं थी। राष्ट्रपति की मौजूदगी में कुछ भी गड़बड़ होने का मतलब था नौकरी से छुट्टी। मैं अपने कलाकारों का अपमान सहन नहीं कर पा रहा था। मैंने उसी समय सभी तकनीशियनों को सारे काम बन्द करने के लिए कह दिया। लाइट आदि लग गयी थी लेकिन मैंने अपने सहकर्मियों को कह दिया कि वह इसका संचालन केवल अपनी प्रस्तुति के समय ही करें और किसी दूसरे की आइटम में संचालन कार्य छोड़ दे। अपने कारपेण्टरों को भी सब काम छोड़ने को कह दिया। राष्ट्रपति के लिए तैयार हो रही सीढ़ी का काम भी रुक गया। मैं ज़ोर-ज़ोर से बोल रहा था और चारों तरफ लोग इकट्ठे हो गये थे। मैं कह रहा था कि यह कैसे कथक महाराज बने फिरते हैं जो कलाकारों का सम्मान करना भी नहीं जानते। राष्ट्रपति भवन के सुरक्षाकर्मी ने पूछा कि कौन है वह व्यक्ति, राष्ट्रपति का मामला है। छ महीने तक उसकी ज़मानत नहीं होगी। मैं वैसे ही बोले जा रहा था। उसने कहा कि सीढ़ी का काम तो करा दो, मैं उस व्यक्ति की खबर लूँगा। मैंने धीरे से कहा कि यह मेरा और कथक महाराज का मामला है। उससे मैं निपट लूँगा और निश्चिन्त रहो, सीढ़ी का काम पूरा हो चुका है। कार्यक्रम के संयोजक मेरे पास आये और माफी माँगने लगे। मैंने कहा कि मुझे आपसे कोई शिकायत नहीं है। माफी माँगनी है तो वह महाराज आकर मेरे कलाकारों से माँगें। महाराज आये। कलाकारों से माफी माँगी और इस तरह यह कार्यक्रम सम्पन्न हुआ।

सन्त कवि सूरदास की पंचशती के अवसर पर गीत और नाटक प्रभाग ने पंचानन पाठक के निर्देशन में *दिव्यदृष्टि* नृत्य नाटिका प्रस्तुत की थी जिसकी नृत्य संरचना लिटिल बैले ट्रुप से जुड़े अप्पुणि कर्ता की थी और संगीत-रचना सरला राव की। श्री लालकृष्ण आडवाणी उस समय सूचना और प्रसारण मन्त्री थे। पहले दिन वह उद्घाटन कार्यक्रम के लिए आये। उनको प्रस्तुति इतनी अच्छी लगी कि वह लगातार तीन दिन वह प्रस्तुति देखने आते रहे। उन्हीं के आग्रह पर उसकी चार प्रस्तुतियाँ कामानी सभागार में आयोजित की गयी थीं।

पहले दिन तत्कालीन उप-राष्ट्रपति बी. डी. जत्ती आनेवाले थे। उनके आगमन की प्रतीक्षा में हम कामानी सभागार के फ़ॉयर में खड़े थे। मैं उस प्रस्तुति का स्टेज मैनेजर था। मैंने आडवाणी साहब को सुनाते हुए प्रभाग के निदेशक वीरेन्द्र नारायण से पूछा कि क्या उपराष्ट्रपति पूरा कार्यक्रम देखेंगे या बीच में ही जाना चाहेंगे? मैंने

यह भी बताया कि यूँ तो प्रस्तुति एक घण्टा चालीस मिनट की है। अगर आवश्यकता हो तो एक घण्टा पाँच मिनट पर मध्यान्तर किया जा सकता है। यह भी बताया कि यदि वह मध्यान्तर तक रुकें और कलाकारों से मिलना चाहें तो हम स्टेज का पर्दा नहीं उठाएँगे, उन्हें पीछे से मंच पर ले जाएँगे और कलाकारों से मिलवा देंगे। आडवाणी जी ने कहा कि जब जत्ती जी आएँगे तो उनसे पूछकर बताएँगे। उपराष्ट्रपति जत्ती मध्यान्तर तक रुके और पर्दा उठाये बिना मंच पर कलाकारों से मिले।

कार्यक्रम के चौथे (अन्तिम) दिन तत्कालीन प्रधानमन्त्री मोरारजी भाई देसाई आनेवाले थे। मैंने फिर याद दिलाया कि प्रस्तुति की अवधि एक घण्टा चालीस मिनट है। अगर आवश्यकता हो तो एक घण्टा पाँच मिनट पर मध्यान्तर किया जा सकता है। यदि प्रधानमन्त्री जल्दी जाना चाहें तो वह चुपचाप उठकर जा सकते हैं। हम बीच में प्रस्तुति नहीं रोकेंगे। आडवाणी जी ने फिर कहा कि जब मोरारजी भाई आएँगे तो उनसे पूछकर बताएँगे। उसी समय पास खड़े एक सुरक्षाकर्मी जैसे दिखनेवाले व्यक्ति ने कहा, क्यों नहीं? हम कभी भी प्रस्तुति रोक सकते हैं और कलाकारों के साथ प्रधानमन्त्री के फोटो खिंचवा सकते हैं। मैंने पलटकर कहा, हमारे लिए प्रस्तुति महत्त्वपूर्ण है, फोटोग्राफ नहीं। उस व्यक्ति ने पूछा, 'हू आर यू?' मैंने बताया कि मैं इस प्रस्तुति का स्टेज मैनेजर हूँ। इससे पहले कि वह कुछ बोलता, प्रधानमन्त्री की सवारी आ पहुँची और सब उनकी तरफ बढ़ गये। प्रभाग के एक अधिकारी निरंजन देसाई ने कहा, अरे तुमने यह क्या कह दिया? तुम जानते नहीं वह सूचना और प्रसारण मन्त्रालय के ज्वाइण्ट सेक्रेट्री हैं। मैंने जवाब दिया कि होते रहें, मैं भी तो इस प्रस्तुति का संचालक हूँ। मुझे उस व्यक्ति पर बहुत गुस्सा आ रहा था और मैं वहीं फ़ॉयर में ही रुका रहा। उतनी देर में पंचानन पाठक मुझे ढूँढ़ते हुए बाहर आये और बोले, अरे, तुम यहाँ क्या कर रहे हो? उधर वरुण दत्त वाद्यवृन्द संचालक कार्यक्रम आरम्भ ही नहीं कर रहा। पूछ रहा है कि कौशल कहाँ है? वह तुम्हारे इशारे के बिना संगीत संचालन आरम्भ नहीं कर रहा। मैंने अन्दर जाकर कार्यक्रम आरम्भ करा दिया और बाहर आ खड़ा हो गया। थोड़ी देर में वीरेन्द्र नारायण बाहर आये। मैंने पूछा, पता चला प्रधानमन्त्री कब तक रुकेंगे? वह बोले कि यह पूछना तो मैं भूल ही गया। अभी पूछकर आता हूँ। थोड़ी देर बाद सूचित किया गया कि वह पूरा कार्यक्रम देखेंगे इसलिए मध्यान्तर की आवश्यकता नहीं है। तब मैंने पूछा कि जो कुछ मैंने कहा था, वह ठीक नहीं था क्या? वह बोले, बिलकुल ठीक था। तब मुझे उन पर भी गुस्सा आया। मैं ठीक था तो उस सरकारी अफसर को टोका क्यों नहीं? फिर लगा कि उनको शायद अपनी नौकरी की चिन्ता थी। पर, मुझे तो अपनी प्रस्तुति और अपने दर्शकों की चिन्ता थी न!

# कुछ और प्रसंग

"?"

"मिस्टर कौशल, तुम कमीने आदमी हो।"

"हाँ, मैं हूँ।"

"तुम अपने आपको मिस्टर अल्काज़ी का शागिर्द समझते हो।"

"मैं समझता नहीं, मैं हूँ ही।"

"तुम उन्हीं की तरह अपने कलाकारों को मेण्टल टॉर्चर करते हो।"

"हाँ, मैं करता हूँ।"

"तुम मानते हो, तुम कमीने आदमी हो?"

"हाँ, भई हाँ! मैं मानता हूँ कि मैं एक कमीना आदमी हूँ। कहो तो लिखकर दे दूँ?"

—वह चुप है।

"और कुछ कहना है?"

—वह चुप है।

"ओ. के. जाओ, जाकर सो जाओ। गुड नाइट।"

हम लोग सूचना और प्रसारण मन्त्रालय के गीत और नाटक प्रभाग के सैनिक मनोरंजन विंग के कलाकारों के साथ मिजोरम टूर पर थे। गायक गोपाल हर आर्मी टूर की तरह इस टूर पर भी वही कर रहा था, जो वह प्राय: हर टूर पर करता रहा था। यही कि मनोरंजन कार्यक्रम के पश्चात खाना खाकर सोने से पहले ताश खेलना, और खेल-खेल में किसी भी साथी से उलझ पड़ना और खूब झगड़ा करना। यह उसका स्वभाव ही बन गया था। हम सिल्चर तक रेल के सफ़र के बाद आर्मी की गाड़ियों में मिजोरम में अलग-अलग यूनिटों में मनोरंजन कार्यक्रम करते आगे बढ़ रहे थे। चार दिन से गायक गोपाल हर रात किसी-न-किसी से उलझ रहा था। पाँचवें दिन वह मुझसे ही उलझ गया। हुआ यूँ कि उस आर्मी यूनिट के ऑफिसर मैस में हमें ड्रिंक्स के लिए बुलाया गया और खाना जे. सी. ओ. मैस में था। दारू पीने वाले चार-पाँच लोग ही थे। बाकी स्क्वैश

आदि ही सिप करते रहते। कुछ समय बाद हम जे. सी. ओ. मैस की ओर चले तो कर्नल साहब ने गायक गोपाल और अन्य पीनेवाले साथियों को कुछ देर रुकने को कहा। वह कोई एक घण्टे बाद हमारे सोने वाले बैरिक्स में आये। इतनी देर से आने का कारण पूछने पर पता चला कि कर्नल साहब जब उन्हें विदा दे रहे थे तो गायक गोपाल ने पूछा, "मैं थोड़ी और पी सकता हूँ?" मुझे गुस्सा आ गया। मैंने कहा, "जब तक तुम लोग वहाँ थे, आर्मी वालों ने किसी का गिलास खाली नहीं रहने दिया था। फिर भला चलते-चलते भिखारी की तरह थोड़ी-सी और माँगने की क्या जरूरत थी?" गोपाल मुझसे ही भिड़ गया।

अगली सुबह वह आया और बोला, "दादा, मैंने कल रात कोई बदतमीजी तो नहीं की?" मैंने कहा, "बदतमीजी? मुझे तो कुछ याद नहीं।" वह बोला, "अरे दादा, मैं तो रात आपसे ही भिड़ गया था।" मैं हैरान-सा होकर बोला, "कब?" उसने कहा, "अब आप मेरी खिंचाई कर रहे हैं। मुझे पता है, मैं आप पर खूब चिल्ला रहा था?" मैंने कहा, "सुनो गोपाल, हम इस दल में 24 स्त्री-पुरुष हैं। तुम अगर बाईस लोगों से झगड़ते रहोगे तो मैं तुम्हें बचाऊँगा। अगर तुम मुझसे ही झगड़ने लगे तो तुम्हें कौन बचाएगा?" गोपाल बोला, "नहीं दादा, अब मैं टूर पूरा होने तक किसी से झगड़ा नहीं करूँगा।" और उसने अगले दिन बीस दिन किसी से झगड़ा नहीं किया। वह रोज सुबह उठता और आकर दिनों की गिनती बताता। आज छः दिन हो गये, आज नौ दिन हो गये, आज ग्यारह दिन हो गये और किसी से झगड़ा नहीं हुआ। एक दिन सुबह देखा तो गोपाल के हाथ पर पट्टी बँधी थी। शायद पन्द्रहवाँ दिन था। कारण पूछने पर उसने बताया, "कल रात एक साथी से चिक-चिक हो गयी और बहुत गुस्सा आया। मन किया कि बहुत बड़ा बवाल कर डालूँ। फिर आपको दिया हुआ वचन याद आ गया। अपना गुस्सा निकालने के लिए कैरोसीन लैम्प की चिमनी पकड़कर तोड़ डाली।" पट्टी उतारकर देखा तो हथेली पर छाले पड़े हुए थे।

चौबीसवाँ दिन। हम बर्मा बॉर्डर पर स्थित एक यूनिट में कार्यक्रम प्रस्तुत कर आइज़ोल लौट रहे थे, जहाँ एक रात गुजार कर हम वापस सिल्चर चले आते और वहाँ चार दिन आर्मी और उनके सिविलियन मेहमानों के लिए कार्यक्रम प्रस्तुत करके, गुवाहाटी के रास्ते दिल्ली लौट जाते। हम लोग प्रायः चार-पाँच आर्मी के छोटे-बड़े ट्रकों में सफ़र करते। गोपाल आया और बोला, "दादा, आज तो सारा दिन सफ़र करना है और आज शाम कोई शो भी नहीं है। आज आप हम सब पीनेवालों को एक अलग गाड़ी दे दें तो हम दिन भर मस्ती कर सकेंगे।" मैंने उनकी बात मान ली और उनको गाड़ी दे दी। सफ़र में मैं हमेशा अपनी गाड़ी सबसे पीछे रखता था ताकि सबकी ख़ैर-ख़बर रहे। वैसे भी दो ढाई घण्टों के सफ़र के बाद किसी

चाय की दुकान की छोटी बस्ती पर थोड़ी देर के लिए रुक जाते और सारी गाड़ियाँ इकट्ठी हो जातीं।

सूरज छिपनेवाला था और हम लोग आइज़ोल से लगभग 40 किलोमीटर, पहाड़ी सफ़र के हिसाब से दो-ढाई घण्टे दूर थे। रास्ते में देखा कि गायक गोपाल मण्डली की गाड़ी खराब हो गयी थी। दोनों गाड़ियों के ड्राइवर उसे स्टार्ट करने का प्रयत्न कर रहे थे। हमारा थ्री टन ट्रक, जिसमें हमारे बोरिया-बिस्तर, ट्रंक, सूटकेस आदि उस ट्रक में थे, जो सबसे आगे था। कार्यक्रम रात होने से पहले आइज़ोल पहुँचने का था क्योंकि अँधेरा होने पर गाड़ियों की आवाजाही रुक जाती थी। और यहाँ हालत यह कि गोपाल गण की गाड़ी स्टार्ट ही नहीं हो रही थी। तभी ध्यान आया कि एक आर्मी यूनिट जिसमें हम कार्यक्रम प्रस्तुत कर चुके थे, वह कोई दो किलोमीटर के फासले पर ही थी। हमने अपनी गाड़ी आगे निकाली, गोपाल गण को साथ लिया और यूनिट कैम्प जा पहुँचे। यूनिट कमाण्डर शर्मा ने उसी समय बिगड़ी हुई गाड़ी को अपनी वर्कशाप में मँगवा लिया, हमें ऑफिसर मैस ले गये और रात्रि भोजन आदि का प्रबन्ध करा दिया। हमारी आगे जानेवाली दो गाड़ियों और सामान वाले ट्रक में तीन महिलाएँ और दस पुरुष कलाकार तो आइज़ोल पहुँच गये थे। हमारी टोली में चार महिलाएँ और छः पुरुष पीछे रह गये थे। कर्नल शर्मा ने ऑफिसर बैरिक में दो कमरे महिलाओं के लिए खाली करा दिये थे और पुरुष कलाकारों को एक 'मेक शिफ्ट' अस्पताल में रात काटनी थी जहाँ कोई मरीज नहीं था। दस लोहे के पलंग थे जिन पर मच्छरदानियों का ढेर लगा था जो हमारे लिए दरी, चद्दर और तकिये के काम आनेवाली थीं। महिलाओं को तो खाना खिलाकर जल्दी सोने के लिए भेज दिया।

पुरुष कलाकार आधी रात के बाद तक शेरो-शायरी तथा गाना-बजाना करते रहे। नार्थ ईस्ट में यूँ भी सुबह तीन-चार बजे ही हो जाती है। सोने का समय लगभग दो घण्टे का ही था क्योंकि हम लोगों को सुबह पाँच बजे निकलना था ताकि हम रात सात बजे तक आइज़ोल पहुँच जाएँ और पूरा ग्रुप दस बजे के आसपास पहाड़ों से उतरकर शाम तक सिल्चर जा सके। हम लोग ऑफिसर मैस से उस 'मेक शिफ्ट' कक्ष की ओर ही जा रहे थे जब गायक गोपाल ने कहा था, 'मिस्टर कौशल आप कमीने आदमी हो।' अगली सुबह गायक गोपाल सामने आया लेकिन उस दिन की गिनती बोल ही नहीं पाया।

31 दिसम्बर, 1994। न्यू ईयर ईव। मौज़-मस्ती की रात। दिल्ली के श्रीराम सेण्टर में रा. ना. वि. रंगमण्डल के नाटक *राज दर्पण* की प्रस्तुति लगभग दस बजे समाप्त हुई थी। नाटक की सारी सामग्री सेट, कॉस्ट्यूम, लाइट, मंच प्रॉपर्टी आदि को थियेटर की पहली मंज़िल से उतारकर एक ट्रक में लादना था, जो अन्य

दो नाटकों का साज सामान लिये नीचे गली में खड़ा था। लगभग दो-तीन घण्टे का काम जो सारे कलाकार और मंचकर्मी मिलकर करते थे और जिसे पूरा करके ही सब लोग घर जा सकते थे क्योंकि कोलकाता जानेवाले उस ट्रक को सूर्योदय से पहले ही दिल्ली बॉर्डर पार करना था। कड़ाके की सर्दी, तेज़ बर्फ़ीली हवा जो ओवर कोट पहने, सर पर कन्टोप लगाये भी जैसे शरीर को छीलती हुई चल रही थी। मैं कभी कार के बन्द शीशे की आड़ लेकर उस हवा से बचने की कोशिश करता तो कभी काम करनेवाले कलाकारों के झुरमुट में जा दीवार की ओट ले लेता। मैं जानता था कि कुछ कलाकार काम से कुछ पल चुरा लुक-छुप न्यू ईयर ईव भी मना रहे थे। परन्तु मुझे उनसे कोई शिकायत नहीं थी क्योंकि वह तो मजबूरी में या कहें कि रंगकर्म के प्रति अपनी निष्ठा के कारण बिना शिकवा-शिकायत अपना काम कर रहे थे।

ठीक बारह बजे आस-पड़ोस में पटाखे चलाने की आवाजें आने लगी थीं। न्यू ईयर आरम्भ हो गया था और काम फिर भी चल रहा था। एक कलाकार ने आकर बताया कि अमुक कलाकार ने बहुत पी रखी है और वह सभी को गालियाँ दे रहा है। आपको भी। मैंने कहा, कहाँ दे रहा है? वह तो ट्रक में सामान लोड करा रहा है। देखो उधर, वह अकेला एक बेंच उठाये ट्रक पर खड़े साथी को पकड़ाने की कोशिश कर रहा है। थोड़ी देर बाद एक दूसरा कलाकार आया और उसने भी यही कहा कि चार-पाँच लोग नशे में धुत्त आपको गालियाँ दे रहे हैं। अमुक कलाकार सबसे ज्यादा चिल्ला रहा है। मैंने कहा, "आज न्यू ईयर ईव थी। वह न जाने क्या-क्या प्लान बनाकर बैठे थे। वह तो बर्बाद हो गयी, फिर भी इस कड़कड़ाती सर्दी की परवाह किये बगैर काम में लगे हैं। अगर वह कुछ और भी कर रहे हैं जो उनको अपने-अपने ठिकानों की गरमाहट में करना ही था तो मैं क्या कहूँ। और यूँ भी मुझे किसी की भी चिल्लाहट सुनाई नहीं पड़ रही। सब तो काम करते ही दिखाई पड़ रहे हैं। तुम ही निठल्ले घूमते नजर आ रहे हो।" नये वर्ष में आये दो घण्टे हो गये थे। ट्रक पर सामान लादा जा चुका था और सब एक-दूसरे को हैपी न्यू ईयर, हैपी न्यू ईयर कहते, हाथ मिलाते अपने-अपने ठिकानों की ओर बढ़ रहे थे। लगभग सभी कलाकार मेरे पास आये। वह अमुक कलाकार ही कन्नी काटकर निकल गया था।

मैं जब कभी नाट्य प्रशिक्षण कार्यशालाओं में जाता हूँ तो रंग दर्शन के साथ-साथ जीवन दर्शन की चर्चा करते हुए ऐसे जीवन प्रसंगों की चर्चा भी अवश्य करता हूँ। मानव प्रबन्धन (Man management) रंगकर्म ही नहीं, किसी भी कलाकर्म के लिए वांछित अनुशासन का एक महत्त्वपूर्ण अंग है। मैं कई वर्षों से श्रीराम सेण्टर के द्वितीय वर्षीय अभिनय प्रशिक्षण के कार्यक्रम के पहले दो दिन तथा

अन्य कार्यशालाओं में पाँच से सात दिन के अपने पाठ्यक्रम में जीवन अनुशासन से सम्बन्धित कितनी ही ऐसी बातों की चर्चा करता आ रहा हूँ, जो नाट्य प्रशिक्षण का एक अनिवार्य अंग होना चाहिए परन्तु उनका गहन प्रशिक्षण तो दूर, उनकी चर्चा तक नहीं होती। बातें जैसे महात्मा गाँधी का कथन "कोई मुझे गाली देता है तो कुछ देता ही तो है न, कुछ लेता तो नहीं।" या फिर गौतम बुद्ध का कथन "उसने मुझे गाली दी? मैंने तो ली ही नहीं।" या फिर इंग्लैण्ड के प्रधानमन्त्री सर विंस्टन चर्चिल का प्रसंग जिसमें लन्दन के बकिंगम पैलेस के एक गार्ड द्वारा उसको दी गयी शिक्षा। प्रथम विश्वयुद्ध से पहले अफ्रीका में चले बोयर युद्ध के समय चर्चिल एक समाचार पत्र के संवाददाता थे। युद्ध के समाप्त होने पर वह लन्दन लौटे और एक दिन बकिंगम पैलेस के पास से जा रहे थे तो देखा कि दारू की बोतल हाथ में लिये नशे में धुत्त एक बूढ़ा पैलेस के गेट पर खड़ा किंग जार्ज को गालियाँ दे रहा है। शायद उसका कोई सगा सम्बन्धी युद्ध में मारा गया था। वह काफी देर तक गालियाँ बकता रहा और फिर लड़खड़ाता हुआ चला गया। पैलेस गेट पर खड़े गार्डों ने पलक तक नहीं झपकीं। यह सब देख चर्चिल को बहुत गुस्सा आया और वह गार्डों के पास जाकर बुरा-भला कहने लगा कि एक शराबी आकर बादशाह को गालियाँ देकर चला गया और तुम बुत बने खड़े रहे? उसको पकड़कर जेल नहीं भिजवाया? एक गार्ड ने विनम्र स्वर में कहा। "वह एक दुःखी जीव था, जो बादशाह को गालियाँ दे रहा था परन्तु बादशाह को तो कोई हानि नहीं पहुँची। और वह व्यक्ति अपने मन का गुबार निकालकर चुपचाप चला गया। तो फिर हम उसको क्यों पकड़ें?" यूँ भी देखा जाए तो गाली लगती कहाँ है। वह तो केवल हमारी भावना को चोट पहुँचाती है। जिसको गाली दी जा रही है, उसका तो कुछ भी नहीं बिगड़ता। इसी तरह मैं हमेशा कहा करता हूँ। "अपेक्षा बिलकुल न करो। एक प्रतिशत की ही प्राप्ति हुई तो भी कुछ मिला ही। शत प्रतिशत की अपेक्षा करते हुए 99 प्रतिशत भी मिल गया तो मन शिकायत ही करेगा। 'अरे, एक प्रतिशत और दे देता तो उसका क्या बिगड़ जाता?' 'गुस्सा आ जाए तो कुछ भी करने से पहले मन में दस तक गिनती करो। उससे एक आदमी अस्पताल जाने से बच जाएगा और एक जेल जाने से।' काम न कर पाने पर सॉरी कहना और यह कहना कि समय नहीं मिलता, झूठ है, क्योंकि अगर सही ढंग से प्लानिंग की जाए तो एक घण्टा-सवा घण्टा भी हो सकता है। आवश्यकता है समय को गपशप और बेकार की बातों में बरबाद करने की बजाय कारामद बनाने की।"

अपने जीवन के दूसरे दशक के उत्तरार्ध से ही मैं शौकिया रंग मण्डलियों से जुड़ गया था, जहाँ मैं नाटक लिखने, अनुवाद करने, मंच तथा प्रस्तुति प्रबन्धन

के साथ-साथ नाट्य निर्देशन भी करने लगा था। रा. ना. वि. से प्रशिक्षण प्राप्त करने के बाद चार वर्ष तक वहीं पर एक क्लर्क के पद पर आसीन, रंगकर्म के कई आयामों से जुड़ा रहा। उसके बाद एक वर्ष तक श्रीमती कमला देवी चट्टोपाध्याय की अध्यक्षता में भारतीय नाट्य संघ के ऑफिस सेक्रेटरी का कार्यभार सँभालने के बाद उन्नीस वर्ष तक सूचना और प्रसारण मन्त्रालय के गीत और नाटक प्रभाग के सैनिक मनोरंजन कक्ष में कलाकार मण्डली में प्रबन्धक के रूप में काम करता रहा। सन् 1984 से 1997 तक रा. ना. वि. में एसोसिएट प्रोफेसर के साथ-साथ सन् 1986-1988 तक और बाद में सन् 1994-1997 तक रा. ना. वि. रंगमण्डल का प्रमुख भी रहा। जीवनपर्यन्त कलाकर्म से जुड़े समूहों के साथ काम करने के कारण मानव प्रबन्धन का काफी अभ्यास हो गया है।

गीत तथा नाटक प्रभाग के सैनिक मनोरंजन विंग में नौ दल थे जिनमें तीन स्त्री तथा तीन पुरुष नर्तक, दो स्त्री और दो पुरुष गायक, दो स्त्री और तीन पुरुष अभिनेता, पाँच वाद्ययन्त्र बजानेवाले और साथ ही कॉस्ट्यूम, मेकअप तथा लाइट प्रबन्धक और दल प्रबन्धक—कुल चौबीस लोग। लगभग दो सौ कलाकार इस कक्ष में थे। गीत और नाटक प्रभाग की स्थापना सन् 1954 में ऑल इण्डिया रेडियो के एक विभाग के रूप में हुई और सेना से डेपुटेशन पर आये कर्नल गुप्ते इस विभाग के निदेशक बने। इसका पहला दफ्तर भी संसद मार्ग पर बने आकाशवाणी भवन के एक कमरे में ही था। महाराष्ट्र से आये और दूसरे महायुद्ध के दौरान जुझारू सैनिक की तरह उसमें भाग लेनेवाले लेफ्टिनेण्ट कर्नल हेम चन्द्र वी. गुप्ते वर्षों से मराठी रंगकर्म से जुड़े हुए थे। दिल्ली प्रवास के दौरान वह आर्मी हैडक्वार्ट्ज़ ड्रामाटिक क्लब के साथ-साथ नाटककार, अभिनेता तथा निर्देशक रमेश मेहता के ग्रुप थ्री आर्ट्स क्लब के तत्त्वावधान में नाटक करते रहते थे। गीत और नाटक प्रभाग भी एक नाट्य दल के रूप में ही स्थापित हुआ था और जल्दी ही इसे सूचना और प्रसारण मन्त्रालय के एक प्रभाग का स्वरूप मिल गया था और सन् 1968-69 तक दिल्ली में सेण्ट्रल ड्रामा ट्रुप के साथ-साथ परिवार नियोजन का प्रचार करने के लिए एक दल दिल्ली में तथा एक पटना में हिन्दी, पुणे में मराठी, हैदराबाद में गुजराती तथा भुवनेश्वर में उड़िया भाषा में नाट्य प्रस्तुति के दल स्थापित हो गये थे। उसी प्रकार सीमावर्ती क्षेत्रों में शत्रु देशों के दुष्प्रचार के प्रत्युत्तर के लिए वहीं की भाषा में मनोरंजन तथा प्रचार के लिए श्रीनगर, शिमला, नैनीताल, जोधपुर, दरभंगा, गुवाहाटी, इम्फाल में दस-दस कलाकारों के चार-चार दल स्थापित किये गये थे।

दिल्ली रंग जगत के विद्वान और उनसे प्रभावित रंगकर्मी गीत और नाटक प्रभाग को एक सरकारी प्रचार का माध्यम मानकर उसकी गतिविधियों को बहुत

घटिया मानते थे और न तो कभी देखते, न ही चर्चा करते। हम आठ रा. ना. वि. स्नातक भी पूर्वाग्रह के साथ ही गये थे। परन्तु जब वहाँ के कुछ नाटक जैसे गोविन्दवल्लभ पन्त का *कोह-ए-नूर का लुटेरा,* वीरेन्द्र नारायण का *धर्मशालाएँ,* ज्ञानदेव अग्निहोत्री का *नेफा की एक शाम* आदि नाटक जो लगभग 300-400 बार खेले जा चुके थे और पण्डित जवाहर लाल नेहरू, लाल बहादुर शास्त्री तथा इन्दिरा गाँधी जैसे प्रधानमन्त्रियों के अतिरिक्त हर मन्त्री, हर सांसद तथा दूसरे गण्यमान्य व्यक्तियों के अतिरिक्त देश भर के हजारों-लाखों दर्शक देख चुके थे। यह नाटक दिल्ली में यदा-कदा ही खेले जाते। अधिकतर यह नौचन्दी अथवा छठ जैसे मेलों में खेले जाते जहाँ दर्शक मेले में घूमते-घामते आते और नाटक का कुछ भाग देखकर आगे बढ़ जाने की बजाय पूरा नाटक देखकर ही जाते। एक बार कर्नल गुप्ते ने हमसे चर्चा करते हुए कहा भी था कि हम जानते हैं, दिल्ली के रंगकर्मी उनके नाटकों को घटिया समझते हैं। वह यह नहीं जानते कि मेरे नाटक दिल्ली के सभागारों की तरह नहीं, जहाँ बाहरी शोर-शराबा सुनाई नहीं पड़ता बल्कि खुले पण्डालों में होते हैं जहाँ का दर्शक दिल्ली वालों जैसा बँधा नहीं है। वह अपनी स्वेच्छा से आता-जाता रहता है। उस सबको सँभालने के लिए हमारे नाटकों में आरम्भ के दस मिनटों में महत्त्वपूर्ण बात नहीं कही जाती। और नाटक के दौरान दर्शकों का ध्यान खींचने के लिए हर दस-पन्द्रह मिनटों के बाद कोई पटाखा, कोई शोर-शराबा, कोई कॉमिक दृश्य डालना ही पड़ता है, जो दिल्ली जैसी जगहों पर वांछित नहीं है। सैनिक मनोरंजन के लिए जा रहे कलाकारों को भी कर्नल गुप्ते ने बताया था कि कलाकार लोग सैनिकों के मनोरंजन के लिए जाते हैं तो वह उन्हें अपने परिवार के सदस्यों के रूप में देखते हैं जिन्हें उन्होंने मुद्दत से देखा नहीं होता। प्रस्तुति के दौरान वह सीटियाँ बजा सकते हैं, 'हाय जानी' का नारा लगा सकते हैं परन्तु अभद्रता का व्यवहार नहीं करते। सीटी बजाना और 'हाय जानी' चिल्लाना तो उनकी पसन्द का इज़हार है। कलाकारों को भी ऊपरी शान दिखाने के बजाय उनके परिवार जनों जैसा व्यवहार करना चाहिए। सार्वजनिक स्थानों पर कलाकारों की मौजमस्ती दिखाई नहीं पड़नी चाहिए।

सैनिक मनोरंजन विंग के डिप्टी डायरेक्टर थे पंचानन पाठक, जो लगभग दस वर्ष तक रा. ना. वि. में अध्यापन कार्य करने के बाद गीत और नाटक प्रभाग में आ गये थे। रा. ना. वि. में वह संगीत, वायस ऐण्ड स्पीच तथा मूवमेण्ट का प्रशिक्षण देते थे। नौ दल प्रबन्धक थे जिनमें से आठ रा. ना. वि. के स्नातक थे। सन् 1967 के उत्तरार्द्ध में बने इस कक्ष की शुरुआत दो दलों से हुई जो धीरे-धीरे नौ दलों तक हो गयी। इसमें देशभर से कलाकारों का चुनाव किया गया था। नर्तक वृन्द में हर शास्त्रीय नृत्य विधा से प्रशिक्षित कलाकार थे, जो इन्हीं के प्रदेशों से विशेष चयन-प्रक्रिया के बाद लाये गये थे। इनमें कुछ मणिपुर के कलाकार थे जो दो

बार पृथ्वीराज कपूर के नेतृत्व में चीन आदि देशों में जानेवाले कल्चरल डेलीगेशन के सदस्य थे। राजा और राधा रेड्डी भी कई वर्षों तक सैनिकों के मनोरंजन दलों द्वारा लेह-लद्दाख से लेकर उत्तर पूर्व की सीमाओं पर स्थित सैनिक मनोरंजन के लिए आयोजित दौरों में भाग लेते रहे थे। जब वह दिल्ली ऑफिस में होते तो कभी निठल्ले नहीं बैठते। समय मिलते ही नृत्य का अभ्यास करने लगते। गायक मण्डली में भी कई प्रदेशों के कलाकार थे। वह बोलचाल में ठीक से हिन्दी नहीं बोल पाते थे परन्तु गीत किसी भी भाषा का हो, पूरी ऊर्जा, लगभग सही उच्चारण तथा सही भावभंगिमा से गाते थे। उस दल में रासबिहारी दत्त जैसे सितार-वादक थे, जिन्होंने राजा और राधा रेड्डी की तरह ही विश्वव्यापी ख्याति प्राप्त की थी। इसी दल में दिल्लीवासी गायक बशीर अहमद साहब भी थे जो अपनी ग़ज़ल गायकी के लिए प्रसिद्ध थे और लगभग बीस वर्ष तक श्रीराम भारतीय कला केन्द्र की फ़िरोज़शाह कोटला में होनेवाली रामलीला की संगीत मण्डली के मुख्य गायक की भूमिका में सन्त तुलसीदास कृत रामायण की चौपाइयाँ बड़ी तन्मयता से गाते थे। कोमल सिंह, कथक सम्राट पण्डित बिरजू महाराज के बहनोई, अच्छे गायक तो थे ही, नाक-शहनाई के सिद्धहस्त कलाकार भी थे। नृत्य सम्राट उदयशंकर के ट्रुप के साथ विश्व भ्रमण कर चुके, ताल वाद्यों के जादूगर वरुण दत्त भी इस विंग द्वारा आयोजित हर समारोह में अपनी छाप छोड़ देते थे। वर्षों तक शान्तिवर्धन की विश्वविख्यात नर्तक मण्डली लिटिल बैले ट्रुप से जुड़े हुए अप्पुनि कार्ता नृत्य सर्जक थे और तमिलनाडु की प्रसिद्ध गायिका तथा संगीत सर्जक-विख्यात नर्तकी स्वप्न सुन्दरी की माँ, सरला राव इस विंग की संगीत सर्जक थीं।

सैनिक मनोरंजक विंग के कलाकार हर वर्ष तीन-चार बार, एक महीने के लिए देश की सीमा पर तैनात फ़ौजियों के लिए मनोरंजन कार्यक्रम प्रस्तुत करने के लिए सीमावर्ती क्षेत्रों में जाते। वहाँ की प्रस्तुतियाँ एक रंगारंग कार्यक्रम जैसी होतीं जो प्रायः शिवस्तुति अथवा ऐसे ही किसी नृत्य से आरम्भ होतीं। उसमें कुछ गीत होते तो कुछ नृत्य। एक-दो हास्य नाटिकाएँ भी होतीं और कुछ हँसी के हँसगोले या चुटकुले। सीमावर्ती इलाकों में मण्डप नहीं होते थे। अधिकतर अस्थायी मंच ही मिलते। कहीं-कहीं नाट्य मण्डप जैसे स्थान भी मिल जाते। दर्शक संख्या पाँच सौ से पाँच हजार तक होती। पहाड़ी इलाकों में कहीं-कहीं तो फ़ौजी चार-छः घण्टे पैदल चलकर शाम को कार्यक्रम देखने आते और कार्यक्रम के बाद रात के अँधेरे में अपनी-अपनी ड्यूटी पर लौट जाते। अगर कहीं मण्डप जैसा होता तो वहाँ दो-तीन दिन तक कार्यक्रम प्रस्तुत किया जाता। महीने भर के दौरे में कलाकार हर तरह के मौसम को जीते। अधिकतर मंच खुले में होते जहाँ कभी-कभी ठण्डी हवाएँ चल रही होतीं या

मूसलाधार वर्षा हो रही होती। मौसम कैसा भी हो, वह पूरी निष्ठा और लगन से कार्यक्रम प्रस्तुत करते और फ़ौजी दर्शक भी भरपूर मज़ा लेते। कभी जम्मू में मार्च-अप्रैल की गर्मी झेलने के कुछ दिनों बाद ही वह बर्फ़ीले पहाड़ों पर होते। वह दौरे पर जाते समय हर मौसम के मुताबिक रहन-सहन का सामान लेकर चलते। कई बार जब वह गर्मी के महीनों में ओवर कोट या कोई और गर्म कपड़ा काँधे पर डाले पहाड़ों से नीचे जम्मू या चण्डीगढ़ या गुवाहाटी आदि शहरों में दिखाई पड़ते तो लोग थोड़े हैरान जरूर होते। चण्डीगढ़ से उड़े भारतीय वायुसेना के मालवाहक जहाज ए. एन. 12 जिसमें 98 भेड़ों और 12 कलाकारों के साथ उड़ना मेरा पहला हवाई सफ़र था। उसके बाद तो सैनिक मनोरंजन के टूरों पर पैकेट जहाज और हैलीकॉप्टरों में कई बार सफ़र करने का अवसर प्राप्त हुआ।

एक दौरे पर हम लेह से सड़क के रास्ते कारगिल जाते कई स्थानों पर कार्यक्रम प्रस्तुत करते जा रहे थे। उन्हीं में एक था दरास। जैसे मेघालय का चेरापूँजी विश्व में अधिकतम वर्षा के लिए, लेह सबसे ऊँची हॉकी, फुटबाल, पोलो मैदान, एयरपोर्ट आदि के लिए जाना जाता है, उसी तरह से दरास विश्व में आर्कटिक के बाद ठण्ड के लिए दूसरे स्थान पर माना जाता है। इतनी ठण्ड कि मुँह से निकलती भाप भी धुन्ध बन जाए। बाँसुरी और शहनाई बजानेवाले अपने वाद्य में फूँक भी नहीं मार पाते थे। गाने वालों के साँस टूटे जा रहे थे। नर्तक तो डाँडिया अथवा कबूई नागा जैसे जोशीले नृत्य कर ही नहीं पा रहे थे। मैंने कलाकारों से कहा कि वह आज कोई कॉस्ट्यूम आदि न पहनें, अपने ओवरकोट आदि पर ही कोई रंगदार चुन्नी या पगड़ी बाँधकर कुछ रंग की छटा भर दिखा दें। गायक गोपाल कार्यक्रम का संचालन करने वाला था। वह मेरे पास आया और कहा कि उसे बुखार हो रहा है। वह थोड़ी-सी ब्राण्डी ले ले? मैंने कहा, ले लो। थोड़ी देर बाद एक नर्तक आया और कहा कि दादा मैंने भी थोड़ी-सी ब्राण्डी ले ली है। मैंने कहा, भई वह किस खुशी में ली है? तो बोला कि गोपाल ले रहा था तो मैंने भी ले ली। मैंने कहा कि उसे तो बुखार है, तुम्हें क्या हुआ है। जवाब था कि हुआ तो कुछ नहीं, बस ऐसे ही मन कर आया। मैंने उसे डाँटा नहीं, ऐसे ही बोला, "आज मेरा भी मन कर आया कि तुम मंच पर न जाओ। हर ग्रुप नृत्य चार-चार कलाकारों का होता है तो तीन-तीन का भी हो सकता है। महिलाओं को जाकर सूचना दे दो कि आज तीन-तीन का नृत्य होगा। वह आपस में तय कर लें कि कौन कब आराम करना चाहेगी।" नर्तक हैरान परेशान। बहुत माफी-वाफी माँगने लगा। दूसरे कलाकार भी उसकी पैरवी करने लगे। वह रुआँसा-सा हो गया और बोला, "मैंने मेकअप कर लिया है। मेकअप करने के बाद मंच पर न जाना बहुत खराब होता है। आप मुझे लिखित में मेमो

दे दो पर मंच पर जाने दो।'' मैंने कहा कि मेमो तो दफ्तरी कार्रवाई होती है जो दफ्तर की फाइल में दबी पड़ी रहती है और आप लोगों पर कोई असर नहीं होता। मैं यहाँ दफ्तरी कार्रवाई करने नहीं आया जिसकी अवहेलना आप डंके की चोट पर करते हैं। हम यहाँ सांस्कृतिक कार्यक्रम करने आये हैं और उसमें विघ्न डालनेवाले का मंच पर जाने का कोई औचित्य नहीं। अगर मैं मेमो देता तो तुम उसकी गेंद बनाकर उछाल फेंकते। आज मंच पर नहीं जाओगे तो जीवन भर इसकी याद रहेगी और अगर सच्चे कलाकार हो तो ऐसी हरकत फिर कभी नहीं करोगे। गायक गोपाल शायद इसी घटना को मेरा मेण्टल टार्चर करना मान रहा था।

सैनिक मनोरंजन विंग के कलाकार केवल सैनिक मनोरंजन के लिए ही बाध्य नहीं थे। वह कई और राष्ट्रीय स्तर के कार्यक्रमों में भाग लेते थे। राष्ट्रपति भवन में होनेवाले कार्यक्रमों में प्राय: भाग तो लेते ही थे, वह संसद में होनेवाले हर सत्र के दौरान सांसदों के लिए मावलंकर हाल में रंगारंग कार्यक्रम प्रस्तुत करते। इतना ही नहीं, हर दो वर्ष बाद राज्य सभा से रिटायर होनेवाले सदस्यों के संसद भवन के अन्दर ही होनेवाले विदाई समारोह में, जिसमें अन्य गण्यमान्य व्यक्तियों के साथ राष्ट्रपति, उपराष्ट्रपति तथा प्रधानमन्त्री भाग लेते, वह वहाँ कार्यक्रम प्रस्तुत करते और उन्हीं के साथ जलपान में शिरकत करते। इन्हीं कलाकारों ने सन् 1970 में महर्षि विवेकानन्द की स्मृति में कन्याकुमारी में बने रॉक मैमोरियल के उद्घाटन के समय उन्हीं के जीवन पर आधारित नृत्य नाटिका *अक्षय आलोक* का मंचन किया था। इन्हीं कलाकारों ने महाकवि सूरदास के जीवन तथा कृतित्व पर आधारित नृत्य नाटिका *दिव्य दृष्टि* प्रस्तुत की, जिसे तत्कालीन सूचना तथा प्रसारण मन्त्री श्री लालकृष्ण आडवाणी ने चार बार देखा था और वह तत्कालीन उपराष्ट्रपति बी. डी. जत्ती तथा प्रधानमन्त्री श्री मुरारजी देसाई को दिखाने के लिए ले आये थे।

इन कलाकारों की कर्मनिष्ठा का प्रमाण है सन् 1971 के भारत-पाक युद्ध के दौरान देश के सीमावर्ती क्षेत्र में जाकर सैनिकों का मनोरंजन करना। भारत-पाक युद्ध तीन दिसम्बर सन् 1971 को आरम्भ हुआ था और एक दल 7 दिसम्बर को राजस्थान सीमा पर युद्धरत सैनिकों के मनोरंजन के लिए दिल्ली से रवाना हुआ था और एक सप्ताह तक युद्ध क्षेत्र में बरसती गोलाबारी के बीच कार्यक्रम प्रस्तुत करके दिल्ली लौटा। उस दल में छ: महिला कलाकार थीं और उनमें से एक सात महीने का बच्चा गर्भ में लिये हुए। सीमावर्ती क्षेत्र होने के कारण वह दिन में ही कार्यक्रम प्रस्तुत करते। कार्यक्रम के दर्शक प्राय: सीमा पर युद्ध क्षेत्र में जानेवाले सैनिकों की टुकड़ी होती। कार्यक्रम का आरम्भ वन्दना से ही होता। मातृभूमि की वन्दना करते कलाकार पूजा की थाली लेकर दर्शकों में चले जाते और हर सैनिक के माथे पर

टीका करते और कार्यक्रम के समापन पर कोई देशभक्ति का गीत गाते हुए प्रस्तुति स्थल के बाहर जाकर उन्हें विदा करते। कई बार तो कार्यक्रम आरम्भ होते ही हवाई हमले का सायरन बज उठता और कलाकार सुरक्षा के लिए मंच के आसपास बनी खन्दकों में कूद जाते। शत्रु के जहाज बम गिराकर चले जाते और ऑल क्लियर का सायरन बजते ही कलाकार फिर से अपना कार्यक्रम आरम्भ कर देते। कलाकार सैनिक नहीं थे। वह उनके साथ कन्धे-से-कन्धा मिलाकर नहीं चल रहे थे। परन्तु अपनी कर्तव्यनिष्ठा में और अपनी ड्यूटी निभाने में उनसे कम भी नहीं थे। वह कुछ दिन के लिए ही सही, उनकी दूसरी पंक्ति बन गये थे। उनके कार्यक्रम तथा उत्साहवर्धक व्यवहार से सैनिकों को लग रहा था कि जैसे उनके परिवार के सदस्य उनके साथ मोर्चे पर पहुँच गये हों। विश्वभर में कलाकार सदैव मोर्चे पर तैनात सैनिकों के मनोरंजन के लिए वहाँ जाते रहे हैं। भारत में भी सुनील दत्त सिनेमा के कलाकारों को लेकर दूर-दराज इलाकों में मनोरंजन करने चले जाते थे परन्तु युद्ध का घमासान आरम्भ होने के बाद बारूद के दिल दहला देनेवाले धमाकों के बीच अपनी कला का प्रदर्शन करने जानेवाले सम्भवतः यह पहले कलाकार थे।

# वे दिन भी क्या दिन थे

पाँचवें-छठे दशक में 'प्राम्पटर' रंगकर्म का बहुत महत्त्वपूर्ण अंग होता था। उन दिनों अपना पार्ट कण्ठस्थ करने का न तो समय होता था, न ही रिवाज। नाटक की प्रायः एक ही हस्तलिखित अथवा मुद्रित प्रति उपलब्ध होती। पूरा नाटक निर्देशक के पास रहता, परन्तु अभ्यास के समय 'प्राम्पटर' को दे दिया जाता। हर अभिनेता अपना पार्ट स्वयं नकल करता। प्रायः वह अपने संवाद से पहले संवाद के अन्तिम शब्द 'क्यू' के तौर पर लिख लेते और अपने-अपने पन्ने उठाये रिहर्सल करते।

पूरा नाटक हाथ में न होने के कारण पता ही नहीं चलता था कि किसका रोल कब आएगा। इतना ही नहीं, साथी पात्र का पूरा संवाद न होने के कारण यह भी पता नहीं चलता था कि 'क्यू' शब्द कब आ जाएँगे। ऐसे में भला नाटक की थीम, पात्र विश्लेषण आदि की याद कैसे याद आती! होता बस यही था, अपने संवाद याद करो, 'क्यू' शब्दों को सुनते ही अपना संवाद गोली की तरह दाग दो।

जैसा कि पहले बताया गया है, संवाद याद करने का खास रिवाज नहीं था, इसलिए अभिनेता या तो 'क्यू' शब्दों की प्रतीक्षा कर रहा होता, या अपना अगला संवाद याद करने का प्रयत्न। इस स्थिति में 'प्राम्पटर' उनके काम आता। आजकल फोटो कॉपियर की सुविधा मिल जाने के कारण प्रायः हर अभिनेता को पूरा नाटक उपलब्ध हो जाता है और संवाद कण्ठस्थ करने ही पड़ते हैं। इसलिए 'प्राम्पटर' प्रागैतिहासिक शब्द होता जा रहा है। हाँ, दशहरा, दुर्गा-पूजा के समय होनेवाली रामलीलाओं और नाटकों में यह प्रथा अभी भी प्रचलित है।

मुझे नाटक करने की अपेक्षा देखने का शौक अधिक था। इसलिए दो-चार बार रिहर्सल में जाने के बाद ही मुझे यह उपाधि मिल गयी। 'प्राम्पटर' को असिस्टेण्ट डायरेक्टर माना जाता था, मतलब यह कि ग्रुप में दूसरे नम्बर का अधिकारी। ब्रोशर में डायरेक्टर के साथ ही उसका नाम, लगभग उतने ही मोटे अक्षरों में छापा जाता। मैं भी अपने अधिकार क्षेत्र का आनन्द उठाने लगा।

अभिनेताओं को संवाद लिखाना, रिहर्सल में लगातार 'प्राम्पट' करते रहना। जब कभी निर्देशक मौजूद न हो तो संवादों के साथ-साथ निर्देशकीय आदेश याद दिलाना। मंच पर कहाँ बैठना है, कब उठना है, कहाँ जाना है आदि। साथी कलाकार भी 'आइए! असिस्टेण्ट डायरेक्टर साहिब' कहकर बुलाते। गर्व से मुझे अपनी छाती फूलती हुई महसूस होती।

परन्तु जब रंगशाला में पहुँचे तो इस ग्लैमरस उपाधि की सारी कलई खुल गयी। दिल्ली के वाई. एम. सी. ए. का मैस्सी हाल का छोटा-सा मंच, जिसमें बहुत ही कम विंग स्पेस। रिहर्सल तो एक छोटे-से कमरे में होती थी और मैं एक कुर्सी पर बैठा प्राम्पटिंग करता रहता। परन्तु अब सारे पात्र मंच पर फैल गये थे और किसी एक विंग में खड़े होकर सबको उनके संवाद सुना पाना सम्भव नहीं था। यूँ तो पूरा संवाद प्राम्पट करना आवश्यक नहीं था, आरम्भ के तीन-चार शब्दों से काम चल जाता था। परन्तु कुछ अभिनेताओं को पूरा वाक्य बताना पड़ता था। जब कभी वह अभिनेता दूसरे विंग की तरफ चला जाता तो बहुत कठिनाई होती। कितनी भी कोशिश करने पर कि मेरी आवाज दर्शकों तक न पहुँचे, उस अभिनेता के संवाद ऊँची आवाज में ही प्राम्पट करने पड़े। थोड़ी देर बाद दर्शकों में से कोई बोल पड़ा, 'प्राम्पटर साहब, पर्दे में छुपे क्या गुनगुनाये जा रहे हो, सामने आ जाओ न...' मेरे तो हाथ-पाँव ही फूल गये और पसीने आने लगे। यह तो बाद में महसूस हुआ कि पसीना तो विंग में गर्मी और घुटन के कारण था।

यह घुटन, यह गर्मी तो 'नम्बर दो' की उपाधि पाने का मूल्य था जो हर प्रस्तुति में चुकाना ही पड़ता था। उसके साथ अभिनेताओं की फटकार भी सुननी पड़ती कि ठीक से प्राम्पट ही नहीं करते। वह यह भूल जाते कि उनको संवाद याद ही नहीं और फिर कई संवादों के आरम्भिक शब्द एक जैसे होते और अभिनेता पहले ही अंग में तीसरे अंक का संवाद बोल जाते।

प्राम्पटिंग करते-करते बहुत दिलचस्प घटनाएँ भी घटतीं। कभी-कभी प्राम्पटर ब्रैकिट में लिखे निर्देश भी प्राम्पट कर देता और अभिनेता भी अक्षरशः उसे बोल जाता।

प्राम्पटिंग करने के अनेक लाभ भी थे। एक तो संयम और सहनशीलता के दैनिक अभ्यास। गर्मी हो या ठण्ड, रोशनी हो या अँधेरा, आप एक कोने में नाटक के आरम्भ से अन्त तक हाथ-पाँव हिलाये बिना (क्योंकि जगह ही नहीं होती थी) बैठे हैं। संयम और सहनशक्ति के बिना यह सम्भव नहीं था। मंच पर अभिनय न करके भी अभिनय अभ्यास। होता यह था कि हर दिन दो-चार कलाकार गच्चा मार जाते। उस समय मुझे ही प्राम्पटिंग के साथ-साथ हर अनुपस्थित पात्र की 'प्रोक्सी' भी करनी पड़ती। इससे नाटक ही नहीं भिन्न-भिन्न पात्रों को भी समझने का

अवसर मिलता, जबकि अभिनेता केवल एक ही पात्र के बारे में सोचते रह जाते। प्राम्पटिंग करने की सबसे बड़ी उपलब्धि यह थी कि राष्ट्रीय नाट्य विद्यालय में आने से पहले ही मैं जान गया था कि मैं अच्छा अभिनेता नहीं बन सकता, क्योंकि मैं हर पात्र की 'प्रोक्सी' खराब ही करता। इस समझ के कारण मैं अभिनेता बनने की बेमतलब कोशिश (जीवन भर न सही, आठ दस वर्ष तो करता ही) और असफलता की पीड़ा से बच पाया।

'प्राम्पटर' का रोल करते-करते विंग में रहकर भी हाल में बैठे दर्शक के पाइण्ट आफ़ व्यू की कल्पना करने की आदत-सी पड़ गयी थी। इसीलिए विख्यात रंग निर्देशकों जैसे पृथ्वीराज कपूर, शम्भु मित्र, उत्पल दत्त, हबीब तनवीर, राजेन्द्र नाथ, बी. एम. शाह तथा कुछ विदेशी नाट्य मण्डलियों के साथ किसी-न-किसी पार्श्व रंगकर्म से जुड़े होने के बावजूद उनकी प्रस्तुतियों के मंचन की खूबियों और प्रभाव का आनन्द ले पाता था।

प्राम्पटिंग की एक बहुत दिलचस्प घटना की चर्चा करना चाहता हूँ। तालकटोरा गार्डन में होनेवाले ग्रीष्मकालीन नाट्य समारोह में गीत और नाटक प्रभाग की ओर से 'आराम' नाटक का मंचन हो रहा था, जिसमें निर्देशक कर्नल एच. वी. गुप्ते मुख्य पात्र निभा रहे थे। उन दिनों प्राम्पटर की प्रथा समाप्त नहीं हुई थी और कर्नल गुप्ते को संवाद कण्ठस्थ करने की आदत नहीं थी। 'ओपन एयर' मंच पर विंग नहीं थे, जहाँ प्राम्पटर बिठाये जा सकते। कर्नल साहब ने कुर्सी, सोफ़ा, अलमारी आदि के पीछे प्राम्पटर बिठा रखे थे।

नाटक समाप्त होने पर भारत के प्रधानमन्त्री पण्डित जवाहर लाल नेहरू कलाकारों से मिलने मंच पर आये। पण्डित नेहरू मंच के बीचोंबीच रखे सोफ़े के आगे कतार में खड़े कलाकारों से हाथ मिला रहे थे। कतार के पीछे सुरक्षा अधिकारी चल रहा था। जब प्रधानमन्त्री सोफ़े के सामने आये तो सोफ़े के पीछे से एक व्यक्ति चीख मारकर खड़ा हो गया। वह प्रोम्पटर था जो सोफ़े के पीछे अँधेरे में बैठा था और सुरक्षा अधिकारी का पाँव पड़ने पर चीख उठा था। मामला समझने पर प्रधानमन्त्री ने उसे आगे बुलाया और बड़ी गर्मजोशी से उससे हाथ मिलाया। दर्शकों में बैठा मैं सोच रहा था कि उस सोफ़े के पीछे मैं होता तो कितना अच्छा होता।

संगीत तथा साउण्ड इफैक्ट्स की रिकार्डिंग पार्श्व रंगकर्म का दूसरा प्रमुख अंग था, जिससे मैं जुड़ा हुआ था। रा. ना. वि. में आने से पहले मैंने टेपरिकार्डर कभी नहीं चलाया था। संगीत प्रायः 'लाईव' होता था और ध्वनि प्रभाव बहुत कम प्रयोग में लाये जाते थे। रा. ना. वि. में एक छोटा-सा फ़िलिप्स का टेप रिकार्डर होता था जो छात्र तथा प्रशिक्षक प्रस्तुतियों में संगीत तथा इफैक्टस के लिए प्रयोग होता था। हमने अपने प्रशिक्षक श्री देव महापात्र की देखरेख में बादल की गरज, बिजली

की कड़क के लिए  लोहे की एक चद्दर टाँग रखी थी जो हिलाने भर से वांछित ध्वनि उत्पन्न करती थी। उसी प्रकार चर्खे जैसा 'हवा यन्त्र' भी था, जिस पर धागे के बजाय तारपोलीन का टुकड़ा डाला जाता था जो चर्खे पर लगी लकड़ी की खपच्चियों से रगड़ खाकर हवा चलने की ध्वनि उत्पन्न करता था। विद्यालय में इफ़ैक्ट्स के कुछ ग्रामोफोन रिकार्ड भी उपलब्ध थे जो एच. एम. वी. तथा बी. बी. सी. ने जारी किये थे। फिर भी कई इफ़ैक्ट्स हम खुद गढ़ते थे, जैसे घोड़े दौड़ने की ध्वनि तबले पर उँगलियाँ चलाकर, या घोड़े के धीरे-धीरे चलने या रुकने के लिए नारियल के आधे भाग को मेज पर खटखटा कर। सुनसान जंगल अथवा रात में झींगुर की आवाज आदि के लिए टेपरिकार्डर उठाये रात भर घूमते-फिरते।

मेरे सहपाठी ब. व. कारन्त नाटकों में संगीत देने के साथ-साथ ध्वनि प्रभाव गढ़ने के लिए नये-नये प्रयोग करते। जैसे झींगुर की ध्वनि के लिए उन्होंने घोड़े की पूँछ के बाल के एक किनारे थोड़ा वजन डालकर एक सरकण्डे से बाँधकर घुमाने से वह इफैक्ट पैदा किया। घोड़ों के इफैक्ट भी उन्हीं की खोज थी। ऐसे कामों में हमें अपने संगीत, वॉयस ऐण्ड स्पीच तथा मूवमेण्ट के प्रशिक्षक पंचानन पाठक का भरपूर प्रोत्साहन मिलता था।

यद्यपि मैं रिकार्डिंग आदि में दिलचस्पी लेता था, मुझे टेपरिकार्डर छूने का मौका प्रशिक्षण समाप्त होने के बाद ही मिला, क्योंकि हमारे बैचमेट मधुकर ने अपना अधिकार जमा रखा था। 1962 में अल्काज़ी साहब जब आये तो हमारा दो वर्षीय कोर्स समाप्त हो चुका था और तीन छात्रों : ब. व. कारन्त, बी. एम. शाह और ज्योति व्यास को स्पेशलाइज़ेशन के लिए एक वर्ष की अतिरिक्त छात्रवृत्ति मिली थी। मैं एक प्रकार से 'ऑनरेरी' छात्र जैसा चला आता था।

साउण्ड तथा संगीत का रचनात्मक प्रयोग पहली बार अल्काज़ी साहब की 'आषाढ़ का एक दिन' की प्रस्तुति में हुआ था। उसी में घोड़ों की टाप और झींगुर की आवाज रिकार्ड की गयी। उसी नाटक में सुधा शर्मा (शिवपुरी) ने मल्लिका की भूमिका में ध्वनि प्रभाव के लिए बिना किसी वाद्ययन्त्र की संगत में मर्मस्पर्शी 'बिदेसिया' गाया था। उन दिनों कारन्तजी 'इसराज' नाम का वाद्य-यन्त्र बजाते थे। अभी हाल ही में उस रिकार्डिंग की टेप सुनने के बाद कारन्त जी ने बताया था कि उस यन्त्र पर बजायी गयी वह आखिरी धुन थी, क्योंकि रिकार्डिंग के बाद छत की मुँडेर पर रखा वह यन्त्र नीचे गिरकर टूट गया था। कारन्तजी दूसरा 'इसराज' फिर कभी नहीं बजाया।

छोटे-से टेपरिकार्डर पर बिना साउण्ड प्रूफ़ स्टूडियो की सुविधा के एक आम से कमरे में की गयी रिकार्डिंग की क्वालिटी देखकर हैरानी होती है। दिल्ली

के फ़िरोज़शाह कोटला के खँडहरों में अल्काज़ी साहब की धर्मवीर भारती कृत 'अन्धा युग' की प्रस्तुति में ओम शिवपुरी के कथा गायन तथा गान्धारी शाप के उत्तर में कृष्ण का संवाद इसके उदाहरण हैं। बाद में न तो आकाशवाणी के स्टूडियो की रिकार्डिंग इसका मुकाबला कर पायी और न ही शिवपुरी उन जादू के क्षणों को दोहरा पाये।

तनाव भरे चालीस मिनट बीत गये। मैंने टेप रिवर्स की और सुनने के लिए बटन दबाया। कोई आवाज नहीं। टेप थोड़ी तेज चलाकर फिर सुना। फिर खामोशी। टेप आगे बढ़ाया, परन्तु वहाँ भी कुछ नहीं था। मैंने टेप रोकी और दम साधे अल्काज़ी साहब की जीवन्त झाड़ सुनने की प्रतीक्षा करने लगा। वह अपने कागज सँभाल रहे थे। मैंने हिम्मत जुटाकर कहा, 'लगता है माइक की तार हिल गयी थी, लगा कि अभी धमाका होगा।' अल्काज़ी साहब उठे और बोले, 'दुबारा रिकार्ड करते हैं। चलो पहले लंच कर आएँ।' ऐसा एण्टी-कलाइमैक्स मंच पर कभी नहीं देखा था।

स्टूडियो थियेटर में स्टीनबर्ग के नाटक 'द फादर' के प्रदर्शन चल रहे थे। दस-बारह शो हो चुके थे। हर शनिवार व इतवार शो होते थे। वी. राममूर्ति लाइट सँभालते थे और मैं टेपरिकार्डर, क्योंकि हफ्ते भर स्टूडियो में क्लास होती थी, हम लोग प्रदर्शन के दिन लंच के बाद लाइट और साउण्ड चेक करते थे। उन दिनों हमारे पास गिनती के टेप होते थे, इसलिए एक ही टेप के दूसरे ट्रैक पर अलग संगीत रिकार्ड करना पड़ता था। कभी-कभी तो एक ही टेप पर तीन-चार नाटकों का ट्रैक होता।

जिस टेप पर 'द फ़ादर' का संगीत था, उसके चार ट्रैक थे। दूसरे ट्रैक पर 'मध्यम व्यायोग' का संगीत था, जिसमें तार-शहनाई की बहुत सुन्दर धुन थी। दिनभर काम करते समय मैं और मूर्ति उसके संगीत का आनन्द लेते रहे। शाम को टेप पर लगे निशान के अनुसार 'क्यू' करके मशीन बन्द कर दी।

नाटक आरम्भ होने से पहले मैं और मूर्ति तैयार थे। ओम शिवपुरी, सुधा शिवपुरी तथा मीना विलियम्स आदि भी तैयार थे। दूसरी घण्टी के बाद मूर्ति के स्थान पर हमारे लाइटिंग के टीचर जी. एन. दासगुप्ता आ गये और मेरे स्थान पर पता नहीं क्यों अल्काज़ी साहब आ गये। 'आल सैट'? उन्होंने पूछा। मैंने हाँ में सिर हिलाया और बाहर चला आया, जहाँ ए. सी. गाँधी टिकट बेच रहे थे।

नाटक आरम्भ हुआ। दो-तीन मिनट के बाद अल्काज़ी साहब आये और एक पल मुझे गुस्से से घूरकर अपने कमरे में जा बैठे। उन दिनों हम 'किंग लियर' कर चुके थे, इसलिए लियर के फूल की तरह अल्काज़ी साहब को हम अंकल कहते थे। बाद में 'तुग़लक' के कारण उनको सुलतान कहा करते थे। मैंने गाँधी से कहा, 'यह अंकल को आज क्या हुआ?' जवाब सुने बगैर मैं मंच पार्श्व में गया तो वहाँ दासगुप्ता जी तिलमिला रहे थे। 'मुझे बोल के गये हैं, आई विल किल यू। मैं भी अभी

रिज़ाईन कर दूँगा।' पता चला कि मैंने टेप क्यू तो ठीक की थी परन्तु ट्रैक नहीं बदला था। अल्काज़ी साहब ने जब टेप चलायी तो 'द फ़ादर' के स्थान पर 'मध्यम व्यायोग' की तार शहनाई गूँज रही थी। अल्काज़ी साहब ने ट्रैक बदलकर नाटक का आरम्भ तो कर दिया, परन्तु डाँट दासगुप्ता जी को सुननी पड़ी।

उस टेपरिकार्डर में चार ट्रैक थे तो तीन स्पीड थीं : 7, 3-3/4, 1-7/8। आम टेपरिकार्डर सात की स्पीड पर चलते थे। सात पर रिकार्डर चालू होता, नॉब नीचे करने पर बन्द होता और नीचे करने पर 3-3/4 की स्पीड आती। फिर बन्द और अन्त में 1-7/8 की स्पीड। मैंने 'क्यू' किया। सात की स्पीड पर सही संगीत सुना और रिकार्डर बन्द कर दिया। दृश्य के अन्त में ओमशिवपुरी (फ़ादर) अपनी नौकरानी पर जोर से बिगड़ता था और छड़ी से पीटता था। उसी से मेल खाता धड़धड़ाता संगीत भी था। सीन अन्त से पहले अल्काज़ी साहब फिर आ गये। मैंने रिकार्डर ऑन किया। अल्काज़ी साहब खुद उसे चलाने के लिए खड़े हो गये। शिवपुरी के चिल्लाने और मारने पर संगीत धड़धड़ाने की बजाय धीरे-धीरे धड़ाम-धड़ाम कर रहा था। हुआ यह था कि ऑन करते समय मैंने 7 की बजाय आधी स्पीड 3-3/4 पर ऑन कर दिया था। इस बार अल्काजी साहब गरजने की बजाय, 'यू स्काउण्ड्रल...अब और गलती मत करना' कहते हुए चले गये।

# 'हैलो मिस्टर खर', 'यस डियर सर'

यादों के झरोखे से बार-बार झाँकने वाले, पाँच या छः वर्ष की आयु में सुने गये यह दो संवाद मेरी स्मृति में आज भी उतने ही जीवन्त हैं जितना उसी आयु में के. एल. सहगल की फिल्म *तानसेन* का दृश्य जिनमें 'तानी' बनी खुरशीद, बादलों से घिरी पहाड़ी पर भेड़ें चराती हुई गाती है, 'घटा घनघोर घोर, मोर मचाए शोर, मोरे सजन आ जा, आ जा, मोरे सजन आ जा।'

प्रदर्शन रामलीला का। दृश्य पंचवटी का। शूर्पणखा राम और लक्ष्मण को बारी-बारी भरमाने में असफल होती है। लक्ष्मण उत्तेजित होकर उसकी नाक काट देते हैं। वह चीखती-चिल्लाती, हाहाकार मचाती मंच से भाग जाती है। दूसरी ओर से रावण परिवार के अनेक राक्षस मंच पर चिंघाड़ते हुए आते हैं और लक्ष्मण से द्वन्द्व युद्ध में मारे जाते हैं। तभी दो और राक्षस खर और दूषण टहलते हुए मंच पर प्रवेश करते हैं और एक कहता है, 'हैलो मिस्टर खर,' दूसरा बोलता है 'यस डियर सर'। वह काफी देर तक अँग्रेज़ी-हिन्दी में बोलते रहते हैं। यह था मेरा हिन्दी रंगमंच से पहला साक्षात्कार। अब आगे क्या लिखूँ?

सन्दर्भ हिन्दी रंगमंच। लगा था कि इसके बारे में लिखना तो बायें हाथ का काम है मेरे लिए। आखिर पाँच दशकों से जितना रंगकर्म किया है, देखा है, पढ़ा है, सुना है, लिखा है, नवरस के हर रस के रूप में जिया है, ओढ़ना-बिछौना बनाया है, सोते-जागते जिसका सपना देखा है, जिसकी वास्तविकता से साक्षात्कार किया है, उसका नब्बे प्रतिशत तो हिन्दी रंगकर्म ही है। हिन्दी रंगकर्म से जुड़े नाटककारों, निर्देशकों, अभिनेताओं, डिजाइनरों, दर्शकों से मेल-मिलाप, वार्तालाप हुए हैं। इतना ही नहीं, अन्य प्रादेशिक भाषाओं की प्रमुख नाट्य रचनाओं का परिचय भी हिन्दी रंगमंच के सौजन्य से प्राप्त हुआ है। दिल्ली में हूँ। राष्ट्रीय नाट्य विद्यालय से 1960 से जुड़ा हुआ हूँ इसलिए प्रचुर अवसर प्राप्त हुए हैं। *रंग प्रसंग* के अपने पहले आलेख में हिन्दी रंगमंच से जुड़े कुछ रोचक प्रसंग प्रस्तुत भी कर चुका हूँ, फिर भला हिन्दी रंगमंच के सन्दर्भ में लेख तो बस चुटकी बजाते ही लिखा जाएगा।

अब लिखने बैठा हूँ तो समझ ही नहीं आ रहा कि आगे क्या लिखूँ, किसके बारे में लिखूँ। यहाँ तो यादों की बारात नहीं, यादों का समुन्दर उमड़ा चला आ रहा है। प्रयाग शुक्ल जी का फोन आया है। उनको अपनी दुविधा बताता हूँ। बातचीत में एक बात समझ आती है। सैलिब्रेटीज के बारे में तो बहुत कुछ लिखा जा रहा है और बहुत कुछ लिखा जाएगा। क्यों न उनके बारे में लिखा जाए जो रंगकर्म के कारवाँ के साथ चले तो हैं, अपनी बिसात के मुताबिक योगदान भी दिया है। परन्तु या तो राह सफ़र पिछड़ गये या चलते तो रहे परन्तु हाशिये पर पड़े रहे या छोड़ दिये गये।

स्वतन्त्रतापूर्व उत्तर भारत का रंगकर्म मूलतः रामलीला प्रधान था। हर नगर, हर क़स्बे में लगभग हर मुहल्ले में रामलीला मण्डलियाँ सक्रिय होतीं। आठ-नौ दिन रामकथा का मंचन होता और चार-पाँच अन्य नाटक खेले जाते। प्रस्तुति का स्वरूप पारसी नाटकों जैसा ही होता। वही मथुरा में बने रंगीन पर्दे। वहीं के तड़क-भड़क वाले राजमुकुट तथा वेशभूषा। तीर-कमान और गदा, तलवार भी वहीं से आते। नाटक की तलवारों की धार मार दी जाती। अभिनय शैली भी पारसी नाटकों वाली। उसी प्रकार की शेरबाजी। संवाद के अन्तिम शब्द ऊँची आवाज़ में तबले की थाप के साथ बोलना।

रामलीला के समय अलग से खेले जाने वाले नाटक भी प्रायः पारसी शैली के होते। धार्मिक नाटकों में *भक्त प्रहलाद, मोरध्वज, सावित्री सत्यवान, सती अहल्या, नल दमयन्ती* तथा *बिल्वमंगल*। ऐतिहासिक नाटकों में *राणा प्रताप, रानी झाँसी, मेवाड़ पतन, अमर सिंह राठौर* और सामाजिक नाटकों में *अछूता दामन, सती वेश्या, लैला मजनूँ, जहर का प्याला* आदि। समाज-सुधार, देशभक्ति तथा प्रभु-भक्ति के नाटक राम प्रसंगों के बीच-बीच खेले जाते। हाँ, नाटक किसी भी युग का हो, मंच-सज्जा तथा वेशभूषा लगभग वैसी ही होती।

जन्माष्टमी के अवसर पर रामलीला की तरह दस-पन्द्रह दिनों का आयोजन तो नहीं होता परन्तु कृष्ण सन्दर्भ के दो-तीन नाटक प्रस्तुत करने का प्रयत्न अवश्य किया जाता। उन दिनों प्रायः मथुरा अंचल की रासलीला मण्डलियाँ भी घूमती-फिरती आ जातीं। उनका गीत-संगीत तथा ब्रजभाषा का अलग-सा ध्वनि-प्रवाह एक अजीब समाँ बाँध देता।

शौकिया मण्डलियों के पास पारसी कम्पनियों जैसा तामझाम तो नहीं होता था फिर भी वह कभी-कभार उन जैसे ट्रिक सीन मंच पर प्रस्तुत करने का प्रयत्न अवश्य करते। ऐसे ही दो ट्रिक सीनों का भागीदार मैं भी था। आयु वही चार-पाँच वर्ष। नाटक *सीता बनवास*। सीता महर्षि वाल्मीकि के पास अपने पुत्र लव को छोड़कर कहीं जाती हैं। थोड़ी देर बाद वाल्मीकि देखते हैं कि लव पालने में नहीं हैं।

वह सीता के आने से पहले कुशा (घास) का पुतला बनाकर गीत गाते हुए पालने में लिटाते हैं। वह पुतला बच्चा बन जाता है और सीता के पुत्र कुश के रूप में अपना लिया जाता है। मंच का पालना तो खाली होता है। वाल्मीकि के गीत गाते हुए घास का पुतला बनाकर रखते ही थोड़ी देर तक मंच पर अँधेरा, और एक बच्चे को पालने में डाल दिया जाता है। प्रकाश होता है। वाल्मीकि बच्चे को पालने से निकाल, गोदी में लेते हैं। दर्शक ज़ोर से ताली बजाते हैं। यह मेरा मंच अभिनय का पहला अवसर था और वाल्मीकि की भूमिका में मेरे सह अभिनेता मेरे पिता थे—मेरे रंग जीवन के जन्मदाता।

दूसरे ट्रिक सीन में मैं रामायण काल से कृष्ण काल का पात्र बना। नाटक था *कृष्ण-अर्जुन युद्ध*। दृश्य था—कृष्ण किसी भक्त की सहायता के लिए गरुड़ पर बैठकर आते हैं। क्योंकि दूर से आता व्यक्ति छोटा दिखाई पड़ता है, लकड़ी के पटरे पर आगे गत्ते पर बना गरुड़ का चित्र लगाया गया। उसका झूला बनाकर, मुझे मोर मुकुट पहना, पीताम्बर ओढ़ाकर, उस पर बिठाकर, नाटक आरम्भ होने से लगभग आधा घण्टा पहले ही मुझे मंच की छत पर टाँग दिया गया। वास्तव में वहाँ मंच तो था ही नहीं। मन्दिर का बहुत बड़ा हाल-सा था जिसके एक सिरे पर पर्दे टाँगकर मंच का रूप दिया गया था। नाटक आरम्भ होने के बाद मेरा वाला दृश्य आया। हल्की रोशनी में दूर से गरुड़ पर सवार कृष्ण आते दिखाई पड़े। गरुड़ नीचे उतरा। लोगों की तालियाँ। फिर पल-भर का अँधेरा और...

मैं जानता हूँ वह तालियाँ मेरे अभिनय के लिए नहीं, ट्रिक सीन के लिए या यूँ कहें कि रंगमंच के जादू के लिए थीं। स्टेज ट्रिक्स तो आज भी मंच पर प्रस्तुत होते हैं। अभी हाल ही में हुए राष्ट्रीय नाट्य विद्यालय के प्रथम *भारत रंग महोत्सव* में आन्ध्र प्रदेश की लगभग सौ वर्ष से नाटक से जुड़ी 'सुरभि' नाटक मण्डली के प्रदर्शनों ने स्टेज ट्रिक्स के कमाल दिखाये थे जिसमें अपने आप ताले टूट जाते हैं, पात्र आकाश की ओर उड़ जाते हैं। बाण मारने से दीपक जल जाते हैं, धरती से पानी निकल आता है।

मन्त्री जी के नाम से प्रसिद्ध दिल्ली की स्वतन्त्र भारत मिल के वर्कर ओम प्रकाश तरुण ऐसे चमत्कार लगभग हर वर्ष करते। दिल्ली आने से पहले वह लायलपुर (पाकिस्तान) में डी. सी. एम. की मिल में काम करते थे। वहाँ के प्रबन्धक प्राणनाथ ने उनको रंगकर्म की ओर आने के लिए प्रोत्साहित किया। दिल्ली आकर मिल की कालोनी में एक ओपन एयर थियेटर बनवाया और मन्त्री जी को पूर्णकालिक तौर पर उसका निदेशक बना दिया। पहले तो मन्त्री जी राधेश्याम कथावाचक द्वारा लिखित तथा अन्य धार्मिक नाटक करते। बाद में वह हर वर्ष जन्माष्टमी के अवसर पर स्वयं कृष्ण कथा पर आधारित नाटक लिखने लगे। अनेक अभिनेता मिल में

काम करने वाले ही होते। उनको इस अवसर पर मिल के काम से अवकाश भी मिल जाता।

मन्त्री जी के नाटकों की भाषा किसी भी प्रकार साहित्यिक नाटकों से कम नहीं थी। मंच-सज्जा, वस्त्र-सज्जा, प्रकाश-व्यवस्था आदि उच्च स्तर की होती। पारसी रंगमंच के ट्रिक सीन भी सुचारु रूप में प्रस्तुत किये जाते। कृष्ण के एक इशारे पर हरा-भरा गोवर्धन पर्वत सोने का हो जाता। बाण दायीं ओर खड़े पात्र पर चलाया जाता परन्तु वह जाकर मंच के बीच बैठे राक्षस को जा लगता। मन्त्री जी के कारण एक दिवसीय कृष्ण-जन्म-उत्सव सप्ताह-भर का हो जाता। रामलीला के समय भी भारतीय कला केन्द्र की नृत्य-नाटिका के बाद डी. सी. एम. की रामलीला ही आकर्षण का केन्द्र बनती।

मन्त्री जी के कलाकार दिल्ली की अन्य शौकिया मण्डलियों में भी काम करते। विशेष रूप से उनके अभिनेता ऋषि शर्मा बहुत ही लोकप्रिय थे। उन्होंने ही हबीब तनवीर के *रुस्तम और सोहराब* में रुस्तम के पात्र में अपने अभिनय की धाक जमायी थी। मन्त्री जी मिल में दूसरी नाटक मण्डलियों के नाटक भी प्रस्तुत करते। वह दिल्ली में होने वाली हर अच्छी नाट्य प्रस्तुति देखते और अपनी कथा, विषय, सीमा के बावजूद प्रस्तुति का स्तर ऊँचा उठाने का हर प्रयत्न करते। उनके नाटकों की भाषा साहित्यिक तथा पारसी थियेटर की लोकप्रिय सहजता लिये होती। लगभग आधी सदी तक हज़ारों दर्शकों को चमत्कृत करने वाले ओमप्रकाश तरुण उर्फ मन्त्री जी नाटक की मुख्यधारा की चर्चा-परिचर्चा से वंचित ही रहे।

रामलीला, रासलीला उत्तर भारत के शौकिया रंगकर्म का मुख्य आधार रहा है। अन्य रंगकर्म, स्कूलों-कॉलेजों के वार्षिक उत्सवों तक ही सीमित रहा है, जहाँ प्रायः एकांकी नाटक ही प्रस्तुत किये जाते थे। रामलीला करने वाले ग्रुप ही यदाकदा अन्य प्रकार के नाटक करते, परन्तु अवसर धार्मिक ही होते। शहरी और कस्बाई रंगकर्म को चौथे दशक में बढ़ावा मिला और प्रेरणा-स्रोत थे 'पृथ्वी थियेटर' और 'इप्टा'। पृथ्वीराज कपूर प्रायः हर वर्ष अपने नाटकों के साथ उत्तर भारत का दौरा करते। उनके नाटक देखकर रंगकर्मी नये-नये ग्रुप बनाकर रंगकर्म से जुड़ जाते। इप्टा का दायरा बढ़ने से कई शहरों में इप्टा की शाखाएँ कायम हो गयीं जिससे रंगकर्म को नयी दिशा मिली। परन्तु खेलने के लिए नाटक पर्याप्त नहीं थे। पारसी शैली के नाटकों का अवसर तय था। साहित्यिक नाटक मंच के लिए नहीं, विश्वविद्यालय पाठ्यक्रम के लिए लिखे जाते। परिणामस्वरूप ग्राम देवता की तरह ग्राम नाटककार अपनी-अपनी मण्डलियों के लिए नाटक लिखने लगे। परन्तु वह नाटक पारसी सामाजिक नाटकों की नकल होते या 'पृथ्वी थियेटर' के नाटकों का चर्बा। या फिर पौराणिक, साहित्यिक नाटकों के अपने-अपने आलेख। 'नटरंग' आदि पत्रिकाओं में रंग

प्रदर्शन को ही देखें तो सैकड़ों नाटककारों के नाम मिल जाएँगे परन्तु उनके नाटक कुछ प्रदर्शनों तक ही सीमित रह जाते हैं। ऐसा कोई विरला ही होगा जिसका नाटक अपने ग्राम प्रदेश की सीमाओं से बाहर गया हो।

हिन्दी रंगकर्म के क्षेत्र में एक नाम है जिसके नाटक पाँचवें तथा छठे दशक में चाहे दिल्ली जैसे महानगर में न खेले गये हों परन्तु रोहतक, हिसार, मेरठ, सहारनपुर और शायद कानपुर, लखनऊ आदि में अक्सर खेले जाते थे।

उसके नाम से पहले उसकी कृति से मेरा परिचय हुआ था। राष्ट्रीय नाट्य विद्यालय में आने से पहले हम समाज शिक्षा केन्द्र की लाइब्रेरी में एकांकी नाटकों का मंचन करते थे। हमारा एक साथी कबाड़ी बाज़ार से एक नाटक लाया, जिसका नाम था *डेढ़ रोटी*, लेखक का नाम फट गया। मित्र ने बताया कि वह इस नाटक की प्रस्तुति कई बार देख चुका है। क्यों न हम वह नाटक करें। हमारी समस्या यह थी कि हम पूर्णकालिक नाटक नहीं करते थे। नाटक पढ़ा। ठीक-ठीक लगा। सोचा कि अगली बार रामलीला के अवसर पर खेला जा सकता है। पुस्तक पर प्रकाशक का नाम था—'देहाती पुस्तक भण्डार' चावड़ी बाज़ार, दिल्ली। पता चला कि उस नाटककार के चालीस नाटक प्रकाशित हो चुके हैं और कई नाटकों के तो दूसरे, तीसरे संस्करण भी निकल चुके हैं और छोटे कस्बों में लगातार मंचित किये जा रहे हैं। वर्ष था 1959।

इस लेख का विषय निर्धारित करने के पश्चात् फिर उस नाटककार के बारे में कुछ खोज की ताकि हो सकता है कुछ नयी सूचनाएँ मिलें। पता चला कि उसके नाटक *दहेज, आधी रोटी, सिपाही, नर्स, ग्रेजुएट पागल* आदि आज भी खेले जाते हैं। दिल्ली में उसके नाटक शायद कभी नहीं हुए। शायद पढ़े भी नहीं गये। रा. ना. वि. के अध्यापकों तथा छात्रों द्वारा भी नहीं जिनकी लाइब्रेरी में *आखिरी करवट, डेढ़ रोटी, एक रात, फर्ज़ और मुहब्बत, गुमराह, ग्रेजुएट पागल, दहेज* आदि 15 नाटक 1962 से पड़े हैं। नाटककार का नाम : जगदीश शर्मा।

'देहाती पुस्तक भण्डार' द्वारा 1967 में एक नाटक की स्मारिका में छपे विज्ञापन के अनुसार उनके पास जगदीश शर्मा के 48 नाटक उपलब्ध थे और प्रत्येक का मूल्य था सवा रुपया। उनमें दस नाटक रामायण पर आधारित थे। इतना ही नहीं, उसी विज्ञापन में सतीश डे के 23 नाटकों और रमेश मेहता के बारह नाटकों की सूची थी। जहाँ जगदीश शर्मा के नाटक मात्र सवा रुपये के थे, वहाँ सतीश डे के नाटक डेढ़ और ढाई के, और रमेश मेहता के तीन रुपये के। नाटकों के मूल्य ने ही एक प्रकार से उन नाटककारों का रंगजगत में एक स्तर निर्धारित कर दिया था। 'देहाती पुस्तक भण्डार' सचमुच देहात की जनता के लिए ही पुस्तकें छापते थे। कम मूल्य की। क्योंकि उन्हीं दिनों रमेश मेहता की पुस्तकों के अन्य संस्करण भी छपे थे

जिनका मूल्य दस या बारह रुपये था।

इस विज्ञापन से इन नाटककारों की लोकप्रियता का प्रमाण भी मिलता था। यह समय था जब राष्ट्रीय नाट्य विद्यालय की स्थापना को आठ वर्ष हुए थे और 'अभियान', 'दिशान्तर', 'रुचिका', 'यात्रिक' आदि की नींव ही पड़ी थी। 'पृथ्वी थियेटर' और 'इप्टा' से प्रेरणा प्राप्त कर नाटक मण्डलियाँ पहले से कहीं अधिक सक्रिय थीं। दिल्ली में 'श्री आर्टस क्लब' (स्थापना वर्ष 1943 शिमला में और दिल्ली आगमन 1948-49) तथा 'फाइव आर्ट सेण्टर' (स्थापना वर्ष 1953) बहुत सक्रिय थे। उसी समय लाहौर से आये आर. जी. आनन्द द्वारा स्थापित 'इन्द्रप्रस्थ थियेटर', आई. एल. दास का 'लिटिल थियेटर ग्रुप' और शीला भाटिया का 'दिल्ली आर्ट थियेटर' भी शुरू हुए। परन्तु यह एलीट ग्रुप माने जाते थे। 'श्री आर्ट्स क्लब' भी एलीट जैसा ही था परन्तु बहुत पापुलर भी था। उसे निम्न मध्यवर्ग का प्रतिनिधि माना जाता था। 'फाइव आर्ट सेण्टर' एक दूर के कज़न जैसा था और उसका दायरा भी दूर-दूर ही फैला हुआ था। रमेश मेहता जैसे 'श्री आर्ट्स क्लब' के 'इन हाउस' नाटककार थे तो सतीश डे 'फाइव आर्ट सेण्टर' के। वह पूर्णकालिक रंगकर्मी थे। रंगकर्म उनका व्यवसाय था। परन्तु उनके साथ काम करने वाले अधिकतर शौकिया रंगकर्मी ही थे। वह अपने ग्रुप के अतिरिक्त दूसरों के लिए नाटक लिखते भी और निर्देशन भी करते। उन्होंने एक नाट्य विद्यालय जैसा आयोजन भी कर रखा था। उनकी पत्नी उषा डे व्यावसायिक तौर पर दूसरे नाटक दलों के साथ भी काम करती रहतीं।

सतीश डे ने *सुनहरे सपने* तथा *हमारी बस्ती हमारे लोग* में शराबबन्दी, *आस्तीन का साँप* में चीनी आक्रमण का सन्दर्भ, *धरती से गगन, परिवार कल्याण, जय जवान जय किसान,* देशभक्ति तथा *इन्सान और शैतान* देश की प्रतिरक्षा जैसे मुद्दों पर नाटक लिखे और खूब खेले। उन्होंने गीत और नाटक प्रभाग द्वारा हर वर्ष आयोजित अखिल भारतीय नाट्य समारोह में तीन बार दिल्ली का प्रतिनिधित्व किया। *इन्सान और शैतान* के लिए 1963 में महाराष्ट्र सरकार से सर्वश्रेष्ठ नाट्यालेख के लिए पुरस्कार प्राप्त किया। उत्तर प्रदेश सरकार के 1968, 1969 के नाट्य समारोह में क्रमशः *इन्सान और शैतान* तथा *राम रहीम* ने प्रथम पुरस्कार प्राप्त किया था। इतना ही नहीं, एस. एस. जहीर, अरुण बाली, कमलेश गिल, सुनीता शिरोले, शिरोले, राजेन्द्र वर्मा, बी. डी. महाजन जैसे रंगमंच के साथ-साथ टी. वी., सिनेमा में अक्सर दिखाई पड़ने वाले अभिनेताओं ने सतीश डे के प्रमुख नाटकों में अभिनय किया है।

सतीश डे ने सामाजिक चेतना के नाटकों से पुरस्कार प्राप्त किये तो उन्हें लोकप्रियता हास्यप्रधान नाटकों से मिली। *घरवाली, मॉडर्न बीवी, कभी गर्म कभी नर्म, अनारकली की वापसी, कहानी लाखों की, उड़ते पंछी, आँख न जाने दिल*

*पहचाने* और *संजोग*। *संजोग* उनकी अपनी संस्था ने ही 150 बार खेला होगा और पूरे उत्तर भारत में तो न जाने कितने प्रदर्शन हुए होंगे। दिल्ली में चार-पाँच निर्देशकों ने इसे खेला होगा। साहित्य कला परिषद् के पूर्व सचिव सुरेन्द्र माथुर तक ने अपनी संस्था 'थियेटर पैनोरमा' द्वारा *संजोग* प्रस्तुत किया था।

सुरेन्द्र माथुर द्वारा *संजोग* या ऐसे ही किसी नाटक का निर्देशन, एक आश्चर्यजनक घटना लगती है, क्योंकि वह तो पंजाबी नाटक *चढ़ी जवानी बूढ़े नूँ* के निर्देशक के नाम से बदनाम हैं। इस नाटक ने तो एक तूफान खड़ा कर दिया था। एडवांस टिकट खुलते ही हाउसफुल हो जाता। उन्होंने एक परमानेण्ट बोर्ड लगा रखा था जिस पर वह सिर्फ अपनी अगली तारीख ही लिखते और घण्टे-भर में हाउसफुल हो जाता। इस नाटक की देखा-देखी न जाने कितने ही ऐसे नाटक सप्रू हाउस में खेले जाने लगे। लगभग दस वर्ष तक मराठी के दादा कोंडके जैसे दो-मानी शब्दों वाली 'सेक्स कॉमेडी' का बोलबाला रहा। सुरेन्द्र माथुर तो एक ही नाटक से इस विधा के जनक की पदवी पा गये। जब पंजाब में उग्रवाद चरमसीमा पर था, उन दिनों माथुर साहब गर्व से कहा करते कि वह यदि पंजाब जाएँ तो उन्हें कोई खतरा नहीं क्योंकि उग्रवाद से जुड़े युवकों ने उनका नाटक अवश्य देखा होगा और उनके चेहरे से न सही, नाम से अवश्य परिचित होंगे। पंजाब का तो पता नहीं परन्तु विदेशों में उनके नाटक को देखने वाले जरूर थे। सन् 1989 में जब हम 'विश्व रंग संस्थान' (आई.टी.आई.) की कन्वेंशन में फिनलैण्ड की राजधानी हैलसंकी गये थे तो वहाँ भारतीय दूतावास में उनके *चढ़ी जवानी बूढ़े नूँ* के प्रशंसक से भेंट हो गयी। वे हमारे छः दिन के प्रवास में न केवल शाकाहारी माथुर साहब के लिए, जो होटल का खाना नहीं खाते थे, लंच में पराँठे लाते, उन्होंने एक दिन भारतीय प्रतिनिधिमण्डल के सभी सदस्यों, जिनमें श्यामानन्द जालान, चेतना जालान, रेवती सरन शर्मा आदि शामिल थे, रात के खाने पर बुलाया था। इतना ही नहीं, माथुर प्रशंसक अधिकारी ने एक महीने बाद अवधि समाप्त होने वाले मेरे पासपोर्ट की अवधि, आधे घण्टे में पाँच वर्ष के लिए बढ़ा दी, जिसके लिए दिल्ली में महीनों लग जाते।

माथुर साहब कभी-कभी यह भी कहते कि भई मैंने केवल यही नाटक नहीं किया है। और भी बहुत किये हैं, जैसे *साथ वाला मकान, हिन्दुस्तान हमारा, काबुली वाला, माटी जागी रे, ढाई आखर प्रेम का, नाटककार का रंगमंच* आदि। आप एक ही नाटक से मुझे क्यों चिपकाये रहते हैं। *चढ़ी जवानी बूढ़े नूँ* मौलिक नाटक नहीं था। मूल का सीधा रूपान्तरण भी नहीं। मूल तो फ्रैंच में था जिसके अँग्रेजी अनुवाद से मराठी में *पापा संग कुणाच:* रूपान्तरण हुआ। बी. एम. शाह और मैंने दिल्ली के महाराष्ट्र रंगायन में उस नाटक की प्रस्तुति में डॉ. श्रीराम लागू तथा भक्ति बर्वे के अभिनय का कमाल देखा। शाह जी के कहने पर जीत कौशिक ने *कौन माता-*

*पिता हमारे* नाम से हिन्दी अनुवाद किया जो '*लिटिल थियेटर ग्रुप*' ने शाह जी के निर्देशन में प्रस्तुत किया। मराठी की तरह हिन्दी प्रस्तुति भी बहुत साफ-सुथरी मनोरंजक थी। जीत कौशिक ने इसे पंजाबी में भी लिख डाला। नाम रखा *चढ़ी जवानी बूढ़े नूँ।* यह शायद नाम का ही चमत्कार था जिससे एक इतिहास रचा गया। 'पृथ्वी थियेटर' के *पैसा* के बाद यह शायद दूसरा नाटक था जिस पर मंच कलाकारों के साथ ही फिल्म बनायी गयी हो। तीसरी फिल्म रंजीत कपूर द्वारा निर्देशित दिशान्तर की प्रस्तुति *एक रुका हुआ फैसला* थी जो मंच कलाकारों के साथ ही बासु चैटर्जी ने बनायी थी।

सुरेन्द्र माथुर की तरह सप्रू हाउस प्रसंग में दूसरा चर्चित नाम था—प्रेम जालन्धरी का। उनके नाटकों के निर्देशक महेश होते थे और लोकप्रियता की दूसरी पायदान पर थे। प्रेम जालन्धरी मूलत: उर्दू के शायर थे। उन्होंने लोर्का के नाटक *यर्मा* का उर्दू में शानदार अनुवाद किया था। आर. जी. आनन्द के लिए *सस्सी पुन्नू,* आर्मी हैडक्वार्टर ड्रॉमेटिक सोसाइटी के लिए *इन्तक़ाम,* मुंशी प्रेमचन्द के उपन्यास *निर्मला* का मंच रूपान्तरण, बी. एम. शाह के लिए *ओड मैन आउट* तथा वीरेन्द्र शर्मा के थारण्टन वाईल्डर के *द मैच मेकर* का *विच विचोली* के रूप में रूपान्तरण किया। आर. जी. आनन्द के लिए कितने ही म्यूज़िकल जैसे *नैया मोरी, मेरी शताब्दी, दरबार-ए-अकबरी*। कई हिन्दी और पंजाबी फिल्मों के गीत और पटकथाएँ, सिख गुरुओं पर ध्वनि और प्रकाश का कार्यक्रम आदि। फिर भी प्रेम जालन्धरी केवल सप्रू हाउस के पंजाबी नाटकों के सन्दर्भ में ही चर्चा में रहते हैं।

स्वतन्त्र भारत मिल की नाट्य मण्डली के कई अन्य सदस्य भी थे जो हिन्दी रंगकर्म से मिल के बाहर जुड़े रहे। उनमें एक थे प्रकाश साथी। पंजाबी के जाने-माने कवि प्रकाश साथी पृथ्वी राज कपूर से परिचित थे। उन्हीं की प्रेरणा से उन्होंने 1955 में 'आदर्श संसार' के नाम से संस्था बनायी और पहला नाटक *ऊँची नीची दीवारें* प्रस्तुत किया। साथी के अन्य नाटक थे : *आराम हराम है* जो भिखारियों की समस्याओं पर आधारित था। *बस्ती जला दो* में ग़रीब किसान और देहात की समस्याओं का नाटक था। पृथ्वीराज कपूर के क़रीबी होने के कारण उनके नाटकों में उसी प्रकार की भव्यता तथा नाटकीयता थी जो उनकी प्रस्तुतियों को एक विशेष स्थान प्रदान करती थी। खास तौर पर उनके हास्य नाटक और दूर-दराज़ गाँव में भी प्रस्तुति स्तर बनाये रखने के उनके प्रयत्न सराहनीय थे।

दिल्ली में तो जैसे यह एक रिवाज-सा ही बन गया था। प्रकाश साथी की तरह अन्य नाटककार भी अपने-अपने दल बना लेते। दया प्रकाश सिन्हा के ग्रुप का नाम था 'शतरूप'। रेवती सरन शर्मा का ग्रुप था 'कला साधना मन्दिर'। परितोष गार्गी की संस्था का नाम था 'कलाकार संगम'। इनमें एक और बात भी साँझी थी कि इन

सबने अपना कोई न कोई नाटक राष्ट्रीय नाट्य विद्यालय से प्रशिक्षण प्राप्त कर चुके स्नातकों से अपने ग्रुप के साथ मंचित कराया था।

दया प्रकाश सिन्हा के नाटक *इतिहास चक्र* का निर्देशन अशोक निशेष का था। रेवती सरन शर्मा ने *चिराग़ की लौ* हरपाल टिवाणा से और *अँधेरे का बेटा* जफ़र अहमद से कराया था। ब. व. कारन्त ने उनके नाटक *अपनी धरती* में लाइटिंग की थी। कारन्त जी ने परितोष गार्गी के नाटक *वगदे पाणी* का निर्देशन भी किया था। राष्ट्रीय नाट्य विद्यालय के प्रथम बैच के स्नातक गुलशन कपूर गार्गी के नाटक *मोहिनी* का निर्देशन कर रहे थे। उन्हें लगा कि प्रदर्शन अच्छा नहीं होगा। उन्होंने स्मारिका से अपना नाम निर्देशक के पद से कटवा दिया। परन्तु प्रस्तुति के साथ-साथ नाटक की पुस्तक छपी थी, जिसमें उनका नाम निर्देशक के तौर पर विद्यमान था। इस विषय में कुछ न कर पाने वाले गुलशन कपूर कुछ वर्ष बाद राष्ट्रीय नाट्य विद्यालय की लाइब्रेरी में आये और नाटक की प्रति निकालकर बड़े शान से अपना नाम दिखाते हुए बता रहे थे कि इस नाटक का निर्देशन उन्होंने किया था।

दिल्ली के रंगकर्म को जीवन्त बनाने के लिए सेण्ट्रल सैक्रेटेरियट ड्रॉमेटिक सोसाइटी का बड़ा योगदान था। उनकी वार्षिक प्रतियोगिता में सरकारी दफ्तरों में काम करने वाले शौकिया कलाकार, कर्मचारियों के वैलफेयर स्कीम के अन्तर्गत मिलने वाले अनुदान से नाटक तैयार करते। यह अच्छे अभिनेताओं और नाटककारों की पहचान बनाने का अच्छा अवसर होता था। इस प्रतियोगिता में प्रथम पुरस्कार प्राप्त करने वाली प्रस्तुति को इलाहाबाद में नाट्य संघ द्वारा आयोजित अखिल भारतीय बहुभाषीय नाट्य प्रतियोगिता में भेजा जाता। इस प्रक्रिया से उभरकर सामने आये थे, निर्देशक एस.एन. माथुर और नाटककार कणाद रिशी भटनागर और आर. के. शर्मा। दोनों एकांकी नाटकों के महारथी। हास्य-व्यंग्य लेखन पर महारत हासिल। रेडियो पर जाने-पहचाने नाम, स्कूल-कॉलेजों की नाट्य प्रतियोगिताओं में अक्सर इनके एकांकी खेले जाते। दिल्ली के दूसरे नाटककारों की तरह आर. के. शर्मा ने भी 1960 में अपना ग्रुप बनाया था। नाम था 'रंगशाला'। राजेन्द्र कुमार शर्मा ने *रेत की दीवार, कायाकल्प, अपनी कमाई* और *एक राग दो स्वर* आदि पूर्णकालिक नाटक लिखे। उनके कई एकांकी संग्रह भी प्रकाशित हुए हैं। आजकल विदेशों में हिन्दी पढ़ने-सीखने वाले छात्र उनके नाटकों का मंचन करते हैं।

यह सभी लोग छठे और सातवें दशक में सक्रिय थे। दिल्ली में नये नाटककार भी हैं, उनके अपने नये ग्रुप भी। परन्तु वह अभी अपनी पहचान बनाने का प्रयत्न कर रहे हैं।

राष्ट्रीय नाट्य विद्यालय की मेधावी स्नातक शोभना भूटानी, मोहन राकेश

के बीज नाटकों जैसे लघु नाटक लिखती हैं और अपार सम्भावनाएँ जगाती हैं, परन्तु ज़िन्दगी धोखा दे जाती है। इरपिन्दर (पुरी) भाटिया मैक्समूलर के जीवन पर अंग्रेज़ी में एक नाटक *ए पैसोनेट माइण्ड* लिखती हैं और खुद ही उसका हिन्दी अनुवाद करके *एक रोशन आवाज़* के नाम से मंचित करती हैं। कला मर्मज्ञ ब्यूरोक्रेट भास्कर घोष उसमें मुख्य भूमिका निभाते हैं। एक दिन इरपिन्दर का फोन आता है। बताती हैं, 'नया नाटक लिखना शुरू किया है। हिन्दी में लिखने की कोशिश कर रही हूँ परन्तु हर पात्र पंजाबी में ही बोल रहा है। क्या करूँ?' कहता हूँ, 'कठिनाई क्या है? पहले अँग्रेज़ी से अनुवाद तो कर ही चुकी हो। पंजाबी से करना कठिन भी नहीं होगा। ठेठ पंजाबी बोलने वाले पृथीराज वसुदेव अंग्रेजी में नाटक लिखते हैं। एक-दो नहीं, लगभग एक दर्ज़न। आधा दर्ज़न तो 'इनैक्ट' में छप भी जाते हैं।' एक वीकू सोनी हैं। ग्रोटौस्की से प्रशिक्षण प्राप्त, उन्हीं की शैली का नाटक करते हैं। और पाली लिखते भी क्या हैं—*लार्ड रावणा आफ श्रीलंका* और *वाजिद अली शाह*। वीकू सोनी उनका हिन्दुस्तानी अनुवाद कराते हैं और *लंकाधिराज* तथा *वाजिद अली शाह* का मंचन करते हैं। *लंकाधिराज* में तो फिर भी वानर सेना पर ग्रोटोस्की का प्रभाव दिखाई पड़ता है, परन्तु *वाजिद अली शाह* में उसी समय का चित्रण है। परन्तु यह नाटक दुबारा मंचित नहीं होते। शायद यह नाटक शौकिया मण्डलियों की पहुँच और समझ से दूर हैं। या शायद इसीलिए कि यह कुछ ज्यादा ही गम्भीर बातें करते हैं।

रतन खनवी की चर्चा करूँ या न करूँ। बहुत देर से सोच रहा हूँ, परन्तु फैसला नहीं कर पा रहा। रतन खनवी दिल्ली के अकेले रंगकर्मी हैं जिन्होंने सन् पचास के आसपास अपने ही नाम से 'रतन आर्ट्स ग्रुप' शुरू किया और आज भी वर्ष में एक या दो नाटकों के प्रदर्शन जरूर करते हैं। वही व्यक्ति हैं जो, जब भी पृथ्वी थियेटर दिल्ली आता, उनके साथ पार्श्वकर्म में जुट जाते। वही शायद अकेले व्यक्ति हैं जो मैसी हाल वाई. एम. सी. ए., कांस्टेंशिया हाल वाई. डब्ल्यू. सी. ए., फाईन आर्ट्स थियेटर, सप्रू हाउस, श्रीराम सेण्टर रामलीला, हैबीटेट सेण्टर, कालोनियों के कम्यूनिटी सेण्टर के मंच, कॉलेजों में, शायद नौचन्दी मेले में भी नाटक प्रस्तुत कर चुके हैं। रतन खनवी रंगमंच के देवानन्द हैं जो आज भी अपने नाटकों में मुख्य पात्र खुद ही करते हैं। उनके लगभग हर नाटक में एक लम्हा जरूर ऐसा आता था जब हीरोइन लड़खड़ाती थी, बेहोश होती थी और हीरो उसे बाजुओं में उठाता था और फोटोग्राफर उस क्षण को जरूर कैमरे में कैद कर लेता। वह अपने नाटक आप ही लिखते। कई बार उसी नाटक का नाम बदलकर भी कर देते। वह शायद जानते थे कि जो उनका एक बार नाटक देख गया है, वह दोबारा नहीं आएगा। मुझे यह भी विश्वास था कि उनके पास पाँच-छह एकांकी हैं जिनमें से कोई भी तीन अंक उठाकर, थोड़ा

फेरबदल करके एक नया नाटक बना लेते हैं।

रतन खनवी वह व्यक्ति हैं जिनके नाटकों के स्तर और हमेशा देर से शुरू होने से चिढ़कर 'टाइम्स ऑफ़ इण्डिया' के ड्रामा क्रिटिक जे. डी. सिंह ने एक रिव्यू में लिखा था कि मिस्टर खनवी जान लें कि नाटक करने के अतिरिक्त और भी कई शौक हैं, जैसे पतंग उड़ाना या बाग़बानी करना। उस प्रस्तुति के समय मैं भी दर्शक दीर्घा में मौजूद था। मैं उन गिने-चुने लोगों में से था जो सब जानते-बूझते बार-बार खनवी साहब का नाटक देखने आते। वह नाटक पहले भी खेला जा चुका था परन्तु खनवी साहब इस प्रस्तुति में एक नया प्रयोग कर रहे थे। 'फाइन आर्ट्स थियेटर' में चार पात्री नाटक राईकलोरामा पर नीली रोशनी के आगे खेला जाने वाला था। मंच पर कोई लाइट नहीं जलने वाली थी। यह शैडो प्ले नहीं था जो पर्दे के पीछे होता है। इसमें झुटपुटे अँधेरे में पात्र पूरे मंच पर अभिनय करने वाले थे। चेहरे दिखाई पड़ने वाले नहीं थे, इसलिए मेकअप नहीं होना था। दृश्य समुद्र के किनारे का था जहाँ केवल एक बेंच पड़ा है। इसलिए मंच-निर्माण या दृश्य-परिवर्तन की कोई समस्या भी नहीं। कलाकार चार बजे ही आ गये थे और नये प्रयोग को देखने के लिए काफी लोग जिनमें दूसरे अखबारों के समीक्षक भी थे, साढ़े छः बजे से हाल में मौजूद थे। फिर भी न जाने क्यों नाटक सात बजकर पच्चीस मिनट पर शुरू हुआ। यह दूसरी बात है कि मध्यान्तर के बाद हाल को बन्द करने वाले कारिन्दे ही हाल में बैठे रह गये थे।

अब लिखने ही लगा हूँ तो एक और घटना की चर्चा भी कर देता हूँ। हम नयी दिल्ली के सामने वाले समाज शिक्षा केन्द्र में शाम को बैठे गपशप कर रहे थे। किसी मित्र ने बताया कि खनवी साहब का नया नाटक वाई. डब्ल्यू. सी. ए. में (लगभग तीन किलोमीटर की दूरी पर) साढ़े छः बजे से है। कोई जाने के लिए तैयार नहीं था। फिर भी मैंने अपने साथी नन्द अरोड़ा को साथ चलने के लिए राजी कर लिया। नन्द को रास्ते में कुछ काम भी था। वह करते हुए हम साढ़े सात बजे थियेटर पहुँचे। सोचा था एक ऐक्ट हो चुका होगा। देखा तो अभी मेकअप चल रहा था। मुझे देखते ही बोले, यह कॉपी पकड़ो और प्राम्पटिंग करो। मैंने नन्द को बाहर हाल में जाकर बैठने को कह दिया और खुद स्क्रिप्ट की लिखाई देखने लगा। थोड़ी देर में खनवी साहिब आये और बोले कि अपने दोस्त को बुलाओ। एक लड़का अभी तक नहीं आया। उसका पार्ट करने को कहो। बड़ा पार्ट नहीं है। ज़मींदार के गुण्डे का है। वह कर लेगा। नन्द आया। गुण्डे का मेकअप किया और बोला, डायलॉग क्या हैं? मैंने कहा कि फ़र्स्ट विंग में बैठकर प्राम्पटिंग करूँगा। उसी के आसपास रहना। नन्द अरोड़ा ज़मींदार के साथ मंच पर आया। वह लँगड़ाकर चल रहा था। डायलॉग भी जोर से बोला। ज़मींदार का पात्र करने वाले कलाकार को लगा कि दर्शकों का ध्यान तो

उसकी तरफ ही जा रहा है। तीसरे विंग से मंच से बाहर आये तो उसने नन्द को कहा कि लँगड़ाकर मत चलो। और ज्यादा गुण्डई मत दिखाओ। बड़ा गुण्डा तो मैं हूँ। तुम तो मेरे चमचे हो। पाँच मिनट बाद जब उसी दृश्य में वह दोबारा मंच पर आये तो नन्द नॉर्मल चल रहा था और उसकी आवाज का रौब खत्म हो गया था और खनवी साहब सन्तुष्ट दिख रहे थे।

पिछले पन्द्रह-बीस वर्ष से मैंने उनका कोई नाटक नहीं देखा लेकिन वह मण्डी हाउस में हाने वाला लगभग हर नाटक देखते हैं और कभी-न-कभी हमारा आमना-सामना भी हो जाता है। आधी सदी गुजर गयी। अपनी तरह का रंगकर्म जारी रखने वाले को भला हाशिये पर कैसे छोड़ सकता था। इसलिए भी कि पिता के बाद वह दूसरे व्यक्ति थे जो मेरे रंगकर्म से जुड़ने का कारण बने। उन्होंने ही मुझे प्राम्पटर बनाकर पार्श्व रंगकर्म का महत्त्व समझाया था और कैसा नाटक नहीं करना चाहिए वह भी। गुरु तुल्य रतन खनवी को नमन।

हम राष्ट्रीय नाट्य विद्यालय टाइप के लोग भारत सरकार के गीत और नाटक प्रभाग के निदेशक कर्नल हेमचन्द्र वी. गुप्ते को 'ऐण्टी' थियेटर मानते थे और उनके कलाकारों को सरकारी भाँड। परन्तु 'पृथ्वी थियेटर' और 'इप्टा' के बाद अगर समग्र रूप से हिन्दी रंगकर्म पर किसी का प्रभाव पड़ा है तो वह है गीत और नाटक प्रभाग का सन् 1954 में आकाशवाणी के एक एकांश के रूप में आरम्भ होने वाला प्रभाग दो वर्ष में ही सूचना और प्रसारण मन्त्रालय का एक प्रभाग बन गया और दिल्ली में हर वर्ष ग्रीष्म नाट्य महोत्सव का आयोजन करने लगा जिसमें भारत-भर की नाटक मण्डलियाँ अपनी-अपनी भाषा में नाटक प्रस्तुत करतीं। इन्हीं महोत्सवों में मैंने शम्भु मित्र, उत्पल दत्त, पृथ्वीराज कपूर, मामा वरेरकर, रांगणेकर, तमिल के मनोहर ब्रदर्स जो मंच पर हाथी ले आते थे, और दूसरे प्रदेशों के उच्च स्तरीय नाटक देखे। उसी उत्सव में कर्नल गुप्ते प्रभाग की ओर से भी एक-दो नाटक करते। पहले उत्सव में संस्कृत नाटक *चारुदत* प्रस्तुत किया और दूसरे में एक नृत्य नाटिका *भागीरथ।* इसके बाद प्रचार-प्रसार के नाटक। पहले कुछ उत्सव तालकटोरा ओपन एअर में हुए। बाद में प्रगति मैदान में अपना थियेटर बनने के बाद उत्सव में चार-पाँच अपने नाटक पेश करते।

कर्नल गुप्ते नाट्य निर्देशक भी थे और अभिनेता भी। वह सेना में थे और आर्मी हैडक्वार्टर ड्रामा सोसायटी के नाटक डायरेक्ट करते थे। वहीं उन्होंने रमेश मेहता के नाटक भी प्रस्तुत किये थे। प्रभाग के नाटकों में *कोह-ए-नूर* का लुटेरा, *नेफा की एक शाम, कटघर, आराम, दुश्मन, धर्मशाला* आदि। यह सभी 'सन्देशपरक' नाटक थे। *कोह-ए-नूर का लुटेरा* नादिरशाह के आक्रमण से सम्बन्धित था तो *नेफ़ा की एक शाम* चीनी आक्रमण की कहानी। *कोह-ए-नूर का लुटेरा* गोविन्द वल्लभ पन्त

की रचना थी और *नेफ़ा की एक शाम* ज्ञानदेव अग्निहोत्री की। दोनों नाटक देशप्रेम के सन्देश से लदे हुए। पन्त जी की रचना *कटघर* और दया प्रकाश सिंह का *दुश्मन* परिवार नियोजन पर। तीन मराठी नाटककारों की संयुक्त कृति *आराम* 'डिगनिटी ऑफ़ लेबर' का सत्कार करती हुई। यह नाटक उत्तर भारत के बड़े-बड़े मेलों तथा हर छोटे-बड़े नगरों में वर्षों तक खेले जाते रहे। हर प्रदर्शन में हज़ारों दर्शक होते। और दिल्ली में तो हर लोकसभा अधिवेशन के समय सदस्यों के लिए विशेष आयोजन होते। शायद *कोह-ए-नूर का लुटेरा* एक ऐसा नाटक होगा जो प्रधानमन्त्री पण्डित नेहरू ने कई बार देखा होगा क्योंकि जब कभी विदेशी राष्ट्राध्यक्ष भारत आते तो उन्हें यह सांस्कृतिक कार्यक्रम दिखाये जाते और प्रोटोकोल के हिसाब से प्रधानमन्त्री को वहाँ मौजूद रहना होता।

कर्नल गुप्ते ने जन नाट्य अभियान में एक और विधा जोड़ी। वह था ध्वनि और प्रकाश माध्यम से प्रस्तुति जिसमें कलाकार भी शामिल होते। ऐसा पहला कार्यक्रम 1969 बैसाखी के अवसर पर अमृतसर के जलियाँवाला बाग़ में गोलीकाण्ड की पचासवीं वर्षगाठ के अवसर पर प्रस्तुत किया गया। इसकी रूपरेखा और आलेख तैयार किया था मोहन राकेश ने और गीत अमृता प्रीतम के थे। दस दिन तक चलने वाला यह कार्यक्रम लगभग तीन महीने तक चला। दूसरा कार्यक्रम अमृतसर के कम्पनी बाग़ में उसी वर्ष अक्टूबर में गुरु नानक देव के 400वें प्रकाश उत्सव पर किया गया। इसका आलेख बलवन्त गार्गी का था, गीत प्रसिद्ध पंजाबी कवि शिव बटालवी के। दलाई लामा की उपस्थिति में *जंग चानण* प्रस्तुत हुआ लगभग छः महीने तक दस-पन्द्रह हज़ार दर्शकों को रस विभोर करता रहा।

कर्नल गुप्ते के नाटक बहुत लाउड होते थे। मंच-सज्जा तथा वस्त्र-सज्जा में तड़क-भड़क। कलाकार ऊँची पिच पर बोलते हुए, मंच पर काफ़ी गहमागहमी और मूवमेण्ट। हमें उनकी यही बात ऐण्टी-थियेटर लगती, इसलिए दिल्ली के एलीट रंगकर्मी शायद ही कभी नाटक प्रभाग का नाटक देखते। एक बार कर्नल गुप्ते से राष्ट्रीय नाट्य विद्यालय में बात करने का अवसर मिला। उन्होंने खुद ही कहा कि जानते हो मेरे नाटक आप लोगों से अलग क्यों होते हैं? मेरे पास अच्छे कलाकार हैं। सभी साधन हैं, फिर भी 'वैसे' नाटक क्यों करता हूँ जो आप लोगों को पारसी थियेटर और साउथ की फिल्मों जैसे लगते हैं? आप लोगों को तो दो-चार प्रदर्शन करने होते हैं, वह भी ऑडिटोरियम में। मेरे नाटक कुम्भ या नौचन्दी जैसे मेलों में कम से कम ढाई तीन सौ करते हैं। वहाँ का दर्शक बँधा हुआ नहीं होता। आगे बैठे पाँच, छः सौ को छोड़कर पीछे वाले आते-जाते हैं। अगर आपको मेरे नाटकों में हर पाँच-दस मिनट में शोर, धमाका, चीखना-चिल्लाना, मंच पर भागदौड़ आदि दिखाई पड़ती है तो वह एक सोची-समझी तरकीब है दर्शकों को बाँधे रखने की। नहीं

तो मैं अपना सन्देश कैसे पहुँचाऊँगा? मैं उनको कला माध्यम का परिचय भी देना चाहता हूँ, इसीलिए वह तड़क-भड़क, बिजली के चमत्कार और पटाखों के साथ साहित्यिक संवाद भी होते हैं जिन पर खूब तालियाँ बजती हैं। मेरा *भागीरथ* या *चारुदत* वैसे नहीं थे। वह अल्काज़ी या हबीब तनवीर की प्रस्तुतियाँ ही लगते थे। तुम जानते हो, *दुश्मन, कटघर, नेफ़ा की एक शाम* हर वर्ष पचास-साठ शौकिया नाटक मण्डलियाँ खेलती हैं जैसे वह रमेश मेहता के नाटक खेलते थे। और ज्ञानदेव अग्निहोत्री को लोग *नेफ़ा की एक शाम* से पहचानते हैं। शतुर्मुर्ग से नहीं। डी. पी. सिन्हा के *दुश्मन* के अलावा शायद ही कोई नाटक हो जिससे आम आदमी परिचित होगा।

सन् 1956 में एक नाट्य दल से गीत और नाटक प्रभाग आरम्भ करने वाले कर्नल गुप्ते सात क्षेत्रीय भाषाओं के नाट्य दल स्थापित करने के अतिरिक्त सीमा प्रान्तों में 28 सांस्कृतिक दल, देश-भर में 500 से अधिक नृत्य, संगीत, नाटक, कठपुतली, मैजिक, संकीर्तन आदि के दल से पंजीकृत थे। उस स्तर के कलाकार भी जो राष्ट्रपति भवन में कार्यक्रम प्रस्तुत करते और उस स्तर के भी जो 50 घरों वाले गाँव में भी। उसी प्रकार हर क्षेत्र के मेधावी कलाकारों, नाटककारों को प्रभाग से जोड़ा। सरकारी भाण्डों के रूप में तिरस्कृत प्रभाग में राष्ट्रीय नाट्य विद्यालय के अनेक स्नातक कलाकार, मैनेजर, असिस्टेण्ट तथा डिप्टी डॉयरेक्टर बन गये। और तो और आज गीत और नाटक प्रभाग के निदेशक भी राष्ट्रीय नाट्य विद्यालय के स्नातक प्रेम मटियानी हैं। कर्नल गुप्ते का रोपा हुआ सांस्कृतिक धरोहर तथा गतिविधियों का बीज आज एशिया का सबसे बड़ा संस्थान है जिसने हिन्दी रंगकर्म ही नहीं पूरे भारत के रंगकर्म को बहुमूल्य प्रस्तुतियों से सम्पन्न बनाया है। भारत की स्वतन्त्रता के पचासवें वर्ष के उपलक्ष्य में *समर यात्रा* लाइट और साउण्ड कार्यक्रम में कमलेश्वर के मूल आलेख का प्रस्तुति आलेख इन पंक्तियों में लेखक का था। संगीत ब. व. कारन्त, दृश्यबन्ध बंसी कौल, वस्त्र-सज्जा डाली अहलूवालिया, और निर्देशन प्रेम मटियानी का। सभी राष्ट्रीय नाट्य विद्यालय के स्नातक।

कर्नल गुप्ते रमेश मेहता की आरम्भिक प्रस्तुतियों से जुड़े रहे। उनकी अभिनय शैली का रमेश मेहता पर बहुत असर पड़ा। और रमेश मेहता का प्रभाव उनकी पूरी मण्डली पर। हर कलाकार एक ही अन्दाज़ में बोलता। जैसे एक ही कलाकार सभी पात्र निभा रहा हो। परन्तु पाँचवें और छठे दशक में रमेश मेहता के नाटकों की धूम थी। उनका हर शो हाउसफुल होता। उनके नाटक किसी भी विषय, समस्या पर आधारित हों, हास्य प्रधान होने के कारण बहुत लोकप्रिय थे। जैसा कि पहले भी चर्चा हो चुकी है, पूरे हिन्दी प्रदेश में शौकिया नाटक मण्डलियाँ उनके नाटक मंचित करती रहीं। आज भी उनका नाटक *अण्डर सेक्रेटरी* कहीं न कहीं मंचित होता है। रमेश

मेहता के ग्रुप थ्री आर्ट्स क्लब ने तो एक बार *अण्डर सेक्रेटरी* का आठ दिन का पूरा महोत्सव कर डाला था जिसमें सप्रू हाउस के मंच पर एक ही दृश्यबन्ध पर हर दिन देश के किसी न किसी प्रदेश से आया दल अपनी भाषा में *अण्डर सेक्रेटरी* का मंचन करता। सन् 1968 में जब ग्रुप के रजत जयन्ती वर्ष का नाट्य समारोह किया गया, उसमें ग्रुप के अपने नाटक *रोटी और बेटी, अण्डर सेक्रेटरी, उलझन, पैसा बोलता है, ढोंग, ज़माना, बड़े आदमी* आदि के अतिरिक्त सिने स्टार सज्जन की 'एकल' प्रस्तुति, मुम्बई के डौली रिज़वी की दो प्रस्तुतियाँ, *मकड़ी का जाल* तथा *उसके बाद* तथा श्यामानन्द जालान द्वारा निर्देशित, 'अनामिका कला संगम', कलकत्ता की प्रस्तुति *छपते-छपते* भी समारोह में प्रस्तुत किये गये। हिन्दी रंगमंच की सफलता में रमेश मेहता का महत्त्वपूर्ण योगदान रहा है परन्तु मठाधीशों ने अपनी सत्ता बचाने के लिए उन्हें निष्पक्ष मूल्यांकन परिधि से बाहर ही रखा है।

यह भी एक विडम्बना है कि *अदरक के पंजे* के अभिनेता, लेखक, निर्देशक बबन खाँ, जिसे हिन्दी ही नहीं, पूरे भारतीय रंगकर्म ने हाशिये पर छोड़ देने का पूरा प्रयत्न किया, वह वर्षों तक 'फुल हाउस' लेकर नाटक प्रदर्शित करता रहा और पता नहीं एक ही नाटक के कितने हजार शो करके 'गिनीज़ बुक ऑफ़ वर्ल्ड रिकार्ड्स' में जगह पा गया। मुझे याद है, एक बार सप्रू हाउस में बबन खाँ के नाटक का टिकट लेने के लिए लगभग एक हजार लोग लाइन में लगे थे और पास ही मॉडर्न स्कूल के मैदान में भारतीय नाट्य संघ द्वारा संगोष्ठी में मुश्किल से पचास, साठ लोग थे जबकि भारत-भर के प्रमुख रंगकर्मी आमन्त्रित वक्ता थे। इब्राहिम अल्काज़ी मुख्य अतिथि। ब्रेक में पड़ोस की भीड़-भाड़ देखकर आकाशवाणी के प्रसिद्ध कलाकार तथा निर्देशक दीनाभाई ने कहा, 'मैं कल परसों अल्काज़ी साहब का *शजरा-ए-नसब* (वंशवृक्ष) देख रहा था। दादा, पड़दादा, नकड़दादा, उनके भी दादा, पड़दादा जानते हो किसका नाम था? बबन खाँ का मुहावरा सिच्युएशन पर फिट बैठा था और अपेक्षित ठहाका भी जोर का नहीं, खिसियानी हँसी जैसा ही था। मुझे यह भी याद है, जब मैं मध्यान्तर से बहुत पहले बबन खाँ के प्रदर्शन से बाहर निकल आया और अपना टिकट एक पॉपकार्न बेचने वाले को देना चाहा तो वह बोला कि साहब इसमें देखने को है क्या? पता नहीं इतनी भीड़-भाड़ कैसे चली आती है? यह प्रश्न हमारे मन में भी था क्योंकि राष्ट्रीय नाट्य विद्यालय में मेरठ, सहारनपुर, अम्बाला, चण्डीगढ़ आदि जगहों से मित्रों के अतिरिक्त जजों, डिप्टी कमिश्नरों के टिकट या पास के लिए फोन आते। सन् 1857 में स्वतन्त्रता संग्राम की ज्योति प्रज्वलित करने वाले ऐतिहासिक नगर मेरठ में सन् 1964 में एक और क्रान्ति का सूत्रपात उस

समय हुआ जब रा. ना. वि. से प्रशिक्षण प्राप्त कर नगर में लौटे सुरेन्द्र कौशिक ने अपने घर की परिधि में 50 × 25 फुट की स्टेज और 250 सीटों वाले ओपन एयर थियेटर का उद्घाटन धर्मवीर भारती के *नीली झील* तथा ललित मोहन थपलियाल के *अछरियों का तालाब* एकांकियों के प्रदर्शन से किया था। नाम था *मुक्ताकाश।* इसके निर्माण में कौशिक द्वारा बचाये हुए कुल जमा 500 रुपये तथा स्थानीय रंगकर्मियों के श्रमदान के अतिरिक्त रा. ना. वि. की कबाड़ की नीलामी में खरीदे गये सेट्स, फ्लैट, मंचीय उपकरण, लाइट्स, डिगर आदि का प्रयोग हुआ था। कुछ दिनों बाद अल्काज़ी साहब ने अपने एक साक्षात्कार में कहा था कि हम छात्रों को दो, तीन एकड़ जमीन तथा 500 रुपये में प्रेक्षागृह निर्माण का प्रशिक्षण भी देते हैं। वर्ष 1984 में किन्हीं कारणों से कुछ दिन बन्द रहने के बाद उसके पास ही 150 सीटों वाले ढालदार ओपन एयर थियेटर का निर्माण किया गया। इस मिलेनियम के अन्तिम वर्ष में 100 सीटों वाले *मुक्ताकाश चैम्बर* के नाम से ऑडिटोरियम का निर्माण किया गया है। वह 1964 से निरन्तर 15 वर्ष तक प्रत्येक रविवार को मुक्ताकाश प्रेक्षागृह में नाट्य प्रदर्शन करते रहे हैं। गत 35 वर्षों में चुनिन्दा नाटकों के लगातार प्रदर्शन करने के साथ मुंशी प्रेमचन्द की कहानी *पंच परमेश्वर* के रूपान्तर के 3000 प्रदर्शन कर चुके हैं।

सुरेन्द्र कौशिक जीवन-भर रंगकर्म से ही जुड़े रहे हैं। उन्हीं ने रंगकर्म से ही सब-कुछ कमाया है और वापस रंगकर्म में ही इन्वेस्ट किया है। वर्ष 1964 में ही 'मुक्ताकाश नाट्य संस्थान' की स्थापना की और 1988 में दिल्ली में 'आकाशमुक्ता संस्थान' स्थापित किया। उनका एक मुक्ताकाश भ्रमणकारी नाट्य दल है जो उत्तर प्रदेश, दिल्ली, राजस्थान एवं हरियाणा में सक्रिय है। उन्होंने मुक्ताकाश बाल अकादमी एवं बाल रंगमंच ही स्थापित नहीं किया, अपनी बेटी तथा बेटे का नाम भी मुक्ता और आकाश रखा है।

तीस जनवरी, 1998 के दिन हिन्दी रंगकर्म का एक नया अध्याय लिखा गया। उस दिन दिल्ली की एक संस्था 'अनुक्रम' के कलाकार राजघाट गाँधी समाधि से टाटा सुमो में कन्याकुमारी तक की नाट्य यात्रा पर निकले थे। अवसर भारत की आज़ादी के पचास वर्ष का उत्सव नहीं बल्कि 1857 के स्वतन्त्रता संग्राम की वर्षगाँठ की 130वीं वर्षगाँठ थी। वह इसलिए कि संस्था के संस्थापक, लेखक, निर्देशक नाटककार केवल सूद को लग रहा था कि 50वें वर्ष के उत्सव की गहमागहमी में हम स्वतन्त्रता सेनानियों को तो भूल ही गये हैं। उन्होंने अखिल भारतीय स्वतन्त्रता सेनानी समिति के सहयोग से भारत के 26 नगरों में नाट्य प्रदर्शन संयोजित किये जिनमें पहले उस प्रदेश के स्वतन्त्रता सेनानियों को सम्मानित किया जाता, बाद में नाटक का प्रदर्शन। नाटक था *कटा हुआ बाजू,* देश के विभाजन से सम्बन्धित। उस

संक्रमणकाल में हिन्दू तथा मुसलमान मित्र, अपनी मित्रता के प्रमाण के तौर पर अपना नाम एक-दूसरे के बाजू पर लिखाते हैं और उसका फल भुगतते हैं।

यूँ तो व्यावसायिक-अव्यावसायिक नाट्य दल के नाटकों के साथ टूर करते ही रहते हैं, परन्तु इस नाट्य यात्रा की खास बात यह थी कि नाट्य दल के कलाकार दिल्ली से कन्याकुमारी तक देश के दस राज्यों और 26 नगरों में प्रदर्शन करते हुए 26 मार्च, 1998 को 8277 किलोमीटर की यात्रा करके दिल्ली लौटे। और राजन कई वर्षों से मुम्बई में नुक्कड़ नाटक नहीं, रेल नाटक कर रहे हैं। 'थियेटर आन व्हील्ज़' कार्यक्रम के अन्तर्गत उनका दल मुम्बई की लोकल ट्रेनों में नाटक करते एक स्टेशन से दूसरे स्टेशन की अवधि में सात से दस मिनट के नाटक करते हैं जिनकी रूपरेखा तथा विषयवस्तु लगभग नुक्कड़ नाटकों जैसी रहती है।

वह केवल जसवन्त सिंह नहीं थे जो अपनी रामायण में अँग्रेजी संवाद 'हैलो मिस्टर खर' और 'यस डियर सर' ले आये थे। पंजाब प्रान्त में होने वाली हर रामलीला में कलाकार भी अपनी रचनात्मक प्रतिभा का परिचय देने के लिए जसवन्त सिंह के आलेख में वृद्धि करते रहते। अक्सर रामलीला मण्डलियाँ अपने समय के लोकप्रिय फिल्मी गीत किसी न किसी रामायण प्रसंग में शामिल कर लेते थे। उन दिनों *आन* फिल्म रिलीज़ हुई थी और 'सीता-हरण' के प्रसंग में सीता को ले जाते हुए रावण गा रहा था :

दिल में छुपा के प्यार का अरमान ले चले।
हम आज अपनी मौत का सामान ले चले।

मुझे विश्वास है कि आधुनिक रामायण रचयिता को सिच्युएशन पर फिट बैठते आलेख संशोधन पर जरा भी एतराज़ नहीं हुआ होगा।

# कुछ सन्दर्भ ये भी

# पार्श्व-रंगकर्म का परिदृश्य

## आजादी के पचास वर्ष

लाहौर में अपना घरबार छोड़कर आये आर. जी. आनन्द ने कुछ दूसरे विस्थापितों के साथ मिलकर इन्द्रप्रस्थ थियेटर के नाम से एक संस्था गठित की, जिसकी पहली प्रस्तुति थी—आजादी। जन्तर-मन्तर और इम्पीरियल होटल के पिछवाड़े बने बेविल मंच पर कोड़िया पुल की दीवार का दृश्य था। दीवार में छह-आठ फुट चौड़े झरोखे बने थे। हर झरोखे में पाकिस्तान से उजड़कर आये परिवार रह रहे थे जिन्होंने टाट के पर्दे टाँगकर दरों का काम लिया था। आर. जी. आनन्द का दूसरा महत्त्वपूर्ण नाटक था—हम हिन्दुस्तानी। मंच पर दो घरों का दृश्य था। आगे की दीवार खिसक जाने पर कमरा दिखाई पड़ता था। बन्द होने पर दो क्वार्टरों के आगे गली बन जाती। तीसरी महत्त्वपूर्ण प्रस्तुति थी भगवती चरण वर्मा के उपन्यास 'चित्रलेखा' पर आधारित नाटक का मंचन। इस प्रस्तुति में राजदरबार, शयनकक्ष, जंगल की कुटिया आदि बहुत सहज रूप में मंच पर बनाये गये।

आजादी के पहले अधिकतर पारसी नाटकों का बोलबाला था जो प्राय: चित्रवत् पर्दे प्रयोग में लाते थे। पर्दों पर अलग-अलग दृश्य अंकित होते थे—जैसे शहर का चौराहा, बागीचा, घर-आँगन, राजा का दरबार आदि। उनसे मेल खाते विंग भी होते। यह दृश्य आज भी नगर, गली-मुहल्लों में होनेवाली रामलीला में दिखाई पड़ता है। परन्तु आर. जी. आनन्द पर पारसी नाटक मण्डलियों का प्रभाव नहीं था। वह स्वयं आर्किटेक्ट थे तथा मंच पर उपलब्ध जगह पर वास्तविकता का आभास देनेवाले दृश्य निर्मित कर सकते थे। उन पर यदि कोई प्रभाव था तो वह पृथ्वी थियेटर का था। पृथ्वी थियेटर का प्रभाव केवल आर. जी. आनन्द पर ही नहीं, रंगकर्मियों तथा नाटक-प्रेमियों की पूरी पीढ़ी पर था, जो स्वतन्त्रता संग्राम में जूझती हुई नाट्य-कर्म में लगी हुई थी। पृथ्वी थियेटर के नाटक, जो पारसी मण्डलियों की तरह बार-बार तो नहीं, कभी-कभार बड़े-छोटे शहरों में प्रस्तुत होते थे, वह प्रेरणा-स्रोत बन जाते थे।

पृथ्वीराज कपूर अपने नाटकों में मंच-निर्माण, दृश्यबन्ध, पात्रोचित वेशभूषा, प्रकाश-योजना आदि पर विशेष ध्यान देते थे। 'दीवार' में दो मंजिला घर था तो 'आहुति' में एक शरणार्थी कैम्प। 'पठान' में पोठूहार की पहाड़ियों पर बसे एक गाँव में पठान मुखिया का घर था, जिसके पीछे की दीवार में एक मीनार भी थी, जिस पर चढ़ गाँव पर आक्रमण करनेवालों पर नजर रखी जा सकती थी। परदा उठने पर पौ फटने से पहले का दृश्य था, जब अँधेरे में चमकते जुगनू दिखाई पड़ते थे। 'दीवार' में दूसरी मंजिल पर जाती सीढ़ियाँ, बीच की दीवार, यहाँ तक कि नाटक के अन्त में दीवार तोड़े जाने पर छिटकती ईंटें वास्तविकता का आभास देती थीं।

पारसी नाटक मण्डलियाँ मंच तथा नाट्य-मण्डप-निर्माण का साज-सामान साथ लेकर चलती थीं, जैसे सरकस वाले। बड़े शहरों, कस्बों में नाट्य-मण्डप जरूर होते थे, जो बाद में सिनेमाघरों में बदल दिये गये। पृथ्वीराज कपूर इसी प्रकार के सिनेमाघरों में ही नाट्य-प्रदर्शन करते थे। वह दिल्ली में कई बार अपनी मण्डली के साथ आये, परन्तु नाटक के लिए ही बने मण्डप, फाइन आर्ट्स (आई फैक्स) थियेटर में 1959 में ही पहली बार प्रदर्शन करने का अवसर प्राप्त हुआ और वह पृथ्वी थियेटर का अन्तिम दौरा सिद्ध हुआ; क्योंकि आवाज खराब होने के कारण अगले दो वर्षों में पृथ्वी थियेटर बन्द कर दिया गया।

आजादी से पहले भी, और बाद में भी, अव्यावसायिक नाट्य-कर्म स्कूल-कॉलिजों और अन्य संस्थाओं के बड़े हालों में होता था, जिसमें एक मंच होता था, जो हर काम के लिए प्रयोग में लाया जाता था। दिल्ली के बेविल थियेटर में मंच पर छत थी, परन्तु मण्डप के लिए कनात, शामियाने, कुर्सियाँ किराये पर लानी पड़ती थीं। वाई. एम. सी. ए. में एक मैस्सी हाल था, जिसमें एक स्टेज, दस-बारह लाइट और समतल सभागार, जिसमें चार-पाँच लाइनों के बाद मंच ठीक से दिखाई ही नहीं पड़ता था।

1964 में दिल्ली में अखिल भारतीय नाट्य-समारोह का आयोजन सप्रू हाउस में किया गया, जो दिल्ली का पहला नाट्य-मण्डप था और जो कुछ ढंग का था; जबकि प्रथम तल पर बनाये जाने के कारण मंच की छत बहुत नीची थी और मंच के दायें-बायें विंग-स्पेस भी बिल्कुल नहीं थी। फिर भी इस मंच पर शम्भु मित्र द्वारा निर्देशित, रवीन्द्रनाथ ठाकुर लिखित 'रक्तकरबी' का मंचन हुआ। इ. अल्काज़ी की प्रस्तुति 'राजा ईडिपस' के अतिरिक्त देश-विदेश के सैकड़ों कलाकारों ने अपनी कला का प्रदर्शन किया। यहीं पर पु. ल. देशपाण्डे का मराठी में एकल अभिनय तथा अमरीका के प्रसिद्ध नाटककार एमलिन विलियम्स द्वारा चार्ल्स डिकेन्स के रूप में उन्हीं की रचनाओं का एकल पाठ हुआ। यहीं पर रमेश मेहता ने अपने नाटक

'अण्डर सेक्रेटरी' को एक ही दृश्यबन्ध, एक ही मंच पर भारत के कई प्रदेशों की नाट्य-मण्डलियों द्वारा अनेक भाषाओं में प्रस्तुत कराया। और एक समय आया, जब सप्रू हाउस पंजाबी के अश्लील नाटकों का पर्याय बन गया।

फाइन आर्ट्स थियेटर का उद्घाटन 1956 में हुआ। शम्भु मित्र द्वारा निर्देशित तथा कलकत्ता की नाट्य-मण्डली बहुरूपी द्वारा प्रस्तुत बंगाली नाटकों का समारोह, उद्घाटन-समारोह की विशेषता थी।

यूँ तो आजादी के बाद भवन-निर्माण का सिलसिला प्रारम्भ हुआ तो लगभग हर कॉलेज, हर संस्थान में एक सभागार जरूर बनाया जाता था। यह दूसरी बात है कि लोक-निर्माणवाले अधिकारी या आर्किटेक्ट मंच-निर्माण की अपेक्षाओं से अनभिज्ञ थे। मण्डप बने, परन्तु उनका सही इस्तेमाल नहीं हो सका। इसका सबसे सटीक, या यों कहें, सबसे दुखद उदाहरण है रवीन्द्रनाथ ठाकुर की जन्म-शताब्दी के उपलक्ष्य में लगभग हर प्रदेश की राजधानी में निर्मित रवीन्द्र-मंच। हर साजो-सामान से लैस इन भवनों के निर्माण में त्रुटियाँ तो थीं ही, उनकी देखरेख के लिए प्रशिक्षित कर्मी भी नहीं थे। यही कारण है, एक-दो वर्षों में ही उनकी दशा बिगड़ गयी।

फाइन आर्ट्स थियेटर-जैसे जो भी मण्डप सरकारी देखरेख से दूर थे, उनके निर्माण में योजना भी थी और दशा भी अच्छी रही। फाइन आर्ट्स थियेटर दिल्ली का पहला थियेटर था, जो आधुनिक उपकरणों से सज्जित था। अब तो देहली में मण्डी हाउस, न्यूयार्क के ब्रॉडवे या लन्दन के वेस्ट एण्ड की तरह सभागारों की मण्डी बन गया है। एक ही चौराहे पर लगभग 12 बन्द या मुक्ताकाशी रंग-भवन हैं।

यूँ तो मुक्ताकाशी मंचों पर प्रदर्शन भारत की पुरानी परम्परा है, परन्तु नाट्य-प्रस्तुतियों की इस विधा का चलन बम्बई में हुआ। जब इब्राहिम अल्काज़ी ने पाँचवें दशक के प्रारम्भ में यूनिट थियेटर नामी संस्था के नाटक छह मंजिला ऊँची इमारत की छत पर 'टैरेस थियेटर' में प्रस्तुत किये।

राष्ट्रीय नाट्य विद्यालय के निदेशक बनने के बाद, 1962 में अल्काज़ी ने मोहन राकेश के नाटक 'आषाढ़ का एक दिन' के लिए मुक्ताकाशी मंच का निर्माण किया। यह दृश्यबन्ध विद्यालय के पिछवाड़े बने आँगन में बनाया गया था। इस तरह नाटक मण्डुए की घुटन से छुटकारा पा गया। फिर तो धर्मवीर भारती का 'अन्धा युग' कोटला फिरोजशाह के खँडहरों में 110 फुट लम्बे मंच पर खेला गया। बाद में पुराना किला के दक्षिणी दरवाजे तथा तालकटोरा गार्डेन के खँडहरों में 'अन्धा युग', 'तुग़लक' आदि मंचित हुए। आज तो खजुराहो, कोणार्क, कुतुबमीनार, शाही इमामबाड़ा, रोज गार्डेन, तिंजोर गार्डेन आदि मुक्ताकाशी ऐतिहासिक स्थानों पर कार्यक्रम प्रस्तुत होते हैं।

दिल्ली के रवीन्द्र भवन में अल्काज़ी द्वारा डिज़ाइन किया हुआ तथा राष्ट्रीय

नाट्य विद्यालय के छात्रों द्वारा निर्मित मेघदूत ओपन एयर थियेटर में प्रथम प्रस्तुति थी, मुंशी प्रेमचन्द के उपन्यास 'गोदान' पर विष्णु प्रभाकर द्वारा रूपान्तरित नाटक 'होरी'। मंच पर गाँव बसाया गया था और पार्श्व में सचमुच दो-तीन महीने की उगी हुई गेहूँ की खेती थी। मण्डुए वाले मंच पर इस प्रकार के दृश्यबन्ध सम्भव नहीं थे, फिर भी मंच-सज्जा तथा दृश्यबन्ध में एक नयी सोच, नयी स्फूर्ति जरूर दिखाई पड़ी। पहले तो परिकल्पना में रिसर्च की भागीदारी बिल्कुल नहीं के बराबर थी। अधिकतर नाटक विदेशी प्रभाव के कारण बॉक्स सेट पर ही खेले जाते। कुछ अलग दृश्यबन्ध होता भी तो जैसा बन पड़ता, वैसा बना लिया जाता। मंच पर नाटक का परिवेश, काल, मौसम, पात्रों की सामाजिक स्थिति तथा मनोदशा को ध्यान में रखकर परिकल्पना बहुत कम होती थी।

साठ के दशक में नाट्य-प्रशिक्षण तथा शम्भू मित्र, उत्पल दत्त, अल्काज़ी आदि जैसे जागरूक नाट्य-कर्मियों के कारण मंच-परिकल्पना नाटक का सार्थक अंग बनती गयी। कलकत्ता में खालिद चौधरी, दिल्ली में आर. जी. आनन्द, हबीब तनवीर, एम. एस. सथ्यू, अल्काज़ी और बाद की पीढ़ी में एम. के. रैना, बंसी कौल, निसार अल्लाना, प्रसन्ना, भानु भारतीय, मोहन महर्षि आदि ने दृश्यबन्ध परिकल्पना में अनूठे प्रयोग किये हैं।

साठोत्तर का समय ही था जब नाट्यशास्त्र का अध्ययन गम्भीरता से आरम्भ हुआ। मद्रास में डॉ. राघवन, अहमदाबाद में गोवर्धन पांचाल, केरल में कावालम् नारायण पन्निकर, दिल्ली में शान्ता गाँधी, उज्जैन में कालिदास अकादमी से जुड़े हुए अन्य लोग भी नाट्य-शास्त्र की व्याख्या कर मंच तथा मण्डप-निर्माण के प्रयोग करने लगे। मण्डप के तो मॉडल भर बन पाये, परन्तु नाट्य-प्रस्तुतियों में दृश्यबन्ध नाट्यशास्त्र के अनुसार बनाने के अन्य प्रयोग हुए। संस्कृत नाटकों में दृश्यबन्ध अमूर्त ही होता था, अधिकतर सूचना-मात्र; परन्तु नाट्य-मंच पर संस्कृत नाट्य-परम्परा के अनुसार सज्जा के जो प्रयोग हुए, उसमें विजया मेहता का 'शकुन्तला', हबीब तनवीर तथा अल्काज़ी के 'मिट्टी की गाड़ी' तथा 'मुद्राराक्षस' के प्रयोग उल्लेखनीय हैं।

दृश्यबन्ध-परिकल्पना में एक और महत्त्वपूर्ण उपलब्धि थी, मानव-शरीर से दृश्य-निर्माण। बादल सरकार ने अपने कुछ नाटकों में ऐसे प्रयोग किये थे। रतन थियम, जो प्राय: मणिपुर की पारम्परिक नाट्य-विधाओं का प्रयोग करते हैं, ने अपने नाटक 'इम्फाल-इम्फाल' में पहली बार प्रयोग किया। उसमें कलाकार ही बिजली के ख भे, जंगल के पेड़, प्रिण्टिग प्रेस, घर का दरवाजा, आदि बने थे। अभिनेता के शरीर के साथ एक लाठी बढ़ाकर अनेक दृश्य-निर्माण करने में जम्मू के बलवन्त ठाकुर के नाट्य-प्रयोग बहुत सफल रहे—विशेष रूप से उसकी 'बाबा जित्तो' और मन्नू भण्डारी के उपन्यास 'महाभोज' की प्रस्तुतियाँ।

वस्त्र-परिकल्पना में भी उसी प्रकार की स्वाभाविकता लाने का प्रयत्न किया गया। पौराणिक नाटक, जो अब तक राजा रवि वर्मा के चित्रों से प्रेरित थे, वह अब अजन्ता, एलोरा के चित्रों अथवा खजुराहो तथा अन्य मूर्तियों से प्रेरित थे। अल्काज़ी की 'आषाढ़ का एक दिन' और 'अन्धा युग' की प्रस्तुतियों में कोकिल भवानी की वस्त्र-सज्जा से आरम्भ होनेवाली प्रक्रिया अपने आप में फाइन आर्ट बन गयी है। गत पचास वर्षों में रौशन अल्काज़ी, मोना चावला, डॉली अहलूवालिया, सबा जैदी, सलीम आरिफ, भानु अथामा आदि ने भारतीय नाटकों की ही नहीं, विदेशी नाटकों की बहुत प्रामाणिक वेशभूषा-परिकल्पना की है। इसमें डिज़ाइन, वस्त्रों के रंग, कपड़े का मैटीरियल, सिलाई-कढ़ाई की बारीकियों का ध्यान रखा गया है। यद्यपि वस्त्र-परिकल्पक रंगमंच पर अधिक सक्रिय रहे हैं, उनकी पहचान सिनेमा और टी.वी. से बनी है। भानु अथामा 'गाँधी' में, सलीम आरिफ 'भारत, एक खोज' तथा 'चाणक्य' में, डॉली अहलूवालिया 'बैण्डिट क्वीन' तथा सबा जैदी 'त्रिकाल' में अपने काम के लिए पुरस्कृत किये गये हैं।

मंच पर प्रकाश-योजना करनेवालों के लिए तो इक्विपमेण्ट का अभाव जैसे वरदान साबित हुआ। आरम्भ में गिनी-चुनी लाइट हुआ करती थीं। प्रायः फ्लाड लाइट ही। उन्हीं पर रंग-बिरंगे कागज बदलकर प्रभाव उत्पन्न किया जाता था। स्पॉट लाइट आयी तो प्रकाश-योजना में निखार आना शुरू हुआ। लाइट अब रोशनी-भर के लिए नहीं, परन्तु नाटकीयता लाने तथा नाटक की व्याख्या के लिए सहायक का कार्य करने लगी। तापस सेन को तो प्रकाश-योजना का जादूगर कहा जाता है। उन्होंने लोहे के डिब्बों और काँच के बल्बों से उपजने वाले प्रकाश से मंच पर कोयले की खानें पानी से भरती हुई दिखायीं। रेल का इंजन दर्शकों को लताड़ता, सर से गुजरता नजर आया। शम्भु मित्र अथवा उत्पल दत्त ही नहीं, तापस सेन ने सैकड़ों छोटे-बड़े निर्देशकों के साथ भी काम किया है। साबरमती आश्रम अहमदाबाद, ग्वालियर के किले, दिल्ली का पुराना किला तथा आगरा के लाल किले में होनेवाले ध्वनि और प्रकाश के कार्यक्रमों में प्रकाश-योजना की परिकल्पना से पत्थरों को सजीव पात्र बना दिया है।

अब भारत को विदेशी लाइट्स पर निर्भर नहीं रहना पड़ रहा। दिल्ली में चमन लाल के मॉडर्न स्टेज सर्विस-जैसी कई कम्पनियाँ विश्वस्तरीय रंग-प्रकाश-योजना के उपकरण निर्माण कर रही हैं। प्रकाश-परिकल्पना में विदेशी दूतावासों के अधिकारियों का बहुत योगदान रहा है। उनमें माइकल ओवरमैन तथा जान मैराव उल्लेखनीय हैं। बम्बई के डैरिक जैफरी, कलकत्ता में तापस सेन के अतिरिक्त कनिष्क सेन, दिल्ली में सितांशु मुखर्जी, जी. एन. दासगुप्ता, आर. के. ढींगरा, अशोक सागर भगत,

बेंगलूर के वी. राममूर्ति, एम. एस. सथ्यू आदि ने उल्लेखनीय कार्य किया है।

रंगमंच पर प्रयुक्त होने वाली प्रॉपर्टीज और मुखौटों आदि में भी बहुत महत्त्वपूर्ण कार्य हुआ है। विशेष रूप से पौराणिक तथा ऐतिहासिक नाटकों से अस्त्र-शस्त्र आदि की तैयारी में भी रिसर्च का सहारा लिया गया है।

रूप-सज्जा भी केवल चेहरे पर बेस-कलर या लाइट और शेड न रहकर मंच का महत्त्वपूर्ण अंग बन गयी है। अशोक सरीन, केवल कुमार, के. के. जौहरी, मोहन दमन्या, एस. अंजी बाबू आदि का बहुत महत्त्वपूर्ण योगदान रहा है।

आजादी के बाद देश में रंग-गतिविधियाँ बहुत बढ़ी हैं। मंच-निर्माण में सरकारी आर्किटेक्ट के अतिरिक्त चार्ल्स मोरिया जैसी विभूतियों ने भी भारत-भवन, भोपाल तथा जवाहर कला केन्द्र, जयपुर को डिज़ाइन किया है। पार्श्वकर्मियों ने बहुत ऊँचाइयाँ छुई हैं और पर्दे के पीछे रहकर भी, ग्लैमर और शोहरत से दूर रहकर भी, अपना काम पूरी निष्ठा से किया है। यह भी एक कटु सत्य है कि पार्श्व रंगकर्मी को वह स्थान, वह सम्मान नहीं मिला, जिसके वह अधिकारी हैं। अकादमी-पुरस्कारों को देखें तो सम्मान-सूची में पार्श्वकर्मियों की संख्या दो प्रतिशत से अधिक न होगी। इस लेख में भी जिन लोगों की चर्चा हुई है, उनका प्रतिशत काम करनेवालों के हिसाब से बहुत कम है। आईसबर्ग की चोटी से भी छोटा। सन्तोष इस बात का है कि सीमित ही सही, यहाँ उनकी चर्चा तो हुई।

# पहचान और परख

भाई सुशील कुमार सिंह का 'भरत रंग' के आगामी अंक में "20वीं सदी के उत्तरार्द्ध से हिन्दी नाट्य लेखन और प्रस्तुतीकरण के जो प्रस्थान बिन्दु हैं, उनकी पहचान और परख" पर केन्द्रित अपना आलेख तत्काल भेजने का दिनांक 23 जुलाई, 2001 का स्मरण पत्र मिला (पहला पत्र शायद डाक में कहीं खो गया था) तो मुझे अँग्रेजी का एक मुहावरा याद आ गया कि "दि मोर वी चेंज, दि मोर वी लुक दि सेम"। अर्थात हम जितना ही बदलते जाते हैं उतना ही अधिक हम पहले जैसे दिखने लगते हैं।

क्या 20वीं सदी के उत्तरार्द्ध का हिन्दी नाट्य लेखन और प्रस्तुतिकरण पूर्वार्द्ध से भिन्न है? क्या पारसी थियेटर समाप्त हो गया है? क्या नाटककारों ने स्कूल, कॉलेजों के पाठ्यक्रमों के लिए नाटक लिखने छोड़कर मंच प्रस्तुति लायक नाटक लिखने शुरू कर दिये हैं? क्या हिन्दी क्षेत्र के समाज ने बंगाल तथा महाराष्ट्र की तरह रंगकर्म को अन्य तीज-त्योहारों की तरह सार्वजनिक जन-जीवन का अभिन्न अंग मान लिया है? ऐसा कोई क्रान्तिकारी बदलाव दिखाई तो नहीं पड़ता। हाँ जैसे समाज और जन-जीवन में प्रगति और बदलाव हुए हैं, उसी अनुपात से रंगकर्म में भी कुछ-न-कुछ बदलाव तो आया ही होगा। इसलिए इस अंक का 20वीं सदी के उत्तरार्द्ध से हिन्दी नाट्य लेखन और प्रस्तुतिकरण के जो प्रस्थान बिन्दु हैं, उनकी 'पहचान और परख' पर केन्द्रित होना वाजिब ही लगता है।

यदि देखा जाए तो 20वीं सदी के उत्तरार्द्ध में नाट्य लेखन की स्थिति पूर्वार्द्ध से बहुत भिन्न नहीं थी। हाँ, प्रस्तुति के स्तर पर बहुत महत्त्वपूर्ण बदलाव अवश्य आये। एक बात अच्छी यह हुई कि 20वीं सदी के अन्तिम दो दशकों में जितने हिन्दी नाटक प्रकाशित हुए, उतने शायद गत आठ दशकों में नहीं हुए थे। इसका यह अर्थ नहीं कि नाट्य लेखन की गुणवत्ता में भी उसी अनुपात से वृद्धि हुई है। उच्च स्तरीय नाट्य लेखन तो छठे और सातवें दशक में सिमटकर रह गया। हिन्दी में पिछली अर्धशताब्दी की तरह नाटककारों ने रंग प्रक्रिया से

सक्रिय रूप से जुड़ने का प्रयत्न नहीं किया। कुछ गिने-चुने नाम हैं जो नाट्य प्रस्तुति प्रक्रिया से जुड़ते थे और उस अनुभव के परिणामस्वरूप मंचन योग्य नाट्य आलेख तैयार भी कर पाये।

हिन्दी ही नहीं, अखिल भारतीय स्तर पर भी छठा और सातवाँ दशक ही नाट्य लेखन के लिए महत्त्वपूर्ण रहा। इसी समय हिन्दी में मोहन राकेश, बांग्ला में बादल सरकार, कन्नड़ में गिरीश कर्नाड तथा मराठी में विजय तेन्दुलकर 'चार बड़े' के नाम उभरकर सामने आये। हिन्दी में पुरानी पीढ़ी के नाटककार तो अपनी पुरातन डफली तो बजा ही रहे थे, सुरेन्द्र वर्मा, शंकर शेष, डॉक्टर लक्ष्मी नारायण लाल, ज्ञानदेव अग्निहोत्री रंगकर्म से सक्रिय रूप से जुड़ने वाले युवा नाटककारों में अग्रणी नाम थे। मोहन राकेश तो साढ़े तीन नाटक (वह पैर तले की जमीन पूरी नहीं कर पाये थे) लिखकर ही सन् 1972 में दिवंगत हो गये। बाकी दो दशक बाद अपने शिखर की ऊँचाइयाँ लाँघ नहीं पाये। अन्य नाटककार भी आठवें दशक से 'जो है, जैसा है' से सन्तुष्ट होकर बैठ रहे थे। यह गिरावट न केवल अन्य भारतीय भाषाओं में ही लक्षित होती है, विश्व-भर के नाट्य लेखन परिदृश्य की भी यही दशा थी। वहाँ भी आर्थर मिलर, टैनिसी विलियम्ज़, सैम्युल बैकेट, सार्त्र, आयनैस्को, एडवर्ड बॉड, जॉन ऑस्बॉर्न, आदि के बाद किसी का भी यादगारी काम नजर नहीं आता।

लेखन में जो प्रस्थान बिन्दु दिखाई पड़ते हैं, उनमें प्रमुख है अपने वर्तमान को इतिहास की आड़ में प्रस्तुत, विश्लेषण करना, इसके लिए 'इनैक्ट' नाट्य पत्रिका के सम्पादक स्वर्गीय राजिन्दर पॉल ने 'बिहाइण्ड दि हिस्टरी स्कर्ट्स' की संज्ञा दी थी।

गिरीश कर्नाड ने 'तुग़लक' में पं. जवाहरलाल नेहरू की छवि प्रस्तुत की थी तो बलवन्त गार्गी ने 'सुल्तान रज़िया' में इन्दिरा गाँधी का पैरलल प्रस्तुत किया था। ज्ञानदेव अग्निहोत्री ने 'शतुरमुर्ग', सुशील कुमार सिंह ने 'सिंहासन खाली है' राजनीतिक व्यंग्य एवं सुरेन्द्र वर्मा का 'छोटे सैयद बड़े सैयद' और दया प्रकाश सिन्हा का 'सीढ़ियाँ' सत्ता के गलियारों में होने वाले राजनीतिक षडयन्त्रों का चित्रण था। उन्होंने 'चोर उचक्का चौधरी, गुण्डी रन्न प्रधान' मुखर रूप से न कहकर इतिहास कथा में उसका वर्णन किया था। दया प्रकाश सिन्हा ने 'कथा एक कंस की' तथा रेवती शरण शर्मा ने 'राजा बली की नयी कथा' में पौराणिक कथानकों को आज के सन्दर्भ में प्रस्तुत किया था। उर्मिल कुमार थपलियाल ने 'हरिश्चन्द्र की लड़ाई' पुराण और वर्तमान को जोड़ने का प्रयत्न किया था। भीष्म साहनी ने 'हानुश' में विदेशी इतिहास कथा का प्रयोग करके नागरी संस्थाओं की सार्वभौमिक शासन-प्रक्रिया का खुलासा किया था।

वर्तमान की व्याख्या, मूल्यांकन करने के कोई प्रतिमान उपलब्ध नहीं थे या उतनी क्षमता, हिम्मत नहीं थी, शायद यही कारण है कि हमारे समकालीन इतिहास

को प्रतीक अथवा आड़ न बनाकर जैसे का तैसा प्रस्तुत करने का प्रयत्न लगभग न होने के बराबर है। त्रिपुरारी शर्मा का नाटक 'अज़ीज़न' में 1857 में छिड़े स्वतन्त्रता संग्राम की लपेट में आयी एक नारी की कहानी है। यह एक निपट मानवीय अनुभव है। इसमें त्रिपुरारी ने किसी आधुनिक पात्र अथवा चरित्र को देखने, थोपने का प्रयत्न नहीं किया है। आर. जी. आनन्द ने देश के बँटवारे के तुरन्त बाद 'आज़ादी' नाटक में पाकिस्तान से आये विस्थापितों की दयनीय दशा का चित्रण किया था। पृथ्वीराज कपूर के नाटकों, दीवार, गद्दार, आहुति आदि में समसामयिक राजनीति तथा उसके प्रभाव का चित्रण किया था। इधर कुछ चालीस वर्ष बाद असग़र वजाहत के नाटक 'जिस लाहौर नहीं वेख्या ओह जनम्या ही नहीं' में देश विभाजन के दर्द को याद करने की चेष्टा दिखाई पड़ी थी।

दूसरा महत्त्वपूर्ण बिन्दु है नाट्य साहित्य में स्त्री-पुरुष सम्बन्धों का मनोवैज्ञानिक चित्रण तथा विश्लेषण। 20वीं सदी के उत्तरार्द्ध में स्त्री को दैवी रूप अथवा वीरांगणा के चरित्र चित्रण से हटकर आधुनिक के रूप में प्रस्तुत किया गया है। इसमें भी अधिकतर पौराणिक तथा ऐतिहासिक चरित्रों को आज की मान्यताओं के अनुसार देखने, परखने का प्रयत्न किया गया। मोहन राकेश का 'लहरों के राजहंस', सुरेन्द्र वर्मा का 'सूर्य की अन्तिम किरण से सूर्य की पहली किरण तक' और 'द्रौपदी' तथा भीष्म साहनी का 'माधवी', शंकर शेष का 'कोमल गन्धार', नन्द किशोर आचार्य का 'देहान्तर' में आज को देखने का प्रयत्न कम और पौराणिक कथाओं को आज की दृष्टि से देखने का जतन अधिक था। आधुनिक नारी को उसी के परिवेश में देखने का प्रयत्न मोहन राकेश के 'आधे अधूरे' रमेश बक्शी के 'देवयानी का कहना है' और सुशील कुमार सिंह के 'चार यारों की यारी' में लक्षित होता है। रमेश बक्शी की छठे दशक की 'देवयानी' शताब्दी अन्त की नारी दिखती है। परन्तु सुशील कुमार सिंह की नायिका तो नयी शताब्दी का प्रतीक बन जाती है।

समसामयिक समस्याओं पर टिप्पणी करने वाले नाटक बहुत कम लिखे गये हैं। अधिकतर खिल्ली उड़ाने के अन्दाज में ही लिखे गये हैं। बृजमोहन शाह का 'त्रिशंकु' युवा पीढ़ी की अनिश्चितता का उदाहरण था तो चरण दास सिद्धू का 'कल कालिज बन्द रहेगा' में प्रशिक्षण संस्थानों की दुर्दशा का चित्रण किया गया है। स्वेदश दीपक का 'कोर्ट मार्शल' आर्मी जैसी अनुशासित संस्थानों में पड़ी दरारें दिखाता है। सर्वेश्वर दयाल सक्सेना का 'बकरी' तो राजनीतिक नाटकों का प्रतीक चिह्न ही बन गया है।

शताब्दी के पूर्वार्द्ध से रंग प्रस्तुति के नाम पर हमें विरासत में मिला था पारसी थियेटर। रंग-बिरंगे पर्दे। सबसे आगे होता था ड्राप कर्टन और पिछले पर्दों पर बाजार

का दृश्य जिसमें एक घण्टाघर आवश्यक होता था। तीसरा पर्दा प्राय: घर की बैठक का और चौथा पर्दा जंगल का। उन्हीं पर्दों से मैच करते चित्रित विंग हुआ करते थे। पारसी तर्ज की यह मंच-सज्जा आज भी गली-मुहल्लों में होनेवाली राम तथा कृष्ण लीलाओं में दिखाई पड़ती है। नौचन्दी आदि मेलों में भी कभी-कभी पारसी रंगमंच की प्रस्तुतियाँ देखने को मिलती हैं। मंच के बाहर म्यूज़िक पिट में बैठे संगीत के उस्ताद और उसके सहायक। एक पेटी (हारमोनियम) बजानेवाला, एक क्लारनैट वाला और एक या दो तबला, ढोलक और अन्य वाद्य बजानेवाले। ड्राप पर्दा उठाने तथा गिराने से पहले या किसी बहुत नाटकीय घटना से पहले जोर से पटाखा छोड़ा जाना। ऊँची आवाज में संवाद तथा शेर आदि बोलने की प्रथा।

पारसी रंग प्रस्तुति के नमूने को त्यागकर यथार्थवादी धरातल पर नाट्य प्रस्तुति का चलन आरम्भ किया पृथ्वी थियेटर ने। अपने नाटकों में सिनेमा से प्रेरणा लेकर पर्दों तथा विंग के स्थान पर तीन दीवारों का चलन आरम्भ किया। उनके पहले नाटक 'शकुन्तला' का सेट तो सचमुच किसी सिनेमा के लिए तैयार सेट जैसा लगता था। प्रथम प्रदर्शन के दिन तो कभी-कभी दृश्य परिवर्तन का समय दृश्य से अधिक हो जाता था। नाटक के पहले प्रदर्शन के बाद कुछ सप्ताह बाद जल्दी-जल्दी बदलने वाले सेट तैयार करके नाटक पुन: प्रस्तुत किया जाने लगा। उनके नाटकों में मंच पर यथासम्भव यथार्थ की छवि प्रस्तुत करनेवाली मंच सामग्री प्रयोग में लायी जाने लगी। उनके नाटक 'पठान' में पेशावर के इलाके में एक किलेनुमा हवेली का दृश्य था तो 'दीवार' में उत्तर भारत के एक सम्भ्रान्त घर का दृश्य जिसमें दो मंज़िला इमारत में ऊपर लम्बी बालकनी थी और ऊपर जाने वाली सीढ़ियाँ भी। भाइयों द्वारा घर के बँटवारे के बाद मंच पर बीच की दीवार भी असली ईंटों की बनी लगती थी और नाटक के अन्त में दीवार ढाने के समय ईंटें इधर-उधर बिखर जाती थीं।

शताब्दी के उत्तरार्द्ध के पहले दो दशकों के दौरान हिन्दी प्रदेशों में पृथ्वी थियेटर बहुत सक्रिय रहा। उनकी प्रस्तुतियाँ नयी पीढ़ी के रंगकर्मियों के लिए एक अनुकरणीय 'रोल मॉडल' बन गयी थीं। उनसे प्रेरणा पाकर कितने ही शौकिया नाट्यदलों का गठन हो गया और वह अपनी सुविधा और क्षमता के अनुसार उस तरह की मंच प्रस्तुतियाँ करने लगे। मंच पर बॉक्स जैसे दृश्यबन्ध बनाये जाते जिसकी तीन दीवारें तो बनायी जातीं, चौथी दीवार काल्पनिक होती जिसके आर-पार दर्शक मंच पर घटित घटना-क्रम देखते।

दिल्ली में इन्द्रप्रस्थ थियेटर के नाम से रंग संस्था चलाने वाले एक प्रसिद्ध आर्किटैक्ट आर. जी. आनन्द ने, एक रियलिस्टिक मंच निर्माण की परम्परा का श्रीगणेश किया। उन्होंने पाकिस्तान से आये विस्थापितों के सम्बन्ध में लिखे अपने

नाटक 'आज़ादी' में रेल के पुल के पास की दीवार में बनी कन्दराओं में टाट के पर्दे लटकाकर रहनेवाले विस्थापितों की दशा का सजीव चित्रण किया था। उन्होंने अपने अगले नाटक 'हम हिन्दुस्तानी' में मंच के पार्श्व भाग में दो परिवारों (एक पंजाबी और दूसरा मद्रासी) के घर इस प्रकार से निर्मित किये थे कि उनकी चौथी दीवार के लिए पर्दे के स्थान पर दीवार ही बनायी थी जो आवश्यकता अनुसार मंच पर चली जाती थी और वापस आ जाती। जब दोनों दीवारें मंच पर आ जातीं तो सामने के गली का दृश्य बन जाता। इस प्रकार के बॉक्स सेट का सिलसिला आज भी चल रहा है।

यूँ तो लोक और पारम्परिक मंच कलाएँ शताब्दियों से मुक्ताकाशी रंगमंच पर प्रस्तुत की जाती रही हैं, आधुनिक रंगकर्म साठ के दशक में ही मुक्ताकाशी मंच पर किया जाने लगा। इसके लिए ओपन एयर थियेटरों का निर्माण तो हुआ ही, ऐतिहासिक स्थानों पर भी नाटक खेले जाने लगे। राष्ट्रीय नाट्य विद्यालय के निर्देशक श्री इब्राहिम अल्काज़ी ने 1962 में मोहन राकेश की कृति 'आषाढ़ का एक दिन' को एक 'इम्प्रोवाइज़्ड' मुक्ताकाशी मंच पर प्रस्तुत किया था। मंच-सज्जा यूँ तो प्रोसीनियम मंच की परम्परा में ही थी। परन्तु खुले आकाश के नीचे नाटक की प्रस्तुति का एक अनूठा ही अनुभव था। अगले वर्ष उन्होंने दिल्ली के ऐतिहासिक स्थल कोटला फ़िरोज़शाह की 100 फुट लम्बी और 30 फुट ऊँची प्राचीर के आगे लगभग उतनी ही लम्बाई का मंच बनाकर धर्मवीर भारती की नाट्य रचना 'अन्धा युग' मंचित किया था। तत्पश्चात तो न जाने कितने स्थानों पर, कितने दलों द्वारा इस प्रकार के नाट्य प्रदर्शन प्रस्तुत किये गये। दिल्ली में ही पुराना किला, तालकटोरा बाग, कुतुबमीनार तथा हौज़खास आदि स्थानों पर अस्थायी मंच बनाकर नाटक प्रस्तुत किये गये हैं।

इस भव्यता के बाद पहले तो दृश्यबन्ध के सरलीकरण का दौर आया जिसमें दृश्य-सज्जा में प्रयुक्त होने वाले उपकरण वास्तविक न होकर केवल प्रतीक मात्र के रूप में प्रस्तुत होने लगे। उससे अगला दौर था निपट सादगी का। रा. ना. वि. रंगमण्डल के साथ अमाल अल्लाना द्वारा निर्देशित 'महाभोज' की प्रस्तुति के लिए निसार अल्लाना ने मेघदूत थियेटर के लगभग 70 फुट चौड़े मंच पर अलग-अलग दृश्यों के लिए सात-आठ उपमंच बनाये थे। उस सिनेमास्कोपिक प्रस्तुति के बाद देवेन्द्र राज अंकुर ने 10-12 केवल सफेद कुर्ता पायजामा पहने कलाकारों के साथ अपने ग्रुप 'सम्भव' के लिए वही नाटक प्रस्तुत किया था जो दर्शकों के लिए एक विस्मरणीय अनुभव था।

सरलीकरण का एक और रूप था मंच पर स्थूल सामग्री तथा उपकरणों के स्थान पर मानव-शरीर को भाव-भंगिमाओं द्वारा दृश्य निर्माण तथा अभिव्यक्ति का माध्यम बनाना। इससे रंग प्रदर्शन में एक प्रकार का सम्प्रेषण तथा अमूर्तिकरण आने

लगा। अभिनय में माईम ने वस्तुओं का स्थान ले लिया। उदाहरण घासीराम कोतवाल में कलाकारों द्वारा दीवान, दरवाजा, बन्दीगृह आदि का निर्माण। बच्चों के नाटकों में तो इस विधि का प्रचुर प्रयोग होता है। इसका प्रेरणास्रोत था बादल सरकार के 'थर्ड थियेटर' की अंग संचालन प्रक्रिया तथा रतन थियम, कन्हाई लाल आदि का पारम्परिक मंच कलाओं का प्रयोग आदि।

हबीब तनवीर ने सन् 1958 में 'मृच्छकटिक' की प्रस्तुत को हिन्दुस्तानी थियेटर के तत्त्वावधान में 'नयी नौटंकी' की संज्ञा देते हुए प्रस्तुत किया था। आलेख, अनुवाद था बेगम कुदसिया ज़ैदी का तथा गीत थे न्याज़ हैदर के। शान्ता गाँधी ने 1968 में गुजराती नाट्य शैली भवई की प्रसिद्ध रचना 'जस्मा ओड़न' को प्रस्तुत किया था। यह दोनों प्रस्तुतियाँ इस प्रकार की महत्त्वपूर्ण प्रस्थान बिन्दु बन गयीं।

प्रस्तुति तथा नाट्यालेख से जुड़ा हुआ महत्त्वपूर्ण बदलाव आया आधुनिक रंग प्रस्तुति में लोक तथा पारम्परिक मंच कलाओं का प्रयोग। विजय तेन्दुलकर ने 'घासीराम कोतवाल' की लेखन-प्रक्रिया में तथा जब्बार पटेल ने प्रस्तुति-प्रक्रिया में कोणकन की 'खेले' पारम्परिक नाट्य विधा का प्रयोग किया था। गिरीश कर्नाड ने 'हयवदन' और चन्द्रशेखर कम्बार ने 'जोकुमारस्वामी' में कर्नाटक की लोक शैली यक्षगान, मुद्राराक्षस ने 'आला अफ़सर' तथा उर्मिल थपलियाल ने 'हरिश्चन्द्र की लड़ाई' में नौटंकी, हमीदुल्ला ने 'ख़्याल भरमली' और मणि मधुकर ने 'दुलारी बाई' में राजस्थान की 'ख़्याल' नाट्य शैली का प्रयोग किया था। सतीश आनन्द ने बिहार की बिदेसिया शैली में 'अमली' का मंचन तो किया ही, उन्होंने हर प्रकार के आलेख जैसे संस्कृत नाटक 'माटी की गाड़ी', डॉक्टर कम्बार का 'जोकुकार स्वामी', टैगोर कृत 'मुक्ताधारा', 'मैला आँचल' आदि को उस लोक शैली तथा भोजपुरी भाषा में सफलता से प्रस्तुत किया।

शताब्दी अन्त में तो नाट्य प्रस्तुति जैसे छलाँग लगाकर नयी शताब्दी में कूद पड़ी है। प्रस्तुति-प्रक्रिया ने इलेक्ट्रॉनिक उपकरणों को भी अपनी अभिव्यक्ति भाषा का अंग बना लिया है। अनुराधा कपूर ने ब्रेख़्त की कहानी 'दि जौब' की प्रस्तुति में आने वाले दर्शकों को नाटक की मुख्य पात्र के आसपास के वातावरण का परिचय देने के लिए वी. सी. आर., टी. वी. का प्रयोग किया था जो दर्शक दीर्घा के बाहर रखा गया था। इतना ही नहीं, रा. ना. वि. के छात्रों के साथ चेखव के नाटक 'तीन बहनें' की प्रस्तुति में क्लोज़ सर्कट टी. वी. का प्रयोग करके चलते नाटक में जो पात्र दृश्य से बाहर चले जाते हैं, उनका दूसरे कमरे में किया जाने वाला क्रियाकलाप भी लगातार दर्शकों को टी. वी. मॉनीटर पर दिखाई पड़ रहा था। ऐसा ही प्रयोग अलख नन्दन ने भोपाल रंगमण्डल के साथ अपनी 'आधे अधूरे' की प्रस्तुति में किया था। उसने मंच के दायें भाग के कमरे से सटा हुआ एक बाथरूम बनाया था जो नाटक

के मंच परे गये पात्रों के क्रियाकलाप दिखाता था। नाटक में बड़ी बेटी किन्नी जब माँ के पास आती है तो वह मुँह धोने के लिए दृश्य से बाहर जाती है। इस प्रस्तुति में उसके दोबारा दृश्य में आने तक बाथरूम में किया गया ऐक्शन भी देखने को मिला था। उसी नाटक में जब सावित्री का 'मुझे मत कहो महेन्द्रनाथ की पत्नी' का सम्भाषण होता है और जब वह महेन्द्रनाथ द्वारा बाथरूम में कमोड पर पीटे जाने की चर्चा करती है तो उस समय दूसरे दो कलाकारों द्वारा सावित्री और महेन्द्रनाथ का दृश्य दिखाया गया था।

ऐसे न जाने कितने और भी नाट्य लेखन और प्रस्तुतिकरण से सम्बन्धित प्रस्थान बिन्दु रहे होंगे जिनकी पहचान विशेष अपने-अपने अनुभव के आधार पर करेंगे और परख भी। मुझे लगता है कि यह पुरानी लीक से हट (प्रस्थान) कर कुछ करने की प्रक्रिया नहीं है। यह परिवर्तन तो प्रगति का स्वाभाविक चरण है जो समय, स्थान, सुविधा, प्रतिभा, आवश्यकता, प्रतिबद्धता, लगन आदि के अनुसार बदलाव लाता और अपनाता ही है। जिन बिन्दुओं की हमने चर्चा की है वह इसी पुरातन प्रक्रिया की ही एक कड़ी है। यह जरूर एक सच्चाई है कि जो बदलाव आते हैं उनके परिणाम कभी बहुत अच्छे होते हैं और कभी निराशाजनक। परन्तु वह व्यर्थ नहीं जाते। वह तो 'प्रयोग' ही होते हैं जो हमारे अनुभव में वृद्धि करते हैं। हाँ, सफल प्रयोगों की बिना सोचे-समझे नकल करने की भेड़चाल भी तो स्वाभाविक है और नकल तो नकल ही रहती है।

मैंने आरम्भ में लिखा है कि हम जितना ही बदलते जाते हैं उतना ही अधिक हम पहले जैसे दिखने लगते हैं। हम समय के साथ चलते-चलते कदम धीरे उठाएँ या तेज़, राह से थोड़ा हटकर चलने लगें या नयी राह की खोज में लग जाएँ, हम पलटकर पीछे अवश्य देखते हैं। यही कारण है कि हम अपनी जड़ों की तलाश की बात करने लगते हैं या लोक अथवा पारम्परिक मंचन कलाओं को आधार बनाने लगते हैं। संस्कृत के कितने ही नाटकों में हमारा वर्तमान झलकता है। हम भरतमुनि के नाट्यशास्त्र तथा अरस्तू के 'पोएटिक्स' की व्याख्या कर समझने का प्रयत्न करते हैं। असम में आज भी संस्कृत नाट्य प्रस्तुति की परम्परा को जीवित रखने वाली 'आंकिया भावना' अथवा 'नाट' जनजीवन का अभिन्न अंग बनी हुई है। उधर केरल में भी लगभग तीन हजार वर्ष से लगातार मंचित होनेवाला संस्कृत नाटक का प्रामाणिक प्रारूप 'कुड्डियाटम' दर्शकों का मनोरंजन कर रहा है।

हमारे लिए बड़े गर्व की बात है कि इक्कीसवीं शताब्दी के प्रथम वर्ष में 23 जुलाई, 2001 को यूनेस्को ने 'कुड्डियाटम' को लिविंग आर्ट्स कैटेगरी में 'वर्ल्ड हैरिटेज' का अंग घोषित किया है और यह भारतीय रंग कर्म के इतिहास का सोने में लिखा जानेवाला दिन बन गया है। यह हमारे लिए गर्व की बात है।

# साहित्य कला परिषद् तथा रंगमंच

दूसरे विश्व युद्ध की विभीषिका से उबरते हुए योरपवासियों को चारों ओर विध्वंस के दृश्य ही दिखाई पड़ रहे थे। हर नगर की अधिकतर इमारतें बमबारी में मलवे के ढेर में बदल गयी थीं। नगरवासियों के सामने सबसे बड़ी चुनौती थी, नवनिर्माण की—और इतिहास साक्षी है कि योरप का कोई भी भाग हो, कोई भी देश हो, कोई भी नगर हो, हर नगरपालिका ने नगरवासियों के सहयोग से जिन भवनों का पुनः निर्माण आरम्भ किया, उनमें मुख्य थे—गिरजाघर, अस्पताल, स्कूल और थियेटर।

सदियों की गुलामी की जंजीरें तोड़कर स्वतन्त्रता के युग में पदार्पण करनेवाले भारत में ऐसा कुछ नहीं हुआ। यहाँ तो देश-विभाजन के आघात से विक्षिप्त-सा था। विभाजन की मानवी त्रासदी से जूझते शरणार्थियों के जख्मों पर मरहम लगाने तथा उनके आँसू पोंछने के साथ-साथ सदियों की गुलामी से जड़ हो गयी मानसिकता को जगाने और स्वावलम्बी बनाने का कार्य उसके लिए सर्वोपरि था। यह स्वाभाविक प्रक्रिया थी। योरप जैसा कुछ होने की अपेक्षा भी नहीं थी।

वास्तविकता यह है कि उत्तर भारत में मंच-कलाओं को वह मान-सम्मान कभी नहीं मिला, जो देश के अन्य भागों में देखने को मिलता है। उत्तर भारत में मंच-कलाएँ कभी भी कम्यूनिटी एक्सप्रेशन नहीं बन पायीं। वार्षिक रामलीला को छोड़कर जनमानस कभी भी नाट्य-कला से नहीं जुड़े। नाटक का परिमार्जित स्वरूप यहाँ कभी नहीं पनप पाया। प्रचलित रूप था तो नकल, स्वाँग, भाँड आदि, जो फूहड़ हास्य या चुटकुलेबाजी से बाहर नहीं निकल पाया। कभी-कभार रास-मण्डलियाँ, कृष्णलीला अथवा अन्य नाटक प्रस्तुत करतीं। पारसी रंगमंच प्रायः एक आगन्तुक की भूमिका ही निभाता रहा। नौटंकी, माच, ख्याल आदि लोक-कलाएँ प्रचलित तो थीं, परन्तु कलाकारों को समाज में सम्मान नहीं मिलता था। उन्हें बहुत निम्नकोटि का नागरिक समझा जाता था। यही कारण है कि उत्तरी भारत में कोई बालगन्धर्व अथवा जयशंकर सुन्दरी जैसी ख्याति नहीं

पा सका। कोई अभिनेत्री 'विनोदिनी' की उपाधि नहीं पा सकी, जिसकी अभिनय-प्रतिभा के आगे स्वामी रामकृष्ण परमहंस जैसे देवपुरुष नतमस्तक हो गये हों।

कला तथा कलाकारों के प्रति इस उदासीनता के ऐतिहासिक कारण हैं। शताब्दियों से भारत पर आक्रमण करनेवाले उत्तरी भारत की हिन्दूकुश पहाड़ियों के रास्ते आते रहे। उत्तरी भारत के सभी प्रदेश उन आक्रमणकारियों से देश-रक्षा के लिए जूझते रहे। उत्तर भारतवासी शूरवीर, जुझारू तो बन गये, परन्तु उनको इतना समय ही नहीं मिला जब वह कला-साधना कर पाते—जैसे भारत के अन्य प्रदेशों के लोग कर रहे थे। जुझारू कौम को चाहिए था, सस्ता मनोरंजन। यही कारण है, भाण, मिरासी-कला का पनपना तथा समाज की कलाकारों के प्रति उदासीनता या दिलचस्पी का न होना।

जुझारू लोगों के सस्ते मनोरंजन का क्रम यहाँ तक सीमित नहीं रहा। महाराष्ट्र में 'तमाशा' तथा लावणी का जन्म भी इसी कारण हुआ। मुगलों से लड़ते-भिड़ते मराठा रणबाँकुरों के मनोरंजन के लिए 'तमाशा' खेला जाने लगा। उसकी अश्लीलता और बाजारूपन के कारण स्त्रियों का तमाशा देखना वर्जित था।

दूसरे विश्वयुद्ध के दौरान भी भारतीय सैनिकों के मनोरंजन के लिए अँग्रेज़ सरकार ने 'दिलखुश सभा' के नाम से नाचने-गाने वालों की मण्डलियाँ युद्ध-क्षेत्र में भेजने का प्रबन्ध किया था। उनमें न तो कला के परिष्कृत स्वरूप का प्रतिनिधित्व था, न ही सम्भ्रान्त कलाकार उनमें शामिल थे।

विदेशी नाटक-मण्डलियों से प्रेरित, नाटक साहित्य के विद्यार्थियों तथा नाटक में रुचि रखनेवाले कॉलेज के छात्रों ने नाट्य-कला को गम्भीरता से लेना आरम्भ किया। पारसी थियेटर तथा पृथ्वीराज कपूर और उनके पृथ्वी थियेटर के प्रदर्शनों से भी उत्तर भारत में अमेच्योर थियेटर की एक्टिविटी बढ़ी। परन्तु यह लाहौर, दिल्ली, लखनऊ, इलाहाबाद, पटना, जयपुर आदि महानगरों तक ही सीमित रही। वह भी कॉलेज-वार्षिकी के रूप में, अथवा रंग-मण्डलियों के एक या दो प्रदर्शनों तक सीमित नाट्य-मंचन।

स्वतन्त्रता के पश्चात् लाहौर के रंगकर्मी दिल्ली, शिमला, चण्डीगढ़ में आ बसे और इन महानगरों में नाट्य-गतिविधियाँ कुछ तेज हुईं, परन्तु आरम्भ के दशक में खास प्रगति नहीं हुई। कारण यह भी था कि संगीत तथा नृत्य को तो राजाओं, नवाबों का आश्रय प्राप्त था, परन्तु सत्ता का चाटुकार न होने के कारण रंगमंच आम जनता की रुचि पर ही निर्भर था। स्वतन्त्र भारत में राजाओं, नवाबों की सत्ता समाप्त होने के कारण कलाकारों को संरक्षण देने का दायित्व सरकार पर आ पड़ा।

सरकारी तन्त्र तो वही था, जो अँग्रेजों के समय में था। स्वतन्त्र भारत की अनेक

नयी समस्याएँ थीं, नयी योजनाएँ थीं, जिनका सामना करना था, हल खोजना था तथा लागू करना था। कुछ लोग थे, जो जानते थे कि सामाजिक, आर्थिक, राजनीतिक उत्थान के साथ-साथ कला तथा कलाकारों का संरक्षण भी उनका जिम्मा है। वह पूरे हालात से परिचित भले ही न हों, परन्तु यह जरूर जानते थे कि कुछ ऐसा करना अनिवार्य है।

स्वतन्त्रता के पहले दशक में ही शिक्षा मन्त्रालय में 'संस्कृति विभाग' खोला गया। राष्ट्रीय स्तर पर संगीत नाटक अकादमी, साहित्य अकादमी तथा ललित कला अकादमी की स्थापना की गयी, जिनका मुख्य उद्देश्य था—देश के सांस्कृतिक जीवन का विधिवत् उत्थान।

पचास के दशक में संगीत नाटक अकादमी ने 1954 में अखिल भारतीय नाट्य-समारोह का दिल्ली में आयोजन किया, जिसमें देश-भर की नाट्य-मण्डलियों ने अपनी-अपनी भाषा में नाटक प्रस्तुत किये। उसी समारोह में शम्भु मित्र ने रवीन्द्र नाथ ठाकुर के 'रंगकर्मी' का मंचन किया तथा ई. अल्काज़ी ने सोफ़ोक्लीस के यूनानी नाटक 'ईडिपस रैक्स' का मंचन किया।

तत्पश्चात् गाहे-ब-गाहे इस प्रकार के नाट्य-समारोह होने लगे। भारत सरकार का गीत तथा नाटक विभाग 1956 से हर वर्ष ग्रीष्मकालीन नाट्य-समारोह का आयोजन करने लगा जिसमें पृथ्वीराज कपूर, उत्पल दत्त, पी. एल. देशपाण्डे, संगणेकर, टी. के. एस. बन्धु, गुब्बी विरन्ना आदि के नाटकों के अतिरिक्त लोक तथा पारम्परिक नाट्य-शैलियों के प्रदर्शन भी प्रारम्भ हुए। हबीब तनवीर ने नयी नौटंकी-शैली में 'मिट्टी की गाड़ी' का मंचन किया। शीला भाटिया ने पंजाबी में गीत-नाटक, ओपेरा के प्रयोग आरम्भ किये। दिल्ली में हिन्दुस्तानी थियेटर की स्थापना हुई, जिसका उद्देश्य था—संस्कृत नाटकों के साथ-साथ विश्व नाटक साहित्य के चुनिन्दा नाटकों का हिन्दुस्तानी में मंचन।

साठ के दशक में राष्ट्रीय नाट्य विद्यालय से नाटक-कला में प्रशिक्षित रंगकर्मियों ने दिशान्तर, अभियान जैसी संस्थाओं की स्थापना की। नाट्यविद्यालय की प्रस्तुतियों ने नाट्य-मंचन के नये मानदण्ड स्थापित किये। उनकी देखा-देखी नाट्य-प्रस्तुतियों का स्तर काफी सुधर गया। परन्तु यह सुधार, यह बदलाव कलाकारों तथा रंगकर्मियों की अपनी लगन तथा परिश्रम का परिणाम था। उसमें संरक्षण देने वाली सरकार का योगदान अकादमियों को कुछ अनुदान राशि देने तक सीमित था। यहाँ तक कि 1976 तक राष्ट्रीय नाट्य विद्यालय भी संगीत नाटक अकादमी की एक परियोजना के रूप में ही कार्यरत था।

साठ के दशक के अन्तिम वर्षों में अलग-अलग प्रदेशों में कला अकादमियों की स्थापना आरम्भ की गयी; क्योंकि केन्द्रीय अकादमी के पास जितने साधन थे,

उनसे वह वार्षिक पुरस्कार तथा समारोहों के अतिरिक्त कुछ नहीं कर पाते थे।

दिल्ली में भी 1968-69 में साहित्य कला परिषद् का गठन किया गया, जिसका पहला मुख्य कार्यक्रम था—दिल्ली के वरिष्ठ कलाकारों का सम्मान तथा गणतन्त्र दिवस के अवसर पर मुशायरा, कवि-सम्मेलन तथा कवि-दरबार, आदि की आयोजना।

यहाँ इस बात का उल्लेख करना आवश्यक है कि कलाओं के प्रति जो उदासीनता भारतीय जन-मानस में है, विशेष रूप से उत्तर भारत में, वही उदासीनता सरकारी नीतियों में भी झलकती है। आप केन्द्र सरकार या किसी भी प्रदेश का बजट उठाकर देख लें, शिक्षा का अनुपात बहुत कम होता है। मानव संसाधन में संस्कृति का सबसे कम और संस्कृति के बजट में नाटक के लिए सबसे कम अनुदान राशि निर्धारित की जाती है। दिल्ली में भी दूसरे प्रदेशों जैसी स्थिति ही थी। परिषद् को नाममात्र की अनुदान राशि मिलती थी, फिर भी कलाकारों को प्रोत्साहन का कार्य सम्मान से आरम्भ किया गया।

परिषद्-सम्मान के प्रथम वर्ष 1969-70 में केवल ललित कलाओं के लिए श्री धनराज भगत तथा श्री भवेश सान्याल को सम्मानित किया गया। नाटक में सम्मानित होनेवाले पहले व्यक्ति थे रमेश मेहता, जिन्हें 1972-73 में सम्मानित किया गया। 1973-74 को छोड़कर, जिसमें किसी भी रंगकर्मी को सम्मानित नहीं किया गया, 1982-83 तक हर वर्ष एक रंगकर्मी को सम्मानित किया गया जिनमें इन्दर लाल दास, इ. अल्काज़ी, हेमचन्द्र वी. गुप्ते, आर. जी. आनन्द, शीला भाटिया, हबीब तनवीर, नेमिचन्द जैन, राजेन्द्र नाथ शामिल हैं। तत्पश्चात् हर वर्ष दो रंगकर्मियों को सम्मानित किया जाता है। रमेश चन्द्र, जाय माइकल, रेवती शरण शर्मा, सितांशु मुखर्जी, एम. के. रैना, बी. एम. शाह, आर. के. ढींगरा, मनोहर सिंह, जे. एन. कौशल, रेखा जैन, उत्तरा बावकर, बैरी जॉन, रंजीत कपूर, मोहन उप्रेती, पंचानन पाठक, राम गोपाल बजाज आदि को परिषद् द्वारा सम्मानित किया जा चुका है।

परिषद् ने 1970 में ही प्रथम नाट्य-समारोह का आयोजन किया जिसमें वर्ष-भर होनेवाले नाट्य-प्रदर्शनों में सर्वश्रेष्ठ का समारोहपूर्वक पुनः मंचन किया जाता था। प्रथम समारोह में दिशान्तर का 'आधे-अधूरे', रंगमंच का 'त्रिशंकु', नया थियेटर का 'आगरा बाजार', लिटिल थियेटर ग्रुप का 'तलछट', थियेटर पैनोरमा का 'गल्लां प्यार दियां' तथा थ्री आर्ट्स क्लब का 'अण्डर सेक्रेटरी' हिन्दू कॉलेज हाल, मौलाना आजाद मेडिकल कॉलेज हाल तथा सप्रू हाउस में प्रस्तुत किये गये। ये नाटक क्रमशः ओम शिवपुरी, बी. एम. शाह, हबीब तनवीर, सुरेन्द्र माथुर तथा रमेश मेहता द्वारा निर्देशित थे। इस अवसर पर प्रकाशित स्मारिका में सरकारी शुभकामनाओं के सन्देशों के साथ-साथ इ. अल्काज़ी, निर्देशक राष्ट्रीय नाट्य विद्यालय तथा डॉ. सुरेश अवस्थी,

सेक्रेटरी संगीत नाटक अकादमी के सन्देश भी शामिल हैं।

1971 के द्वितीय समारोह में अभियान द्वारा प्रस्तुत बादल सरकार का 'सारी रात' (निर्देशक : राजेन्द्र नाथ), दिशान्तर का बादल सरकार के 'तीसवीं शताब्दी' पर आधारित 'हिरोशिमा' (निर्देशक : इ. अल्काज़ी) तथा गगनिका का 'किकर दे कण्डे' (निर्देशक : चमन बग्गा) के साथ-साथ नरेन्द्र शर्मा का 'कामायनी', भगवान दास वर्मा (नाट्य बैले सेण्टर) का 'कृष्णलीला' तथा भारतीय कला केन्द्र का 'रामलीला' भी प्रस्तुत किये गये।

नाटकों के चयन के लिए एक समिति वर्ष-भर नाट्य-प्रस्तुतियों को देखकर फैसला करती है। यह प्रक्रिया आज भी जारी है। बीच में कुछ वर्ष आधे नाटक प्रस्तुति के आधार पर चुने जाते थे और आधे नाटक नये प्रस्तावों के आधार पर, ताकि युवा निर्देशक जो वर्ष-भर नाटक प्रस्तुत करने के साधन न जुटा पाएँ, वे इसमें भाग ले सकें। युवा उत्सव आरम्भ होने के बाद यह प्रक्रिया समाप्त कर दी गयी। कुछ समय तक प्रस्तुति, निर्देशन, अभिनय आदि के लिए पुरस्कार भी दिये जाते रहे, परन्तु अब यह सिलसिला बन्द हो गया है। उसके स्थान पर एक से अधिक प्रदर्शन किये जाते हैं।

वर्ष में सक्रिय रंग-संस्थाओं के 8-10 उत्कृष्ट नाटक इस समारोह में प्रस्तुत किये जाते हैं, जिनमें रा. ना. वि. रंगमण्डल तथा श्रीराम सेण्टर रंगमण्डल का एक-एक नाटक भी होता है। इसमें हिन्दी, उर्दू, पंजाबी तथा अँग्रेजी के अतिरिक्त यदाकदा अन्य भारतीय भाषाओं के नाटक भी प्रस्तुत किये गये हैं। हाल ही में इस समारोह को 'भारतेन्दु नाट्य-समारोह' की उपाधि दी गयी है।

नाट्य-लेखन-प्रोत्साहन के लिए 1984-85 में आरम्भ की गयी प्रतियोगिता परिषद् का एक और महत्त्वपूर्ण कार्यक्रम है। पहले वर्ष हिन्दी में नवनिन्दर बहल के नाटक 'कुमार स्वामी' को हिन्दी में तथा डॉ. सी. डी. सिद्धू के 'पंज खूह वाले' को पंजाबी का प्रथम पुरस्कार दिया गया। 1985-86 में चार हिन्दी, दो उर्दू तथा एक पंजाबी नाटक को पुरस्कृत किया गया। अब तक लगभग चालीस नाटक पुरस्कृत किये जा चुके हैं। यह एक अखिल भारतीय नाट्य-लेखन-प्रतियोगिता है जिसमें दिल्ली के अतिरिक्त, बम्बई, पटना, भागलपुर, हैदराबाद, भोपाल, चण्डीगढ़, पटियाला आदि से नाटककारों ने भाग लिया है। इस प्रतियोगिता में एक उच्च स्तर बनाये रखने के लिए उच्चकोटि का नाटक न होने के कारण प्रथम अथवा द्वितीय पुरस्कार नहीं दिये गये। अब इस प्रतियोगिता को हिन्दी तक ही सीमित कर दिया गया है और इसे 'मोहन राकेश सम्मान' की उपाधि दी गयी है। सम्मान-अर्पण के साथ परिषद् दो बार परिषद्-सम्मान-प्राप्त रंगकर्मियों द्वारा निर्देशित नाटकों का समारोह आयोजित कर चुकी है तो दो बार नाट्य-लेखन-सम्मान प्राप्त नाटकों का समारोह भी कर चुकी है।

परिषद् की अन्य महत्त्वपूर्ण गतिविधियों में युवा उत्सव में रंग-निर्देशकों की खोज और उनको प्रोत्साहन, एक महत्त्वपूर्ण योजना है। इस योजना में अनेक प्रतिभाशाली रंगकर्मियों को अच्छे नाटक प्रस्तुत करने का अवसर दिया गया। 1987 से प्रतिवर्ष बाल रंगमंच बहुत सक्रिय है।

1991 में प्रथम क्षेत्रीय नाट्य-समारोह का आयोजन किया गया, जिसमें भानुभारती का 'रक्तबीज' उदयपुर से, सतीश आनन्द का 'मिट्टी की गाड़ी' पटना से, सचिन तिवारी का 'महाभोज' इलाहाबाद से, शान्तिवर्धन का 'पंचतन्त्र' भोपाल से एवं उर्मिल कुमार थपलियाल द्वारा लिखित तथा निर्देशित 'हरिश्चन्द्र की लड़ाई' लखनऊ से प्रस्तुत किये गये। 1992 में प्रथम अखिल भारतीय नाट्य-समारोह में रतन थियम का महाकवि भास कृत 'कर्ण भारम', नीलम मानसिंह की 'यर्था' की प्रस्तुति, मोहन महर्षि की प्रस्तुति 'अन्धा युग' मुख्य आकर्षण थे।

इसके अतिरिक्त परिषद् द्वारा छात्रवृत्तियाँ, हाल का किराया, स्कूल-कॉलेजों में निर्देशक नियुक्त करना आदि कई महत्त्वपूर्ण कार्य किये जा रहे हैं। परिषद् की इन गतिविधियों के विकेन्द्रीकरण की योजना है। रंगमण्डल की स्थापना लगभग पूरी हो गयी है। अभी आवश्यकता है कि परिषद् दिल्ली प्रदेश की संस्था न रहकर भारत की राजधानी के स्वरूप के अनुसार भारतीय स्तर के नाटकों को प्रस्तुत करे; जैसा कि नृत्य, संगीत में तो हो ही रहा है। दूसरी आवश्यकता है, सम्मानित व्यक्तियों को सोशल सिक्योरिटी भी प्रदान करना, जैसे आवास, मेडिकल, इंश्योरेन्स आदि। और सर्वोपरि आवश्यकता है, कलाकारों के सम्मान की। उसके लिए मानसिकता के बदलाव की आवश्यकता है। आप देखिए, पंजाब रंगमण्डल इस कारण बन्द हो गया है कि सिख कलाकारों ने केश कटा लिये थे और एक वरिष्ठ सरकारी अफसर का फर्मान है कि एम. एस. सुब्बालक्ष्मी आदि कलाकारों को भारत-रत्न-सम्मान न दिया जाए। परिषद् को अपनी इस मानसिकता को बदलने का प्रयास करना चाहिए।

# दक्षिण की स्मृतियाँ

'जनमानस का विश्वास है कि जहाँ-जहाँ भी रामकथा, रामलीला, राम नाटक आदि का आयोजन होता है, वहाँ-वहाँ राम के परम भक्त हनुमान चुपचाप आकर उस आयोजन, आख्यान का रसास्वादन करते हैं। उसी प्रकार हमारे बीच आज एक ऐसे व्यक्ति उपस्थित हैं जो भारत-भर में जहाँ-जहाँ भी अखिल भारतीय नाट्य समारोह होता है, वह परम नाट्य भक्त की तरह जाकर बहुभाषीय नाट्य प्रस्तुतियों का रसास्वादन करते हैं।' यह कहकर ब. व. कारन्त एक पल के लिए मौन हो गये।

कारन्त जी बंगलौर में कन्नड़ और कल्चर के नवनिर्मित सभागार 'नैना' में प्रेस पत्रकारों को सम्बोधित कर रहे थे। डॉ. चन्द्रशेखर कम्बार, कन्नड़-कल्चर के निदेशक मुद्दुकृष्णा तथा केन्द्रीय संगीत नाटक अकादमी की सचिव शर्बरी मुखर्जी भी वहाँ उपस्थित थीं। वास्तव में यह पत्रकार-वार्ता अकादमी के अखिल भारतीय नाट्य समारोह के सन्दर्भ में आयोजित की गयी थी और शर्बरी जी कुछ क्षण पहले समारोह का पूरा ब्यौरा दे चुकी थीं।

कारन्त जी कन्नड़ में बोल रहे थे परन्तु उनका मौन 'खामोश अदालत जारी है' में मिस बेणारे के दो क्षण के मौन से भी लम्बा हो रहा था। लोग बड़ी उत्सुकता से उस व्यक्ति को इधर-उधर खोज रहे थे और मुझे कारन्त जी के कई भाषण याद आ रहे थे जिसका आरम्भ वह प्रायः किसी न किसी रोचक घटना अथवा चुटकुले से करते थे, जैसे नेमिचन्द्र जैन जी की पचहत्तरवीं वर्षगाँठ के आयोजन में यह कहकर सबको लोट-पोट कर दिया कि रा. ना. वि. में हम 'तीन तिलंगे' हुआ करते थे, मतलब कि मैं, बी.एम. शाह और कारन्त जी। और यह भी कि शाह और कारन्त जब कोई भी चर्चा करते तो मैं यानी जे.एन. कौशल नन्दी बैल की तरह सिर हिलाता रहता। ऐसे ही एक बार ग्वालियर में रंगकर्मियों की एक गोष्ठी में बोल रहे थे जिसका विषय शायद 'रंगकर्म की दशा और दिशा' था। कारन्त जी ने कहा कि एक बार एक डॉक्टर किसी गाँव में पहुँचा तो उसी समय गाँव से लोग दो शव श्मशान की तरफ ले जा रहे थे। डॉक्टर अपने साथी

से बोला कि भाई, मैंने तो अभी गाँव में पाँव भी नहीं रखा, तो फिर यह दो-दो शव कैसे... ? वह आगे बोले कि भई अभी तो मैं यहाँ आया ही हूँ, फिर भला यहाँ के रंगकर्म की 'दशा-दुर्दशा' का दायित्व मेरा कैसे हो सकता है? इस पर दर्शकों का ठहाका स्वाभाविक ही था।

ब. व. कारन्त तो गहन से गहन, गम्भीर से गम्भीर विषय को रोचक बनाते ही हैं परन्तु पच्चासी वर्ष की आयु में घण्टों तक जोश-ओ-ख़रोश के साथ नाचने का चमत्कार तो कोटा शिवराम कारन्त ही कर करते थे। वर्ष 1987-88 : स्थान दिल्ली का जवाहर लाल नेहरू स्टेडियम। रतन थियम मास्को के भारत महोत्सव के उद्‌घाटन समारोह का पूर्वाभ्यास करा रहे थे। उस उत्सव में भाग लेने वाले कलाकारों के दल 'मार्च पास्ट' करने वाले थे तथा शोभा यात्रा में रुक-रुककर अपनी कला का प्रदर्शन भी करनेवाले थे। दिल्ली में उनके 'रंग प्रदर्शन भूमि' में प्रवेश तथा प्रस्थान को सुनिश्चित करने के लिए बार-बार अभ्यास कराया जा रहा था। जब एक दल अभ्यास कर रहा होता तो बाकी दल प्रतीक्षा कर रहे होते, कर्नाटक का दल भी उसी प्रक्रिया से गुज़र रहा था। जहाँ दूसरे दल समय मिलते ही आराम करने बैठ जाते, वहीं कर्नाटक दल अपना अभ्यास जारी रखता और शिवराम कारन्त उसी जोश के साथ दल की अगुवाई करते जैसी उन्हें मास्को में होने वाले उद्‌घाटन समारोह में करनी थी।

मुझे याद आया डॉ. कारन्त, रा. ना. वि. में यक्षगान शैली में छात्र प्रस्तुति 'भीष्म विजय' का पूर्वाभ्यास करा रहे थे, शहर में चर्चा का विषय था कि इकहत्तर वर्षीय कारन्त आठ-आठ घण्टे तक लगातार नाचते रहते हैं जबकि युवा छात्र थककर बैठ जाते हैं। मैं दो-तीन बार पूर्वाभ्यास देखने गया और वह सचमुच अद्‌भुत दृश्य होता था। वे केवल नृत्य प्रशिक्षण ही नहीं देते, महाभारत के अनेक प्रसंगों की सारगर्भित व्याख्या भी करते। वह जिस प्रकार सम्पूर्ण महाभारत प्रसंग के परिप्रेक्ष में पात्रों का विश्लेषण करते, वह बहुत ज्ञानवर्धक था। बड़ी सहजता से वह छात्रों को नृत्य की भाव-भंगिमाएँ समझाते जिसे शहरी पृष्ठभूमि वाले नाटक के छात्र अपनाने का प्रयत्न करते। यह भी सच है कि राज बब्बर, रोहिणी ओक (हतंगड़ी), अजीत वाछानी, नीलम मानसिंह, राजेश दिवेक, के. के. रैना और रतन थियम जैसे युवा छात्र थककर बैठ जाते परन्तु, डॉ. कारन्त किसी न किसी दृश्य के पूर्वाभ्यास के लिए नाचते रहते। यही नहीं वह साथ आये वाद्यवृन्द के सदस्यों को भी गायन तथा वादन का अभ्यास कराते रहते। दिल्ली के स्टेडियम में हो रहा पूर्वाभ्यास एक सुखद संयोग ही था जब छात्र रतन थियम को नचाने वाले डॉ. कारन्त, उसके इशारों पर मस्ती से नाच रहे थे।

रा. ना. वि. में उनके आगमन के समय डॉ. कारन्त को दूर-दूर से देखने-सुनने का ही अवसर मिला था। उनका सान्निध्य बारह वर्ष बाद प्राप्त हुआ जब

रा. ना. वि. की ओर से तृतीय वर्ष के छात्रों के साथ उडपि में यक्षगान रंगकार्यशाला तथा समारोह के लिए जाने का अवसर मिला। उस अवसर पर एच. वी. शर्मा, निभा जोशी तथा कीर्ति जैन छात्रों की अगुवाई कर रहे थे और रा. ना. वि. के तत्कालीन निदेशक बी. एम. शाह भी दो-तीन दिन के लिए वहाँ आये थे। दिन में छात्रों की प्रशिक्षण प्रक्रिया चलती तथा रात को प्रसिद्ध यक्षगान मण्डलियों के नाटकों का प्रदर्शन होता। अस्सी से ऊपर हो चले डॉ. कारन्त में वही जिजीविषा, वही जोश, वही गहन से गहन प्रसंगों की सहज व्याख्या। लगता था कि बीते दस-ग्यारह वर्ष कल की ही बात रहे हों। कार्यशाला तथा समारोह के अन्त में रा. ना. वि. की ओर से संचालक की भूमिका निभाते हुए मंच पर उनके साथ बिताये हुए कुछ क्षण मेरे प्रिय स्मृति खण्डों में से एक हैं।

उसी समारोह में कर्नाटक की नाट्य शैली 'ताल मद्दले' देखने का अवसर मिला। या यूँ कहूँ कि सुनने का अवसर मिला। वह इसलिए कि पूरी प्रस्तुति में न तो सेट थे, न कोई प्रापर्टी, न ही वस्त्र-विन्यास या मुखौटे। बस चार व्यक्ति एक-एक माइक अपने सामने रख बैठे थे। क्योंकि रात को यक्षगान प्रस्तुतियाँ होती थीं, इसलिए यह प्रदर्शन दिन में, और वह भी एक खुले मंच पर हो रहा था, अत: प्रकाश परिकल्पक के लिए भी चमत्कार दिखाने के कोई अवसर न थे। परन्तु प्रस्तुति एक चमत्कार से कम न थी।

चार व्यक्ति (अभिनेता नहीं, क्योंकि वह अभिनय तो कर ही नहीं रहे थे) माइक के सामने सफेद कुर्ता-पाजामा पहने बैठे हैं। ज़ाहिर है शब्द बहुल प्रस्तुति होगी, फिर भी नाट्यमण्डप भरा हुआ था। मेरे भाषा-अज्ञान की पूर्ति एक सज्जन पास बैठे तत्काल अनुवाद से कर रहे थे। कुछ ही क्षणों बाद लगा कि किसी ने सब पर जादू-सा कर दिया हो। सब जैसे सकते में आ गये थे। प्रस्तुति का विषय महाभारत का कोई आख्यान था, जिसमें कृष्ण, अर्जुन, कर्ण, जरासन्ध आदि पात्र थे। पहले पात्र ने कुछ करना आरम्भ किया। थोड़ी देर बाद दूसरे ने प्रति उत्तर दिया। फिर तीसरा, चौथा पात्र। कोई भी संवाद दस मिनट से कम नहीं। एक संवाद तो बाईस मिनट का। हर संवाद की समाप्ति पर जोर की तालियाँ। शैली ऐसी, जैसे फिल्मी अदालत में वकीलों का तर्क-वितर्क हो। तर्क ऐसा कि लगता था कि इसकी कोई काट नहीं। परन्तु वितर्क भी उतना ही जोरदार। पता चला कि चारों अभिनेता (मानना ही पड़ा कि जो बिना हिले-डुले अपनी वाक् शक्ति-भर से दर्शकों पर जादू-सा कर सकते हैं, वह तो ग़ज़ब के अभिनेता ठहरे) प्रोफेसर, वकील, लेखक, डॉक्टर आदि पेशे से आये हैं। यह भी कि इस प्रस्तुति का कोई लिपिबद्ध आलेख नहीं होता। यह भी कि एक अभिनेता, जो आज कृष्ण की भूमिका में है, अगली प्रस्तुति में अर्जुन या कर्ण भी हो सकता है और उसके तर्क बिलकुल अलग हो सकते हैं। अर्थात्

यह अभिनेता इनस्टेण्ट नाटककार भी होते हैं जो हर प्रस्तुति नये रूप में गढ़ते हैं। ज़ाहिर है यह अभिनेता बहुत पढ़े-लिखे होते हैं जो धर्म, समाज शास्त्र, साहित्य, विज्ञान लोककथाएँ आदि-आदि जो भी उपलब्ध हो, वह सभी पढ़ते हैं और उस ज्ञान का इस प्रकार की नाट्य प्रस्तुति में प्रभावशाली प्रदर्शन करते हैं। महाभारत के पात्रों के मुख से आधुनिक तथा समसामयिक संवेदनशीलता से ओतप्रोत तर्क-वितर्क सुनकर महाकाव्य के आख्यानों की नयी व्याख्या सामने आती है।

लगता है 'ताल मद्दले' गाँव में इतना पापुलर नहीं है जितना कि नगरों में। वहाँ तो यक्षगान, या यूँ कहें उसका डबल डोज़ 'जोड़ाटटा' अधिक लोकप्रिय है। 'जोड़ाटटा' प्राय: फसल की कटाई के बाद और बरसात से पहले खुले खेतों में प्रदर्शित होता है। इस प्रस्तुति में दो नाटक दल एक ही स्थान पर पास-पास मंच निर्माण करते हैं। प्राय: दोनों दल एक ही समय में एक जैसा नाटक करते हैं। दर्शक कभी एक दल का तो कभी दूसरे दल का प्रदर्शन देखते हैं। उनकी रुचि और जिज्ञासा का केन्द्र प्राय: मुख्य अभिनेता है, जैसे वीर अभिमन्यु चक्रव्यूह में। क्योंकि दोनों प्रस्तुतियों में एक ही नाटक होने के कारण मंच पर प्रस्तुत दृश्य भी साथ-साथ एक जैसे ही होते हैं। उस समय जो अभिनेता बेहतर अभिनय का प्रदर्शन करता है, जैसे युद्ध दृश्य में घुटनों के बल अधिक चक्कर लगाता है, वह लोगों की प्रशंसा तथा पुरस्कार का भागी होता है। दोनों दलों के मुख्य गायक, भागवत (सूत्रधार) भी लोगों के आकर्षण का केन्द्र होते हैं। यहाँ की सफलता-असफलता आलोचकों पर नहीं, प्रस्तुतकर्ताओं की क्षमता पर निर्भर होती है जो सुधी दर्शकों को अपने काम से कितना प्रभावित कर पाते हैं।

खेतों के खुले माहौल में, हजारों दर्शकों के साथ यक्षगान के डबल डोज़ का अपना ही मज़ा था जो आज भी देहाती लैण्ड स्केप में फसल कटे खेत देखकर याद आ जाता है। नाटककारों में मोहन राकेश अपने खुले और जोरदार ठहाके के लिए प्रसिद्ध थे। परन्तु उनसे मिलने के पहले ही मेरा परिचय एक और नाटककार से हुआ था जो दिखने में तो पतले-दुबले व्यक्ति थे परन्तु उनका ठहाका इतने जोर का होता था कि लगता था वह उनके गले से नहीं, उनके पूरे शरीर को झनझनाकर बाहर निकला हो। वह ठहाका सुनने वालों को भी झनझना देता था। वह नाटककार थे—आद्य रंगाचार्य जो 'श्री रंग' के नाम से नाट्य रचना करते थे। हिन्दी में उनके कई नाटक हुए जैसे 'रंगभारत', 'स्वर्ग के तीन द्वार' आदि परन्तु उनकी पहचान बनी 'सुनो जनमेजय' से। इसका सबसे पहला प्रदर्शन मोहन महर्षि के निर्देशन में रा. ना. वि. रंगमण्डल ने किया था। पात्रों में सूत्रधार थे—ओम शिवपुरी, नेता थे—रामगोपाल बजाज। अनुभवी राम थे—हरजीत, मामूली राम थे—सुरिन्दर सिद्ध जो

बाद में अमेरिका चले गये और योग के अध्यापक बन गये। युवक की भूमिका में वीरेन्द्र शर्मा तथा ओ. पी. कोहली थे और युवती बनी थीं सुधा शर्मा और अंजला चिटणीस। यह दोनों जोड़े बारी-बारी युवक तथा युवती की भूमिका करते। टेप रिकार्डर मैं चलाता था और प्रकाश व्यवस्था करते थे कर्नाटक के वी. रामामूर्ति।

मुझे जयपुर में हो रहे प्रदर्शन की एक घटना याद है। सूत्रधार और नेता पहले अंक से पहले, फिर पहले अंक के बाद और दूसरे से पहले और तीसरे दृश्य में दूसरे अंक के बाद और तीसरे से पहले सम्भाषण करते थे। जयपुर में हो रहे प्रदर्शन में सूत्रधार और नेता पहले और दूसरे अंक को जोड़नेवाले संवादों की जगह पर दूसरे और तीसरे अंक वाले संवाद बोल गये। विंग में आने पर सोचने लगे कि अब क्या करें? उस दृश्य में सूत्रधार नेता को कुछ समझाने के लिए एक स्टूल उठाकर कहता है, "देखिए नेता जी, यह एक स्टूल है...।" बहुत सोच-विचार के बाद यह तय हुआ कि सूत्रधार शुरू में कहेगा, 'नेता जी, मैं आपको पहले भी बता चुका हूँ कि यह एक स्टूल है...' और फिर पूरा दृश्य पुनः मंचित हुआ। पहले और दूसरे अंक के बीच का दृश्य तो गायब हुआ ही, यह तय नहीं हो पाया कि यह सब किसके कारण हुआ। हाँ, 1965-66 में होने वाले इस नाटक के बाद ही सुधा शर्मा से शिवपुरी हो गयी और अंजला चिटणीस से महर्षि।

गिरीश कर्नाड से पहचान तो 'तुग़लक' की चर्चा से हो गयी थी। ब. व. कारन्त अनुवाद करते समय टाइप कराने से पहले हस्तलिखित अनुवाद के पन्ने मुझे एक नजर देखने को दे देते। ओम शिवपुरी द्वारा रा. ना. वि. रंगमण्डल की प्रस्तुति (1966) में संगीत दिया था वनराज भाटिया ने और एक छोटे से टेप रिकार्डर पर केवल दो माइक्रोफोनों के साथ रवीन्द्र भवन में स्थित स्टूडियो थियेटर के मंच पर रिकार्डिंग मैंने की थी और सभी प्रदर्शनों में टेप चलाया करता था।

गिरीश कर्नाड को देखा बंगलौर में, उनकी फिल्म 'संस्कार' में। कुछ ही दिनों बाद मद्रास में मद्रास प्लेयर्ज़ की आर्थर मिलर के नाटक 'दि क्रूसिबल' की अंग्रेजी मंच-प्रस्तुति में मुख्य पात्र जॉन प्रौक्टर की भूमिका में। हालाँकि फिल्म 'संस्कार' की उनकी भूमिका आज भी उनकी बहुत बड़ी उपलब्धि मानी जाती है, मुझे वह मैटर-ऑफ़-फ़ैक्ट-सी लगी जिसमें गिरीश, गिरीश ही रहे, पात्र नहीं बन पाये परन्तु मंच प्रस्तुति में उन्होंने पात्र के जीवन के उतार-चढ़ाव को बहुत प्रभावशाली ढंग से प्रस्तुत किया था। यह बातें मैंने 'इनैक्ट' के अपने रिव्यू में लिखी थीं। गिरीश भी शायद मेरी बात से सहमत थे। तब से आज तक कितनी ही बार हमारे बीच नाटक चर्चा समालोचना के दौर चले हैं। बंगलौर में हुई 'नागमण्डल' की प्रस्तुति का बहुत विस्तृत ब्यौरा उन्होंने मुझे दिया। अमेरिका में हुई 'नागमण्डल' तथा 'अग्नि और

बरखा' की प्रस्तुतियों की भी बहुत विस्तार से चर्चा की थी। वह समय मिलने पर प्राय: पुस्तक चर्चा भी करते रहते हैं।

'जो कुमार स्वामी' (हिन्दी में 'और तोता बोला') के लेखक डॉ. चन्द्रशेखर कम्बार से बंगलौर, दिल्ली तथा अन्य भारतीय नगरों में भेंट के साथ 'मास्को' और 'सेण्ट्स पीटेस्बर्ग' (लेनिनग्राड) की यात्रा में साथ रहने का अवसर भी मिला। उनको 'जो कुमार स्वामी' में नाचते-गाते तो देखा ही था, रूस की यात्रा में उनके नाच-गाने में साथ देने का अवसर भी मिला। इस टूर में उनके अतिरिक्त अन्य नाटककार थे जे. पी. दास, दया प्रकाश सिन्हा और रेवती शरण शर्मा। भारतीय नाट्य संघ के इस डेलीगेशन को कई साहित्यिक तथा रंगमंच संस्थाओं में जाने का अवसर मिला। दो जगह मेज़बानों के आग्रह पर डॉ. कम्बार को पाँव में घुँघरू बाँधकर अपने नाट्य गीत गाने पड़े। कोई भी वाद्य यन्त्र न होने के कारण मैंने मंजीरा बजाकर ताल और वाद्य के रूप में संगत की थी।

'मैगसैसे' अवार्ड से सम्मानित के. वी. सुबन्ना बहुत शर्मीले व्यक्ति हैं। कर्नाटक के गाँव हेग्गोडु में सांस्कृतिक क्रान्ति लाने वाले यह सज्जन 'लाइम लाइट' से दूर भागते हैं इसलिए उनसे साक्षात्कार के बहुत कम अवसर प्राप्त होते हैं। वह एक बार 'इनैक्ट' के 'कर्नाटक रंगमंच' स्पेशल से मेहमान सम्पादक के रूप से जुड़े हुए थे। वह शब्द से ज्यादा कर्म में विश्वास रखते हैं। उडपि यक्षगान कार्यशाला के बाद रा. ना. वि. के छात्रों के साथ हेग्गोडु जाने का अवसर मिला था जहाँ छात्रों ने फ्रिट्स बैनेविट्ज़ द्वारा निर्देशित शेक्सपियर के 'मिड समर नाइट्स ड्रीम' को मेरे हिन्दी अनुवाद में मंचित किया था।

पहले तो वेस्टर्न घाट की पहाड़ियों में बस का सफर मनमोहक था, दूसरे, गाँव में सुपारी के पेड़ और दूसरी हरियाली की भरमार। तीसरे एक लगभग तीन सौ सीटों वाला प्रेक्षागृह जहाँ लाइट और साउण्ड का पूरा प्रबन्ध, लगता था कि हम कोई सपना देख रहे हैं। हेग्गोडुवासी कितनी ही अन्तर्राष्ट्रीय फिल्म क्लासिक देख चुके थे और कितने ही राष्ट्रीय नाट्य प्रदर्शन। और यह सब टिकट खरीदकर। अब तो हेग्गोडु में नाट्य प्रशिक्षण कार्यक्रम भी चलता है और उनका अपना रंगमण्डल भी है जो हर वर्ष तीन-चार नाटक तैयार करके वर्ष-भर कर्नाटक में प्रदर्शन करते घूमते हैं। रा. ना. वि. के तीन स्नातक के. वी. अक्षरा, अम्बे और के. जी. कृष्णमूर्ति इस संस्थान से जुड़े हुए हैं। कृष्णमूर्ति तो अभी हाल ही में हुए रा. ना. वि. के अखिल भारतीय बाल नाट्य उत्सव 'जश्ने बचपन' में डॉ. कम्बार के नाटक 'पुष्पा रानी' की प्रस्तुति लाये थे और सुबन्ना भी वर्षों बाद श्रीराम सेण्टर द्वारा आयोजित वार्षिक 'रंगमंच व्याख्यानमाला' में तीन दिन तक 'थियेटर ऐण्ड कम्युनिटी' पर बोलने दिल्ली आये थे।

यह एक अचम्भा ही है कि रवीन्द्रनाथ ठाकुर की जन्मशती के उपलक्ष्य में हर प्रदेश की राजधानी में बनने वाले सभागारों में बंगलौर का रवीन्द्र कलाक्षेत्र न सिर्फ अच्छा बना हुआ है बल्कि आज भी उसकी देखरेख से लगता ही नहीं कि वह एक सरकारी भवन है। यह भी एक हैरानी ही की बात है कि किसी सरकारी कार्यालय के भवन में एक प्रेक्षागृह भी हो और यह चार मंज़िला भवन साल-भर में तैयार भी हो जाए।

पहली इमारत की सफलता का कारण है कि उसे बनाने वाला व्यक्ति व्यावसायिक नाटक कम्पनी से जुड़ा हुआ था। उसे पता था कि मंच के लिए कितनी जगह चाहिए और कितनी विंग स्पेस हो। कुर्सियाँ कैसे लगें और बालकनी कितनी ऊँची हो। लाइटें कितनी लगें और कैसे। ग्रीन रूम कितने बड़े हों। इसकी अच्छी देखरेख का श्रेय बंगलौर के जागरूक रंगकर्मियों को जाता है जो सरकारी तन्त्र को हमेशा जगाये रखते हैं और समय आने पर अनशन करने से भी नहीं चूकते। यह भी कभी-कभार ही होता है कि सरकारी तन्त्र का सिरमौर प्रदर्शनकारी कलाओं से जुड़ा हुआ कोई व्यक्ति हो। कभी मध्यप्रदेश में कवि अशोक वाजपेयी थे जो भारत भवन का निर्माण करा पाये। कर्नाटक में आजकल गायक-संगीतकार वाई.के. मुद्दुकृष्णा हैं जो कन्नड़ तथा कल्चर डिपार्टमेण्ट के निदेशक हैं और जिन्होंने भारत भवन तो नहीं बनवाया परन्तु एक सरकारी इमारत को कलात्मक स्वरूप देने का प्रयत्न किया है। रवीन्द्र कलाक्षेत्र से जुड़े डिपार्टमेण्ट के नये भवन में न केवल नैना नाम का एक छोटा प्रेक्षागृह बनवाया है, वहाँ आर्ट गैलरी आदि का प्रावधान भी किया है, वह भी इतने कम समय में।

जनवरी 1999 में केन्द्रीय संगीत नाटक अकादमी के राष्ट्रीय नाट्य समारोह के उद्घाटन से पहले मुद्दुकृष्णा को संगीत में योगदान के लिए रवीन्द्र कलाक्षेत्र में हुआ सम्मान समारोह एक नाटक से कम नहीं था। सम्मान समारोह का आयोजन एक व्यावसायिक नाटक मण्डली ने किया था। मंच-सज्जा ऐसी थी जैसे राजा-महाराजा का दरबार हो। मंच पर मुख्य अतिथि मुद्दुकृष्णा के अतिरिक्त बंगलौर के पुलिस अधीक्षक, और भी बड़े-बड़े अफसर तथा राजनेता विराजमान थे। वहाँ कम से कम बीस लोग रहे होंगे। पहले तो हर अतिथि द्वारा दूसरे को माल्यार्पण की कार्यवाही हुई। उनमें कुछ व्यावसायिक रंगकर्मी भी थे। फिर एक बड़ा-सा सिंहासन मंच के बीचों-बीच रखा गया। मुद्दुकृष्णा को उस पर बैठाया गया। शंख ध्वनि के साथ बड़ा-सा हार, मुकुट पहनाया गया। लगभग दस मिनट के इस अनुष्ठान में लगातार ऊपर से रंगमंच पर प्रयोग में आने वाली चमकीली कागज की कतरनों की 'पुष्पवर्षा' होती रही। जब अन्त में मुद्दुकृष्णा ने आभार व्यक्त करते हुए दो-तीन गीत सुनाये तो लगभग समारोह को चलते हुए दो घण्टे बीत चुके थे और कम्पनी नाटक की प्रस्तुति

उसके बाद आरम्भ होने वाली थी।

कम्पनी नाटकों ने पिछले लगभग 150 वर्षों से कर्नाटक में धूम तो मचा ही रखी थी, आधुनिक रंगमंच को भी इसकी देन बहुत महत्त्वपूर्ण है। सौ वर्ष से भी ज्यादा कार्यरत 'गुब्बी वीरण्णा' नाटक मण्डली से न केवल ब. व. कारन्त ही आये। 1985 में रा. ना. वि. के पहले अवतार एशियन थियेटर इंस्टीट्यूट में जी. वी. शिवानन्द छात्र के रूप में आये और रा. ना. वि. के पहले वर्ष के छात्र भी बने! उसके बाद तो शिवानन्द की दो बेटियाँ भी रा. ना. वि. की स्नातक हो चुकी हैं। कर्नाटक सरकार द्वारा 'गुब्बी वीरण्णा' अवार्ड घोषित किया गया है जो सबसे पहले 14 वर्ष की आयु में कई भूमिकाओं के साथ-साथ बाल कृष्ण की भूमिका निभाने वाले ब. व. कारन्त को मिला है।

अभी हाल ही में इस वर्ष 'गुब्बी वीरण्णा' सम्मान पाने वाले मास्टर हरिण्य से बंगलौर में भेंट हुई जो आज भी कम्पनी नाटक का झण्डा बुलन्द किये हुए हैं। वह कर्नाटक में ही नहीं विदेशों में भी लगातार अपने प्रदर्शन करते रहते हैं। उनका घर एक मिनी म्यूज़ियम बना हुआ है, जिसमें उन्होंने बड़ी-बड़ी अलमारियों में लगभग दो हजार छोटी-बड़ी ट्राफियाँ सजाकर रखी हैं। उन्होंने चार फुट लम्बी और तीन फुट ऊँची ट्राफी को भी उसी प्यार से सँभालकर रखा है जैसे एक छः इंच के कप को, क्योंकि हर इनाम में छुपा हुआ प्यार या सम्मान बराबर होता है। उन्होंने अपने तीनों बेटों को चार्टर्ड एकाउण्टेण्ट और इंजीनियर बनाया है। उनका बड़ा बेटा उनके साथ ही रंगकार्य में जुड़ा हुआ है, जबकि एक एन. आर. आई. है और एक बंगलौर में ही सी. ए.। उनके घर की एक और विशेषता है कि वह एक ही बिल्डिंग में रहते हैं। तीनों बेटों का एक-एक कमरा है और दो-दो बच्चे। हर कमरे के बाहर पहचान के लिए बेटे, बहू और बच्चों की तस्वीर हैं। उनके अपने कमरे के बाहर बेटे बेटियों (दो), बहू, दामाद, नाती-पोतों के साथ अपनी और पत्नी की तस्वीर लगी हुई है।

आन्ध्र की सुरभि कम्पनी में कर्नाटक जैसी धन-प्रचुरता की रत्ती-भर झलक न थी। दिखने को वह गाडिया बंजारों जैसा जीवनयापन कर रहे थे परन्तु थे वह शत-प्रतिशत कलाकार। इस अन्तर का कारण शायद सुरभि मण्डली का दूर देहात में ही रंगकर्म में जुटे रहना होगा। गत वर्ष जब मैं दिल्ली से और प्रतिभा अग्रवाल कलकत्ता से हैदराबाद के पास सुरभि के कैम्प पहुँचे तो वहाँ कुछ भी अपरिचित नहीं लगा। उनका मंच, उनकी पूर्वाभ्यास करने की विधि। मंच प्रांगण को घेरे हुए उनके घर। साथ मिल-बैठकर खाना। ब्रेष्ट के नाटक 'गुड वूमन आफ़ सैत्ज़वान' को इस सहजता से करना जैसे वह महाभारत का ही कोई प्रसंग हो। यह इसलिए कि प्रयाग शुक्ल जी का सुरभि वृत्तान्त इतना विस्तरित था कि कोई भी वस्तु

अपरिचित नहीं लग रही थी। यहाँ तक कि शाम को जब ब्लैक-बोर्ड जैसा शिलाखण्ड देखने गये तो लग रहा था जैसे दूसरी बार देख रहा हूँ। अन्तर इतना ही था कि कारन्त जी और मेरे साथ प्रयाग जी नहीं, प्रतिभा जी थीं।

सुरभि परिवार अपने तौर पर बच्चों की पढ़ाई का पूरा प्रबन्ध करते हैं। यह और बात है कि बच्चों को कैम्प से छः-आठ किलोमीटर दूर गाँव के स्कूल जाना पड़ता है। इस परिवार की बी. ए. परीक्षा देने वाली लड़की को हैदराबाद विश्वविद्यालय के नाटक विभाग ने परीक्षा परिणाम की प्रतीक्षा किये बगैर, एम. ए. (ड्रामा) में दाख़िला देने का निर्णय किया है। इधर केन्द्रीय मानव संसाधन मन्त्रालय के संस्कृति विभाग ने उसी छात्रा तथा एक लड़के को दो वर्ष की छात्रवृत्ति मंजूर की है।

अगले दिन हैदराबाद के रवीन्द्र मंच पर शहरी दर्शकों के सामने सुरभि प्रस्तुति देखते हुए मुझे 1964 की अपनी यात्रा याद हो आयी। हम राष्ट्रीय नाट्य विद्यालय की 'किंग लियर' प्रस्तुति लेकर आये थे जहाँ सभी प्रान्तों के शिक्षाविद् तथा शिक्षा मन्त्री आये थे। वहीं पर अल्काज़ी साहब ने हर प्रान्त में नाट्य विद्यालय खोलने तथा रंगमण्डल स्थापित करने का प्रस्ताव रखा था जो दूसरे कई सुझावों के साथ मान लिया गया था। यह और बात है कि दूसरे प्रस्तावों की तरह उसे भी ठण्डे बस्ते में दफ़न कर दिया गया था और प्रान्तों में विद्यालय तथा रंगमण्डल खुलना तो दूर, खुद रा. ना. वि. रंगमण्डल की विधिवत् स्थापना 1976 में हुई।

हैदराबाद के कादर अली बेग को वहाँ मिलने का अवसर तो नहीं मिला था परन्तु कालीबाड़ी, दिल्ली की बंगाली क्लब के बहुभाषी अखिल भारतीय नाट्य प्रतियोगिता में लगभग हर वर्ष भाग लेते और अनेक पुरस्कार प्राप्त करते देखा था। वह सम्भ्रान्त परिवार के सदस्य थे जो पूर्णकालिक शौकिया रंगकर्म करते थे। उन्होंने 'आधे अधूरे', 'खामोश अदालत जारी है', 'बर्फ़ की मीनार' आदि नाटकों को उर्दू में किया था। मोहन राकेश की भाषा में भी उर्दू टच दिया था। श्याम बेनेगल की फ़िल्म 'अंकुर' में अनन्त नाग के पिता की भूमिका करनेवाले कादर अली बेग अस्पताल में चल बसे जब रा. ना. वि. के भावी निदेशक मोहन महर्षि ने मद्रास में हो रही चयन क्रिया में राम गोपाल बजाज, अनुराधा कपूर, कावलम नारायण पणिक्कर आदि चयनकर्त्ताओं की बात न मानकर उनके प्रतिभाशाली बेटे मोईन अली बेग को दिल्ली में साक्षात्कार के दूसरे दौर के लिए पास करने से इनकार कर दिया था और कादर भाई ने मोईन को फिर भी दिल्ली भेज दिया था। मुझे याद है इस घटना से दुखी बज्जू भाई ने दो दिन खाना नहीं खाया था। मोईन अली बेग दो वर्ष बाद रा. ना. वि. का छात्र बना परन्तु पिता की मृत्यु के बाद कुछ पारिवारिक कारणों से पढ़ाई जारी न रख सका। मोईन रंगकर्म से फिर भी जुड़ा हुआ है और हैदराबाद के रंग परिदृश्य में उसका महत्त्वपूर्ण स्थान है। वह कई बार अपनी

प्रस्तुतियों के प्रदर्शन अमेरिका की यूनिवर्सिटियों में कर चुका है और दो वर्ष पहले नान्दीकार, कलकत्ता के नाट्य समारोह में भाग लेने से पहले, 'आन्तवा आतो' की रचनाओं पर आधारित अपनी एकल अभिमंच में दिखाकर गया था। आज वह भी अपने रंगकर्म को बढ़ाने के लिए संस्कृति विभाग से जूनियर फैलोशिप प्राप्त कर रहा है।

हैदराबाद के रवीन्द्र मंच की बालकनी में अधिक-से-अधिक कुर्सियाँ लगाने के कारण लोगों को बैठने या अपनी सीट तक पहुँचने की असुविधा याद रह जाती है तो तिरुवनन्तपुरम के मंच बालकनी की सीधी उठान। तीन मंज़िला ऊँचाई वाली बालकनी में बैठने से लगता है कि आप उठते ही सीधे मंच पर जा गिरेंगे। यूँ भी बालकनी तक पहुँचने के लिए सीढ़ियाँ चढ़ते-चढ़ते ही आदमी हाँफ जाता है।

अवसर था 1984 में तत्काल तृतीय वर्ष के छात्रों के लिए कावलम नारायण पणिक्कर के साथ कोडियाट्टम शैली की एक कार्यशाला तथा 'सूर्यस्थान' नाटक की तैयारी। लगभग 16 पृष्ठ का स्क्रिप्ट था। मेरे पूछने पर पणिक्कर ने बताया था कि यह डेढ़, दो घण्टे का होगा। समय घटाया-बढ़ाया भी जा सकता है। यह सुनकर पहले तो थोड़ा आश्चर्य हुआ, फिर समझ में आया कि इस नृत्य प्रधान शैली में समय नियन्त्रण की छूट है। सूर्य के घोड़े दो मिनट तक भी दौड़ने का नृत्य कर सकते हैं और दस मिनट का भी। तय यह करना होता है कि नाटकीय क्षण कौन-सा होगा जो वांछित प्रभाव उत्पन्न कर सके। यह भी समझ आया कि क्यों उनकी कुछ प्रस्तुतियाँ उच्च कोटि के संगीत तथा नृत्य का प्रदर्शन मात्र रह जाती हैं। नाटकीय प्रभाव उत्पन्न नहीं कर पातीं? कारण यह है कि वह नाटकीय क्षण खोजने की बजाय समय सारणी तथा संगीत, नृत्य पर ही अधिक ध्यान देते हैं।

नवम्बर 1990 चीन से आये रंगकर्मियों के दल के साथ एक बार फिर वहाँ जाने का अवसर मिला। कोडियाट्टम के प्रदर्शन तथा कल्लारी पाईत के प्रशिक्षण प्रक्रिया देखने के साथ-साथ पणिक्कर के घर स्थानीय रंगकर्मियों के साथ डेलीगेशन की भेंट का कार्यक्रम था। उनके घर में प्रांगण में छप्पर डालकर पूर्वाभ्यास स्थल बनाया गया था। सभी लोग अभी आ ही रहे थे कि वर्षा आरम्भ हो गयी। वहाँ से उठकर अन्दर मकान में बैठ ही रहे थे कि जोर के धमाके के साथ पूरा मण्डप धराशायी हो गया। एक दो लोगों को तो चोटें भी आयीं। वर्षा होती रही और पणिक्कर बार-बार ईश्वर का आभार प्रकट करते रहे कि एक बड़ी दुर्घटना होने से बच गयी। सचमुच कुछ क्षण ही बाहर बैठे रहते तो वह उनके चाहे बग़ैर नाटकीय क्षण हो जाते।

सन् 1982-83 में बी. एम. शाह ने रा. ना. वि. के दो स्नातकों वामन केन्द्रे और हरिमोहन भट्टाचार्य को केरल की प्राचीन प्रस्तुति कलाओं के अध्ययन के लिए भेजा। वे त्रिचूर में नाट्य विद्यालय के प्राचार्य तथा प्रसिद्ध नाटककार जी. शंकर पिल्लै की देखरेख में 'भारतीय नाटक में भारतीयता' प्रोजेक्ट पर काम कर रहे थे। उस सिलसिले में मैं भी एक सप्ताह तक श्री पिल्लै का अतिथि रहा। उन्हीं दिनों त्रिशूर पूरम था जिसमें मन्दिरों के हाथी सजधज कर भाग लेते हैं और भारत भर में आतिशबाज़ी 'तय्यम' की प्रस्तुतियाँ देखता और दिन में शंकर पिल्लै के साथ समय बिताता। वह बहुत सादे, सहज परन्तु बहुत गहन अध्ययन और विचारों वाले व्यक्ति थे जिन्होंने मलयालम नाट्य लेखन के नये कीर्तिमान स्थापित किये थे। उस ऋषितुल्य व्यक्तित्व के साथ बिताये कुछ दिन हमेशा याद रहेंगे।

इधर कारन्त जी का मौन, बोलने वालों पर बहुत भारी पड़ने लगा था। शर्बरी जी से न रहा गया और वह पूछ ही बैठीं कि वह व्यक्ति कौन है?

कारन्त जी बोले, "कमाल है। बरसों से जानते हुए भी पहचान नहीं पायीं? यह कौशल ही तो हैं जो कभी नन्दी बैल बनकर सिर हिलाते रहते हैं और कभी हनुमान की तरह रंग उत्सव समारोह देखने पता नहीं कहाँ-कहाँ जा पहुँचते हैं। अगले दिन बंगलौर के एक पत्रकार ने इसी शीर्षक से मेरा चित्र सहित परिचय छाप दिया था।"

# मदुरै : नये नाट्य आन्दोलन की शुरूआत

राष्ट्रीय नाट्य विद्यालय द्वारा आयोजित प्रथम गहन रंग-प्रशिक्षण वर्कशॉप एक नवम्बर 1978 को सायं पाँच बजे गाँधीग्राम ग्रामीण विश्वविद्यालय के प्रांगण में आरम्भ हुआ। राष्ट्रीय नाट्य विद्यालय के निदेशक श्री ब. व. कारन्त ने पहले वर्कशाप का आयोजन मदुरै में करने के उद्देश्य की व्याख्या करते हुए बताया कि तमिलनाडु में आज भी भारतीय संस्कृति की एक झलक मिलती है। विद्यालय एक ऐसे नाट्य आन्दोलन का प्रवर्तक बनना चाहता है जिसकी जड़ें हमारी अपनी मिट्टी में हों और जो विदेशी ज्ञान तथा तकनीक से अपने देशी रंगमंच को सार्थक बनाने की क्षमता दे। इस कार्य के लिए तमिलनाडु से अधिक उपयुक्त स्थान भला कहाँ होता? दूसरा कारण यह भी है कि नाट्य प्रशिक्षण एक ही स्थान पर केन्द्रित न होकर देश के भिन्न-भिन्न केन्द्रों में फैला दिया जाए और जो लोग तीन वर्ष तक प्रशिक्षण के लिए आने में असमर्थ हैं वे भी नाट्य-प्रदर्शन के विषय में विधिवत ज्ञान प्राप्त कर सकें।

त्रिची के आकाशवाणी केन्द्र की निदेशक कुमारी सत्यभामा ने शुभारम्भ करते हुए कहा कि यह वर्कशाप इस क्षेत्र में नाट्य आन्दोलन को बहुत बढ़ावा देगा। वर्कशाप में प्रशिक्षित रंगकर्मी रंगविद्या के सूत्रों की खोज भलीभाँति कर सकेंगे।

अपने अध्यक्षीय भाषण में विश्वविद्यालय के कुलपति डॉ. जी. रामचन्द्रन ने प्रशिक्षणार्थियों से कहा कि वे अपने वर्कशाप के अनुभवों को देहात में ले जाएँ क्योंकि नाटक सामाजिक परिवर्तन का एक प्रभावशाली माध्यम बन सकता है।

वर्कशॉप में प्रवेश पाने के लिए लगभग 320 लोगों ने लिखा था जिनमें से 115 को साक्षात्कार के लिए बुलाया गया और पहले दिन 35 लोग शिविर में थे। उनमें से सात स्कूलों के अध्यापक थे, तीस विश्वविद्यालयों के व्याख्याता, एक शोध छात्र, तीन विद्यार्थी, सात बेकार स्नातक, दो पत्रकार और बाकी लोग सरकारी तथा ग़ैर-सरकारी संस्थाओं के कर्मचारी थे। एक छात्र श्रीलंका का भी था। स्त्रियाँ केवल दो ही थीं।

वर्कशाप सचमुच गहन था क्योंकि प्रतिदिन लगभग दस घण्टे तक काम होता था। प्रातः 7.30 बजे योगाभ्यास के बाद शिविर के सदस्य मंच-निर्माण के कार्य में जुट जाते थे। उसके बाद सैद्धान्तिक कक्षाएँ होती थीं। नाट्यकर्म की विभिन्न विधाओं पर परिचयात्मक भाषण दोपहर तक चलते। सायं 4 बजे से फिर साथ जुटकर मॉडल बनाने का अथवा छात्र प्रदर्शनों पर काम होता। सात बजे के लगभग सभी लोग नाट्य-चर्चा करते।

यह एक प्रदर्शनमूलक वर्कशाप था। लगभग एक सप्ताह बाद ढंग से कार्य शुरू हुआ। बहुत-से छात्रों पर सिनेमा का प्रभाव बहुत अधिक था। वे बात-बात में नाटक तथा सिनेमा में तुलना करने लगते और अपने फिल्मी हीरो की शान बघारने लगते। परन्तु ढाई महीने के परिश्रम के बाद उनकी सभी धारणाएँ बदल चुकी थीं और वे नये रंगकर्मी का रूप धारण कर चुके थे। शिविर के निदेशक श्री बंसी कौल की निष्ठा तथा सूझ-बूझ के कारण ही यह हो सका।

कुछ दिनों बाद छात्रों को चार दलों में बाँट दिया गया तथा प्रदर्शन की तैयारी का कार्य शुरू हुआ। केरल के दस छात्रों का एक अलग दल बनाया गया। हर दल को अपने आप कोई नाटक अथवा एकांकी तैयार करने के लिए कहा गया। अभिप्राय यह था कि एक तो यह पता चले कि वे प्रशिक्षण का प्रयोग कैसे करते हैं। दूसरे, वे किसी भी अध्यापक के प्रभाव अथवा दबाव के बिना नाटक मंचन, डिज़ाइन आदि खुद करते। तमिल भाषा में अच्छे नाटक न होने के कारण छात्रों को उपन्यास, कहानी अथवा कविता को रूपान्तरित करने के लिए प्रोत्साहित किया गया। फलस्वरूप एक दल ने इन्दिरा पार्थसारथी की कहानी *कोविल* चुनी; दूसरे ने टी. जानकीरामन की कहानी *अकबर सास्त्रीगल* को लिया; तीसरे के पास मलयालम कथा *यात्रा* थी और चौथे ने तमिल कविता *नरकम्* पर काम किया। उनको अपना प्रदर्शन नाट्यमण्डप के अतिरिक्त कहीं और, कम से कम उपकरणों की सहायता से, करना था। *नरकम्* प्रस्तुत करनेवाले दल ने बीस फुट गहरा एक गढ़ा चुना। प्रथम प्रदर्शन शिविर के सदस्यों के लिए हुए। समालोचना बहुत मैत्रीपूर्ण थी तथा अच्छे सुझावों को मानकर कार्यान्वित किया गया। बाद में ये प्रदर्शन गाँधीग्राम विश्वविद्यालय के दूसरे विभागों में भी किये गये।

प्रशिक्षण के साथ-साथ छात्र एक खुले मंच के निर्माण कार्य में भी जुटे हुए थे। शिविर निदेशक के कहने पर सिरूमलइ पहाड़ियों की छाया में एक स्थान पर मंच-निर्माण करना तय हुआ जो गाँधीग्राम विश्वविद्यालय के लिए एक स्थायी मुक्तांगन मंच होता। आठ-दस दिन तो झाड़-झंखाड़ साफ़ करने में लग गये। फिर भूमि समतल करने के लिए लगभग 50 ट्रैक्टर मिट्टी डाली गयी। चार धरातलों के मंचवाला यह प्रेक्षागृह अपने आप में एक नमूना है जिस पर 'राष्ट्रीय

नाट्य विद्यालय के छात्रों द्वारा निर्मित' नामपट्ट लगाया गया। चार छोटे और दो बड़े नाटकों के प्रदर्शनों के अतिरिक्त छात्रों के लिए लोककला के प्रदर्शन भी इसी मंच पर प्रस्तुत किये गये। वास्तव में इस मंच का शुभारम्भ किसी प्रमुख व्यक्ति के हाथों न होकर लोककला प्रदर्शन के लिए आये हुए एक कलाकार के हाथों हुआ।

नाट्य प्रशिक्षण के लिए श्री बंसी कौल के अतिरिक्त श्री जमील अहमद भी दिल्ली से आये थे। राष्ट्रीय नाट्य विद्यालय के स्नातक और आजकल कालीकट विश्वविद्यालय के नाटक विद्यालय के सहायक निदेशक श्री रामानुजम, शान्तिनिकेतन तथा एशियाई रंग संस्थान के स्नातक श्री एस. पी. श्रीनिवासन भी प्रशिक्षण का कार्य-भार सँभाले हुए थे। गाँधीग्राम ग्रामीण संस्थान के श्री एन. राधाकृष्णन संयोजक थे।

भारत के कोने-कोने से प्रमुख नाट्याचार्य भी बीच-बीच में भाषण देने अथवा व्यावहारिक कार्य करवाने आते रहे। श्री आद्य रंगाचार्य ने, जिन्हें भारत में रंग-शिविर आन्दोलन का पितामह कहा जाता है, तीन दिन तक संस्कृत नाटक तथा आधुनिक भारतीय रंगमंच के विषय में बहुत सारगर्भित प्रवचन दिये। श्री एम. एस. सथ्यु (बम्बई) ने सिनेमा तथा रंगमंच की विधाओं में अन्तर का परिचय दिया। बेंगलूर के श्री प्रसन्न कुमार, जो राष्ट्रीय नाट्य विद्यालय के स्नातक हैं, पोस्टर डिज़ाइन का उपयोग और भारत में राजनीतिक रंगमंच विषयों पर बोले। राष्ट्रीय नाट्य विद्यालय के स्नातक, मद्रास दूरदर्शन के प्रस्तुतिकर्त्ता श्री गोपाली ने मंच तथा दूरदर्शन पर नाट्य-प्रस्तुति की समानताएँ तथा भेद बताये।

सुप्रसिद्ध नर्तकी कुमारी पद्मा सुब्रह्मण्यम ने भरतनाट्यम पर एक प्रदर्शन-व्याख्यान प्रस्तुत किया। दिल्ली से श्री नेमिचन्द्र जैन आधुनिक भारतीय नाटक और रंगमंच पर व्याख्यान देने आये। बेंगलूर से श्रीमती प्रेमा कारन्त, केरल से प्रो. जी. शंकर पिल्लै, मद्रास से कुमारी श्यामला बालकृष्णन, मदुरै से श्री जे. एम. दत्त तथा गाँधीग्राम से श्रीमती सरस्वती देव, श्री एम. जी. गोपालकृष्णन, श्री वी. रंगराजन ने तथा श्री ब. व. कारन्त ने भी कुछ कक्षाएँ लीं।

इनके अतिरिक्त शिविर से जुड़े अध्यापकों ने सौ से अधिक विषयों पर भाषण दिये। जैसे, यूनानी नाटक परम्परा, स्थापत्य शिल्प की विशेषताएँ तथा उसमें निहित दर्शन, नोह, काबुकी, संस्कृत आदि शास्त्रीय शैलियों के अध्ययन के साथ-साथ स्तानिस्लावस्की की अभिनय शैली का विवेचन, आदि। एक भाग व्यावहारिक अभिनय की अभ्यासिकाओं—कण्ठ-प्रशिक्षण और रंग-भाषण, आशु-अभिनय, योग, आदि—पर आधारित था। निर्देशन-सिद्धान्तों के सन्दर्भ में नाटक का विश्लेषण, नाटक की संरचना, गतिविधान, समूहन, चरित्र-रचना, प्रस्तुति-आलेख, आदि के बारे में बताया गया। मंचसज्जा में रंग, रेखा, संरचना, आकृति आदि का विवरण

दिया गया। कला तथा फिल्म रसास्वादन की कक्षाएँ भी हुईं। इसके अतिरिक्त आधुनिक भारतीय नाटक-लेखन, छाया-नाटक, कठपुतली कला पर भाषण हुए तथा तमिलनाडु के आनुष्ठानिक लोकनाट्य तेवराट्टम का प्रदर्शन करवाया गया। नृत्य-नाटकों में संगीत का योगदान, कहानी-उपन्यास का नाट्यान्तरण, तेरुकुत्तु, तमिल साहित्य, लोक तथा पारम्परिक नाट्य विधाओं पर भी भाषण हुए। गाँधी ग्राम विश्वविद्यालय के कुलपति महोदय ने शान्ति निकेतन में जीवन, नाटककार और चित्रकार रवीन्द्रनाथ ठाकुर विषयों पर भाषण दिये। भारतीय नाटक साहित्य पर शेक्सपियर, इब्सन तथा बर्नार्ड शा के प्रभाव का अध्ययन किया गया।

यह वर्कशाप प्रदर्शनमूलक होने के कारण दो बड़ी प्रस्तुतियाँ तैयार करने की योजना थी। मलयालम नाटक के चयन में अधिक झंझट नहीं हुई क्योंकि वरिष्ठ नाटककार जी. शंकर पिल्लै का नया नाटक *किरातम्* सुलभ था। तमिल नाटक की खोज से कुछ लाभ न होने पर श्री रामानुजम से आग्रह किया गया कि वह कवि सुब्रह्मण्यम भारती की लम्बी कविता *पांचाली शपथम्* का नाट्यान्तर करें। भारती की यह कविता महाभारत का कथानक मात्र न होकर भारतवासियों के लिए अत्याचार के विरुद्ध लड़ने का आवाहन था। इस कविता में आज के भारत के लिए भी वही प्रासंगिकता तथा सन्देश था। इसके मंचन में लोक तथा पारम्परिक नाट्य-विधाओं को प्रयोग में लाने का पर्याप्त अवसर था।

नाट्य-मंचन से एक नये नाट्यान्दोलन की आशा बँधी। तमिल जनता जो अब तक रँगे-पुते पर्दे तथा तड़क-भड़कवाली वेशभूषा देखती आयी थी, उसने पहली बार बाँस से बनी, दृश्य-योजना का अवलोकन किया तथा पहली बार बाँस, नारियल और लकड़ी के टुकड़ों से संगीत-रचना का आस्वादन लिया। पहली बार देखा कि पर्दा उठे या गिरे बिना भी नाटक हो सकता है। कुछ लोग अचकचा-से गये, कुछ की भवें तन गयीं तथा कुछ को एक नये आन्दोलन का संकेत मिला।

तेवराट्टम में प्रयुक्त गुभी वाद्ययन्त्र की ध्वनि से नाटक का आनुष्ठानिक आरम्भ हुआ। विदूषक संस्कृत नाटक का एक महत्त्वपूर्ण पात्र है, पर पता नहीं कब और कैसे वह नाटक से निकल गया। इस नाटक के आरम्भ में विदूषक के माध्यम से यह स्थापित किया गया कि यह प्रदर्शन *पांचाली शपथम्* का अक्षरशः रूपान्तरण न होकर उसका भावानुवाद मात्र है। उसमें आज के सामाजिक तथा राजनीतिक घटनाचक्र को इस कविता के माध्यम से प्रस्तुत करने का प्रयत्न किया गया है। पर्दे के बजाय अभिनेताओं के मानव-समूह का पर्दे के तौर पर प्रयोग किया गया था।

दुर्योधन के प्रवेश के समय कथकलि शैली का प्रयोग किया गया। शकुनि, कर्ण तथा दुःशासन के प्रवेश भी उसी प्रकार आधे पर्दे के पीछे हुए। द्रौपदी के चीरहरण के दृश्य में भी साड़ियों का ढेर लगाने की बजाय बहुत कलात्मक ढंग

से मानव-समूह को एक दायरे में घुमाते हुए ही साड़ी उतारने का दृश्य प्रस्तुत किया गया था।

दर्शकों में से एक सज्जन ने कहा कि सचमुच साड़ी उतारने का दृश्य प्रस्तुत होना चाहिए था। दूसरे ने उत्तर दिया कि यदि नग्न स्त्री देखने का इतना ही शौक़ है तो घर जाकर अपनी पत्नी का चीरहरण करो। मद्रास में प्रदर्शन का मिला-जुला स्वागत हुआ। एक ओर तो शिक्षामन्त्री जो दस मिनट ही बैठनेवाले थे, अन्त तक बैठे रहे। दूसरी ओर, तमिल सिनेमा तथा रंगमंच का एक माना हुआ अभिनेता बीच में ही कुछ बुदबुदाता हुआ उठकर चला गया।

जमील अहमद द्वारा निर्देशित मलयालम नाटक *किरातम्* तो जैसे एक दर्पण था। उसमें हमारे पाखण्ड और ढोंग का भण्डाफोड़ था जो आज के समाज के अंग बन गये हैं।

गाँधीग्राम के अतिरिक्त ये नाटक मदुरै, डिंडीगुल, मद्रास आदि स्थानों में प्रदर्शित किये गये। नाट्य प्रशिक्षणार्थियों को कहीं दूर जाकर प्रदर्शन करने में आनेवाली कठिनाइयों की जानकारी देने के लिए श्रीराम सेण्टर फ़ॉर आर्ट एण्ड कल्चर के निमन्त्रण पर इन नाटकों का एक-एक प्रदर्शन राष्ट्रीय नाटक महोत्सव के अवसर पर दिल्ली में हुआ।

कुल मिलाकर वर्कशाप बहुत सफल रहा। एक ओर नाट्य-विधाओं तथा उपकरणों का प्रशिक्षण तथा अपनी पारम्परिक शैलियों के आधुनिक प्रयोग का अनुभव हुआ, दूसरी ओर तमिल नाट्यान्दोलन में एक नयी आशा जगी।

(एन. राधाकृष्णन की रिपोर्ट पर आधारित)

# पच्चीस साल बाद

"पच्चीस साल पहले, अगर आप गुवाहाटी नहीं गये होते तो सीमा बिश्वास कभी भी बैण्डिट क्वीन की भूमिका के लिए सर्वश्रेष्ठ अभिनेत्री का अवार्ड न ले पाती।" पच्चीस साल पहले, गुवाहाटी में आयोजित रंग कार्यशाला में रा. ना. वि. स्नातक और मेरे सहयोगी पंकज सक्सेना ने अवार्ड की घोषणा सुनने के बाद मुझसे कहा था। उन दिनों मैं रा. ना. वि. रंगमण्डल प्रमुख था और रा. ना. वि. स्नातक सीमा बिश्वास रंगमण्डल की सदस्य। बात चौंकानेवाली थी। परन्तु पच्चीस साल पहले, राष्ट्रीय नाट्य विद्यालय के तत्कालीन निदेशक ब. व. कारन्त ने जो कहा था वह इससे ज्यादा चौंकाने वाला ही नहीं, धमाका करनेवाला था।

राष्ट्रीय नाट्य विद्यालय रंगकर्मियों को तीन वर्षीय एकीकृत प्रशिक्षण उपलब्ध कराता है। इस पाठ्यक्रम में प्रति वर्ष 20 छात्रों को ही प्रवेश दिया जाता है, जबकि आवेदकों की संख्या सैकड़ों में होती है। कई तरह की प्रत्यक्ष बाधाओं के कारण विभिन्न सांस्कृतिक पृष्ठभूमि और भाषाओं के विविध राज्यों में रहनेवाले अधिकांश रंग कलाकार इससे लाभान्वित नहीं हो पाते। इन रंगकर्मियों तक पहुँचने और पूरे भारत में रंगमंच के प्रति जागरूकता जगाने के लिए राष्ट्रीय नाट्य विद्यालय ने सन् 1978 में स्थानीय भाषाओं से जोड़कर अल्पकालीन प्रशिक्षण कार्यक्रम शुरू किया था। इस कार्यक्रम के अन्तर्गत विद्यालय ने स्थानीय स्वायत्त अथवा सरकारी संस्थाओं के सहयोग से प्रस्तुतिपरक कार्यशालाएँ, बाल रंगमंच कार्यशालाएँ, रंगमंच से जुड़े चुनिन्दा—जैसे प्रकाश योजना, वस्त्र परिकल्पना, मेक-अप आदि विषयों पर शिक्षण-प्रशिक्षण कार्यक्रम भी आयोजित करना आरम्भ किया। ऐसे कार्यक्रमों को विस्तार देने का कारण था रंग प्रशिक्षण को देश के सभी क्षेत्रों तक ले जाने का प्रयास।

कारन्त जी उसी विस्तार कार्यक्रम की दूसरी बीज कार्यशाला (पहले मदुरै में हो चुकी थी) के आयोजन का प्रबन्धन करने गये थे। उनकी वापसी पर मुझे उस कार्यशाला को कार्यान्वित करने गुवाहाटी जाना था। वापस आकर कारन्त जी ने बताया कि असम सरकार के सांस्कृतिक निदेशालय का कहना है कि मार्च-

अप्रैल इस प्रकार की नाट्य प्रशिक्षण कार्यशाला के लिए उपयुक्त समय नहीं है। उन दिनों वार्षिक परीक्षाओं के चलते 10-15 से अधिक छात्र उपलब्ध नहीं होंगे। उनके कथन में आग्रह कम तथा विरोध की भावना अधिक झलक रही थी। वहाँ के अधिकारियों के साथ बातचीत में एक समय ऐसा भी आया था जब कारन्त जी को कहना पड़ा कि सरकारी सहायता न भी मिली तो भी हम वर्कशॉप करेंगे, भले ही दस सप्ताह चलनेवाली वर्कशॉप दस दिन में बन्द हो जाए। मृदुभाषी कारन्त ने बड़े गुस्से से कहा था, ''अगर अब भी वही यथास्थिति हो तो तुम भी एक प्रेस कॉन्फ्रेंस करना और समाचार पत्रों में उनके व्यवहार की हेड लाइन छपवाकर वापस चले आना।'' उनके आदेश को कार्यान्वित करने के लिए मैं 6 मार्च, 1979 को गुवाहाटी के सफ़र पर निकल पड़ा था।

8 मार्च, 1979—राष्ट्रीय नाट्य विद्यालय के सन् 1966 बैच के स्नातक और अब संस्कृति निदेशालय के रंगमण्डल प्रमुख दुलाल राय प्रातः पाँच बजे गुवाहाटी स्टेशन पर अगुवाई के लिए मौजूद थे। दुलाल ने बताया कि अब हालात उतने खराब नहीं हैं कि वर्कशॉप हो ही न पाये। कुछ समस्याएँ जरूर हैं जैसे अभी तक वर्कशॉप का स्थान तय नहीं हो पाया, परन्तु रवीन्द्र भवन सभागार जब-जब खाली होगा, वह तो मिल ही जाएगा। दूसरे कि 10 मार्च को साक्षात्कार नहीं हो पाएगा क्योंकि अभी तक तो आवेदन-पत्र ही मँगाये जा रहे हैं। साक्षात्कार दो दिन बाद कराने का निर्णय लिया गया और अगले दिन समाचार पत्रों में यह विज्ञापन भी दिया गया कि आवेदन पत्र भेजने की जगह सीधे साक्षात्कार में चले आएँ। गुवाहाटी आकाशवाणी केन्द्र के तत्कालीन निदेशक बीरेन फूकन से मुलाकात की। वह भी 10 और 11 मार्च को आकाशवाणी से वर्कशॉप के विषय में समाचार तथा साक्षात्कार सम्बन्धी सूचना के प्रसारण के लिए मान गये।

गुवाहाटी में होनेवाली वर्कशॉप के बारे में कहा तो यह जा रहा था कि इस समय कोई भी प्रशिक्षणार्थी उपलब्ध नहीं होगा, पर साक्षात्कार के दिन कोई साठ-पैंसठ लड़के-लड़कियाँ आ गये थे। चार-पाँच लोगों ने तो अपने दफ्तरों से अवकाश भी ले लिया था। उनमें छात्र भी थे। जब बताया गया कि प्रशिक्षण सुबह से देर रात तक चलेगा और परीक्षा के लिए छुट्टी भी नहीं मिलेगी तो वे परीक्षा छोड़ने को तैयार। उनके अभिनय का स्तर बहुत ही ऊँचा। समझ नहीं आ रहा था किसको रखें किसको छोड़ें। बी. ए. अन्तिम वर्ष का एक छात्र इतना अच्छा था कि हमने उसी समय राष्ट्रीय नाट्य विद्यालय में दाख़िले के लिए आवेदन पत्र देने को कह दिया। एक लड़की व्यावसायिक नाटक मण्डली से भी आयी थी। एक कान्वेण्ट की छात्रा भी थी जो असमिया ठीक से बोल नहीं पा रही थी, पर, उसे नाटक का ज्ञान बहुत था।

बड़ी काट-छाँट के बाद बीस लड़कों और दस लड़कियों को चुना गया था। यह सुनकर कि शायद शिक्षणार्थी न मिलें, मैं दिल्ली से सूचना और प्रसारण मन्त्रालय के गीत और नाटक प्रभाग के निदेशक से गुवाहाटी और इम्फाल केन्द्र के कलाकारों को इस कार्यशाला में बुलाने का आदेश लेकर आया था। अब जबकि तीस लोग ले लिये गये थे, गुवाहाटी केन्द्र के कलाकारों की आवश्यकता तो नहीं रही थी परन्तु इम्फाल केन्द्र के 12 कलाकारों को तो आना ही था और कुछ ही वर्ष पहले रतन थियम द्वारा स्थापित कोरस रेपर्टरी के चार सदस्यों का आना भी तय था। कहाँ तो 10 लोग भी न मिलने की बात कही जा रही थी, कहाँ पचास से केवल चार कम कार्यशाला में प्रशिक्षण पानेवाले थे।

पंकज सक्सेना के साथ बंगलादेश वासी रा. ना. वि. स्नातक जमील अहमद के साथ त्यागराजन (रा. ना. वि. के फोटोग्राफर) भी हमारे साथ थे। जमील ने, जो मदुरै की वर्कशॉप से भी जुड़े हुए थे, पूछा कि मैं किस प्रकार का वर्कशॉप चाहता हूँ। तब तक जितने वर्कशॉप हो रहे थे, उनमें नाट्य मंचन प्रमुख लक्ष्य रहा था। यदा-कदा ही अभिनय प्रधान प्रशिक्षण शिविर लगाये गये थे या प्रकाश योजना, रूपसज्जा, मंच परिकल्पना आदि की विशेष कक्षाएँ लगायी गयी थीं। कुछ वर्कशॉप नाट्यलेखन आदि के भी हुए थे। उन दिनों बादल सरकार भी मनोशारीरिक अभिनय शैली के वर्कशॉप कर रहे थे। हमारा वर्कशॉप गहन प्रशिक्षण के लिये था। इसलिए नाट्य-मंचन प्रधान तो नहीं होनेवाला था। अधिक महत्त्व ज्यादा-से-ज्यादा नाट्य-विधाओं तथा उपकरणों की जानकारी पर दिया जानेवाला था। हमारे लिए नाट्य-मंचन दर्शकों के सामने प्रस्तुति का अनुभव देनेवाला एक अभ्यास मात्र ही होनेवाला था। यह आवश्यक नहीं था कि हम जिस नाटक का पूर्वाभ्यास करें, उसे मंचित भी करें।

किसी भी वर्कशॉप में प्राय: 25-30 प्रशिक्षणार्थी लिये जाते हैं। गुवाहाटी में तो पचास के करीब हो गये थे। दस सप्ताह वाली इस वर्कशॉप के अन्तिम दो सप्ताह तो गुवाहाटी, असम तथा मणिपुर के अन्य नगरों तथा दिल्ली में प्रदर्शनों की भेंट चढ़ जानेवाले थे। बाकी बचे आठ सप्ताह और पढ़ाने-सिखाने को वर्षों का मसाला। सुबह 8 बजे से 9.30 तक व्यायाम, योग, स्वराभ्यास तथा रंगभाषण की कक्षाएँ। दस बजे से दोपहर एक बजे तक दो अलग-अलग विषय दो दलों में—जमील नाटक-विश्लेषण करवा रहे हैं तो पंकज, रूपसज्जा। हर कक्षा दो बार दोहरानी पड़ती। तीन बजे से पाँच बजे तक जमील का रंग-स्थापत्य पर भाषण होता। वह उस समय के नाटककारों, नाट्य-रचनाओं, अभिनय शैलियों तथा दर्शकों के विषय में भी विस्तार से बताते। पाँच से आठ बजे तक छोटी-छोटी नाटिकाओं, कहानियों का नाट्यान्तर अथवा आशु-अभिनय के अभ्यास कराते। जब कभी स्थानीय पारम्परिक, लोक

अथवा आधुनिक शैली का नाट्य प्रदर्शन होता तो यह कक्षा 6.30 पर खत्म हो जाती और सब लोग प्रदर्शन देखने जाते। अगली सुबह उसका आलोचनात्मक विवेचन होता।

आशु-अभिनय की कक्षा में सब लोग बहुत चाव से भाग लेते हैं। पंकज भी नित नये-नये खेल निकालकर लाते। एक दिन उन्होंने एक खेल करवाया जिसमें सब लोग एक गोल दायरे में बैठते हैं। पहला व्यक्ति अभिनय द्वारा कोई एक चीज बनाता है फिर वह दूसरे को देता है। दूसरा व्यक्ति उस वस्तु को पहले तो उसी रूप में लेता है, फिर बदल देता है और तीसरे को दे देता है। तीसरा उसी वस्तु को नया रूप देकर चौथे को। जैसे, पहले व्यक्ति ने पतंग उड़ायी। दूसरा कुछ क्षण उसी पतंग को उड़ाता है फिर उसका हुक्का बनाकर पीने लगता है। तीसरा हुक्के के दो कश लगाकर उसे ढोलक में बदल देता है आदि। अभिनेताओं की कल्पनाशक्ति को उत्तेजित करनेवाले ऐसे ही कई खेल खेले जाते और उनके बहुत सुखद परिणाम निकलते।

एक दल ने एक लोककथा का मंचन किया। एक प्रशिक्षार्थी बूढ़ा बन गया और बाकी सब बच्चे। पहले, खेल में झगड़े, फिर कहानी सुनने की लालसा तथा जिज्ञासा का प्रदर्शन। पूरा दल जैसे एक व्यक्ति बन गया हो। कहानी थी एक चोर की जो एक बुढ़िया के घर में घुस जाता है। बुढ़िया उसे देख लेती है पर अनदेखा करती है, और अपना शक मिटाने के लिए दीये से बात करने लगती है जैसे वह दीया सचमुच बात करता हो। चोर जाल में फँस जाता है। बुढ़िया दीये को चोर के आने की कहानी सुनाती है कि कैसे वह धीरे-धीरे चोर-चोर पुकार रही थी। चोर-चोर की पुकार सुनकर लोग आ जाते हैं और चोर पकड़ा जाता है। कहानी का दो धरातलों पर खेला जाना बहुत प्रभावशाली रहा। वही लोग दर्शक, वही अभिनेता, वही कहानी के पात्र, वही कहानी सुननेवाले।

असम, मणिपुर, नागालैण्ड तथा त्रिपुरा से इस कार्यशाला में भाग लेने आये नाट्यकर्मियों ने साबित कर दिया था कि मंगोलियाई चेहरे होने के कारण अभिव्यक्तिहीन चाहे दीखें, उनके शरीर उत्तरी अभिनेताओं के मुकाबले में अधिक अभिव्यंजनापूर्ण और जीवन्त होते हैं। ताल, लय तथा अंगचालन की सहजता, तो हमें सीखनी पड़ती है, वह उन लोगों में पहले से ही विद्यमान है। गठा हुआ शरीर तथा नृत्य की जानकारी उनके लिए एक सामुदायिक अभिव्यक्ति है जो वहाँ की मिट्टी में रची-बसी है।

वर्कशॉप 15 मार्च को आरम्भ हुई और गुवाहाटी में 10 मई को रतन थियम द्वारा निर्देशित मणिपुरी नाटक *शारेन चान्बा* और अगले दिन मेरे और दुलाल राय द्वारा निर्देशित असमिया नाटक *गाँवबूढ़ा* का मंचन हुआ। 13 मई को असमिया नाटक असम् में नगर तेजपुर में और मणिपुरी नाटक इम्फाल से पचास किलोमीटर दूर

नामबोल कस्बे में सन् 1940 में बने एक नाट्य मण्डप में खेला गया। दोनों नाटक 18 मई *शारेन चान्बा* और 19 मई *गाँवबूढ़ा* दिल्ली में आयोजित वर्कशॉप समापन कार्यक्रम के अन्तर्गत मंचित किये गये। प्रमाण पत्र वितरण असम के तत्कालीन मुख्यमन्त्री श्री बोरबोरा द्वारा दिल्ली में ही हुआ।

उस दिन मैंने अपनी वर्कशॉप डायरी में लिखा था : ''मेरे नाट्य जीवन का एक अध्याय समाप्त हुआ। फिर सोचता हूँ, सचमुच समाप्त हुआ क्या? ऐसे वर्कशॉप का कुछ लाभ है क्या? ट्रेनिंग के बाद क्या होगा? ऐसे वर्कशॉप का स्वरूप क्या हो? कुछ प्रश्नों का उत्तर तो मेरे पास है। किसी भी प्रकार का प्रशिक्षण हो, लाभकारी तो होता ही है। हाँ, जब इतनी सुविधाओं, साधनों और उपकरणों के साथ वर्कशॉप किया जाए तो पूरी तरह योजना बनाकर करना चाहिए। ऐसा नहीं कि जो बंसी कौल या कौशल या एम. के. रैना या बृजमोहन शाह के मन में आए, वह कर दें। निश्चित पाठ्यक्रम का होना अनिवार्य है। स्थानीय परिस्थितियों का प्रभाव तो होगा ही। जैसे केरल के लोग पुस्तकों का उपयोग अधिक करते थे, जबकि गुवाहाटी में शायद दो-चार लोग ही पढ़ने में रुचि रखते थे। फिर भी कितना नाट्य साहित्य, नाटक-विश्लेषण, रंग-इतिहास, भूमिका-विश्लेषण, संगीत प्रयोजना, रंग स्थापत्य, डिज़ाइन, दृश्यबन्ध, प्रकाश-योजना, वेशभूषा, मुखौटे, रूपसज्जा, मॉडल बनाना, पोस्टर बनाना, स्मारिका डिज़ाइन करना, मंच-व्यवस्था, अभिनय, निर्देशन—इन सबके बारे में कितना बताना है? वर्कशॉप नाट्य प्रदर्शन प्रधान हो या न हो? जो व्यक्ति पूरी तरह वर्कशॉप में डूबा हुआ न हो, उसे नाट्य निर्देशन के लिए नहीं आना चाहिए क्योंकि वह कभी स्वीकार नहीं करता कि प्रस्तुति नाट्यकर्मियों को प्रशिक्षण देने का माध्यम मात्र है। उसे तो यही लगता है कि केवल उसकी प्रस्तुति ही महत्त्वपूर्ण है। बाकी कार्यक्रम इतने अनिवार्य नहीं हैं।''

दो दिन दिल्ली-दर्शन के बाद 22 मई की रात की गाड़ी से सब लोग चले गये। उनमें एक नागा लड़का था जिसको पहली बार पता चला था कि वह चित्र भी बना सकता है और मणिपुरी नृत्यांगनाओं को यह कि वे अच्छी अभिनेत्री भी हैं और गुपचुप रहनेवाले त्रिपुरा के युवक को यह कि वह एक अच्छा संगीतकार है। सबकी कार्य-क्षमता बढ़ी हो या न बढ़ी हो, दृष्टि का विस्तार अवश्य हुआ था। सबके हाथ कुछ-न-कुछ नया लगा था। अपने नये अनुभवों को सँजोये अँधेरों को चीरती हुई रेलगाड़ी में बैठे अपने गन्तव्य की ओर बढ़ते रंगकर्मियों में सीमा बिश्वास भी थी जिसके चयन का न जाने किन कारणों से (शायद इस बात पर कि वह गुवाहाटी से लगभग 120 किलोमीटर दूर नलबाड़ी से आयी थी) विरोध हुआ था और उसकी प्रतिभा, ऊर्जा और आग्रह को देखते हुए, वर्कशॉप डायरेक्टर होने के नाते, उसे कुछ दिन के लिए ट्रायल के तौर पर वर्कशॉप में आने के लिए कह दिया था। उस बीज

कार्यशाला से प्राप्त ज्ञान और संस्कार समेटे उस रात गाड़ी में सफ़र करती सीमा बिश्वास मेरे कारण नहीं, अपनी निष्ठा और लगन से अपने अभिनय के लिए राष्ट्रीय सम्मान के पड़ाव तक पहुँच गयी थी।

पच्चीस साल बाद—राष्ट्रीय नाट्य विद्यालय का विस्तार कार्यक्रम देश ही में दिन दुगुनी रात चौगुनी तरक्की नहीं कर रहा, वह देश की सीमा पार छलाँगें लगाता हुआ विदेशों में भी रंग कार्यशालाएँ आयोजित करने लगा है। विस्तार कार्यक्रम ने सन् 1980 में श्रीलंका में तीन महीने की गहन प्रशिक्षण कार्यशाला के आयोजन के साथ अपना सीमा पार का अभियान आरम्भ किया था। श्रीलंका में पिछले वर्षों में कई अन्य कार्यशालाओं के आयोजन के अतिरिक्त मालदीव, काठमाण्डू, टोकियो, आस्ट्रेलिया, कोलम्बिया तथा मारीशस आदि में कार्यशालाएँ आयोजित की हैं।

केन्द्रीय संगीत नाटक अकादेमी युवा रंगकर्मी सहायता-सहयोग योजना के अन्तर्गत कई तरह के कार्यक्रमों का आयोजन कर रही थी। अकादेमी ने सन् 1983-84 में इस योजना के अन्तर्गत एक महत्त्वपूर्ण कार्यक्रम आरम्भ किया जिसमें एक चयन प्रक्रिया द्वारा देश के चार मण्डलों के हर प्रदेश से उस समय में सक्रिय युवा रंग निर्देशकों को एक मण्डल स्तरीय नाट्य समारोह में आमन्त्रित किया जाता और उन प्रस्तुतियों में से दो नाटक चुनकर दिल्ली में अखिल भारतीय नाट्य समारोह में प्रस्तुत किया जाता। यह योजना दस वर्ष तक चली। इस योजना के विस्तार के अन्तर्गत एक तो उन्हीं प्रस्तुतियों को देश भर में बहुभाषी नाट्य के रूप में प्रस्तुत किया गया, दूसरे उन्हीं युवा निर्देशकों के प्रशिक्षण के लिए दो कार्यशालाएँ दिल्ली में और एक मुम्बई में आयोजित की गयी जिनमें देश के चार मूर्धन्य निर्देशक एक सप्ताह के लिए प्रशिक्षण देते। इसी योजना के अन्तर्गत रतन थियम, वामन केन्द्रे, प्रबीर गुहा, बी. जयश्री, एम. के. रैना, उर्मिल थपलियाल, नीलम मानसिंह चौधरी, मुश्ताक काक, बलवन्त ठाकुर रंग जगत में पहचाने गये।

मैं अकादेमी की इस योजना की चयन-प्रक्रिया से जुड़ा हुआ तो था ही, दिल्ली में होनेवाली दो कार्यशालाओं में भाग भी लिया था। वर्ष 1999 में संगीत नाटक अकादेमी ने रंग प्रशिक्षण विस्तार के लिए गहन विचार-विमर्श किया और एक नयी योजना की रूपरेखा बनायी। इस योजना की दिशा निर्धारण के लिए सन् 2000 में पहली मार्गदर्शी (पायलट) वर्कशॉप इम्फाल में रतन थियम और दूसरी पटना में सतीश आनन्द के निर्देशन में आयोजित की गयीं। मैं उन दोनों में एक प्रशिक्षक के रूप में शामिल था। उनके फीड-बैक के आधार पर विचार-विमर्श करते हुए अकादेमी के सेक्रेट्री जयन्त कस्तुआर का प्रश्न था कि पूरे भारत में इस प्रकार की वर्कशॉप करने की क्या आवश्यकता है? अगर है तो उसका स्वरूप क्या होना चाहिए? नाट्य प्रशिक्षण में गुरु शिष्य परम्परा है क्या? नृत्य के क्षेत्र में जुड़े हुए

व्यक्ति की जिज्ञासा स्वाभाविक ही थी।

आवश्यकता के कारण समझने तथा विचार-विमर्श के बाद तय किया गया कि एक नयी योजना के अन्तर्गत हर वर्ष ज़ोन (मण्डल) के स्तर पर उस जोन के हर प्रदेश में 3-4 सप्ताह की वर्कशॉप आयोजित की जाएँ और सन् 2001-2002 में उत्तरी मण्डल के पाँच राज्यों, हिमाचल प्रदेश के शिमला में, जम्मू और कश्मीर के जम्मू-मान्सर में, पंजाब के अमृतसर में, हरियाणा-चण्डीगढ़ के चण्डीगढ़ में तथा उत्तरांचल के देहरादून में क्रमश: जे. एन. कौशल, भारत रत्न भार्गव, डॉ. आत्मजीत सिंह, डॉली अहलूवालिया तिवारी तथा ललित मोहन थपलियाल के निर्देशन में आयोजित की गयी। सन् 2002-2003 में पूर्वी मण्डल के राज्यों, झारखण्ड-बोकारो, सिक्किम-गंगटोक, ओड़िसा-राउरकेला तथा पश्चिम बंगाल-शान्ति निकेतन में क्रमश: अजय मल्कानी, जे. एन. कौशल, अशोक मुखोपाध्याय तथा बिभास चक्रवर्ती के निर्देशन में आयोजित की जा चुकी हैं। मैं जम्मू-कश्मीर, पंजाब, हरियाणा-चण्डीगढ़ में प्रशिक्षण के रूप में भी शामिल था।

उत्तर मण्डल के वर्कशॉप निर्देशकों से विचार-विमर्श के बाद कस्तुआर साहब का आग्रह था कि हमें एक तो नाट्य प्रशिक्षण के लिए ओपन स्कूल पद्धति अपनानी चाहिए जिससे ज्यादा-से-ज्यादा लोगों तक पहुँचा जा सके, दूसरे इस प्रक्रिया में नृत्य और संगीत की तरह गुरु-शिष्य परम्परा भी लायी जानी चाहिए। इसके लिए एक चरण के स्थान पर समग्र प्रशिक्षण के लिए तीन चरणों में वर्कशॉप कराने का निर्णय लिया गया। चार सप्ताह का पहला चरण परिचय के लिए, दस-बारह सप्ताह का दूसरा चरण गहन प्रशिक्षण के लिए तथा एक वर्ष का तीसरा चरण किसी नाट्य गुरु के सान्निध्य में रहकर विषय-विशेष के प्रशिक्षण के लिए।

उत्तरी मण्डल में दूसरे चरण की दस सप्ताह चलनेवाली वर्कशॉप, 12 जुलाई से 22 सितम्बर, 2003 तक दिल्ली के आनन्दग्राम में आयोजित की गयी। रंग प्रशिक्षण विस्तार के किसी भी कार्यक्रम में दूसरे चरण वाली यह वर्कशॉप एक और बीज—वर्कशॉप बन गयी थी और मैं इसका संचालक। यह वर्कशॉप तीन भागों में थी—ओरियण्टेशन, ट्रेनिंग तथा इम्प्लीमेण्टेशन। पहले दो भाग छ: सप्ताह तक चले और तीसरा चार सप्ताह तक जिसमें प्रस्तुति नहीं, प्रस्तुति प्रक्रिया पर जोर था। इसके लिए कोई प्रशिक्षक-निर्देशक नहीं था। इसमें सभी छात्रों ने निर्देशन, प्रस्तुति प्रक्रिया से सम्बन्धित रंग विधाओं तथा अभिनय का अनुभव प्राप्त किया। इस प्रक्रिया में 15 विश्वविख्यात नाटक पढ़े गये। 10-15 मिनट की पच्चीस आशु प्रस्तुतियों तथा 20-30 मिनट की पाँच प्रस्तुतियों का मंचन हुआ। इनके लिए कोई नये उपकरण नहीं मँगवाये गये। जो कुछ भी प्रशिक्षण प्रक्रिया में तैयार हुआ, उसी से मंचन। सबने रंगकर्म से जुड़ी सभी भूमिकाएँ निभायीं। यह प्रयोग भी बहुत सफल रहा। प्रथम चरण

में प्राप्त जानकारी तथा अपनी क्षमताओं को समझने, सँजोने के साथ गहन प्रशिक्षण, प्रयोग का अवसर सबको मिला था। इस बार भी सबके हाथ कुछ-न-कुछ नया लगा था और वह अपने नये अनुभवों को सँजोये और तीसरे चरण की प्रशिक्षण प्रणाली (जो लगभग एक वर्ष तक चलेगी) और गुरु दर्शन/मिलन के सपने देखते अपने-अपने गन्तव्य की ओर बढ़ गये थे।

□ □ □

णाणं
पयासयं
वीर नि. 2470
ई.सन् 1944
भारतीय ज्ञानपीठ